WILD CARDS

LIVRO 5

JOGO SUJO

EDITADO POR

GEORGE R.R.

MARTIN

WILD CARDS

LIVRO 5

JOGO SUJO

LeYa

JOGO SUJO

Título original: *Wild Cards V: Down and Dirty*

Este livro foi revisado segundo o Novo Acordo Ortográfico da Língua Portuguesa.

Preparação: Tulio Kawata
Revisão: Sandra Kato e Victor Kawata
Projeto gráfico e capa: Rico Bacellar
Ilustração de capa: Marc Simonetti
Diagramação: Nobuca Rachi

Dados Internacionais de Catalogação na Publicação (CIP)
Angélica Ilacqua CRB—8/7057

Martin, George R. R.

Wild Cards : jogo sujo / escrito e editado por George R.R. Martin ; tradução de Petê Rissatti. – São Paulo : LeYa, 2016.
528 p. (Wild Cards, 5)

ISBN 978-85-441-0107-0
Título original: *Wild Cards - Down and Dirty*

1. Ficção fantástica americana I. Martin, George R. R. II. Rissatti, Petê III. Série

16-0088 CDD 813

Índice para catálogo sistemático:
1. Ficção fantástica americana

Todos os direitos reservados à
LEYA EDITORA LTDA.
Av. Angélica, 2318 - 13º andar
01228-200 — Consolação — São Paulo — SP
www.leya.com.br

para Laura Mixon,
todos sentimos a sua falta

SUMÁRIO

Agradecimentos

O editor deseja agradecer imensamente a Melinda M. Snodgrass, seu incansável braço direito, dedicada e infinitamente enérgica, que, por longas horas e sem receber nada, foi advogada de marca, negociadora, coordenadora de jantar, assistente de editor, babá, diplomata e voz da razão entre fundas e flechas. Sem seu cuidado, imaginação e sanidade, o mundo de *Wild Cards* seria um lugar muito mais maçante, se existisse...

Nota do editor

Wild Cards é uma obra de ficção ambientada em um mundo completamente imaginário, cuja história corre paralela à nossa. Os nomes, personagens, lugares e acontecimentos retratados são fictícios ou usados de modo ficcional. Qualquer semelhança com fatos, locais ou pessoas reais, vivas ou mortas, é pura coincidência. As obras contidas nesta antologia são de ficção; e quaisquer livros ou textos mencionados também são fictícios. Não há intenção de retratar autores reais ou insinuar que possam realmente ter escrito ou publicado os ensaios, ou outras obras mencionadas nesta antologia.

Nota aos leitores

No mundo real, existem milhares de histórias acontecendo ao mesmo tempo. Assim, tentamos tornar o mundo de *Wild Cards* o mais real possível.

O volume anterior desta série, *Ases pelo mundo*, narrou os acontecimentos da excursão da Organização Mundial de Saúde, que partiu de Nova York em 1º de dezembro de 1986 e retornou em 29 de abril de 1987.

A primeira parte do presente mosaico traz o que ocorreu em Manhattan do início de outubro até o final de abril — antes do início da excursão e enquanto ela percorria o mundo em uma viagem turbulenta.

A parte final relata os acontecimentos de maio e junho, depois que os viajantes voltaram para casa.

O Editor

Outubro de 1986 — Abril de 1987

Apenas os mortos conhecem o Bairro dos Curingas

John J. Miller

I

Brennan movia-se pela noite de outono como se fosse parte dela, ou ela parte dele.

A estação trouxe um frescor que o fez lembrar-se, mesmo que vagamente, das montanhas de Catskills. Ele sentia falta delas mais que qualquer outra coisa, mas, enquanto Kien estivesse livre, elas ficariam inacessíveis, como os fantasmas dos amigos e amantes mortos que vinham assombrá-lo em sonho nos últimos tempos. Amava as montanhas com tanto afã quanto amava todas as pessoas com quem falhara durante anos, mas quem, afinal, podia amar a suja dispersão da cidade? Quem conseguia entendê-la, quanto mais o Bairro dos Curingas? Não ele, certamente, mas a presença de Kien o ligava tão fortemente ao bairro quanto correntes de aço.

Ele cruzou a rua, entrando no meio do quarteirão de escombros urbanos que margeavam o Crystal Palace. Graças ao seu sexto sentido de caçador, sentia olhos seguindo-o quando passou pelas ruínas. Ajeitou a bolsa de lona, na qual carregava seu arco desmontável, para uma posição mais cômoda, imaginando, não pela primeira vez, que tipo de criatura escolheria fazer das montanhas de lixo seu lar. Uma ou duas vezes ouviu o farfalho sussurrante que não era do vento, e vislumbrou breves movimentos que não eram da luz da lua, mas ninguém se meteu no caminho enquanto ele escalou a escada de incêndio enferrujada que ficava nos fundos do Crystal

Palace. Subiu silenciosamente no telhado, passou pelo sistema de segurança — que teria impedido um pouco seu avanço se Crisálida não lhe tivesse dado a senha — e entrou pelo alçapão que se abria para o terceiro andar, o domínio privado de Crisálida. O corredor estava totalmente escuro, mas ele se desviou, de memória, dos delicados aparadores cheios de bibelôs antigos, e entrou em seus aposentos. Ela estava acordada. Nua, sentada no desbotado sofá de veludo vinho, jogava paciência com um maço de cartas antigas.

Brennan observou-a por um momento. O esqueleto, a musculatura fantasmagórica, os órgãos internos e o sistema circulatório, que formavam uma renda ao redor de tudo, eram sutilmente iluminados pela luz rosácea do abajur Tiffany pendurado sobre o sofá. Ele observou os ossos articulados da mão tirarem uma carta do maço e virar o ás de espadas.

Ela ergueu os olhos para ele e sorriu.

O sorriso, como a própria Crisálida, era um enigma. Difícil de ler, pois o rosto, que era apenas lábios e borrões de músculos espectrais nas bochechas e mandíbula, poderia significar qualquer uma das milhares de coisas que um sorriso poderia querer dizer. Brennan escolheu interpretá-lo como um de boas-vindas.

— Já faz tempo. — Ela o olhou, crítica. — Tanto que sua barba cresceu.

Brennan fechou a porta e deixou a bolsa com o arco recostada à parede.

— Tive de resolver alguns negócios — ele disse, com voz suave e profunda.

— Imagino. — O sorriso continuou até Brennan não mais ignorar que ele mostrava certa irritação. — Alguns deles interferiram nos meus.

Não havia dúvidas a que se referia. Várias semanas antes, no Dia do Carta Selvagem, Brennan interrompera uma reunião no Palace, na qual Crisálida intermediava a venda de um conjunto muito valioso de livros, inclusive o diário pessoal de Kien. Esperando que o volume tivesse provas suficientes para que pudesse esfolar a maldita pele de Kien, Brennan conseguira por fim pegá-lo, mas ele se mostrou inútil. Tudo que estava escrito fora destruído.

— Desculpe — ele disse. — Precisei daquele diário.

— Imagino — ela repetiu. Os músculos fantasmagóricos inflaram, indicando um franzir de testa. — E você o leu?

Brennan hesitou por um instante.

— Li.

— E não se oporia a compartilhar suas informações?

Era mais uma exigência do que um pedido. *Não seria bom*, Brennan pensou, *dizer-lhe a verdade?* Provavelmente ela pensaria que era uma tentativa de manter tudo para si.

— Possivelmente.

— Nesse caso, acredito que poderia perdoá-lo — ela disse, numa voz pouco convincente. Juntou as cartas lentamente, com cuidado, por sua história e valor, e colocou-as sobre uma mesa com pés palito que ficava ao lado do sofá. Recostou-se, lânguida, seus mamilos balançando nas bolsas invisíveis de carne, cujo calor e textura firme Brennan conhecia bem.

— Trouxe algo para você — ele disse, num tom conciliador. — Não são informações, mas algo de que talvez também goste.

Sentou-se na beirada do sofá, enfiou a mão no bolso da jaqueta jeans e estendeu a Crisálida um envelope pequeno e claro. Quando ela esticou a mão para pegá-lo, a coxa quente e invisível tocou e, em seguida, descansou na de Brennan.

— É um Penny Black — ele disse, enquanto ela erguia o envelope translúcido contra a luz. — O primeiro selo de postagem do mundo. Aparência de recém-impresso, em perfeitas condições. Bem raro nesse estado, bem valioso. O retrato é uma xilogravura da Rainha Vitória.

— Muito bom. — Ela abriu seu sorriso enigmático. — Não perguntarei onde conseguiu.

Brennan sorriu, sem dizer nada. Tinha certeza de que ela sabia perfeitamente onde ele havia conseguido o selo. Pediu o para Ira quando estavam inspecionando os catálogos cheios de selos raros que ela surrupiara do cofre de Kien, o mesmo do qual ela tirou o diário, nas primeiras horas do Dia do Carta Selvagem. Ira sentiu-se mal por Brennan não ter conseguido o que queria do diário inútil, por isso, de boa vontade lhe deu o selo quando ele o pediu.

— Bem, espero que você goste. — Brennan se levantou e se espreguiçou enquanto Crisálida deixava o envelope ao lado de sua pilha de cartas. Havia sido um dia longo e ele estava cansado. Foi até o criado-mudo ao lado da cama com dossel abobadado e ergueu o decantador de uísque irlandês que ela mantinha para ele. Olhou para a garrafa, franziu a testa e baixou-a. Voltou a se sentar com Crisálida no sofá.

Flexível, ela se estendeu para a frente e cobriu o corpo dele com o seu. Brennan bebeu do aroma almiscarado e sexual do perfume da mulher, e observou o sangue correndo pela sua artéria carótida.

— Mudou de ideia? Não vai mais beber? — ela perguntou com suavidade.

— O decantador estava vazio.

Crisálida afastou-se um pouco, encarando os olhos questionadores de Brennan.

— Eu só bebo amaretto. — Foi uma afirmação, não uma pergunta. Ela assentiu com a cabeça.

Brennan suspirou.

— Quando vim aqui pela primeira vez, só queria informações. Não queria nada de íntimo entre nós. Você começou. Se for para continuar e se tornar algo sério, tenho que ser o único na sua cama. Eu sou assim. É a única maneira de me entregar para outra pessoa.

Crisálida o encarou por vários segundos antes de responder.

— Não é da sua conta com quem eu durmo — devagar, ela finalmente falou no seu sotaque britânico que Brennan, com o ouvido treinado, sabia que era falso.

Ele assentiu.

— Então, é melhor eu ir. — Ele se levantou e virou.

— Espere. — Ela também se levantou. Os dois se olharam por um bom tempo e, quando ela falou, foi num tom conciliador. — Ao menos beba alguma coisa. Vou lá embaixo encher o decantador. Você bebe seu drinque e nós... Nós podemos conversar.

Brennan estava cansado e não havia outro lugar no Bairro dos Curingas onde ele queria estar.

— Tudo bem — ele disse suavemente. Crisálida enrolou-se em um quimono de seda salpicado com filetes de fumaça na forma de cavalos galopantes, e deixou-o com um sorriso que era mais tímido que enigmático.

Brennan caminhou pelo quarto, observando sua imagem atravessar a infinidade de espelhos antigos que decoravam os aposentos de Crisálida. Devia ir embora, ele disse a si mesmo, e sair sozinho, mas Crisálida era tão fascinante fora da cama quanto em cima dela. Apesar de suas melhores intenções, sabia que precisava de sua companhia e, admitiu, do seu amor.

Fazia mais de dez anos desde que ele se permitira amar uma mulher, mas, como vinha descobrindo desde sua chegada ao Bairro dos Curingas, tais emoções não eram as únicas que sentia. Não podia viver apenas de ódio. Não sabia se conseguiria amar Crisálida como amara sua mulher franco-vietnamita que perdera nas mãos dos assassinos de Kien. Ele não quis amar mulher nenhuma enquanto estava no encalço de Kien, mas, apesar de toda a firmeza, apesar do treinamento zen, o que ele queria e o que realmente acontecia eram duas coisas completamente opostas.

Brennan ficou no silêncio do quarto de Crisálida, deliberadamente sem pensar no passado. Longos minutos se seguiram e, de repente, percebeu que ela já deveria ter voltado.

Franziu a testa. Era quase inconcebível que algo pudesse acontecer a Crisálida no Crystal Palace, mas o cuidado que salvara a vida de Brennan mais vezes do que ele se preocupava em lembrar o fez montar o arco antes de descer atrás dela. Ele se sentiria um idiota se trombasse com Crisálida no escuro, mas já experimentara essa sensação. Era preferível a sentir-se morto, algo com que tinha mais intimidade do que gostaria.

Crisálida não estava nos corredores do terceiro andar, nem na escadaria que levava até o bar, mas ele ouviu vozes murmuradas enquanto se esgueirava escada abaixo.

Puxou uma flecha, encaixou-a no cordão do arco e espreitou ao redor na beirada da escadaria, onde ela se abria para os fundos do bar. Brennan cerrou os dentes. Teve razão em ser cauteloso.

Crisálida estava em pé diante do balcão longo de madeira polida que corria por quase toda a extensão do local. O decantador de uísque, ainda vazio, estava ao seu lado, esquecido. Seus braços estavam cruzados e a mandíbula travada. Os lábios se comprimiam numa linha fina, raivosa.

Dois homens a ladeavam e um terceiro estava sentado a uma mesa diante dela. Brennan conseguia discernir poucos detalhes no lusco-fusco da lâmpada que iluminava o bar, mas percebeu que os homens tinham feições sérias e duras. Aquele que a encarava tamborilava os dedos ao lado de uma pistola cromada sobre o tampo da mesa.

— Vamos lá — ele disse numa voz suave, mas que soava perigosa. — Só queremos algumas informações. Não diremos onde conseguimos. — Ele se recostou na cadeira. — Logo haverá uma guerra, mas não sabemos a quem atacar.

— E você acha que eu sei? — Brennan reconheceu a ponta de raiva no falar arrastado de Crisálida, mas também reconheceu o medo sob o ódio.

O homem sentado sorriu.

— Sabemos que você sabe, querida. Você sabe de tudo que rola nesta merda de Bairro dos Curingas. Todos *nós* sabemos que alguém juntou essas gangues mequetrefes para formar um negócio chamado Punhos Sombrios. Estão entrando no *nosso* território, pegando *nossos* clientes e roubando *nosso* lucro. E isso *tem* que parar.

— Se eu soubesse um nome — Crisálida disse, enfatizando o "se" —, custaria a você mais do que poderia pagar para saber.

— Você não entende — ele disse. — É guerra, querida. E manter a boca fechada vai custar a você mais do que *você* pode pagar. — Ele deixou as palavras ecoarem enquanto batia os dedos no tampo da mesa. — Sal — disse um momento depois, fazendo um sinal com a cabeça para o homem que estava ao lado direito de Crisálida. — Queria descobrir se a famosa pele invisível fica com cicatrizes.

Sal considerou a questão.

— Vamos ver — ele respondeu.

Ouviu-se um estalido alto, e Brennan viu o brilho de uma lâmina polida. Sal balançou-a no rosto de Crisálida, e ela recuou contra o balcão. Chegou a abrir a boca com a intenção de gritar, mas o homem à sua esquerda a apertou com sua mão enluvada.

Sal gargalhou, e Brennan se ergueu e soltou a flecha que estava segurando, atingindo Sal nas costas e catapultando-o sobre o balcão. Ninguém tinha ideia do que havia acontecido, exceto Crisálida, possivelmente. O homem sentado à mesa agarrou a pistola e se ergueu num salto. Brennan alvejou-o com tranquilidade, atravessando sua garganta. O brutamonte que segurava Crisálida soltou um fluxo assustado de obscenidades e procurou a pistola que carregava em um coldre de ombro debaixo da jaqueta. Brennan atravessou seu antebraço com uma flecha. Ele soltou a arma e se afastou de Crisálida, encarando a flecha de caça com ponta de alumínio espetada no braço e murmurou: "Jesus, ai, Jesus". Depois, se inclinou para pegar a pistola.

— Encoste nela — Brennan gritou da escuridão — e a próxima flecha vai acertar seu olho direito.

Sabiamente, o homem endireitou o corpo e se recostou no balcão. Agarrou o braço ensanguentado e gemeu.

Brennan avançou para a luz difusa lançada pela lâmpada. O homem encarou a flecha com ponta afiada encaixada no fio do arco.

— Quem são eles? — Brennan perguntou a Crisálida num grunhido áspero.

— Máfia — ela respondeu, sua voz falhando de tensão e medo.

Brennan assentiu, sem tirar os olhos do homem, que encarava a flecha apontada para sua garganta.

— Sabe quem eu sou?

O mafioso assentiu rapidamente.

— Claro, você é o tal Yeoman... O assassino do arco e flecha. Vejo você o tempo todo no *Post*. — As palavras saíram de sua boca numa torrente cheia de pavor.

— Isso aí — Brennan disse. Depois, olhou para o homem que estava sentado na mesa e viu que estava curvado no chão, imerso em uma poça de sangue cada vez maior, com trinta centímetros de flecha saindo de sua nuca. Ele nem se preocupou com Sal. Havia mandado também uma flecha diretamente para o seu coração.

— Você é um cara de sorte — Brennan continuou na mesma voz monótona. — Sabe por quê?

O mafioso sacudiu a cabeça com vigor, suspirando aliviado quando Brennan relaxou a tensão no fio esticado do arco e afastou-o para o lado.

— Alguém precisa entregar uma mensagem por mim. Alguém precisa dizer ao seu chefe que esqueça Crisálida. Alguém deve avisá-lo que tenho uma flecha com o nome dele, uma flecha que não pensarei duas vezes em atirar se ouvir que algo aconteceu a ela. Acha que consegue fazer isso?

— Claro. Eu consigo.

— Ótimo. — Brennan tirou do bolso de trás da calça uma carta e mostrou-a ao brutamonte: era um ás de espadas. — Isso é para ele saber que você está falando a verdade.

Ele agarrou o braço ferido do homem pelo cotovelo e esticou-o. O mafioso gemeu enquanto Brennan encaixava a carta na ponta da flecha.

— E isso — Brennan disse com dentes cerrados — é para garantir que você não a perca.

Com um empurrão, ele espetou o outro braço do homem com a ponta da flecha. O brutamonte gritou pela dor aguda e inesperada. Seus joelhos cederam quando Brennan entortou o cabo de alumínio da flecha para baixo e ao redor dos braços, prendendo-os como se fossem algemas.

Brennan puxou-o para ficar em pé. O homem soluçava de medo e dor, e não conseguia encará-lo.

— Se eu vir você de novo — Brennan disse —, você vai morrer.

O mafioso saiu cambaleando, soluçando e gaguejando protestos incompreensíveis. Brennan observou-o até ele tropeçar para fora da porta e, em seguida, voltou-se para Crisálida.

Ela o olhava com medo, e boa parte desse temor, Brennan tinha certeza, era dele mesmo.

— Você está bem? — ele perguntou suavemente.

— Estou... Acho que estou...

— Você vai ter que responder a um monte de perguntas, a menos que a gente se livre dos corpos.

— É. — Ela assentiu com firmeza, parecendo de repente decidida, sob controle novamente. — Vou chamar o Elmo, ele vai cuidar disso. — Ela fitou os olhos de Brennan. — Te devo essa.

Ele suspirou.

— Sua vida inteira precisa estar baseada em créditos e débitos calculados à risca?

Ela o olhou um pouco assustada, mas concordou.

— Sim — respondeu, firme. — Sim, precisa. É a única maneira de acompanhar, de garantir que... — A voz desapareceu, e ela se afastou, contornando o bar. Olhou para o corpo de Sal e, quando voltou a falar, expressou um pensamento totalmente diferente. — Sabe, Tachyon me convidou para aquela excursão mundial. Acho que vou aceitar. Sem falar nas informações que vou conseguir de todos aqueles políticos. E se há uma guerra de rua entre a Máfia e os Punhos Sombrios de Kien — ela olhou nos olhos de Brennan pela primeira vez —, vou estar segura longe daqui.

Eles se encararam por um bom tempo, e em seguida Brennan assentiu.

— Então, é melhor eu ir.

— Seu uísque?

Brennan soltou um longo suspiro.

— Não. — Ele olhou para o cadáver aos seus pés. — Bebidas trazem lembranças, e não preciso delas hoje à noite. — Ele voltou os olhos para ela. — Vou ficar... indisposto... nas próximas semanas. É provável que eu não a veja antes da viagem. Adeus, Crisálida.

Ela observou enquanto ele partia, e uma lágrima cristalina reluzia em seu rosto invisível. Mas Brennan não olhou para trás.

II

O Twisted Dragon ficava em algum lugar dentro das fronteiras nebulosas entre o Bairro dos Curingas e Chinatown, o bairro chinês. Uma das fontes de rua de Brennan lhe dissera que o bar era o ponto de encontro de Danny Mao, um homem que tinha uma posição moderadamente alta na Sociedade dos Punhos Sombrios, e que era responsável pelo recrutamento.

Brennan observou a entrada por um tempo. Os flocos de neve rodopiantes que não ficavam na aba do seu chapéu preto de caubói prendiam-se no seu bigode espesso e descaído, e nas longas costeletas. Um número considerável de Lobisomens — que estavam usando máscaras de Richard Nixon este mês — entrava e saía do lugar. Também viu alguns Garças, embora a maior parte das gangues de Chinatown fosse exigente demais para marcar encontros em um bar frequentado por curingas.

Ele sorriu, alisando as pontas do bigode num gesto que já havia se tornado habitual. Era hora de se certificar de que seu plano era um golpe de mestre, como às vezes pensava, ou um caminho rápido para uma morte brutal, como imaginava com mais frequência.

Estava quente dentro do Dragon, mais, Brennan achou, pelos corpos espremidos do que pelo sistema de aquecimento do bar; e levou um tempo para encontrar Mao, que ficava, conforme sua fonte havia lhe dito, sentado em uma mesa nos fundos do salão. Brennan abriu caminho entre as mesas cheias e garçonetes lentas, bêbados cambaleantes e punks arrogantes que cruzaram seu caminho enquanto avançava até o local.

Uma garota loira que aparentava estar levemente drogada estava sentada ao lado de Mao. Três homens enchiam o banco diante da mesa: um era um Lobisomem com máscara de Nixon, outro, um jovem oriental e, o do meio, um homem magro, pálido e visivelmente nervoso. Antes que Brennan pudesse abrir a boca, um punk de rua se pôs na sua frente, bloqueando seu caminho.

Tinha entre 1,95 e 2 m de altura, por isso ultrapassava Brennan em tamanho, apesar das botas de caubói que lhe acrescentavam alguns centímetros. Vestia calças de couro manchadas e uma jaqueta de couro muito grande, decorada com pedaços de corrente. O cabelo espetado o deixava ainda mais alto, e as cicatrizes pretas e escarlates cobrindo o rosto somavam brutalidade à sua aparência, bem como o osso — um osso de dedo humano, Brennan percebeu — que atravessava seu nariz.

As cicatrizes que marcavam o rosto, a testa e o queixo eram a marca dos Caçadores de Cabeça Canibais, uma temida gangue de rua do passado que se desintegrou quando Brennan matou seu líder, um ás chamado Cicatriz. Os membros que não foram assassinados na sangrenta luta pelo poder após a morte dele começaram a atuar, em grande parte, em outras associações criminosas, como a Sociedade dos Punhos Sombrios.

— O que você quer? — A voz do Caçador de Cabeça era estridente demais para soar ameaçadora, mas ele tentava.

— Falar com Danny Mao — Brennan respondeu suavemente, sua voz modulada no lento balbuciar que lembrava tão bem sua infância. O Caçador de Cabeça curvou-se para ouvi-lo no meio da música alta, gargalhadas maníacas e as inúmeras conversas que aconteciam ao mesmo tempo.

— Sobre o quê?

— Não é da sua conta, rapaz.

Brennan observou de canto de olho que a conversa na mesa havia parado e que todos o observavam.

— Claro que é. — O Caçador de Cabeça abriu um sorriso que, carinhosamente, ele achou selvagem, mostrando seus dentes da frente lixados. Brennan gargalhou alto, e o caçador franziu a testa. — Qual é a graça, imbecil?

Brennan, ainda gargalhando, agarrou o osso no nariz dele e puxou com força. O rapaz berrou e levou a mão ao nariz rasgado, e, logo após ainda levou um chute nas partes baixas. Caiu com um gemido engasgado, e Brennan jogou o osso sobre seu corpo encolhido.

— Você — Brennan respondeu, e em seguida sentou-se à mesa ao lado da loira, que o encarava num espanto entorpecido. Dois dos três homens sentados do outro lado começaram a se levantar, mas Danny Mao acenou, negligente, e eles voltaram a se sentar, murmurando algo entre si e fitando Brennan.

Brennan tirou o chapéu, deixou-o na mesa e olhou para Danny Mao, que devolveu o olhar com aparente interesse.

— Qual é o seu nome?

— Caubói — Brennan respondeu despreocupadamente.

Mao pegou seu copo da mesa e tomou um pequeno gole. Olhou para Brennan como se ele fosse algum tipo de inseto estranho e franziu a testa.

— É mesmo? Nunca vi um caubói chinês antes.

Brennan sorriu. As dobras epicânticas feitas em seus olhos pelas habilidades cirúrgicas do Dr. Tachyon combinaram-se, como ele supôs que aconteceria, com seus cabelos pretos e espessos, além da pele bronzeada, para lhe dar uma aparência oriental. Essa leve alteração de feições, os pelos recém-crescidos no rosto e seu sotaque e modo de vestir interioranos compunham um disfarce simples, mas eficaz. Não enganaria ninguém que o conhecesse, mas, de qualquer modo, provavelmente não trombaria com um conhecido.

E a ironia do disfarce, pensou Brennan, era que cada aspecto de sua nova identidade, exceto pelos olhos que Tachyon lhe deu, era verdadeiro. Seu pai gostava de dizer que a família era irlandesa, chinesa, espanhola, várias tribos indígenas e totalmente americana.

— Meus ancestrais asiáticos ajudaram a construir as ferrovias. Nasci no Novo México, mas o achava muito limitante. — Isso também era verdade.

— Então, veio para a cidade grande procurar aventuras?

Brennan concordou.

— Um tempo atrás.

— E se meteu em tantas que precisou usar um apelido?

Ele deu de ombros, sem dizer nada.

Mao deu mais um gole no drinque.

— O que você quer?

— Estão dizendo por aí — Brennan começou, com a empolgação intensa enterrada sob seu falar arrastado do sudoeste — que seu pessoal vai entrar em guerra com a Máfia. Você já bateu neles antes, e *don* Picchietti foi assassinado há duas semanas por um ás invisível que atravessou um picador de gelo na orelha dele enquanto jantava em seu restaurante. Certamente foi trabalho dos Punhos Sombrios. A Máfia vai retaliar, sem dúvida, e os Punhos Sombrios vão precisar de mais soldados.

Mao assentiu.

— Por que eu deveria contratar você?

— Por que não? Eu posso cuidar de mim mesmo.

Mao lançou um olhar para seu guarda-costas caído, que havia conseguido se encolher de joelhos, a cabeça descansando no chão.

— Bem justo — ele disse, pensativo. — E você tem estômago para isso, imagino. — Olhou para os três homens sentados bem juntos no banco do outro lado da mesa, e Brennan fez o mesmo, com atenção.

O Lobisomem estava sentado na parte de fora e o oriental, provavelmente um Garça Imaculada, na parte de dentro. O homem que espremiam não parecia um valentão de rua.

Era pequeno, magro e pálido. Suas mãos eram aparentemente macias e fracas, os olhos eram pretos e brilhantes. Muitos valentões de rua tinham um traço de loucura, mas, mesmo à primeira vista, Brennan podia ver que este era mais que tocado pela insanidade.

— Esses homens vão sair em uma missão. Você se importaria em se juntar a eles? — Danny Mao perguntou.

— Que tipo de missão? — Brennan quis saber.

— Se você precisa perguntar, talvez não seja o tipo de homem que estamos procurando.

— Talvez — Brennan respondeu, sorrindo — eu apenas seja cauteloso.

— Cautela é um traço admirável — Mao disse com brandura —, mas a fé e a obediência aos superiores também.

Brennan botou o chapéu na cabeça.

— Tudo bem. Para onde estamos indo?

O homem pálido riu. Não era um som agradável.

— Para o necrotério — ele disse, exultante.

Brennan olhou para Mao com a sobrancelha arqueada.

Mao concordou com a cabeça.

— Para o necrotério, como disse o Miolo.

— Você tem carro? — o Lobisomem perguntou para Brennan. Sua voz era um grunhido amolecido por trás da máscara de Nixon.

Brennan negou com a cabeça.

— Vamos ter que roubar um — o Lobisomem disse.

— Então poderemos passar em um *drive-thru*! — o homem chamado Miolo provocou. O asiático sentado ao seu lado lançou um olhar levemente enojado, mas não disse nada.

— Vamos! — Miolo empurrou o Lobisomem, fazendo-o sair da mesa.

Brennan parou um momento para encarar Mao, que o observava com cuidado.

— Bigode — Mao falou, apontando com a cabeça para Lobisomem — está no comando. Ele vai contar o que precisa saber. Você está em período de experiência, Caubói. Cuidado.

Brennan seguiu o improvável trio até a rua. O Lobisomem virou-se para ele.

— Sou Bigode — ele disse em seu grunhido indistinto. — Esse é o Miolo, como disse o Danny, e esse é o Dragão Preguiçoso. — Brennan voltou a cabeça para o oriental, percebendo que estava equivocado em sua avaliação inicial sobre o homem. Não era um Garça. Não usava as cores deles e não tinha atitude de um membro de gangue. Era jovem, com talvez uns 20 anos, pequeno, mais ou menos 1,70 m de altura, e magro o bastante para que suas calças *baggy* pendessem soltas nos quadris finos. Seu rosto era oval, o nariz levemente largo, o cabelo meio longo e penteado com indiferença. Não tinha a atitude agressiva do punk de rua. Era reservado, e carregava um ar de preocupação quase melancólica.

Bigode deixou-os esperando na esquina. Dragão Preguiçoso ficou em silêncio, mas Miolo tagarelava o tempo todo, em geral, coisas sem sentido. Dragão Preguiçoso não prestava atenção nele, nem Brennan depois de um tempo, mas parecia não fazer diferença para Miolo. Ele continuou balbuciando, e Brennan o ignorou o máximo que pôde. Em uma ocasião, enfiou a mão no bolso da jaqueta suja e puxou um frasco de pílulas de diferentes tamanhos e cores, despejou um punhado e jogou para dentro da boca. Mastigou, engoliu ruidosamente e abriu um sorriso para Brennan.

— Toma vitaminas?

Brennan não sabia se Miolo estava oferecendo ou perguntando se ele tomava vitaminas. Então concordou, evasivo, e se afastou.

Bigode finalmente apareceu com um carro. Era escuro, um Buick antigo. Brennan saltou no banco da frente, deixando os de trás para Miolo e Dragão Preguiçoso.

— Boa suspensão, macio — Bigode comentou quando partiram. Brennan olhou para o retrovisor e viu Dragão Preguiçoso concordar e tirar do bolso um pequeno canivete e um bloco de material branco e macio, que parecia sabão. Abriu o canivete e começou a descascar.

Miolo continuava tagarelando sem que ninguém o ouvisse. Bigode dirigia tranquilo, xingando buracos, sinais de trânsito e outros motoristas com sua voz abafada, olhando o tempo todo para acompanhar o avanço de Dragão Preguiçoso enquanto ele esculpia cuidadosamente o pequeno bloco com mãos delicadas e habilidosas.

Brennan não sabia onde ficava o necrotério ou como ele era, mas a estrutura escura e sombria diante da qual estacionaram atendia a todas as expectativas.

— Chegamos — Bigode fez o anúncio desnecessário. Observaram o prédio por alguns momentos. — Ainda parece cheio. — Algumas luzes iluminavam os recintos espalhados pela estrutura de vários andares, e, enquanto observavam, pessoas entravam e saíam pela entrada principal.

— Estão prontos? — Bigode grunhiu, olhando pelo retrovisor.

— Quase — Dragão Preguiçoso disse sem erguer os olhos.

— Prontos para quê? — Brennan perguntou, e Bigode virou-se para ele.

— Vocês vão levar o Miolo para a sala que eles usam para armazenar corpos por mais tempo. Fica no porão. Miolo assume lá. Dragão vai primeiro, para sondar. E você vai ser a força no caso de algo dar errado.

— E você?

Bigode talvez tenha rido embaixo da máscara, mas Brennan não tinha certeza.

— Agora que você está aqui, eu só espero no carro.

Brennan não gostava daquilo. Não era o jeito como ele gostava de fazer as coisas, mas, obviamente, estava sendo testado. Igualmente óbvio, ele não tinha escolha. Resolveu fazer mais uma tentativa de obter informações.

— O que estamos procurando?

— Miolo sabe — Bigode respondeu, e Brennan ouviu um risinho inquietante no banco de trás. — E Dragão conhece a planta. Você só precisa cuidar de qualquer um que tente interferir. — Ele olhou de volta para o retrovisor. — Pronto?

Dragão Preguiçoso levantou a cabeça.

— Pronto — respondeu calmamente. Fechou o canivete, deixou-o de lado e examinou com olhos críticos o que havia esculpido. Brennan, perplexo e curioso, virou-se para olhar melhor e viu que era um rato pequeno, mas quase real. Dragão Preguiçoso estudou-o com cuidado, assentiu como se estivesse satisfeito, deixou-o no colo, recostou-se confortavelmente no banco e fechou os olhos. Por um momento, nada aconteceu, em seguida, Dragão curvou-se, como se estivesse dormindo ou inconsciente, e a escultura começou a se mexer.

O rabo balançou, as orelhas se ergueram e, em seguida, rangendo no início, mas com fluidez cada vez maior, a coisa se estendeu. Parou por um momento para alisar os pelos, depois saltou do colo de Dragão para o encosto do banco do motorista. Brennan olhou para o animal, que devolveu a olhada. Era um rato vivo, maldição. Brennan então fitou o Dragão Preguiçoso, que parecia estar dormindo, e Bigode, que observava, impassível, por baixo da máscara de Nixon.

— Truque ótimo — Brennan falou arrastado.

— É — Bigode disse. — Você vai carregá-lo.

Dragão Preguiçoso, que parecia estar dando vida e possuindo a esculturinha que acabara de fazer, saltou no ombro de Brennan, correu peito abaixo e entrou no bolso do seu colete. Ergueu a cabeça, segurando a barra do bolso com as patinhas. Aquilo era, Brennan pensou, mais do que estranho, e ele tinha a sensação de que as coisas ficariam ainda mais estranhas antes de a noite acabar.

— Tudo bem — ele disse. — Vamos acabar com isso. — Fosse lá *o que* acontecesse.

Entraram no necrotério por uma porta de serviço destrancada em um beco lateral e desceram pela escada até o porão. Dragão Preguiçoso saiu do bolso, desceu do colete, passou pela perna da calça e apressou-se pelo corredor mal iluminado. Miolo correu atrás dele, mas Brennan o deteve.

— Vamos esperar até o ra... Até o Dragão Preguiçoso voltar.

Os olhos de Miolo eram brilhantes, e ele estava ainda mais agitado que de costume. Suas mãos tremiam quando ele pegou o frasco de pílulas, e derrubou uma dúzia de cápsulas enquanto engolia um punhado. As pílulas espalharam-se, fazendo ruídos altos e repetidos. Ele sorriu como um maníaco, e o canto de sua boca se retorcia em uma careta atormentada.

Que diabos estou fazendo em um necrotério com um maluco e um rato vivo esculpido de um pedaço de sabão?, pensou Brennan.

Dragão Preguiçoso voltou em disparada — antes que Brennan pudesse pensar em uma resposta para essa pergunta perturbadora —, movendo-se como se estivesse sendo caçado pelo gato mais faminto do mundo. Parou aos pés de Brennan, dançando com entusiasmo. Brennan suspirou, curvou-se e estendeu a mão. O animal saltou, e ele, ainda agachado, o ergueu até a altura do rosto.

Dragão Preguiçoso sentou-se, os olhos redondos luzindo de inteligência. Ele raspou a patinha dianteira sobre a garganta várias vezes. Brennan suspirou de novo. Odiava charadas.

— O que é? — perguntou. — Perigo? Alguém no corredor?

O rato assentiu, empolgado, e ergueu a patinha.

— Um homem? — O animal concordou de novo. — Armado? — Ergueu o ombro de um modo bastante humano, parecia incerto. — Tudo bem. — Brennan o deixou no chão e, em seguida, se levantou. — Venha comigo. — E virou-se para Miolo. — Você espera aqui.

Miolo fez que sim nervosamente, e Brennan partiu para o corredor, com Dragão Preguiçoso correndo em seu calcanhar. Não confiava no bicho, e imaginou em qual parte da missão poderia agir. *É difícil quando o homem de quem mais se depende é um rato,* pensou.

Na curva do corredor, havia um homem sentado em uma cadeira dobrável de metal, comendo um sanduíche e lendo um livro. Ele ergueu os olhos quando Brennan se aproximou.

— Posso ajudar, camarada? — Era de meia-idade, gordo e calvo. O livro que estava lendo era *Ás Vingador n. 49, Missão no Irã.*

— Entrega.

O homem fez uma careta.

— Não estou sabendo de nada. Sou o porteiro da noite. Em geral, recebemos entrega durante o dia.

Brennan entendeu, compreensivo.

— É uma entrega especial — ele disse. Quando chegou perto o bastante, pôs uma das mãos nas costas e puxou o estilete que carregava em um estojo no cinto, embaixo do colete. Encostou a ponta da lâmina levemente na garganta do porteiro. O homem, surpreso, abriu a boca e soltou o livro.

— Meu Deus, senhor, o que está fazendo? — perguntou num sussurro abafado, tentando mover a garganta o mínimo possível.

— Onde fica a sala de armazenamento permanente?

— Lá adiante, naquela direção. — O porteiro fez pequenos movimentos com os olhos, temendo mover-se.

— Vá buscar o Miolo.

— Eu não conheço ninguém com esse nome — o gordo ganiu, o suor brotando da testa.

— Eu não estava falando com você. Estava falando com o rato.

— Ai, meu Deus. — O porteiro começou a murmurar uma oração incompreensível, certo de que Brennan era um maníaco que estava prestes a assassiná-lo.

Brennan esperou, paciente, até Dragão Preguiçoso retornar com Miolo.

— Tem mais alguém neste andar? — ele perguntou, incitando o porteiro a se levantar com um leve girar de punho. O porteiro, respondendo rapidamente, se ergueu de imediato.

— Ninguém. Agora não.

— Nem guardas?

O porteiro parecia querer sacudir a cabeça, mas a proximidade da lâmina na sua garganta o impediu.

— Não precisa. Ninguém arromba o necrotério há, sei lá, meses.

— Tudo bem. — Brennan afastou o estilete, e o homem relaxou. — Leve a gente até a sala de armazenamento. Fique quieto e não tente nenhuma gracinha. — Para enfatizar, tocou a ponta do nariz do porteiro com o estilete, ao que ele assentiu cuidadosamente.

Brennan agachou-se e estendeu a mão, para que Dragão Preguiçoso pudesse alcançá-la. Ele levou o rato até o bolso do colete, segurando o riso pelos olhos esbugalhados do porteiro, que parecia querer fazer uma pergunta, mas pensou melhor e desistiu.

— É por aqui — disse, e Miolo e Brennan, com Dragão Preguiçoso espiando do bolso, seguiram-no.

O homem abriu a porta. Era uma sala escura, fria e deprimente, com gavetas de corpos nas paredes, estendendo-se do chão ao teto. Era ali que a cidade mantinha os cadáveres que ninguém queria ou conseguia identificar, antes de enterrá-los como indigentes.

O sorriso inquieto de Miolo alargou-se quando todos entraram na sala, e ele saltou de um pé para o outro com uma empolgação mal disfarçada.

— Me ajude a encontrar! — ele ordenou. — Me ajude a encontrar!

— O quê? — Brennan perguntou, realmente perplexo.

— O corpo. O corpo gordo e frio do Gruber. — Ele olhava com frenesi para as gavetas, pulando numa dança macabra enquanto percorria a parede.

Brennan franziu a testa, empurrou o porteiro na frente e encarou a parede diante deles. A maioria das etiquetas de nome nos pequenos suportes de metal tinham apenas números de identidade anônimos. Poucos tinham nomes.

— Aqui, é isso que estão procurando?

O dócil porteiro, que seguia na frente de Brennan, olhou para trás, esperançoso. Brennan foi até ele. A gaveta que apontava era a terceira de baixo para cima, na altura da cintura. Na etiqueta estava escrito *Leon Gruber, 16 de setembro.*

— Aqui está — Brennan falou, e Miolo atravessou a sala correndo. *Deve haver,* ele pensou, *algum tipo de mensagem no cadáver, algo que apenas Miolo pode decifrar.* Talvez esse Gruber tivesse contrabandeado algo em uma das cavidades do corpo... Mas, se fosse assim, com certeza, pensou em seguida, os técnicos do necrotério já teriam encontrado.

— O corpo está aqui faz muito tempo — Brennan comentou, quando Miolo abriu a porta e puxou a gaveta na qual jazia o cadáver.

— É, está mesmo, é verdade — o outro respondeu, olhando para o lençol encardido que cobria o corpo. — Eles armaram. Armaram para mantê-lo aqui até eu... Até eu conseguir sair.

— Sair?

Miolo arrancou o lençol e expôs o rosto e o peito de Gruber. Era um homem gordo e jovem, frágil e de aparência molenga. A expressão de medo e horror fixada no rosto era a pior que Brennan já havia visto em um cadáver. O peito estava salpicado com buracos de bala — pela aparência, de calibre baixo.

— Sim — Miolo disse, mas sem olhar para os olhos arregalados e mortiços de Gruber. — Eu estava na prisão... No hospício, na verdade. — De algum lugar em seu corpo, ele tirou uma pequena serra brilhante. Os lábios retorciam-se em esgares incessantes, espasmódicos, e a linha de baba no canto da boca pingava do queixo. — Por violação de cadáver.

— O corpo é para viagem? — Brennan perguntou entre lábios bem apertados.

— Não, obrigado — ele respondeu, esfuziante. — Vou comer aqui mesmo.

Ele começou a serrar o crânio de Gruber. A lâmina atravessou o osso com facilidade. Brennan e o porteiro observavam, horrorizados, quando o topo da cabeça caiu e Miolo, com uma alegria maníaca, algo furtiva, arrancou pedaços do cérebro de Gruber e enfiou na boca. Mastigou ruidosamente.

Brennan sentiu Dragão Preguiçoso afundar no bolso do colete. O porteiro vomitou e Brennan reprimiu uma onda crescente de náusea que ameaçava derrubá-lo, mantendo o autocontrole sombrio, apertando os lábios.

III

Brennan amordaçou o porteiro com um lenço e amarrou seus pulsos e tornozelos com uma fita de embalagem que Dragão Preguiçoso encontrou em um canto da sala de armazenagem. Ele precisava fazer todo o trabalho, porque Miolo, murmurando incoerências, havia se recostado na parede depois de devorar o cérebro de Gruber. Após cuidar do porteiro, guiou o maníaco murmurante para fora da sala. Desejou que Dragão Preguiçoso pudesse decifrar o que estava acontecendo.

— Como foi? — Bigode perguntou quando Brennan abriu a porta traseira do Buick e empurrou Miolo para dentro. Ele bateu a porta com força e sentou-se no banco da frente antes de responder.

— Ótimo, eu acho. Miolo fez um lanchinho.

Bigode assentiu, ligou o carro e partiu. Dragão Preguiçoso subiu no bolso de Brennan, equilibrou-se por precaução no alto do banco e pulou para o colo de seu corpo humano, que, após um momento, acordou, bocejando e se espreguiçando. O rato, sofrendo uma transformação sutilmente análoga àquela da mulher curiosa de Ló, voltou a ser um pedaço de sabão.

— Como foi? — Bigode murmurou de novo, olhando para o retrovisor enquanto dirigia.

Dragão Preguiçoso colocou a escultura de rato no bolso do casaco e balançou a cabeça.

— Conforme planejado. Encontramos o corpo e Miolo... jantou. O Caubói se saiu bem.

— Ótimo. Melhor levarmos o Miolo para o chefe enquanto ele ainda está digerindo.

— Agora que somos todos camaradas — Brennan falou arrastado —, talvez vocês possam me dizer o que está acontecendo.

Bigode ergueu o dedo do meio para um motorista que o fechou.

— Bem... Acho que não tem problema. O Miolo ali — ele deu uma risadinha — é mais ou menos ás. Ele consegue absorver as lembranças das pessoas comendo seus cérebros.

Brennan fez uma careta.

— Nossa. Então Gruber sabia de alguma coisa que Mao quer saber.

Bigode concordou com a cabeça e acelerou o Buick, passando um semáforo vermelho.

— Achamos que sim. Bom, ao menos esperamos. Olha só, o chefe do Danny Mao é um cara chamado Transluz, que quer encontrar uma ás chamada Ira. Gruber era seu receptador antes de ela matar o cara. Mao acha que Gruber provavelmente sabia muito sobre ela, então podemos usar as lembranças dele para encontrá-la.

Brennan apertou os lábios, reprimindo um sorriso. Ele sabia mais sobre isso do que aqueles caras. Transluz era um dos ases de Kien que tentou, e não conseguiu, capturar Ira e ele no Dia do Carta Selvagem, e Ira havia lhe dito que alguém — não ela — havia matado o receptador naquele dia.

— Por que esperaram tanto para pegar o cadáver do Gruber? — Brennan quis saber.

Bigode deu de ombros.

— Miolo estava em uma espécie de hospital. Os policiais o pegaram fazendo *aquilo lá* com um corpo que encontrou na rua, no Dia do Carta Selvagem, e levou alguns meses para os advogados conseguirem soltá-lo.

Brennan assentiu e, para permanecer em seu papel de recém-chegado perplexo, fez uma pergunta cuja resposta ele já sabia.

— Então, por que o Transluz quer encontrar essa tal Ira?

Porque ela roubou o diário de Kien nas primeiras horas da manhã do Dia do Carta Selvagem mais insano da história, Brennan pensou, mas o Lobisomem, obviamente, não sabia disso. Ele deu de ombros.

— Ei, você acha que sou confidente do Transluz?

Brennan balançou a cabeça. Não estava, ou ao menos tentava não estar, introspectivo. Suas lembranças do passado com frequência eram dolorosas, mas Ira — Jennifer Maloy — não saía de sua mente desde seu encontro com ela, em setembro. Foi mais do que a aventura que compartilharam no Dia do Carta Selvagem, mais do que a camaradagem tranquila e a confiança relutante entre eles, mais do que seu corpo alto e atlético. Brennan não poderia admitir por quê, mas sabia que tentaria entrar na força-tarefa dos Punhos Sombrios que tivesse a incumbência de caçá-la. Dessa forma, teria condições de ajudá-la se os Punhos chegassem perto demais.

Não que eles pudessem usar as lembranças de Gruber para rastreá-la, ele pensou. Embora Ira nunca tivesse dito seu nome a Brennan, ela mencionou que não confiava no receptador e, de fato, nunca lhe dissera seu nome verdadeiro.

Continuaram em silêncio. Bigode finalmente estacionou na frente de um prédio de tijolos de três andares, no coração do Bairro dos Curingas.

— Caubói, você e Dragão Preguiçoso ajudam o Miolo. Ele não consegue fazer muita coisa sozinho enquanto está digerindo.

Brennan pegou o braço esquerdo, Dragão Preguiçoso o direito, e eles o arrastaram pela calçada e subiram as escadarias até a entrada do prédio, onde Bigode já falava com um dos Garças que estavam na portaria. Passaram por eles para o interior do prédio; outro Garça falou rapidamente ao telefone e, em seguida, informou que podiam subir. Carregar Miolo por dois lances de escada foi como arrastar um saco de cimento, mas Bigode não se ofereceu para ajudar. Outro Garça assentiu para eles no patamar do terceiro andar. Atravessaram um corredor com carpete gasto, e Bigode bateu rapidamente à porta ao final dele. Uma voz masculina gritou "Entre", e ele abriu a porta e entrou antes de todos.

Era uma sala confortavelmente equipada, mais ou menos luxuosa se comparada ao que Brennan vira do resto do apartamneto. Um homem de uns trinta anos, bonito, charmoso e bem-vestido estava em pé diante de um barzinho bem abastecido, acabando de servir uma bebida.

— Como foi?

— Bem, Transluz, tudo bem.

Brennan não o reconheceu. Vira-o pela última vez no Dia do Carta Selvagem, mas Transluz estava invisível até Ira acertar sua cabeça com uma tampa de lata de lixo, fazendo-o cair inconsciente na rua. Brennan estava ocupado com vários Garças naquela hora e deu apenas uma espiada no ás. Era claro que Transluz também não reconheceu Brennan, que estava mascarado quando se encontraram.

— Quem é esse? — o ás perguntou, acenando na direção de Brennan.

— É novo na turma, o Caubói. É gente boa.

— Melhor ser. — Transluz afastou-se do barzinho, e sentou-se em uma poltrona confortável ao lado. — Sirvam-se — ele falou, apontando para as bebidas.

Bigode adiantou-se com avidez. Brennan e Dragão Preguiçoso viraram-se para largar Miolo, quase em coma, que agora murmurava sobre o alto custo de vida e o preço da cocaína em uma poltrona, quando uma explosão repentina, e absurdamente alta, sacudiu as estruturas do prédio. Parecia vir do telhado.

O drinque de Transluz derramou-se sobre seu terno, Bigode caiu sobre o barzinho, e Dragão Preguiçoso e Brennan soltaram Miolo.

— Caceta! — Transluz xingou, cambaleando e tropeçando até a porta, enquanto o rugido cada vez mais alto de uma pistola automática se aproximava, vindo de algum dos andares inferiores.

Brennan o seguiu; então, viu-se diante de três homens armados com metralhadoras Uzi que desciam através de um buraco aberto no teto. Transluz estancou no lugar, como que sob o efeito de uma paralisia induzida pelo medo. Brennan, agindo por instinto, empurrou o ás para o chão quando uma corrente de projéteis das metralhadoras compactas dos agressores rasgou a parede sobre sua cabeça. Ele carregava sua Browning Hipower semiautomática em um coldre de ombro, e sabia que não poderia sacá-la a tempo para reagir, pois seria derrubado pela próxima rajada de balas. Maldizendo o destino que o atraíra para morrer entre inimigos, ele agarrou sua arma.

Uma pequena folha de papel complexamente dobrada, que veio da sala atrás deles, flutuou pelo corredor. Antes que Brennan pudesse sacar a automática, e antes que os agressores atirassem novamente, em meio a um brilho rodopiante no ar, o papel mudou, se transformou e *cresceu* até virar um tigre bufante, vivo, que rugiu e avançou, com olhos vermelhos e arregalados, a boca cheia de dentes longos e afiados.

O animal levou uma rajada de tiros, mas não parou. Lançou-se sobre os três homens no fim do corredor, e Brennan ouviu os ossos estalando quando ele aterrissou no meio deles.

Ficou então de joelhos, sacou e mirou sua Browning. Dragão Preguiçoso estava segurando um dos homens com suas patas dianteiras, e, em um movimento único e veloz, arrancou sua garganta. O sangue jorrou pelo corredor enquanto o atirador, em pânico, soltava uma longa rajada à queima-roupa sobre Dragão. A mira da pistola de Brennan brilhou na testa do homem, alvejando-o quando o tigre tombou, caindo com todo seu peso sobre o terceiro agressor.

Transluz desapareceu. Brennan agachou-se e correu como um caranguejo. Acertou uma bala na cabeça do homem que tentava freneticamente sair de baixo de Dragão Preguiçoso, em seguida caiu de joelhos diante do felino gigante. Ele estava coberto de sangue e Brennan não conseguia identificar se era dele ou dos homens ao seu redor, mas estava com dezenas de feridas e respirava pesadamente. Brennan já tinha visto criaturas com ferimentos fatais o suficiente para saber que Dragão estava morrendo. Não tinha ideia do que devia fazer, ou o que isso significava para a sua forma humana. Parou para acariciar o tigre, solidário, e avançou com agilidade.

O barulho de rajadas de metralhadoras automáticas ainda soava nos andares abaixo, quando Brennan conseguiu chegar até o patamar do segundo piso e espiou pelo corrimão para o térreo.

As portas duplas do vestíbulo estavam abertas. Meia dúzia de Garças, feitos em pedaços pelas metralhadoras, jaziam no chão de mármore. Quando Brennan observou, os poucos membros ainda vivos da gangue de assalto afastaram-se, hesitantes, através dos escombros da porta dianteira, trocando tiros com os Garças e seus reforços. Em seguida, foram para a rua, onde o barulho dos tiros ecoou pela noite.

Brennan se levantou.

— Malditos carcamanos.

Ele olhou sobre o ombro direito. Um par de olhos azuis, terminações nervosas e tecido conjuntivo pendendo misteriosamente deles flutuavam a 1,70 m do chão. Transluz piscou até se materializar e parecia levemente desnorteado e muito, muito nervoso.

— Máfia? — Brennan perguntou.

— Isso aí, Caubói. Homens de Rico Covello. Reconheci o que restou daquelas caras feias de nossos dossiês. — Ele fez uma pausa, seu ódio substituído por uma repentina gratidão. — Te devo uma. Teriam acabado comigo se você não tivesse me derrubado.

Brennan deu de ombros.

— Se não fosse por Dragão Preguiçoso, nós dois teríamos virado carne moída. Melhor vermos se ele está bem. O tigre levou muitos tiros.

— Certo.

Subiram as escadas. Brennan ficou aliviado ao ver — em seguida, irritado consigo mesmo pelo sentimento — que Dragão estava sentado calmamente em uma das confortáveis poltronas de Transluz. Ele ergueu os olhos quando os dois entraram na sala.

— Tudo bem? — ele perguntou.

— Não diria isso — Transluz respondeu, ainda nervoso. — Aqueles desgraçados invadiram e quase me apagaram. — Ele olhou irritado para Bigode, que estava em pé, indeciso, no meio da sala. — O que você estava fazendo, seu curinga de merda?

Bigode deu de ombros.

— Eu... Eu pensei que alguém devia ficar com Miolo...

— Tire essa maldita máscara para falar comigo! — Transluz ordenou com fúria. — Já estou enjoado e cansado de olhar para a fuça de Nixon. Não importa o quanto você seja feio, não pode ser pior que isso.

Dragão Preguiçoso observou Bigode com interesse calculado, e a mão de Brennan se aproximou da Browning no coldre. Lobisomens eram conhecidos por assumirem uma fúria assassina quando estavam sem máscara, mas Bigode, como indicado em sua ação — ou inação — anterior, não era o mais violento dos Lobisomens. Ele tirou a máscara e se pôs no centro da sala, hesitante, pendendo o peso de uma perna para a outra.

Cada parte de seu rosto, exceto pelos globos oculares, era coberto por um pelo grosso e áspero; até mesmo a língua, que lambia nervosamente a boca. Não era surpresa, pensou Brennan, que sua voz fosse tão abafada.

Transluz grunhiu, falou alguma coisa que Brennan não conseguiu entender além de "curinga desgraçado", e deu as costas ao Lobisomem.

— Precisamos ir embora. A polícia vai chegar a qualquer momento. Dragão, você e o Bigode peguem o maluco — apontou com a cabeça para Miolo, que ainda estava jogado na poltrona, murmurando — e tragam-no para os fundos. Peguem também o carro e me busquem lá na frente. Caubói, venha comigo. Preciso fazer uma rápida avaliação de danos.

Dragão se levantou. Brennan parou na frente dele, e os dois se olharam por um bom tempo. Havia algo estranho em Dragão Preguiçoso, Brennan pensou de repente, algo oculto e extremamente insondável que ia além de seu poder incomum de ás. Porém, o homem havia salvado sua vida.

— Sorte sua que tenha um tigrão aí dentro.

Dragão sorriu.

— Gosto de ter um segurança disponível. Algo mais poderoso do que um rato.

Brennan concordou.

— Estou em dívida com você — ele falou.

— Vou me lembrar disso. — Dragão virou-se para ajudar Bigode com Miolo.

Lá embaixo, havia cinco Garças e meia dúzia de mafiosos mortos. Os Garças sobreviventes andavam de um lado para outro como abelhas furiosas.

Transluz sacudiu a cabeça.

— Inferno. Está crescendo. A Mãezinha não vai gostar disso.

Brennan segurou a expressão de interesse repentino antes que ela se revelasse. Não disse nada, tinha medo de que a voz o traísse. Mãezinha, Siu Ma, era a líder dos Garças Imaculadas. Se Transluz era um tenente na organização de Kien, ela era, no mínimo, um coronel. Em todos os meses de investigação, ele descobriu que era uma chinesa vinda do Vietnã para os Estados Unidos no final dos anos 1960 para se tornar mulher de Nathan Chow, o líder de uma insignificante gangue de rua chamada Garças Imaculadas. Sua chegada correspondeu à rápida ascensão da fortuna dos Garças, da qual Chow pouco se aproveitou. Morreu em circunstâncias misteriosas em 1971, e Siu Ma assumiu a gangue, que continuou a crescer e prosperar. Kien, na época ainda um general do Exército da República do Vietnã, usou o grupo para trazer heroína para os Estados Unidos. Assim, não havia dúvida de que Siu Ma tinha patente alta na organização de Kien, muito alta.

— Precisamos nos dividir antes de os policiais chegarem — Transluz comentou. Ele se virou para um Garça que carregava uma metralhadora Ingram. — Vão embora. Levem todos os arquivos, tudo de valor.

O Garça assentiu, esboçou uma saudação informal e começou a gritar ordens em chinês, muito rapidamente.

— Vamos — Transluz repetiu, caminhando cuidadosamente entre os corpos.

— Para onde? — Brennan perguntou, o mais casual possível.

— Casa da Mãezinha, em Chinatown. Tenho que contar para ela o que aconteceu.

Uma limusine brilhante estacionou. Bigode dirigia, e Miolo estava caído no banco traseiro com Dragão Preguiçoso. Transluz entrou, e Brennan o seguiu, a excitação percorrendo seu corpo como um fio bem tensionado. Ele observou cuidadosamente a rota tomada por Bigode, mas não fazia ideia de onde estavam quando a limusine finalmente parou em uma garagem pequena caindo aos pedaços, em um beco sujo e atulhado de lixo. Sua falta de familiaridade com a área o irritou e perturbou seu aguçado senso de controle. Odiava a sensação desesperadora que o assolava nos últimos tempos, mas não havia nada a fazer a não ser engolir seco e seguir em frente.

Bigode, novamente com sua máscara, e Dragão Preguiçoso arrastaram Miolo do carro, cumprindo uma ordem de Transluz. O significado daquilo foi importante para Brennan. Sabia que havia escalado um degrau ou dois na estima de Transluz, que era exatamente o que queria. Quanto mais perto chegasse do âmago da organização de Kien, mais fácil seria desmontá-la como um castelo de cartas.

A porta da qual se aproximaram não era tão frágil quanto parecia. Também estava trancada e guardada, mas o sentinela os deixou passar depois de espiar pelo olho mágico quando Transluz bateu à porta.

— Siu Ma está dormindo — o guarda disse. Era um chinês grande vestindo as tradicionais calças largas, um cinto, também largo, de couro e uma túnica combinando com a calça. A metralhadora no coldre do cinto era um anacronismo gritante com seu estilo ultrapassado de se vestir, mas Brennan refletiu: tratava-se de uma combinação sensível com o que, aparentemente, era a noção bem desenvolvida de tradição de Siu Ma.

— Ela vai querer nos ver — Transluz falou, sombrio. — Estaremos na câmara de audiências.

O guarda assentiu, acionou um sistema de interfone muito moderno e falou em chinês rápido demais para que Brennan pudesse acompanhar.

A câmara de audiências era luxuosa, se comparada com a fachada gasta do prédio. O tema da decoração era a China dinástica. Havia tapetes altos, telas belamente laqueadas, porcelana delicada, dois demônios de templo em bronze esverdeado maciço e valiosos bibelôs de marfim, jade e outras pedras nas mesas de teca, ébano e madeiras raras. *Ira*, Brennan pensou, *amaria este lugar.*

Embora imponente, a impressão geral que o aposento causava era bastante agradável. Era como uma exposição montada com olho exigente e o máximo de bom gosto.

Siu Ma já estava esperando por eles, sentada em uma poltrona dourada que dominava a parede ao fundo da câmara, e esfregava os olhos sonolentos. Era baixa, tinha um rosto redondo e gorducho, olhos escuros com cílios longos e cabelos pretos brilhantes. Aparentava ter pouco mais de 30 anos. Reprimiu um bocejo com a mão gordinha e franziu o cenho para Transluz.

— É melhor que seja importante — ela disse, olhando com nojo para Miolo e seus ajudantes, e com curiosidade para Brennan. Seu inglês era excelente, com apenas um resto de sotaque francês.

— E é — Transluz garantiu, e contou que a Máfia havia atacado seu prédio. Enquanto falava, uma jovem carregando uma bandeja entrou na sala e serviu uma pequena xícara de chá. Siu Ma bebericou enquanto ouvia a história de Transluz, e seu franzir de cenho se intensificou.

— Isso é intolerável — disse quando ele terminou. — Precisamos ensinar a esses criminosos de histórias em quadrinhos uma lição da qual eles não se esquecerão.

— Concordo — Transluz respondeu. — Mas nossos espiões nos disseram que Covello se recolheu em suas propriedades nos Hamptons. É uma das fortalezas mais bem protegidas da Máfia. Há duas muralhas ao seu redor, além de uma muralha externa e blindada que circula a propriedade inteira, e uma cerca eletrificada interna que protege o prédio principal. Covello está entrincheirado lá, na companhia de matadores mafiosos bem armados.

Siu Ma olhou com frieza para ele, e Brennan pôde ver a força implacável nos olhos quase pretos.

— Os Punhos Sombrios também têm armas — ela disse.

Transluz balançou a cabeça.

— Concordo, mas não queremos desperdiçar nossos homens em uma tentativa fútil de vingança. E penso que um ataque como esse chamaria a indesejável atenção das autoridades.

Um silêncio desconfortável surgiu enquanto Siu Ma bebericava o chá e encarava Transluz friamente. Brennan viu sua chance.

— Desculpe a minha interrupção — ele disse em seu falar arrastado e suave —, mas, com frequência, um homem sozinho consegue chegar aonde muitos não são bem-vindos.

Transluz virou-se para ele e franziu a testa.

— Como assim?

Brennan deu de ombros com desdém.

— Uma incursão de um homem só talvez consiga o que um ataque de grande escala nunca conseguiria.

Brennan sentiu os olhos de Siu Ma perfurarem-no.

— Quem é este homem? — perguntou.

— O nome dele é Caubói — Transluz disse com voz distraída. — É novo.

Siu Ma terminou o chá e deixou a xícara na bandeja.

— Fala como se tivesse a cabeça no lugar. Diga — ela disse, falando diretamente com Brennan pela primeira vez —, você está se oferecendo para ser este homem?

Ele curvou a cabeça, em uma reverência respeitosa.

— Sim, *Dama*.

Ela sorriu, contente, como ele esperava deixá-la com aquela forma de tratamento.

— Será perigoso, muito, muito perigoso — afirmou Transluz com cautela.

Siu Ma virou-se para encará-lo.

— Nunca pare para pensar no perigo em meio a uma questão de vingança — ela disse.

Brennan reprimiu um sorriso. Aparentemente, Siu Ma era uma mulher de opinião parecida com a sua.

IV

Estava um frio de gelar os ossos no heliporto da West Thirtieth Street. O vento era como um chicote que cortava o macacão manchado que Brennan vestia. O aroma da neve iminente estava no ar, embora ele mal conseguisse diferenciá-lo entre o cheiro de graxa e óleo do aeroporto onde, disfarçado de mecânico, esperava pacientemente.

Brennan era bom de espera. Passou dois dias e duas noites fazendo apenas isso em um posto de observação oculto do outro lado da estrada diante da propriedade de Covello, em Southampton. Era óbvio que Covello, optando pela discrição e não pela bravura, decidira se esconder durante a guerra entre a Máfia e os Punhos Sombrios. Estava cercado por uma companhia de mafiosos fortemente armados e protegido por muralhas que eram seguras contra tudo, exceto contra um ataque de grande escala. Os únicos veículos que podiam entrar nas propriedades traziam comida para o *don* e os prepostos que iam consultá-lo, e mesmo esses eram parados e revistados meticulosamente no portão principal.

O único caminho alternativo era o heliporto no telhado da mansão. Brennan observou o helicóptero de Covello chegar e partir várias vezes ao dia, em diferentes ocasiões transportando mulheres com roupas caríssimas e homens vestidos de preto. Estes, quando identificados pelas fotos que Brennan tirou com lentes telefotográficas, revelaram-se membros distintos de outras famílias. As mulheres, aparentemente, eram garotas de programa.

Quando o reconhecimento do terreno terminou, ele esperou pacientemente no heliporto, que era a base de Covello em Manhattan. Desde que confirmara que não poderia atravessar as muralhas, ele decidira cruzá-las por cima. No próprio helicóptero de Covello.

A noite havia caído antes de o piloto aparecer, com um trio de mulheres trêmulas vestidas com casacos de pele. Não havia mais ninguém perto do helicóptero. Quando Brennan se aproximou deles, o homem baixou a escada para a cabine. A primeira prostituta estava tentando entrar a bordo, mas suas botas de salto alto faziam com que a tarefa ficasse bastante complicada.

Foi quase fácil demais. Brennan chutou o piloto, ao que este cambaleou para trás, bateu com força contra o helicóptero e deslizou até o chão. A garota de programa que estava agarrada a ele vacilou, seus braços girando desordenadamente, e Brennan a equilibrou com a mão em seu traseiro.

— Ei! — ela reclamou, não se sabe se pelo encaixe da mão ou pelo tratamento ao piloto.

— Mudança de planos — Brennan falou para todas. — Vocês vão para casa.

Elas o olharam com suspeita, e a que estava na escada disse:

— Mas nós nem recebemos ainda.

Brennan abriu seu melhor sorriso.

— Nem foram mortas ainda. — Ele pegou a carteira e a esvaziou. — Para o táxi — respondeu, entregando as notas.

As três se olharam, encararam Brennan e voltaram a se olhar. A que estava na escada desceu, encolheu-se de frio e saiu murmurando. As outras a seguiram.

Brennan arrastou o piloto para dentro da cabine. Ele estava apagado e frio, mas, seu pulso, estável e forte. Brennan olhou-o por um momento. O homem, no fim das contas, não era nada, nem mesmo um inimigo. Era apenas alguém que, por acaso, estava no caminho. Brennan pegou um novelo de cordão grosso do bolso do macacão, o amarrou e amordaçou, deixando o homem no chão da cabine. Tirou o macacão sujo, o enrolou e jogou em um canto. Atravessou a cabine até o *cockpit* e acomodou-se no assento do piloto.

— Vou decolar — Brennan disse para o ar, mas aqueles que estavam na frequência escolhida o ouviram, e ele partiu para Southampton.

Brennan não pilotava um helicóptero havia mais de dez anos, e esse era um modelo mais comercial que militar, mas as antigas habilidades voltaram rapidamente às suas mãos. Pediu a liberação de decolagem, a recebeu e, seguindo o plano de voo que encontrou em uma prancheta na cabine, logo deixou para trás o milhão de joias brilhantes que iluminavam a Cidade de Nova York.

Voar sobre Long Island na noite clara e fria lhe deu uma sensação fresca e nova, na qual ele se perdeu. No entanto, logo viu o iluminado heliporto particular de Covello bem abaixo. Quando pousou, suave como uma pena, um guarda carregando um fuzil acenou para ele. Brennan suspirou. Tirou a sensação clara do céu noturno da mente. Era hora de voltar ao trabalho.

O guarda seguiu despreocupadamente na direção do helicóptero. Brennan esperou até ele estar a meia dúzia de passos de distância, em seguida baixou a janela do *cockpit* e acertou sua cabeça com a Browning com silenciador. Ninguém o viu entrar na mansão através do alçapão no telhado, tampouco o viu percorrer quarto a quarto, tão silencioso e determinado como uma assombração.

Ele encontrou Covello em uma biblioteca repleta de livros intocados, que haviam sido comprados pelo decorador da mansão pelas encadernações, porque combinavam. O *don*, que Brennan reconheceu pela foto no dossiê de Transluz, estava jogando sinuca com seu *consulare*, enquanto um homem, obviamente um guarda-costas, observava em silêncio.

Covello perdeu uma tacada certa, xingou-se, em seguida ergueu a cabeça, franzindo o cenho para Brennan.

— Quem diabos é você?

Brennan não disse nada, simplesmente ergueu a arma e atirou no guarda-costas. Covello começou a gritar em uma voz curiosamente aguda e feminina, e o *consulare* tentou acertar Brennan com o taco de sinuca. Ele se desviou e o alvejou três vezes no peito, lançando-o sobre a mesa de sinuca. Em seguida, atirou nas costas do *don*, enquanto ele corria até a porta.

Covello ainda estava respirando quando Brennan se aproximou. O mafioso encarou-o com um olhar suplicante e tentou falar. Brennan queria finalizá-lo com um tiro na cabeça, mas não podia. Tinha ordens a cumprir.

Ele puxou um pequeno saco de náilon preto do bolso de trás da calça, e uma faca, não muito mais longa e pesada do que aquela que sempre carregava, do estojo do cinto que ficava na lombar.

Seu tempo era curto, já que os gritos de Covello certamente tinham acordado a casa, e os capangas já estariam a caminho. Então, se curvou. O *don* moribundo fechou os olhos de terror quando viu a faca nas mãos de Brennan.

O homem não era seu inimigo, mas sua morte também não seria uma grande perda para a sociedade. Ainda assim, enquanto cortava a garganta de Covello, apertando com força a lâmina para separar a espinha, Brennan só conseguia pensar em um final mais limpo. Ninguém merecia morrer assim.

Ele ergueu a cabeça de Covello pelo cabelo oleoso e jogou-a no saco de náilon. Voltou pelos corredores que levavam ao telhado e ao helicóptero. Movia-se rápida e silenciosamente, mas, dessa vez, foi visto.

Um mafioso disparou uma forte rajada de metralhadora e gritou para os companheiros. Os tiros não chegaram nem perto de atingir Brennan, mas ele sabia que agora estavam no seu encalço. Acelerou o passo, atravessando corredores e subindo às pressas as escadas. Deu de cara com um grupo de homens. Não tinha ideia de quem eram, e eles pareciam surpresos, mas nada perplexos com o encontro. Esvaziou o pente da Browning quando o atacaram, e eles se espalharam sem oferecer resistência quando os sons da perseguição se aproximaram mais.

Sem interromper o passo, ele falou alto para ouvintes invisíveis:

— Já estou com o pacote e voltando para casa. Preciso de cobertura — enfiou a mão no bolso do colete, soltou algo no carpete, e continuou a correr.

Uma folha flutuante de papel delicado, dobrada hermeticamente em um formato pequeno e complicado, caiu de sua mão. Ele não olhou para trás, mas ouviu o rugido desafiador de um grande felino, terrivelmente alto nos estreitos corredores, reverberar e ecoar continuamente quando se misturou aos sons da metralhadora e aos gritos dos homens aterrorizados.

A rota que o levou até o pequeno aeroporto de Suffolk não estava no plano de voo autorizado, e a viagem não foi tão empolgante com a bolsa manchada e vazando que ele manteve ao lado no banco do copiloto.

Transluz e Bigode o esperavam no aeroporto com a limusine.

— Como foi?

— Conforme o planejado. — Brennan ergueu a bolsa, e Bigode pegou-a. Transluz assentiu.

— Enrole num cobertor ou algo parecido e ponha-o no porta-malas. — Ele percebeu o olhar de nojo de Brennan quando Bigode saía às pressas. — Sim, também sobra para mim às vezes. Mas Miolo é uma ferramenta útil. Pense em todas as informações úteis que ele vai tirar do cérebro de Covello.

— Pensei que Miolo estivesse trabalhando em outro problema — Brennan disse, sem mostrar muito interesse. — Em uma ás chamada Ira.

— Ah, isso? — Transluz fez um gesto de indiferença. — Ele já resolveu. Pelo visto, Ira não gostava muito de Gruber. Nunca lhe disse seu nome verdadeiro. Mas ela deixou escapar a data de aniversário uma vez. E Miolo é um desenhista talentoso... Nossa, difícil pensar nele com alguma qualidade humana real... Temos ligações fortes em várias agências governamentais, a DMV, por exemplo. Enfim, a data e o retrato de Miolo serão o suficiente para pegar aquela vadia.

Uma onda de medo assolou Brennan, expulsando a fadiga que pesava em seu corpo e espírito. Para escondê-la, esfregou o rosto e deu um grande bocejo.

— Bem — ele disse, tentando desesperadamente soar despreocupado —, parece bem importante. Gostaria de participar.

Transluz examinou-o com cuidado, mas assentiu.

— Claro, Caubói. Você merece. Não vamos mexer com isso por um dia ou dois, mas sua aparência me diz que você conseguiria dormir durante todo esse período.

Brennan forçou um sorriso.

— Eu bem que poderia.

Deixaram-no em um apartamento no Bairro dos Curingas, onde dormiu por quase 24 horas e depois se arrastou por outro dia antes de receber a ligação. Era a voz abafada de Bigode na outra ponta da linha.

— Conseguimos o nome dela, Caubói, e o endereço.

— Quem está na jogada?

— Você, eu e dois dos meus colegas Lobisomens. Estão vigiando o apartamento dela agora.

Brennan concordou. Estava feliz por Dragão Preguiçoso não os acompanhar. Tinha muito respeito pelo poder e a capacidade de adaptação do ás.

— Mas tem um problema — Bigode disse, hesitando. — Ela se transforma em uma espécie de fantasma e atravessa paredes e essa merda toda, então, não podemos ameaçá-la de verdade.

Brennan sorriu. Jennifer era uma moça extraordinariamente difícil de lidar.

— Transluz bolou um plano. Invadimos o apartamento dela e tentamos encontrar o livro que ele está procurando. Se não, podemos tentar negociar. Como comprar, por exemplo. Então — ele disse com certa satisfação na voz —, ela pode acabar com uma bala na nuca em algum momento. E aí, vai virar fantasma para sempre.

— Bom plano — Brennan se obrigou a dizer. E era. Sabiam seu nome. Sabiam onde encontrá-la. Ele precisava fazer alguma coisa ou ela não chegaria viva ao fim do mês, mesmo se eles encontrassem o diário. Sua mente acelerou. — Encontro vocês em uma hora, no apartamento dela. Passe o endereço.

— Certo, Caubói. Sabe, é bem ruim esse poder dela de virar fantasma. É bem gostosa. Poderíamos fazer uma boa festinha.

— Sim, uma boa festinha. — Brennan desligou depois de Bigode dar o endereço do apartamento de Ira. Por um momento, ficou encarando o nada, invocando todo o treinamento zen para acalmar a mente e tranquilizar o pulso acelerado. Precisava de calma, não de um cérebro encharcado de ódio, fúria e medo. Parte dele se surpreendeu com a forte reação às notícias de Bigode. Parte dele sabia o motivo, mas a maior parte lhe disse para esquecer o assunto por ora, enterrá-lo e examiná-lo depois. Havia uma maneira de sair dessa encrenca... Tinha de haver...

Ele afundou a consciência no lago do ser, buscando conhecimento através da tranquilidade perfeita, e, quando trouxe sua mente de volta, obteve a resposta. Era Kien, e o que ele sabia do homem, seus medos, forças e fraquezas.

Alguns dos detalhes seriam traiçoeiros e dolorosos de se trabalhar. Brennan pegou o telefone e discou um número. Ouviu o primeiro toque, em seguida, o som *daquela* voz do outro lado da linha:

— Alô? — Ele segurou o aparelho com força, percebendo que sentia falta de *sua* voz e, apesar das circunstâncias, estava feliz em ouvi-la novamente. — Alô?

— Alô, Jennifer. Precisamos conversar...

♣

A neve caía em cortinas que cegavam, e o vento rugia como almas perdidas através dos cânions cinzentos da cidade. De alguma forma, o inverno parecia mais frio ali do que nas montanhas. *Mais frio, sujo e solitário*, Brennan pensou. Os Lobisomens sem máscara, vestidos como funcionários de manutenção, esperavam no saguão do prédio de Jennifer. Um era alto e tinha as bochechas cheias de espinhas. Suas deformidades de curinga estavam escondidas pelo macacão largo que vestia. O outro era baixo e magro, com a malformação evidente em sua espinha curvada, que deslocava o torso dos quadris de modo excêntrico. Bigode e Brennan, também vestindo macacões, batiam a neve das botas.

— Frio do inferno — Bigode resmungou. — Ela foi embora? — ele perguntou sussurrando.

O alto e magro assentiu. — Saiu não faz dez minutos. Pegou um táxi.

— Tudo bem, vamos lá.

Ninguém os viu subir. A porta principal cedeu facilmente às ferramentas de arrombamento dos Lobisomens. Brennan disse a si mesmo que precisava falar com ela sobre isso, se, ele corrigiu, ainda estivessem vivos quando o assalto tivesse terminado.

— Vamos ver o quarto primeiro — Bigode disse quando entraram no apartamento. Ele parou e franziu a testa para as paredes cheias de estantes de livros. — Merda, encontrar um livro aqui será como uma agulha num maldito palheiro.

Ele entrou em um quarto pequeno com uma cama de solteiro, um criado-mudo com luminária, um armário antigo... e mais estantes de livros.

— Teremos de olhar todos os malditos livros — Bigode disse. — Talvez algum seja oco, ou algo assim.

— Caramba, Bigode — o Lobisomem baixinho disse —, você está vendo filmes de...

Ele interrompeu a fala e olhou quando uma loira alta, magra e bonita vestida em um biquíni preto saiu da parede. A imagem tremeu, solidificou-se, apontou uma pistola com silenciador para eles e sorriu.

— Parados — ela disse.

Eles pararam, mais pela surpresa do que por medo.

Bigode engoliu seco.

— Ei, nós só queremos conversar. Fomos enviados por gente importante.

A mulher fez um sinal positivo.

— Eu sei.

— Você sabe? — Bigode perguntou, surpreso.

— Eu contei para ela.

Todos se viraram para encarar Brennan. Ele havia aberto a gaveta do criado-mudo e também estava com uma arma nas mãos. Era uma pistola estranha, de cano longo. Apontou para Bigode. Os olhos do curinga arregalaram-se no rosto peludo.

— Que porra é essa, Caubói? O que está acontecendo? — Brennan o encarou inexpressivamente. Mexeu o punho, apertando o gatilho duas vezes.

Houve duas explosões pequenas, quase inaudíveis, e os Lobisomens olharam com surpresa para os dardos cravados em seu peito. O alto e magro abriu a boca para dizer algo, suspirou, fechou os olhos e despencou no chão. O outro nem tentou falar.

— Caubói!

Brennan sacudiu com a cabeça.

— Meu nome não é Caubói. Também não é Yeoman, mas serve.

O rosto de Bigode assumiu uma expressão quase cômica de terror.

— Olha, me deixa ir embora. Não vou falar para ninguém. Juro. Confie em mim... — Ajoelhou-se, as mãos crispadas, implorando, as lágrimas encharcando as bochechas peludas.

A pistola de ar de Brennan cuspiu outro dardo, e Bigode caiu de cara no carpete. Brennan virou-se para Jennifer.

— Oi, Ira.

Ela deixou a arma cair na cama.

— Você não pode... Não pode deixá-los ir?

Brennan negou com a cabeça.

— Sabe que não. Eles me conhecem. Acabaria com meu disfarce. E arruinaria nosso plano.

— Eles precisam morrer?

Ele se aproximou dela, mas os braços ficaram ao lado do corpo.

— Você se envolveu num negócio mortal. — Ele apontou para os Lobisomens drogados. — Ninguém pode sair daqui, exceto eu, se você quiser viver. — Ele parou, parecia perturbado. — Mesmo assim, não há garantia...

Jennifer suspirou.

— A vida deles está nas minhas m...

— Eles fizeram escolhas e levaram uma vida que os trouxe até aqui. Estavam preparados para te estuprar, desfigurar e matar. Ainda assim... — Brennan desviou o olhar de Jennifer, olhando para dentro de si. — Ainda assim...

A voz silenciou. Jennifer pôs a mão em seu rosto, e ele o ergueu, os olhos escuros assombrados por memórias de morte e destruição que, apesar do treinamento zen, apesar de sua concentração ferrenha, nunca se afastavam da superfície dos pensamentos.

Jennifer abriu um leve sorriso.

— Gosto dos seus novos olhos.

Brennan sorriu de volta e, quase de forma involuntária, cobriu a mão dela com a sua.

— Preciso ir. Logo vai escurecer e preciso cuidar deles. — Apontou com a cabeça para os Lobisomens desacordados. — E de... outros detalhes.

Jennifer concordou.

— Verei você de novo? Digo, logo.

Brennan afastou a mão, virou-se e deu de ombros.

— Já não tem problemas demais?

— Ei, o senhor do crime da Cidade de Nova York me jurou de morte. O que pode ser pior?

Brennan sacudiu a cabeça.

— Você não conseguiria nem começar a imaginar. Olha, é melhor você desaparecer. Preciso cuidar de algumas coisas.

Jennifer olhou para ele em silêncio.

— Eu te ligo.

— Promete? — ela perguntou.

Brennan fez um sinal positivo com a cabeça. Ela lançou um último olhar perturbado para os Lobisomens, em seguida desapareceu através da parede. Brennan não tinha a intenção de cumprir sua promessa. Nenhuma. De jeito nenhum. Mas, quando ergueu o primeiro curinga inconsciente nos ombros, sua determinação já estava enfraquecendo.

V

Transluz, Siu Ma e Miolo estavam em reunião quando Brennan recebeu autorização para entrar na câmara de audiências. Miolo murmurava listas de nomes, endereços, telefones, contas bancárias e conexões com o governo. Tudo que Covello mantinha armazenado no cérebro era de Miolo. Tudo que o *don* sabia...

Repentinamente, Brennan teve uma ideia. Apenas os mortos, ele pensou, podiam saber de tudo. Já haviam terminado sua missão, sua vida estava completa. Apenas os mortos podiam conhecer totalmente o Bairro dos Curingas, pois não precisavam de novidades. Como ele, quando estava nas montanhas, onde sua vida era pacífica, imutável e serena — e bem morta. Agora, ele vivia novamente. A sensação de incerteza e perda de controle que o assolava cada vez mais era o preço que pagava por viver. Era um preço alto, mas, até o momento, ele percebeu, estava conseguindo pagá-lo.

Transluz e Siu Ma trocaram olhares preocupados quando Brennan entrou sozinho na câmara.

— O que aconteceu? — Transluz perguntou.

— Emboscada. Aquele desgraçado do Yeoman. Matou Bigode e os outros Lobisomens. Me prenderam na parede pela mão. — Brennan estendeu a mão direita. Estava enrolada num trapo ensanguentado que fora rasgado da camisa. Tinha doído muito atravessar a mão com uma flecha. Era,

Brennan refletiu, uma espécie de castigo por aquilo que fizera desde sua chegada à cidade.

— Ele deixou você vivo? — Siu Ma perguntou.

— Queria que eu entregasse isto, disse que não era bom para ele. — Ergueu o diário de Kien, que havia sido apagado quando Jennifer o desmaterializou para tirá-lo do cofre. Ele odiava muito ter que devolvê-lo e deixar Kien saber que estava a salvo dos segredos que estavam revelados ali, mas precisava oferecer algo de concreto para tirá-lo do caminho de Jennifer.

Transluz pegou o diário e, encantado, folheou as páginas.

— O... O Yeoman fez isso?

Brennan negou com a cabeça.

— Disse que aconteceu quando Ira o roubou.

Transluz sorriu.

— Bem, isso é ótimo. Realmente ótimo.

Até Siu Ma parecia feliz.

— Tem mais uma coisa. — Brennan forçou-se a falar como um mensageiro indiferente quando queria bradar as palavras na cara de Transluz, para que Kien não tivesse dúvida da ameaça que sofriam.

Transluz e Siu Ma olharam para ele com expectativa.

— Ele também tinha uma mensagem. Ele disse para Kien... Sim, o nome era Kien... Que sabe onde ele mora, da mesma forma que Kien sabe onde Ira vive. Mandou dizer que a luta deles vai além da vida e da morte, que é de honra e retribuição, mas que ficará satisfeito em tirar a vida dele se algo acontecer a Ira. Falou ainda que tem uma flecha com seu nome esperando... apenas esperando.

Brennan havia entregado uma promessa semelhante poucos meses antes em nome de outra pessoa. Mas talvez fosse justificável ela ter recusado aceitar sua proteção e escolher, em vez disso, partir. Porém, Jennifer tinha simplesmente assentido com a cabeça quando ele lhe contou seu plano, havia aceitado como se confiasse real e totalmente nele.

— Entendo — Transluz e Siu Ma trocaram olhares de preocupação novamente. — Bem, certo, eu passo o recado. — Transluz concordou com firmeza. — Vou passar mesmo. — Ansioso, mordeu o lábio inferior.

Siu Ma levantou-se:

— Você provou ser valioso. Espero que sua associação com os Punhos Sombrios seja longa e próspera.

Brennan olhou para ela e se sentiu à vontade para sorrir:

— Tenho certeza de que sim. Tenho certeza de que será.

♣ ♦ ♠ ♥

Todos os cavalos do rei

George R. R. Martin

I

Tom encontrou a última edição da *Ases* na antessala do escritório, enquanto a analista de crédito lhe dava um chá de cadeira.

A capa mostrava o Tartaruga voando sobre o rio Hudson com um espetacular pôr do sol de outono ao fundo. Na primeira vez em que viu aquela foto, na *Life*, Tom ficou tentado a mandar emoldurá-la. Mas aquilo fora muito tempo atrás. Mesmo o casco já não existia mais, lançado à deriva em algum lugar no espaço pelos alienígenas que o capturaram na primavera anterior.

Embaixo da imagem, em letras pretas sobre as nuvens tingidas de escarlate, a manchete perguntava: "Tartaruga – Vivo ou Morto?".

— Caralho — Tom falou alto, incomodado. A secretária lançou um olhar desaprovador em sua direção. Ele a ignorou e folheou a revista para encontrar a história. Inferno... Como podiam supor que ele estava morto? E daí que fora atingido por uma bomba de napalm e despencara dentro do Hudson na frente de metade da cidade? Ele havia voltado, não é? Pegou um casco velho e cruzou o rio, voou sobre o Bairro dos Curingas na madrugada seguinte ao Dia do Carta Selvagem, milhares de pessoas devem tê-lo visto. O que mais precisava fazer?

Finalmente, ele encontrou o artigo. O autor fez um grande alarde com o fato de que ninguém via o Tartaruga havia meses. Talvez ele tivesse morrido, no fim das contas, a revista sugeria, e a visão durante a madrugada tivesse sido algum tipo de alucinação coletiva. Um especialista sugeriu que podia ser uma alucinação causada pelo desejo de que ele não tivesse morrido. Um balão meteorológico, disse um segundo. Ou, talvez, o planeta Vênus.

— *Vênus!* — Tom exclamou, um tanto indignado. O velho casco que ele usara naquela manhã era um maldito fusca coberto com uma placa blindada. Como podiam dizer que era Vênus? Virou a página e se deparou com uma fotografia granulada de um fragmento do casco tirado do rio. O metal estava curvado, retorcido por alguma explosão horrível, suas laterais denteadas e afiadas. *Nem todos os cavalos, nem todos os cavaleiros do rei conseguiriam trazer o Tartaruga de volta*, dizia a legenda.

Tom odiava quando tentavam ser espertinhos.

— A senhorita Trent vai recebê-lo agora — a secretária anunciou.

A senhorita Trent em nada contribuía para melhorar seu humor. Era uma jovem magra que usava óculos de tartaruga grandes demais e tinha cabelos castanhos com mechas loiras. Bonita e ao menos dez anos mais nova que Tom.

— Sr. Tudbury — ela disse de trás de uma impecável mesa de aço cromado quando ele entrou. — O comitê de empréstimo avaliou seu pedido. O senhor tem um excelente registro de crédito.

— É mesmo — Tom disse, sentou-se e por um momento ousou ter esperanças. — Isso significa que vou conseguir o dinheiro?

A senhorita Trent sorriu com tristeza.

— Receio que não.

De alguma forma, ele já esperava. Tentou agir como se não importasse; os bancos nunca emprestam dinheiro quando suspeitam que você realmente precisa dele.

— E minha avaliação de crédito? — ele questionou.

— O senhor tem um registro excelente de pagamentos em dia de seus empréstimos, e aqui levamos isso em consideração. Mas o comitê é da opinião de que seu endividamento total já está muito alto em relação a sua renda atual. Não poderíamos justificar a concessão de mais um crédito sem garantia desta vez. Desculpe. Talvez outra instituição lhe dê um retorno positivo.

— Outra instituição de crédito — Tom disse com voz cansada. Chance mínima. Aquele banco já era o quarto onde tentava. Todos disseram a mesma coisa. — Sim, claro. — Ele já estava de saída quando viu o diploma emoldurado na parede do escritório e voltou. — Universidade de Rutgers — voltou-se para ela. — Eu abandonei Rutgers. Tinha coisas melhores a fazer que terminar a faculdade. Coisas mais importantes.

Ela o encarou em silêncio, uma expressão confusa em seu rosto belo e jovem. Por um momento, Tom quis voltar, sentar-se e contar tudo para ela. Tinha uma expressão compreensiva, ao menos para uma funcionária de banco.

— Deixa pra lá — ele disse.

Foi um longo trajeto até o carro.

♣

Era quase meia-noite quando Joey o encontrou recostado em uma grade enferrujada, observando as águas iluminadas pela rua do estreito de Kill Van Kull. O parque ficava do outro lado da rua, em frente à sua casa e aos conjuntos habitacionais do governo onde crescera. Mesmo quando criança, encontrava ali seu consolo, nas águas pretas e oleosas, as luzes de Staten Island no meio do caminho, os grandes petroleiros atravessando a noite. Joey sabia disso; eram amigos desde a escola primária, diferentes como o dia e a noite, mas irmãos em tudo, exceto no nome.

Tom ouviu os passos atrás dele, olhou por sobre o ombro, notou que era apenas Joey e voltou a encarar o Kill. O amigo aproximou-se e ficou ao seu lado, com os braços dobrados sobre a grade.

— Não conseguiu o empréstimo — Joey disse.

— Não. Sempre a mesma história.

— Filhos da puta.

— Não. Eles têm razão. Eu já devo demais.

— Tudo bem, Tuds? Há quanto tempo você está aqui fora?

— Um tempinho — Tom respondeu. — Precisava pensar um pouco.

— Odeio quando você pensa.

Tom sorriu.

— É, eu sei. — Ele virou as costas para a água. — Estou pendurando as chuteiras.

— Que merda é essa que você está falando?

Tom ignorou a pergunta.

— Estou ficando com saudades daquele último casco. Tinha infravermelho, lentes com zoom, quatro grandes monitores e vinte menores, toca-fitas, equalizador gráfico, frigobar, tudo com controle remoto, computadorizado, de ponta. Trabalhei por quatro anos nele, fins de semana, noites, férias, o tempo todo. Cada centavo guardado que eu tinha foi embora com ele. E o que acontece? Estava com o maldito operando havia cinco meses, e os desgraçados dos parentes do Tachyon simplesmente jogaram o casco no espaço.

— Grande coisa — Joey falou. — Você ainda tem os cascos antigos no ferro-velho, use um deles.

Tom tentou ser paciente.

— O casco que os takisianos mandaram embora era o meu quinto — ele disse. — Depois que o perdi, voltei para o número quatro. Aquele que foi bombardeado. Se quiser dar uma olhada como ficou, compre a última *Ases*. Tem uma foto ampliada lá. Canibalizamos todas as partes úteis do dois e do três, anos atrás. O único que está mais ou menos intacto é o primeiro.

— E? — Joey perguntou.

— *E*? Ele tem fios, Joey, não placas de circuito, fios com vinte anos de idade. Câmeras obsoletas com capacidade de rastreamento limitada, tubos de aspirador de pó, um maldito aquecedor a gás, enfim, o pior sistema de ventilação que você já viu.

"Como fiz aquela coisa sobrevoar o Bairro dos Curingas em setembro ainda não sei, mas estava em choque com a explosão. Do contrário, nunca teria tentado uma idiotice dessas. Tantos tubos queimaram que acabei voando meio que às cegas antes de voltar para casa."

— Podemos consertar tudo isso.

— Esquece — Tom disse, com mais firmeza do que sentia de fato. — Aqueles meus cascos são um tipo de símbolo para a merda da minha vida inteira. Fico enjoado só de pensar nisso. Todo o dinheiro que botei neles, todas as horas, o trabalho. Se me esforçasse tanto na minha verdadeira vida, talvez eu fosse alguém. Olhe para mim, Joey. Estou com 43 anos, moro sozinho, tenho uma casa e um ferro-velho abandonado, os dois hipotecados até o talo. Trabalho quarenta horas por semana vendendo videocassetes e computadores, e consegui comprar um terço da loja, mas agora os negócios não estão indo muito bem... Hahaha, olha que piada. Aquela mulher que me atendeu no banco hoje é dez anos mais nova do que eu, e provavelmente ganha três vezes mais do que eu tiro do meu negócio. Linda também, sem aliança, e a secretária disse *senhorita* Trent, ou seja, talvez eu pudesse ter chamado a moça para sair, mas, sabe de uma coisa? Eu olhei nos olhos dela e consegui ver como sentia pena de mim.

— Se uma vaca estúpida te olha com dó, isso não é motivo para você ficar chateado — Joey comentou.

— Não — Tom retrucou. — Ela tem razão. Eu sou melhor do que parecia para ela, mas não havia maneira de ela saber disso. Empenhei a melhor parte de mim sendo o Tartaruga. O Astrônomo e seus capangas quase me *mataram*. Caralho, Joey, eles jogaram bomba de napalm no meu casco, e uma delas me deixou tão enjoado que eu apaguei. Poderia ter morrido.

— Mas não morreu.

— Tive sorte — Tom disse com fervor. — Uma sorte *dos diabos*. Eu estava preso naquela desgraça, todos os meus instrumentos estavam fora do ar, aquela droga toda, e todas as muitas toneladas despencaram direto para o fundo do rio. Mesmo que estivesse consciente, não haveria como abrir a escotilha manualmente antes de me afogar. E isso se a encontrasse com todas as malditas luzes apagadas e o casco enchendo-se de água!

— Pensei que você nem se lembrasse dessa merda — Joey falou.

— E não — Tom confirmou, massageando as têmporas. — Consciente, não. Às vezes tenho aqueles sonhos... Foda-se, não importa, a verdade é que eu estava morto. Só fui sortudo, incrivelmente sortudo, porque algo estourou o casco, estourou sem me matar, e eu consegui trazê-lo para a superfície. Do contrário, estaria lá embaixo, dentro de um caixão de aço no fundo do Hudson, com as enguias entrando e saindo dos meus olhos.

— E então? — Joey falou. — Você não está morto, certo?

— E da próxima vez? — Tom questionou. — Estou quebrando a cabeça tentando pensar em uma maneira de financiar um casco novo. Vender minha parte na empresa, ou talvez vender a casa e mudar para um apartamento. E então eu pensei, bem, ótimo. Vendo a merda da minha casa, construo um novo casco, e os desgraçados takisianos aparecem mais uma vez. Ou descobrimos que o Astrônomo tinha um irmão e ele está puto comigo, ou alguma outra merda acontece, não importa o quê, mas *algo* acontece e me mata. Ou, talvez eu sobreviva, apenas para ver o novo casco ir para a sucata, como os últimos dois, e lá estarei eu na estaca zero, só que sem casa. Para quê?

Joey encarava Tom; Joey, que havia crescido com ele, que o conhecia melhor do que ninguém.

— É, talvez — ele respondeu. — Então, por que eu acho que você está me escondendo algo?

— Eu era um garoto muito esperto — Tom insistiu, virando-se de uma vez —, mas de alguma forma me tornei um belo idiota quando cresci. Essa coisa de vida dupla é uma besteira. Uma vida já dá trabalho suficiente para a maioria das pessoas, que diabos me fez pensar que poderia dar conta de duas? — Ele sacudiu a cabeça. — Para o inferno com tudo isso. Acabou. Estou sendo racional, Joey. Eles acham que o Tartaruga está morto? Ótimo. Deixe que descanse em paz.

— Você é quem sabe, Tuds — Joey falou, pousando a mão áspera no ombro de Tom. — Mas é uma pena, de verdade. Você vai fazer meu filho chorar. O Tartaruga é o herói dele.

— Jetboy foi meu herói — Tom disse. — Ele também morreu. Faz parte do amadurecimento. Mais cedo ou mais tarde, todos os seus heróis vão morrer.

♣ ♦ ♠ ♥

Concerto para sirene e serotonina

Roger Zelazny

I

Sentado a uma mesa pouco iluminada do Vito's Italian, em horário inusitado e silencioso, engolindo um prato de *linguini* e secando uma garrafa envolta em palha, o único freguês — de cabelos pretos fixados com laquê ou tônico — do lugar chamava a atenção dos garçons. Já era seu sétimo prato, quando um imponente civil, cuja mão se parecia com um bastão, entrou e também se pôs a observá-lo, com olhos injetados.

O homem continuava a encarar o jantar e, finalmente, voltou suas lentes espelhadas na direção do outro.

— Você é quem estou procurando? — o recém-chegado perguntou.

— Talvez — o comensal respondeu, abaixando o garfo —, se envolver dinheiro e algumas habilidades especiais.

O homenzarrão sorriu. Em seguida, ergueu a mão direita e deixou-a cair. Atingiu a ponta da mesa, arrancou o canto, rasgou a toalha e sacudiu-a para a frente. O *linguini* escorreu para trás, caindo no colo do homem sentado. Seus óculos se entortaram, revelando um par de olhos brilhantes e facetados.

— Canalha! — ele gritou, as mãos estendidas em paralelo ao apêndice.

— Filho da puta! — o gigante respondeu, tirando a mão. — Você me queimou, desgraçado.

— Dei um choque — o outro corrigiu. — Teve sorte que não te fritei. O que é isso? Por que quebrou minha mesa?

— Você tá contratando ases, não está? Eu quis lhe mostrar a merda que eu faço.

— Não, não estou. Pensei que *você* estaria, pelo jeito que se aproximou.

— Que inferno, não! Maldito olho de mosca!

O outro se apressou em arrumar os óculos.

— É realmente um saco olhar para 216 imagens de um babaca.

— Vou te mostrar quem é babaca! — retrucou o gigante, erguendo novamente a mão.

— Você pediu — disse o outro, com uma tempestade elétrica emergindo de repente do meio das mãos. O gigante deu um passo para trás. Em seguida, a tempestade desapareceu, e o homem abaixou as mãos. — Se não fosse pelo *linguini* no meu colo, teria sido bem engraçado. Sente-se. Podemos esperar juntos.

— Engraçado?

— Pense nisso enquanto eu vou me limpar — ele respondeu. Em seguida, disse: — Sou Croyd.

— Croyd Crenson?

— Isso. E você é Pancada, não é?

— É. Como assim "engraçado"?

— Tipo identidade trocada — Croyd respondeu. — Dois caras pensando que são outras pessoas, sabe?

Pancada franziu a testa por vários segundos antes de os lábios se abrirem em um sorriso hesitante. Em seguida, gargalhou, quatro sons semelhantes a uma tosse.

— Sim, engraçado pra caralho! — disse e gargalhou de novo.

Pancada deslizou para a frente da mesa, rindo ainda, enquanto Croyd saía. Encaminhou-se ao toalete masculino, e Pancada pediu uma jarra de cerveja ao garçom que se aproximou para fazer a limpeza. Momentos depois, um homem de terno preto, vindo da cozinha, entrou no salão e parou, os dedões enganchados no cinto e um palito de dente movendo-se lentamente, com um leve franzir de testa. Em seguida, avançou.

— Você me parece familiar — ele disse, chegando ao lado da mesa.

— Sou o Pancada — o outro retrucou, erguendo a mão.

— Chris Mazzucchelli. É, ouvi falar de você. Soube que pode abrir caminho através de quase qualquer coisa com essa sua luva.

Pancada esgarçou os dentes.

— É isso mesmo — ele disse.

Mazzucchelli sorriu com o palito na boca. Sentou-se na cadeira de Croyd.

— Sabe quem eu sou? — ele perguntou.

— Claro que sei — Pancada disse, concordando. — Você é o Cara.

— Exatamente. Acho que você ouviu que uma confusão está se armando, e preciso de um tipo especial de soldado.

— Se precisa de gente que destrói, sou bom nisso — Pancada confirmou.

— Falou bonito — Mazzucchelli respondeu, pescando um envelope no bolso do paletó e jogando-o na mesa. — Adiantamento.

Pancada o pegou, abriu, contou as notas lentamente, movendo os lábios. Quando terminou, disse:

— O valor está certo. E agora?

— Tem um endereço aí também. Vá lá às oito da noite e pegue instruções. Tudo bem?

Pancada guardou o envelope e se levantou.

— Certo — ele concordou, pegou a caneca de cerveja, ergueu-a e bebeu tudo. Depois, soltou um grande arroto.

— Quem é o outro cara, o que está lá atrás, no banheiro?

— Ele é um de nós — Pancada respondeu. — Se chama Croyd Crenson. Não dá para mexer com ele, mas tem um grande senso de humor.

Mazzucchelli assentiu:

— Tenha um bom dia.

Pancada arrotou novamente, balançou a cabeça de volta, acenou com sua mão de porrete e partiu.

♣

Croyd hesitou apenas um momento ao voltar para o salão de jantar e ver Mazzucchelli em sua cadeira. Ele avançou, ergueu dois dedos em uma saudação jocosa e disse ao se aproximar:

— Meu nome é Croyd. Você é o recrutador?

Mazzucchelli mediu-o de cima a baixo, os olhos pairando por um momento na grande mancha úmida na frente das suas calças.

— Algo te assustou?

— Sim, eu vi a cozinha — Croyd respondeu. — Está procurando um talento?

— Que tipo de talento você tem?

Croyd pegou uma pequena luminária da mesa ao lado. Desenroscou a lâmpada e ergueu-a na sua frente. Em pouco tempo, ela começou brilhar. Em seguida, o brilho aumentou, piscou e se apagou.

— Opa — ele observou. — Botei muita força aqui.

— Com um dólar e cinquenta — Mazzucchelli comentou —, posso comprar uma lanterna.

— Você não tem ideia — Croyd retrucou. — Eu consigo fazer algumas coisas da pesada com alarmes antirroubo, computadores e telefones, sem falar com qualquer um que eu cumprimente com um aperto de mão. Mas, se não está interessado, não vou morrer de fome.

Ele começou a se virar para ir embora.

— Sente-se, sente-se! — Mazzucchelli pediu. — Ouvi dizer que você tem senso de humor. Eu gosto disso e acho que talvez possamos usá-lo de alguma forma. Preciso de gente boa. E depressa.

— Tem alguma coisa te assustando? — Croyd perguntou, sentando-se na cadeira que Pancada tinha acabado de vagar.

Mazzucchelli olhou feio, e Croyd deu uma risadinha:

— Humor. O que posso fazer por você?

— Crenson — o outro falou —, este é seu sobrenome. Olha só, eu o conheço. Sei muito sobre você. Estava na sua cola. Isso, sim, é senso de humor. Conheço você muito bem, e sei que em geral entrega o que promete. Mas há alguns pontos que precisamos acertar antes de falar sobre outras coisas. Sabe do que estou falando?

— Não — Croyd respondeu. — Mas quero muito saber.

— Quer alguma coisa enquanto conversamos?

— Gostaria de experimentar o *linguini* novamente — Croyd respondeu — e outra garrafa de Chianti.

Mazzucchelli ergueu a mão e estalou os dedos. Um garçom se aproximou rapidamente.

— *Linguini e una bottiglia*. Chianti.

O homem saiu às pressas. Croyd esfregou as mãos, um leve som de estalidos acompanhando.

— Aquele que acabou de sair... — Mazzucchelli disse por fim. — Pancada...

— Sim? — Croyd falou depois de uma espera adequada.

— Vai ser um bom soldado — Mazzucchelli terminou a frase.

Croyd concordou.

— Acho que sim.

— Mas você, *você* tem algumas habilidades além daquelas que o vírus lhe deu. Pelo que sei, é perito em arrombar andares altos. E conheceu o velho Bentley.

Croyd balançou a cabeça confirmando.

— Ele foi meu professor. Eu o conheci lá atrás, quando ele era um cão danado. Você parece saber mais de mim do que a maioria das pessoas.

Mazzucchelli tirou o palito da boca e deu um gole na cerveja.

— Este é o meu negócio — disse depois de um tempo —, saber das coisas. Por isso não quero que você seja um soldado.

O garçom voltou com um prato de *linguini*, uma taça e uma garrafa de vinho. Passou um jogo de talheres da mesa ao lado para Croyd, que começou a comer imediatamente e com certo entusiasmo maníaco, o que deixou Mazzucchelli um pouco perturbado.

Croyd fez uma pausa longa e perguntou:

— Então, o que tem em mente para mim?

— Algo um pouco mais sutil, se você for o homem certo.

— Sutil. Sou o cara certo para ser sutil — Croyd comentou.

Mazzucchelli ergueu um dedo.

— Primeiro — ele disse — um daqueles pontos que vamos acertar antes de falar de outras coisas.

Observando a velocidade com a qual o prato de Croyd esvaziava, ele estalou os dedos novamente e o garçom chegou correndo com outro prato de *linguini*.

— Que assunto? — Croyd perguntou, empurrando o primeiro prato para o lado, enquanto o segundo era colocado em sua frente.

Mazzucchelli pousou a mão no braço esquerdo de Croyd de forma quase paternal, e inclinou-se para a frente.

— Pelo que sei, você teve problemas — ele disse.

— Como assim?

— Ouvi dizer que você é viciado em anfetaminas — Mazzucchelli observou — e que, de vez em quando, enlouquece, mata gente, destrói propriedades e arrasa com tudo na sua frente até seu gás acabar, ou algum ás que te conhece ficar com pena e te botar para dormir.

Croyd baixou o garfo e deu um grande gole na taça de vinho:

— É verdade, embora não seja algo sobre o que eu goste de falar.

Mazzucchelli deu de ombros.

— Todo mundo tem o direito de se divertir de vez em quando. Só estou perguntando por razões profissionais. Não gostaria que você agisse assim se estiver trabalhando para mim em algo sigiloso.

— O comportamento que você ouviu por aí não é diversão — Croyd explicou. — Ele se torna uma espécie de necessidade se eu ficar acordado por um determinado período.

— Hum... Você está próximo desse ponto agora?

— Nem perto — Croyd respondeu. — Não há com que se preocupar por um bom tempo.

— Se eu fosse contratar você, preferiria não ter que me preocupar com isso. Agora, não adianta pedir para que alguém não seja um usuário. Mas, o que quero saber é o seguinte: você fica são o bastante quando começa a tomar bolinha para largar o meu trabalho, e então enlouquecer em outro lugar não relacionado com o que estiver fazendo para mim?

Croyd observou-o por um momento, em seguida concordou lentamente.

— Entendo o que quer dizer. Se for isso que o trabalho pede, claro. Sem problemas.

— Se estamos entendidos, quero contratá-lo. É um pouco mais sutil do que rachar cabeças por aí. E também não é um tipo de roubo simples.

— Já fiz muitas coisas estranhas — Croyd retrucou — e muitas coisas sutis. Algumas delas estavam até dentro da lei.

Os dois sorriram.

— Neste caso, talvez você nem precise usar violência — Mazzucchelli afirmou. — Como eu disse, meu negócio é saber das coisas. Quero que você me traga algumas informações. A melhor maneira de consegui-las é quando ninguém sabe que elas foram conseguidas. Por outro lado, se o único modo que você tiver para fazer isso for causar um mal-estar considerável em alguém, tudo bem. Contanto que limpe bem o caminho depois.

— Saquei. O que você quer saber e onde eu encontro essas informações?

Mazzucchelli deu uma gargalhada curta e alta.

— Parece haver outra empresa fazendo negócios nesta cidade — ele disse em seguida. — Sabe do que estou falando?

— Sei — Croyd respondeu —, e, em geral, não há espaço para duas lojinhas no quarteirão.

— Exatamente.

— Então, você está recrutando ajuda extra para continuar a concorrência com mais peso.

— É um bom resumo. Agora, como eu disse, há certas informações que preciso sobre a outra empresa. Pagarei bem se me trouxer o que eu pedir.

Croyd concordou com a cabeça.

— Estou disposto a tentar. Que informações específicas você quer?

Mazzucchelli inclinou-se para a frente e baixou a voz, seus lábios quase não se moviam.

— O diretor. Quero saber quem está à frente da concorrência.

— O chefe? Quer dizer que ele nem mandou um peixe morto como sinal de ameaça para você? Pensei que era costume observar certas gentilezas nesses assuntos.

Mazzucchelli ergueu os ombros.

— Esses caras não têm modos. Talvez seja um bando de estrangeiros.

— Já tem alguma pista ou devo começar do zero?

— Você será um pioneiro. Darei uma lista de lugares através dos quais às vezes eles parecem operar. Também tenho alguns nomes que talvez prestem serviços para eles.

— Por que não pegou um deles e interrogou?

— Acho que, como você, são contratados independentes, e não membros da família.

— Entendo.

— E talvez não seja a única coisa que eles têm em comum com você — Mazzucchelli acrescentou em seguida.

— Ases? — Croyd perguntou.

Mazzucchelli concordou.

— Se eu tiver que me meter com ases, vai custar mais do que se fossem pessoas comuns.

— Sem problema — Mazzucchelli disse, puxando outro envelope do bolso do paletó. — Aqui está um adiantamento e a lista. Pode considerá-lo como dez por cento do valor total do trabalho.

Croyd abriu o envelope, contou rapidamente e sorriu quando terminou.

— Onde você recebe a encomenda? — ele perguntou.

— O gerente daqui sempre consegue me encontrar.

— Qual o nome dele?

— Theotocopolos. Theo basta.

— Tudo bem. Você acaba de contratar a sutileza em pessoa.

— Quando você dorme, acorda uma pessoa diferente, certo?

— Isso.

— Bem, se isso acontecer antes de o trabalho ter terminado, esse novo cara ainda vai ter um contrato comigo.

— Contanto que receba o pagamento.

— Então, estamos entendidos.

Eles se cumprimentaram com um aperto de mãos, Croyd levantou-se e atravessou o salão. Flocos de neve do tamanho de traças rodopiavam quando ele partiu. Mazzucchelli pegou um novo palito de dentes. Lá fora, Croyd jogou uma pílula preta na boca.

♦

Vestindo calças cinza, blazer azul e uma gravata cor de sangue coagulado, com o cabelo ondulado, mechas grisalhas e as unhas feitas, Croyd estava sentado sozinho em uma mesa ao lado de uma pequena janela do Aces High. Observava as luzes da cidade através da neve jogada pelo vento além de seu salmão assado, bebericando um Chateau d'Yquem e revisando os planos para o próximo passo, enquanto flertava com Jane Dow, que havia passado por ele duas vezes e se aproximava novamente. Croyd definiu isso mais como coincidência e um bom presságio, pois a desejou com vários corações (alguns deles múltiplos) em diversas ocasiões — e, esperando poder encaixar oportunidade e sentimentos, ergueu a mão quando ela se aproximou e tocou seu braço.

Uma centelha mínima estalou, ela parou e gritou "Ai!", esfregando o local onde o choque havia ocorrido.

— Desculpe... — Croyd começou.

— Deve ser a energia estática — ela comentou.

— Deve ser — ele concordou. — Tudo que queria dizer é que você me conhece, embora não me reconheça nesta encarnação. Sou Croyd Crenson. Já nos vimos por aí, de passagem, e eu sempre quis me sentar com você e trocar umas palavras, mas de alguma forma nossos caminhos nunca se cruzaram tempo suficiente no momento certo.

— Essa é uma cantada interessante — ela falou, correndo o dedo por sua sobrancelha úmida —, apresentar-se como o único ás de quem ninguém conhece a aparência. Aposto que um monte de fãs cai nela.

— Verdade — Croyd respondeu, sorrindo, enquanto abria bem os braços. — Mas posso provar se esperar um minutinho.

— Por quê? O que está fazendo?

— Enchendo o ar com íons negativos para você ter aquela sensação deliciosamente estimulante que vem antes da tempestade. Apenas uma dica dos momentos ótimos que eu poderia...

— Pode parar! — ela disse, afastando-se. — Isso às vezes provoca...

As mãos de Croyd ficaram úmidas, o rosto molhado, seus cabelos emplastaram-se e escorreram na testa.

— Desculpe — ela disse.

— Que diabos — ele retrucou —, vamos transformar isso em uma tempestade de trovões. — E os raios dançaram entre seus dedos. Ele começou a gargalhar.

Os outros clientes olharam em sua direção.

— Pare, por favor — ela pediu.

— Sente-se por um minuto e eu paro.

— Tudo bem.

Ela se sentou na frente de Croyd, que secou o rosto e as mãos no guardanapo.

— Perdoe-me, foi minha culpa. Eu devia ter cuidado com os efeitos da tempestade em alguém chamada Nenúfar.

Ela sorriu.

— Seus óculos estão molhados — ela disse, estendendo a mão de repente e tirando-os do rosto de Croyd. — Eu limpo…

— Duzentas e dezesseis visões da doçura úmida — ele declarou quando ela o encarou. — Como de costume, o vírus me dotou em excesso em vários aspectos.

— Você realmente me vê em toda essa quantidade?

Ele concordou.

— Esses aspectos de curinga às vezes afloram em minhas mudanças. Espero que não te incomodem.

— Eles são… magníficos.

— Você é muito gentil. Agora, me devolva os óculos.

— Um momento.

Ela limpou as lentes no canto da toalha de mesa, em seguida devolveu-os.

— Obrigado. Deixa eu te pagar uma bebida? Um jantar? Um cão d'água?

— Estou trabalhando — ela disse. — Obrigada. Desculpe, talvez numa outra hora.

— Bom, eu também estou trabalhando. Mas, se você estiver falando sério, eu dou alguns números de telefone e um endereço. Talvez eu não esteja em nenhum deles, mas pego o recado.

— Me passe então — ela disse, e ele anotou rapidamente em uma caderneta, rasgou a página e passou para ela. — Que tipo de trabalho está fazendo? — ela perguntou.

— Investigações sutis — ele falou. — Envolve uma guerra de gangues.

— Sério? Ouvi as pessoas dizerem que você é meio honesto, mas meio maluco.

— Estão meio certas — ele respondeu. — Então, me dá uma ligadinha ou passe lá no apartamento. Eu alugo um equipamento de mergulho e podemos nos divertir.

Ela sorriu e começou a se levantar.

— Talvez eu vá.

Ele puxou um envelope do bolso, abriu, empurrou para o lado um monte de notas e tirou um pedaço de papel com algo escrito.

— Hum, antes de ir… O nome James Spector diz alguma coisa para você?

Ela congelou e ficou pálida. Croyd se viu molhado novamente.

— O que eu disse que te incomodou tanto? — ele perguntou.

— Você não está brincando? Não sabe, de verdade?

— Não. Não estou brincando.

— Conhece a musiquinha dos ases?

— Algumas partes.

— *Golden Boy é triste que dói* — ela recitou —, *se o Ceifador encontrar, desvie o olhar...* é ele: James Spector é o nome real do Ceifador.

— Nunca soube disso — ele falou. — Nunca ouvi nenhum verso sobre mim.

— Não me lembro de nenhum também.

— Fala sério, eu sempre quis saber.

— *Dorminhoco acordado, come a mesa e o prato* — ela falou, lentamente. — *Dorminhoco drogado, todo mundo acabado.*

— Nossa.

— Se eu te ligar e você chegar nisso...

— Se eu chegar nisso, eu não retorno ligações.

— Vou pegar alguns guardanapos secos — ela disse. — Sinto muito pelas tempestades.

— Não precisa. Ninguém disse que você fica adorável quando solta umidade?

Ela o encarou. Em seguida, disse:

— Também vou trazer um peixe cru para você.

Croyd ergueu a mão e mandou um beijo para ela, o que fez com que ele próprio se desse um choque.

♣ ♦ ♠ ♥

Colapso

Leanne C. Harper

O par de guarda-costas saiu primeiro do Giovanni's. Atrás dos óculos escuros, começaram imediatamente a examinar a rua, procurando algum sinal de problema. Ao aceno do homem à direita, o outro saiu antes de *don* Tomasso, chefe da Família Anselmi, que precisava de ajuda para caminhar. Era idoso, corcunda e obviamente cheio de dores, mas seu ultrapassado terno preto fora costurado sob medida por um alfaiate e passado à perfeição. Ele também observou a rua, virando a cabeça trêmula entre os ombros curvados, como uma tartaruga anciã. A placa vermelha e verde de neon do restaurante revelava e escondia, alternadamente, seu rosto envelhecido.

Sua limusine Mercedes preta estava estacionada em fila dupla na entrada do Giovanni's. Cercado por seus homens, o *don* aproximou-se do carro com a imponência que lhe era possível, desafiando quaisquer observadores ocultos. Uma BMW preta estacionou atrás. Ele balançou a cabeça ao reconhecer o motorista antes de entrar na limusine. Um dos guarda-costas o seguiu. Os outros embarcaram na BMW.

Iluminadas pela luz laranja e pálida de um poste, duas crianças brincavam na calçada diante de um prédio de tijolinhos à mostra, meio quarteirão para baixo do restaurante. O garoto havia acabado de lançar a bola de beisebol para a garota mais nova quando a Mercedes explodiu, seguida instantaneamente pela destruição da BMW. As bolas de fogo cresceram e juntaram-se, enquanto peças dos carros e alguns tijolos dos prédios próximos despencavam no chão.

Rosemary Muldoon continuou a observar as chamas na imensa tela. Não disse nada até a fita terminar. Ficou imóvel, sentada na cadeira esculpida em nogueira-preta na ponta da longa mesa, mas suas mãos agarraram-se aos braços do móvel, até os nós dos dedos ficarem brancos.

Chris Mazzucchelli levantou-se da cadeira ao lado dela e tirou a fita do videocassete. Rosemary olhou ao redor da biblioteca do pai, onde as reuniões estratégicas de sua família, os Gambione, sempre aconteciam. Ela deixou quase tudo igual na cobertura, apenas trouxe alguns equipamentos de alta tecnologia, como o videocassete e seu computador, para ajudar a conduzir o império que herdara. Naquele momento, a sala parecia muito vazia, como se até seu pai a houvesse abandonado.

Chris pousou a fita na mesa e acariciou os cabelos castanho-escuros dela. Quando a mão dele tocou seu rosto, Rosemary levantou-se.

— Agora só restamos nós dois. *Don* Calvino e eu. Três *dons* mortos em questão de semanas, e nem sabemos quem está nos destruindo, mas somente quem estão usando para isso. — Ela sacudiu a cabeça. — As Cinco Famílias nunca enfrentaram uma ameaça como essa. Não estamos preparados para lutar nessa escala. Perdemos a maioria dos pontos de droga no Bairro dos Curingas. O Harlem parou de pagar nossa parte das vendas. Estamos sendo atingidos por cima e por baixo. Eles *assumiram* nosso maior laboratório de drogas no Brooklyn.

— Precisamos estar preparados. Você é o único *don* ativo que restou. Falei com os *capos* de Tomasso: estão todos conosco, como os outros. Só espero que eu possa conduzi-los na direção correta. Nesse momento, estou tentando manter os negócios andando para termos dinheiro e podermos sobreviver e contra-atacar. Calvino está tentando negociar. Até agora, não parece ter funcionado. Tínhamos os *dons* remanescentes vigiados o tempo todo. Foi assim que conseguimos essa fita. — Chris pegou-a e jogou para o alto. — Explosivos controlados remotamente, explosivo plástico, creio eu. Provavelmente estavam tendo a visão dos carros para ter certeza de que pegariam *don* Tomasso.

— Então eles sabiam sobre as crianças. — Rosemary ergueu os olhos para ele.

— Provavelmente. — Chris deu de ombros. — Até agora, não tiveram muito cuidado com baixas de civis. São terroristas.

— São bastardos — Chris assentiu, e Rosemary sabia que ele já estava cuidando dos detalhes para rastrear os explosivos. Uma das coisas que havia aprendido nos últimos meses de trabalho era a incrível capacidade do homem para atingir seus objetivos e desejos na posição de líder de confiança das famílias. Ela sabia que nunca seria aceita pelos *capos* como chefe dos Gambione, que exigiam um *homem* como cabeça. Por isso, Chris cuidava das coisas em público, e ela, Maria Gambione, atuava nos bastidores. Porém, não funcionava tão bem assim. Ele quase conseguia ler a mente dela. Tinha a experiência prática que lhe faltava. Formavam uma bela equipe. Sem Chris, ela nunca teria conseguido.

— Os Punhos Sombrios estão causando problemas, mas eu não achava que tivessem organização para conseguir tudo isso. Por outro lado, sabemos que estão trabalhando com os Garças Imaculadas e os Lobisomens do Bairro dos Curingas. Juntos, estão nos dando muito trabalho. Mas um punhado de gangues...

— Com o líder certo... — Rosemary estendeu as mãos.

— Com o líder certo, qualquer coisa é possível. Mas teríamos ouvido falar dele. Como poderiam mantê-lo em segredo desse jeito? — Chris ergueu os ombros. — Vou verificar, mas não vou ficar esperando de braços cruzados. Tive outra ideia. Pense no assassinato de Tomasso. Aqueles carros estiveram sob vigilância 24 horas por dia por equipes formadas pelos homens mais confiáveis. Como conseguiram plantar aquelas bombas?

Ele puxou uma cadeira e sentou-se, recostando-se para trás.

— Como? — Rosemary aprendera, graças à faculdade de Direito, a não ficar impaciente demais com o uso ocasional do método socrático por Chris.

— Ases, novamente. Como com *don* Picchietti. Quem mais conseguiria aparecer e desaparecer sem ser notado? Ninguém sabe realmente quantos existem, quem são ou o que podem fazer. E se alguns deles decidiram que usar roupas chamativas e ser altruísta era estúpido? Curingas também. Veja os Lobisomens. Pense nos limpos. É um exército bem violento do qual estamos falando aqui. Perceba onde os atos acontecem na maior parte do tempo. No Bairro dos Curingas. Talvez seja porque nós o controlemos e eles estão tentando nos pegar, ou talvez porque os curingas decidiram que querem sua parte na ação. — Chris inclinou-se para a frente para enfatizar sua opinião. — Se esses garotos não são ases, têm alguns trabalhando para eles. E eu acho que esse é o caminho. Se não tivermos nossos próprios ases, seremos destruídos. Não poderemos concorrer.

— Gosto disso. Poderia usar a Promotoria para conseguir voluntários. Um pouco de desvio dos esforços deles e vários de nossos problemas poderiam ser resolvidos. Também conseguiremos ases de melhor qualidade dessa forma. Pena que muitos dos grandes nomes ainda estejam na excursão da OMS. — Rosemary concordou, mais entusiasmada com esse plano do que estivera com qualquer outro já havia algum tempo. — Bom. Você consegue contratar alguém?

— Para ser honesto, já contratei. Temos um detetive chamado Croyd fazendo algumas verificações e um nome de peso, Pancada, que será muito útil em uma briga. Claro que não serão de "alta qualidade" vindo de um elemento criminoso como eu. — Chris se aprumou e abaixou o olhar para ela, tentando esconder uma risadinha.

— Serão. O elemento criminoso não é tão mau assim. — Rosemary estendeu o braço e puxou-o para beijá-lo.

♣

Nômada desceu a rua apinhada de East Village tentando manter a paciência com o caminhar de C.C. Ryder, como se estivesse passeando no shopping. Parecia que a cada três metros a ruiva de cabelos espetados via algo que precisava ter. Nômada estava prestes a sugerir que voltassem ao loft da compositora quando ouviu um sotaque sulista.

— Ei, vocês aí, *qué pasa*? — O hiperativo corpo adolescente dentro de um collant com estampa de tigre e tênis dourados pertencia à sobrinha de Jack, Cordelia. Ela saiu do restaurante no qual acabara de entrar e agarrou Nômada e C.C. Ryder pelos cotovelos, para levá-las até o Riviera antes que pudessem esboçar um protesto. C.C. rapidamente se livrou das mãos dela quando entraram, mas nenhuma das mulheres se opôs quando Cordelia imediatamente conseguiu uma mesa. Nômada aprendera que era inútil resistir, a menos que quisesse ter uma adolescente excessivamente ferida nas mãos.

— Então, cês viram o apelo da Rosemary aos ases pela televisão? — Cordelia abriu e fechou o cardápio no mesmo movimento. — Vai entrar nessa, Nômada?

— Não me pediram nada — ela escolheu se demorar com o cardápio. — E você?

Olhando sobre o cardápio grande demais, Nômada ficou surpresa ao perceber a expressão de repulsa no rosto de Cordelia. Possivelmente pela primeira vez, ela conseguiu mantê-la em silêncio.

— Eu, hum, não faço mais isso. — Cordelia abriu o cardápio mais uma vez e o encarou fixamente. — Posso machucar alguém, sabe? *Nunca* mais vou fazer isso de novo. Não é correto.

— Não sei se é uma boa ideia. Vigilantes ases não é o que precisamos nesta cidade. — C.C. olhou de Cordelia para Nômada antes de pedir licença e se levantar.

— Então, você tem visto Jack? — Cordelia acompanhou o avanço de C.C. até o fundo do restaurante com atenção, antes de se virar para Nômada com olhos grandes e inocentes.

— Vi. Ele perguntou se eu tenho te visto. Já pensou em ligar para o seu tio de vez em quando? — A irritação de Nômada era evidente em sua voz rouca.

— Estou muito ocupada trabalhando para a Global Fun and Games e tudo o mais...

— E você não quer mesmo falar com ele, certo?

— Não sei o que dizer... — Cordelia enrubesceu. — Digo, é como se eu não o conhecesse mais. Você não entende. Fui criada na Igreja. Aprendi que ser um homo... Que ser como Jack é um dos piores pecados que existem.

— Não é contagioso, e ele é seu tio. Arriscou a vida por você, e você nem dá uma ligadinha para ele. Fico feliz que seja tão rígida com o que é certo e errado. — Nômada parecia enojada e inconscientemente fez gesto de desdém com as mãos para a garota. — Michael faz bem para ele. Nunca vi Jack tão feliz.

— Ah, é? Michael é um filho da puta, isso sim! Eu o vi numa boate no Village na semana passada. Estava com alguém, e não era o Tio Jack. — Cordelia estava furiosa.

— Tudo bem aqui? — C.C. sentou-se e olhou para as duas mulheres.

— Tá tudo bem. — Cordelia acenou para chamar a garçonete. — Vai cantar no meu evento beneficente ou não?

— Vai ficar pedindo e eu continuarei a dizer não. — C.C. sacudiu a cabeça em exasperação afetuosa. — Só quero escrever minhas músicas, gravar algumas coisas em casa. Não preciso de um público e, com certeza, não *quero* um público.

— C.C., o público precisa de *você*. É um evento beneficente para as vítimas do Carta Selvagem e da AIDS. Você, mais do que ninguém, deveria simpatizar com a causa.

Nômada viu o rosto de C.C. ficar tenso com a menção do vírus Carta Selvagem. Foram anos de drogas, terapias e Deus sabe o que mais para trazê-la de volta à humanidade. O maior pesadelo dela era se transformar novamente em um vagão de metrô vivo formado por nada mais que ódio. Ou algo pior. Ela havia falado muito pouco sobre isso com Nômada.

C.C. Ryder controlava rigidamente suas emoções, nunca permitindo que excedessem um determinado nível. Se continuasse a aceitar as dificuldades e tomar os antidepressivos prescritos, não conseguiria compor. E tornar-se incapaz de escrever músicas era ainda pior do que a perspectiva de voltar a ser vagão. Então, ela evitava qualquer situação com a qual não pudesse lidar.

Nem mesmo Tachyon conseguia lhe dizer o que poderia desencadear a série de mudanças internas que resultariam em outra transformação. Nômada não entendia como C.C. conseguia viver naquele estado de medo constante e ainda assim criar canções, mas entendia por que queria ficar longe da maioria dos seres humanos. E aprovava a decisão.

— Não. — A voz de C.C. havia ficado tão tensa quanto seus músculos, embora ficasse claro que estava controlando o efeito que a discussão lhe causava.

— Poderia ser seu grande retorno...

— Cordelia, não tem como retornar se você nunca esteve lá antes. — C.C. forçou um sorriso. — Tenho certeza de que há candidatos muito mais prováveis por aí.

— Suas músicas foram gravadas pelos melhores: Peter Gabriel... — Cordelia mal parou seu discurso diante da chegada dos hambúrgueres. — Simple Minds, U2... É hora de você mostrar a eles tudo o que pode fazer.

Cansada da discussão e certa de que C.C. estava se controlando, Nômada expandiu sua mente pela cidade, perscrutando o emaranhado de inteligências bestiais. Escuridão, luz forte, fome, satisfação; a tensa ansiedade do caçador, o frio, o medo trêmulo dos perseguidos; morte, nascimento; dor. Tanta dor viva a cada minuto — por que esses tolos humanos insistiam em criar ainda mais dor para si com joguinhos? Ela tocou um esquilo com as costas quebradas que fora atingido por um carro que passava perto do Parque Washington, parando seu coração e cérebro simultaneamente. No Central Park, um filhote cinzento de gato correu para um bosque de carvalhos e escondeu-se nos arbustos, girou e arranhou o nariz do doberman que o perseguia. Nômada sentiu o triunfo do gato por um instante, antes de ele reconhecer seu toque e guinchar de medo. Sem sentir a necessidade de forçar o contato, ela prosseguiu. Permitiu-se outro instante para se certificar de que a ninhada mais recente estava a salvo nos túneis de serviço aquecidos, embaixo da Rua 42.

Quando seus olhos voltaram ao normal, Nômada percebeu que as duas haviam parado de conversar.

— Suzanne, você está bem? — C.C. olhou para Nômada e, em seguida, assentiu lentamente.

— Está sim, Cordelia. — C.C. chamou a atenção da garota de volta para ela, dando tempo para que Nômada se recompusesse. Às vezes, ficava difícil voltar ao mundo lento e incoerente dos seres humanos. Um dia, pensou, olhando para C.C. Ryder, ela não voltaria. Era a única pessoa que ela conhecia que entendia isso. Um dia, ela perguntaria o que C.C. sentiu quando era a Outra. C.C. raramente mencionava o fato, mas, quando o fazia, Nômada ainda via uma necessidade temerosa por trás daqueles olhos.

— Hum, tá. Bem, a GF&G, sabe, ia amar ter você no seu retorno. A Funhouse é um lugar intimista. Perfeito para você e sua música. — Cordelia inclinou-se, com mãos estendidas. — E, sabe, Xavier Desmond é um dos seus maiores fãs.

— Meu Deus, garota, você está virando uma *agente* bizarra. — C.C. recostou-se na cadeira anos 1950, coberta de plástico. — E eu já consegui um agente. Isso já é ruim o bastante.

— Bom, olha só, preciso voltar para casa. Já está tarde. Adorei ver vocês, meninas. — Cordelia deixou algumas notas na mesa e se levantou. Logo em seguida, pegou a bolsa de couro de tatu que estava pendurada na cadeira. Percebendo o olhar de Nômada para o animal morto, empurrou a bolsa para trás e caminhou de costas até a porta, ainda insistindo com C.C. — Você tem algumas semanas para tomar sua decisão. O show vai ser no fim de maio. Bono disse que está ansioso para conhecê-la. Little Steven também.

— Boa *noite*, Cordelia. — C.C. Ryder estava obviamente chegando ao fim da paciência. — Estou velha demais para esse tipo de coisa, Suzanne.

♦

Contorcendo-se embaixo das ombreiras do terninho que Rosemary havia comprado para ela, Nômada saiu do elevador no andar da amiga. Prontamente, a recepcionista a reconheceu.

— Bom dia, srta. Melotti. Vou avisar à srta. Muldoon que a senhorita chegou.

— Obrigada, Donnis. — Nômada sentou-se, desconfortável, em uma das poltronas espalhadas ao redor da sala de espera.

— Por pouco a senhorita não encontra o senhor Goldberg. Ele saiu faz poucos minutos para suas audiências de hoje. — A mulher mais velha atrás da máquina processadora de textos sorriu para Nômada, condescendente, enquanto apertava o número do interfone de Rosemary e a anunciava.

— Pelo menos desta vez tudo está no horário. Pode entrar direto.

Nômada assentiu e levantou-se de novo. De costas para a recepcionista, apertou os olhos pela dor nos pés dentro dos sapatos de salto. Odiava esses dias, quando precisava se emperiquitar toda para falar com Rosemary. Bateu duas vezes à porta e entrou para ver a promotora adjunta com o telefone encaixado entre o ombro e a orelha. Como de costume, Nômada sentou-se à grande mesa de carvalho e ouviu a conversa.

— Maravilhoso, tenente. Estou muito feliz que a pista para o laboratório de drogas tenha dado certo. — Rosemary revirou os olhos para Nômada, enquanto assinava papéis e balançava o telefone.

— No final das contas, não era uma operação da Máfia. Alguma pista de quem seja o dono? Se pudermos descobrir quem está por trás dessa estúpida guerra do crime, poderíamos dar um bom passo para impedi-la — Rosemary falou para o interlocutor invisível. — Verdade, mas, enquanto estão se exterminando, também machucam gente inocente.

E prosseguiu.

— Bem, o senhor pode ficar sossegado, pois vou enviar imediatamente quaisquer ases que se voluntariarem. O senhor está certo... Atividade sem coordenadas é perigosa para todos os envolvidos. Fico feliz em poder ajudar. Certo. Eu o mantenho informado. Tchau. — Desligou o telefone e, em seguida, virou-se para Nômada:

— Estouramos um laboratório de drogas na noite passada. — Recostou o queixo na mão e sorriu. — Fiquei feliz.

Nômada inclinou a cabeça, olhando através do gabinete para a porta de madeira escura.

— E curiosa. — Rosemary levantou-se e verificou se a fechadura estava bem trancada. — Por que *você* não se voluntariou?

Nômada percebeu, pela centésima vez, que ela não tinha problema em andar de salto alto. Ergueu os olhos para ver como a encarava, um músculo saltado em sua mandíbula.

— Você nunca pediu. — Nômada ficou desconfortável. Ela odiava aquilo. Culpa era para humanos. Ou animais de estimação.

— Eu não pensei que precisasse. Pensei que fôssemos amigas. — Elas se encararam, raivosas, como duas gatas em uma batalha territorial. Rosemary rompeu o impasse.

— É claro que somos.

A promotora sentou-se e se recostou na poltrona.

— Eu *devia* ter pedido. Mas estou pedindo agora: preciso de sua ajuda. — O sorriso de Rosemary lembrava a Nômada um bocejo de tigresa. Dentes, muitos dentes. Sentiu frio.

— O que posso fazer? Eu falo com pombos. — Nômada examinou o rosto da outra em busca de falsidade.

— Bem, pombos veem as coisas. E, às vezes, tenho certeza de que veem coisas interessantes. E eu gostaria de saber sobre essas coisas.

— Qual de você? A promotora ou o *don* da Máfia?

Rosemary olhou rapidamente para a porta e de volta para Nômada. Depois de um instante de hesitação, sorriu.

— Você ficaria surpresa ao descobrir o quanto os interesses da promotora e do *don* estão interligados.

— Sei disso. — Nômada balançou a cabeça. — E, não, não acho que posso ajudar.

— Para com isso, Suzanne. Pessoas estão sendo feridas lá fora. Podemos impedir. — Rosemary apontou para a janela.

— Pessoas matando outras pessoas. — Nômada concordou. — Ótimo. Quanto menos gente, mais eu gosto.

— Vejo que o jogo está duro hoje. — Rosemary relaxou na cadeira. — Já ouvi essa.

— Estou falando sério. — Nômada encarou a velha amiga de cima a baixo.

— Eu sei, mas preciso de você. Preciso de suas ligações e de suas informações. E não somente seres humanos estão sendo feridos. — Estendeu as mãos sobre os papéis em cima da mesa. As duas observaram os dedos tremerem até se transformarem em punhos fechados. — *Don* Picchietti e *don* Covello já estão mortos. Acabaram de derrubar *don* Tomasso. Ele era meu padrinho. *Por favor*, Nômada. Me ajude. — Rosemary implorou, erguendo os olhos para a outra mulher.

Ela insistiu, tentando convencer Nômada.

— Picchietti foi atingido com picador de gelo na orelha. Ninguém ao redor dele viu nada. — Abriu um sorriso triste. — E, para variar, não estavam mentindo.

— Você não sabe o que está fazendo. Mas saiba que minha ajuda não vai machucar nada e ninguém. — Nômada sentiu um gosto amargo por ceder e raiva de si mesma, mas não poderia abandonar a amiga.

— Obrigada. — Rosemary relaxou e pegou sua caneta, girando-a entre os dedos. — Tem falado com Jack?

— Quase nunca. — Ela deslizou uma parte da consciência até o rato que havia posto para vigiar Jack Robicheaux durante seu trabalho nos túneis do metrô. Primeiro, sorriu para ele. Em seguida, virando a cabeça do animal em direção a Jack, o viu através da visão em preto e branco e turva do rato.

— Você poderia avisar que eu gostaria de vê-lo? — Rosemary estava obviamente cansada de duelar com Nômada.

— Posso falar com ele. — Nômada respondeu. — Mas sem garantias. Quem é o tenente com quem vou tratar?

— Não seja ridícula, Suzanne. Você vai entregar tudo que descobrir diretamente para mim. — Quando Rosemary a encarou, Nômada não encontrou nenhuma amizade em seus olhos.

♠

Com as mãos crispadas sobre uma pilha de casos, Rosemary se demorou na janela do gabinete. Estava temerosa por Chris. Até os inimigos descobrirem quem estava por trás da guerra nas famílias, ele estava em perigo extremo por ser o chefão público dos Gambione. E ainda tinham poucas pistas, embora a cada dia a Máfia sofresse uma nova baixa. Haviam pegado vários tarefeiros, traficantes, bandidinhos e extorsionários para tentar chegar a uma pista até o alto escalão. Nada funcionou. Os criminosos de nível menor não tinham informações sobre as células superiores. Alguém tinha organizado tudo brilhantemente, e estava destruindo seu pessoal. Ela sacudiu a cabeça sem perceber, uma parte preocupada com as famílias, enquanto outra tentava acompanhar os casos do gabinete. Dependia cada vez mais dos assistentes para ajudar nos processos dos casos que, alguns meses antes, teria resolvido pessoalmente. Ela se perguntou se alguém havia percebido e decidiu tomar mais cuidado. Mas era difícil equilibrar tudo, muito mais difícil do que havia imaginado.

— Tem alguém aqui para vê-la, srta. Muldoon. — A voz baixa de Donnis interrompeu seus pensamentos tão abruptamente que a fez pular.

— Quem é, Donnis? Estou com a mesa cheia de casos para resolver.

— Bem, srta. Muldoon, ela diz que se chama Jane Dow.

O nome era familiar, embora Rosemary não o ligasse a nenhuma pessoa. Em seguida, lembrou: *Nenúfar. O que a garota queria?*

— Pode pedir para entrar.

A garota de cabelos avermelhados, não, a jovem, Rosemary se corrigiu, fechou a porta cuidadosamente depois de entrar.

— Obrigada por me receber, srta. Muldoon.

— Sente-se, por favor, srta. Dow. Em que posso ajudá-la?

Nenúfar baixou os olhos para as mãos que se retorciam, e Rosemary viu gotículas de líquido formando-se na testa da jovem. Rosemary imaginou se o suor era a extensão de seu poder de "ás". Simplesmente o que ela precisava.

— Bem, acho que talvez eu possa fazer algo pela senhorita. Ouvi dizer que está à procura de ases e... Sei que não sou muito ás, mas achei que poderia trabalhar para a senhorita. Ajudar. — Pela primeira vez, Nenúfar encarou Rosemary diretamente, e deu de ombros. — Se tiver algo que eu possa fazer.

— É possível. — Rosemary suspirou. Não conseguia imaginar o quê, mas não estava em condições de recusar qualquer ajuda naquele momento. — Qual é exatamente a extensão de seu poder?

— Bem, eu controlo a água. Sou muito boa em enchentes. — Nenúfar ficou corada e a água em seu rosto brilhou. Ela parecia muito jovem. Rosemary ouviu um pingar, mas escolheu ignorar.

— Toda a água, em todos os lugares? Digo, você tem um alcance? Consegue gerá-la ou pode usar a água ao seu redor? — Rosemary parou e sorriu, como se pedisse desculpas. — Desculpe a sabatina, estou apenas tentando pensar onde você se encaixa.

— Precisa estar bem perto, então posso usar qualquer fonte d'água e controlar sua força. Também posso mudar o equilíbrio eletrolítico em pessoas e fazê-las desmaiar. — Nenúfar parecia menos envergonhada agora que estava sendo levada a sério. Rosemary não ouvia mais o pingar. — Estive pensando que seria boa no controle da população, derrubando as pessoas sem realmente machucá-las com uma pequena enxurrada, ou causando distrações, se necessárias.

— E outras formas de água, vapores de alta pressão, por exemplo?

— Não sei. Nunca tentei. — Nenúfar parecia interessada na ideia.

— Tudo bem, com isso já me parece que poderia ser muito útil. Bem-vinda a bordo, Nenúfar. Ou prefere Jane? — Rosemary pensou sobre as batidas que estava tentando organizar em alguns dos pontos de droga dos Punhos Sombrios. Alguns canos estourados seriam capazes de provocar uma quantidade incrível de danos. Ela abriu um sorriso largo para a jovem, sem de fato vê-la.

— Jane, por favor. A senhorita pode me encontrar no Aces High. Trouxe um cartão. Só me avise o que posso fazer. — Jane parecia feliz com a aceitação.

Rosemary levou meia hora para se familiarizar com os casos empilhados em sua frente antes de chamar Paul Goldberg. Sua experiência fazia dele uma escolha óbvia para ser seu assistente imediato, e Rosemary tirava vantagem disso.

Paul entrou e sentou-se sem ser convidado. Ele carregava um grande maço de relatórios, que derrubou na mesa, fazendo um grande barulho.

— As últimas informações sobre nossos casos. Ganhamos contra Malerucci. — Com a menção do nome, Rosemary olhou por cima da papelada. — Sei que você não ligou muito para ele, mas decidi seguir em frente. E resolvi. Talvez não tenha ciência disso, mas estamos recebendo críticas sobre o número de casos da Máfia que estamos processando, ou melhor, não estamos. Os policiais vieram até mim várias vezes reclamar sobre estar fazendo todo o trabalho sem receber apoio nenhum da Promotoria.

— Os policiais estão sempre reclamando. Você sabe disso, Paul. Eles não entendem que temos essa coisa da Constituição, que devemos prestar atenção quando levamos alguém para o tribunal. Bom trabalho no caso de Malerucci, mas você arriscou. O júri poderia ter escolhido qualquer lado com base naquela prova.

— Especialmente depois de alguém ter entrado no Laboratório Pericial e destruído a maior parte do pó. — Paul cruzou as pernas sobre a mesa de Rosemary e recostou-se na cadeira. — Ainda não conseguimos rastrear esse vazamento.

— No futuro, por favor, siga minhas instruções sobre quais casos levar adiante. Eu agradeceria, falando estritamente como sua chefe. — Ela sorriu para ele.

— Chefe, eu percebi uma tendência nos casos em que você deu ok, e não fui o único. Por que não vamos atrás da Máfia? Com essa guerra em curso, poderíamos tirar um monte de gente ruim de circulação. Seus recursos estão sobrecarregados, não conseguem proteger seu pessoal todo. — Ele estendeu a mão e bateu com o dedo indicador esticado numa pilha de papéis. — Está tudo aqui. Eu até achei uma possível evasão fiscal de Chris Mazzucchelli. O que me diz? Vou até ele.

— Não. — Rosemary lançou seu melhor olhar inescrutável de *madonna*. — Quero esperar até a guerra derrubar mais alguns. De qualquer forma, a Máfia parece estar se autodestruindo. Acho que poderemos poupar esforços.

— Sabe que, se pusermos algumas dessas pessoas atrás das grades, talvez salvemos sua vida. — Paul a observava com atenção, o que deixou Rosemary desconfortável.

— *Eu* tomo as decisões aqui. — Seu tom de voz era uma tentativa de calar Paul, e funcionou, mas ela ainda não gostou do olhar que recebeu.

Depois de trabalharem a estratégia para os vinte casos mais urgentes, os dois relaxaram. De muitas formas, aquilo a lembrava do trabalho com Chris. Ela vinha com o plano e ele o executava. A diferença é que, com Paul, tudo estava de acordo com a lei. Já passava das seis e Rosemary estava levando sua pilha de casos, e Paul, até a porta, quando ele disse:

— Você frequentou a Holy Innocents? — perguntou, subitamente, sobre a escola primária católica de Rosemary.

— Eu? Você está brincando? É apenas para crianças italianas ricas. Eu fiz a boa e velha escola primária na 92, no Brooklyn. — Rosemary examinou seu rosto.

— Um amigo estudou lá. E me contou uma coisa ainda mais louca outro dia: acha que você parecia com Rosa Maria Gambione, mas crescida. Que bobagem, não é? Ela morreu no início dos anos 70. Até amanhã. — Paul balançou a cabeça para se despedir, e Rosemary pensou ter visto um alerta nos olhos do homem… ou uma acusação.

♥

Nômada moveu-se rapidamente pelos túneis de manutenção do metrô, acompanhada pelo gato preto e uma de suas filhas, uma amarela rajada, maior que ele. Ela havia observado Jack voltar ao seu antigo lar, na estação abandonada do século XIX, através dos olhos de uma sucessão de ratos. Nômada esperou para alcançá-lo quando estivesse no subterrâneo. Sempre parecia mais natural falar com ele ali, porque, quando o encontrava lá em cima, ele ficava diferente. Na verdade, os *dois* ficavam. Ela segurou o surrado sobretudo azul e apressou-se para interceptá-lo antes que ele pudesse sair. O gato preto a acompanhava, enquanto sua filha saltava adiante para identificar problemas.

Nômada chegou à porta e a abriu quando Jack encostou na maçaneta. O homem atarracado e pálido sorriu, surpreso.

— Ei, você. — Ele abaixou a caixa que estava carregando e ajoelhou-se para deixar o gato preto farejar as costas de sua mão. O outro manteve distância, ficando na frente de Nômada, para protegê-la.

— Há muito tempo que não te via. Fiquei um pouco preocupado. — Jack se levantou para encarar a mulher de roupas surradas. — Entre e sente-se.

— Você esteve ocupado. — Nômada jogou o cabelo desgrenhado de volta para o rosto e agachou-se dentro da pilha de vestidos e calças mal ajustados que usava. Sabia que, com a voz rouca e alguns tremores, aparentava ter ao menos 60 anos.

— Você também. — Jack olhou-a, hesitante, abrindo caminho nas escadas acarpetadas. Ele sorriu. — Poderia ganhar um Tony por isso, sabia? Conheci aquele produtor da Broadway, ele está procurando uma atriz.

— Amigo do Michael? — Nômada esticou-se ao sentar na ponta do sofá vitoriano de pelo de cavalo. A amarela sentou-se, tensa, aos seus pés. O preto recostou-se na perna de Jack e ergueu os olhos para ele.

— Sim. Por que não vem para cá e passa um tempo conosco, para conhecê-lo melhor? Vai gostar dele.

— E por que você não conhece o Paul? — Nômada dobrou a perna e olhou para Jack, sentado na poltrona, também antiga, diante dela.

— Não acho que um almofadinha acharia muita graça em um trabalhador ferroviário.

— E *eu* não acho que Michael aprovaria meu estilo. — Nômada estendeu as camadas de roupas desencontradas sobre o sofá.

— Então chegamos a um impasse, não é? Não gosto disso, nem você, mas nos tornamos vítimas em nossa vida dupla como pessoas normais. — Jack parecia triste. — Tem visto Cordelia?

— Sim. — Nômada deu de ombros. Outro dar de ombros, outra fuga de responsabilidades. Ela endireitou-se. — Tentei. Não sei.

— Se a vir de novo, diga a ela... Diga a ela que eu entendo. Afinal, eu também cresci lá. — Jack correu a palma das mãos sobre seu amarrotado jeans preto. — Então, você me rastreou. Precisa de alguma coisa?

Jack estendeu a mão para coçar atrás da orelha do gato preto, e os dois ficaram ouvindo-o ronronar por alguns instantes.

— Rosemary quer vê-lo. — Nômada puxou os joelhos para cima e a armadura de volta ao seu redor. Recusava-se a encarar Jack.

— Não vou.

— Jack, ela só está tentando manter tudo legal. Ela pode precisar de ajuda.

— Pelo amor de Deus, Nômada, ela está do lado dos bandidos. Ela é a cabeça da maldita Máfia. — Ele se levantou e começou a caminhar sobre os tapetes orientais. O gato preto também se ergueu e juntou-se a ele, em seguida olhou para Nômada e se deitou. Ela recebeu um alerta do gato, mas não sabia se para ela mesma ou para Jack. — Para que diabos Rosemary precisa de mim?

— Bem, você poderia ajudar com a vigilância. Poderia... manter os ouvidos bem abertos para qualquer coisa estranha que acontecesse.

— Ah, claro. Eu poderia ser o infiltrado na comunidade gay. Não, talvez ela pense que os répteis também estejam contra ela. Ou talvez apenas me queira para arrancar um ou dois pés estratégicos com mordidas. — Jack virou-se para encarar Nômada. — De jeito nenhum!

— Jack, Rosemary só precisa de alguém ao lado dela...

— Alguém do lado dela?! Ela já tem a Máfia inteira! Não consigo acreditar que um homem-crocodilo faria tanta diferença assim. — Caminhou até o sofá e olhou para Nômada, que se recusava a erguer os olhos e encontrar os dele. — Suzanne, fique fora disso. Ela não se importa mais com você. Ela vai usar você. Matar você. E nem vai hesitar.

O gato preto se levantou e caminhou até ficar entre os dois. A amarela soltou um grunhido profundo, e os pelos nas costas se ergueram. Jack recuou alguns passos.

Nômada deslizou do sofá e ficou em pé, encarando os olhos verdes de Jack.

— Ela é minha amiga. Na verdade, acho que a única.

Em seguida, saiu às pressas até as escadas. Os gatos a seguiram. A amarela não tirou os olhos de Jack enquanto atravessava a sala estreita. O gato preto andou alguns passos, parou e olhou de volta para Jack antes de saltar pelas escadas e alcançar as duas.

♣

— Bom, não importa quem sejam, você vai mantê-los ocupados. — Chris se serviu de um pedaço do atum grelhado de Rosemary.

— Você disse que não estava com fome — Rosemary segurou o garfo dele.

— Eu menti. Com certeza, não é a Yakuza. Eles estão sofrendo baixas também. Perderam um dos principais homens aqui na cidade. Parece que nossos amigos não vão atrás de ninguém se não puderem acabar com a Máfia deles. Seu programa de confusão autorizada está cobrando seu preço. Eles podem não estar fora, mas certamente estão em baixa. Está tendo algum problema com isso?

— Não. Agora que os *capos* estão todos seguindo nossas instruções, sei de tudo que está acontecendo em qualquer lugar entre as famílias. Fica mais fácil.

— Odeio dizer isso, mas talvez você precise arrumar uma baixa para nós. Nada muito grave, só para acalmar qualquer suspeita. — Chris olhou ao redor na cozinha brilhante. Era o único lugar alegre naquela cobertura escura e sombria. — Tem biscoitos aí?

— Acho que não. Você está sabendo de algo que eu não sei? — Rosemary examinou o rosto de Chris.

— Não, só acredito em prevenção. Não quero que ninguém veja um padrão no que os ases estão fazendo.

— Vou ficar bem. Quem me ligaria, promotora adjunta, à Família Gambione? Estou mais preocupada com você. — Rosemary empurrou seu prato. Não mencionaria as suspeitas de Paul para Chris. Ela já sabia o que ele diria. — Que tipo de segurança você está carregando?

— Beretta, claro. — Chris abriu sua jaqueta de couro preta.

— Não é o que estou perguntando.

— Eu sei, eu sei. Às vezes, você não tem senso de humor, sabe? Estou com alguns rapazes de confiança. Estão comigo 24 horas por dia. Um deles está ali fora agora. Outros três lá embaixo. Estou coberto, meu amor. Esses caras me devem; as almas deles são minhas.

— Fale sobre o que está acontecendo com nossas operações regulares. — Rosemary ficou aborrecida com a possessividade dele em relação ao grupo de homens que era dela, mas concluiu que era apenas sua paranoia habitual.

— Não se preocupe com isso. Eu já cuidei de tudo. Cada uma das famílias tem um representante que se reporta a mim diretamente. Se houver qualquer problema, eu resolvo. Precisamos descobrir contra quem estamos lutando e como derrubá-los. — Chris sorriu feliz para o teto. — Sabe, acho que aqueles garotos ainda não gostam do meu rabinho chinês.

— Ainda estou trabalhando nisso. Já investigou os vietnamitas? A gangue dos Punhos Sombrios no Bairro dos Curingas está envolvida com eles. Isso já ficou claro. — Rosemary decidiu não pressionar a questão do seu *briefing* normal. Chris estava certo, havia coisas mais importantes em que pensar.

— Bem, estou tentando infiltrar alguém lá. Tem ideia de como é difícil encontrar um oriental na Máfia? — Chris suspirou de forma elaborada. — Estou tentando pegar emprestado alguém da Yakuza.

— Boa ideia. Ouça, Chris, preciso de um tempinho sozinha hoje à noite, tá? — Rosemary hesitou. — Para fazer planos.

— Vou encontrar alguma coisa para me manter ocupado. — Ele soltou uma risadinha que preocupou Rosemary.

— Fique longe de problemas. Não sei o que farei se te perder.

— Nem eu. — Chris se levantou e beijou o alto da cabeça dela. — Talvez eu não apareça por alguns dias. Não se preocupe comigo. Só vou cuidar dos negócios.

Quando ele se foi, Rosemary entrou na biblioteca. Estava tentando manter suas duas vidas em ordem, mas ficava cada vez mais difícil. Ela havia prometido a si mesma que tiraria a Máfia dos ramos de drogas e prostituição. Mas, agora que a guerra estava em curso, não havia como fazer isso. Precisava desesperadamente de dinheiro. Proteger as pessoas lhe causaria problemas no gabinete. Paul Goldberg perguntou abertamente se os informantes não conseguiriam encontrar mais sujeira da Máfia. E aquele comentário sobre Maria Gambione? Meu Deus. Devia ter alguma coisa que ela pudesse fazer sobre ele. Matá-lo, antes que ele espalhasse suas suspeitas? Mas era o namorado de Suzanne. O que poderia fazer?

Ela pensara que seria fácil conduzir as coisas por trás de Chris. Mas, em vez disso, parecia que ele estava cada vez mais controlando o que acontecia nas ruas, e não do modo como ela havia planejado. Rosemary descansou a cabeça na mesa entre os braços esticados.

Sabia que não estava fazendo direito seu trabalho na Promotoria. Mas era apenas uma questão de tempo até a maldita guerra acabar e ela poder voltar a fazer o que deveria. Então, poderia se livrar das drogas, da prostituição e da corrupção. Assim que eles tivessem ganhado a guerra.

Ela acordou do pesadelo com um choro baixinho, rapidamente contido pela atmosfera pesada da biblioteca. Sonhou com uma imagem religiosa que vira quando criança, a Crucificação. Porém, era seu corpo alquebrado que estava no centro da cruz, com Chris pendurado à sua direita e seu pai à esquerda. Rosemary envolveu-se com os braços para impedir a tremedeira.

◆

Nômada acordou de repente, quando o alerta de perigo tão insistente quanto as garras de um gato se espalhou por sua pele. Ela separou as correntes de pensamento e encontrou a mensagem que trazia o grito por ajuda. Ainda houve um choque quando reconheceu Jack Robicheaux no fim do beco. A força e a claridade da mensagem lhe disseram que a criatura que observava a cena era o gato preto. Então, foi onde ele esteve nos últimos dias. Quando desapareceu, ela não o seguiu mentalmente, exceto para garantir que estava vivo. E bem.

Silenciosamente, ela lhe disse para voltar para casa. Ele rosnou para a sugestão. Jack e o gato se aproximaram desde a primeira vez que se viram. A curiosidade do preto em relação ao homem/grande lagarto havia criado um laço forte entre eles. O animal estava concentrado na cena no fim do beco iluminado pela luz da rua: Jack encurralado por um homem muito maior, que o provocava. Contrariando sua vontade, Nômada permitiu que o preto transmitisse mais e a levasse até a situação.

— Ei, bichona! Acho que fugir para esse beco não foi muito inteligente, hein? — O brutamonte que se agigantava sobre Jack era feio, vesgo e tinha uma testa alta. Nômada o reconheceu: Pancada. Ela o vira uma vez, na prisão de Tombs, com Rosemary. Era tão malvado e estúpido quanto parecia. Jack estava em perigo, mas podia se virar sozinho.

— Eu só quero brincar um pouco com você. E sei que vocês, bichonas, amam um jogo bruto.

— Não queira se meter comigo, cara. — Jack estava grudado contra uma cerca que dividia o beco. — Sou muito mais problema do que aparento.

— Ah, eu quero me meter contigo, bonitão. Vou começar com sua cara e descer, pervertido. Ninguém mais vai te querer quando eu acabar. — Pancada estendeu a mão para Jack, que se desviou.

— Por favor, não quero machucar você. Me deixa em paz. — A voz de Jack estava trêmula. Nômada imaginou por que estava com tanto medo. — Não vai gostar do que vai ver.

— Acha que sabe aquela lutinha ridícula dos japas, hein? — Pancada gargalhou, e até Nômada se encolheu com o som de engrenagens rangendo. — Tudo bem. Sou parte da família agora. Já tenho seguro.

O gato preto ficou mais insistente quando sentiu a relutância de Nômada em ajudar seu outro amigo humano. Transferiu a dor para sua mente.

Ela mandou a recusa de Jack em ajudá-la e ajudar Rosemary, mas o gato não se deu por vencido. Cansada de ver os dois homens se enfrentando, Nômada mandou o preto voltar e mostrou para ele a transformação de Jack em crocodilo. Se ele não quis ajudá-la, tudo bem. Ela não forçaria. Ele achava que não precisava dela por perto.

A fúria selvagem do preto à sua resistência afastou-se, e ela interrompeu o contato. Não era mais problema seu. Ergueu as mãos para testar a dor nas têmporas. O preto derrubara suas defesas, pois ela não esperava sua reação. Cristo, o que há de errado? Por que todo mundo a *odiava* agora?

♠

Enrolada numa pilha de trapos em um recuo de túnel cheio de vapores nos subterrâneos, Nômada dormiu por horas. Apesar do seu esforço, a dor de cabeça continuou. Não conseguia encontrar o gato preto, embora soubesse que não estava morto. Buscou nas camadas de roupa até encontrar o relógio de pulso sem pulseira que usava quando precisava saber a hora. Menos de uma até precisar encontrar Paul. Estava atrasada. Levaria trinta minutos para chegar à casa de C.C., onde mantinha vestidos e ternos que precisavam ficar pendurados. Joguinho estúpido. Com um pouco de sorte, C.C. estaria trabalhando no estúdio e nunca saberia que ela estava lá.

O único lance de sorte da semana toda aconteceu. A luz vermelha estava ligada sobre a porta do estúdio de C.C., então Nômada entrou e saiu sem que a outra a notasse. Ainda assim, Paul, sempre atrasado, esperava em frente ao bar na West Fourth Street, onde se encontrariam para jantar antes de ir ao cinema. A noite foi agradável, mas Nômada sabia que Paul não estava totalmente lá enquanto ele a regalava com histórias das últimas incursões e defesas que encontrara nos últimos dias.

— Então, aquele cara começou a alegar que seu, como é que ele chama, seu guia persa antigo disse a ele que o outro pobre diabo era realmente um grego antigo e inimigo pessoal. E ele começou a receber o espírito, bem ali, no tribunal. Grunhiu um monte, rolou no chão, falou outras línguas, quem sabe se aquilo era persa? O juiz quebrou dois martelos gritando "ordem!", enquanto o advogado de defesa do idiota pedia um médico e tentava montar uma defesa com base no ataque. Ele conseguiu um adiamento, ou seja, vou ter que voltar lá com aqueles babacas na próxima semana. *Oy vay*, como minha santa mãe costumava dizer. — Paul Goldberg sorriu para ela por sobre o *cheesecake*. — Então, como foi sua semana?

— Os animais estão todos bem. Sem grandes problemas.

— Que cidade para ser uma veterinária, hein? Entre poodles e rottweilers, não sei como você consegue.

— É por isso que tento ficar com os gatos, com um rato exótico ou guaxinim ocasional. — Nômada sorriu, imaginando por que teve que inventar aquela história. O humor de Paul mudou de repente.

— Olha só, preciso falar uma coisa. Podemos deixar o filme para outro dia? — Ele olhou para a xícara de café como se o creme rodopiante fosse revelar o futuro.

— Parece sério.

— E é. Ao menos, acho que é. Você é uma pessoa razoável. Pode me dizer se acha que estou ficando louco.

— Só não comece a falar em persa.

— Tá. — Ele pegou o cheque. — Essa é minha, não reclame.

Logo que saíram, pegaram um táxi até o imenso apartamento duplex de Paul, no Upper East Side. Ele quase não disse nada, apenas observou como ela tinha as unhas curtas e lixadas, e brincou sobre a falta de garras. Quando já estavam no apartamento, ele fez café e pôs um disco de Paul Simon na vitrola. Depois, finalmente se sentou em uma poltrona que havia puxado para ficar de frente para Nômada.

— Algumas coisas estão acontecendo na Promotoria. Coisas estranhas. Preciso de uma segunda opinião. Você provavelmente não é a pessoa mais indicada para isso, por várias razões, mas é amiga, e é disso que estou precisando. — Ele rolou a caneca de café entre as mãos.

— Conte comigo. — Nômada sabia que não iria gostar do que ele estava prestes a dizer.

— Acho que alguém está no mau caminho. Eu tiro pessoas da rua, ladrões, todos nós tiramos. Estão surgindo rumores sobre a Promotoria. Rumores sobre ligações com a Máfia.

— Que tipo de ligações? — Nômada levantou-se e caminhou ao redor da sala de estar toda branca.

— Nada específico. Mas sei que as últimas três batidas em operações da Máfia não renderam nada, apenas uns poucos subordinados sem importância, e praticamente nenhuma droga ou arma. Estamos recebendo o bastante para ficar felizes, mas não o suficiente para causar dano de verdade. — Paul ergueu os olhos para Nômada. — Estamos sendo usados. As batidas contra os inimigos da Máfia sempre são bem informadas e quase sempre eficazes para prejudicar a oposição. E acho que sei por quê.

— E o que você vai fazer? — Nômada bebericou do café e ponderou suas opções. Já tinha sido vista antes e, se ela o matasse ali, seria uma suspeita. Rosemary poderia ou não protegê-la.

— Não posso confiar em ninguém da Promotoria. E não tenho muita certeza se posso confiar na Prefeitura. — Paul abaixou a caneca e foi até a lareira. — Quero ir à imprensa. Ao *Times*.

— Tem certeza absoluta sobre suas informações? — Nômada olhou para as chamas atrás de Paul. Rosemary havia se exposto. Não foi cuidadosa o bastante.

— Absoluta. Posso corroborar tudo que disse. — Paul ficou de costas para ela e aqueceu as mãos no calor da lareira. Nômada olhou para sua nuca. — Mas espero que a situação possa ser sanada. Se a pessoa em questão cair em si, talvez tudo isso possa ser evitado. Há outras coisas estranhas acontecendo ali também. Algumas dessas informações que eu tenho parecem ter vindo diretamente da Máfia. É algo que eu não entendo.

Nômada lembrou-se de Chris Mazzucchelli. Nunca confiou naquele homem, apesar de sua ligação com Rosemary. Será que ele a estava traindo?

— Você precisa fazer o que sua consciência mandar. Mas, se essas pessoas são realmente mafiosas, não é um pouco perigoso? — Nômada lembrou Rosemary dizendo como tudo seria diferente com ela agora mandando. Tinha tomado sua decisão.

— Verdade. É um dos motivos pelos quais estou dizendo para você. Falei com outras pessoas, dei provas. Não queria colocá-la em risco com isso. — Paul parecia aliviado por ela não ter reconhecido Rosemary a partir da descrição. Nômada imaginou se a conversa não seria uma armadilha. Ela caíra ou passara ilesa?

Paul a abraçou e puxou-a para mais perto. Nômada não resistiu, mas também não o encorajou. Devolveu o abraço, desconcertada.

— Você poderia ficar hoje à noite. — Paul beijou sua testa.

— Não, Paul. Não estou pronta para me envolver desse jeito. Sou das antigas, eu acho. — Nômada empurrou-o. — Preciso de tempo.

— Estamos saindo há meses. Ainda não sei onde você mora. Por que não confia em mim? — Paul ficou na frente dela com os braços caídos ao lado do corpo.

— Não é você. Sou eu. — Nômada evitou os olhos dele. — Dê um tempo para mim. Ou não. A escolha é sua.

— *Minha* escolha? — Paul sacudiu a cabeça, resignado. — Seria muito mais fácil se você não fosse tão intrigante. Próxima sexta, jantar e, eu prometo, cinema. Pode passar aqui?

— Posso. Boa sorte... No trabalho. — Nômada não sabia se estava pensando nele ou em Rosemary.

♥

Nômada viu o brilho de canos e ouviu o som de pistolas, fuzis e metralhadoras disparando e destruindo a noite enquanto contornava o prédio. Com um pequeno exército de ratos, gatos e alguns cães vadios, ela patrulhava o perímetro, como Rosemary havia proposto na reunião, dois dias antes. Sempre que alguém tentava fugir, ela e os animais levavam-no de volta à polícia, que aguardava.

Ela quase tropeçou num corpo cujo rosto fora estourado por uma rajada de metralhadora. Quando recuou, trombou com um policial negro. Ele a segurou com gentileza, impedindo que caísse.

— Senhora, seria melhor encontrar outro lugar para dormir hoje à noite. — Suas mãos grandes afastaram-na da batalha que acontecia nas ruas próximas e silenciosas. Aquelas mãos lembraram-na de Pancada tentando pegar Jack. Ela girou para se soltar, deixando um casaco de couro sujo nas mãos do policial, e mancou rapidamente para longe.

Quando se viu novamente escondida na escuridão, fez contato com seus animais. A amarela permanecia com ela todo o tempo, mas os outros cercaram o prédio. Com os olhos de um rato agachado numa pilha de lixo, ela acompanhou o lento avanço de um jovem oriental que tentava fugir da luta. Uma trilha de sangue o seguia, pingando da perna direita. Ela sentiu o cheiro, e também o rottweiler fugido, que de repente fechou a entrada do beco. O vietnamita arfou e começou a andar de costas, lentamente. Mantendo o cão para trás, Nômada o fez sentar-se, e ele uivou uma mensagem para o céu.

Havia água por todos os lados. Rosemary havia dito que uma nova ás, chamada Nenúfar, estaria lá naquela noite. Nômada estava cansada de pisar em poças. Quinze centímetros dos seus casacos e saias estavam encharcados, bem como suas botas. De onde vinha tanta água? Ela esperava que não houvesse nenhum incêndio no Bairro dos Curingas.

Mesmo que revelasse sua presença, Nômada organizou uma barreira com gatos ferozes para impedir qualquer curinga de se aproximar mais que alguns quarteirões da luta. O armazém do bairro, no centro do anel de proteção, era, de acordo com Rosemary, um dos maiores arsenais dos Punhos Sombrios. A concentração de Nômada estava enfraquecendo. Rosemary não pensou muito em quanto tempo sua ás de estimação poderia continuar a rastrear a mente dos animais e controlar centenas deles em ação coordenada.

A gata amarela rosnou, despertando Nômada de seus devaneios. Ela se ergueu de uma parede na qual se mantivera encostada para conservar as forças. Segurando uma Uzi em posição de disparo, outro vietnamita percorria a rua escura, movendo-se de uma sombra a outra em silêncio. Nômada fixou-se nele, em seguida convocou os ratos. Dentro de segundos, uma centena deles atacou o homem, fazendo-o se afastar. Eles subiram pelas pernas da calça e correram até os braços, que se sacudiam, mordendo seu rosto e pescoço. O grande número de ratos o fez tropeçar quando eles cobriram o chão. Ele gritou. A Uzi começou a disparar, seu fogo pulsante ecoando entre as paredes em um ritmo sinistro com os gritos do homem. Os dois sons aumentaram em escala até a munição terminar e a garganta do homem estar arranhada demais para emitir qualquer som. Seguiu-se um silêncio, interrompido apenas pelo som dos ratos caminhando. Nômada enviou-os às pressas para uma nova posição. A visão do homem na poça de sangue a perturbou. Ele não devia ter resistido.

Lasers cruzaram o céu sobre o prédio, cortando-o ao meio, cirurgicamente. Quando os raios atingiram as poças de Nenúfar, emergiram nuvens de vapor. A cena iluminada lembrava a Nômada uma representação do inferno *à la* Ken Russell.

Usando o filhote que Nômada deixara com ela, Rosemary a chamou. Nômada virou-se e abandonou o corpo. Ele não fizera nada para ela. Que direito tinha ela de matá-lo?

Quando ela chegou, Rosemary a esperava a uma porta profunda e sombria. Nômada andou junto à parede, lembrando-se do vietnamita fazendo o mesmo, minutos antes. Ninguém a viu entrar.

— O que você vê? — Rosemary não tinha tempo para prelúdios.

— Pegamos todos. Ninguém escapou aos meus olhos.

— Ótimo, *ótimo*. Os desgraçados não se esquecerão disso tão cedo.

Rosemary estava satisfeita, mas seus pensamentos estavam em outro lugar.

— Viu? Eu sabia que você poderia fazer muito por mim.

Rosemary saiu para a rua, e um policial veio cumprimentá-la.

— Excelente trabalho! Esses ases da senhora realmente fizeram a diferença, por mais que eu odeie admitir isso. Aquele cara negro, o Martelo? É extraordinário. Tive calafrios só de estar perto do sobretudo dele. — O capitão estendeu a mão para lhe dar os parabéns.

— Fico feliz em ter ajudado, capitão. Mas o Martelo do Harlem ainda está fora do país. Certeza de que não era um de seus infiltrados? — Rosemary sorriu e apertou sua mão. — Aliás, poderia pedir para um de seus homens ajudar esta senhora a sair da área? — Apontou com a cabeça para Nômada, que esperava perto da entrada. — Ela está um pouco perdida.

Antes que o policial pudesse pegá-la, Nômada caminhou pela calçada e desviou para dentro de um beco. Levou um instante para espalhar os animais reunidos, depois, seguiu a amarela por uma entrada de esgoto que havia deixado aberta. Na noite úmida abaixo das ruas, ela refletiria sobre o que havia feito. Para qual finalidade? Para que a Máfia de Rosemary pudesse continuar? Ao menos vinte ratos, um gato e um dos cães foram perdidos naquela noite. *De novo não, Rosemary. Seus jogos não valem para mim.* Percebendo o brilho nos olhos da amarela, a seguiu para casa através dos túneis.

♣

Quando Rosemary chegou à cobertura dos Gambione, Chris já a estava esperando. Sentado na cadeira, na ponta da mesa de reunião da biblioteca de seu pai, não disse nada enquanto ela se sentava ao seu lado.

— Temos um problema. — Chris estendeu a mão e tomou a dela. — Paul Goldberg sabe quem você é.

— Como? — Rosemary sentiu, ao mesmo tempo, medo e um alívio estranho, pequeno, de que a farsa havia acabado.

— Disso não sabemos, mas não importa muito, importa? Estamos vigiando seu gabinete, por precaução, e encontramos essas coisas no apartamento dele. — Chris empurrou um envelope sobre a mesa. Quando ela o abriu, encontrou fotos suas e do pai, registros, tudo que era preciso para espetá-la na parede.

— Vamos nos livrar dele. — Chris tamborilou os dedos no tampo de carvalho. — Mas queria que você desse seu ok primeiro. Afinal, ele é um de seus empregados.

— Claro, agora mesmo. — Rosemary continuou a encarar as fotografias e espalhou-as. — Ele deu isso a alguém? Quem mais sabe?

— Acho que o pegamos a tempo. — Chris pegou uma das fotos e olhou para ela, quase preguiçoso. — Mas sugiro que você confirme com sua grande amiga Suzanne. Eles foram vistos juntos.

— Meu Deus, ela e Paul estão saindo. Não sei o que ela vai fazer se ele morrer. Às vezes, Suzanne não é muito estável.

— Então, você quer que a gente espere para atacar? Caramba! Você sabe que é ele ou você. — Chris tombou um pouco a cadeira pesada, apoiando-a nas pernas traseiras.

— Não, elimine-o. Elimine-o agora. Se ele não teve tempo de falar com ninguém, ainda estarei segura. — Rosemary virou a cabeça de um lado para o outro, como se buscasse uma rota de fuga.

— É a única escolha sensata. Vou cuidar disso. A menos que... — Chris voltou a cadeira com um pequeno estalo, que foi abafado rapidamente pelo tapete alto.

— Não. Faça isso. — Rosemary ergueu os olhos para ele, agradecida. — Obrigada.

Com um sorriso largo, ele se inclinou e a beijou.

— Não precisa agradecer. Estou aqui para isso.

♦

Caminhando pela esquina do alto prédio de Paul, Nômada puxou a saia para baixo ao mesmo tempo em que tentava evitar as poças deixadas pela chuva da tarde. O porteiro manteve aberta a pesada porta de vidro com um sorriso mal disfarçado, dizendo-lhe que a vira se arrumar. Ela considerou tornar a vida dele um pouco mais miserável, lançando um pombo sobre sua cabeça, mas ele não valia o esforço. Tinha coisas mais importantes na mente. Dependeria do rumo dos acontecimentos, ela decidiu, mas talvez ficasse com Paul naquela noite. Ainda se sentia um pouco incomodada com a decisão.

Ela acenou para Marty, que assentiu com a cabeça e marcou-a no livro de registro de visitantes. Como sempre, os ecos dos saltos estalando no mármore a deixaram desconcertada. O elevador levou uma vida para chegar. Nômada concluiu que todos que a viram entrar sabiam o que ela estava pensando sobre Paul no momento em que o elevador apareceu. Era ridículo. Ela era adulta, pelo amor de Deus. Deu um suspiro profundo e entrou, seguindo para o apartamento de Paul, no 32º andar.

Graças aos céus, não havia ninguém no hall. Lá em cima, o carpete parecia ter sete centímetros de espessura, e ela não fez barulho nenhum quando chegou até a porta e tocou a campainha. Depois de vários minutos, ela tocou novamente e começou a prestar atenção a qualquer ruído vindo de dentro do apartamento. Não ouviu nada. Procurou mentalmente quaisquer criaturas, um camundongo ou rato, mas o prédio de Paul era chique demais para isso. Sem encontrar pistas, ela captou um pombo na janela. Algumas luzes estavam acesas, mas ela não via Paul.

Ótimo. Que noite para levar um bolo. *Timing* excelente, Paul. Nômada começou a voltar para o elevador com uma noção de alívio que ela se esforçava para não deixar transparecer. Na descida, pensou que provavelmente estava sendo esperada, se não, o segurança não a teria deixado subir. Pela primeira vez, ficou preocupada com Paul.

Marty, o segurança, o vira entrar muitas horas antes. Tinham conversado sobre ele ter ganhado um caso, para variar, e ter saído mais cedo para descansar, antes que Nômada chegasse. Marty corou quando ele mencionou que o senhor Goldberg lhe dissera para cuidar dela. Paul falou que eles celebrariam juntos. Não havia registro de Paul saindo, e nenhum dos porteiros o vira deixando o prédio. O segurança chamou um colega para cobri-lo e levou a chave-mestra para o apartamento.

Assim que a porta se abriu, Nômada sentiu que algo estava errado. Seguindo sua sensação de pavor, levou Marty direto para o banheiro. Paul estava nu dentro da Jacuzzi de mármore preto. O sangue rodopiava ao seu redor, na água borbulhante. Ele havia tomado um tiro à queima-roupa no olho. Ela o encarou profundamente, enquanto Marty ligava freneticamente para a polícia.

A polícia a levou para a delegacia e a interrogou por horas. Primeiro, estavam determinados a fazê-la confessar o crime. Quando o relatório inicial do legista finalmente chegou, desistiram e começaram a perguntar sobre seu conhecimento das atividades de Paul. Quem poderia ter desejado sua morte? Ela pensou em Rosemary várias vezes, mas negou saber de qualquer coisa.

Rosemary teria coragem de matá-lo? Ela sabia que Nômada gostava de Paul, e até mesmo havia incentivado a relação entre os dois. Seria capaz de assassinar alguém com quem trabalhava e respeitava? Nômada não se permitiu responder a essas perguntas.

Eram quase seis da manhã quando C.C. finalmente conseguiu permissão para levar Nômada para casa. No táxi, ela não disse nada até chegarem ao loft de C.C., apenas expandiu a mente em busca dos gatos e mentalmente os trouxe para perto, tremendo. C.C. pegou o jornal na calçada em frente ao prédio e o enfiou debaixo do braço, levando Nômada para o elevador. No loft, ela ficou parada encarando uma parede sem a ver, enquanto C.C. preparava um chá.

Nômada percebeu que C.C. chamava seu nome repetidamente. Isso a trouxe de volta a si. Preferia expandir sua consciência através da cidade. E também espalhar sua dor. Apenas a urgência na voz da outra a fez se concentrar no jornal diante dela.

A foto de Rosemary Gambione Muldoon tomava um quarto da primeira página.

♠

Rosemary estava gelidamente tranquila. O alerta viera de um redator de obituário que de repente ficara devendo muito dinheiro em Vegas. Ela assumira a dívida algum tempo atrás, e havia chegado o dia da compensação. Ele ouviu a agitação na redação e foi verificar. Ver a foto dela na primeira página das provas do jornal foi o suficiente, então ligou para seu contato da família. Chris bateu à porta de Rosemary às duas da manhã, e juntos eles jogaram roupas em uma mala de viagem.

Chris havia trazido quatro de seus melhores homens para fazer a guarda 24 horas por dia. Os seis estavam sentados na limusine preta que os levara para um dos refúgios dos Gambione. Rosemary ficou em silêncio. O que havia a dizer? Parte de sua vida estava destruída. A única da família que restava. Terminaria como havia começado.

Ela ficou sozinha no refúgio. Seus guarda-costas patrulhavam o exterior e mantinham-se de olho em janelas e portas. Chris saíra para organizar um lugar mais seguro de onde ela poderia liderar os Gambione. Rosemary nunca se sentira tão livre e viva desde que assumira a tarefa de ter uma vida dupla. Sua cabeça fervilhava com planos para manter as famílias em pé e viáveis. Agora que podia se concentrar nos problemas mais próximos, tudo seria diferente. Paul fizera um favor para ela. Pena que precisara morrer por isso, mas, no fim das contas, não se podia mostrar fraquezas. Ela se perguntou quando Chris voltaria. Tinha muitas coisas a discutir com ele.

♣ ♦ ♠ ♥

Todos os cavalos do rei

II

A água fez um ruído gorgolejante em algum lugar na quente escuridão a sua volta. O mundo girou e se revolveu, como se afundasse. Ele estava fraco e zonzo demais para se mover. Sentiu dedos gelados nas pernas, subindo cada vez mais, e em seguida um choque repentino quando a água alcançou suas partes baixas, fazendo-o acordar. Arrancou o cinto de segurança com os dedos dormentes, mas era tarde demais. O frio lhe acarinhava o peito. Ele se sacudiu para cima, o chão girou, fazendo-o perder o equilíbrio. A água cobria sua cabeça e ele não conseguia respirar, e tudo estava escuro, muito escuro, como um túmulo, e precisava sair, precisava *sair*...

Tom acordou buscando fôlego, um grito arranhando sua garganta por dentro.

Logo depois de despertar, meio grogue, ouviu um tilintar suave de vidro caindo da moldura da janela e se estilhaçando no chão do quarto. Ele fechou os olhos, tentando se acalmar. O coração palpitava, falhando um compasso, sua camiseta regata grudava na pele. Apenas um sonho, Tom disse a si mesmo, mas ainda conseguia se sentir em queda cega e desesperada, preso a um caixão de aço flamejante enquanto o rio se fechava ao redor. Apenas um sonho, ele repetiu. Teve sorte, algo explodiu o casco e ele escapou; havia acabado: vivo e em segurança. Respirou fundo e contou até dez, e, quando chegou ao sete, parou de tremer. Abriu os olhos.

Sua cama era somente um colchão em um quarto vazio. Ele se sentou, com as roupas de cama enroladas ao seu redor. Penas de um travesseiro rasgado flutuavam nos feixes de luz solar que atravessavam a janela quebrada, pairando no ar preguiçosamente. O despertador que havia comprado na semana anterior voara metade do quarto e ricocheteara na parede. Uma série de números aleatórios piscou em vermelho no visor digital de LED por um instante, antes de apagar completamente. As paredes eram de um verde pálido, nuas, e suas rachaduras cada vez maiores formavam uma teia de aranha. Um pedaço de argamassa caiu do teto. Tom encolheu-se, desenrolou-se dos lençóis e se ergueu.

Qualquer noite seu maldito subconsciente derrubaria a casa toda. Tom imaginou o que os vizinhos pensariam. Ele já havia reduzido a mobília do quarto a quase nada, e as paredes de gesso não estavam aguentando muito. Pensando bem, ele também não.

No banheiro, Tom deixou a camiseta encharcada de suor no cesto e olhou-se no espelho sobre a pia. Achou que parecia dez anos mais velho do que era. É o que alguns meses de pesadelos recorrentes farão com você, ele supôs.

Foi para o chuveiro e fechou a cortina. Uma barra meio derretida de sabonete jazia numa lâmina de água dentro da saboneteira. Tom concentrou-se. O sabonete ergueu-se e flutuou até sua mão. Estava melecado. Com o cenho franzido, ele deu uma girada firme no registro de água fria com a mente e encolheu-se quando o jorro gelado o atingiu. Rapidamente, agarrou o registro quente — com a *mão* —, girou-o e estremeceu de alívio quando a água ficou morna.

Estava melhorando, Tom refletiu enquanto se ensaboava. Mais de vinte anos como Tartaruga haviam atrofiado suas capacidades telecinéticas a quase nada, exceto quando trancado em seu casco, mas o Dr. Tachyon o ajudou a entender que o bloqueio era psicológico, não físico. Estava trabalhando nisso desde então e havia chegado ao ponto em que sabonetes e torneiras de água fria eram moleza.

Tom enfiou a cabeça sob o chuveiro e sorriu quando a água morna escorreu em cascatas sobre o corpo, limpando o último resíduo do pesadelo. Era muito ruim que o subconsciente não tivesse percebido seus limites — ele se sentiria muito mais seguro para dormir, e talvez seu quarto não estivesse aquela bagunça quando acordasse. Mas, quando o pesadelo vinha, ele era *o* Tartaruga. Fraco, zonzo, em queda e prestes a se afogar, mas ainda o Grande e Poderoso Tartaruga, que podia fazer malabarismos com locomotivas e esmagar tanques de guerra com a mente.

O finado grande Tartaruga. *Todos os cavalos do rei e todos os homens do rei*, Tom pensou.

Ele desligou o chuveiro, tremeu com o frio repentino e saiu da banheira para se secar.

Na cozinha, preparou uma xícara de café e uma tigela de cereal. Sempre achou que cereal com farelo tinha gosto de papelão molhado, e esses novos, extrassaudáveis, pareciam serragem, mas seu médico havia dito que precisava incluir mais fibras na dieta. Também deveria reduzir o café, no entanto, esse era um caso perdido, pois já estava viciado.

Ligou a pequena TV ao lado do micro-ondas e assistiu à CNN sentado à mesa da cozinha. A prefeitura começava uma investigação completa sobre a corrupção na Promotoria do distrito de Manhattan, que parecia o mínimo que poderiam fazer agora que uma promotora adjunta havia sido acusada de ser uma chefona da Máfia. As acusações eram graves. Rosa Maria Gambione, também conhecida como Rosemary Muldoon, ainda estava sendo procurada para interrogatório, mas desaparecera no ar. Tom não acreditava que ela apareceria tão cedo.

Sentira-se culpado por ignorar a convocação que Rosemary fizera de ases voluntários quando a guerra de gangues havia estourado no Bairro dos Curingas. Não era de sua índole ignorar um apelo por ajuda, e, se ele tivesse um casco funcionando ou dinheiro para montar um, até poderia trazer o Tartaruga de volta dos mortos. Mas isso não aconteceu, e agora ele estava feliz com sua decisão. Pulso, Nenúfar, Mister Magnético e outros ases que atenderam à convocação haviam posto a vida e a reputação em risco, e agora havia políticos canalhas nos jornais da noite pedindo que todos fossem investigados por seus laços com o crime organizado.

Em momentos como esse, Tom se sentia feliz por Tartaruga estar morto.

A TV agora transmitia o noticiário internacional, que contava novidades sobre a excursão dos ases. A gravidez de Peregrina já era notícia velha, e não havia mais violência como o incidente na Síria, graças a Deus. Tom assistiu, ressentido, à gravação da aeronave *Cartas Marcadas* pousando no Japão. Sempre quis viajar, conhecer terras distantes e exóticas, visitar todas as cidades fabulosas que conhecia pelas leituras de infância, mas nunca teve dinheiro. Certa vez, a loja o enviara para uma feira em Chicago, mas um fim de semana no Conrad Hilton com três mil vendedores de eletrônicos não havia satisfeito seus sonhos de criança.

Deviam ter pedido que o Tartaruga estivesse na excursão. Claro, transportar o casco talvez fosse um problema, e Tom não conseguiria um passaporte sem revelar seu nome verdadeiro, o que ele não estava preparado para fazer; mas esses problemas poderiam ser resolvidos se alguém ligasse. Talvez realmente pensassem que ele estava morto, embora ao menos o Dr. Tachyon devesse saber que não.

Então, ali estava ele, ainda em Bayonne, com a boca cheia de cereal com alto teor de fibras, enquanto seus semelhantes, como Mistral, Bolão e

Peregrina, estavam sentados sob o telhado de um santuário, tomando seja lá o que os japoneses tomavam no café da manhã. Aquilo o deixou de mau humor. Não tinha nada contra Per ou Mistral, mas nenhuma delas estava pagando o mesmo preço que ele. Meu Deus, convidaram até o calhorda do Jack Braun! Mas ele não, ah, não — teria causado muitas preocupações; precisariam de acordos especiais e, além disso, havia assentos reservados tanto para ases como para curingas, e ninguém sabia muito bem onde se encaixava o Tartaruga.

Tom, com voracidade, tomou o último gole de café, levantou-se da mesa e desligou a TV. *Que se fodam todos*, ele pensou. Como havia decidido que o Tartaruga permaneceria morto, talvez fosse a hora de enterrar seus restos mortais. Tinha uma ideia ou duas sobre como fazê-lo. E, se cuidasse de tudo da maneira correta, talvez no próximo ano *ele* mesmo conseguisse pagar uma viagem ao redor do mundo.

♣ ♦ ♠ ♥

Concerto para sirene e serotonina

II

Depois de conferir se não havia ninguém observando, Croyd jogou duas pastilhas de anfetamina no seu *espresso*. Suavemente, soltou um palavrão, como parte do suspiro que se seguiu. Nada estava funcionando como ele previra. Todas as pistas que tentara durante os últimos dias tinham sido um fiasco, e ele estava se drogando mais do que devia. Em geral, isso não o incomodaria, mas, pela primeira vez, tinha feito duas promessas distintas com relação a drogas e a seus atos: uma profissional e outra pessoal, ele refletiu, que o deixavam sem margem de manobra. Definitivamente teria que ficar de olho, ou ao menos com algumas facetas dos olhos, em si mesmo para não estragar tudo; além disso, não queria decepcionar Nenúfar no primeiro encontro. Em geral, Croyd sentia a paranoia chegando, e, dessa vez, resolveu deixar que esse fosse o indicador de seu grau de irracionalidade.

Ele havia corrido a cidade toda tentando rastrear duas pistas que pareciam ter-se evaporado. Verificou cada possível fachada de sua lista, convencendo-se de que tinham sido apenas pontos de encontro escolhidos a esmo. O próximo era James Spector. Embora não tivesse reconhecido o nome, conhecia o Ceifador, o encontrara rapidamente em diversas ocasiões. O homem sempre o impressionou como um dos ases mais nojentos. "*Se o Ceifador o encontrar, desvie o olhar*", Croyd murmurou e acenou para o garçom.

— Pois não?

— Mais um *espresso*, e me traga uma xícara maior, está bem?

— Pois não.

— Aliás, me traga uma jarra inteira.

— Tudo bem.

Ele murmurou um pouco mais alto e começou a bater o pé. "Olhos do Ceifador. Os olhos do Ceifador", ele entoou. Deu um pulo quando o garçom deixou diante dele uma xícara.

— Não chegue tão silencioso assim!

— Desculpe. Não quis assustá-lo. — E começou a encher a xícara.

— Não fique atrás de mim enquanto serve. Fique aqui do lado, onde eu possa te ver.

— Claro.

O garçom moveu-se para a direita de Croyd; e deixou a jarra na mesa antes de sair.

Enquanto tomava xícara atrás de xícara de café, Croyd começou a ter pensamentos que não tinha havia tempos com relação a sono, mortalidade e transfiguração. Depois de um tempo, pediu outra jarra — definitivamente, era um problema que exigia duas jarras.

♣

A neve da noite havia cessado, mas os três centímetros que cobriam as calçadas reluziam sob a luz dos postes, e o vento muito frio erguia redemoinhos brilhantes pela Tenth Street. Caminhando com cuidado, o homem alto e magro vestido num pesado sobretudo preto olhou para trás uma vez quando virou a esquina, a respiração visível e esbranquiçada. Desde que saíra da loja de bebidas, teve a sensação de estar sendo vigiado. E havia uma figura, distante a uns cem metros, caminhando do outro lado da rua quase no mesmo ritmo que ele. James Spector sentiu que talvez valesse a pena esperar o homem e matá-lo, apenas para evitar qualquer possível aborrecimento no caminho. No fim das contas, havia duas garrafas de Jack Daniels e uma caixa com seis cervejas Schlitz na sacola, e se alguém fosse abordá-lo de repente nessas calçadas escorregadias... Ele se encolheu ao pensar nas garrafas quebrando, pois teria que voltar até a loja.

Por outro lado, esperar o homem e matá-lo ali, enquanto segurava a sacola, também podia fazê-lo escorregar... mesmo se fosse apenas ao se curvar para revistar seus bolsos. Primeiro seria melhor encontrar um lugar para deixar as coisas. Ele olhou ao redor.

Havia alguns degraus que levavam a uma porta mais adiante. James caminhou até eles e deixou a sacola no terceiro degrau, contra o corrimão de ferro. Depois, puxou a gola e virou-a para cima, pegou o maço de cigarros do bolso, tirou um e o acendeu. Recostou-se no corrimão e esperou, observando a esquina.

Em pouco tempo, surgiu um homem de calças cinza e blazer azul, a gravata chicoteando ao vento, os cabelos pretos desgrenhados. Parou e o olhou, em seguida balançou a cabeça e avançou. Quando se aproximou, Spector percebeu que usava óculos espelhados. Ele sentiu uma pontada repentina de pânico, vendo que o outro possuía um adequado dispositivo de defesa contra ele. E isso certamente não era um acaso no meio da noite. Portanto, era mais do que somente um brutamonte no seu encalço. Ele deu uma tragada longa no cigarro, e subiu vários degraus de costas, lentamente, ganhando altura para dar um belo chute na cabeça do cara e tirar seus malditos óculos.

— Ei, Ceifador! — O homem chamou. — Preciso falar com você!

O Ceifador o encarou, tentando se lembrar dele. Mas não havia nada de familiar no homem, nem mesmo a voz.

O outro se aproximou e parou diante dele, sorrindo.

— Só preciso de um minuto ou dois do seu tempo. É importante. Estou com muita pressa e tentando manter um pouco da sutileza. Não está sendo fácil.

— Eu te conheço? — Ceifador perguntou.

— Já nos encontramos. Em outras vidas... Quer dizer, em *minhas* outras vidas. Também acho que você fez a contabilidade da empresa do meu cunhado, em Jersey. Meu nome é Croyd.

— O que você quer?

— Preciso do nome do chefe da nova gangue que está tentando tomar as operações da velha e boa Máfia, que comanda esta cidade há mais de meio século.

— Tá de brincadeira — Ceifador respondeu, dando um trago final no cigarro, soltando-o e movendo a ponta do pé para esmagá-lo.

— Não, não estou. Eu preciso mesmo dessa informação para poder dormir em paz. Acredito que você tenha feito mais que contabilidade para esses caras. Então, me diga quem dá as cartas, e eu vou embora.

— Não posso.

— Como eu já disse, estou tentando ser discreto. Ou seja, não quero fazer isso do jeito mais difícil…

O Ceifador chutou o rosto do homem. Os óculos de Croyd voaram sobre o ombro, e o Ceifador encarou as 216 facetas reluzentes de seus olhos. Ele não era capaz de fixar o olhar com os pontos de luz.

— Você é um ás — ele disse —, ou um curinga.

— Sou o Dorminhoco — Croyd respondeu quando estendeu a mão e pegou o braço direito do Ceifador, para depois quebrá-lo no corrimão. — Você deveria ter me deixado ser sutil. Não machucaria tanto.

Ceifador deu de ombros enquanto se encolhia.

— Continue, quebre o outro também. Mas não posso dizer o que não sei.

Croyd encarou o braço pendurado na lateral do corpo do Ceifador, que, com o outro, pôs o quebrado no lugar e o segurou.

— Você se recupera bem rápido, não é? — Croyd disse. — Em minutos. Estou lembrando agora.

— Isso aí.

— Pode fazer crescer um braço novo se eu arrancar?

— Não sei e prefiro não saber. Olha só, ouvi dizer que você é um psicopata, e acredito nisso. Eu diria se soubesse. Não gosto de me regenerar. Mas tudo que fechei foi um acordo ruim de assassinato. Não tenho ideia de quem esteja no comando.

Croyd estendeu as duas mãos, agarrando os pulsos do Ceifador.

— Quebrar você inteiro não vai adiantar de nada, mas ainda há espaço para a discrição. Já passou por uma terapia de eletrochoque? Experimente essa.

Croyd esperou o Ceifador parar de se contorcer, em seguida, soltou seus pulsos. Quando conseguiu voltar a falar, o Ceifador disse:

— Eu não posso dizer nada, pois não sei.

— Então, vamos perder mais uns neurônios — Croyd sugeriu.

— Dá um tempo — Ceifador retrucou. — Nunca soube o nome dos chefões. Isso nunca significou porra nenhuma pra mim. E não significa. Só conheço aquele cara chamado Olho, um curinga. Tem um olho grande e usa um monóculo. Eu o encontrei uma vez, na Times Square, ele me deu uma missão e me pagou. É tudo que sei. Você sabe como é. Também é autônomo.

Croyd suspirou.

— Olho? Parece que ouvi falar dele em algum lugar. Onde consigo achar esse cara?

— Acho que ele fica no Club Dead Nicholas. Joga cartas lá, já faz um tempo, na sexta à noite. Sempre quis ir lá e matar o desgraçado, mas não tive tempo. Isso me custou um pé.

— Club Dead Nicholas? — Croyd perguntou. — Acho que não conheço esse.

— Antes era Nicholas King's Mortuary, perto do Bairro dos Curingas. Serve comida e bebida, tem música e uma pista de dança, e jogatina numa área dos fundos. Acabou de abrir. Tem uma decoração de Halloween. Mórbido demais pro meu gosto.

— Tudo bem. Espero que não esteja me passando para trás, Ceifador — Croyd disse.

— É tudo que sei.

Croyd balançou a cabeça lentamente.

— Vou lá. — Ele soltou o outro e se afastou. — Talvez, depois, eu possa descansar. Sutil. Muito sutil. — Ergueu a sacola do Ceifador e a deixou em seus braços. — Aqui. Não esqueça suas coisas. E é bom olhar por onde anda, está tudo escorregadio. — Continuou a se afastar, de costas, murmurando consigo mesmo até a esquina. Depois, virou-se e desapareceu.

Afundando até sentar-se no degrau, Ceifador abriu uma garrafa de uísque e tomou um longo gole.

♣ ♦ ♠ ♥

Jesus era um ás

Arthur Byron Cover

Nestes tempos de problemas e de jornadas obscuras; nesta terra fértil onde a obra de Satã está prestes a dar frutos; você não precisa pisar em ovos com Marx, ou fuçar em Freud; você não precisa da ajuda de liberais como Tachyon, não precisa abrir-se a ninguém mais além de Jesus — porque ele foi o primeiro e maior ás de todos!

— REVERENDO LEO BARNETT

I

Existem poucos quarteirões entre o Bairro dos Curingas e o Lower East Side que limpos e vítimas do vírus chamam igualmente de Fronteira. Ninguém sabe que grupo começou a usar o termo, mas aplica-se igualmente a qualquer lado. Um curinga talvez pense que o lugar é a fronteira de Nova York, já um limpo, que é a fronteira do Bairro dos Curingas.

As pessoas vão à Fronteira pelos mesmos motivos pelos quais algumas assistem a um filme violento, ou a um bom show de *speed metal*, ou se acabam na droga da moda. São atraídos pela ilusão de perigo; uma ilusão segura, efêmera, que lhes dá algo para comentar em festas frequentadas por pessoas medrosas demais para ir até lá por si mesmas.

O jovem pregador pensou sobre aquilo enquanto observava a equipe do noticiário da televisão caminhando na rua de baixo, através da janela do banheiro do quarto de hotel barato que havia alugado para a noite — embora tivesse a intenção de usá-lo apenas por poucas horas. A equipe consistia em um repórter de casaco e gravata, um operador de minicâmera e um sonoplasta. O repórter estava parando pedestres, limpos e curingas, enfiando o microfone em seus rostos, tentando fazê-los dizer alguma coisa. Por um momento longo e atormentador, o jovem pregador teve medo de que seu encontro amoroso com Belinda May fosse a história que estavam procurando, mas se tranquilizou com a ideia de que a equipe, sem dúvida, estava rotineiramente nessa vizinhança. Afinal, onde eles teriam chance melhor de encontrar uma introdução visual forte para o noticiário das 23 horas? Ele não gostava de ter esses pensamentos pecaminosos, mas, nas circunstâncias, saboreou a esperança de que a equipe se distraísse com um acidente de carro espetacular a poucos quarteirões, com muito do estilo visual que procuravam na forma de fogo e capôs amassados — mas sem mortes, claro.

O jovem pregador deixou cair a fina cortina branca. Terminou seus negócios e, enquanto lavava as mãos com movimentos rápidos e eficientes, encarou seu reflexo cadavérico no espelho sobre a pia manchada de ferrugem. Era mesmo tão doente ou sua tez pálida e amarelada era apenas o resultado do brilho das duas lâmpadas sem lustre sobre o espelho? O jovem pregador era loiro, de olhos azuis e acabara de completar 35 anos; tinha feições bonitas, dominadas por maçãs do rosto altas e um queixo quadrado com covinha. Naquele momento, usava apenas uma camiseta branca, uma cueca boxer azul-clara e meias. Transpirava com profusão. Estava mesmo quente ali, mas ele esperava deixar o lugar muito mais quente logo.

Mesmo assim, não conseguia evitar a sensação de ser um peixe fora d'água naquele quarto de hotel ordinário, justamente com aquela mulher que, por acaso, estava entre os principais membros de sua nova missão no Bairro dos Curingas. Não que ele fosse inexperiente. Tinha feito aquilo várias vezes antes, com muitos tipos de mulheres, em quartos como aquele. A mulher fizera aquilo porque ele era famoso, se sentiu bem ao ouvir seus sermões, ou quis se sentir mais próxima de Deus. Às vezes, quando ele mesmo tinha dificuldade para se sentir assim, elas faziam por dinheiro, e os pagamentos eram feitos por um membro confiável do seu círculo mais íntimo. Poucas mulheres acreditavam estar apaixonadas por ele, uma tolice; ilusão que, em geral, ele destruía sem muitos problemas, mas apenas depois de saciar seus desejos carnais.

Mas nada na experiência do jovem pregador o preparara para uma mulher como Belinda May, que aparentemente estava ali pelo simples prazer de estar. Ele se perguntou se a atitude dela era típica das cristãs solteiras da cidade grande. *Aonde no mundo Jesus virá*, ele pensou, *quando chegar a hora de Ele voltar?*

Abriu a porta do quarto e, antes de dar um único passo para a frente, recebeu o choque da sua vida. Belinda May estava sentada de pernas cruzadas na cama, fumando um cigarro, linda demais, e nua como veio ao mundo. Ele esperava vê-la nua, claro, mas não tão cedo. E, mesmo assim, pensou que ela estaria discretamente sob os lençóis.

— Já era hora de aparecer — ela disse. Apagou o cigarro e caiu em seus braços antes que ele pudesse respirar. Agora ele sabia como uma frigideira se sentia em chama quente. Ela se agarrou a ele como se quisesse entrar em seu corpo. O jovem ficou incrivelmente excitado pela sensação dos seios apertados contra seu peito, e ela havia montado em sua coxa, esfregando-se como se quisesse chegar ao osso. A língua era como uma enguia explorando a boca do rapaz. Uma das mãos estava sob a camiseta, a outra dentro da cueca, acariciando o traseiro dele.

— Hummm... Que gosto bom — Belinda May sussurrou em seu ouvido depois do que parecia uma eternidade, em um local que era uma combinação sinistra da estratosfera do céu e os níveis mais baixos do inferno. Sem dúvida, ela era mais agressiva sexualmente do que o tipo de mulher com o qual ele estava acostumado. — Venha, vamos para a cama — ela sussurrou, pegando-o pela mão e puxando-o. Ela subiu na cama, ficou de joelhos e o fez ficar em pé ao lado dela, encaixando gentilmente sua mão sobre sua vagina.

Embora o jovem pregador experimentasse uma satisfação profunda e permanente todas as vezes que preliminares levavam a mulher ao orgasmo, se sentia estranhamente deslocado, como se observasse a cena através de um espelho. Muito constrangido, pensou outra vez no que estava fazendo naquela espelunca com a pintura descascando nas paredes mal rebocadas, com aquelas luminárias ordinárias, a cama com molas rangendo e aquele aparelho de televisão encarando-o com seu olho insone. Ele se arrependeu de ter cedido ao pedido de Belinda May para que pegasse um quarto ali, na Fronteira, para o encontro. Perturbava-o pensar que em alguma parte da alma ele se parecia muito com as pessoas que vinham sempre àquele lugar para correr riscos seguros. O jovem pregador queria acreditar que Deus já havia preenchido os vazios importantes de seu coração.

No entanto, a beleza acessível da mulher o perturbava em um nível mais profundo do que suas inoportunas dúvidas. Gentilmente, ele a empurrou para baixo e, com uma sensação estranha, em nada diferente daquela que vivenciara quando se ajoelhou sozinho pela primeira vez diante de um altar, percebeu como seus cabelos loiros espalhavam-se sobre o travesseiro como as asas de um anjo. Ela se contorcia, sedutora, enquanto ele a beijava na orelha e descia para lamber o pescoço. Ele continuou o trajeto para beijar os seios e sentiu uma onda renovada de calor no escalpo quando ela sinalizou a medida de sua paixão, correndo as mãos pelos seus cabelos e gemendo suavemente. Então, chegou à barriga, passando a língua nas bordas do umbigo raso, o que ele esperava ser um toque delicado, de mestre. Estava deliciado além de suas forças para entender quando ela, por fim, separou bem as pernas, um convite que ele aceitou quase instantaneamente, enterrando o rosto e lambendo-a com ferocidade pagã. Nunca soube que uma mulher tinha um gosto tão bom. Nunca desejou com tanto fervor servir outra pessoa, em vez de ser servido. Nunca adorou com tanta humildade, com tanto afã o altar do amor. Nunca havia se humilhado com tanto prazer, com tanta imoralidade...

— Leo? — Belinda May disse, movendo-se para trás sobre os cotovelos. — Aconteceu alguma coisa?

O jovem pregador ergueu-se com os cotovelos e baixou os olhos para entre suas pernas, onde seu membro pendia tão amolecido quanto um homem enforcado. *Oh, Senhor, por que me abandonaste?*, ele pensou, em desespero, refreando o impulso infantil de entrar em pânico. Sorriu, envergonhado, olhando além do altar com seu convite ainda bem aberto, além do corpo encharcado de suor da mulher e daqueles seios brilhantes, para seu rosto doce e sorridente.

— Não sei. Acho que não estou bem esta noite.

Belinda May fez beicinho e esticou-se com tanta inocência e naturalidade como se estivesse sozinha.

— Que ruim. Tem algo que eu possa fazer para ajudar?

Nos segundos seguintes, ele pesou vários fatores na mente, a maioria relacionados com qual seria o equilíbrio adequado entre franqueza e diplomacia delicada. No final, decidiu que ela reagiria bem à franqueza, mas não tinha certeza de quanto ele poderia sair ileso disso. Acabou sorrindo, de um jeito selvagem.

— Você gostaria de comer alguma coisa?

A vida dele passou-lhe diante dos olhos enquanto ela girava a perna sobre sua cabeça, saía da cama e exclamava:

— Que ideia ótima! Tem um restaurante de sushi do outro lado da rua! Você pode me pagar um jantar! — Seu traseiro balançava de forma tentadora enquanto desaparecia no banheiro, fechando a porta. Girou a torneira e, aparentemente antes de começar a se lavar, abriu a porta e esticou o pescoço o bastante para dizer: — E então poderemos voltar e tentar de novo.

O jovem pregador ficou mudo. Rolou de costas e encarou o teto: o padrão aleatório das rachaduras entrecruzadas ali era enigmaticamente simbólico de sua existência inteira naquele momento crítico. Suspirou pesadamente. Afinal, a possibilidade de que a equipe do noticiário descobrisse seu caso não era a pior coisa que poderia acontecer com ele.

Agora, a pior coisa seria se descobrissem que ele havia *brochado*.

Nesse caso, o dano a suas ambições políticas seria incalculável. O povo norte-americano estaria disposto a perdoar qualquer quantidade de pecados de um candidato a presidente, mas esperava que os pecadores fossem, ao menos, *bons* de pecado.

— Você tem um par de mãos ótimo, sabe? — Belinda May gritou do banheiro.

Sensacional, pensou Leo Barnett, agarrado ao precipício do desespero com as forças se esvaindo. *Adeus, Casa Branca; adeus, Paraíso.*

II

Naquela noite, ele sentia a cidade dentro de si. Sentia o aço e o cimento, o tijolo e a pedra, o mármore e o vidro; sentia os órgãos tocando vários prédios e lugares do Bairro dos Curingas, enquanto seus átomos eram ativados (e desativados) no caminho de ida (e volta) através dos planos da realidade. Suas moléculas roçavam as nuvens que se arrastavam em direção à cidade como uma onda de algodão preta que se aproximava; misturavam-se com o ar impregnado de umidade e a promessa de ainda mais umidade por vir, tremendo ao vibrar do trovão distante. Naquela noite, ele se sentiu inexoravelmente ligado ao passado e ao futuro do Bairro dos Curingas: a tempestade vindoura não seria diferente da última, e seria exatamente igual à seguinte. Como o ferro e o cimento eram constantes, o tijolo e a pedra para sempre, e o mármore e o vidro imortais. Enquanto a cidade permanecesse assim, por mais delicada que fosse, ele também permaneceria.

Seu nome era Quasim. Já tivera outro, mas tudo que conseguia se lembrar de seu eu pré-vírus era que tinha sido especialista em explosivos. Atualmente, trabalhava como zelador da Igreja de Nossa Senhora das Dores Perpétuas, e o Padre Lula, sempre que podia, gostava de falar sobre ele: “A perda do esquadrão antibombas foi uma vitória para o esquadrão de Deus”.

Em geral, tudo de que Quasim conseguia se lembrar era daqueles fatos crus, pois os átomos de seu cérebro, como os do restante do seu corpo, apareciam e desapareciam da realidade o tempo todo, aleatoriamente, elevando-se a reinos extradimensionais e voltando de uma só vez. Essa característica tinha o efeito de torná-lo mais que um gênio e menos que um idiota. Na maioria dos dias, Quasim considerava uma vitória ficar sem se despedaçar.

Mas, naquela noite, manter aquele modesto objetivo se provaria mais difícil que de costume. O sangue e o trovão estavam no ar. Quasim iria à Fronteira.

Quando chegou à porta no topo das escadas que levavam ao telhado do humilde prédio onde vivia, partes do seu cérebro vislumbraram o futuro imediato. Já sentindo o ar frio da noite, enxergou flashes distantes de raios, sentiu o saibro do telhado estalar sob as solas dos tênis e viu uma velha mendiga, uma curinga, dormindo junto a um duto de ar quente, com os pertences ao lado, dentro de um carrinho que havia empurrado até a escada de incêndio.

A interseção entre presente e futuro tornou-se mais vívida e forte no instante em que ele tocou a maçaneta, e ainda mais potente quando a girou. Quasim já havia se acostumado a esse tipo de profecia menor. Para ele, diferentes níveis de tempo se chocavam continuamente como címbalos discordantes. Muito tempo atrás, ele aceitara a única conclusão possível para viver nesse mundo mental: a realidade era composta apenas de fragmentos de um sonho estilhaçado antes da aurora da existência.

Futuro e presente fundiram-se suavemente quando ele atravessou a porta. O brilho dos raios, o chão de saibro e a velha dormindo estavam lá, porque ele sabia que estariam. O que Quasim não tinha previsto foi o ranger das dobradiças enferrujadas da porta — que rascavam como uma serra cortando os pregos sobre o zumbir do tráfego na rua — acordando a velha de seu sono inquieto. Ela tinha uma pele amarronzada e escamosa, e o rosto de um rato sem pelos. Os lábios retraíram-se e expuseram presas brancas e afiadas.

— Quem diabos é você? — perguntou com falsa ousadia.

Ele a ignorou. Sendo um homem corcunda com os quadris pensos para o lado esquerdo, ele arrastou os pés até o peitoril — com a graça eficiente de um bailarino permanentemente concentrado numa piada doentia e satírica.

Sem hesitar, Quasim atirou-se.

A velha, acreditando erroneamente que ele estava se suicidando, gritou. Mas Quasim ignorou o grito. Estava ocupado demais fazendo o que sempre fazia após pular de um prédio: estar onde desejava estar.

O tempo e o espaço dobraram-se ao seu redor. No instante seguinte, seu intelecto rapidamente enfraquecido lutou para manter sua autoimagem. Durante um nanossegundo duradouro, ele quase se perdeu na fluidez do cosmos. Porém, se manteve e, quando aquele momento terminou, já estava em um beco da Fronteira.

Agora, Quasim encontrava-se um instante mais próximo do trovão, um passo mais perto do sangue — um evento mais perto da escuridão final.

III

Aquela era a noite da grande prova de fogo de Vito. O Homem nunca teria instruído que ele participasse dessa pequena excursão à Fronteira se Vito já não tivesse demonstrado sua capacidade de lidar com responsabilidades. Claro que isso também significava que Vito era um pouquinho dispensável, mas tudo bem, já era esperado. É preciso assumir riscos quando se deseja crescer na Família Calvino.

E, nos últimos tempos, muitas vagas se abriram na hierarquia da família. Vito, um jovenzinho ambicioso, esperava sobreviver o bastante para galgar alguns degraus, o que seria suficiente para fazer outra pessoa assumir os riscos mais óbvios.

Infelizmente, uma espécie de trégua parecia provável, se fosse mesmo verdade a fofoca que ouviu de alguns garotos enquanto estava encerando a limusine do Homem. Estava claro que ele planejava discutir alguns negócios importantes com um dos bambambãs dos curingas, para controlar as baixas que haviam dizimado as Cinco Famílias nos últimos tempos.

Um curinga chamado Vermis, sim, esse é o nome, pensou Vito, tenso, enquanto caminhava por uma calçada no meio da Fronteira, misturando-se a uma enxurrada de turistas e curingas e, talvez, até mesmo alguns ases. Ele examinou a rua em busca de possíveis problemas. Não era seu trabalho caminhar até a recepção daquela espelunca barata e pegar a chave do quarto onde o Homem e o curinga combinaram de se encontrar, mas não conseguiu evitar a esperança de perceber algo significativo na área de segurança, para que o Homem e os rapazes pudessem considerá-lo um pouco menos dispensável.

No entanto, ao entrar na recepção, Vito sentiu-se como um urso cego caminhando em um acampamento cheio de caçadores. Tentando manter a postura ereta e a mandíbula encaixada, do modo como ele via os rapazes fazerem ao apertar algum devedor, foi até o balcão de reservas e bateu nele com a palma da mão, na esperança de impor-se.

— Estou aqui em nome de um dos, hum, seus clientes *mais importantes* — ele disse com um tremor infeliz na voz.

O atendente, um velho fraco de cabelos brancos e usando um tapa-olho preto, provavelmente um curinga se passando por limpo, mal ergueu os olhos da revista feminina que estava lendo. A contracapa anunciava algum artigo de fetiche curinga e, na imagem desfocada, um cara musculoso estava sentado sobre uma criatura de olhar sensual, mas que, na verdade, lembrava uma bola gigante de sorvete de baunilha — com braços e pernas magros e mãos e pés pequenos. Indiferente, ele virou a página.

Vito pigarreou.

O atendente fez o mesmo. Depois de uma longa pausa, finalmente ergueu os olhos e disse:

— Temos muitos clientes importantes, rapaz. Qual deles você representa?

— Aquele para o qual o senhor deve muitos favores.

As palavras mal tinham saído da boca de Vito quando o velho saltou da cadeira, pegou uma chave do armário, correu até o balcão e estendeu-a para o garoto, dizendo:

— Tudo já foi providenciado, senhor. Espero que as acomodações sejam do seu agrado.

— Não é a minha opinião que conta — Vito respondeu, pegando a chave. — Preste atenção, do contrário essas páginas vão ficar grudadas — acrescentou, virando-se para a saída. Por um momento, ele se perguntou se deveria verificar o quarto, mas depois se lembrou de que suas instruções foram muito sucintas e diretas. *Vá até a recepção e traga a chave para cá*. Vito já havia aprendido, observando alguns camaradas aprenderem do modo mais difícil, que os rapazes não gostam muito de iniciativas.

Então, ele saiu no ar frio e abaixou a cabeça como se estivesse caminhando contra um vento forte, embora mal soprasse uma brisa, e sua postura fizesse seus cabelos pretos e oleosos caírem nos olhos. Sua confiança de que as coisas sairiam do seu jeito naquela noite, com base em como tinham sido até aquele momento, foi quase imediatamente refutada pela presença, em todos os lugares, de homens que ele conhecia — dos dois lados da rua, em pé, sentados em mesas de restaurantes de *junk food* ou em carros estacionados. Em geral, o único momento em que os membros da família e os capangas se reuniam na mesma área era durante um funeral. Naquela hora, porém, em vez de se mostrarem em suas roupas de luto, estavam tentando se misturar à multidão. Vito não reconheceu algumas das pessoas que os acompanhavam, mas algo em sua confiança exalava um ar de crueldade represada que fazia até mesmo os rapazes mais durões e grosseirões parecerem um pouco inquietos.

A mente de Vito estava acelerada por uma centena de perguntas. Ele caminhou apressadamente até a esquina, onde Ralphy o esperava. Ralphy era um dos assistentes de maior confiança do Homem. Corriam rumores de que era um matador de aluguel tão talentoso que certa vez acertou um candidato a prefeito a mais de duzentos metros de distância, e desapareceu na multidão bem na frente das câmeras de televisão. Vito não duvidava que fosse possível. Para ele, Ralphy era mais uma força do que um ser humano. Então, quando Vito parou a uma distância respeitosa dele, ergueu seus olhos para aqueles olhos castanhos frios sobre as bochechas marcadas pela varíola e viu um homem que o defenestraria com a tranquilidade com que se pisa em um inseto. Vito estendeu a chave.

— Aqui está! — ele proclamou, talvez um pouco alto demais.

— Bom — Ralphy disse em sua voz rouca, sem pegar a chave. — Verificou o quarto?

— Não. Não foi o ordenado.

— Certo. Cheque agora.

— O que está havendo? — Vito deixou escapar. — Ouvi dizer que era para ser uma conferência de paz.

— Você não ouviu nada. Estamos apenas tomando precauções, e você se ofereceu para o serviço.

— O que devo procurar?

— Vai saber se encontrar. Agora, vai.

Vito foi. Não sabia se devia ficar contente ou preocupado pelo fato de terem confiado a ele essa parte da operação. Seus pensamentos foram interrompidos quando, por acidente, tropeçou num curinga corcunda com a perna defeituosa se arrastando para fora de um beco.

— Ei, presta atenção! — ele bronqueou, empurrando o homem para longe.

O curinga parou, babando, assentindo com temor para Vito. Algo reluziu em seus olhos estúpidos, apenas por um segundo, enquanto abria e fechava os punhos. Durante aquele instante, o curinga se empertigou, e Vito teve a nítida impressão de que ele poderia esmagar granito com aquele punho gigantesco.

Em seguida, o homem desinflou, outro fio de baba pingou de sua boca, e ele se arrastou de costas até voltar ao beco e tropeçar numa lata de lixo. Então, ignorou Vito e fuçou na lata. Encontrou um frango seco e comido pela metade; deu uma bela mordida nele com seus dentes brancos e retos, mastigando furiosamente.

Enojado, Vito virou as costas e apressou-se até o hotel. Somente quando empurrou a porta giratória que levava até a recepção se deu conta de que as roupas do curinga — camisa de flanela xadrez e jeans azuis — estavam muito limpas e alinhadas. Não conseguia se lembrar de ter visto um mendigo, reduzido a procurar comida em latas de lixo, com remendos novos nos joelhos das calças.

Vito tirou a imagem do homem da mente com um erguer de ombros. Passou pelo balcão, onde o atendente ainda estava com o nariz enterrado na revista, e, pensando que talvez pudesse sofrer uma emboscada no elevador, resolveu subir os seis lances de escada até o terceiro andar. O corredor era escuro e deprimente, e suas lâmpadas fluorescentes lançavam uma espécie de neblina que mal se refletia nas paredes encardidas, derramando sobre elas uma claridade desagradável.

Ele encontrou o quarto. Antes de entrar, olhou o corredor de cima a baixo e constatou que não havia ninguém ali. Conseguia ouvir os sons abafados de alguns televisores atravessando as portas, bem como o que pareciam ser sons de encanamento funcionando no quarto do outro lado do corredor. Tudo aquilo eram atividades bem normais em um hotel, na opinião de Vito, mas, mesmo assim, ele se sentia incomodado por dentro, como sempre se sentia quando acreditava estar sendo observado. Com os dedos trêmulos, inseriu a chave na fechadura e abriu a porta.

Vito se deparou com um horrendo filho da mãe. O homem praticamente não tinha queixo, duas fendas nasais em vez de nariz, e uma língua bífida que entrava e saía da boca. O modo como o curinga esgarçou os dentes em um sorriso para Vito, com aqueles olhos amarelos de predador, era definitivamente maléfico. Ele se deliciou, pois sabia que já havia apavorado Vito até o fundo do coração.

— Vejo que oss Calvino esstão mandando garotinhosss para fazer ssseu trabalho agora. Diga ao sseu chefe que ele pode entrar. Estou ssozinho aqui.

IV

— Talvez eu devesse tentar tirar suas meias da próxima vez — Belinda May disse, travessa, enquanto o jovem pregador fechava a porta. Ele se encolheu com a pontada brincalhona de suas palavras quando girou a maçaneta para garantir que o quarto estava trancado. Ela deu uma risadinha e passou os braços ao redor dele.

— Calma, reverendo. Você se leva a sério demais. — Deu-lhe um apertão que fez seu coração palpitar, e ele arriscou um sorriso. — Lembre-se do que Norman Mailer disse — ela sussurrou, sedutora, nos ouvidos dele: — "Às vezes, o desejo não é suficiente". Isso não faz de você menor que homem nenhum.

— Não leio Mailer — ele retrucou quando caminharam até o elevador.

— Os livros dele são muito sórdidos para você?

— Foi o que eu ouvi.

— Ele escreve apenas sobre a vida. E vida é o que está acontecendo conosco agora.

— A Bíblia me diz tudo que preciso saber sobre a vida.

— Grande bosta.

Chocado com o despreocupado sacrilégio da mulher, ele abriu a boca para retrucar, mas ela continuou antes que ele pudesse soltar qualquer palavra.

— É um pouco tarde para anunciar sua inocência, Leo.

O jovem pastor suprimiu a raiva. Em geral, ele ficava irritado apenas perante suas congregações, e não estava acostumado a receber respostas ousadas. Além disso, não estava habituado à companhia de uma mulher, o que significava que sua compreensão dos dilemas morais de amor, vida e busca da felicidade estavam acima de qualquer questionamento. Porém, naquele caso, foi forçado a admitir, embora não em voz alta para Belinda May, que estava errado, porque na verdade lera as obras de Norman Mailer — em especial *A canção do carrasco*, um exaustivo estudo de caso de um jovem ás atormentado que executara nove pessoas inocentes ao transformá-las em estátuas de sal. O jovem pregador ainda tinha uma cópia da versão em brochura, escondida em uma gaveta no escritório de sua casa a sudoeste da Virgínia, onde era improvável que alguém a encontrasse. Muitos outros livros de conteúdo moral duvidoso estavam escondidos na mesma gaveta, e mais outros tantos, a salvo da curiosidade de seus colegas mais próximos, do mesmo modo que outros pregadores evangélicos talvez escondessem o conteúdo de seus armários de bebida.

Então, o que mais ele poderia fazer, a não ser deixar que Belinda May arrancasse o melhor dele? Ele estava satisfeito com a perspectiva de conseguir a melhor parte do corpo dela mais tarde. Além disso, não estava muito interessado em sua opinião.

Ela lhe deu outro apertão enquanto esperavam o elevador chegar. A excitação foi duas vezes maior que antes, porque dessa vez foi no traseiro.

— Você tem uma bundinha linda para ser candidato a presidente — ela disse. — A maioria hoje parece um bando de cachorros vadios.

Seus olhos desconfiados lançaram-se para a frente e para trás.

— Não se preocupe — ela completou com um beliscão. — Não tem ninguém aqui.

As portas do elevador abriram-se, e eles se depararam com quatro homens de expressão impassível e olhos de aço. O jovem pregador sentiu os joelhos cederem, e o apertão de Belinda May dessa vez transmitiu seu medo e necessidade de proteção, um sinal direto e veemente.

Os dois homens do meio eram o foco da atenção do jovem pregador. Um deles era baixo e corpulento, de rosto vermelho e lábios grossos, com uma longa mecha de cabelos brancos penteados no topo da cabeça, em uma tentativa fracassada de esconder a careca que brilhava sob as luzes. Seus olhos grandes indicavam que saltariam se alguém lhe desse um tapa muito forte nas costas. Os dedos eram grossos e rechonchudos. Apesar do terno preto bem cortado, com um cravo vermelho na lapela, uma bela camisa branca e um colete cinza, seu gosto por roupas era no mínimo questionável, graças à gravata de tom vermelho fluorescente. O homem baforava serenamente um grande charuto Havana. O tabaco na ponta havia escurecido com a saliva, fazendo lembrar um cocô seco.

Ele soprou a fumaça do charuto no rosto do jovem pregador.

O ato foi deliberadamente desrespeitoso, e o pregador talvez tivesse reagido, não fosse pelos olhos castanhos e frios do homem alto e marcado de varíola ao lado do gorducho. Esse tinha lábios finos e pálidos, que pareciam cicatrizes. O cabelo castanho estava tão grudado que o jovem pregador imaginou-o dormindo com uma meia calça na cabeça. Usava um sobretudo bege, com uma saliência clara no bolso direito.

Dois homens musculosos os ladeavam. Usavam as abas dos chapéus viradas para baixo, o que escondia a maior parte do rosto. Um tinha os braços cruzados, enquanto o outro, o jovem pregador demorou a perceber, acenava para o casal abrir passagem.

Os dois obedeceram. Os quatro homens saíram e atravessaram o corredor sem olhar para trás. O jovem pregador não conseguia tirar os olhos deles, mesmo quando Belinda May correu para dentro do elevador.

— Leo, venha! — ela sussurrou, segurando as portas abertas com o corpo.

O jovem pregador apressou-se a entrar.

— Quem era aquele?

— Agora não! — Apenas quando o elevador começou a descer Belinda May acrescentou: — Era o chefe da Família Calvino. Eu o vi uma vez no noticiário!

— O que é a Família Calvino?

— A Máfia.

— Ah, entendo. Não temos máfia de onde eu venho.

— A máfia é o que ela quiser ser. Há cinco famílias na cidade, embora só tenha três cabeças no momento. Ou talvez duas. Têm acontecido muitos assassinatos nas gangues nos últimos tempos.

— Se aquele cara é um bambambã, o que está fazendo aqui?

— Pode apostar que são negócios. O *número uno* dos Calvino provavelmente vai mandar incinerar os sapatos quando sair daqui. — As portas do elevador abriram-se na recepção. Sem se dar conta de que várias pessoas, inclusive um curinga grandalhão com cara de rinoceronte, estavam em pé na entrada, Belinda May deu o braço para o jovem pregador e disse: — Por acaso você trouxe uma caixa de preservativos?

Ele sentiu o rosto ferver. Mas não viu nenhum indício de que alguma daquelas pessoas o reconheceu. Bom, ao menos não ouviu seu nome sendo pronunciado ou o clique de alguma câmera. Quando passaram pelas portas giratórias, ele percebeu que seu alívio por ter saído sem ser reconhecido podia ser ilusório. Se estivesse sendo seguido por um jornalista da imprensa marrom, ele nunca saberia até ver a prova nos noticiários noturnos, ou ter lido na primeira página dos jornais baratos.

— Belinda... Por que você disse aquilo...? — Ele questionou.

— O quê? Sobre os preservativos? — Ela perguntou com inocência, pegando um cigarro e um isqueiro da carteira. — Parece uma questão razoável. Acho muito importante que pessoas sexualmente ativas pratiquem sexo seguro, não acha?

— Sim, mas não na frente de todas aquelas pessoas!

Ela parou na ponta da calçada, virou as costas para ele, protegeu com a mão o cigarro na boca e o acendeu. Quando se voltou, soltando fumaça, ela disse:

— Quem se importa? Além disso — acrescentou com um sorriso travesso —, eu achei que você aprovaria meu otimismo inerente.

O jovem pregador cobriu o rosto com uma das mãos e fechou a outra com força. Sentiu como se os olhos de cada pessoa na rua estivessem sobre ele, mesmo que uma avaliação casual da situação demonstrasse que era simplesmente paranoia.

— Onde você quer comer? — ele perguntou.

Belinda May deu um soquinho brincalhão nas costelas dele.

— Calma aí, reverendo! Eu só estava brincando. Você se preocupa demais. Continue assim e vamos ficar naquele quarto por semanas. Não sei se tenho muito crédito no meu cartão.

— Ah, não se preocupe com isso. Vou ver se a igreja faz o reembolso de alguma forma. Bem, onde quer comer?

— Aquele lugar parece bom — ela disse, apontando para o outro lado da rua. — Rudy's Kosher Sushi.

— Ótimo. — Ele a tomou pelo cotovelo e caminharam até a esquina. Olhou para os dois lados quando o sinal ficou verde, não apenas para ter certeza de que todos os automóveis estavam parando, algo que nenhum habitante da cidade grande considerava natural, mas para ver se por perto havia alguém cuja presença o preocuparia. A equipe de televisão estava abordando uma jovem no fim do quarteirão seguinte, e só. Por fim, sentiu a certeza razoável de que estaria seguro sentado a uma mesa ao fundo de um restaurante, se a equipe voltasse por aquele caminho.

Antes que ele saísse do meio-fio, alguém trombou com ele. Em uma noite comum, o jovem pregador teria dado a outra face, mas, normalmente, não se sentia tão frustrado. Ele gritou: "Ei! Preste atenção por onde anda!", e em seguida percebeu, horrorizado, que suas palavras grosseiras tinham sido proferidas para um curinga.

Um curinga obviamente retardado, corcunda e de olhos turvos. Tinha cabelos ruivos encaracolados e usava uma camisa xadrez recém-passada e jeans azuis.

— Desculpe — ele disse, quase enfiando a ponta do indicador no nariz e, em seguida, como se pensasse melhor, apenas passou o punho sobre ele.

O jovem pregador, por alguma razão, suspeitou que o gesto não era espontâneo, e teve certeza disso quando o curinga curvou-se, meio endurecido, e falou:

— Eu era apenas um menino preocupado… Perdido no meu mundo, eu acho. O senhor me perdoa, não é?

Em seguida, saiu da calçada, como se tivesse mudado completamente de ideia sobre a direção para a qual seguia. Um pingo de baba caiu do seu queixo, quase como um reflexo tardio.

Com olhos arregalados e confusos, o jovem pregador deu alguns passos atrás do homem. Belinda May, exigente, o deteve:

— Leo, onde você acha que está indo?

— Hum, atrás dele, claro.

— Por quê?

Ele pensou sobre a questão durante um momento especialmente desconfortável.

— Pensei que poderia lhe contar sobre a missão. Ver se ele não precisava de ajuda... Parecia precisar.

— Belos sentimentos, mas você não pode. Está anônimo aqui, lembra?

— Lembro. Certo. — De qualquer forma, não conseguia mais ver a criatura miserável, que já havia desaparecido na multidão.

— Vamos encher a barriga de comida — ela disse, novamente pegando-o pelo cotovelo. Eles atravessaram o cruzamento, que estava parado.

O jovem pregador ainda estava olhando para trás, buscando um vislumbre do corcunda, quando de repente eles pararam. Ele se virou para ver um microfone apontado para seu rosto. A equipe do noticiário bloqueava seu caminho.

— Reverendo Leo Barnett — disse o repórter, um homem alinhado, os cabelos pretos e encaracolados, usando óculos e um terno azul de três peças —, o que o senhor, com sua posição bem conhecida sobre os direitos dos curingas, está fazendo aqui, na Fronteira?

O jovem pregador sentiu a vida passando-lhe diante dos olhos. Ele conseguiu abrir um sorriso amarelo.

— Ah, minha companheira e eu estamos simplesmente procurando um lugar para comer.

— Tem alguma declaração a fazer para as páginas sociais? — perguntou o astuto repórter.

Os cantos da boca do jovem pregador inverteram a posição.

— Tenho como política nunca responder perguntas de natureza pessoal. Esta jovem está me fazendo companhia esta noite. Ela trabalha na nova missão que minha igreja abriu no Bairro dos Curingas e sugeriu que experimentássemos um pouco da cozinha fina que a Fronteira tem a oferecer.

— Alguns comentaristas acham estranho, peculiar até, que um homem que se opôs aos direitos dos curingas de forma tão veemente no púlpito esteja tão preocupado com as provações diárias deles. Por que o senhor abriu essa missão?

O jovem pregador não gostou da atitude do repórter.

— Tinha uma promessa a cumprir, foi o que fiz — ele disse, seco, tentando insinuar que a entrevista estava terminada. O que era, na verdade, precisamente o oposto de sua verdadeira intenção.

— E qual foi essa promessa? Quem fez o senhor prometer? Sua congregação?

O repórter mordera a isca. Agora, a maior dificuldade do jovem pregador era manter uma expressão séria. As informações na sua mente não haviam sido declaradas antes, e seus instintos acreditavam que aquelas eram as circunstâncias certas para fazê-lo.

— Bem, se você insiste.

— Há muita especulação sobre a questão, senhor, e acho que o povo tem o direito de saber.

— Bem, conheci um jovem que havia sido infectado pelo vírus carta selvagem, e por isso teve muitos problemas. Ele pediu para me ver, e eu vim. Oramos juntos e ele me disse que eu não poderia fazer nada por ele, mas me fez prometer que eu ajudaria o máximo de curingas que pudesse, então talvez eles não se envolvessem no mesmo tipo de problemas que ele. Eu fiquei muito tocado, e por isso prometi. Poucas horas depois, ele foi eletrocutado. Eu assisti quando vinte mil volts de força o atingiram, e sabia que precisava manter a promessa, independentemente do que as pessoas pensariam.

— Ele foi executado? — O repórter perguntou de um jeito estúpido.

— Sim, era um assassino de primeiro grau. Transformou algumas pessoas em pilares de sal.

— O senhor fez essa promessa a Gary Gilmore? — O repórter perguntou, incrédulo, o rosto pálido.

— Exatamente. Embora seja possível que ele não fosse um curinga, talvez algumas pessoas o chamassem de ás, ou um indivíduo com alguns dos poderes que se esperam de um ás. Não sei, de verdade. Estou descobrindo essas coisas apenas agora.

— Entendo. E a abertura de uma missão no Bairro dos Curingas teve algum efeito na sua posição quanto aos direitos deles?

— De forma alguma. O homem comum ainda precisa ser protegido, mas eu sempre enfatizei que precisamos de compaixão para lidar com as vítimas do vírus.

— Entendo. — O rosto do repórter continuou pálido, enquanto o sonoplasta e o operador da minicâmera sorriam, complacentes. Evidentemente eles perceberam, assim como o jovem pregador, que faltava ao repórter a rapidez de raciocínio necessária para fazer uma pergunta lógica na sequência.

Mas, como o jovem pregador estava se sentindo razoavelmente compassivo — bem como confiante de que tinha acabado de conseguir sua "boquinha" de sessenta segundos no noticiário —, resolveu dar uma trégua para o repórter. Mas, uma trégua leve.

— Minha companheira e eu precisamos comer alguma coisa, mas acho que temos tempo para mais uma pergunta.

— Sim, há mais uma coisa que certamente nossos espectadores gostariam de saber. Afinal, o senhor não fez segredo quanto às suas ambições presidenciais.

— É verdade, mas eu não tenho nada mais a acrescentar sobre o assunto agora.

— Só responda esta, senhor. O senhor acabou de fazer 35 anos, a idade mínima para o cargo, mas alguns oponentes em potencial declararam que não seria possível um homem com 35 ter a experiência de vida necessária para o posto. Como o senhor responde a essas declarações?

— Jesus tinha apenas 33 quando mudou o mundo para todo o sempre. Certamente, um homem que chegou à vasta idade de 35 pode fazer algo de bom. Agora, se me dão licença... — Pegando Belinda May pelo braço, ele passou pelo repórter e pela equipe e entrou no restaurante.

— Desculpe, Leo, eu não sabia... — ela disse.

— Tudo bem. Acho que cuidei bem deles e, além disso, eu já queria ter contado aquela história há um tempo.

— Você encontrou mesmo Gary Gilmore?

— Sim. Era um segredo bem guardado. Não havia mesmo necessidade de revelá-lo antes, embora pudesse ter feito bem para a área de relações públicas da missão.

— Então, talvez você tenha encontrado Mailer. Ele disse que não foi capaz de confirmar todas as identidades das pessoas que viram Gilmore no fim.

— Por favor, vamos manter alguns segredos. Do contrário, o que teremos para descobrir um do outro amanhã?

— Gostariam de uma mesa para dois? — perguntou o *maître*, um homem de fraque e cara de peixe usando um capacete com água para respirar. As palavras do pequeno alto-falante no capacete eram um gargarejo sinistro.

— Sim, no fundo, por favor — disse o jovem pregador. Quando já estavam sozinhos no reservado, Belinda May acendeu outro cigarro e disse:

— Se aqueles repórteres descobrirem sobre a gente, ajudaria se garantíssemos para eles que fazemos sexo apenas com a missão de procriar?

V

Quasim não temia a morte, e a morte certamente não o temia. Ele vivia com um pequeno pedaço dela em sua alma todos os dias, um pouco de terror e beleza, de sangue e trovão. Fragmentos desse falecer vindouro chocavam-se perpetuamente com as imagens efêmeras de seu passado pré-viral dentro do cérebro.

O quanto esses fragmentos eram distantes? Quasim tinha a sensação de que o futuro talvez estivesse mais perto do que ele esperava.

Seguiu arrastando os pés até uma banca de jornal e parou diante de uma fileira de revistas para meninas. Pensou como havia algo perturbadoramente familiar no rosto do homem no qual havia tropeçado, algo que lhe escapava enquanto partes de seu cérebro se voltavam para outra dimensão. Quasim teria largado tudo até se lembrar, mas naquele momento descobriu que era mais importante lembrar primeiro por que tinha vindo à Fronteira naquela noite.

De repente, sua mão ficou muito fria. Ele a olhou: tinha ido para outro lugar, e o pulso diminuía aos poucos até ficar um coto, como se a mão tivesse ficado transparente. Sabia que ainda estava presa ao braço, do contrário ele não sentiria a dor intensa como quando uma criatura extradimensional lhe comera um dedão desgarrado. O frio extremo adormeceu seu braço até o ombro, mas não havia nada que ele pudesse fazer, exceto sofrer até a mão voltar. O que aconteceria logo. Provavelmente.

Ainda assim, ele não conseguiu deixar de pensar em como Cristo visitou uma sinagoga e curou um homem que tinha a mão atrofiada.

Algo em seu coração, parecido com fé, lhe dizia que o Padre Lula o enviara à Fronteira naquela noite para uma missão. Era discutível se a ideia da missão havia ou não sido originada pela mente fervorosa do padre — muitos estilos de vida exigiam a ajuda da Igreja de Nossa Senhora das Dores Perpétuas, e o sacerdote ficava muito feliz ao fornecê-la quando via que só o bem poderia resultar da ajuda.

Quasim subiu e desceu a rua, observando a cena. Sua suspeita aumentou quando viu uns poucos homens sentados em mesas na calçada. As roupas amarrotadas de um homem na banca de jornal, ele lembrou, indicavam que provavelmente não era o tipo que passava muito tempo olhando revistas de economia. Finalmente, um número incomum de homens em alerta e de rosto carrancudo estavam sentados em carros, observando, esperando. Vários pequenos pedaços de morte manifestaram-se no cérebro de Quasim — morte que apontava, graças a Deus, para eles.

Por um momento, ele viu as ruas manchadas de sangue. Mas uma inspeção mais próxima do ambiente indicou que fora apenas uma ilusão de ótica causada pelo reflexo do neon vermelho na água parada em alguns buracos grandes e rasos.

No entanto, a revelação não podia explicar o cheiro de sangue e o medo que permeava o ar, como uma lembrança do que ainda não aconteceu.

Quando partes importantes dos músculos de sua coxa direita desapareceram para outro plano de existência, onde o ar tinha uma leve acidez, Quasim seguiu até uma esquina. Lá, fingindo ser um pedinte, esperaria o sangue e o medo se tornarem reais.

A lembrança do trovão ecoou em seus ouvidos.

VI

— A guerra é ruim para os negócios — disse o Homem filosoficamente. Estava sentado com as pernas cruzadas em uma cadeira no canto da sala, ao lado de uma mesa e de outra cadeira. Rolava, distraído, o charuto pela metade nos dedos.

— É essspecialmente ruim para oss perdedoresss — disse Vermis com um sorrisinho, sentando-se na outra cadeira.

Vito estava em pé, na porta, com os braços cruzados diante do peito, e sentiu seu corpo gelar por dentro. Ele achava, como provavelmente o Homem e os rapazes, que aquele curinga era outro negociante cujos interesses eram ilícitos, como os deles. Mas não conseguia deixar de sentir que esse tal Vermis tinha intenções ocultas.

Se o cabeça do clã dos Calvino estava tão perturbado quanto Vito, ele não dava sinal. Comportava-se com vigor, seguro em sua posição de comando dos outros quatro homens dentro do quarto. Desses, Mike e Frank eram simples executores; Vito não tinha medo deles, mas também não queria estar contra eles. E sempre era prudente ter um pouco de medo de Ralphy, mesmo quando ele estava de bom humor.

Mesmo assim, Vito percebeu que o Homem agia com deferência deliberada diante do curinga, que, por sua vez, não conseguia manter a língua bífida dentro da boca. Assim, durante a reunião, sempre que Vermis erguia a voz, o Homem o tranquilizava. Quando fazia exigências, dizia que veria o que ele e os rapazes poderiam fazer para chegar a um acordo. E sempre que Vermis o provocava a ultrapassar um limite, o Homem educadamente declinava. Vito admitiu que precisava nutrir alguma preocupação pelo futuro das Cinco Famílias se tinham que se ajoelhar diante dos curingas para sobreviver.

— Além dissso, o homem morre um pouco a cada dia — disse Vermis com um sorriso críptico. — Que diferença fazzz se ele morrer de uma vezzz?

O Homem riu, condescendente. Se Vermis notou o insulto implícito, não deu sinal.

— No passado, eu pensava como o senhor — disse o Homem. — Eu me deliciava com os momentos de problemas e tinha grande prazer ao ver meus inimigos caírem. Mas isso foi antes de me casar e formar uma família. Comecei a ansiar por uma maneira mais disciplinada de resolver diferenças. Por isso estamos nos reunindo agora, para que possamos resolver nossas diferenças como seres humanos civilizados.

— Não sssou particularmente humano.

O rosto do Homem enrubesceu. Ele balançou a cabeça.

— Perdão. Não quis ofender.

Vito olhou para Ralphy, recostando-se na parede ao lado da mesa. O rosto dele estava fisgando, um sinal de que estava começando a ficar desconfiado; os dedos da mão direita também se contraíram. Ralphy e o Homem trocaram olhares, e em seguida o Homem voltou-se para Vermis, enquanto Ralphy lançava um olhar significativo para Mike e Frank, que estavam sentados na cama, observando com cuidado os procedimentos. Os dois assentiram.

Vito não estava exatamente seguro do significado daqueles sinais, mas definitivamente não perguntaria.

— Houve muitas mortes, muito derramamento de sangue — disse o Homem. — E para quê? Não entendo. Esta cidade é grande. É uma via de acesso para o restante do país. Com certeza, há oportunidades suficientes para todos.

Vermis deu de ombros.

— O sssenhor não entende. Meusss sóciosss bussscam algo maisss que apenasss forrar osss bolsosss.

— É o que estou tentando dizer — retrucou o Homem —, mas, por favor, não me leve a mal. A ambição é uma coisa grandiosa e nobre. Faz o mundo girar. Deixa o mercado aquecido.

Vermis deu de ombros novamente.

— Aquecido ou em baixa, é tudo igual para o homem que é dono do prédio onde o mercado essstá. Meusss ssssóciosss reivindicam nossa parcela justa de cada negócio em operação nessste mercado. O que o sssenhor tira dele é assunto ssseu, mas terá de barganhar conosssco primeiro.

Ralphy ergueu-se. Mike e Frank pousaram a mão sobre as armas nos coldres embaixo das jaquetas, mas foram impedidos por um sinal que o Homem fez com o indicador. O silêncio preencheu o quarto como um cheiro de pizza, e Vermis correu a língua bífida sobre o rosto, como se antecipasse os petiscos suculentos que viriam.

Vito considerou para qual lado deveria se desviar.

O Homem encarou Vermis por um bom tempo. Pensativo, coçou o queixo duplo. Encaixou o charuto na boca, tirou um isqueiro do bolso e, em poucos segundos, preencheu o quarto com o odor pungente de tabaco cubano aceso.

— Vito, estou com fome. — Ele tirou a carteira, que Ralphy pegou e entregou ao garoto. — Pegue meus cartões de crédito e vá até o sushi do outro lado da rua. Peça uma seleção generosa. Para seis! Quem sabe, quando você voltar, nossos negócios já não estarão fechados e a gente esteja vendo um jogo de hóquei. Não é, sr. Vermis?

Vermis chiou em concordância.

— É incrível como o jogo fica muito mais empolgante a cada ano — o Homem falou, recostando-se confortavelmente na cadeira. — A partida dos Ranger hoje à noite vai ser boa, não vai, sr. Vermis?

Dessa vez, Vermis apenas balançou a cabeça.

Correndo em direção ao elevador, Vito percebeu como ficou aliviado ao afastar-se da presença de Vermis. Ele imaginou que o Homem se sentiria da mesma maneira, e admirava como o chefe escondia o desconforto. Vermis parecia não notar.

No entanto, era quase impossível saber o que um curinga percebia e o que simplesmente escolhia ignorar.

VII

— O que seu pessoal quer? — o Homem perguntou com raiva a Vermis depois que Vito saiu. — Nós dois somos empresários. O que podemos fazer *razoavelmente* para que consigamos viver em harmonia?

Vermis sibilou.

— Sssim, essa é a quessstão. A organização que eu represento, como a organização que você representa, é muito grande. Já tem influência consssiderável. Então, claro, ela quer maisss.

O Homem soltou fumaça do charuto.

— Sua ambição não me escapou — ele disse com sarcasmo.

Vermis sorriu.

— Não achei que essscaparia. Estou apenas enfatizzzando que, como o sssenhor, não possso fazer promesssas pelos outrosss.

— Ah, mas eu posso — respondeu o Homem, fazendo um gesto sutil que impediu Ralphy de dar "o sinal" para Mike e Frank. — E aposto que o senhor também, do contrário não teria se dado ao trabalho de vir a essa reunião conosco, sozinho. Não somos ingênuos, sr. Vermis. O senhor deve ter alguma liberdade para barganhar, ou não haveria motivo para estar tão, tão sozinho...

— O senhor está sozinho, não é? — Ralphy perguntou, ignorando completamente o olhar enfurecido que o Homem lhe lançou enquanto passava por Vermis para chegar até a janela e espiar pela cortina, olhando para a rua.

— Claro que essstou — Vermis retrucou.

De repente, eles ouviram os sons de dois homens brigando no corredor. O tom rapidamente tornou-se violento. Perceberam quando um punho acertou um queixo. Alguém grunhiu e bateu com força contra a parede, *tum!* O impacto fez o chão tremer. Um dos homens rosnou um xingamento e, em seguida, um novo baque, *tum!*, contra a outra parede, duas vezes mais alto que o anterior.

Ralphy afastou-se da janela e virou-se para Mike e Frank.

— Vão olhar. — O barulho continuava com força total.

Os dois, obedecendo, saíram do quarto. Ralphy seguiu-os até a porta para garantir que estava trancada. Ouviram Mike dizer algo, em seguida o corredor ficou em silêncio.

— O senhor ainda não respondeu à minha pergunta — o Homem disse.

— Que pergunta? — Vermis retrucou, erguendo os olhos para Ralphy enquanto o executor voltava à posição na janela.

— O que podemos fazer para viver em harmonia?

— Ah, eu acho que podemosss chegar a uma ressposta *razzzoável.*

De repente, bateram à porta.

— O que foi? — Ralphy gritou.

— Melhor você vir até aqui. — Era Frank.

— Bom — disse o Homem, respondendo à observação de Vermis. — A Família Calvino quer ser razoável.

Vermis chiou, a língua saindo e entrando da boca.

Ralphy abriu a porta e gritou:

— O que foi, pelo amor de Deus?!

A resposta foi um tiro. A bala abriu um buraco do tamanho de uma moeda de um dólar nas costas de Ralphy, espalhando sangue vermelho brilhante pelo quarto. Ele morreu antes de chegar ao chão, se contorcendo, os olhos encarando o teto, sem expressão.

Em pé na porta estavam dois brutamontes vestindo parcas. Eles usavam máscaras de plástico que, mesmo em seu estado de surpresa e choque, o Homem achou estranhas, perturbadoramente familiares. Frank estava entre eles, com uma arma apontada para sua cabeça.

Outro tiro, e uma erupção de sangue e cérebro espirrou de sua têmpora e se espalhou no chão. Frank caiu encolhido.

— Mike? — disse o Homem, com suavidade. Fazia muitos anos desde que havia testemunhado violência pessoalmente. Ele não parou porque estivesse com medo ou por ter amolecido com a idade, mas porque seus advogados aconselharam que conduzisse seus negócios dessa forma. Então, sua reação foi um pouco lenta — um pouco lenta demais para perceber que agora estava totalmente sozinho.

Quando ele se levantou com a intenção de chamar seus homens na rua, Vermis já o havia agarrado. Ele lutou, mas o outro era muito forte. O Homem parecia uma boneca de pano nas mãos dele.

A última coisa que viu foi a boca aberta de Vermis chegando mais perto de seu rosto. Em pânico, ele fechou os olhos e os manteve assim quando recebeu um beijo. Tentou gritar, em seguida a inconsciência o arrebatou, quando Vermis arrancou seus lábios e cuspiu-os no chão.

VIII

— Cadê nossa comida? — o jovem pregador perguntou, meio impaciente, meio retoricamente. Então, viu a garçonete chegando com uma série de bandejas em braços estranhamente largos.

Ela parou dois reservados adiante e serviu dois pratos de cozido de frutos do mar em barquinhos de alga, um de macarrão picante com molho de missô e amendoins, e outro com uma variedade de tempurá de carnes e vegetais. Em seguida, uma grande tigela de arroz e refil de refrigerantes foram rapidamente adicionados à mesa inteira.

O ar-condicionado carregou o aroma fresco do tempurá até o jovem pregador, e sua boca se encheu de água com a expectativa. O verme da inveja roía sua alma quando ele fez uma rápida inspeção dos sortudos para quem a comida já havia chegado. Eram três casais, inclusive um oriental. Pareciam bem normais, mas ele se viu incapaz de tirar os olhos da vítima do vírus de pele escarlate: uma bela mulher com olhos facetados de um rosa suave, como os de uma borboleta, e duas grandes antenas vermelho-sangue saindo da testa. Usava um vestido decotado que revelava suas formas sedutoras, surpreendentemente normais. Deduziu que a capa prateada cintilante pendurada em um cabideiro próximo era dela.

O salão do restaurante tinha formato em L, com a porta de entrada e o caixa no canto central. O jovem pregador e Belinda May se sentaram na fileira de reservados na ponta mais distante do corredor mais curto, que não se via da vitrine que corria na lateral do mais longo. Ele deixou de olhar a bela ás e observou o *maître* com cara de peixe acomodar um casal que ria e fazia piadas entre si. Na cabine de recepção havia um jovem triste, cujo cabelo preto escorrido o fazia parecer-se com algum delinquente juvenil ou punk de um filme de gângster.

— Leo, você está encarando aquela mulher — disse Belinda May, lançando uma luz perversa de seus olhos.

— Não. Estava olhando para aquele garoto.

— Hum. Aposto que é algum tipo de jovem gângster. Estão todos na rua hoje à noite, por algum motivo. Você notou?

— Não, não notei.

— De qualquer forma, antes você estava olhando para aquela ás.

— Bem, sim. Quem é ela?

— Seu nome é Pesticida. Ela está ficando bem conhecida, graças à coluna social que escreve no *Grito do Bairro dos Curingas*. De qualquer forma, se você vai olhar para alguma mulher esta noite, essa mulher sou eu.

O jovem pregador ergueu sua xícara de café como se fizesse um brinde.

— Combinado.

Em seguida, o verme da inveja finalmente foi vencido quando a garçonete trouxe a comida. Em poucos segundos, todos os pensamentos sobre a conversa anterior foram apagados quando o jovem pregador pegou um pedaço de *hirame*, o linguado, com seu branco liso como mármore brilhante chamando-o como uma luz branca e fria. O arroz frio era excelente, e o gosto do linguado delicioso.

Os dedos de Belinda May se agitavam sobre a seleção de sushis e tempurás em sua bandeja. Rapidamente, ela pegou um pedaço de atum vermelho-escuro. Mordeu o atum pela metade e mastigou com uma expressão de êxtase — da qual se lembrava muito bem.

Ele pegou um camarão com cauda em forma de leque e o mordeu inteiro, exceto a ponta. O crustáceo estava abrindo caminho na sua garganta como um seixo num cano de água estreito quando uma rajada de ar repentina e fria passou pelo restaurante. Ele ergueu os olhos para ver os clientes dos outros reservados, inclusive Pesticida, olhando na direção da porta. Uma gangue de jovens entrou, vestidos com parcas masculinas. Era evidente que tinham algum objetivo sinistro em mente.

O curinga com cara de peixe gorgolejou algo para eles pelo alto-falante do capacete, provavelmente pedindo que saíssem do estabelecimento. O brutamonte mais baixo, que parecia ser o líder, reagiu ameaçando com um martelo apontado para o capacete cheio d'água do curinga.

O rosto deles, Leo pensou, os músculos em seu estômago apertando-se. Ele mal notou que o delinquente juvenil, se fosse mesmo um, fugiu pela porta. *Algo no rosto deles...*

Os membros da gangue tinham o rosto igual, imóvel, estranhamente desprovido de vida. O jovem pregador percebeu num estalo que estavam usando máscaras de plástico. A semelhança sorridente — um nariz exageradamente arrebitado e uma mecha de cabelos loiros caindo sobre a testa ampla — era distorcida com uma expressão que seria satírica, se aqueles rapazes não exalassem uma ameaça obscura.

Com um lampejo de horror, ele reconheceu o próprio rosto. Os bandidos estavam usando máscaras de Leo Barnett!

Ele mal sentiu o toque de Belinda May no braço pedindo-lhe calma quando saiu do reservado.

— Não vá, não chame atenção! — ela sibilou. — São Lobisomens! Uma gangue de rua curinga. E eles sabem quem você é!

Suas palavras lembraram-no de que muitos curingas haviam expressado publicamente seu ódio pelas posições políticas e morais que ele havia assumido no passado. A reação exagerada dos curingas apenas fortaleceu a crença de seus seguidores de que algo precisava ser feito para terminar com o problema do vírus carta selvagem. Por sua vez, a crença das vítimas de que algo precisava ser feito para terminar com a repressão política também se fortaleceu. O jovem pregador tremia. O que faria se os Lobisomens o reconhecessem?

Pensamentos insanos de medo que o fizeram corar passaram pelo seu cérebro. Um momento antes, ele era um cliente semianônimo de um restaurante japonês; agora era um farol que qualquer um em perigo poderia apontar para distrair os Lobisomens.

— Pelo amor de Deus, sente-se! — sibilou Belinda May, puxando-o para o seu lado. Ele aterrissou com um baque surdo.

E um frio profundo o atravessou quando viu a mais próxima das faces mascaradas virar-se para ele. O som que fizera ao se sentar fora alto o suficiente. Instintivamente, ele pôs a mão sobre a boca, como para disfarçar um arroto ou uma observação inoportuna. E nos momentos seguintes ele ousou esperar que seu truque tivesse dado certo, pois o bandido parecia contente ao usar seu tentáculo para lambiscar as dobras de pele que pendiam embaixo da máscara.

Enquanto isso, o *maître* foi imobilizado pela ameaça do martelo sobre o capacete. Um capanga tirou uma arma de baixo da parca. Houve comoção no fundo do restaurante, quando outros clientes reagiram à situação.

Outro bandido puxou um facão do casaco e o lançou para o ar. Ele tocou a testa da máscara — um gesto que indicava poder telecinético sobre a arma, que girou para fora da visão no fundo do corredor, como uma versão gigantesca das mortais estrelas ninja que Leo vira em filmes de kungfu.

Soou um rangido alto, *shiiiiick*.

As pessoas gritaram. Puxando facas, dois outros brutamontes saíram de cena. O facão voltou à mão do arremessador como um bumerangue. Nesse meio-tempo, o homem do tentáculo balançou a cabeça para dois camaradas, apontou para alguém, em seguida para outra pessoa, e depois para Leo. O trio se espalhou. O jovem pregador mal notou os gritos do outro corredor.

Meu bom Jesus, a mim não, não deixe que venham até mim, ele pensou. Naquele momento, com muito medo de que mesmo o menor movimento fizesse os Lobisomens o perceberem, ele parou de limpar as gotas de suor da testa. Independentemente do que aconteceria depois, o holofote da nação seria lançado sobre ele. Ele orou para o Senhor, pedindo orientação.

Mas não veio nenhuma. Ele podia apenas aguardar e ter esperança. Os segundos seguintes pareciam éons, extensões infinitas de tempo pontuadas pelos sons de metralhadoras, ou pneus guinchando e pessoas gritando. A Fronteira havia se tornado uma zona de guerra.

Os agressores com as facas, agora ensanguentadas, voltaram. Seu líder gritou para aqueles que se aproximavam do jovem pregador.

— Idiotas, o que vocês estão fazendo? Vamos embora daqui!

O agressor com tentáculos olhou para trás apenas tempo suficiente para dizer:

— Em um minuto. Temos alguns negócios para cuidar aqui.

Um desordeiro obeso com pinças de lagosta no lugar das mãos parou ao lado do reservado onde Pesticida estava sentada, encaixou uma garra sob o queixo dela e ergueu-lhe o rosto ao seu nível. Um dos homens que a acompanhavam quase se moveu, mas foi detido por um olhar do terceiro agressor, que sinalizou claramente com sua pistola.

— Linda, linda — disse o agressor. — Você não ficaria tão orgulhosa em mostrar seu rosto em público se fosse parecido com o meu.

O brutamonte com tentáculos virou-se para o jovem pregador e moveu-se como se dissesse: "Você é o próximo".

O agressor que ameaçava Pesticida se distraiu pelo *staccato* dos tiros de uma metralhadora do lado de fora, e Pesticida aproveitou a oportunidade para tirar a garra de seu rosto e levantou-se, desafiadora. Comparada ao homem que encarava, parecia pequena, frágil e indefesa.

Enquanto isso, a sensação de indignação do jovem pregador crescia, sobrepujando o medo e o bom senso.

O alarme do restaurante começou a soar de forma ensurdecedora, sem nenhum sinal de diminuição.

O líder dos bandidos disse:

— Isso foi uma estupidez, cara de peixe! — E estilhaçou o capacete cheio d'água do *maître* com o martelo.

O curinga imediatamente começou a tossir, incapaz de extrair oxigênio do ar. Ele cortou as mãos nos estilhaços do capacete quando as levou à garganta, como se repelisse um estrangulador invisível.

Enquanto todos estavam preocupados com os espasmos de morte do *maître*, uma estranha luz amarela começou a brilhar dentro de Pesticida. Ficou tão brilhante que as roupas pareciam um véu fino jogado sobre um holofote. Seu esqueleto inteiro ficou visível, coberto pelos contornos da pele e a silhueta turva dos órgãos internos.

Uma força obscura que se juntava dentro dela tornou-se evidente.

Ela abriu a boca, como se fosse gritar. Mas, em vez disso, uma luz intensa como a de um laser saiu de sua boca e atingiu o agressor com pinça de lagosta.

Uma força preta correu garganta acima e saiu pela boca.

E seguiu o caminho da luz.

Era uma horda de horríveis insetos escarlate com asas nas costas, trinando como o coro incessante de um pesadelo. Cobriram o desordeiro como um enxame de gafanhotos antes que ele pudesse reagir. De imediato começaram a mastigar, triturando o casaco, a máscara, a casca de suas garras — atravessando-o em questão de segundos.

O agressor gritou e caiu para trás sobre a mesa de uma cabine vazia. Ele rolou para o assento e bateu freneticamente o que restava das garras no corpo, tentando em vão impedir que a horda de insetos continuasse sua lúgubre refeição. Durante toda a cena, Pesticida permaneceu imóvel, brilhando, encarando-o com olhos sem vida que no rastro de seu brilho interno lembrava joias escuras como ébano.

Ela não percebeu outro agressor com uma arma apontada para sua cabeça. O tiro que soou foi apenas um pouco abafado pelo som do alarme. O cérebro de Pesticida espalhou-se contra a parede e sobre o amigo que estava ao seu lado. Ela caiu morta nos braços dele. O agressor afastou-se, apontando a arma para os outros dois companheiros dela.

O líder chamou:

— Vamos! Vamos sair daqui logo, porra!

Belinda May gritou.

— Não, Leo, não!

O jovem pregador já havia cedido à raiva e avançara sobre os dois últimos agressores no corredor. Não tinha exatamente ideia do que planejava fazer. Sabia apenas que o único crime de Pesticida fora se defender, por mais estranho que fosse o modo.

Seus planos mal definidos foram rapidamente abortados ao ser parado por um brutamonte de tentáculos — o braço do Lobisomem se alongava da manga! Ele se enrolou no pescoço do jovem pregador e ergueu-o do chão como uma boneca sendo enforcada. Ele chutou e sacudiu os braços; tentou gritar, desafiador, mas o tentáculo apertava demais. Tudo que conseguiu realmente fazer foi sufocar. Tinha ar apenas para respirar, nada mais. Ainda assim, continuava a chutar e lutar.

Algo duro chocou-se contra a nuca dele. Era o teto. Ele sentiu o mundo girar quando o brutamonte retraiu parcialmente o tentáculo.

Depois, puxou-o para perto. O jovem pregador encarou os olhos cinzentos e estranhos por trás da máscara.

— Olha o que eu tenho aqui — o bandido disse. — Como é olhar para a própria cara, pastor? Não é bacana viver com medo, é?

O jovem pregador meio gritou, meio engasgou-se.

O Lobisomem riu de um jeito desagradável.

— Preciso agradecer ao senhor por nos dar algo para brincar depois que a diversão de hoje à noite acabar. Não se preocupe. Vamos devolvê-la ilesa. Apenas seu orgulho ficará um pouco danificado.

O jovem pregador transformou-se num animal, um animal acuado, enlouquecido. Seus punhos fracos batiam furiosamente, mas em vão, no tentáculo. Ele ouviu Belinda May gritar, mas não entendia exatamente o que estava acontecendo com ela, pois sentiu que era erguido. Sua última visão coerente foi a do agressor morto ainda sendo comido pelos insetos, que diminuíam a velocidade, agora que sua hospedeira havia morrido. Mesmo assim, metade do torso do agressor já havia sido consumido, bem como a maior parte de seus braços e coxas. Insetos trinando sem força saíam dos olhos do curinga e rastejavam no que restava da máscara para dar o último suspiro.

O último pensamento coerente do jovem pregador foi: *Ah, bem. Ao menos ninguém pode me acusar de desmaiar, não nessas circunstâncias.*

Sua cabeça bateu contra uma viga, e as luzes se apagaram.

IX

Mãe de misericórdia, é o fim do Vito?, pensou o jovem capanga enquanto corria do restaurante japonês para a rua. Por um momento, teve a esperança de que tudo não passasse de imaginação, que os Lobisomens estavam apenas numa farra de furtos insignificante, e que ele voltaria ao quarto do hotel para encontrar o Homem incrivelmente irado por ele ter saído do restaurante antes mesmo de fazer o pedido. Então, o tiroteio começou.

Vito se jogou na calçada e rolou para baixo de um automóvel. Ralou os joelhos no concreto e raspou a testa contra o metal, mas, exceto pela inconveniência do sangue pingando no olho esquerdo, estava longe de se importar com ferimentos bobos. A julgar pelo jeito que as coisas estavam indo, seria um cara muito sortudo se sobrevivesse àquela noite.

Do outro lado da rua, dois dos rapazes estavam sendo atacados por mais membros da gangue de rua dos Lobisomens. Um dos rapazes conseguiu esfaquear um Lobisomem no peito, mas, quando o sangue jorrou no ar, outro Lobisomem atrás dele cortou sua garganta de orelha a orelha. Estava ficando difícil dizer que sangue era de quem. O outro rapaz tirou a arma, mas conseguiu apenas dar um tiro — acertando um Lobisomem bem no meio dos olhos da máscara de plástico — antes de ser fatiado em pedaços por um grupo de agressores. De fato, os Lobisomens, aparentemente sem se importar com o fato de suas vítimas estarem mesmo mortas, continuavam a cortá-las com tal frenesi que Vito temeu que pudessem jogar as partes arrancadas de carne para o restante da gangue.

Claro que os outros Lobisomens estavam um pouco ocupados demais para pensar nisso. O caos irrompeu nas ruas da Fronteira. Limpos e curingas corriam em todas as direções, arranjando abrigo onde podiam, o que era muito difícil. Havia simplesmente muita bala voando para qualquer um estar em segurança por muito tempo. Aqueles Lobisomens não envolvidos em combates diretos com membros da Família Calvino disparavam metralhadoras indiscriminadamente em todas as direções, às vezes derrubando um camarada de gangue num esforço de atingir qualquer um que parecesse com um Calvino. Os membros da Família Calvino pagavam na mesma moeda, exceto por aqueles que estavam tentando fugir em seus carros.

Vito cobriu a cabeça com as mãos e observou como um Lobisomem ficou diante de um automóvel em movimento e estilhaçou o para-brisa a balas. Vito não conseguia dizer se o motorista levou as balas ou se simplesmente se desviou. De qualquer forma, o cara no banco do passageiro perdeu grande parte do cérebro. O carro bateu no Lobisomem atirador e, em seguida, carregou vários pedestres até se chocar com um carro estacionado. Alguns sobreviveram tempo suficiente para saber que seus últimos segundos seriam gastos na espera do incêndio do carro. A fumaça do fogo era espetacular. Pedaços de metal incandescente e carne tostada voaram alto e aterrissaram no chão numa espécie de balé violento em câmera lenta que Vito acreditava acontecer apenas nos filmes.

Vito arrastou-se até a parte de trás do carro embaixo do qual estava, imaginando que estaria mais seguro se ficasse o mais longe possível de todos aqueles destroços quentes. Viu uma luta acontecer perto dele. Conseguia ver apenas as pernas das pessoas envolvidas, mas entendeu que um turista em pânico estava tentando arrancar a arma de um Lobisomem. A namorada do cara estava tentando impedi-lo. Vito ainda tentava decidir para quem deveria torcer quando o Lobisomem conseguiu derrubar o cara, que caiu de bunda e dobrado, sem fôlego pelo golpe. A moça — uma garota negra com vestido verde justo — ajoelhou-se ao lado dele e disse alguma coisa. Vito não conseguiu ouvir por conta de toda a barulheira, mas fosse lá o que tivesse sido dito, não adiantou de nada, porque dois segundos depois o casal foi perfurado de balas e caiu numa poça de sangue.

O estômago de Vito apertou-se até quase desaparecer quando observou o Lobisomem se afastar. O garoto decidiu ficar onde estava até um dos lados ser dizimado ou os policiais chegarem, o que acontecesse primeiro. Ele não seria como um tolo se exibindo para a namorada, e não teria histórias de que se gabar para quem restasse do clã dos Calvino no dia seguinte. Ele sobreviveria, nada mais. Seria o bastante.

Do outro lado da rua, um par de Lobisomens estúpidos jogava coquetéis molotov. Vito imaginou que era um inseto, deitado numa pilha de folhas, esperando que, se pensasse com bastante força, então talvez em algum nível ele se tornasse um inseto. *Mesmo assim*, ele pensou, *talvez como inseto ainda ficasse grande demais.*

Vito virou para o outro lado e viu um par de pernas familiar ajoelhado ao lado do casal morto. A pessoa era baixa o suficiente e Vito conseguiu ver seu rosto. Era o corcunda, fazendo o sinal da cruz. Vito só pôde se perguntar de quanta inteligência dispunha esse lunático.

De repente, o corcunda virou a cabeça, e Vito se viu encarando diretamente os olhos do cara.

Ele acreditava ter visto muitas coisas acontecendo lá. Os olhos rapidamente se turvaram, como se estivessem espiando de algum lugar afastado na próxima esquina. O medo se manifestou nos olhos do corcunda. Seu rosto perdeu a cor, e ele abriu a boca para dizer alguma coisa.

Mas, fosse lá o que estivesse passando na sua mente, era tarde demais para dizê-lo. Numa fração de segundo, Vito foi engolido pelas chamas do coquetel molotov que estourou embaixo do carro, e ele teve a curiosa consciência de que o corcunda encolheu-se por algo que ainda não havia acontecido.

X

O jovem pregador acordou no chão do restaurante japonês. O local estava cheio de gente tentando escapar do caos lá fora, que, pelo que ele pôde ouvir, lembrava uma das mais horrendas visões do *Livro das revelações.*

O ponto onde ele jazia, no entanto, estava quase vazio. Tinha apenas alguns cadáveres e muitos insetos mortos.

Não se via Belinda May em lugar nenhum.

O jovem pregador ergueu-se, limpou os insetos mortos grudados no casaco e nas calças e, em seguida, sentou-se no reservado mais próximo para cuidar de sua cabeça dolorida. Tocou o ponto onde o latejamento era maior. Quando olhou para os dedos, estavam manchados com sangue seco.

Lá fora, ele ouviu o som estridente das sirenes que se aproximavam. A polícia estava a caminho. Ele esperava que trouxessem um grupo completo de paramédicos. Claro que ainda havia todo aquele tiroteio e a gritaria rolando lá fora, então a cena do santo livro não havia terminado.

De repente, o restaurante foi varrido por ondas de choque de uma explosão próxima. O jovem pregador mergulhou para baixo da mesa e bateu a cabeça contra o pedestal. Nem ligou. Depois do que havia passado, um pouquinho mais de dor excruciante não faria muita diferença.

Ele se arrastou no chão através de uma pilha de insetos mortos, por baixo das pernas amolecidas da falecida Pesticida, e se perguntou onde estava Belinda May. Não conseguia pensar direito, mas sabia que não podia deixar que a confusão mental o impedisse de encontrá-la. O que as pessoas diriam? O que o Senhor diria, ou os repórteres? Pior, o que ela diria se ele tentasse conquistá-la de novo e ela descobrisse que o jovem pregador não teve coragem para enfrentar fogo e enxofre pela honra de abrir suas pernas como o mar Vermelho?

Teve uma vaga noção das pessoas que tentaram impedi-lo quando ele se levantou e cambaleou para a rua, onde destroços de um carro chamejavam. Não havia tantas pessoas correndo em pânico quantas ele esperava. Corpos, ensanguentados ou torrados, estavam espalhados pelas calçadas. O jovem pregador esperava que a equipe de televisão estivesse gravando tudo isso.

Cadê Belinda May?, ele se perguntou.

Então, ele viu o brutamonte do tentáculo no meio da rua. Ele segurava Belinda May, desmaiada, bem alto, desafiando os outros a fazerem-na de alvo.

O Lobisomem aproximou-se de alguns mafiosos com metralhadoras. Eles estavam abatidos e baqueados, mas ainda estavam vivos. E estavam erguendo as armas.

O brutamonte abaixou Belinda May. Ele a usaria como escudo!

XI

Agora que era tarde demais para fazer diferença, Quasim lembrou que o Padre Lula o enviara à Fronteira para impedir que Vermis assassinasse um *don* da Máfia.

Claro que nem Quasim, Lula ou a pessoa que forneceu informações sobre o assassinato imaginou que Vermis cobriria seus rastros com um mar de sangue. Estava se provando ser uma ideia eficaz, ainda que brutal. E, embora Quasim soubesse que ninguém o culparia por não ter sido capaz de parar o derramamento de sangue daquela noite, ele se odiou por não ter feito nada para impedir todo esse sofrimento.

Ele viu tantas pessoas morrerem. Alguns detalhes se perderam quando partes do cérebro surgiram e sumiram da realidade, mas nada podia diminuir a noção profunda de desolamento que o dominava. A pior morte fora a do rapaz escondido embaixo do carro. Ele assistiu às chamas o engolirem rapaz antes de o evento realmente acontecer. Talvez fosse por isso que era tão desalentador.

Mas a noite não havia terminado ainda. Quasim vira o sangue, mas o trovão ainda estava por vir.

Ele percebeu tarde demais os sons de sirenes se aproximando, quando decidiu que poderia também partir com o resto dos sobreviventes. Alguns mafiosos e Lobisomens ainda se digladiavam na rua, mas Vermis sem dúvida havia se escafedido muito tempo antes. Quasim ainda estava visualizando onde queria estar quando viu o Lobisomem, com uma mulher inconsciente no tentáculo acima da cabeça, caminhando no meio da rua na direção de um grupo de mafiosos. Estes ergueram as armas.

Quasim não precisava de sentidos precognitivos para imaginar o que aconteceria em seguida. De alguma forma, porém, sabia que precisava salvar a mulher.

Estava prestes a girar através do espaço quando viu o homem de rosto familiar correndo na direção do Lobisomem e da mulher. A explosão que reverberou na cabeça de Quasim não era exatamente a de um trovão.

XII

Se o jovem pregador pensasse a sério na questão, teria ajoelhado e rezado. Em vez disso, ele correu o mais rápido que pôde na direção do Lobisomem e derrubou-o. O tentáculo do Lobisomem estalou como um chicote, lançando Belinda May para longe. Ela aterrissou no capô de um automóvel. Ao mesmo tempo em que o Lobisomem e o jovem pregador caíram no chão, os dois membros do clã dos Calvino puxaram o gatilho das metralhadoras.

Surpreendentemente, o jovem pregador não teve a expectativa da vida após a morte. Em vez disso, sentiu uma sensação curiosa de arrependimento, juntamente com uma noção particular, apenas levemente contraditória, de alívio. Ele atraiu sua mente para dentro de si e prendeu-a numa bola psíquica, lançando-a num lugar para onde ele antes não ousava olhar.

Os tiros eram como trovoadas ampliadas a um poder infinito, e ele quase visualizou as balas percorrendo velozmente os canos. Se fosse o último nanossegundo de sua vida, bem, ele teria que vivê-lo com alegria. Ainda havia um bom tempo.

Envolvido pelo frio, ele se sentiu caindo. Caindo, caindo, caindo em um inferno mais frio que qualquer pesadelo polar. Sentiu a alma se dissipar. A morte era assim? Logo ele se veria deitado na rua, cercado por outros que haviam morrido antes dele? Então, seria inexoravelmente atraído na direção de uma luz branca convidativa, onde a Virgem Maria e Jesus Cristo estariam lado a lado com sua mãe, esperando por ele de braços abertos? Finalmente ele saberia como era o céu?

Por que, então, ele sentiu como se sua mente tivesse sido fatiada em mil direções? Centenas de flashes de calor intenso alternados com centenas de flashes de temperatura zero. De repente, acreditou que todos seus conceitos de eternidade eram apenas relógios vislumbrados num sonho, e seus conceitos do infinito eram apenas grãos em uma caixa de areia. O jovem pregador não podia escapar da noção de que havia se fundido, de alguma forma, com todos os momentos e locais concebíveis — um prelúdio da fusão com tempos e locais inconcebíveis que ficavam além dos confins da realidade.

A morte estava se revelando uma experiência mais complicada do que ele jamais imaginara. Ele se perguntou se as balas já haviam penetrado seu corpo, se o crânio estava sendo estilhaçado e o coração e pulmões perfurados.

Grato por não haver dor. Ainda. Talvez ele fosse poupado daquele aspecto desagradável da morte.

Mas era estranho sentir-se tão inteiro e completo quando, de fato, estava-se despedaçando.

Ainda era mais estranho que o nada, de primeiro incompreensível e indescritível, de repente se tornou apenas uma extensão do concreto, alinhado em intervalos variados, como uma calçada.

O mais estranho de tudo era que, em vez de jazer na rua ao lado do Lobisomem morto, ele se descobriu vivo. A calçada estava encharcada de sangue, felizmente nenhum dele.

Mas o que era aquele peso sobre ele? Como aquilo havia parado ali?

O peso deslizou para a calçada ao lado dele. Era o curinga corcunda com quem ele havia sido ríspido. Só que, dessa vez, o corcunda jazia de rosto para cima, sombrio como um cadáver, e afundava alguns centímetros no concreto. O jovem pregador conseguia apenas imaginar como, mas certamente o corcunda estava pagando o preço por salvá-lo.

De repente, alguém apontou um microfone para o seu rosto. Ele ergueu os olhos para ver o repórter televisivo, rodeado por sua equipe remota, inclinado. O sonoplasta tinha uma bandagem ensanguentada e improvisada no pulso, e o repórter, um ferimento recente na testa. A câmera estava ligada. O som estava ligado. E o repórter disse:

— Ei, Reverendo Barnett, como está se sentindo? Quer falar alguma coisa para seus...

Mas, antes que o jovem pregador pudesse responder, um policial deu um tranco no repórter. Outro policial agarrou o jovem pregador e tentou afastá-lo do corcunda. O uivar das sirenes agitava o ar com vibrações estridentes, e uma horda de luzes vermelhas e azuis giratórias acrescentava um nível inteiramente novo de surrealismo à cena.

— Fica longe de mim, porra! — o jovem pregador gritou, soltando-se do policial.

Ele teve apenas uma vaga noção do homem do noticiário falando suavemente no microfone:

— Vocês ouviram primeiro no Canal Quatro, pessoal, um ministro da Igreja usando um palavrão em público. Tenho certeza que muitos seguidores do Reverendo Barnett estão se perguntando o que o mundo está virando...

O jovem pregador sentiu um lampejo de raiva do sujeito impertinente, mas decidiu ser paciente e implorar a Deus para amaldiçoá-lo mais tarde. Naquele momento, estava mais preocupado com o ás, ou curinga, ou o que fosse, que o salvara. Ele ajoelhou ao lado do homem, que se afundava cada vez mais na calçada. Um paramédico com expressão confusa ajoelhou-se ao lado da dupla.

— Salve-o! — o jovem pregador implorou. — Você precisa salvar este homem.

— Como? — perguntou o paramédico, desesperado. — Não sei o que aconteceu e, além disso, não consigo nem tocá-lo!

Era verdade. As mãos do paramédico penetraram no corpo do corcunda. O paramédico gritou e tirou-as de uma vez, enfiando-as embaixo das axilas. Ele estremeceu, como se tivesse sido imerso num frio profundo. O jovem pregador se lembrou de ter sentido frio quando pensou que estava morrendo. Uma parte fria e obscura daquele frio ainda residia em sua alma como um amigo indesejado.

Ele percebeu que nada que o paramédico ou qualquer um pudesse fazer ajudaria o corcunda. Gradualmente, ele se transformava num contorno do seu antigo corpo. Enquanto o jovem pregador assistia, o corcunda afundou mais alguns centímetros no concreto. Os olhos vidrados do pobre homem encaravam o céu, e sua respiração era dolorosa, como se o ar que ele arfava fosse inadequado para o momento.

— Quem é você? — Leo perguntou. — Como posso ajudá-lo?

O homem piscou. Era difícil dizer o quanto estava lúcido.

— Meu nome é... Quasim — ele sussurrou. — Nunca havia viajado com tanto peso antes... tão pesado... tão pesado para me manter inteiro... — Ele tossiu.

O jovem pregador ergueu os olhos e viu Belinda May ajoelhando-se ao lado dele.

— Você está bem? — ele perguntou diretamente, mas não de forma seca.

— Sim — ela respondeu. — O que aconteceu com você?

— Não sei, mas acho que esse homem foi o responsável.

— Meu Deus... eu me lembro dele! Leo, você precisa ajudá-lo.

— Como? Nem consigo tocá-lo.

Aquela velha luz travessa voltou aos olhos de Belinda May.

— Você é um pregador — ela disse num tom que lembrava muito aquele que ela usava quando dizia que queria ir para a cama com ele. — Cure o pobre diabo!

Fazia muitos anos desde que o jovem pregador realizara um ato de cura pela fé. Ele se afastara da atividade, depois de ser aconselhado que não ficava bem no videoteipe, especialmente para um homem que planejava concorrer à presidência.

Mesmo assim, ele não poderia deixar aquele nobre espírito definhar. Não se estivesse de alguma forma no seu... no alcance de *Deus*. Ele olhou para o céu. As nuvens, carregadas de chuva, eram ocasionalmente iluminadas pelos relâmpagos; o trovão era apenas um ribombar suave. Ele suspirou profundamente. Ergueu as mãos para as nuvens, para a terra embaixo do concreto da cidade, para as forças sombrias da criação. Reuniu tudo aquilo em seu espírito e num círculo único de energia.

Em seguida, estendeu a mão para dentro de Quasim. O espectro de sensações em seus dedos claramente se originava em algum lugar que ele nunca conheceria — ao menos durante a vida.

Esforçou-se para ficar calmo, ignorar o frio, desassociar-se da comichão das mãos e da dormência aterradora das pontas dos dedos. E quando acreditou que havia conseguido, disse com toda a paixão que pôde reunir:

— Fique curado, filho da puta maldito! *Fique curado!*

Finalmente, começou a chover. O trovão estourou diretamente sobre eles, como se um dispositivo nuclear estivesse partindo o céu ao meio.

XIII

Naquela noite, mais de cinquenta pessoas morreram na Fronteira. Mais de uma centena ficara seriamente ferida. Porém, a carnificina não foi a principal história do noticiário naquela noite, nem foi a maior manchete na maioria das primeiras capas do país. No fim das contas, a guerra de gangues já acontecia havia algum tempo, e o fato de muitas pessoas inocentes terem sido atingidas naquele horrível fogo cruzado era infeliz, mas não tinha realmente muitos reflexos, ao que se sabia, interessantes para o desenvolvimento diário das notícias.

Havia um grande espaço entre Nova York e Los Angeles. Era conhecido como zona central norte-americana, e, para as pessoas que viviam lá, a história do momento era aquela sobre o Reverendo Leo Barnett anunciando sua candidatura a presidente dos Estados Unidos. Ele pousou as mãos sobre o contorno de algum pobre curinga e o trouxe de volta de uma viagem involuntária a paragens desconhecidas. Fizera algo que ninguém havia feito antes — usando apenas o poder de sua fé, havia curado um curinga. Tinha provado que o maior poder da Terra era o amor de Deus e de Jesus Cristo, e havia transferido um pouco daquele amor para o corpo de uma criatura que estava sendo poluída por aquele obsceno vírus alienígena. Mesmo a mídia liberal, que capturara aquele evento para que o mundo todo o visse em videoteipe, precisou admitir que o Reverendo Leo Barnett fizera algo incrível. Talvez não o qualificasse para ser presidente, mas certamente erguia sua cabeça para cima da manada.

Também foi de grande ajuda que, imediatamente após curar o curinga e assistir aos paramédicos carregando-o numa maca, o Reverendo Leo Barnett não consultou seus assessores ou esperou para ver como o incidente repercutiria nas notícias ou como o público o receberia, e tenha simplemente caminhado até a série de câmeras e microfones e anunciado que Deus dissera que havia chegado o momento de ele declarar sua candidatura. Demonstrou, de forma clara e evidente, que podia tomar uma decisão e colocá-la em prática.

Quase de imediato, a posição do Reverendo Leo Barnett nas pesquisas tornou-se muito alta, muito respeitável. Claro que alguns eleitores ficaram um pouco preocupados com a presença dele na Fronteira em primeiro lugar, especialmente com relação àquele quarto de hotel no qual ele e a jovem voluntária da missão haviam entrado, mas não era como se um deles fosse casado ou algo assim. E houve um falatório, que não foi confirmado nem negado, de um anúncio iminente de noivado. As mulheres do Partido Democrata, como se revelou mais tarde, ficaram especialmente impressionadas com o fato de que o Reverendo Leo Barnett talvez tivesse encontrado seu amor verdadeiro e seu destino político na mesma noite. Se fosse verdade, então talvez toda aquela carnificina não tivesse sido em vão.

Se Deus não julgar os Estados Unidos, terá que pedir perdão a Sodoma e Gomorra.

— REVERENDO LEO BARNETT
Candidato a presidente

♣ ♦ ♠ ♥

Todos os cavalos do rei

III

O ferro-velho ficava às margens das águas verdes e oleosas da baía de Nova York, no fim da Hook Road. Tom chegou cedo, destravou o cadeado e abriu com tudo os portões do alto alambrado. Estacionou o Honda ao lado da cabana descaída com telhado de latão onde Joey DiAngelis vivera com seu pai, Dom, nos dias em que o ferro-velho era uma empresa próspera, e ficou por um momento dentro do carro, com os braços cruzados sobre o volante, imerso em recordações.

Havia passado tardes de sábado inteiras dentro daquela cabana, quando ainda era habitável, lendo as antigas edições de *Jetboy* para Joey depois de recuperar as coleções de quadrinhos que alimentariam uma fogueira na festa da Associação de Pais e Mestres.

Lá adiante, atrás da cabana, era onde Joey costumava trabalhar nos carros, muito antes de se transformar no Joey "Junkyard" DiAngelis, rei das corridas de carros antigos.

E, bem lá ao fundo, onde ninguém jamais entrava, atrás de uma montanha de sucata enferrujada, ele e Joey soldaram uma placa blindada sobre a estrutura de um fusca para fazer o primeiro casco. Mais tarde, muito mais tarde, depois de Dom já ter morrido e Tom ter comprado o ferro-velho de Joey e tê-lo fechado, cavaram o bunker embaixo do ferro-velho, mas não era tão sofisticado no início. Um encerado sujo de graxa era tudo o que tinham para se esconder.

Tom saiu do carro e parou com as mãos bem enfiadas nos bolsos de seu velho casaco de suede marrom e disforme, respirando o ar salgado da baía. Estava um dia frio. Uma barcaça de lixo passava lentamente pela água, revoadas de gaivotas circundavam-na como moscas com penas. Era possível ver o contorno vago da Estátua da Liberdade, mas Manhattan havia desaparecido sob a névoa matutina.

Encoberta ou não, ela estava lá, e, em uma noite clara, era possível ver as luzes das torres reluzindo. Um inferno de visão. Casas decadentes e condomínios apertados de Hoboken e Jersey City que ofereciam uma vista como aquela passavam dos seis dígitos. Constable Hook era uma zona industrial, e o terreno de Tom estava cercado por um armazém de importação e exportação, um desvio ferroviário, uma usina de tratamento de esgoto e uma refinaria de petróleo abandonada, mas Steve Bruder dizia que nada daquilo importava.

Aquele grande pedaço de terra, bem na zona portuária, era simplesmente *nobre* para incorporação. Bruder dissera isso quando Tom comentou que estava pensando em vender o antigo ferro-velho. Ele deveria saber, tinha ficado milionário com especulação imobiliária em Hoboken e Weehawken, transformando antigos prédios de apartamentos em grandes condomínios para os *yuppies* de Manhattan. Bayonne era a próxima, Steve falou. Em dez anos, toda essa indústria enferrujada desapareceria, dando lugar a novas incorporações residenciais, mas eles poderiam se adiantar e lucrar muito mais.

Tom conhecia Steve Bruder desde a infância e o odiava cordialmente a maior parte do tempo, mas, para variar, as palavras de Bruder eram música para seus ouvidos. Quando Bruder se ofereceu para comprar o ferro-velho sem titubear, o preço fez a cabeça de Tom girar, mas ele resistiu à tentação. Analisou tudo muito rápido.

— Não — ele disse. — Não vou vender. Quero ser sócio comanditário da incorporação. Eu forneço o terreno, você o dinheiro e o *know-how*, e dividimos os lucros meio a meio.

Bruder lhe lançou um sorriso lento de tubarão.

— Você não é tão tonto quanto parece, Tudbury. Alguém está te orientando ou é tudo ideia sua?

— Talvez eu tenha finalmente ficado esperto — Tom respondeu. — Agora, o que me diz, sim ou não? Caga ou sai da moita, babaca.

— Não é legal chamar seu sócio de babaca, idiota — Bruder falou, estendendo a mão. Tinha um aperto de mão firme, mas Tom tomou cuidado para não se contorcer.

Tom olhou para o relógio. Steve chegaria com os banqueiros em uma hora. Apenas uma formalidade, ele disse. O empréstimo seria fácil; a propriedade brilhava de potencial. Assim que tivessem a linha de crédito, podiam começar a mudar o zoneamento. Por volta da primavera, teriam limpado o ferro-velho e subdividido o terreno em lotes.

Ele não sabia por que havia chegado tão cedo... a menos que fosse apenas para recordar.

Era engraçado que tantas memórias importantes tivessem suas raízes nesse ferro-velho... mas de alguma forma era adequado, considerando a maneira que sua vida fora até então.

Mas tudo estava prestes a mudar. Para sempre. Thomas Tudbury estava a ponto de se tornar um homem rico.

Tom caminhou lentamente ao redor da cabana, chutou um pneu careca no caminho e, em seguida, ergueu-o com a mente. Tirou-o um metro e meio do chão, deu um empurrão telecinético brusco que o fez rodar, e contou. No oitavo giro, o pneu começou a bambear, no décimo primeiro, ele caiu. Nada mau. Na adolescência, antes de ele se espremer dentro de um casco, conseguia segurar aquele pneu no alto o dia todo... mas foi quando o poder era de Tom, antes de ele entregá-lo ao Tartaruga. Como entregou tantas coisas.

— Vender o ferro-velho? — Joey disse quando Tom lhe contou seu plano. — Você tem certeza disso, não é? É um negócio sem volta. E se encontrarem o bunker?

— Vão encontrar uma bosta de buraco no chão. Talvez fiquem intrigados por cinco, dez minutos. Então, vão jogar terra em cima e acabou.

E os cascos?

— Não são cascos — Tom falou. — Só sucata que era usada como casco. "Todos os cavalos do rei e todos os homens do rei", lembra? Vou lá uma noite e viro o Tartaruga só o tempo suficiente para jogar tudo na baía.

— Que desperdício — Joey lamentou. — Não foi você mesmo que me disse quanto dinheiro e suor investiu naquela porra toda? — Ele deu um grande gole na cerveja e sacudiu a cabeça. A cada ano que passava, Joey ficava mais parecido com seu pai, Dom. Os mesmos braços magros, a mesma barriga de cerveja dura como pedra, os mesmos cabelos grisalhos. Tom lembrou-se de quando eles eram pretinhos, sempre caindo sobre os olhos. Naquele tempo, antes dos anéis de abrir lata, Joey costumava usar um abridor de latas pontudo ao redor do pescoço num cordão de couro, até mesmo quando vestiu uma máscara barata de sapo e foi até o Bairro dos Curingas com o Tartaruga para ajudar a tirar o Dr. Tachyon de uma birra alcoólica.

Isso acontecera vinte anos antes. Tachyon não envelhecera, mas Joey sim, e Tom também. Ele envelheceu sem crescer, mas tudo aquilo estava mudando agora. O Tartaruga estava morto, mas a vida de Tom Tudbury tinha acabado de começar.

Ele caminhou à beira da baía. Faróis quebrados encaravam-no como muitos olhos cegos nas montanhas de carros mortos, e, uma vez, sentiu olhos vivos e virou-se para ver uma imensa ratazana cinza espreitando fora do interior úmido e apodrecido de um sofá vitoriano sem pernas. Nas profundezas do ferro-velho, ele passou por duas longas fileiras de refrigeradores antigos, todos com as portas cuidadosamente removidas. Na outra ponta, havia um pedaço de terra liso e nu onde uma placa de metal quadrada estava engastada no solo. Era pesada, Tom sabia de experiência própria. Olhou para o grande anel preso no metal, concentrou-se e, na terceira tentativa, conseguiu movê-la o suficiente para revelar a boca escura do túnel embaixo dela.

Tom sentou-se na beirada do buraco e desceu cuidadosamente para dentro da escuridão. Lá embaixo, tateou a parede até encontrar a lanterna que havia pendurado ali, em seguida atravessou o túnel frio e úmido até chegar ao bunker. Os velhos cascos esperavam-no em silêncio.

Ele precisava se livrar daquilo logo, sabia disso. Mas não naquele dia. Os banqueiros não fuçariam lá embaixo. Queriam apenas dar uma olhada na propriedade, ver a paisagem, talvez assinar alguns papéis. Havia muito tempo para jogar essa sucata na baía, ela não sairia dali.

Margaridas e símbolos da paz pintados cobriam o casco dois; a pintura, no passado brilhante, agora estava baça e descascada. Olhar para ele era suficiente para trazer de volta lembranças de músicas antigas, causas passadas, velhas certezas. A Marcha de Washington, folk rock no último volume em seus alto-falantes, FAÇA AMOR, NÃO FAÇA GUERRA riscado nas placas. Gene McCarthy havia subido naquele casco e falado com sua costumeira eloquência irônica por vinte minutos inteiros. Belas garotas de camisetinha de alça e jeans brigavam por uma chance de ficar em cima do casco. Tom recordava-se de uma em particular, com olhos azuis de centáurea embaixo de uma faixa indiana sobre os cabelos loiros e retos que caíam até abaixo da bunda. Ela o amava, sussurrou quando se deitou no casco. Queria que ele abrisse a escotilha, a deixasse entrar; queria ver seu rosto e olhá-lo nos olhos; não importava se ele era um curinga, como costumavam dizer, ela o amava e queria que ele transasse com ela ali, naquele momento.

Ela o deixou tão excitado que parecia ter um pé de cabra dentro das calças, mas não abriu o casco. Nem naquele momento, nem nunca. Ela queria o Tartaruga, mas dentro da armadura estava apenas Tom Tudbury. Ele se perguntou onde ela estaria agora, como estaria, do que se lembrava. Naquele momento, talvez tivesse uma filha com a idade que tinha naquela noite em que tentou se esgueirar para dentro do casco.

Tom correu a mão sobre o metal frio e riscou outro símbolo da paz na poeira que se acumulava sobre a armadura. Realmente, parecia que ele fazia a diferença naqueles dias. Era parte de um movimento para impedir uma guerra, proteger os fracos. O dia em que Tartaruga entrou na lista de inimigos de Nixon foi um daqueles em que se sentiu mais orgulhoso.

Todos os cavalos do rei e todos os homens do rei...

Além do casco pintado havia um outro, maior, mais plano, mais recente. Aquele tinha sido de muita serventia também. Parou ao lado do amassado onde algum lunático havia atirado uma bala de canhão. A cabeça ficara tilintando por semanas depois disso. Por baixo, Tom sabia, se você olhasse no lugar certo, conseguiria encontrar a marca de uma pequena mão humana afundada uns vinte centímetros na placa da armadura, uma lembrancinha deixada por uma ás patife que a imprensa chamava de Escultora. Era uma linda boneca encrenqueira; o metal e a pedra fluíam como água em suas mãos. Era uma queridinha da mídia até começar a usar as mãos para abrir portas de cofres de banco. O Tartaruga entregou-a para a polícia, se perguntando como eles impediriam que ela simplesmente saísse da cadeia, mas ela nunca tentou. Em vez disso, aceitou o perdão e foi trabalhar para o Departamento de Justiça. Às vezes, o mundo era muito estranho.

Não restava muito dos cascos dois ou três, exceto pela estrutura e a placa blindada. O interior havia sido desmembrado havia muito para retirar peças. Câmeras, peças eletrônicas, aquecedores, ventiladores, o que quisesse; tudo aquilo custava dinheiro, que Tom nunca teve em abundância. Então, pegava partes de cascos antigos para construir o novo, onde pudesse. Não ajudava muito, ainda custava uma fortuna. Num cálculo por alto, ele havia gastado cinquenta mil no casco que os malditos takisianos tinham jogado despreocupadamente pela eclusa de ar, a maior parte vinda de um empréstimo, do qual ainda estava pagando as parcelas.

Na parte mais escura do bunker, ele encontrou o casco mais antigo de todos. Nem mesmo as camadas da placa blindada mal soldadas conseguiam esconder as linhas familiares do fusca com o qual eles começaram, no inverno de 1963. Lá dentro, ele sabia, era escuro e abafado, quase sem espaço suficiente para virar, e não tinha nenhum dos confortos dos cascos posteriores. Lançando o facho da lanterna sobre o exterior, ele suspirou por sua ingenuidade. Aparelhos de TV em preto e branco, um chassi de fusca, fiação com mais de vinte anos de idade, tubos de aspirador de pó. Estava mais ou menos intacto, mas irremediavelmente obsoleto. A simples ideia de que havia cruzado a baía dentro dele poucos meses antes quase o fazia estremecer.

Ainda assim... era o primeiro casco, com as lembranças mais fortes. Ele olhou-o por um longo tempo, lembrando-se de como fora. Construí-lo, testá-lo, voar nele. Recordou a primeira vez que cruzara Nova York. Quase se borrou de tão apavorado. Então, encontrou o incêndio, arrastou aquela mulher com telecinesia até um lugar seguro — mesmo agora, todos aqueles anos depois, ele conseguia se lembrar com nitidez do vestido que ela usava, as chamas lambiscando o tecido enquanto a fazia flutuar até a rua.

— Eu tentei — ele disse alto. Sua voz ecoou estranhamente na penumbra do bunker. — Eu fiz coisas boas. — Ele ouviu ruídos de arranhadura atrás dele. Ratazanas, provavelmente. Ele estava tão mal que conversava com ratazanas. Quem ele estava tentando convencer?

Olhou para os cascos, três deles em uma fileira torta, tanta sucata destinada para o fundo da baía. Aquilo o deixou triste. Ele se lembrou do que Joey havia dito, sobre o desperdício que era, e aquilo lhe deu o início de uma ideia. Tom puxou um caderninho do bolso traseiro da calça e rabiscou uma anotação rápida para si mesmo, sorrindo. Ele havia brincado de levantar cascos por vinte anos e nunca havia encontrado a moeda embaixo de nenhum deles. Bem, talvez ele pudesse transformar os cascos antigos em um *cofre* inteiro de moedas.

Steve Bruder chegou 45 minutos depois, usando luvas de couro e um casaco da Burberry, com dois banqueiros em seu luxuoso Lincoln Town Car marrom. Tom deixou que ele falasse enquanto caminhavam ao redor da propriedade. Os banqueiros admiraram a vista e educadamente dignaram-se a não notar as ratazanas do ferro-velho.

Assinaram a papelada naquela tarde e comemoraram com um jantar no Hendrickson's.

♣ ♦ ♠ ♥

Concerto para sirene e serotonina

III

O vento vinha e ia como uma onda pesada, fazendo vibrar as janelas dos prédios na rua, levando bolotas gélidas contra os leões de pedra que ladeavam a entrada. Aqueles sons intensificaram-se quando a porta da Clínica do Bairro dos Curingas foi aberta. Um homem entrou e começou a bater os pés e tirar a neve de seu blazer azul-escuro. Não fez nenhum esforço para fechar a porta atrás de si.

Madeleine Johnson, conhecida também como Chickenfoot Lady, fazendo plantão parcial na recepção para seu amigo Cock Robin, com quem tinha um lance bacana rolando, tirou os olhos de suas palavras cruzadas, bateu na barbela com o lápis e grasnou:

— Feche a maldita porta, senhor!

O homem baixou o lenço com o qual limpava o rosto e a encarou. Ela percebeu, então, que seus olhos eram facetados. Os músculos da mandíbula inchavam e desinchavam.

— Desculpe — ele disse, e empurrou a porta até fechá-la. Depois virou a cabeça lentamente, parecendo examinar tudo na sala, mesmo que, com aqueles olhos, fosse difícil dizer ao certo. Finalmente, ele disse: — Preciso falar com o Dr. Tachyon.

— O doutor está fora da cidade — ela afirmou —, e vai ficar fora por algum tempo. O que o senhor deseja?

— Quero que alguém me coloque para dormir — ele respondeu.

— Aqui não é uma clínica veterinária — ela disse, e se arrependeu um momento depois quando ele avançou, pois criou uma aura estranha e começou a emitir faíscas como um gerador de eletricidade estática. Ela duvidou que aquilo tivesse a ver com uma atitude carinhosa, pois os dentes estavam esgarçados e ele abria e fechava as mãos como se antecipando uma atividade vigorosa.

— É... uma... emergência — ele falou. — Meu nome é Croyd Crenson, e provavelmente tenho um prontuário aí. Melhor encontrá-lo. Estou ficando violento.

Ela grasnou de novo, ergueu-se num salto e partiu, deixando duas penas pairando no ar diante dele. Ele estendeu a mão e se encostou na mesa. Em seguida limpou a testa novamente. Seu olhar pairou sobre uma xícara de café meio cheia ao lado do jornal dela. Ele a ergueu e tomou tudo.

Momentos depois, veio um som de estalos do corredor que ficava depois da mesa. Um jovem loiro de olhos azuis parou no limiar e o encarou. Vestia uma camisa polo verde e branca, um estetoscópio e um sorriso de surfista. Da cintura para baixo ele era um pônei palomino com a cauda trançada com cuidado. Madeleine apareceu atrás dele e sacudiu as penas.

— É ele — ela disse ao centauro. — Ele disse "violento".

Ainda sorrindo, o jovem quadrúpede entrou na sala e estendeu a mão.

— Sou o Dr. Finn — ele disse. — Já pedi seu prontuário, senhor Crenson. Venha comigo até o consultório e o senhor poderá me dizer o que o incomoda enquanto esperamos.

Croyd cumprimentou-o com um aperto de mão e meneou a cabeça.

— Tem café lá atrás?

— Acho que sim. Vou mandar buscar uma xícara para o senhor.

♣

Croyd caminhava na sala pequena, bebendo café avidamente, enquanto o Dr. Finn lia seu histórico, bufando em várias ocasiões e, num momento, fazendo um barulho incrivelmente parecido com um relincho.

— Não tinha visto que o senhor era o Dorminhoco — ele disse, por fim, fechando a pasta e olhando para o paciente. — Um tanto desse material aqui fazia parte dos livros da faculdade. — Ele bateu na pasta com um dedo bem manicurado.

— Fiquei sabendo — Croyd respondeu.

— Obviamente, o problema do senhor é que não consegue esperar o próximo ciclo para ficar e se curar — o Dr. Finn observou. — Por quê?

Croyd conseguiu dar um sorriso amarelo.

— É uma questão de ficar de boa com o risco, de ir dormir de verdade.

— Qual o problema?

— Não sei o quanto disso tem aí no prontuário — Croyd falou para ele —, mas estou com um medo terrível de dormir...

— Sim, tem alguma coisa sobre sua paranoia. Talvez um aconselhamento...

Croyd abriu um buraco na parede com um soco.

— Não é paranoia — ele disse —, não quando o perigo é real. Eu posso morrer durante minha próxima hibernação. Com um ciclo de sono normal, posso acordar como o curinga mais nojento que você pode imaginar. Então, fico preso. É paranoia apenas se o medo é infundado, não é?

— Bem — o Dr. Finn disse —, suponho que chamamos assim se o medo for realmente algo grande, mesmo justificado. Não sei, não sou psiquiatra. Mas vi também no prontuário que o senhor tende a tomar anfetaminas para impedir o sono o máximo que pode. Deve saber que isso acrescenta um grande impulso químico a qualquer paranoia já existente.

Croyd estava correndo o dedo pelo buraco que abrira com um soco na parede, arrancando as partes soltas do gesso.

— Mas, claro, parte disso é semântica — o Dr. Finn continuou. — Não importa como chamamos. Basicamente, o senhor está com medo de dormir. Mas desta vez o senhor acha que deve?

Croyd começou a estalar os dedos enquanto caminhava. Fascinado, o Dr. Finn contou cada estalo. Quando o décimo sétimo som ocorreu, ele começou a se perguntar o que Croyd fazia quando não tinha juntas nos dedos para estalar.

— Oito, nove, dez... — ele subvocalizou. Croyd abriu outro buraco na parede com soco.

— Hum, o senhor aceita mais café? — o Dr. Finn perguntou.

— Sim, que tal uns três litros?

O Dr. Finn saiu, como se tivessem dado a largada numa corrida.

◆

Mais tarde, sem dizer a Croyd que ele tomava litros de café descafeinado, o Dr. Finn continuou a falar:

— Estou com medo de dar ao senhor mais drogas além de toda a anfetamina que o senhor tomou.

— Fiz duas promessas — Croyd disse —, que eu tentaria dormir desta vez, que eu não resistiria. Mas, se você não me apagar logo, provavelmente eu vou embora em vez de lidar com toda essa ansiedade. Se isso acontecer, com certeza vou me encher de bolinhas. Então, me apague com um narcótico. Estou disposto a arriscar.

O Dr. Finn sacudiu a crina.

— Prefiro tentar algo mais simples e muito mais seguro primeiro. O que acha de fazermos um pouco de sincronização das ondas cerebrais e sugestionamento?

— Não conheço o procedimento — Croyd respondeu.

— Não é traumático. Os russos o vêm experimentando há anos. Vou apenas grudar esses pequenos clipes nas suas orelhas — ele disse, esfregando os lóbulos com algo úmido — e enviaremos pulsos de baixa amperagem através da cabeça, digamos, quatro hertz. O senhor nem vai sentir.

Ele ajustou um controle na caixa da qual os fios saíam.

— E agora? — Croyd perguntou.

— Feche os olhos e descanse por um minuto. Talvez tenha uma sensação de estar flutuando.

— Tudo bem.

— Mas tem peso também. Seus braços e pernas ficam pesados.

— Estão pesados — Croyd reconheceu.

— Ficará difícil pensar em algo específico. Sua mente apenas vai flutuar.

— Estou flutuando — Croyd concordou.

— E deve ser muito gostoso. Provavelmente vá se sentir melhor do que o senhor se sentiu o dia todo, finalmente terá a chance de descansar. Respire lentamente e relaxe. O senhor está quase lá. Que ótimo.

Croyd disse algo, mas era um murmúrio indistinguível.

— O senhor está indo muito bem. É muito bom nisso. Em geral, conto de trás para a frente a partir do dez. Para o senhor, podemos começar de oito para a frente, pois já está quase dormindo. Oito. O senhor está muito longe e isso é bom. Nove. O senhor já está adormecido, mas agora vai dormir ainda mais fundo. Dez. O senhor vai dormir profundamente, sem medo ou dor. Durma.

Croyd começou a roncar.

Não havia camas sobressalentes, mas como Croyd assumiu a rigidez de um manequim antes de ficar verde e brilhante, sua respiração e batidas do coração reduzidas a algo entre um urso hibernando e um morto, o Dr. Finn deixou-o ereto no fundo de um armário de vassouras, onde ele não ocupava muito espaço, bateu um prego na porta e pendurou a prancheta com o prontuário de acompanhamento, após ter registrado: "Paciente extremamente sugestionável".

♣ ♦ ♠ ♥

Maio de 1987

Todos os cavalos do rei

IV

— Preciso de uma máscara — ele disse.

O atendente agigantou-se ao lado dele, grotescamente alto e magro, com uma postura tão imperiosa quanto a do faraó cuja máscara ele usava.

— Claro. — Seus olhos eram dourados, como a pele da máscara. — O senhor teria algo em mente?

— Algo impressionante — Tom falou. Poderia comprar uma máscara barata de plástico por menos de dois dólares em qualquer doceria do Bairro dos Curingas, boa o bastante para esconder seu rosto, mas, no Bairro dos Curingas, uma máscara barata era igual a um terno barato. Tom queria ser levado a sério naquele dia, e a Holbrook's era a loja de máscaras mais exclusiva da cidade, de acordo com a revista *New York*.

— Se o senhor me permitir — disse o funcionário, estendendo uma fita métrica. Tom assentiu e examinou o mostruário de elaboradas máscaras tribais na parede ao fundo enquanto sua cabeça era medida. — Volto num instante — o homem disse e desapareceu no fundo da loja através de uma cortina escura de veludo.

Passou de um instante. Tom era o único cliente na loja. Era um lugar pequeno, com iluminação baixa, muito bem equipado. Tom sentiu um desconforto intenso. Quando o atendente voltou, estava carregando meia dúzia de caixas embaixo do braço. Ele as distribuiu no balcão e abriu uma para Tom examiná-la.

Uma cabeça de leão descansava num leito de papel de seda preto. O rosto era feito com algum tipo de couro macio, pálido, tão suave ao toque como o mais fino suede. Um halo de longos cabelos dourados cercava as feições.

— Obviamente, nada é mais impressionante do que o rei dos animais — o atendente lhe disse. — Os pelos são genuínos, cada mecha tirada de uma juba de leão. Notei que o senhor usa óculos. Se nos fornecer sua receita, será um prazer para a Holbrook's fazer óculos personalizados para sua máscara.

— É muito bonita — Tom falou, acariciando os pelos. — Quanto?

O atendente olhou para ele com frieza.

— Mil e duzentos dólares, senhor. Sem os óculos.

Tom puxou a mão abruptamente. Os olhos dourados no rosto do faraó encararam-no com cortesia condescendente e um traço de diversão. Sem dizer nenhuma palavra, Tom virou as costas e saiu da Holbrook's.

Comprou uma cara de sapo de borracha por US$ 6,97 numa loja da Bowery com banca de jornal na porta e uma máquina de refrigerante ao fundo. A máscara ficou um pouco grande quando a encaixou na cabeça, e precisou usar os óculos equilibrados nas avantajadas orelhas verdes, mas o desenho tinha um certo valor sentimental. Que se dane o impressionante.

♣

O Bairro dos Curingas o deixava muito nervoso. Por mais que ele já tivesse voado sobre suas ruas, caminhar naquelas mesmas vias era totalmente diferente. Felizmente, a Funhouse ficava bem na Bowery. Os policiais evitavam os becos mais escuros do Bairro dos Curingas como qualquer outra pessoa em sã consciência, ainda mais depois do início da guerra de gangues, mas os limpos ainda frequentavam os cabarés de curingas na Bowery, e onde os turistas iam, as viaturas também iam. Dinheiro dos limpos era o sangue da economia do Bairro dos Curingas, e esse sangue já estava bem ralo.

Mesmo àquela hora, as calçadas ainda estavam agitadas, e ninguém dava muita atenção a Tom em sua cara de sapo mal encaixada. No segundo quarteirão, ele já estava quase confortável. Nos últimos vinte anos, vira toda a feiura que o Bairro dos Curingas tinha a oferecer pela televisão; este era apenas um ângulo diferente das coisas.

Nos velhos tempos, a calçada diante da Funhouse estaria apinhada de táxis despejando passageiros e limusines esperando no meio-fio pelo fim do segundo show. Mas, naquela noite, a calçada estava vazia, nem mesmo um leão de chácara estava lá, e quando Tom entrou, encontrou a chapelaria também sem ninguém. Ele empurrou as portas duplas; uma centena de sapos diferentes encarou-o das profundezas prateadas dos famosos espelhos da Funhouse. O homem no palco tinha a cabeça do tamanho de uma bola de beisebol, e bolsas imensas e ásperas de pele caíam sobre todo seu torso nu, inflando e esvaziando como pulmões ou gaitas de fole, enchendo o salão com uma música estranha e triste quando o ar vazava de uma dúzia de orifícios improváveis. Tom encarou-o com um fascínio doentio até o *maître* aparecer ao seu lado.

— Uma mesa, senhor? — Ele era atarracado e redondo como um pinguim com as feições escondidas por uma máscara de Beethoven.

— Gostaria de falar com Xavier Desmond — Tom disse. Sua voz, parcialmente abafada pela máscara de sapo, soava estranha.

— O senhor Desmond retornou do exterior poucos dias atrás — o *maître* disse. — Foi delegado na excursão mundial do senador Hartmann — ele acrescentou, orgulhoso. — Temo que esteja bem ocupado.

— É importante — Tom disse.

O *maître* assentiu.

— Quem devo anunciar?

Tom hesitou.

— Diga a ele que é… um velho amigo.

◆

Quando o *maître* os deixou sozinhos, Des levantou-se e deu a volta na mesa. Movia-se lentamente, os lábios finos apertados com força atrás de uma longa tromba rosada que cresceu no rosto onde um homem normal teria um nariz. Em pé, na mesma sala com ele, era possível ver o que não se via em um rosto na tela da TV: como ele estava velho e doente. A pele pendia solta como suas roupas, e os olhos estavam revestidos de dor.

— Como foi a excursão? — Tom perguntou.

— Exaustiva — Des disse. — Vimos toda a miséria do mundo, todo o sofrimento e o ódio, e sentimos a violência na pele. Mas estou certo de que o senhor sabe de tudo. Está nos jornais. — Ele ergueu a tromba, e os dedos que pendiam em sua ponta tocaram a máscara de Tom. — Perdão, velho amigo, mas parece que não consigo ver seu rosto.

— Meu rosto está escondido — Tom enfatizou.

Des abriu um sorriso cansado.

— Uma das primeiras coisas que um curinga aprende é como ver por trás de uma máscara. Sou um curinga velho, e a sua máscara é muito ruim.

— Muito tempo atrás, você comprou uma máscara tão barata quanto esta.

Des franziu a testa.

— Você deve estar enganado. Nunca senti a necessidade de esconder minhas feições.

— Comprou para o Dr. Tachyon. Uma máscara de galinha.

Os olhos de Desmond encontraram os dele, surpresos e curiosos, mas ainda desconfiados.

— Quem é você?

— Acho que você sabe — Tom respondeu.

O velho curinga ficou em silêncio por um bom tempo. Em seguida, assentiu lentamente e despencou na poltrona mais próxima.

— Estão falando por aí que você está morto. Fico feliz que não esteja.

Essa simples declaração, e a sinceridade com a qual Desmond falou, fez Tom sentir-se estranho, envergonhado. Por um momento, pensou que deveria ir embora sem falar mais nada.

— Sente-se, por favor — Des ofereceu.

Tom sentou-se, pigarreou, tentou pensar em como começar. O silêncio estendeu-se de um jeito desconfortável.

— Eu sei — Desmond disse. — É tão estranho para mim quanto deve ser para você, tê-lo aqui sentado na minha sala. Agradável, mas estranho. Mas algo o trouxe aqui, algo mais do que o desejo da minha companhia. O Bairro dos Curingas deve muito a você. Diga no que posso ajudá-lo.

Tom lhe disse. Deixou de lado o porquê, mas contou sua decisão, e o que esperava fazer com os cascos. Enquanto falava, não encarou Des, os olhos pairavam em toda parte, menos no rosto do velho curinga. Mas as palavras saíram.

Xavier Desmond ouviu educadamente. Quando Tom terminou, Des parecia de alguma forma mais velho e mais cansado. Assentiu lentamente, mas não disse nada. Os dedos de sua tromba se fechavam e abriam.

— Tem certeza? — Des finalmente perguntou.

Tom assentiu.

— Você está bem?

Des abriu um sorriso fino e cansado.

— Não — ele respondeu. — Estou velho demais e minha saúde já não é das melhores, e o mundo insiste em me decepcionar. Nos dias finais da excursão, eu já ansiava voltar para casa, para o Bairro dos Curingas e para a Funhouse. Bem, agora estou em casa, e o que encontro? Os negócios ruins como sempre, as gangues guerreando nas ruas do Bairro dos Curingas, nosso próximo presidente talvez seja um religioso charlatão que ama meu povo com a mesma intensidade que quer botá-lo em quarentena, e o nosso herói mais antigo decidiu parar de lutar. — Des correu os dedos da tromba pelos cabelos finos e grisalhos, em seguida olhou para Tom, envergonhado. —

Perdoe-me. Foi injusto da minha parte. Você se arriscou muito e por vinte anos nos defendeu. Ninguém tem direito de pedir mais. Certamente, se quiser minha ajuda, você terá.

— Sabe quem é o proprietário? — Tom perguntou.

— Um curinga — Desmond disse. — Ficou surpreso? Os proprietários originais eram limpos, mas ele comprou deles, hum, um tempo atrás. É um homem muito rico, mas prefere se manter nos bastidores. Um curinga rico, bem, é um belo alvo. Ficaria feliz em ajudar a arranjar uma reunião.

— Claro — Tom falou. — Muito bom.

Depois que terminaram a conversa, Xavier Desmond levou-o até a porta. Tom prometeu telefonar em uma semana para saber detalhes da reunião. Lá fora, na calçada, Des ficou ao lado dele enquanto Tom tentava chamar um táxi. Um passou, reduziu a velocidade, em seguida acelerou de novo quando o motorista avistou os dois.

— Eu tinha esperança de que você fosse um curinga — Desmond falou baixo.

Tom olhou para ele, sério.

— Como sabe que não sou?

Des sorriu, como se a pergunta mal merecesse uma resposta.

— Suponho que eu quis acreditar, como muitos curingas. Escondido em seu casco, poderia ser qualquer coisa. Com todo o prestígio e fama que os ases têm, por que manteria o rosto escondido e seu nome em sigilo se não fosse um de nós?

— Tive meus motivos — Tom lhe disse.

— Bem, não importa. Acho que a lição a ser aprendida é que ases são ases, mesmo você, e nós, curingas, precisamos aprender a nos cuidar. Boa sorte, velho amigo. — Des apertou a mão de Tom, virou-se e se afastou.

Outro táxi se aproximou. Tom fez sinal, mas ele passou direto.

— Acham que você é um curinga — Des falou da porta da Funhouse. — É a máscara — ele acrescentou, gentil. — Tire, deixe que vejam seu rosto, e não terá problema. — A porta fechou-se suavemente atrás dele.

Tom olhou para os dois lados. Não havia ninguém à vista, ninguém para ver seu verdadeiro rosto. Com cuidado, nervoso, ele ergueu as mãos e puxou a máscara de sapo.

O táxi seguinte freou com tudo bem diante dele.

♣ ♦ ♠ ♥

Laços de sangue

Melinda M. Snodgrass

I

— EU DESISTO! DESISTO! ELE NÃO PRECISA DE UM PRECEPTOR, PRECISA DE UM CARCEREIRO! DE UM MALDITO TREINADOR DE ANIMAIS! DE UMA JAULA!

O bater da porta sacudiu os papéis das pilhas que ficavam em sua mesa como os bastiões de uma branca fortaleza de celulose. Tachyon, com um contrato de aluguel pendurado nos dedos longos, encarou a porta confuso. Ela abriu um pouco.

Um par de olhos, nadando como luas azuis por trás de lentes grossas, espreitou cuidadosamente ao lado da porta.

— Desculpe — Dita sussurrou.

— Tudo bem.

— Quantos já foram? — Ela apoiou uma nádega bem formada no canto da mesa. Os olhos de Tachyon correram para a extensão de coxa branca revelada pela fenda da minissaia.

— Três.

— Escola, talvez?

— Talvez não. — Tach reprimiu um arrepio enquanto pensava na devastação que seu neto causaria no "mundo cão" de um colégio público. Com um suspiro, ele dobrou o contrato de aluguel do apartamento e enfiou-o no bolso. — Preciso ir para casa e ver como ele está. Tentar fazer outro acordo.

— E essas cartas?

— Terão de esperar.

— Mas...

— Algumas já esperaram seis meses. O que são mais alguns dias?

— Inspeções...?

— Volto a tempo.

— A doutora Queen...

— Não vai ficar feliz comigo. O que não é de se estranhar.

— O senhor parece cansado.

— E estou.

E como estou, pensou enquanto descia os degraus da Clínica Blythe van Renssaeler sem dar os tapinhas costumeiros na cabeça dos leões de pedra que ladeavam as escadas. Desde que voltara da excursão da Organização Mundial de Saúde, havia uma semana, tivera pouco tempo para descansar. Preocupações pululavam de todos os lados: sua impotência, que o deixava com uma sensação cada vez maior de pressão e frustração; a candidatura de Leo Barnett; as guerras de gangues que ameaçavam a vida pacífica (*pacífica*, que piada!) do Bairro dos Curingas; James Spector solto por aí e matando gente.

Mas tudo isso parecia estranhamente distante, tão desimportante, meras bagatelas se comparadas à chegada de uma nova presença em sua vida. Um garoto agitado de 11 anos bagunçando sua rotina. Fez com que percebesse como um apartamento de um quarto pode ser pequeno e o quanto demorava para encontrar algo maior, e quanto mais isso custava.

E, então, havia o problema dos poderes de Blaise. Durante sua infância, Tachyon com frequência criticava o rigor de sua criação takisiana como lorde psíquico. Agora, desejava poder aplicar um pouco das mesmas punições severas ao seu herdeiro excêntrico, que *não conseguia* enxergar a enormidade do seu pecado quando às vezes exercitava seus poderes psíquicos em humanos sem poderes mentais que o cercavam.

No entanto, para ser honesto, não era simplesmente uma questão de poupá-lo do castigo. Em Takis, uma criança aprendia a sobreviver na atmosfera dominada por conspirações dos aposentos das mulheres. Cercadas como são por outros psíquicos, as crianças rapidamente ficam cautelosas no exercício irrestrito de seus poderes. Não importa o *quanto* um indivíduo fosse poderoso, sempre havia um primo mais velho, tio ou pai mais experiente e mais poderoso.

Assim que saía do harém, a criança recebia um companheiro/servo de castas inferiores. A intenção era instilar nos jovens lordes ou ladies psíquicos uma noção de obrigação diante do povo simples que governavam.

Aquela era a teoria — na verdade, em geral criava uma espécie de desprezo indulgente para com a maioria da população takisiana, e uma atitude mais descuidada que não era realmente muito interessante ou correta para compelir os serviçais a fazer as coisas. Mas houve tragédias — servos forçados a se destruírem por um capricho ou ataque de fúria por parte de seus mestres e mestras.

Tachyon coçou a testa e considerou suas opções. Tagarelar sobre gentileza, responsabilidade e obrigações. Ou se transformar na coisa mais perigosa da vida de Blaise.

Mas eu quero o amor do menino, não seu medo.

♣

O garoto lembrava uma criatura feroz da floresta. Encolhido na grande poltrona, Blaise olhava seu avô com cautela e repuxava nervosamente as longas pontas do colarinho à Van Dyke rendado que se estendia sobre os ombros do casaco branco de sarja. Meias vermelhas e uma cinta vermelha na cintura refletiam o vermelho sanguíneo dos cabelos. Tach jogou as chaves na mesa de centro e sentou-se no braço do sofá, mantendo uma distância cuidadosa da criança hostil.

— Seja lá o que ele disse, eu não fiz.

— Deve ter feito alguma coisa. — Eles conversavam em francês.

— Não.

— Blaise, não minta.

— Não gostava dele.

Tach caminhou até o piano e tocou algumas notas de uma sonatina de Scarlatti.

— Os professores não vêm aqui para serem seus amigos. Eles vêm para... ensinar.

— Já sei tudo que preciso saber.

— É mesmo? — Tachyon prolongou as palavras em um longo e congelante sotaque.

O queixo infantil se projetou, e os escudos de Tach repeliram um poderoso ataque mental.

— Isso é *tudo* que eu preciso saber. Ao menos para as pessoas comuns. — Ele corou sob o olhar equilibrado do avô. — Sou especial.

— Ser um grosseirão ignorante infelizmente não é algo tão único neste mundo. Vai encontrar um monte por aí.

— Eu te *odeio*! Quero ir para casa. — A última palavra terminou num soluço, e Blaise enterrou o rosto na poltrona.

Tach foi até ele e abraçou o menino, que estava aos prantos.

— Meu querido, não chore. Está com saudades de casa, é natural. Mas não tem ninguém na França para te receber, e eu gosto muito, muito de você.

— Não tem lugar para mim *aqui*. Você só está me encaixando na sua vida. Do mesmo jeito que ajeita livros na estante.

— Não é verdade. Você deu sentido para a minha vida. — A observação era obscuramente adulta demais para uma criança entender, e Tachyon tentou novamente. — Acho que encontrei um apartamento novo. Vamos lá esta tarde, e você me diz como quer seu quarto.

— Sério?

— Verdade. — Ele limpou o rosto da criança com um lenço. — Mas, agora, preciso voltar ao trabalho, então vou levar você para a *Baby* e ela vai contar histórias dos seus ancestrais.

— *Très bien.*

Tach sentiu uma explosão momentânea de culpa, pois esse plano foi menos pensado para deixar Blaise feliz do que para garantir seu bom comportamento. Preso dentro das paredes da senciente e inteligente nave takisiana, Blaise estaria seguro, e o mundo de forma geral estaria seguro também.

— Mas apenas em inglês — Tachyon acrescentou com seriedade.

Blaise abaixou a cabeça.

— *Tant pis.*

◆

De volta à clínica para cinco horas de trabalho frenético. A maior parte dele, infelizmente, burocrático. Com um estalo, lembrou-se de Blaise e esperou que *Baby* fosse *muito* divertida. Depois de buscar o menino, Tachyon apressou-se para levá-lo à aula de caratê. Ficou sentado na saleta ao lado, lendo o *Times*, um ouvido desconfiado atento ao *dojo*. Mas Blaise estava se comportando.

Show beneficente na Funhouse para vítimas de AIDS/Carta Selvagem.

Como gosto de Des, Tachyon refletiu. Interessante que esse evento fosse acontecer no Bairro dos Curingas. Provavelmente nenhum outro lugar em Nova York abrigaria o show. Pediriam para colocar protetores plásticos nos assentos.

Existiam muitas similaridades emocionais entre os dois flagelos. Como bioquímico, via uma correlação diferente, herpes com Carta Selvagem. Mas um evento beneficente com herpes/Carta Selvagem/AIDS ofereceria muitas oportunidades para insinuações sexuais infelizes.

Alerta: o secretário de Saúde Pública adverte que transar pode ser perigoso para sua saúde.

— Se for assim, vou viver uns duzentos anos — murmurou Tach e cruzou as pernas.

Blaise saiu pulando com seu quimoninho branco. Houve um conflito inicial com o gerente da escola de caratê sobre o uniforme. A cor padrão era preta, mas, apesar dos quarenta anos na Terra, Tach ainda tinha uma birra contra a cor. Operários usam preto. Não aristocratas.

O garoto jogou as roupas nos braços de Tach.

— Não vai trocar de roupa?

— Não. — Ele subiu numa cadeira para olhar um mostruário de *shurikens*, *kusawagamas* e *naginatas*.

— O idioma causou algum problema? — perguntou a Tupuola enquanto preenchia o cheque.

— Não. Notável como o inglês dele melhorou nos últimos dias.

— Ele é brilhante.

— Sim, eu sou — Blaise disse, caminhando de cadeira em cadeira para abraçar Tachyon pelo pescoço. Tupuola franziu o cenho e girou uma caneta entre os dedos.

— Queria que você *me* mostrasse essa melhora no inglês.

— Com você é mais fácil falar em francês — disse Blaise, passando para o outro idioma.

Tach correu a mão nos cabelos lisos do neto.

— Acho que vou ter que desenvolver uma surdez seletiva. — De repente, ele deu uma risadinha.

— Quê? — Blaise deu uma puxadinha no ombro dele.

— Estava lembrando de um incidente da minha infância. Não era muito mais velho que você, tinha 15 anos mais ou menos. Decidi que exercícios físicos eram estúpidos. Apenas treino de luta realmente parecia importar. Então, dei ordens para que meus guarda-costas fizessem os exercícios físicos para mim. — Tupuola gargalhou, e Tach sacudiu a cabeça, entristecido. — Eu era um principezinho insuportável.

— E o que aconteceu?

— Meu pai me pegou.

— E? — Blaise perguntou, ávido.

— Me deu uma surra de arrancar o couro.

— Aposto que os guarda-costas gostaram. — Tupuola riu.

— Ah, eles eram bem treinados demais para demonstrar emoções, mas eu me lembro de uns reveladores lábios torcidos. Foi muito humilhante. — Ele suspirou.

— Eu teria parado ele — Blaise disse, os olhos reluzentes.

— Ah, mas eu respeitava meu pai e sabia que ele estava certo ao me castigar. E eu teria violado os princípios dos psíquicos se entrasse numa longa batalha mental com meu mais velho na frente dos serviçais. Além do mais, talvez eu tivesse perdido. — Ele deu um peteleco na ponta do nariz do garoto. — Sempre há algo a pensar quando você é takisiano.

— Os princípios dos psíquicos. Parece um livro místico dos anos 60 — Tupuola pensou alto.

Tach se levantou.

— Talvez eu ainda escreva. — Ele se virou para o neto. — E, por falar em anos 60, tem alguém que eu quero que você conheça.

— Alguém divertido?

— Sim, e gentil e um bom amigo.

Os cantos da boca de Blaise se curvaram para baixo.

— Não é alguém com quem eu possa brincar?

— Não, mas ele tem uma filha.

♠

— Olhe só! Mark, voltei! — Tach anunciou com um rodopio do seu chapéu com plumas na frente da Cosmic Pumpkin ("Alimento para o Corpo, Mente e Espírito") Tabacaria e Delicatessen.

O Dr. Mark Meadows, conhecido como Capitão Viajante, pendia como uma cegonha no balcão, com um pacote recém-aberto de tofu equilibrado delicadamente na ponta de seus dedos.

— Ah, uau, doutor. Que bom vê-lo.

— Mark, meu neto, Blaise. — Ele abriu caminho para exibir a criança que se escondia atrás dele e empurrou-o gentilmente para a frente. — Blaise, *je vous presente, Monsieur Mark Meadows.*

— *Enchanté, monsieur.*

Mark fez o sinal da paz para Blaise e um olhar desconfiado para Tach.

— Acho que você tem muita coisa para contar.

— Tem razão, e um favor a pedir.

— O que precisar, cara, só pedir.

Tachyon deu uma olhada para Blaise.

— Num momento. Primeiro quero apresentar Blaise para Sprout.

— Hum... claro.

Subiram as escadas íngremes até o apartamento de Mark, deixaram Blaise brincando com sua filha de 10 anos, uma menina adorável, mas com triste subdesenvolvimento, e acomodaram-se no pequenino e atulhado laboratório do hippie.

— Então, bicho, conte tudo.

— No geral, foi um pesadelo. Morte, fome, doenças, mas no fim... Blaise, e de repente tudo começou a valer a pena. — Tachyon refreou a caminhada nervosa. — Ele é o centro da minha vida, e eu quero que ele tenha de tudo, Mark.

— Crianças não precisam de tudo, homem. Precisam de amor.

Tach pousou a mão com afeto no ombro ossudo do humano.

— Como você é bom, meu querido... querido amigo.

— Mas você não me disse *nada*. Como você o encontrou, e qual foi a verdadeira merda que aconteceu na Síria?

— Por isso eu disse que foi um pesadelo.

Eles conversaram, Tachyon mencionou seu medo por Peregrina, todos os eventos que levaram à descoberta de Blaise. Omitiu seu confronto final com Le Miroir, o terrorista francês que estava controlando a criança um quarto takisiana. Sentiu que o gentil e sensível Mark talvez ficasse chocado com a execução do homem a sangue-frio por Tachyon. Era algo que, em retrospecto, não deixava Tachyon muito confortável. Ele refletiu, um pouco triste, que, depois de quase a mesma quantidade de anos em Takis e na Terra, ainda era mais de lá que daqui.

Olhou para o relógio no salto da bota e exclamou:

— Pelo céu chamejante, olhe a hora.

— Hei, que bota maneira.

— É mesmo, encontrei na Alemanha.

— Hei, sobre a Alemanha...

— Outra hora, Mark, preciso ir. Ah, que tolo que sou! Não vim apenas pelo prazer de vê-lo, mas para perguntar se pode ocasionalmente me emprestar o Durg? Ele é praticamente imune aos efeitos do controle da mente, e não consigo levar Blaise para todo lado, nem posso continuar trancando o menino na *Baby* toda vez que tiver outros compromissos.

— Durg como babá. Minha cabeça fica meio confusa com isso.

— Sim, eu sei e, acredite, fico muito relutante em deixar o monstro de Zabb cuidando do meu herdeiro, mas Blaise é como a Mãe do Enxame entre planetas se o deixar sem supervisão perto de seres humanos normais. Veja, ele não tem autodisciplina, e não consigo imaginar como instilá-la nele.

Viajante pôs a mão no ombro de Tachyon, e eles caminharam até a porta do laboratório.

— Tempo, dê tempo ao tempo. E relaxe, cara. Ninguém nasceu pai.

— Nem avô.

Mark olhou para o rosto jovem e delicado e riu.

— Acho que ele vai ter dificuldade em ver você como vovô. Vai ter que se conformar com…

A visão na sala de estar tirou o ar e as palavras de Mark. Sprout estava só com sua calcinha de ursinhos, dançando com delicadeza enquanto cantava uma musiquinha. Rindo, Blaise pulava no sofá e a manipulava como uma marionete.

— *K'ijdad*, ela não é engraçada? A mente dela é tão simple…

O poder de Tachyon expandiu-se e Sprout — de repente liberta daquele controle externo aterrorizante — abriu um choro desorientado. Mark agarrou-a num abraço forte.

— SIMPLES! VOU TE MOSTRAR UMA MENTE SIMPLES!

O garoto se contorceu pela sala como um autômato enferrujado sob o imperativo brutal da mente do avô.

— ISSO É GOSTOSO? VOCÊ GOSTA…

— NÃO, BICHO, NÃO! PARE COM ISSO! — Tachyon cambaleou com a sacudida forte. — Tudo bem. — Viajante acrescentou num tom mais moderado quando a máscara demoníaca que cobriu as feições normalmente gentis de Tachyon começaram a desaparecer.

— Desculpe, Mark — Tach sussurrou. — Sinto muito, mesmo.

— Tudo bem, cara. Vamos… vamos nos acalmar, está bem?

Tachyon acionou a telepatia.

Você me perdoa?

Não há nada para perdoar, cara.

Meadows ajoelhou-se diante do garoto soluçante, pousando gentilmente as mãos em seus ombros.

— Viu? Você está tão assustado quanto Sprout ficou. Não tem graça estar sob controle de outra pessoa. Você tem razão, a mente de Sprout é fraca, mas esse é mais um motivo para alguém forte como você ser gentil e cuidar de pessoas como ela. Consegue entender?

Blaise assentiu lentamente, mas Tachyon não confiava na expressão fechada daqueles olhos púrpura e escuros. E, como era de se esperar, assim que saíram para a rua na frente da Cosmic Pumpkin, o garoto disse:

— Que debiloide!

— ENTRE NO TÁXI, AGORA!

♥

— Pelos ancestrais! — O vidro estalou sob o salto das botas e por um breve momento de suspense o tempo voltou, e o passado grudou em sua garganta como um animal torturante.

Vidro estilhaçando e caindo, espelhos quebrando em todos os lados, facas prateadas voando... sangue espirrando nos espelhos quebrados.

Tachyon estremeceu e se livrou do pesadelo acordado e encarou a carnificina que preenchia a Funhouse. Um faxineiro com braços o bastante para lidar com três vassouras estava ocupado varrendo o vidro quebrado que cobria o chão. Des, com rosto pálido e franzido, falava com um homem de terno. Tachyon juntou-se a eles.

— Não tenho certeza se a apólice do senhor...

— Claro que não! Por que eu deveria acreditar que 24 anos de seguro pago em dia, e sem nenhum sinistro, me daria direito de alguma cobertura agora? — esbravejou Des.

— Vou verificar, sr. Desmond, e volto a falar com o senhor.

— Pela pureza do Ideal, o que está havendo aqui?

— Quer uma bebida?

— Por favor. — Tachyon puxou a carteira, e Des encarou as notas, um sorrisinho engraçado repuxando seus lábios, os dedos na ponta da tromba incongruente tremendo levemente. O alienígena corou e disse, na defensiva. — Eu pago minhas bebidas.

— Agora.

— Já faz tanto tempo, Des.

— Verdade.

Tachyon chutou um estilhaço de espelho.

— Mas Deus sabe o que isso traz de volta.

— Noite de Natal, 1963. Mal está morto faz tempo.

E logo você também estará.

Não, impossível falar essas palavras. Mas Des falaria? Embora Tachyon, claro, respeitasse o desejo de privacidade do velho curinga enquanto se preparava para morrer, ainda assim magoava que ele mantivesse silêncio.

Como faço para dizer adeus a você, velho amigo? E logo será tarde demais.

O conhaque explodiu como uma nuvem branca e quente no fundo da garganta, banindo os nós que se formaram ali. Tachyon deixou o copo de lado e disse:

— Você não respondeu à minha pergunta.

— Que pergunta?

— Des, sou seu amigo. Bebo neste bar há mais de vinte anos. Quando entro e o encontro totalmente quebrado, quero saber por quê.

— Por quê?

— Talvez eu possa fazer algo! — Tachyon virou o restante da bebida e franziu as sobrancelhas diante dos olhos esmaecidos de Des.

Des pegou o copo e o encheu de novo.

— Por vinte anos eu paguei pela proteção dos Gambione. Agora, essa nova gangue está fazendo pressão, e eu tenho que pagar os dois. Está ficando um pouco difícil honrar as despesas extras.

— Nova gangue? Que nova gangue?

— Eles se denominam Punhos Sombrios. Bandidos de Chinatown.

— Quando isso começou?

— Semana passada. Acho que esperaram até saberem que eu estava de volta à cidade.

— O que significa que estudaram bem o Bairro dos Curingas.

Um dar de ombros.

— Por que não? São empresários.

— São rufiões.

Outro dar de ombros.

— Isso também.

— Que você vai fazer?

— Continuar pagando os dois lados e esperar que eles me deixem viver em paz.

— Não importa o quanto dure — Tachyon murmurou e secou a nova dose de conhaque.

— Quê?

— Ah, que diabos, Des, não sou cego. E sou médico. O que é? Câncer?

— É.

— Por que não me contou?

O velho curinga suspirou.

— Por várias razões complicadas. Não quero falar delas agora.

— Nem nunca?

— É possível também.

— Eu considero você um amigo.

— Considera, Tachy? Mesmo?

— *Sim*. Como pode duvidar. Não! Nem responda. Eu já vi essa cena; nos seus olhos e no coração.

— Por que não na minha mente, Tachyon? Por que não lê lá dentro?

— Porque eu honro sua privacidade e… — Seu rosto enrugou-se e deu um suspiro agudo. — Porque não conseguiria enfrentar o que poderia ler aí dentro — ele concluiu em voz baixa. Jogou mais notas no balcão e partiu para a porta. — Vou ver o que posso fazer para tornar sua esperança uma realidade.

— O quê?

— Que você termine seus dias em paz.

♣

Era a mesma história no Ernie's, na Delicatessen do Peru e na Lavanderia do Mancha e em tantos outros lugares que ele temia lembrar-se de todos eles. Com o cenho franzido, Tachyon abriu a casca de uma laranja, o sumo ardendo um pouco quando passou num corte feito por papel que ele não havia percebido. Valentões de Chinatown. Valentões da Máfia, e ele com sua boca grande prometendo fazer algo sobre isso. *Como o quê?*

Terminou de descascar a laranja e lançou um gomo na boca. Uma brisa leve afastou seus cachos e trouxe o som da risada alegre de Blaise. Um chamado estrondoso de Jack Braun mandou o garotinho em disparada através do parque, suas pernas em meias vermelhas um borrão em movimento. Braun se inclinou para trás, a bola de futebol encaixada na mão grande, e lançou. Parecia uma estrela de cinema; cabelos queimados de sol caindo sobre a testa, pernas musculosas douradas saindo de uma bermuda cáqui, uma camisa havaiana muito atraente, brilhante e colorida.

Tach jogava cascas de pão para algumas pombas interessadas. *Que irônico, um domingo no parque com Jack.* O inimigo odiado transformado em… bem, talvez não amigo, mas ao menos em uma presença tolerada. Não ficou chateado por a visita de Jack ter sido inspirada pelo desejo de ver Blaise; na verdade, isso o elevou na estima de Tach. Gostar de Blaise contava pontos. E esse passeio tinha ao menos tirado Tachyon do ensimesmamento que o assolava desde o dia da visita à Funhouse.

O gomo da laranja finalmente se assentou, e o estômago de Tach se rebelou. Com um gemido, rolou de costas sobre a toalha e tentou reprimir a náusea. O preço da preocupação. Nos últimos dias, seu estômago se fechara como uma bola apertada e dolorida. Ele começou a pensar na imensa lista de problemas.

O medo que já se tornara uma sombra palpável sobre o Bairro dos Curingas.

Leo Barnett oferecendo cura aos curingas com o poder de seu Deus, e, se não reagissem à cura, era uma indicação clara do tamanho abissal de seus pecados. E se ele se tornasse presidente?

Peregrina. Em um mês, seu filho nasceria. A ultrassonografia que ele fizera dois dias antes indicava um feto normal, viável, mas Tach sabia, com um horror profundo, o que o estresse da experiência do parto poderia fazer com um bebê carta selvagem. *Pelos ancestrais e pela linhagem, que esse pequeno seja normal.* Se não for, Peregrina ficará destruída.

E ele ainda não estivera na delegacia do Bairro dos Curingas para trabalhar com um retratista da polícia na preparação de um desenho de James Spector...

Uma garota passou fazendo jogging, um galgo afegão trotando no seu encalço. O suor emprestava um brilho dourado à sua pele, e várias mechas do longo cabelo estavam grudadas nas costas nuas. Tach observou o movimento dos músculos das pernas e das costas, examinou os seios maduros balançando sob o top, e sentiu a boca seca e o impulso urgente do pênis contra o zíper. Era um vislumbre amargo e tentador da totalidade, pois ele sabia, após incontáveis encontros fracassados, que o poder arrefeceria quando o momento chegasse.

Furioso, ele rolou de bruços e bateu com os punhos no chão — furioso com sua impotência e com sua mente caprichosa e indisciplinada que se distraía da preocupação com um ás assassino ao vislumbrar carnes femininas.

Um dedão cutucou-o nas costelas, e ele ficou em pé num salto.

— Ei, ei — Braun ergueu as mãos na defensiva —, calminha aí.

— Onde está Blaise? — Tach procurou com ansiedade.

— Dei-lhe algum dinheiro para comprar um sorvete.

— Não devia ter deixado que fosse sozinho. Pode acontecer alguma coisa...

— O garoto sabe se cuidar sozinho. — Braun sentou-se na toalha com as pernas cruzadas e acendeu um cigarro. — Se importa se eu der um conselho?

— Sim.

— Você não está em Takis. Ele não é um príncipe da realeza.

Tachyon deu uma risadinha amarga.

— Não, longe disso. É uma abominação. Em Takis, ele seria destruído.

— Hein?

O alienígena juntou as cascas de laranja espalhadas e carregou-as para uma lata de lixo.

— As maiores punições são reservadas para aqueles que misturam sua semente fora de sua casta. Como poderíamos sobreviver se todos tivessem nossos poderes? — ele falou por sobre os ombros.

— Encantadora a cultura da qual você veio. Mas isso confirma meu ponto.

— Que seria?

— Pare de deixá-lo maluco. Você está botando pressão demais nele. Espera que ele obedeça a regras de comportamento que não têm relação com a Terra, e também está mimando-o demais. Aulas de música, de caratê, de dança, aulas particulares de álgebra, biologia, química...

— Bem, você está errado nesse ponto. Seu terceiro professor desistiu dias atrás, e não estou encontrando substituto. E *isso* porque eu espero demais dele. Seu poder e sua linhagem o tornam especial. Ao menos para mim.

— Tachyon, me ouça. Você não pode dar a uma criança todos os brinquedos e bugigangas que ele quiser, dizer que ele é especial, especial, especial, e daí esperar que ele não seja um desgraçadinho arrogante. Deixe ele ser criança. Tire essas roupas dele.

— O que há de errado com as roupas dele? — Havia um tom de ameaça na voz rouca.

— Tire essas calças até o joelho, as rendas e os chapéus. Compre jeans e um boné dos Dodgers. Ele precisa viver *neste* mundo.

— *Eu* escolhi não me adaptar.

— Sim, mas você é excêntrico. É um jeito imensamente exibicionista. Você também é adulto e um filho da puta incrivelmente arrogante, e não liga a mínima para o que as pessoas dizem sobre você. Não quer que Blaise abuse de seus poderes, mas você está quase garantindo que ele vá abusar. Não há nada mais cruel que crianças, e ele vai ser atormentado até reagir. Então, você vai ficar decepcionado e brigará com ele, e ele ficará ressentido. Veja o círculo vicioso perfeito que você criou.

— Devia escrever um livro. É óbvio que sua vasta experiência fez de você uma autoridade em educação infantil.

— Ah, qual é, Tachyon? Eu gosto do garoto. Eu às vezes até gosto de você. Ame-o, Tachyon, e relaxe.

— Eu o amo.

— Não, você ama o que ele representa. Você ficou obcecado por ele por causa da sua imp… — Ele engoliu as palavras e ficou muito vermelho. — Ai, caramba, desculpe. Não quis tocar no assunto.

— Como você sabe?

— Fantasia me contou.

— Vagabunda.

— Ei, relaxe nesse ponto também e tudo vai funcionar. Não é nada de mais.

— Braun, você não pode conceber que isso não seja *nada de mais*. Progenitura, continuação… Ah, saco! Está planejando dar consultas psiquiátricas no seu novo cassino? Faça o que sabe de melhor, Jack, siga a maré e faça dinheiro. Mas não me encha!

— Com prazer!

Agarrando o cesto de piquenique e a toalha, Tachyon saiu em disparada para procurar Blaise.

— Cadê o tio Jack?

— *Tio* Jack teve um compromisso em Atlantic City.

— Vocês dois brigaram de novo. Por que brigam tanto?

— História antiga.

— Então vocês deveriam esquecer.

— Não comece você também. — Tach acenou para um táxi.

— Aonde estamos indo?

— Até a casa do Mark.

— Hum.

— Por favor, espere por mim — Tachyon instruiu quando eles estacionaram na frente da Cosmic Pumpkin.

— Tá bom, mas o taxímetro fica ligado — o homem respondeu num sotaque pesado e irreconhecível.

— Tudo bem.

— Vou esperar também — Blaise disse baixinho. E Tachyon sentiu uma vergonha momentânea, lembrando seu descontrole da última vez que visitou a Pumpkin.

Ele enfiou a cabeça no vão da porta.

— Mark.

— Ei.

— Pergunta rápida. Você foi incomodado por emissários de várias organizações criminosas? — Um punhado de alunos da City University of New York que tinham vindo jantar encarou os olhos arregalados do takisiano.

— Hein?

Tach deu um suspiro forte de irritação.

— Alguém pediu para você pagar por proteção?

— Ah, você está falando *disso*? Ah, sim, cara, meses atrás, mas, tipo... um dos meus... *amigos* apareceu, e eles não voltaram mais.

— Quem dera todos terem amigos como os seus, Mark.

— É isso?

— É isso.

— Posso fazer alguma coisa para ajudar?

— Acho que não.

Tachyon voltou para o táxi e deu o endereço da clínica para o taxista.

— Ahhh, Bairro Curinga. Você médico?

— Sim.

— Eu já vi você em televisões. Pouso da Pere Gringa.

— É Peregrina e, sim, era eu.

— Santo Deus!

A exclamação do motorista chamou a atenção de Tach para a via adiante. Um amontoado de viaturas de polícia com as luzes girando bloqueava a Hester Street. Com a sirene ligada, uma ambulância passou a toda.

— Merda, deve ser um daqueles ataques, como vocês diz.

— Pare, pare aqui.

Saltando do táxi, Tach passou por baixo da fita de isolamento da polícia. Um choro de mulher enchia o ar, e uma voz de baixo amplificada por um megafone mandava os grupos de pessoas murmurantes continuarem a marcha. Tachyon encontrou o detetive Maseryk e foi até ele.

— Que aconteceu?

— Que diabos... ah, oi, doutor. — O detetive encarou com curiosidade o menino que olhava com interesse os corpos espalhados no restaurante destruído.

Tachyon se pôs diante de Blaise.

— Vá para o táxi e espere lá.

— Ahhhh...

— *Agora!*

— Parece outra festinha — Maseryk disse quando Blaise se afastou, contrariado. — Mas, dessa vez, um convidado inesperado entrou no caminho. — Ele estendeu a cabeça para a mulher soluçante, que estava agarrada a uma silhueta pequena num saco preto sendo levada para dentro da ambulância.

Tachyon correu até a maca, abriu o saco e encarou a criança. Para começar, não era muito bonita, um corpo troncudo e achatado sobre nadadeiras largas, e parecia muito pior com metade da cabeça arrancada por tiros. O takisiano virou-se com tudo e abraçou a mulher com força.

— MEU BEBÊ! MEU BEBÊ! NÃO DEIXE QUE LEVEM MEU BEBÊ!

Um funcionário do resgate se aproximou com uma injeção pronta. Tachyon acalmou a mãe soluçante com um breve toque de seu poder e entregou-a ao homem.

— Seja gentil com ela.

— Parece que eram rapazes dos Gambione — Maseryk falou enquanto encarava, pensativo, um corpo espalhado. Muitos fios de espaguete pendiam da boca do cadáver, deixando uma trilha úmida e vermelha no queixo. — Os Punhos passaram de carro e abriram fogo. O carro vai ser encontrado, com certeza foi roubado, e haverá outro beco sem saída. Pobre criança. Isso é estar no lugar errado na hora errada.

O detetive percebeu o silêncio contínuo de Tachyon e baixou os olhos.

— Não quero becos sem saída, Maseryk, quero esses homens.

— Estamos trabalhando nisso.

— Talvez seja hora de eu dar uma mãozinha.

— Não, pelo amor de Deus, a última coisa que precisamos é de civis no caminho. Fique fora disso.

— Ninguém mata *meu* povo na *minha* cidade!

— Hein? O prefeito vai ficar muito surpreso em ouvir que ele perdeu e você ganhou a última eleição — o detetive gritou depois que Tachyon virou as costas e saiu.

♦

— Conhaque — Tachyon falou ríspido para Sascha, o barman cego do Crystal Palace. Jogou o chapéu de veludo azul, enfeitado com pérolas e lantejoulas, no balcão e bebeu de uma vez. Estendeu o copo. — Outro.

Com um rastro de perfume exótico de jasmim, Crisálida acomodou-se na banqueta ao lado dele. Os olhos azuis flutuando dentro das órbitas ósseas encaravam-no impassíveis.

— Você deveria saborear um bom conhaque, e não engolir como um bêbado tomando bebida barata. A menos que queira ficar bêbado.

— Está parecendo uma recrutadora do A.A.

Estendendo a mão, Crisálida enrolou no dedo uma mecha encaracolada de cabelos vermelhos.

— O que foi, Tachy?

— Essa guerra de gangues sem sentido. Hoje uma inocente estava na linha de tiro. Uma criança curinga. Acho que mora neste quarteirão. Lembro de tê-la visto no último Dia do Carta Selvagem.

— Hum. — Ela continuou a brincar com os cabelos curtos do alienígena.

— Pare com isso! É tudo que tem para me dizer?

— O que eu deveria dizer?

— Que tal um pouco de indignação?

— Trabalho com informações, não com indignação.

— Meu Deus, como você consegue ser fria?!

— São as circunstâncias que me fazem assim, Tachyon. Não peço compaixão e não tenho pena. Faço o que preciso para sobreviver com o que sou. Com o que me tornei.

Ele recuou com a amargura da voz da mulher. Pois ela estava entre seus filhos bastardos, nascidos de seu fracasso e de sua dor.

— Crisálida, precisamos fazer alguma coisa.

— Como o quê?

— Impedir que o Bairro dos Curingas vire um campo de batalha.

— Já virou.

— Então, torná-lo perigoso demais para eles lutarem aqui. Você me ajuda?

— Não. Se eu tomar partido, perco minha neutralidade.

— Quer vender armas para os dois lados, hein?

— Se for preciso.

— Você está atrás do quê, Crisálida?

— De segurança.

Ele desceu da banqueta.

— Não há segurança deste lado da sepultura.

— Continue com todas essas bravatas, Tachyon. E quando tiver algo mais concreto do que um desejo amorfo de proteger o Bairro dos Curingas, me avise.

— Para quê? Para você me vender para quem pagar mais?

E agora foi a vez de Crisálida recuar, o sangue correndo como uma onda escura através dos músculos indistintos do rosto.

♠

— Tudo bem, vamos organizar agora — Des vozeou, batendo delicadamente uma colher na lateral de um copo de conhaque.

A multidão agitada deu um último estremecimento, como uma fera caindo no sono, e o silêncio preencheu a Funhouse. Mark Meadows, parecendo ainda mais vago e absurdo nos espelhos distorcidos da Funhouse, chamava a atenção por seu estado normal. O restante da sala parecia uma reunião de aberrações carnavalescas. Ernie, o Lagarto, estava com a crista levantada tingida de vermelho pelas emoções do momento. Aracna, com as oito pernas agarradas no fio de seda que era expelido pelo corpo bulboso, tecia um xale placidamente. Engraxado, com o imenso e palerma Doughboy sentado ao seu lado, agitava-se nervosamente na cadeira. Morsa, com sua escandalosa camisa havaiana, pegou um jornal do seu carrinho de feira e entregou para Peru. Troll estava com seus quase três metros recostados à porta, como se estivesse pronto para repelir qualquer intruso.

— Doutor.

Des despencou numa cadeira como um casaco descartado. Quando Tachyon avançou para enfrentar a multidão, perguntou-se quanto tempo levaria para o velho ser forçado a dar entrada no hospital para a temporada final.

— Senhoras e senhores, todos aqui já ouviram falar de Alex Reichmann? — Houve murmúrios de concordância, simpatia e indignação. — Tive a infelicidade de ver essa cena apenas momentos depois de os Punhos Sombrios fazerem seu ataque e conseguirem matar não apenas seus alvos, mas também um dos nossos. Voltei há apenas poucas semanas. Ouvi histórias de intimidação e vandalismo, mas pensei que conseguiria permanecer neutro. Nas palavras de outro médico, talvez ainda mais famoso: "Sou doutor, não policial". — Essa frase causou algumas risadas.

— Mas a polícia não está cumprindo suas obrigações para conosco — Tachyon continuou. — Talvez não apenas por negligência deliberada, mas porque essa guerra excede muito sua capacidade de manter a paz. Então, gostaria de propor hoje que formemos nossas próprias tropas da paz. Uma vigilância de bairro em grande escala, mas com um quê a mais. Muitos de vocês estão naquela categoria desconfortável de curingas/ases. — O alienígena meneou a cabeça para Ernie e Troll, cuja força meta-humana era conhecida. — Proponho que formemos também equipes de reação. Pares de curingas e ases prontos para reagir a uma chamada de qualquer cidadão do Bairro dos Curingas. Des já ofereceu a Funhouse como eixo central, a central telefônica, se quiserem, para as chamadas. Quem concordar fazer parte desse esforço, informará os horários nos quais estará disponível, seu endereço comercial e residencial. Quem estiver a serviço aqui vai formar uma equipe para o problema e despachá-la.

— Só um aviso, Tachy — Jube se manifestou. — Esses caras têm *armas*.

— Certo, mas também são apenas limpos.

— E alguns dos meus... bem, dos "amigos" do Capitão são à prova de bala — Mark Meadows interveio.

— Como o Tartaruga, Jack e o Martelo...

— Então, você propõe que usemos ases também? — perguntou Des com um leve franzir de testa.

Tach olhou para ele, surpreso.

— Claro.

— Aviso que Rosemary Muldoon tentou isso em março, e em seguida descobriram que ela era membro da Máfia. Isso deixou uma impressão bem ruim para o povo com relação aos ases.

Tachyon deixou a objeção de lado.

— Bem, nenhum de nós será exposto como membro secreto da Máfia. Então, o que acham? Estão dispostos a trabalhar comigo nesse caso?

— Onde Crisálida fica nisso tudo? — Peru perguntou. — Alguém notou que ela não está aqui?

— Bem — Tach começou, mexendo-se desconfortavelmente.

— É — Guelra gritou. — Se Crisálida não está aqui, deve significar alguma coisa. Talvez tenha algo para falar.

Tachyon encarou desalentado o mar de rostos diante dele. Estavam fechando como flores noturnas que recuam com o toque do sol.

— Crisálida e Des sempre foram as duas principais figuras no Bairro dos Curingas. Se ela não está nisso, não confio — gritou Peru, sua papada vermelha sacudindo embaixo do bico.

— E quanto a *mim*? — Tachyon berrou.

— Você não é um de nós. Nunca vai ser — uma voz soou do fundo da sala, e Tachyon não conseguiu identificar quem havia falado. Um peso esmagador parecia ter caído no meio de seu peito com as palavras da mulher.

— Olha, não estamos dizendo que é uma má ideia — disse Estranheza. — Estamos dizendo apenas que sem Crisálida parece que estamos sem uma parte importante.

— Se eu trouxer Crisálida? — perguntou o takisiano, já um pouco desesperado.

— Então, ficaremos do seu lado.

♥

Digger Downs desceu trotando as escadas dos aposentos de Crisálida no terceiro andar. Tachyon fuzilou-o com o olhar e acenou com a cabeça brevemente. Observou que o jornalista carregava a nova edição da *Times* com a foto de Gregg Hartmann na capa e a manchete: "Ele vai concorrer?", e uma edição da *Who's Who in America*, a famosa lista de personalidades.

— Ei, Tachy. Des. Alguma notícia boa?

— Cai fora, Digger.

— Ei, vocês ainda não estão chateados...

— Cai fora.

— O público tem direito de saber. Meu artigo sobre a gravidez de Peregrina fez um trabalho valioso. Enfatizou os perigos de uma criança carta selvagem.

— Seu artigo foi um lixo sensacionalista.

— Você só está nervoso porque Per ficou louca com você. Nunca vai ter uma chance com ela, doutor. Ouvi dizer que ela e o namorado estão pensando em se...

A mente de Tachyon assumiu o controle dele e fez com que descesse as escadas e saísse do Crystal Palace.

— Eu consideraria isso uma agressão — Des falou.

— Deixe ele tentar provar.

— Às vezes lhe falta sensibilidade, Tachyon.

O alienígena virou-se, recostou-se no corrimão e franziu a testa para o curinga.

— Como assim, Des?

— Você não deveria envolver ases no que era um projeto curinga. Ou não acha que somos capazes de nos cuidar sozinhos?

— Ai, pelos céus em chamas! Por que você é tão melindroso? Não há nenhuma calúnia implícita em meu convite aos ases. Eu diria que, quanto mais poder de fogo tivermos, melhor.

— Por que está fazendo tudo isso?

— Porque estão ferindo meu povo, e ninguém fere meu povo.

— E?

— E o Bairro dos Curingas é meu lar.

— E?

— E o quê?

— Você vem de uma cultura aristocrática, Tachyon. Por acaso, você nos vê como seu feudo particular?

— Não é justo, Des — ele gritou, mas sabia que sua mágoa era temperada com uma explosão repentina de culpa. Ele subiu mais alguns degraus, em seguida parou e disse: — Tudo bem, sem ases.

Crisálida esperava por eles sentada numa poltrona de veludo vermelho e espaldar alto. Antiguidades vitorianas apinhavam a sala, e as paredes tinham muitos espelhos. Tach suprimiu um arrepio e se perguntou como ela conseguia aguentar aquilo. E, novamente, sentiu uma pontada de culpa. Se Crisálida queria olhar para si mesma, quem era ele para julgá-la? Ele, que em muitos sentidos, era seu criador. Franziu a testa para Des, desejando que o velho curinga não tivesse provocado tantas emoções desconfortáveis.

— Então, sem mim não haverá esquadrão valentão — ela falou arrastado em seu afetado sotaque britânico.

— Eu deveria saber que o boato já teria chegado aos seus ouvidos.

— É meu trabalho, Tachy.

— Crisálida, por favor. Precisamos de você.

— O que vocês vão me dar em troca?

Des estava sentado diante dela, mãos crispadas entre os joelhos, inclinado e atento.

— Dê esse presente a si mesma, Crisálida.

— Quê?

— Ao menos uma vez na vida deixe o lucro de lado. Você é curinga, Crisálida, ajude seus iguais. Passei 23 anos lutando pelos curingas, por esse pequeno pedaço de terra. Vinte e três anos com a LADC, medindo minha vida por alguns sucessos. Agora estou morrendo e assistindo a tudo ruir. Leo

Barnett diz que somos pecadores e nossas deformidades são o julgamento de Deus sobre nós. Para os Punhos e a Máfia somos apenas muitos consumidores. Os mais feios e odiosos que eles têm, mas ainda assim consumidores, e nosso bairro é seu mercado central. Somos apenas coisas para eles, Crisálida. *Coisas* que espetam as drogas no braço e nossos paus nas mulheres deles. *Coisas* que eles podem aterrorizar e *coisas* que eles podem matar. Ajude-nos a impedi-los. Ajude-nos a forçá-los a nos ver como homens.

Crisálida olhou-o com seu rosto impassível, transparente. O crânio, sem emoção.

— Crisálida, você admira tudo que é inglês. Então, honre um velho costume inglês de conceder a um homem à beira da morte seu último pedido. Ajude Tachyon. Ajude nosso povo.

O takisiano estendeu a mão e entrelaçou os dedos com aqueles na ponta da tromba de Des. Puxou-o para perto e o abraçou. Por fim, disse adeus.

♣ ♦ ♠ ♥

Concerto para sirene e serotonina

IV

Quando Croyd acordou, afastou os cabos dos esfregões, pisou num balde e caiu para a frente. A porta do armário ofereceu pouca resistência ao empurrão enlouquecido de suas mãos. Quando ele a abriu e se espreguiçou, a luz atingiu dolorosamente seus olhos, e ele começou a lembrar as circunstâncias que precederam seu repouso: o doutor centauro — Finn — e aquela máquina de dormir esquisita, sim… E outra pequena morte significaria outra mudança no sono.

Deitado no corredor, ele contou os dedos. Eram dez, tudo bem, mas a pele era branca como a de um defunto. Chutou o balde para longe, ficou em pé e tropeçou novamente. O braço esquerdo lançou-se para trás, tocou o chão e empurrou-o. Isso o impulsionou até ficar em pé e para trás. Ele executou um salto mortal de costas, caiu em pé, e tombou de novo. As mãos estenderam-se para o chão para se equilibrar, em seguida as puxou sem fazer contato e simplesmente se deixou cair. Anos de experiência já lhe traziam a suspeita sobre qual novo fator havia entrado em sua vida. As compensações exageradas lhe diziam que tinha algo a ver com os reflexos.

Quando se ergueu de novo, os movimentos foram muito lentos, mas ele ficava cada vez mais normal ao passo que se explorava. Quando identificou um lavabo, todos os traços de velocidade ou lentidão excessiva haviam desaparecido. Quando se observou no espelho, descobriu que, além de ter ficado mais alto e magro, agora tinha uns olhos rosa, e teve um choque pelos cabelos brancos sobre a testa alta e glacial. Massageou as têmporas, lambeu os lábios e deu de ombros. Já estava familiarizado com o albinismo. Não era a primeira vez que havia voltado com escassez na pigmentação.

Ele procurou os óculos de sol, em seguida lembrou-se que Ceifador os havia chutado. Não importava. Escolheu outros e pegou um protetor solar. Talvez fosse melhor pintar o cabelo também, pensou. Menos chamativo desse jeito.

Seja como for, o estômago sinalizava seu esvaziamento de um jeito frenético. Sem tempo para burocracias, para receber alta apropriadamente — se, de fato, tivesse dado entrada de um jeito adequado. Não tinha tanta certeza de que esse fora o caso. Melhor simplesmente evitar todo mundo se não quisesse ser impedido de sair em busca de comida. Poderia passar outra hora para agradecer a Finn.

Caminhando como Bentley o ensinara muito tempo antes, todos os seus sentidos totalmente alertas, ele partiu para a saída.

♣

— Oi, Jube. Um de cada, como de costume.

Jube estudou a figura alta e cadavérica diante dele, vendo as imagens diminutas de seu semblante gorducho e com presas nos óculos que cobriam os olhos do homem.

— Croyd? É você, camarada?

— Sim. Acordado e circulando. Parei na clínica do Tachyon dessa vez.

— Deve ser por isso que não ouvi nenhuma história de desastres de Croyd Crenson nos últimos tempos. Você foi mesmo gentil no seu último boa-noite?

Croyd assentiu, observando as manchetes.

— Acho que dá para dizer isso — ele falou. — Circunstâncias raras. Sensação estranha. Ei! O que é isso? — Ele ergueu um jornal e o examinou. — Banho de sangue no Werewolf Clubhouse. O que está havendo, uma maldita guerra de gangues?

— Uma maldita guerra de gangues — Jube confirmou.

— Caramba! Preciso entrar na linha e caçar meu rumo.

— Que linha?

— Linha metafórica — Croyd respondeu. — Se é sexta-feira, deve estar no Dead Nicholas.

— Você está bem, rapaz?

— Não, mas vinte ou trinta mil calorias serão um passo na direção certa.

— Vamos falar de coisa boa — Jube concordou. — Soube quem venceu o Concurso de Miss Bairro dos Curingas na semana passada?

— Quem? — Croyd perguntou.

— Ninguém.

♦

Croyd entrou no Club Dead Nicholas sob notas de um órgão tocando "Wolverine Blues". As janelas tinham cortinas pretas, as mesas eram caixões, os garçons usavam mortalhas. A parede para o crematório havia sido removida; agora era uma grelha aberta servida por curingas demoníacos. Enquanto Croyd se movia no salão, viu que as mesas-caixão estavam abertas embaixo de placas de vidro grosso; figuras mórbidas — presumidamente de cera — estavam deitadas dentro em vários estados de agonia.

Um curinga sem lábios, sem nariz nem orelhas, tão pálido quanto ele, aproximou-se de Croyd imediatamente, pousando a mão ossuda sobre seu braço.

— Perdão, senhor. Posso ver seu cartão de associado? — ele perguntou.

Croyd entregou uma nota de cinquenta dólares.

— Claro — disse o macabro garçom. — Levo o cartão para a mesa do senhor. Junto com um drinque de boas-vindas. Creio que o senhor vai jantar, certo?

— Sim. E soube de um carteado bacana também.

— Na sala dos fundos. É de costume que outro jogador apresente o senhor.

— Claro. Na verdade, estou esperando alguém que deve estar chegando para o jogo desta noite. O nome do camarada é Olho. Ele já está aqui?

— Não. O senhor Olho foi comido. Parcialmente digo. Em setembro do ano passado, por um crocodilo, nos esgotos. Sinto muito.

— Eita — Croyd falou. — Eu não o vejo sempre. Mas, quando via, ele costumava fazer uns servicinhos para mim.

O garçom observou-o.

— Como é mesmo o nome do senhor?

— Corretivo.

— Não tenho a intenção de saber dos negócios do senhor — o homem disse. — Mas tem um cara chamado Fusão, com quem Olho sempre estava. Talvez ele possa ajudá-lo, talvez não. Se quiser esperar e falar com ele, posso mandá-lo aqui quando chegar.

— Tudo bem. Vou comer enquanto espero.

Bebendo sua cerveja de boas-vindas, esperando seus dois bifes, Croyd puxou um maço de cartas Bicycle do bolso lateral, embaralhou, tirou uma carta de face para baixo e outra ao lado com a face para cima. O dez de ouros o encarou no tampo transparente da mesa, sobre a careta agoniada da senhora que tinha presas, uma estaca de madeira cravada no peito e alguns pingos vermelhos na careta. Croyd virou a carta de costas; era um sete de paus. Ele a pôs de costas novamente, olhou ao redor, e virou-a novamente. Agora era um valete de espadas que acompanhava o dez. A troca de frequência de oscilação era um truque que ele praticara por diversão na última vez que seus reflexos foram aguçados. Voltou quase imediatamente quando tentou lembrar-se dele, levando-o a especular quais outras ações se escondiam em seu giro pré-frontal. Reflexos de tremor da pálpebra? Contrações da garganta para gritos ultrassônicos? Padrões de coordenação de membros extras?

Deu de ombros e montou suas mãos de pôquer boas o bastante para bater aqueles que havia tirado para a senhora com estaca até a comida chegar.

Junto com a terceira sobremesa, o garçom pálido se aproximou, escoltando um indivíduo alto e careca cuja carne parecia escorrer como cera embaixo de uma vela. Suas feições ficavam o tempo todo distorcidas, como se nódulos de tumor passassem embaixo da pele.

— O senhor falou que queria conhecer Fusão — o garçom disse.

Croyd ergueu-se e estendeu a mão.

— Pode me chamar de Corretivo — ele disse. — Sente-se. Deixe que eu te pague uma bebida.

— Se for vendedor, pode esquecer — Fusão disse.

Croyd balançou a cabeça assim que o garçom se afastou.

— Ouvi dizer que temos um bom carteado aqui, mas não tenho ninguém para me apresentar — Croyd declarou.

Fusão estreitou os olhos.

— Ah, você joga cartas.

Croyd sorriu.

— Às vezes dou sorte.

— É mesmo? E você conhecia o Olho?

— O bastante para jogar cartas com ele.

— Só isso?

— Pode verificar com o Ceifador — Croyd falou. — Estamos em ramos similares. Somos ex-contadores que partiram para coisas maiores. Meu nome diz tudo.

Fusão olhou rapidamente ao redor, em seguida se sentou.

— Vamos deixar esse assunto para lá, ok? Está procurando trabalho agora?

— Não, agora não. Só quero jogar um pouco de cartas.

Fusão lambeu os lábios quando uma saliência correu de cima para baixo pela bochecha esquerda, passou pela linha do queixo, distendendo-se no pescoço.

— Você tem um monte de verdinhas para distribuir?

— O bastante.

— Ok, você vai entrar no jogo — Fusão falou. — Quero tirar umas dessas de você.

Croyd sorriu, pagou a comida e seguiu Fusão até a sala dos fundos, onde a mesa-caixão de jogo estava fechada e tinha uma superfície opaca. Havia sete deles no início do jogo, e três estavam quebrados antes da meia-noite. Croyd, Fusão, Moscafeta e Corredor viram pilhas de dinheiro crescerem e diminuírem diante deles até três da manhã. Então Corredor bocejou, alongou-se e tirou um frasquinho de pílulas de um bolso interno.

— Alguém precisa ficar acordado? — ele perguntou.

— Vou ficar no café — Fusão respondeu.

— Me dá — Moscafeta disse.

— Nunca toquei nessa coisa — Croyd confirmou.

Meia hora depois, Moscafeta desistiu e insinuou que daria uma olhada na fila de mulheres curingas que ele prostituía para certinhos querendo passeios agitados. Às quatro, Corredor estava quebrado e precisou partir. Croyd e Fusão encararam-se.

— Estamos ganhando — Fusão comentou.

— Verdade.

— Deveríamos pegar o dinheiro e correr?

Croyd sorriu.

— Estou sentindo o mesmo — Fusão disse. — Combinado.

Quando a aurora acariciou os vitrais e os morcegos mecânicos empoeirados seguiram os fantasmas holográficos em seu descanso, Fusão massageou as têmporas, esfregou os olhos e disse:

— Vai aceitar minha promissória?

— Não — Croyd respondeu.

— Então, não devia ter me deixado jogar aquela última mão.

— Você não me disse que estava tão quebrado. Pensei que poderia me dar um cheque.

— Que merda. Não tenho. O que você quer fazer?

— Levar outra coisa, acho.

— Como o quê?

— Um nome.

— Que nome? — Fusão perguntou e encaixou a mão dentro do casaco, coçando o peito.

— A pessoa que lhe dá ordens.

— Que ordens?

— As que você passa para caras como o Ceifador.

— Tá brincando. Perco meu pau se falar.

— Vai perder se não falar — Croyd falou.

Fusão tirou do casaco uma .32 automática, que ele ergueu na altura do peito de Croyd.

— Não estou com um pingo de medo. Tem balas dundum aqui. Sabe o que elas fazem?

De repente, a mão de Fusão ficou vazia e o sangue começou a vazar ao redor da unha do dedo que estava no gatilho. Croyd lentamente virou a automática antes de arrancar o pente e ejetar um projétil.

— Tem razão, são dunduns — ele afirmou. — Viu as balas pequenas de ponta chata? Aliás, meu nome não é Corretivo. É Croyd Crenson, o Dorminhoco, e ninguém me passa pra trás. Talvez você tenha ouvido que sou um pouco maluco. Você me dá o nome e não vai descobrir o quanto isso é verdade.

Fusão lambeu os lábios. Os nódulos brilhantes embaixo da pele aumentaram o ritmo de seu trânsito.

— Vou morrer se eles souberem.

Croyd deu de ombros.

— Não vou falar nada para eles, se você não falar. — Empurrou uma pilha de notas na direção dele. — Aqui está sua parte por me trazer para o jogo. Me dá o nome, pegue a grana e caia fora, ou vou te deixar em três dessas caixas. — Croyd chutou o caixão.

— Danny Mao — Fusão sussurrou —, no Twisted Dragon, perto de Chinatown.

— Ele te dá uma lista de ataques, te paga?

— Isso.

— Quem tá no comando?

— Pode me arrancar o couro, eu só conheço ele.

— Quando ele está no Twisted Dragon?

— Acho que fica lá direto, porque outras pessoas lá parecem conhecê-lo. Eu ligo, vou lá, deixo o casaco. Jantamos ou tomamos umas. Não falamos sobre negócios. Mas, quando vou embora, tem sempre um papel no meu bolso com uns nomes nele, e um envelope com o dinheiro. O mesmo acontecia com o Olho. É assim que ele trabalhava.

— A primeira vez?

— A primeira vez demos uma longa caminhada e ele explicou como funcionava. Depois disso, foi como eu acabei de dizer.

— É isso?

— É isso.

— Tudo bem, você está fora de perigo.

Fusão pegou sua pilha de notas e enfiou no bolso. Abriu a boca retorcida como se fosse dizer alguma coisa, pensou melhor, pensou de novo e disse:

— Não vamos sair juntos.

— Por mim, tudo bem. Tchau.

Fusão foi até a porta lateral, ladeada por um par de túmulos. Croyd pegou o que ganhou e começou a pensar no café da manhã.

♠

Croyd subiu de elevador até o Aces High, sentindo falta do poder de voar naquele início de noite perfeito de primavera. Ao chegar, entrou na recepção, parou e olhou ao redor.

Seis mesas com doze casais, e uma mulher de cabelos pretos com blusa decotada prateada sentada sozinha numa mesa para dois perto do bar, girando um canudo em alguma bebida exótica. Três homens e uma mulher estavam no balcão. Sons de jazz moderno suave circulavam pelo ar frio, acompanhamento para misturadores e gargalhadas, estalos e salpicos de gelo, líquidos e copos. Croyd avançou.

— Hiram está por aqui? — ele perguntou ao barman. O homem olhou-o e sacudiu a cabeça.

— Está esperando por ele esta noite?

Um dar de ombros.

— Ele não tem vindo muito aqui ultimamente.

— E Jane Dow?

O homem o examinou e disse:

— Está fora também.

— Então, você não sabe ao certo se algum deles vai vir para cá?

— Não.

Croyd meneou a cabeça.

— Sou Croyd Crenson e estou querendo jantar aqui. Se Jane chegar, me avise.

— É melhor deixar um recado na mesa de reservas antes de se sentar.

— Tem alguma coisa para escrever? — Croyd perguntou.

O barman passou a mão embaixo do balcão, tirou um bloco e um lápis e passou para ele. Croyd rabiscou uma mensagem.

Quando abaixou o bloco, a mão foi coberta por uma mais delicada, mais escura, com unhas de um vermelho brilhante. Seu olhar se voltou para trás sobre o ombro, passou pelo decote prateado, parou um instante, se ergueu. Era a mulher solitária com a bebida exótica. Numa olhada mais demorada, havia algo de familiar...

— Croyd? — ela disse, suavemente. — Tomou um bolo também?

Quando encontrou os olhos escuros, um nome surgiu do passado.

— Veronica — ele disse.

— Isso. Boa memória para um maluco — ela observou, sorrindo.

— Hoje é minha noite de folga. Estou careta.

— Parece maduro e distinto com essas costeletas brancas.

— Caramba, sabia que estava sentindo falta de algo — ele disse. — E você também está sentindo falta de um cliente... digo, um encontro?

— Exatamente. Parece que nós dois pensamos num encontro, certo?

— Verdade. Já jantou?

Ela jogou o cabelo para trás e sorriu.

— Não, e estava ansiosa por algo especial.

Ele tomou seu braço.

— Vou pegar uma mesa pra gente — ele falou —, e já tenho algo muito especial em mente.

Croyd amassou o bilhete e jogou-o no cinzeiro.

♥

O problema com as mulheres, Croyd refletiu, era que não importava o quanto fossem boas na cama, no fim das contas queriam usar aquela peça da mobília para dormir — uma situação que em geral ele não era capaz nem estava disposto a partilhar. Como consequência, quando Veronica finalmente sucumbiu ao sono da exaustão, Croyd se levantou e começou a caminhar em seu apartamento em Morningside Heights, para onde tinham finalmente ido após a meia-noite.

Ele jogou o conteúdo de uma lata de sopa de carne e vegetais numa panela e botou no fogão. Preparou uma jarra de café. Enquanto esperava que fervesse e coasse, ele telefonou para seus outros apartamentos com secretárias eletrônicas e usou um ativador remoto para acionar as fitas com mensagens. Nada de novo.

Ao terminar a sopa, foi ver se Veronica ainda estava dormindo, em seguida tirou a chave de seu esconderijo e abriu a porta reforçada da saleta sem janelas. Ligou a única luz, trancou-se e sentou-se ao lado da estátua de vidro reclinada sobre o sofá-cama. Segurou a mão de Melanie e começou a conversar com ela — primeiro devagar, mas, depois de algum tempo, as palavras se atropelaram. Falou para ela do Dr. Finn e da máquina do sono, sobre a Máfia, sobre Ceifador, Olho e Danny Mao — que ele não conseguira caçar ainda — e sobre como as coisas costumavam ser legais. Falou até ficar rouco, e então saiu, trancou a porta e escondeu novamente a chave.

Mais tarde, com uma aurora pálida se espalhando como uma infecção a leste, ele entrou no quarto ao ouvir sons vindo de lá.

— Ei, madame, pronta para um cafezinho? — ele gritou. — E um pouco de movimento angular? Um bife...

Ele fez uma pausa para observar a parafernália que Veronica havia montado para usar sua droga no criado-mudo. Ela ergueu os olhos, piscou para ele e sorriu.

— Café seria ótimo, querido. Tomo light, sem açúcar.

— Tudo bem — ele respondeu. — Não achei que era usuária.

Ela abaixou os braços nus e assentiu.

— Não aparece. Não se pode usar a veia principal ou estraga a mercadoria.

— Então o quê...

Ela montou a seringa e a encheu. Em seguida, pôs a língua para fora, segurou a ponta com os dedos da mão esquerda, ergueu-a e injetou a droga embaixo dela.

— Ai — Croyd comentou. — Onde aprendeu esse truque?

— House of D. Quer que prepare uma para você?

Croyd sacudiu a cabeça.

— Momento errado do mês.

— Você parece um caco.

— Para mim, só em casos especiais. Quando chega o momento, eu tomo umas bolinhas ou cheiro benzina.

— Ah, *bombitas, si* — ela disse, assentindo. — *Speed*, STP, essas merdas mais fortes. A mistura do maluco. Já ouvi falar dos seus hábitos. Coisa de louco.

Croyd deu de ombros.

— Já experimentei de tudo.

— *Yagé*, não?

— Já. Não foi tão legal.

— Desoxyn? Desbutol?

— Uhum. Todas elas.

— *Khat*?

— Caramba, sim. Até mesmo *hudca. Você* já experimentou *pituri*? Essa é das boas. Mas a rotina bagunça um pouco. Aprendi com um aborígene. E *kratom*? Vem da Tailândia e...

— Tá brincando.

— Não estou não.

— Cara, eu nunca tive uma conversa assim. Aposto que posso aprender um monte com você.

— Veremos.

— Certeza que não quer que eu prepare uma?

— Agora o café já vai me fazer bem.

A manhã entrou no quarto, espalhando-se sobre seus movimentos lentos.

— Aqui tem uma chamada Macaco Púrpura Oferece Pêssego e Tira de Volta — Croyd murmurou. — Aprendi... quer dizer, quem me contou foi a mulher que me deu o *kratom*.

— Das boas — Veronica sussurrou.

♣

Quando Croyd entrou no Twisted Dragon pela terceira vez no mesmo número de dias, partiu direto para o bar, sentou-se atrás de uma lanterna de papel vermelho e pediu um *tsingtao*.

Um caucasiano de aparência malvada com cicatrizes ornadas sobre o rosto todo ocupava uma banqueta dois assentos à esquerda, e Croyd olhou para ele, afastou o olhar e voltou a olhá-lo. A luz brilhava através do septo do homem. Havia um buraco de um bom tamanho ali e um pedaço de carne viva na ponta do nariz. Era quase como se tivesse desistido havia pouco de usar brinco no nariz por algum motivo forçoso.

Croyd sorriu.

— Não parece muito com um carrossel?

— Hein?

— Ou é só o *feng shui* aqui? — Croyd continuou.

— Que diabos é *feng shui*? — o homem quis saber.

— Pergunte a qualquer um desses caras — Croyd falou com gestos largos. — Pergunte, em especial, para Danny Mao. É o jeito que a energia circula no mundo, e às vezes leva você para uma relação complicada. Uma tailandesa me disse isso uma vez. Tipo, o *chi* matador virá estourando por aquela porta, ricocheteará no espelho aqui, será dividido por aquele *ba-guá* lá e — ele secou a cerveja, desceu do banquinho e avançou — baterá bem aqui no seu nariz.

O movimento de Croyd era rápido demais para os olhos do homem seguirem, e ele gritou quando sentiu que o dedo havia passado por seu septo perfurado.

— Pare! Meu Deus! Corta essa — ele gritou.

Croyd tirou-o da banqueta.

— Duas vezes eu fui ignorado neste lugar — ele disse em voz alta. — Prometi a mim mesmo que a primeira pessoa que eu encontrasse aqui hoje falaria comigo.

— Eu falo com você, eu falo! O que você quer saber?

— Cadê o Danny Mao? — Croyd perguntou.

— Não sei. Não conheço ninguém... aai!

Croyd dobrou o dedo e depois esticou-o.

— Por favor — o homem gemeu —, solte. Ele não está aqui. Ele está...

— Eu sou Danny Mao — uma voz bem modulada veio da mesa parcialmente coberta por uma palmeira empoeirada num vaso. Seu dono levantou-se e seguiu ao redor da árvore, um oriental mediano, sem expressão, exceto por uma sobrancelha erguida. — O que você quer aqui, branquelo?

— É particular — Croyd falou —, a menos que você queira ir lá fora na rua e gritar.

— Não dou entrevistas para estranhos — Danny disse, movendo-se na direção dele.

O homem cujo nariz Croyd fazia de anel gemeu quando Croyd se virou, arrastando-o consigo.

— Eu me apresento em particular — Croyd falou.

— Não se incomode.

O punho do homem avançou. Croyd moveu a mão livre com igual rapidez e o murro parou em sua palma. Outros três socos se seguiram, e Croyd parou-os de forma semelhante. Ele atingiu um chute atrás do calcanhar do oriental, erguendo o pé alto e rápido. Danny Mao executou um salto duplo para trás, aterrissou em pé e recuperou o equilíbrio.

— Que merda! — Croyd observou, movendo a outra mão rapidamente. O estranho uivou quando algo estalou no nariz e ele foi arremessado para a frente, chocando-se com Danny Mao. Os dois homens caíram, e o choroso do nariz espirrava sangue sobre eles. — *Feng shui* ruim. — Croyd acrescentou. — Vocês precisam ver isso. Pega a gente toda vez.

— Danny — uma voz veio de trás de um biombo de madeira esculpido além do balcão. — Preciso falar com você.

Croyd achou que reconheceu a voz e, quando o pequeno curinga escamoso com rosto amarelo e presas olhou fora do biombo, viu que era Linetap, que tinha capacidades telepáticas erráticas e em geral trabalhava como vigilante.

— Pode ser uma boa ideia — Croyd falou para Danny Mao.

O homem com nariz sangrando partiu para o banheiro mancando, enquanto Danny ergueu-se graciosamente, limpou as calças e lançou um olhar enfurecido para Croyd antes de partir na direção de Linetap.

Depois de muitos minutos de conversa, Danny Mao voltou de trás do biombo e ficou diante de Croyd.

— Então, você é o Dorminhoco — Danny disse.

— Isso.

— St. John Latham, da empresa Latham, Strauss.

— Quê?

— O nome que você quer. Estou entregando para você: St. John Latham.

— Sem mais resistência? Assim, grátis, sem nada em troca?

— Não. O senhor vai me pagar. Com essa informação, acredito que logo o senhor vá dormir para sempre. Tenha um bom dia, senhor Crenson.

Danny Mao virou-se e saiu. Croyd estava prestes a fazer o mesmo quando o homem com o nariz ferrado surgiu do banheiro, segurando um monte de papel higiênico no nariz.

— Espero que saiba que acabou de entrar na lista negra dos Caçadores de Cabeça Canibais.

Croyd assentiu lentamente.

— Diga para eles lembrarem do *chi* matador — ele falou —, e vê se limpa esse nariz.

♣ ♦ ♠ ♥

A segunda vinda de Buddy Holley

Edward Bryant

Quarta-feira

O morto atravessou a porta de pinho com um soco.

Sem juntas quebradas, mas sua pele rasgou. O sangue escorreu sobre as lascas de madeira da porta. Doeu, mas não o bastante. Não, não doeu quase nada considerando outras coisas. "Outras coisas", que código eufemístico para pessoas e relacionamentos, amantes e famílias. A pequena e suja política de rejeições e traições. Meu Deus, *ela* machuca de verdade.

Bem maduro, amigão, Jack Robicheaux pensou. Consumando o processo de luto em mach 10. Passando direto da negação para a autocomiseração. *Bem maduro para um cara de quarenta. Merda.*

Ele tirou a mão hesitante da porta rachada. Claro que lascas longas de madeira estavam voltadas para o lado errado. Era como tentar arrancar sua carne de algum tipo de armadilha dentada.

Jack virou e caminhou para as ruínas de sua sala de estar. Ainda parecia a cabine do capitão Nemo no *Nautilus* — depois de uma lula gigante ter lutado com o submarino no meio da tempestade do século no Atlântico.

Ele amava aquela sala. "Amor." Que palavra engraçada para se usar.

Chutando para o lado um antigo sextante quebrado, Jack cruzou a porta exterior — a única abertura numa passagem que levava aos túneis de manutenção do metrô — e passou o ferrolho. Enquanto o fazia, sentiu o último vestígio do forte pós-barba cítrico de Michael. A imagem da volta de Michael, ombros levemente curvados pela rejeição, tremeluziu no espaço que a porta ocupava, desapareceu, sumiu do mundo sem nem mesmo um choramingo.

Jack foi até o telefone antigo que era a efígie de Huey Long. De alguma forma, acabou milagrosamente no chão e em pé, com o receptor do telefone ainda pousado na mão direita levantada de Huey. O velho Huey comunicava-se como um filho da puta. Por que Jack não conseguia?

Ele não podia ligar para Nômada.

Ele não podia ligar para Cordelia.

Não havia ninguém mais com quem quisesse conversar. Além disso, ele pensou que já havia falado o bastante. Conversou com Tachyon. Uma maçã por dia não funcionou. E falou com Michael. Quem mais restava? Um padre? Sem chance. Atelier estava longe demais. Muitos anos. Muita lembrança.

Jack foi até o balcão de mogno talhado com detalhes em latão, cheirou o veludo empoeirado do revestimento quando abriu o armário. O conhaque havia custado quase sessenta pratas. Caro para o salário de um operário da manutenção, mas, que diabos, ele sempre lera nos romances marítimos sobre servirem conhaque a sobreviventes de naufrágios e tempestades, e, além disso, o decantador de cristal trabalhado combinava lindamente com aquela sala vitoriana.

Ele serviu um triplo, bebeu-o como um duplo e encheu o copo novamente. Em geral, não tomava daquele jeito, mas...

♣

— Tem um fato interessante sobre o senhor Kaposi — Tachyon havia dito. O jaleco de médico era de um branco imaculado, quase como o reflexo de um campo de neve ártico. O cabelo vermelho parecia em chamas sob as luzes do consultório. — Pouco antes de descobrir e dar nome a seu sarcoma, em 1872, Kaposi mudou seu sobrenome, que antes era Kohn.

Jack encarou-o, incapaz de concatenar as palavras que desejava dizer. Que merda Tachyon estava *falando*?

— Havia, claro, um *pogrom* na Tchecoslováquia — Tachyon disse, os dedos magros gesticulando de forma expressiva. — Ele reagiu ao tipo de preconceito mal informado que amaldiçoou curingas, sem mencionar os ases, claro, e pacientes de AIDS. Vírus exóticos talvez fossem mau-olhado também.

Jack abaixou a cabeça para o peito nu, tocando com hesitação as marcas pretas azuladas sobre as costelas.

— Não preciso de uma maldição dobrada. Uma por cliente, não é?

— Desculpe, Jack — Tachyon hesitou. — É difícil dizer quando você foi infectado. Os tumores já estão bem avançados, mas a biópsia e os resultados adicionais anômalos sugerem que há uma sinergia acontecendo entre o vírus carta selvagem e o HIV que ataca seu sistema imunossupressor. Acredito que seja uma espécie de processo acelerado galopante.

Jack sacudiu a cabeça como se não tivesse entendido.

— Fiz um teste um ano atrás, e deu negativo.

— É como eu temia, então — disse o médico. — Não posso prever o avanço.

— Eu posso — Jack afirmou.

Tachyon moveu os ombros, solidário.

— Devo perguntar — ele disse — se você usa nitrato de amila.

— *Poppers*? — Jack perguntou e em seguida sacudiu a cabeça. — De jeito nenhum. Não gosto muito de drogas.

Tachyon marcou algo no prontuário de Jack.

— Seu uso está relacionado com frequência ao Kaposi.

Jack negou com a cabeça de novo.

— Então, há uma outra questão — o doutor falou.

Jack o encarou. Era como se tentasse enxergar o centro de um bloco de gelo. Sentia o corpo todo entorpecido. Sabia que o choque psíquico se esvairia logo. E então...

— Qual?

— Preciso perguntar, saber sobre seus contatos.

Jack respirou fundo.

— Houve um. Há um. Apenas um.

— Devo falar com ele.

— Tá brincando? — Jack disse. — Eu falo com Michael. Daí eu trago ele aqui para ver você. Mas eu falo com ele primeiro. — A voz dele falhou. — É, eu falo com ele.

Ele prosseguiu para lembrar a Tachyon do sigilo entre médico e paciente. Tachyon pareceu se sentir afrontado. Jack não se desculpou e, em seguida, saiu. Foi naquela manhã.

◆

... era uma ocasião especial. Sentia como se estivesse bebendo depois do próprio funeral.

— Os *cajuns* fazem grandes velórios — ele disse alto, servindo outro conhaque. O decantador estava cheio? Não conseguia lembrar. Agora tinha menos da metade.

Olhou para o telefone de novo. Por que diabos ele não queria falar com ninguém? No fim das contas, ninguém queria falar com *ele*. Naquele momento, pensou que os últimos meses vivendo com Michael haviam passado como se vivesse sozinho. Agora ele poderia muito bem morrer sozinho. *Pare com autocomiseração.* Mas era tão *fácil*...

♠

— Então, o que foi? — Michael disse, fechando a porta antes de dar um amasso em Jack. Sem outro cumprimento. Sem preâmbulo. Tão brilhante quanto Jack era obscuro, alto e magro, Michael sempre parecia trazer algo da primavera iluminada pelo sol na superfície para o lar subterrâneo de Jack. Não naquele dia. Jack não conseguia entendê-lo de jeito nenhum.

— Hein? — Michael perguntou. Jack virou o rosto e se desvencilhou dos braços do outro. Recuou. — Tem algo de errado? — Jack examinou a face de Michael. As feições do amante eram o modelo puro da saúde vibrante. Da inocência.

— Acho que é melhor você se sentar — Jack aconselhou.

— Não. — Michael o encarou. — Diga logo o que quer dizer.

A boca de Jack estava seca.

— Fui à clínica hoje.

— E?

— Os exames... — Ele precisou recomeçar. — Os exames deram positivo.

Michael olhou para ele, sem expressão.

— Exames?

— AIDS — ele disse a palavra odiosa. Seu estômago revirou.

— Não — Michael disse e balançou a cabeça. — Não, sem chance.

— Sim — Jack confirmou.

— Mas quem... — Os olhos de Michael arregalaram-se. — Jack, você...

— Não. — Jack o encarou de volta. — Não tem ninguém. Não tem outro, *mon cher.*

Michael inclinou a cabeça.

— Tem de haver. Digo, eu não...

— Não é a imaculada conceição, Michael. Não tem milagre aqui. *Tem* que ser.

— Não — Michael disse. Sacudiu a cabeça com firmeza. — É impossível. — Os olhos piscaram rápido e ele desviou o rosto. Em seguida, virou as costas, abriu a porta e saiu.

"Não." Jack ouviu Michael dizer mais uma vez.

♥

... sentir a lâmina enferrujada girando nas entranhas.

O conhaque, foi o que lhe ocorreu, era como uma injeção antitetânica emocional. Só que não funcionava. Tudo que fez foi deixá-lo pior, porque diminuía a capacidade de controlar o que estava sentindo.

De repente, sentiu como se inalasse todo o oxigênio que havia para respirar em casa. Queria sair, subir para as ruas. Então, com cuidado, com o que ele percebeu serem movimentos exagerados, ele deixou o decantador de conhaque de lado. Em seguida, Jack saiu pela mesma porta que Michael havia usado. Seguiu os passos fantasmagóricos para os túneis e escadas que o levariam para a superfície.

Jack caminhou. Poderia ter pegado o carro da manutenção de vias lá embaixo, mas decidiu que não queria. A noite estava muito fria, mas tudo bem. Queria algo adstringente para limpá-lo, arrancar as marcas das contusões, purgar a carne. Percebeu que estava desejando mesmo era alguma dor clara.

Caminhou até a cidade alta, sem perceber muito bem onde estava até ver a placa do Young Man's Fancy. *Eu poderia estar em qualquer lugar, menos aqui*, ele pensou. Conhecera Michael ali. Não devia estar no West Village de jeito nenhum. E não naquele bar. Mas agora era tarde demais. Já estava. Merda. Ele se virou para ir embora.

— Ei, garotão, procurando um rabo de saia? Ou *você* é o rabo de saia?

A voz era muito familiar. Jack ergueu os olhos e viu o memorável rosto musculoso, sem falar no corpo, de Pancada surgir das sombrias escadarias da frente de uma lavanderia fechada embaixo do bar. Jack virou e começou a se afastar.

Ouviu o estalo de coturnos número 50 na calçada. Dedos como salsichas alemãs enrolaram-se nos seus ombros e fizeram Jack se voltar.

— Minha coisa com os olhos lindos — Pancada disse — é que tudo que preciso fazer é enterrar meus dedões neles e eles pulam para fora como cerejas verdes em biscoitos italianos.

Jack ergueu os ombros para afastar os dedos do gigante. Sentiu-se impaciente e sem muito cuidado. Ele simplesmente não dava a mínima.

— Vá se foder — ele disse.

— Você *precisa* disso também — Pancada passou os dedos desprezados no próprio rosto e tocou a cicatriz denteada e inflamada que corria do canto do olho direito até seu queixo bulboso.

Jack lembrou-se do grito triunfante do gato preto de Nômada. O felino era velho, mas ágil o bastante para se desviar dos punhos descontrolados de Pancada depois que as garras rasgaram as feições feiosas do homem.

— Arranhões de gato infeccionam — Jack disse e continuou a se afastar para a rua. — Você deveria olhar essas daí. Conheço um médico muito bom.

— Cagões como você precisam de um coveiro — Pancada ameaçou. — O senhor Maz vai ficar muito feliz se eu levar seu pau num saquinho de sanduba. Eles, os Gambione, amam fazer salsicha, especialmente de pintos amarelos como o seu.

— Não tenho tempo pra isso — Jack disse.

— Calma aí. — A mandíbula de Pancada dividiu-se num tipo de sorriso que podia deformar bebês em gestação. — Você e eu... imagino que posso lidar com um jacarezinho briguento.

A porta do Young Man's Fancy abriu com tudo e um bando barulhento de uns doze caras saiu para a rua. Pancada parou, hesitante, a meio passo.

— Testemunhas — Jack falou. — Calma, garoto.

— Vou pegar eles todos — Pancada falou, analisando suas vítimas em potencial. Bateu com a mutação em forma de maça da mão direita na palma da esquerda. Era o som de um bife torrado caindo de uma escada num chão de ladrilho.

— Uma festinha gay? — disse o homem, aparentemente o líder dos outros. Fez uma careta para Pancada. — Ainda está por aí, babaca? — A mão dele enterrou-se na jaqueta e voltou com uma arma. — Quer ver minha imitação de Bernie Goetz, o assassino do metrô? — Ele riu. — É matadora.

Pancada olhou para o semicírculo de rostos.

— Tenho um trabalho a fazer — ele disse para Jack. — Você — ele falou para o homem com a arma. — Vou arrancar suas tripas com o dedão. Espere só. E você... — ele disse novamente para Jack — você eu vou machucar muito.

— Mas outra hora — Jack disse.

— Isso aí. — Pancada não conseguiu encontrar uma frase de adeus melhor. Cambaleou para longe da multidão crescente de curiosos e saiu pisando duro.

— Que brutamonte — o homem com a arma falou para Jack. Devolveu a pistola para o casaco. — Espero que você saiba o que está fazendo.

— Obrigado — Jack agradeceu. — Não conheço o cara. Ele só me parou para pedir um isqueiro. — Ele se virou e caminhou na direção oposta, ignorando os murmúrios.

— De nada, cara — disse o homem com a pistola. — Boa sorte, camarada.

Jack virou a esquina e entrou num quarteirão mais escuro. Jesus, como estava frio. Ele se abraçou, não estava de casaco. O frio o estava deixando lento. Mau sinal. Hesitante, tocou as costas da mão esquerda com a direita.

A pele parecia grosseira, escamosa, começando a se transformar. Não! Ele começou a correr. Não precisava daquilo também. Não naquela noite.

Sintomas de estresse. Ele quase riu.

Olhou para a entrada do metrô. Não importava qual era. Placa vermelha ou verde. BMT, IRT ou PATH. Cidade alta ou baixa. Contanto que as escadas levassem para baixo.

Buscou a fumaça denunciadora de uma tampa de bueiro. Os esgotos bastariam. Seria melhor. Não havia gente nos esgotos. Aqueles túneis, quentes e escorregadios, levariam direto para a baía. Boa caça. Ótima para Jack. Ele pensou sobre seus dentes de crocodilo enterrados no peixe-agulha albino. Era ótimo. Nômada não ligava muito para o peixe mutante. Comida. Sangue. Morte. Exaustão. Vazio.

Jack cambaleou na direção da escuridão mais profunda, concentrando-se numa rede morna.

Estou perdendo, ele pensou.

Viu o rosto de Michael. De Nômada. De Cordelia.

Sim, ele perdeu tudo de uma vez. Tudo.

Jack mergulhou noite adentro.

Quinta-feira

O volume da fita pirata do novo álbum de George Harrison foi o suficiente para fazer estremecer as fotos emolduradas da parede do escritório. Por outro lado, o tamanho do escritório não era suficiente para enfrentar o amplificador do toca-fitas. Não era um escritório grande e não ocupava um canto da torre de escritórios, mas, de qualquer forma, era separado, com paredes permanentes e *tinha* uma janela.

Cordelia Chaisson estava feliz com ele.

Sua mesa era antiga, de madeira, e continha, além de um computador, pilhas de álbuns, fitas e kits de imprensa. As fotos na parede diante dela eram de Peregrina, David Bowie, Fantasia, Tim Curry, Lou Reed e outros famosos, ases ou não. No meio das fotografias havia um bordado de ponto cruz emoldurado no qual se lia “CARA, EU SOU DEMAIS”. Pregado na parede atrás e à direita de Cordelia havia um grande mural retangular com uma lista de nomes copiosamente alterada com riscos, interrogações e anotações rápidas como “checar nova produtora”, “fanático rel.” e “não tocam em feriado brit.”.

O telefone tocou e levou algum tempo para Cordelia perceber. Ela girou um botão no toca-fitas para abaixar o volume e pegou o fone. Luz Alcala, uma das suas chefes, disse:

— Meu Deus, Cordelia, será que não dava para usar fones de ouvido?

— Desculpe — Cordelia disse —, eu me distraí. É um álbum ótimo. Eu já abaixei o volume.

— Obrigada — Alcala disse. — Já tem alguma ideia de quem vai gravar os comerciais para nós?

— Vou repassar a lista. Jagger, talvez. — A jovem hesitou. — Ele não disse não.

— Ligou para ele na semana passada?

— Bem... não.

A voz de Alcala assumiu um tom levemente reprovador.

— Cordelia, eu admiro o que você está conseguindo fazer pelo show beneficente. Mas a GF&G tem outros projetos a considerar também.

— Eu sei — Cordelia disse. — Desculpe. Só estou tentando dar conta de um monte de coisas. — Ela tentou soar mais otimista e mudar de assunto. — As liberações chegaram da China esta manhã. Significa que estaremos no ar para mais da metade do mundo.

— Sem contar a Austrália. — Alcala deu uma risadinha.

— Inclusive na Austrália.

— Ligue para o agente do Jagger — disse Alcala. — Está bem?

— Beleza. — Cordelia desligou o telefone. Ela pegou a pequena e intrincada escultura de pedra no formato de um lagarto da mesa que estava quase coberta por um monte de fotografias. Era, na verdade, um crocodilo australiano, mas haviam garantido que era seu primo e, portanto, um fetiche apropriado. Preferia pensar na imagem como um jacaré. Cordelia devolveu a escultura para a mesa, deixando-a diante da foto em preto e branco pequena e emoldurada de um jovem aborígene. Ela fez uma careta para o retrato.

— Wyungare — ela sussurrou. Seus lábios arredondaram-se num beijo.

Em seguida, girou a cadeira para encarar o mural na parede. Pegou um marcador grosso e começou a riscar nomes, terminando com uma lista de U2, Bruce Springsteen, Little Steven, Coward Brothers e Girls with Guns. *Nada mau*, ela pensou. *Caramba, nada mau mes-mo.*

Mas, ela deu uma risadinha de satisfação, havia mais. Ela pegou o marcador novamente...

♣

As três haviam almoçado mais cedo no Acropolis, na Tenth Street, perto da Sixth Avenue. Cordelia ofereceu-se para levá-las a um lugar mais elegante. Afinal, agora tinha uma verba de representação. O Acropolis era um simples café, indistinguível de milhares de outros na cidade.

— O Riviera fica apenas a poucos quarteirões daqui — ela disse. — É um lugar bacana.

C.C. Ryder não queria saber. Queria um lugar anônimo para se reunir. Pediu que se encontrassem bem antes da agitação do almoço. E queria que Nômada estivesse junto.

Cordelia fez o que a outra queria, pois precisava dela.

Então, terminaram numa mesa coberta com vinil imitando couro com C.C. e Nômada lado a lado encarando Cordelia e a porta. Cordelia ergueu os olhos do cardápio e sorriu.

— Posso recomendar a salada de frutas.

C.C. não sorriu de volta. Sua expressão era séria. Tirou o chapéu *pork pie* de couro quase disforme e bagunçou os cabelos ruivos espetados. Cordelia percebeu que os brilhantes olhos verdes de C.C. pareciam muito com os do tio Jack. *Tenho que ligar para ele*, ela pensou. Não queria, mas precisava.

— Viu minhas olheiras de panda? — C.C. disse apontando para os olhos. Naquele dia, não parecia muito com um daqueles compositores e intérpretes de rock de primeira linha. O efeito era deliberado. Vestia jeans tão velhos e surrados que pareciam lavados com ácido. Seu moletom largo da John Hiatt parecia ter a mesma quantidade de lavagens que os jeans.

— Não — Cordelia disse. A pele de C.C. era branca e macia, quase albina.

— Bem, devia ter notado. — Um sorriso fraco pairou sobre os lábios de C.C. — Tenho perdido o sono com toda essa coisa de show beneficente.

Cordelia não disse uma palavra, continuou encarando os olhos da cantora.

— Sei que esta é a última jogada de Des — C.C. continuou. — E sei que a causa é boa. Um show beneficente para pacientes de AIDS e vítimas do carta selvagem é algo que já deveria ter sido feito.

Cordelia assentiu. As coisas estavam se encaminhando bem.

C.C. deu de ombros.

— Acho que consigo sair do buraco de ansiedade por um tempo e tocar na frente de gente real. — Ela sorriu de verdade agora. — Então, a resposta é sim.

— Que máximo! — Cordelia estendeu os braços sobre a mesa e abraçou C.C. com força. Assustada, Nômada quase se levantou da cadeira, e Cordelia viu de soslaio que ela estava pronta para rasgar sua garganta se estivesse realmente atacando C.C. Cordelia ouviu um rosnado baixo, parecido com o dos gatos de Nômada, quando ela se afastou de C.C. e voltou à sua cadeira.

— Maravilhoso! — Cordelia afirmou. Parou de balbuciar quando viu o rosto de C.C. — Ai, desculpa — Cordelia falou, mais calma. — É que eu amo sua música, amo *você* como compositora há tanto tempo que gostaria de vê-la tocando suas músicas mais do que qualquer outra coisa.

— Não vai ser fácil — C.C. confessou. Nômada olhou para ela, preocupada. — Temos quanto tempo, dez dias?

Cordelia assentiu.

— Por aí.

— Vou precisar de cada minuto.

— Vai ter. Vou deixar alguém como meu contato que vai conseguir o que você quiser, sempre que precisar. Alguém em quem confio, e você também.

— Quem é? — Nômada disse com evidente suspeita. Os músculos do rosto magro ficaram tensos. Os olhos castanhos estreitaram-se.

Cordelia respirou fundo.

— Tio Jack — ela disse.

A expressão no rosto de Nômada não era agradável.

— Por quê? — ela perguntou. C.C. olhou para ela. — Por que não eu?

— Pode ajudar C.C. o quanto quiser — Cordelia respondeu, apressada. — Mas preciso do tio Jack envolvido com tudo isso. Ele é competente, sensato e confiável. Estou até o pescoço de trabalho — ela disse com franqueza. — Preciso de toda a ajuda que conseguir juntar.

— Jack sabe disso? — Nômada quis saber.

Cordelia hesitou.

— Bem, tava esperando pra contar pra ele. — Ela percebeu que o sotaque *cajun* se manifestava enquanto ela enrubescia. Puxou um freio mental. — Eu deixei mensagens na secretária, mas ele não responde.

Nômada recostou-se na cadeira e fechou os olhos. Um minuto se passou. Parecia um longo tempo. O garçom grego aproximou-se para pegar os pedidos. C.C. lhe disse para voltar em alguns minutos.

Quando voltou a abrir os olhos, Nômada sacudiu a cabeça para desanuviar os pensamentos.

— Não sei quando o garoto vai responder às suas chamadas.

— Como assim? — Cordelia sentiu uma vertigem, como se seus planos fossem papéis deslizando para fora de uma mesa cuidadosamente nivelada.

— Está todo quebrado — Nômada disse. — Jack está bem longe... provavelmente perto da baía de Nova York, acho. Está indo à forra, se acabando com o tipo de criaturas que você não vê no Aquário Castle Clinton. Com toda a carne crua que está comendo — ela sorriu sem humor —, não consigo dizer quando ele volta para jantar em casa.

— *Quelle damnation* — Cordelia murmurou. — De qualquer forma — ela disse para C.C. —, me ligue no escritório pela manhã, que vou arranjar algo. Tio Jack ou outra pessoa.

— Arranje outra pessoa — Nômada disse.

Cordelia sorriu, tranquilizadora. O garçom voltou, e ela pediu a salada de frutas.

♦

... e marcou C.C. na lista de artistas do show beneficente em letras garrafais e pretas.

— Carambolas — Cordelia disse alto para si mesma. — Eu sou demais.

Então, hesitou e olhou novamente a edição da *Village Voice* na mesa. Uma pequena nota de eventos em caracteres microscópicos estava circulada em vermelho.

Ela rabiscou um nome adicional no mural.

Sexta-feira

Merde.

Não há como fugir. Foi o que sentiu quando se arrastou para a casa no início da manhã. Não havia nada de convidativo em entrar na bagunça que estava sua sala de estar. Jack tropeçou pelos escombros. À frente dele, viu a porta rachada para o quarto. A mão ainda doía. Mas, naquele momento, os dentes também. A cabeça, as mãos — parecia que cada osso de seu corpo doía.

— *Enfer* — ele xingou quando viu a luz vermelha da secretária eletrônica piscando. Quase conseguiu ignorar o demônio ciclópico; em seguida, curvou-se e bateu no botão para ouvir as mensagens. Três mensagens de seu supervisor. Jack sabia que era melhor ligar naquela manhã, ou não teria mais trabalho para voltar. Ele *gostava* de viver ali embaixo, e gostava do privilégio de um emprego útil embaixo, na escuridão.

As outras oito mensagens eram de Cordelia. Não eram muito informativas, mas também não soavam como emergências. Cordelia dizia o tempo todo que era importante Jack retornar suas ligações, mas o tom não indicava um perigo mortal.

Jack voltou a fita de mensagens e desligou a secretária, depois foi para a cozinha. Deu uma olhada no refrigerador, mas não fez caso de abri-lo. Sabia o que havia lá dentro. Além disso, simplesmente não tinha fome. Tinha alguma ideia do que havia devorado no dia e na noite passados e não queria pensar naquilo. Peixe-agulha cego, albino, algo que ninguém encontraria no cardápio de qualquer restaurante *cajun* em Nova York.

Ele foi para o quarto e despencou na cama. Não fez questão de se despir. Moveu-se apenas o bastante para enrolar-se na colcha antiga. E apagou.

O telefone ao lado da cama o acordou precisamente às oito horas. Sabia disso porque os números no visor de LED vermelho do relógio queimaram-lhe a retina quando ele finalmente abriu os olhos e estendeu o braço para interromper o som estridente que estraçalhava seus ouvidos.

— Hummm. Alô?

— Tio Jack?

— Sim… ah, Cordie? — Ele despertou um pouco mais.

— Sou eu, tio Jack. Desculpe se eu acordei você. Estava tentando te encontrar já faz um tempo.

Ele bocejou e ajustou o fone para que o travesseiro o segurasse.

— Tudo bem, Cordie. Precisava mesmo ligar pro meu chefe e dizer que estou com alguma coisa, fiquei doente demais nos últimos dias para ligar.

Cordelia soou alarmada.

— Está doente mesmo?

Jack bocejou de novo. Lembrou-se do que poderia ter dito.

— Mais saudável impossível. Só saí para a gandaia, foi isso.

— Nômada disse…

— Nômada?

— É. — Cordelia parecia estar escolhendo as palavras com cuidado. — Pedi que ela cuidasse de você. Ela disse que você havia saído para a baía, hum, para matar umas coisas.

— Dá para descrever assim — Jack falou.

— Tem algo de errado?

Ele esperou alguns segundos antes de responder e deu um suspiro.

— Estresse, Cordie. Só isso. Preciso relaxar.

Ela não soou totalmente convencida, mas finalmente disse.

— Está bem, tio Jack. Olha, você se importa se eu passar aí hoje à noite depois do trabalho e levar uma amiga?

— Quem? — Jack disse, cauteloso.

— C.C.

Jack pensou na mulher, lembrou-se de tê-la visitado na clínica de Tachyon. Tinha tudo que ela já havia gravado, álbuns e fitas, em uma estante no quarto ao lado.

— Acho que tudo bem — ele disse. — Vai me dar uma desculpa para limpar a casa.

— Não precisa — Cordelia disse.

Ele riu.

— Ah, precisa sim.

— Cinco e meia, tá?

— Pode ser. Aliás, quer adiantar o assunto? — ele perguntou.

Ela foi direta.

— Preciso de sua ajuda, tio Jack. — Ela falou tudo sobre como as coisas estavam indo com a logística do show beneficente. — Estou soterrada. Não consigo dar conta de tudo.

— Não sei o quanto posso colaborar com esse tipo de evento.

— Você conhece rock 'n' roll — ela disse. — Melhor, você consegue lidar com tudo que acontece.

Quase tudo, ele pensou. O rosto de Tachyon flutuou na frente dele. O de Michael.

— Puxa-saco — ele disse.

— *Vérité.*

Alguns momentos se passaram.

— Preciso perguntar uma coisa — Jack falou. — Não estamos nos falando muito…

— Eu sei — ela disse. — Eu sei. Por ora, não estou pensando muito nisso.

— Sem decisão, então?

— Ainda não.

— Obrigado por ser sincera.

Mais alguns segundos passaram. Parecia que Cordelia queria dizer algo, mas, por fim, tudo que ela disse foi:

— Tudo bem, obrigada, tio Jack. Estarei com C.C. às cinco e meia. Tchau.

Jack ouviu o silêncio até o circuito desconectar-se. Em seguida, ele se virou e discou para o supervisor do Departamento de Trânsito. Ele não precisaria se concentrar para convencer que estava doente.

♠

Quando abriu a porta para Cordelia e C.C., no fim da tarde, Jack percebeu que a limpeza da sala de estar provavelmente havia sido a parte mais fácil do dia. Os olhos de Cordelia pareceram se estreitar quando o encararam, como se na verdade estivesse vendo duas imagens e tentando escolher aquela que ela perceberia.

— Tio Jack — ela disse. Houve um momento tenso quando ela pareceu ponderar se lhe dava um abraço.

A mulher que estava em pé ao lado dela aliviou o momento.

— Jack! — disse C.C. — É bom vê-lo de novo. — Ela passou por Cordelia, entrou na sala de estar, deu um abraço firme em Jack e um beijo carinhoso nos lábios. — Sabe de uma coisa? — ela falou. — Embora eu tenha ficado fora do ar por muito tempo, significou muito para mim que você tenha ido me visitar na clínica. Qualquer coisa que aconteça com você, *saiba* que estarei lá para te visitar, viu? — Ela abriu um sorriso.

— Tudo bem — ele disse.

— *Mon Dieu* — disse Cordelia, olhando ao redor da casa de Jack. — O que aconteceu aqui?

Os esforços de reparo de Jack não tinham sido totalmente bem-sucedidos. Um pouco da mobília antiga quebrada estava empilhada em um lado da sala. Ele não teve coragem de jogá-la num contêiner de lixo. Ainda havia uma chance de restaurá-la e repará-la com cuidado.

— Quando eu estava entrando na noite passada — ele disse —, escorreguei.

— Foi alvejado tentando escapar, isso sim — disse Cordelia, irônica. — Seja lá o que tenha acontecido, tio Jack, sinto muito. Era um lugar tão bonito.

— Ainda não está decadente — disse C.C., sentando-se numa namoradeira com pés em garra. Ela estendeu os braços quando afundou no estofado macio. — Esta aqui está ótima. — Ela sorriu para Jack. — Tem café?

— Claro — ele disse. — Já está pronto.

— Nômada vinha conosco — C.C. começou a falar.

— Teve que fazer algumas coisas no outro lado da cidade — Cordelia disse.

— Ela me pediu para te mandar um oi — C.C. disse.

— Claro. — *Sim, sim*, ele pensou. Cordelia ofereceu-se para ajudar com o café, mas ele a enxotou de volta para a sala de estar.

Quando todos estavam sentados com uma caneca fumegante e um prato de bolinhos com geleia de morango, Jack perguntou:

— Então?

— Então — C.C. disse —, sua sobrinha é muito persuasiva. Mas meu ego também. Vou sair da reclusão para o show beneficente, Jack. Voltar aos shows ao vivo. Na marra. Nada muito planejado. Um potencial de uns dois bilhões de espectadores. Vai acontecer, na frente de Deus e do mundo. — Ela deu uma risadinha. — Nada como enfrentar a agorafobia aguda de uma vez.

— Muito impetuoso — disse Jack. — Estou feliz que vá encarar o público. Coisas novas?

— Algumas antigas, outras novas — ela disse. — Algumas emprestadas, alguns blues. Tudo depende da chefa aqui. — C.C. apontou para Cordelia. — Se ela me der mais tempo.

— Vinte minutos — Cordelia disse. — É o que todos vão ter. O Boss, Girls With Guns, você.

— Igualdade é ótimo — C.C. olhou para Jack. — Então, vai me ajudar com as preparações para a grande noite?

— Hum — Jack falou.

— A GF&G pode persuadir o pessoal do Departamento de Trânsito a te liberar um tempo — Cordelia emendou rapidamente. — Falei com um dos caras do departamento de relações com a comunidade. Achou excelente ter alguém de lá envolvido em algo assim.

— Uhum — Jack disse.

— Com pagamento — Cordelia disse. — E a GF&G também vai te dar uma comissão.

— Eu tenho minhas economias — Jack falou baixinho.

— Tio Jack, eu *preciso* de você.

— Já ouvi isso antes. — Com suavidade dessa vez.

— Por isso digo novamente. — Parecia que a voz de Cordelia, sua expressão, os olhos, tudo estava num apelo coordenado.

— Seria bom trabalhar com você — C.C. falou e piscou um olho cor de esmeralda. — Passe livre para o *backstage*. Do ladinho das estrelas.

Jack olhou para uma mulher e para a outra.

— Tudo bem — ele disse por fim. — Combinado.

— Oba — Cordelia disse. — Vou começar a dar os detalhes. Mas tem mais uma coisa que eu quero comentar agora.

— Por que eu estou com a sensação de que, nesse momento, eu deveria ser um jacaré olhando para o arpão? — Jack perguntou.

— Tem planos para hoje à noite? — Cordelia quis saber.

Jack estendeu as mãos.

— Pensei em reformar algumas cadeiras.

— Você vem comigo para New Brunswick.

— Nova Jersey?

Cordelia assentiu.

— Vamos ao Holidome. Vamos ver Buddy Holley.

Jack disse:

— *O* Buddy Holley? Pensei que ele estivesse morto.

— Está fazendo o *lounge circuit* há anos. Vi uma notinha sobre a participação dele na revista *Voice*.

— Ela quer que ele participe do show beneficente — C.C. comentou.

— Um ato de nostalgia? — Jack falou.

Cordelia estava mesmo corando.

— Cresci com a música dele. Eu adoro o homem. Digo, não tem nada certo com ele sobre o show beneficente. Só quero ir vê-lo e descobrir se ele é o mesmo de antes.

— Talvez você tenha um choque desagradável — C.C. disse. — Guitarra de barro e coisas assim.

— Vou arriscar.

— "Not Fade Away" é minha música favorita de todos os tempos — Jack falou. — Conte comigo.

— Diga para ele — C.C. falou para Cordelia.

— Nômada vai também — ela disse, relutante.

— Não sei — Jack falou. Pensou no primeiro encontro com Pancada, quando o gato preto o salvou de se enroscar com o psicopata agressor de gays. O gato estava agindo sozinho ou por sugestão de Nômada? Ele nunca perguntou para ela. Talvez o fizesse antes do show.

— Tio Jack? — Cordelia perguntou.

Ele sorriu para ela.

— Vam'bora!

Sábado

— Ai, meu Deus — C.C. falou, baixo o bastante para que apenas Jack ouvisse. — Ele está fazendo cover do Prince, do maldito Prince!

— E não muito bem — Jack comentou.

Cordelia ficou preocupada com o trânsito glacial no Túnel Holland, pois os quatro chegariam atrasados para o primeiro número de Buddy Holley. Ela também estava preocupada, pois os jovens de Jersey podiam roubar o Mercedes que Luz Alcala havia emprestado.

— É um Holiday Inn — Jack disse quando estacionaram na entrada.

— E?

— O estacionamento é iluminado — Jack respondeu.

— Tem uma vaga perto do saguão — Cordelia disse, aliviada.

— Quer que eu dê dez dólares para o atendente ficar de olho no carro?

— Faria isso? — Cordelia falou num tom sério.

Então estacionaram, trancaram o carro e entraram no Holidome de New Brunswick.

A viagem pela cidade foi bem tensa. Jack foi no banco da frente com Cordelia no volante, Nômada sentou-se atrás no lado oposto, o mais longe de Jack que conseguiu. C.C. e Cordelia fizeram o melhor para manter uma conversa. Jack decidiu que era um momento inadequado para questionar Nômada sobre se seu salvador daquela vez, o gato preto, estava agindo sozinho ou por ordem de sua dona.

— Vai ser o máximo — Cordelia disse. Ela havia posto uma fita dos maiores sucessos de Buddy Holley and the Crickets' no toca-fitas Blaupunkt. O sistema de alto-falantes era muito, muito bom.

— Cordelia — Nômada disse —, gosto muito de Buddy, mas não quando ele fere meus ouvidos.

— Ah, desculpa — Cordelia falou. Ela girou o botão para um volume quase suportável.

O tráfego da noite de sábado diminuiu até um anda-e-para dentro do túnel, o fedor de escapamento erguia-se em nuvens visíveis, e os quatro no Mercedes ouviram todas as fitas de Buddy Holley de Cordelia antes de chegarem a Nova Jersey.

Cordelia ficava cada vez mais nervosa quanto mais tarde ficava.

— Talvez tenha alguém para abrir o show — ela murmurou.

Não havia, mas descobriram que não importava. Quando os quatro entraram pelas portas do saguão do Holidome, viram que não precisavam se apressar para conseguir lugares. Mais ou menos metade das cabines e mesas estava vazia. Era óbvio que a farra do sábado à noite em New Brunswick não acontecia ali. Pegaram uma mesa a uns nove metros do palco baixo, Jack e Nômada em lados opostos, separados por C.C. e Cordelia.

E Buddy Holley fez cover de Prince.

Jack reconheceu Holley dos retratos dos discos. Sabia que o músico tinha 49 anos, quase a sua idade. Holley parecia mais velho. Seu rosto estava descaído; a barriga não era totalmente camuflada pelo casaco prateado lamê. Não usava mais os antigos óculos de tartaruga pretos; os olhos estavam mascarados por estilosos óculos escuros de aviador que não escondiam totalmente as bolsas escuras embaixo dos olhos. Mas ainda tocava a Fender Telecaster como um anjo.

Não se podia dizer o mesmo dos caras do conjunto. O guitarrista base e o baixista pareciam ter 17 anos, e não estavam inspirados. A indistinta mixagem de som não ajudava. O baterista se debatia nos tambores, o volume vinha no nível certo para mascarar totalmente a voz de Holley.

Em ordem rápida, Buddy Holley passou de Prince para um Billy Idol ruim e um Bon Jovi mais ou menos.

— Não acredito nisso — C.C. resmungou, dando uma boa golada no seu Campari com tônica. — Ele está fazendo só covers comerciais, as merdas dos 40 mais.

Cordelia assistia em silêncio, sua expressão de entusiasmo inicial desaparecendo visivelmente.

Nômada sacudiu a cabeça com desaprovação.

— Não devíamos ter vindo.

Talvez, Jack pensou, *ele esteja esperando uma luz.*

— Vamos dar uma chance.

Quando as desanimadas palmas diminuíram depois de uma tentativa sofrível de evocar Ted Nugent, uma voz do fundo do *lounge* gritou:

— Vamos *lá*, Buddy... toque algumas das antigas! — Uma ovação entusiasmada se seguiu. A maioria dos aplausos veio da mesa de Cordelia.

Buddy Holley pegou a Telecaster pelo braço e se inclinou para o público.

— Bem — ele disse, o sotaque do oeste do Texas ainda forte —, não costumo aceitar pedidos, mas como vocês são uma plateia tremenda... — Ele retomou a guitarra e dedilhou uma sequência rápida de acordes abertos que o grupo conseguiu seguir mais ou menos.

— Ai, Deus — C.C. disse. Pegou outra bebida quando Buddy Holley entrou com "Hurray for Hazel", de Tommy Roe, em seguida um verso rápido de "Sheila", por fim uma versão triste, quase como um blues de "Red Roses for a Blue Lady", de Bobby Vinton. Holley continuou por essa senda. Tocou um monte de músicas que ficaram famosas na voz de Bobbys e Tommys nos anos 1950 e 1960.

— Quero ouvir "Cindy Lou" ou "That'll Be the Day" ou "It's So Easy" ou "T-Town" — disse Cordelia, girando distraidamente seu gim com tônica. — Não essa merda aí.

Já fico bem com "Not Fade Away", Jack pensou. Ele assistiu a Buddy Holley se esfalfar através de uma deplorável retrospectiva *pop*, e tudo ficou deprimente. Foi o bastante para que ele desejasse que Holley tivesse morrido no auge de sua popularidade inicial e não sobrevivido para cair nessa terrível autogozação.

Conversas e gargalhadas de bêbados aumentaram nas mesas ao redor. Parecia que a maior parte do *lounge* já havia esquecido completamente que

Buddy Holley estava se apresentando no palco. Quando o cantor terminou o set, apresentou o número final com muita simplicidade.

— Essa aqui é nova — ele disse. O pequeno público nem mesmo ligou, já estava ficando agressivo.

— Que se foda! — alguém gritou. — Liga a *jukebox*!

Holley deu de ombros e saiu do palco.

Os guitarristas acompanhantes abaixaram os instrumentos em silêncio; o baterista se levantou e deixou as baquetas sobre um amplificador.

— Por que não toca os clássicos? — Cordelia questionou. — Aguentem um pouco — ela disse aos companheiros. Em seguida, se levantou e seguiu Buddy Holley quando ele se dirigiu ao bar. Eles a viram séria conversando com o homem. Ela o levou até a mesa, puxou uma cadeira vazia, pareceu fazê-lo sentar pela pura força de vontade. Holley parecia se divertir com a situação toda. Cordelia apresentou os amigos. O músico repetiu cada nome educadamente e cumprimentou-os com apertos de mão.

Jack achou o aperto de mão do homem firme e quente, nada frouxo.

Cordelia disse:

— Somos quatro grandes fãs do senhor.

— Sinto que estejam vendo tudo isso aqui Holley falou. — Sinto que devo desculpas a todos. Não foi uma noite boa. — Ele ergueu os ombros. — Claro, a *maioria* das noites em *lounges* é assim. — Holley abriu um sorriso autodepreciativo.

— Por que não toca suas músicas? — Nômada perguntou sem preâmbulos.

— Sua música *das antigas* — Cordelia disse. — As coisas boas.

Ele olhou para todos na mesa.

— Tenho meus motivos — ele respondeu. — Não é uma questão de não querer. Eu só não posso.

— Bem — Cordelia disse, sorrindo —, talvez eu possa ajudá-lo a mudar de ideia. — Ela começou a apresentar o projeto do show beneficente na Funhouse, sobre como Holley poderia tocar cedo no show do próximo sábado, que talvez ele pudesse fazer um *medley* das músicas que o levaram ao superestrelato nos anos 1950 e início dos 1960, que talvez — apenas talvez — o show e o televisionamento pudessem rejuvenescer sua carreira. — Da mesma forma que o Bruce Springsteen encontrou Gary U.S. Bonds tocando em bares como este — ela terminou.

Buddy Holley parecia realmente surpreso com a efusão de entusiasmo de Cordelia. Ele pôs os cotovelos na mesa, examinando de perto o club soda com limão que a garçonete havia trazido para ele, para então erguer os olhos com um sorrisinho.

— Olha — ele disse —, obrigado. Obrigado mesmo. Ouvir algo assim me fez ganhar a noite... caramba, o ano inteiro. — Ele afastou o olhar. — Mas não posso.

— O senhor *pode* — Cordelia disse.

Ele sacudiu a cabeça.

— Pense na minha proposta.

— Não vai adiantar — ele falou. — Não vai funcionar. — Ele deu tapinhas na mão dela. — Mas obrigado por se lembrar de mim. — E, com isso, acenou com a cabeça para o restante do grupo, levantou-se e atravessou a fumaça até o palco para a segunda parte do show.

— Caramba — Cordelia disse.

Jack observou as costas de Holley quando o músico subiu ao palco. Tinha algo de familiar na forma que o homem caminhava. Havia uma sensação de derrota. Jack pensou na última vez que vira aquele leve curvar de ombros e a cabeça baixa quando se olhou no espelho. *Hoje de manhã.*

Ele imaginou quantos muitos anos e quais desastres haviam derrubado Buddy Holley. *Eu queria...* O primeiro pensamento não se completou. Em seguida, ele disse para si mesmo: *Eu queria poder ajudar.*

— Quer ir embora ou vai ficar? — C.C. perguntou para Cordelia.

— Vamos — Cordelia disse. Quase baixo demais para ser ouvida, ela continuou: — Mas acho que volto.

— Como o general MacArthur? — Nômada quis saber.

— Mais como o sargento Preston da Polícia Montada — Cordelia respondeu.

Domingo

— Então, quem você está chamando de garotinha? — Cordelia perguntou, a voz mais fria que o oceano além de Jones Beach.

— O que eu disse — respondeu o atendente do turno da manhã do Holiday Inn — é que não posso dar o número do apartamento dos nossos hóspedes a qualquer garotinha que aparece aqui. — Ele sorriu para ela. — Regras.

— Você sabe o quanto eu tive que acordar cedo para pegar um trem até aqui? — Cordelia questionou. — Sabe quanto tempo esperei por um táxi na estação de New Brunswick?

O sorriso fácil do atendente começou a desaparecer dos lábios.

— Desculpe.

— Não sou uma porcaria duma groupie! — Cordelia bateu um cartão de visitas caro, todo em relevo, no balcão. — Estou tentando tornar Holley uma estrela.

— Ele já foi uma. — O atendente pegou o cartão e examinou-o. Embaixo do nome de Cordelia estava "Produtora Associada". O nome pomposo de um cargo foi dado no lugar de um aumento. — Sério? Você trabalha na GF&G, os caras que fazem o show do Robert Townsend e todas aquelas coisas do Spike Lee? — Ele parecia já meio impressionado.

— Sério — disse Cordelia. Ela tentou sorrir. — Sem brincadeira.

— E você vai tirar o Buddy Holley dessa lama em que ele está?

— Vou tentar.

— Então *tá* — disse o atendente, sorrindo. Ele verificou no registro giratório. — Quarto 8420. — Ele olhou para Cordelia com insistência.

— E?

Com um tom de voz que sugeria "Você não sabe de *nada*?", o atendente disse:

— As estradas principais levam para fora de Lubbock. A autoestrada para Nashville.

— Ah — Cordelia disse.

♥

Buddy Holley estava dormindo quando Cordelia bateu à porta do quarto 8420 às 9h25. Ficou óbvio quando ele abriu a porta. Os cabelos grisalhos estavam desgrenhados. Os óculos um pouco tortos quando ele espiou o corredor através de um vão da porta.

— Sou eu, Cordelia Chaisson. O senhor se lembra? Da noite passada?

— Hum, claro. — Holley parecia se recompor. — Posso ajudá-la?

— Estou aqui para tomar café da manhã com o senhor. Preciso falar com você. É muito importante.

Buddy Holley balançou a cabeça, pensativo.

— Você é uma força irresistível? Ou um objeto irremovível?

Cordelia deu de ombros.

— Me dê dez minutos — Holley disse. — Encontro você lá embaixo, no saguão.

— Promete? — Cordelia perguntou.

Holley deu um sorrisinho, assentiu e fechou a porta.

♣

Buddy Holley chegou à mesa de café da manhã com jeans bem passados, uma camisa de vaqueiro florida e uma jaqueta de veludo marrom. Parecia o pior para se usar, mas era confortável.

Ele se sentou e disse:

— Vai tentar me evangelizar de novo?

— Se eu puder. Podemos falar disso depois que tomarmos um cafezinho.

— Chá para mim — ele falou. — De ervas. Eu trouxe. A seleção de chás daqui é bem mixuruca.

A garçonete veio e pegou os pedidos.

— Isso ao redor do seu pescoço — Holley disse, apontando com o olhar. — É um amuleto? Vi a noite passada e fiquei interessado.

Cordelia abriu o fecho e estendeu o amuleto para o homem. O pequeno jacaré prateado e o dente fossilizado estavam presos ao delicado arenito oval com uma tira rígida de tripa seca.

Holley virou o objeto para lá e para cá, examinando-o de perto.

— Não parece do sudoeste americano. Polinésio? Australiano, talvez?

— Muito bem — Cordelia respondeu. — Aborígene.

— De que tribo? Eu conheço os aranda muito bem, até os wikimunkan e os murngin, mas este aqui não é familiar.

— Foi feito por um jovem aborígene urbano — Cordelia comentou e hesitou por um instante. Pensar em Wyungare a deixava entusiasmada, mas doía ao mesmo tempo. E como, ela imaginou, estava indo a revolução australiana central, do jeito que as coisas estavam? Ela esteve muito ocupada com o show beneficente para assistir ao noticiário. — Ele me deu como um presente de despedida.

— Deixe-me adivinhar — Holley disse. — O arenito de Uluru? — Cordelia assentiu. Uluru, o nome verdadeiro daquilo que os europeus chamavam de Ayers Rock. — E o réptil é seu totem, claro. — Ele ergueu o objeto contra a luz antes de devolvê-lo. — Tem uma força considerável aqui. Não é apenas um símbolo.

Ela apertou novamente o fecho.

— Como sabe?

Ele deu uma risadinha marota para ela.

— Só não dê gargalhadas, ok?

Cordelia ficou intrigada.

— Tudo bem.

— Desde que as coisas viraram um inferno... desde que começaram a desmoronar em 1972 — ele disse, hesitante —, eu comecei a procurar. — Ele tomou o chá de forma contemplativa.

— O quê? — Cordelia perguntou, por fim.

— Qualquer coisa, qualquer coisa que significasse alguma coisa. Estava apenas... procurando.

Cordelia pensou por um momento.

— Espiritualmente?

Holley assentiu com veemência.

— Exato! Tinham acabado as limusines, as casas, o jatinho particular e a vida boa, o... — Ele parou no meio da frase. — Tudo acabado. Devia haver algo além de virar garrafas e ver o fundo do poço.

— E o senhor encontrou?

— Ainda estou na busca. — Ele encontrou o olhar da moça e sorriu. — Muitos anos e muitos quilômetros. Sabe de uma coisa? Sou mais popular na África e no resto do mundo que aqui. Em 1975, meu agente me deu a última chance e programou essa maluca turnê pan-africana. As coisas degringolaram... bem, eu degringolei. Fiquei realmente mal depois que voltei de um show em Johannesburgo. Sei lá como, roubei uma Land Rover e acabei tomando uma garrafa de uísque Jim Beam no meio da floresta. Sabe como o envenenamento alcoólico funciona? Moça, eu estava nesse caminho.

Cordelia o encarou, mantida em transe pelo sotaque simples do oeste do Texas. O homem era um contador de histórias.

— Os bosquímanos me encontraram. Nativos de Kalahari. A primeira coisa que reconheci foi um xamã Kung inclinado em cima de mim e soltando os gritos mais profanos que você jamais ouviu. Mais tarde, descobri que ele estava puxando a doença para si para depois soltá-la no ar. — Holley, contemplativo, tocou a ponta do polegar nos dentes incisivos. — E esse foi o começo.

— E desde então? — Cordelia disse.

— Continuei procurando. Em todos os lugares. Quando toquei numa série de bares nas Dakotas e no Meio Oeste, aprendi sobre o Rolling Thunder e as gerações de Black Elk. Quanto mais aprendia, mais queria saber. — Sua voz adquiriu um tom onírico. — Quando eu estava com os lakota, implorei por uma visão. O xamã me conduziu numa cerimônia *inipi* e me mandou para o monte receber os *wakan*, os seres sagrados. — Holley sorriu com tristeza. — Os Seres do Trovão vieram, mas foi só isso. Eu fiquei molhado e com frio. — Ele deu de ombros. — E assim foi.

— O senhor continua na busca — Cordelia disse.

— É o que eu faço. Aprendo. Estou sem beber desde a África do Sul. E sem drogas também. Quanto ao que estou aprendendo, não é fácil trabalhar com uma educação batista conservadora, mas é o que venho tentando fazer.

Ocorreu a Cordelia que, por tudo que estava dizendo, Buddy Holley ainda parecia muito ancorado no universo físico. Ela não tinha a mesma sensação de dissociação etérea que recebia de estrelas do rock espiritualmente transformadas, como Cat Stevens ou Richie Furay. Ela deu uma mordida no bolinho que já estava esquecido na mesa.

— A maioria das coisas que sei sobre isso, aprendi com meu amigo aborígene, mas eu penso sobre isso. Às vezes, no meu trabalho, imagino se as estrelas do rock, os cantores pop, artistas aos olhos da opinião pública dos Estados Unidos não são um equivalente contemporâneo dos xamãs.

Holley assentiu com seriedade.

— Homens e mulheres de poder. Sem dúvida.

— Eles têm a magia.

Buddy Holley riu.

— Felizmente, aqueles que acreditam que têm, em geral não têm nada. E aqueles que realmente possuem o poder, não têm consciência disso.

Cordelia engoliu o bolinho.

— Todos os artistas no show beneficente do próximo sábado têm o poder. — Holley olhou desconfiado. — Estou mudando o assunto — Cordelia disse num tom leve.

— Não acho que as coisas mudaram desde a noite passada. Você quer que eu toque meus clássicos. Não posso.

— Isso é… — Cordelia procurou as palavras. — Isso é uma crise de confiança?

— Provavelmente faz parte.

— A mesma coisa aconteceu com C.C. Ryder — Cordelia comentou. — Mas ela mudou de ideia. Vai tocar.

— Que bom. — Holley hesitou. — A verdade é que *não posso* tocar as músicas que você quer que eu toque.

— Por que não?

— Não são mais minhas. Quando as coisas começaram a ruir, uma empresa de Nova York chamada Shrike Music comprou meu catálogo inteiro. São mesmo umas gracinhas. Já viu o logotipo deles? Uma semínima empalada numa estaca. Eles deixaram minhas canções no gelo. Odeio, mas não posso pôr a boca no trombone para consegui-las de volta. — Holley estendeu as mãos, desamparado.

— Vamos ver isso — Cordelia disse sem hesitar. — A GF&G vai fazer alguma coisa. Esse é o único impedimento?

— Você acha que pode fazer qualquer coisa, não é? — Holley sorriu enquanto balançava a cabeça. Dessa vez era um sorriso genuíno. Os dentes eram brancos e alinhados. — Tudo bem. Você libera algumas canções e vamos ver se entramos num acordo. Em nome dos velhos tempos.

— Não entendo — Cordelia retrucou.

— Bem, vou te contar uma coisa — Buddy Holley disse. A animação preencheu suas feições e voz. — Lá atrás, no colegial em Lubbock... Quando Bob Montgomery e eu estávamos juntos pela primeira vez fazendo umas gravações malucas, tinha uma garota. Pensei que era apenas... bem... — Ele respirou fundo e sorriu, envergonhado. — A história já é conhecida. Ela nunca me deu bola. Anos mais tarde, ela ainda estava na minha cabeça quando gravei "Girl on My Mind", em Nashville. Foi na época em que a Decca quis que eu fosse como todo mundo, com um sucesso de rock 'n' roll, em 1956. Com essa música, eu não segui a fórmula. — Ele balançou a cabeça. — Bem, você lembra essa garota. Ela também sabia o que queria. — Ele se recostou na cadeira e olhou para ela.

— É uma história ótima — Cordelia disse. — É como...

— Rock 'n' roll — Holley terminou a frase.

Os dois riram. *As coisas voltaram aos trilhos*, Cordelia pensou.

Segunda-feira

No início da manhã de segunda-feira, Cordelia estava sentada na sua mesa e pensando em seus pecados enquanto esperava o departamento de direitos e autorizações da Shrike Music ao telefone. A música de fundo do circuito de espera da Shrike era clássica, sombria e fúnebre. Cordelia suspeitou que fosse uma tática deliberada para criar confusão mental.

Ocorreu a Cordelia, enquanto examinava as unhas, que ainda não havia tentado contatar Mick Jagger. Luz Alcala não ficaria muito feliz com isso. Ao menos, havia conseguido devolver o Mercedes para Luz sem um arranhão ou um amassado. Bem, havia prioridades. Parecia muito importante garantir Buddy Holley para o show beneficente na Funhouse.

Ela repassou as mensagens telefônicas anotadas que estavam empilhadas na mesa. O empresário do U2 queria avisar que The Edge havia prendido os dedos na porta do carro no fim de semana. O U2 talvez se apresentasse sem o guitarrista. Talvez, ela pensou, pudesse convencer o Bono a fazer um número acústico.

O pessoal da técnica havia deixado um aviso de que aquele ShowSat III estava dando defeito no oceano Índico. Estavam trabalhando para consertá-

-lo. Tinha quase certeza de que as transmissões ruins poderiam ser arrumadas. *Quase?*, ela pensou. Que merda. Era melhor que "quase" se traduzisse em "total". Sabia muito bem que não tinha influência para conseguir que a GF&G mandasse um voo de reparo com cinco dias de antecedência. Com *qualquer* antecedência. Meu Deus, o que ela estava *pensando?* Cordelia engoliu um café e encarou o telefone. Quanto tempo a Shrike a deixaria pendurada?

Outra nota era de Tami, a esquimó mestiça e guitarrista líder da Girls With Guns. A maior banda neopunk do mundo formada por mulheres estava em dificuldades em Billings. Cordelia poderia mandar dinheiro suficiente para que *todos* os membros da banda pudessem chegar a Nova York no sábado? Provavelmente. Cordelia fez uma nota: falar com Luz.

Um bipe duplo no telefone e uma voz disse:

— Senhorita Delveccio, direitos e autorizações.

Cordelia apresentou-se, soando o mais calma, segura e sob controle que conseguia. Parecia bom para *ela*.

— Gostaria de falar sobre o catálogo de Buddy Holley — Cordelia disse. — Soube que a Shrike detém os direitos. A Global Fun and Games queria muito que o senhor Holley tocasse uma seleção dos seus sucessos do passado no show global beneficente deste fim de semana em prol de vítimas de doenças.

Houve um breve silêncio.

— Que tipo de doenças?

Cordelia não gostou do som da voz da mulher. Sul do Bronx, provavelmente.

— Hum, AIDS e vírus carta selvagem. A transmissão ao vivo vai alcançar...

A srta. Delveccio a interrompeu.

— Ah, sim, *esse* show beneficente. Desculpe, srta. Chaisson, mas será impossível cooperar com a Global neste projeto. Sinto muito. — Ela não parecia sentir nada.

— Mas com certeza há...

— A Shrike detém o catálogo do sr. Holley sob licença exclusiva. Não podemos liberar as autorizações de que a senhorita precisa. — O tom de voz dizia "*e ponto-final*".

— Talvez se eu pudesse falar com o chefe do departamento...

— Acredito que o sr. Lazarus não está aqui hoje.

— Bem, talvez...

— Obrigada por pensar em nós, srta. Chaisson — disse a srta. Delveccio. — Tenha um bom dia. — E desligou.

Cordelia olhou para o telefone por um minuto ou dois. Caramba. Ela desejou que a srta. Delveccio encarasse tempos extremamente difíceis. Depois de um minuto, ela ligou o terminal do computador da mesa e acessou a versão eletrônica da *Variety*. Navegou por algumas páginas eletrônicas ao acaso e em seguida ligou o modem e entrou no índice da *Variety*. Embora houvesse poucas entradas para a Shrike Music, e não muitas com Buddy Holley, havia uma história que aparecia nas duas entradas. Era datada de quase três meses antes, enquanto ela estava na Austrália. Parecia que a Shrike Music havia assinado um acordo megamilionário com a segunda maior empresa de publicidade dos EUA. A empresa de publicidade tinha como cliente uma grande organização evangélica que buscava comercializar seus parques temáticos e outras subsidiárias comerciais através do que o artigo, citando Leo Barnett, chamou de "música inocente, nostálgica, mas enérgica de Buddy Holley".

Ai, Cordelia pensou. Ai, não. Não era de se estranhar que a Shrike não tenha ficado ansiosa por ter as músicas de Holley associadas ao show beneficente. Isso seria um problema e tanto.

Luz Alcala pôs a cabeça no vão da porta do escritório e disse:

— Bom dia, Cordelia, foi bem de fim de semana?

Cordelia ergueu os olhos.

— Com certeza. Recebeu suas chaves? Obrigada novamente pelo carro.

Luz assentiu.

— Você está bem? Parece um pouco distraída.

— É só segunda de manhã.

Luz sorriu, solidária.

— Aliás, você conseguiu encontrar nosso amigo licantropo?

Cordelia sacudiu a cabeça. Pensamentos rápidos.

— Ainda não.

— Vou dar uma sugestão. Depois que tentar o empresário, ligue para os presidentes das gravadoras. Se não *conseguiu ficar satisfeita*, suba um nível. Quase sempre funciona.

Ahá!, Cordelia pensou.

— Obrigada.

Após Luz ter conversado um pouco mais e partido, Cordelia discou novamente para a Shrike e pediu para falar com o gabinete do presidente. Depois de dois níveis de secretárias, finalmente chegou a Anthony Michael Cardwell. Ele era mais simpático que a srta. Delveccio, mas, no fim das contas, não foi mais útil.

— Claro, a Shrike Music tem uma responsabilidade perante a comunidade, e participamos em muitos projetos nesse sentido, mas também somos responsáveis perante os acionistas e sócios-proprietários — ele disse. — Acredito que a senhorita possa avaliar a dificuldade de nossa posição.

Balela, Cordelia pensou, furiosa. O que ela disse foi quase o mesmo. Definitivamente, direto demais. O presidente da Shrike Music interrompeu logo a conversa.

Depois de desligar o telefone, Cordelia tamborilou os dedos no tampo da mesa. "Suba um nível", Luz disse. Cordelia usou o teclado e acessou a lista de pesquisa de bancos de dados relativa à indústria do entretenimento da GF&G. Quando começou a procurar as raízes da árvore genealógica corporativa da Shrike, se perguntou como Jack estava se saindo.

◆

Claro que Jack acreditou em Cordelia quando ela lhe disse no domingo à noite que seria fácil obter a permissão para Holley tocar suas músicas. Mais ainda, que a GF&G cuidaria da licença de trabalho de Jack na segunda de manhã, o que o liberaria para que ele ajudasse Holley a vir para Manhattan. Cordelia arranjou um quarto no centro, no Hotel California, o principal hotel para músicos visitantes.

— A gerência — Cordelia dissera — não se importa com o que aconteça num quarto, contanto que paguem pelos prejuízos. Cartões Amex Platinum são bem-vindos.

Por volta do meio-dia, enquanto Cordelia fazia as vezes de detetive Nancy Drew no computador, Jack levou Buddy Holley ao seu quarto no oitavo andar do Hotel California.

— Você tem uma conta aberta aqui — a recepcionista disse, então pediram almoços suntuosos.

Jack observou quando Holley desembalou um toca-fitas compacto e uma caixa de fitas cassete. Era uma seleção eclética de música new age — muito dos álbuns de Windham Hill, junto com uma série de fitas de relaxamento com vento, tempestade, mar, chuva — e uma variedade de rock, blues e country das antigas.

— Tenho umas coisas raras aqui — Holley disse, pegando um punhado do que pareciam fitas gravadas em casa. — Tiny Bradshaw, Lonnie Johnson, Bill Dogget, King Curtis. Há umas coisas mais conhecidas também: Roy Orbison, Buddy Knox, Doug Sahm. — Ele deu uma risadinha. — Uma verdadeira coleção do Texas, esses garotos perdidos. Também tem um pouco de George Jones, esse garoto também tem lugar no meu coração. Eu e minha primeira banda tocamos para ele em 1955, no show de Hank Cochran.

— O que é isso? — Jack apontou para o que parecia ser a única gravação em vinil na caixa de fitas.

— Isso me orgulha muito. — Holley levantou o disco de 45 rotações. — "Jole Blon." A primeira gravação de Waylon Jennings. Fui eu quem produziu para ele, quando ainda tocava com os Crickets.

Jack pegou o disco e examinou-o com hesitação, como se estivesse olhando uma relíquia sagrada.

— Acho que ouvi isso na rádio WSN.

— Sim — disse Holley. — Quase todo mundo que respeito daquela época aprendeu sobre música primeiro ouvindo o Grand Ole Opry.

Jack pôs o 45 de "Jole Blon" para tocar. Uma lassidão imensa o tomou. Ele olhou para os restos do almoço. A náusea ia e voltava. Ele se sentou no sofá do hotel e tentou manter a voz firme.

— Antes de vir para Nova York, eu escutava o Opry o tempo todo. Quando cheguei aqui, encontrei uma estação da Virgínia que passava o programa.

— Veio do mesmo lugar que sua sobrinha? — Holley perguntou, interessado.

Jack assentiu.

— Tem totem de jacaré também?

Jack não disse nada, tentando controlar a nova dor de estômago.

— O jacaré é um poderoso espírito animal guardião — Holley comentou. — Eu não abusaria de alguém com esse protetor.

Jack se dobrou e tentou não gemer.

Holley aproximou-se dele.

— Tem algo errado? — Ele correu as mãos pelo peito e pela barriga de Jack. Os dedos adejaram levemente sobre o estômago dele. Holley assobiou. — Cara, acho que temos algum problema aqui.

— Eu sei — Jack falou e grunhiu. Qualquer outro ano ele teria certeza de que poderia evitar uma gastroenterite. Mas Tachyon avisou sobre as infecções oportunistas. Ele via a imagem instantânea de vírus mirando-o de todos os buracos pestilentos do mundo. — Talvez seja apenas uma gripe.

Holley sacudiu a cabeça.

— Encontrei uma intrusão poderosa e resistente aqui.

— É um vírus.

— E o vírus te pegou porque sua proteção, seu manto pessoal, está acabado.

— Eu não poderia falar melhor — Jack comentou.

Holley tirou as mãos do abdômen de Jack.

— Desculpe, nada pessoal. Não sei se Cordelia lhe disse, mas eu... bem, sei algumas dessas coisas. — Jack olhou para ele, perplexo. — O que você precisa — Holley disse com seriedade — é de um tratamento tradicional. Precisa ter essa intrusão sugada. Acho que é a única maneira.

Jack não conseguiu evitar e começou a rir, em seguida a gargalhar. Não conseguia se lembrar da última vez que havia gargalhado daquela forma. Doía rir, mas ajudava também. Buddy Holley o observou, aparentemente atônito. Por fim, Jack se endireitou um pouco e disse:

— Desculpe, não acho que, hum, sugar uma intrusão do *meu* corpo seja uma boa ideia no momento.

— Não me leve a mal — Holley disse. — Estou falando sobre algo psíquico, retirar a causa do desconforto usando o poder da alma e da mente.

— Não estou levando a mal. — Jack começou a rir novamente. Mas *Dieu*, ele se sentia bem melhor.

♠

Por volta das duas da tarde, Cordelia havia acessado a Base de Referência da Biblioteca Pública de Nova York e o Banco de Dados dos Registros Públicos em Albany. Cobriu várias páginas de caderno com números e notas rabiscados. Sua tarefa parecia um daqueles quebra-cabeças de mil peças que ela nunca teve paciência para terminar.

A Shrike Music tinha como única proprietária a Monopoly Holdings, sociedade de Nova York. Cordelia discou o número da central da Monopoly em Manhattan e tentou falar com o presidente. No fim das contas, conseguiu falar com o vice-presidente executivo para assuntos corporativos. O homem disse que a questão Buddy Holley não lhe cabia, mas que ela devia mandar uma carta detalhada ao presidente da Monopoly, um tal de Connel McCray. Mas Cordelia não poderia falar diretamente com McCray?, ela perguntou. O presidente não estava disponível. Era difícil dizer quando estaria de volta ao escritório.

Cordelia descobriu nos Registros Públicos que a Monopoly Holdings era uma divisão da Infundibulum Corporation, um consórcio controlado pelo CariBank, em Nassau. A ligação para a Infundibulum resultou em vinte minutos frustrantes à espera de uma conversa igualmente insatisfatória com o assistente executivo do diretor-presidente. A chamada de longa distância para Nassau a levou a uma voz com forte sotaque das Bahamas alegando um completo desconhecimento sobre esse tal Holley.

Após desligar, Cordelia considerou a frustração que o telefone representava.

— Acho que vou para casa agora — ela disse a si mesma. Tudo bem fazer uma pausa. Poderia voltar ao escritório mais tarde e trabalhar a noite toda.

♥

Veronica e Cordelia dividiam um apartamento popular no centro, na Maiden Lane. Não havia uma paisagem propriamente dita — as janelas da sala de estar davam para um pátio estreito com os vizinhos do décimo primeiro andar apenas a nove metros de distância. Como era igual a assistir a uma grande tela de TV muito desinteressante, Cordelia rapidamente aprendeu a ignorar o restante do prédio. Era agradável simplesmente ter seu pequeno quarto. Veronica podia usar o restante do apartamento como quisesse.

Cordelia fez o máximo uso de seu quarto, contratando um carpinteiro do Soho para construir uma estrutura barata com madeira de 5 por 10 para apoiar sua cama. Loft instantâneo para dormir. Ela só precisava se lembrar de não rolar durante a noite. O espaço de 1,80 m embaixo do colchão servia como closet, estante de livros e deixava espaço para guardar os discos, o que ainda liberava o espaço da parede para pôsteres. Uma parede era dominada por um pôster colorido de Ayers Rock na madrugada. A parede oposta tinha um pôster com a famosa expressão DEIXA ESTAR, JACARÉ..., mas com a resposta à máxima desgastada feita com caneta marca-texto preta: AQUI VOCÊ ESTÁ EM CASA.

Cordelia estava encaixando a fita de Suzanne Vega no toca-fitas quando sua colega entrou no quarto. Veronica usava um vestido branco colado, com uma peruca platinada e lentes de contato violeta.

— Baile de máscaras? — Cordelia perguntou.

— Só um encontro. — Veronica revirou os olhos. — É um cara de Malta com uma tara por Marilyn Monroe e Liz Taylor. — Ela mudou de assunto. — Tem alguns ingressos bons ainda para sábado?

— A 25 dólares um popular, não posso te dar cortesia — Cordelia comentou.

— Sem problemas. São para a gerência. Miranda e Ichiko podem pagar. Só gostariam de um pouco de consideração na escolha da mesa. Perto do palco, ok?

— Vou ver o que posso fazer. — Cordelia fez uma nota e colocou o caderno de "Coisas a Fazer" na bolsa.

— E como vai o trabalho? — Veronica perguntou, inocente.

Cordelia contou o acontecido.

— Parece que você precisa de um detetive *de verdade*.

— Se eu conhecesse um, eu chamaria. Estou desesperada.

— Bem — Veronica disse. — Acho que talvez eu possa te dar uma mãozinha.

— O que você está planejando, pode me dizer? — Seria *tão* bom, pensou Cordelia, repassar isso para outra pessoa.

— Ainda não — Veronica respondeu. — Vamos trabalhar nisso. E veja se consegue bons lugares.

— Me ajude a botar Buddy Holley na frente das câmeras — Cordelia disse —, e eu ponho Miranda e Ichiko sentadas no palco atrás dos monitores. Elas podem segurar os microfones. Qualquer coisa que quiserem.

— Fechado. Agora — continuou Veronica —, antes de eu ir pra área nobre, de quem é a vez de comprar a comida do gato?

♣

Os homens estavam sentados ouvindo música e bebendo. Buddy Holley tomava refrigerante. Jack cerveja escura. O serviço de quarto era uma gentileza. Eles conversavam. Às vezes, Holley se levantava para mudar as fitas. Passaram por Jimmie Rodgers e Carl Perkins, Hank Williams e Jerry Lee Lewis, Elvis Presley e Conway Twitty. Jack ficou surpreso que o cantor também tivesse fitas de artistas mais novos: Lyle Lovett, Dwight Yoakum e Steve Earle.

— Como o macaco falava — Holley simplesmente disse —, é preciso continuar evoluindo.

Conversaram sobre os anos 1950 — sobre o interior pantanoso de Louisiana e a vastidão árida do oeste do Texas.

— Olha só — Holley comentou —, não há muito o que dizer de Lubbock quando o único lugar para ir no sábado à noite é o Amarillo. Voltei lá depois do *boom* do petróleo e também depois da quebra, e nada mudou muito em nenhum dos períodos.

— Não tem um Dia do Buddy Holley? — Jack perguntou.

— Acho que vou ter que morrer para isso acontecer.

Tinham muito em comum, Jack observou. Exceto que nunca haveria um Dia do Jack Robicheaux em Atelier. Nem mesmo depois que morresse. Ele puxou uma caixa de fitas cassete e ergueu uma sem rótulo, a não ser a palavra "novo".

— O que é isso?

— Hum, nada — disse Holley. — Nada que você queira ouvir.

Havia algo na maneira que ele havia respondido, pensou Jack. Quando Buddy Holley foi ao banheiro, Jack colocou o cassete misterioso no deck e apertou "play". A música era simples e sem enfeites. Não havia banda, nem *double-tracking* ou camadas de áudio. O canto era reflexivo na primeira música, exuberante na segunda. As letras eram maduras. O soluço característico no vocal estava lá. Era Buddy Holley. Jack nunca tinha ouvido nenhuma daquelas canções antes.

Ele ouviu a porta do banheiro se abrir atrás dele. Buddy Holley disse:

— Depois que o avião caiu com a minha família e a Shrike comprou todas as minhas músicas, as pessoas acharam que eu não ia mais escrever. E por alguns anos eu também achei.

A terceira música começou.

— Tudo isso é novo — Jack disse, admirado. — Não é?

A voz de Buddy Holley era suave e poderosa.

— Tão novo quanto a ressurreição.

Terça-feira

A Funhouse não era o Carnegie Hall, e como praticamente em qualquer outro clube de Manhattan, a luz do dia não a favorecia. Naquela manhã, os espelhos estavam manchados e empoeirados. Precisavam ser polidos à perfeição até sábado. Quando Jack olhou o palco, o que ele mais viu foram cadeiras empilhadas sobre as mesas. As poucas janelas e claraboias deixavam entrar raios da luz do sol primaveril que continham uma miríade de partículas dançantes de poeira. O lugar tinha um cheiro rançoso. O outro odor predominante era o de um lubrificante de equipamentos.

Jack estava ao lado de Buddy Holley. Holley estava ao lado de C.C. Ryder. Do outro lado de C.C. estava Nômada. Era um protocolo inquebrantável. Nômada acabou sendo a companhia constante e protetora de C.C. Jack percebeu que assumira conscientemente um papel semelhante com Buddy Holley. Ele gostava mesmo do cantor e não era uma simples questão de nostalgia dos anos 1950 e 1960. Sentia que estava se tornando amigo de verdade do texano, mas *que pena*, sussurrou a voz sacana em sua cabeça, *vocês não serão camaradas por muito tempo.* Jack visitara o Dr. Tachyon pela manhã. Tachyon propôs hospitalizá-lo. "Sem chance", ele disse. Tachyon apelou para a razão. "Você consegue realmente prever o que minha versão do vírus vai fazer?", ele questionou. Tachyon admitiu que não sabia ao certo. Mas havia precauções a tomar... Jack deu de ombros com tristeza e partiu.

Xavier Desmond, com sua tromba elefantina, que parecia murcha sobre o peito, observava os preparativos do palco. Ele caminhava devagar, como um homem que conhecia a proximidade real da morte, ainda assim parecia orgulhoso além da conta. Por uma noite, os olhos de grande parte do mundo estariam sobre sua amada Funhouse.

O espaço limitado do clube estava sendo ainda mais reduzido pelos trilhos das câmeras postos na frente e na lateral do palco. O pessoal da técnica havia montado um microfone boom da Louma bem fino no teto.

— Não deixe encostar no candelabro! — Des falou quando o operador remoto encaixou o suporte de câmera, parecido com um louva-deus, nos espaços.

Mesmo com os feixes de luz reluzindo nas bolas de espelhos, o clube parecia sombrio.

Buddy Holley coçou a cabeça.

— Rapaz, eu já vi palcos piores.

C.C. riu e disse:

— E eu *toquei* neles.

— Acho que não vai ter tela de arame ao redor do palco, não é?

C.C. deu de ombros e imitou um sotaque do fundão do Texas:

— Joe Ely costumava me contar sobre lugares difíceis assim, onde se precisava vomitar três vezes e mostrar a faca antes de deixarem você entrar. E isso quando você estava lá para cantar.

— Des dirige uma espelunca mais classuda — Jack comentou. — Acho que pessoas dando 25 dólares para entrar não vão erguer garrafas de Corona contra a banda.

— Seria mais autêntico se erguessem — Holley olhou para C.C. — Tenho que dizer, estou muito ansioso para ouvi-la cantar.

— Eu também — C.C. comentou —, embora eu ainda esteja nervosa como um gato. O senhor decidiu ir em frente mesmo?

Holley virou-se para Jack.

— Soube de algo de sua sobrinha?

Jack balançou a cabeça.

— Falei com ela pela manhã. Acho que as coisas estão indo devagar com a Shrike, mas ela disse para não se preocupar. Só baboseiras burocráticas.

C.C. cutucou Holley com o cotovelo.

— Olha, cara, eu vou se você for.

— Um desafio? — Holley sorriu devagar. — Acho que vai ser mais divertido que apostar um racha. Que diabos. Tudo bem. Vou antes, como o Fantasma dos Sucessos Passados, e, se precisar, faço um cover de… ah, Billy Idol.

— Não! — Nômada se intrometeu. — Não vai não.

♦

As coisas não estavam indo terrivelmente bem para Cordelia. Chegou ao escritório por volta das sete. Estava tão distraída que esqueceu a sequência de fuso horário para o Ocidente. O empresário das turnês de Little Steven não ficou muito feliz ao ser acordado em seu quarto do hotel pouco depois das quatro da manhã.

Por outro lado, notícias melhores chegaram por volta das dez. Raios-X acusaram que os dedos de The Edge estavam levemente torcidos, e não fraturados. Embora a apresentação do U2 naquela noite em Seattle tivesse sido cancelada, o guitarrista achava que estaria bem até sábado.

Então, havia a questão da Shrike Music. Cordelia tinha um diagrama terrível com linhas e flechas indicando o emaranhado que era dono da empresa de música. Tinha listas de diretores-presidentes, presidentes, vice-presidentes e chefes dos departamentos de promoção. E advogados — Deus, hordas de advogados. Mas ninguém falava com ela. *Como assim?*, ela se perguntou. *É o meu hálito?* Ela riu. Fadiga, ela pensou. Exaustão precoce. Cedo demais. Haveria tempo para despencar depois da noite de sábado. Ela se serviu de outra xícara de café colombiano forte e começou a pensar seriamente sobre a Shrike e seus chefes, e por que todos fugiam dela, como se ela fosse um investigador do Congresso atrás de acusações de propina nas rádios.

O telefone tocou. Ótimo. Talvez fosse um das dúzias dos executivos relacionados à Shrike ou seus proprietários bizantinos retornando suas chamadas.

— Oi — disse sua colega de quarto. — Conseguiu os ingressos para mim?

— Conseguiu Spenser, ou talvez Sam Spade para mim?

— Melhor ainda — Veronica falou. — Estou com uma pessoa aqui com quem você precisa falar.

— Veronica... — ela começou a falar. Por que todo mundo estava fazendo o jogo do mistério?

— É o Croyd — disse uma voz masculina estranha. — Você já me viu. Tivemos um encontrinho, você, eu e Veronica.

— Eu me lembro — Cordelia falou —, mas...

— Estou fazendo investigações — ele disse, sem rodeios.

— Acho que sei disso, mas não acho que...

— Só escute — Croyd interrompeu. — Foi ideia da Veronica, não minha. Talvez eu possa ajudar. Talvez não. Você quer saber alguma coisa sobre a Shrike Music.

— Isso. Buddy Holley e eu precisamos descobrir quem é a dona de suas músicas para que eu possa conseguir uma permissão para ele cantá-las, assim eu vou convencê-lo a aparecer no sábado...

— Mas a Shrike não está no catálogo telefônico? — Croyd quis saber.

— Estão me afastando como se fossem da Máfia ou algo assim.

Ela ouviu uma risadinha seca.

— Talvez sejam.

— Se tiver algo que possa fazer — Cordelia disse —, eu serei muito...

Croyd interrompeu de novo.

— Vou ver o que consigo descobrir. Eu te ligo. — A ligação caiu em seguida.

Cordelia desligou o telefone e se permitiu sorrir. Cruzou os dedos. Das duas mãos. Em seguida, pegou a anotação seguinte que implorava sua atenção na mesa. Essa era mais simples. Talvez ela pudesse descobrir em menos de uma hora exatamente por que a Girls With Guns parecia estar presa em Cleveland.

Quarta-feira

A GF&G havia decidido que a banda da Funhouse serviria C.C. Ryder e Buddy Holley. Na verdade, foi C.C. quem os aprovara; a GF&G apenas assinou os cheques.

— Todos eles são músicos competentes — C.C. disse para Holley.

— Por mim, está bem — ele observou e ouviu enquanto dois guitarristas, o baterista, a tecladista e o saxofonista afinavam.

Jack observava também. Ensaios eram longos e tediosos. Mas, como observador, aquilo era o show business em movimento. Era divertido. Glamoroso. Era o céu.

C.C. levou Holley para o palco. Nômada sentou-se numa mesa à frente, embora a ação parecesse meio forçada. Jack sabia que ela queria mesmo era seguir C.C. lá em cima, em cena.

— Se importa se eu sentar aqui? — ele lhe perguntou, pousando a mão no encosto da cadeira ao lado. Os olhos escuros de Nômada fixaram-se nele com intensidade por apenas uma fração de segundo. Em seguida, ela deu de ombros, e Jack sentou-se.

— Tudo bem — C.C. estava dizendo para os músicos no palco. — Vou começar com essa aqui. Ou talvez terminar. Ah, eu ainda não sei. Tudo que sei de verdade é que é nova e faz parte dos meus vinte minutos. — Ela plugou seu violão de doze cordas cor de ébano e dedilhou uma progressão de acordes. — Temos três dias inteiros para ensaiar. Então se lembrem da vantagem que temos sobre outros caras, como o Bruce ou U2. — Todos deram um sorrisinho. — Tudo bem, vamos lá. Essa se chama "As melhores cartas do jogo". Um, dois, três e...

No momento em que C.C. começou a tocar, ela parecia incapacitada. "Nervosa", Jack pensou, era uma palavra leve demais. Não havia multidão. Não havia público além dos músicos, dos técnicos trabalhando no som e nas luzes e alguns poucos observadores, como Jack e Nômada. A levada de C.C. estava extremamente sem graça. Ela parou, abaixou a cabeça enquanto todos no salão seguravam a respiração. Em seguida, C.C. ergueu os olhos, e para Jack parecia que aquele movimento havia exigido um esforço enorme. Os dedos acariciaram as cordas do violão.

— Desculpem — ela disse. E só. E, depois, tocou.

Amor, as cartas estão na mesa
Amor, agora é só certeza
E quando o jogo se abrir
Suas cartas serão as melhores

O baterista acompanhou o toque. O baixista dedilhou. O guitarrista preencheu os espaços com suavidade. Jack viu os dedos de Buddy Holley dedilharem levemente as cordas da Telecaster, mesmo sem estar plugada.

Meu amor joga desde criança
Jogando viu todo esse tempo partir
Meu amor nunca entrou na dança
Pois tudo que fez foi parar, desistir

A tecladista mandou um som tremulado, choroso e sombrio do Yamaha. Jack piscou. Holley sorriu. Soava como o tilintar de Farfisas dos bons e velhos tempos, antes dos sintetizadores.

Meu amor, não diga "passo"
Quando você tiver
As melhores cartas do jogo.

Quando acabou, houve um longo momento de silêncio absoluto na Funhouse. Então, o pessoal da técnica começou a aplaudir, depois os músicos da banda de C.C. Eles comemoraram. Nômada ficou em pé. Jack viu Xavier Desmond no fundo do salão; parecia que tinha lágrimas escorrendo sobre o rosto.

Buddy Holley coçou a cabeça e sorriu. *Um pouco como Will Rogers*, Jack pensou.

— Sabe de uma coisa, minha cara? Acho que todos nós aqui tivemos o privilégio, nesta manhã, de ver o ponto alto do show.

C.C. parecia pálida, mas sorriu e disse:

— Que nada, está crua ainda. Vai ficar muito melhor.

Holley sacudiu a cabeça.

C.C. Ryder foi até ele e inclinou o rosto diante do homem.

— Sua vez de subir no barril, rapaz.

O homem sacudiu a cabeça, mas os dedos acariciavam a guitarra.

C.C. deu um tapinha na lateral da cabeça.

— Eu mostrei a minha.

Holley ergueu os ombros de leve.

— Que inferno. Acho que vou ter que ir.

— Sem Billy Idol — Nômada disse.

Holley riu.

— Sem Billy Idol. — Ele dedilhou o violão, pensativo, por um momento. Em seguida, disse: — Essa é nova. — Ele olhou para Jack. — Essa nem estava na fita que você ouviu. — O dedilhar se aprofundou, tomando força. — Eu chamo de "Fera rude".

Então, Buddy Holley tocou.

♠

— Foi incrível, Cordie. É o velho Buddy Holley com toda a maturidade incorporada. — A voz de Jack era exuberante e nada crítica. — Tudo que ele tocou era novo, e foi fantástico.

— Novo? — Cordelia deu batidinhas com o indicador direito no fone. — Tão bom quanto "That'll Be the Day" e "Oh, Boy"?

— "Maxwell's Silver Hammer" é melhor que "I Want to Hold Your Hand"? — A empolgação fazia a voz de Jack estalar. — Não dá para comparar. As músicas novas são tão poderosas como as canções antigas, são só mais... — Jack parecia buscar a palavra precisa — ... sofisticadas.

Cordelia encarou as fotografias de sua sala, mas não as enxergava. Clique. *Acho que uma lâmpada se acendeu sobre a minha cabeça*, ela pensou. *Tenho que desacelerar. Estou começando a perder muita coisa.*

— Acredito — ela disse — que essa Shrike não tem nenhum direito sobre as novas músicas. O que posso fazer é colocá-lo num espaço no meio do espetáculo. Talvez cortar uns dez minutos dele.

— Vinte — Jack disse com firmeza. — Precisa ser igual a todo mundo.

— Talvez — Cordelia comentou. — De qualquer forma, ele vai ficar no meio para que o público se aqueça antes de precisar decidir se vai xingar quando Buddy Holley não cantar "Cindy Lou".

A ligação ficou silenciosa. Então, Jack falou:

— Não acho que ele vá se importar.

— Tudo bem, ótimo. Isso vai facilitar muito as coisas. Posso mandar os cabeças-ocas da Shrike pro inferno. — Cordelia sentiu o peso esmagador começar a sair da cabeça. — Tem certeza de que ele vai fazer o show com o material novo?

As palavras de Jack eram um dar de ombros verbal.

— O gelo parece ter sido quebrado. Ele e C.C. estão se apoiando. Acho que tudo vai dar certo.

— Fantástico. Obrigada, tio Jack. Me mantenha informada.

Cordelia se animou depois de desligar o telefone. Então, Buddy Holley havia topado. E agora ela poderia tirar Croyd dessa busca inútil. Mas, quando ela telefonou para o apartamento, ninguém atendeu. Tudo que conseguiu foi falar com a secretária eletrônica.

Talvez, ela pensou, feliz, *tudo fique moleza a partir daqui.*

Quinta-feira

Cordelia percebeu que estava cantarolando "Real Wild Child". O rock agitado combinava perfeitamente com a animação daquela tarde. Ela se perguntou por um momento onde tinha ouvido a música quando identificou a melodia. Sabia que não estava em nenhum dos álbuns de Buddy Holley. A música devia estar rolando por aí.

Ela dedilhou os toques de guitarra mentalmente enquanto fazia suas ligações pós-almoço. Cordelia telefonou para a Funhouse bem na hora em que sua sopa vietnamita chegou. Jack parecia contente.

— Os ensaios estão ótimos — ele disse. — C.C. e Buddy estão se dando muito bem. E Nômada até balançou a cabeça para mim quando eu disse bom dia.

— Como está a parte musical?

— Os dois estão tocando em grande parte música nova... bem, a de Buddy é *toda* nova.

— Ele vai conseguir encher os vinte minutos? — Cordelia quis saber.

— Tudo está como antes... eu disse que não teria problema nenhum com ele. Está tudo bem. Você deveria dar uma hora para ele.

— Não sei se U2 ou o Bruce Springsteen gostariam disso — Cordelia falou, seca.

— Aposto que eles amariam.

— Não vamos arriscar. — Cordelia sentiu o aroma de caranguejo e aspargos subindo da sopa no baldinho de isopor. — Tenho que desligar, tio Jack. Minha comida chegou.

— Tudo bem. — A voz de Jack hesitou. — Cordie?

— Hum? — Ela já havia enfiado a primeira colherada na boca.

— Obrigado por me pedir para fazer isso. É fantástico. Fico muito grato. Está… mantendo minha mente fora de tudo o mais no mundo.

Cordelia engoliu a sopa quente.

— É só manter C.C. e Buddy Holley felizes. E Nômada também, se for possível.

— Vou tentar.

Por volta das duas da tarde, Cordelia ligou para a empresa contratada que estava tentando exorcizar os demônios do ShowSat III, quando, de soslaio, ela avistou a silhueta de uma figura estranha na porta da sala. Desligando o telefone, viu um homem distinto de meia-idade vestido com um terno creme de seda que ela sabia valer dois ou três meses de seu salário. O corte tinha uma precisão impecável. O nó do *foulard* estava precisamente posicionado. Com cabeça inclinada, ele a observava com um olhar penetrante.

— Está bem-vestido demais para ser Tom Wolfe — ela disse.

— Na verdade, não sou. Tom Wolfe, digo. — Ele não sorria. — Se importa se eu entrar para conversar com você?

— Marcamos horário? — Cordelia perguntou, perplexa. Ela olhou para o calendário. — Temo que não…

— Eu estava passando por aqui — o homem disse. — Temos um horário. Só acho que você não foi informada. — Ele estendeu a mão. — Desculpe por não me apresentar formalmente. Sou St. John Latham, ao seu dispor. Represento a Latham, Strauss. Espero que já tenha ouvido falar da nossa empresa.

Cordelia avistou um brilho de unhas manicuradas com esmero quando apertou a mão do homem. Seu aperto de mão era seco e superficial.

— Os advogados — ela disse. — Hum, sim. Por favor, sente-se.

Ele se sentou. Como pano de fundo do terno de Latham, a cadeira Breuer parecia um pouco pobre.

— Vou direto ao ponto, srta. Chaisson… ou posso chamá-la de Cordelia?

— Como quiser. — Cordelia tentou organizar os pensamentos, pois ter o sócio sênior de uma das empresas mais caras e maldosas de Manhattan sentado no seu escritório não pode ser um bom presságio.

— Bem — Latham disse, as mãos juntas e espalmadas, os dedos indicadores apenas resvalando no queixo fino —, fui informado que a senhorita tem causado comoção considerável em várias empresas clientes da Latham. Como a senhorita deve ter descoberto, somos contratados do CariBank Group, e por isso temos interesse em suas holdings subsidiárias.

— Não sei se entendo...

— A senhorita obviamente foi bem inventiva com seu computador e modem, Cordelia. E não foi muito discreta em suas ligações para vários dos diretores.

De repente, as coisas começaram a ficar claras.

— Ah — Cordelia disse —, é sobre a Shrike Music e Buddy Holley, certo?

O tom de Latham era calmo e funcionava com a mesma temperatura de um supercondutor.

— A senhorita parece ter um grande interesse na família corporativa do CariBank.

Cordelia sorriu e ergueu as mãos.

— Ei, sem problema, sr. Latham. Não é mais incômodo para mim. Holley tem uma coleção inteira de novas músicas que a Shrike não pode tocar.

— Srta. Chaisson... Cordelia... a Shrike Music Corporation é a menos importante de suas pesquisas. Nós, na Latham, Strauss, estamos preocupados com sua aparente necessidade de informações sobre o restante da família CariBank. Essas informações talvez sejam... um pouco problemáticas...

— Não mesmo — Cordelia disse com firmeza. — É um problema que não existe. Honestamente, sr. Latham. Sem problemas. — Ela sorriu para ele. — Agora, se o senhor não se importar, tenho um monte de trabalho para...

Latham a encarou.

— A senhora vai desistir, srta. Chaisson. Vai cuidar dos seus negócios ou, eu garanto, vai se arrepender muito, muito mesmo.

— Mas...

— *Muito* mesmo. — Latham olhou diretamente para ela até que Cordelia finalmente piscasse. — Espero que tenha me entendido. — Ele se levantou, virou as costas e saiu com um farfalhar de seu terno caro.

Aquilo a atingiu. *Que me enforquem com* corde à boyau, ela pensou. *Acabei de ser ameaçada por um dos advogados mais poderosos e predadores de Manhattan. Então, que me processe.*

Cordelia tinha muito a fazer e aquilo a ajudou manter sua cabeça longe da visita de Latham. Ela ligou para o pessoal técnico responsável pelas transmissões via satélite e ficou feliz em saber que o ShowSat III estava operando novamente. No fim das contas, um bom pedaço do outro lado do mundo teria a oportunidade de assistir ao show beneficente da Funhouse.

— Acho que os gremlins estão em férias — disse o engenheiro consultor.

Então, a telefonista da GF&G transferiu uma chamada a cobrar de Tami, em Pittsburg.

— Que diabos você está fazendo *aí*? — Cordelia questionou. — Mandei dinheiro o bastante para que todas a Girls With Guns inteira pudesse voar para Newark hoje.

— Você não vai acreditar — Tami falou.

— Provavelmente não.

— Compramos um monte de penas.

— Não compraram cocaína?

— Claro que não! — Tami parecia escandalizada. — Encontramos uma garota que tinha uma seleção incrível. Precisamos delas para nosso figurino de sábado.

— Penas não custam seiscentos paus.

— Essas custam. São raras.

— Essas penas vão ajudar vocês a voar? — Cordelia perguntou, perigosamente.

— Bem... não — Tami respondeu.

— Vou transferir mais dinheiro. Só me passa um endereço. — Cordelia suspirou. — Então, vocês gostam de viajar de ônibus?

Sexta-feira

Jack e Buddy Holley foram para o camarim de Buddy depois que assistiram ao Boss fazer seu ensaio. O ensaio final de Holley foi agendado para as dez da noite. Little Steven, U2 e os Coward Brothers fizeram seus testes no início da tarde. The Edge tocou, mas fez muitas caretas de dor. Em seguida veio Bruce e os outros caras lá do outro lado do rio.

— Nem foi ruim — Holley disse.

— O Boss? — Jack perguntou. — Muito bom. Então, como foi quando ele te tratou como se você fosse um dos rostos esculpidos no Monte Rushmore em vida?

— Bacana. — Holley não disse mais nada.

— Fiquei bem impressionado quando ele perguntou se você tocaria "Cindy Lou".

Holley deu uma risadinha.

— Uma coisa engraçada sobre essa música. Sabe que quase ela não foi "Cindy Lou"?

Jack olhou para ele com cara de interrogação.

Entraram no corredor atrás do palco. A luz não era lá das mais adequadas.

— Cuidado com os fios no chão — Holley avisou. — A boa e velha "Cindy Lou". Bem, esse era o título original desde o início, mas, quando os Crickets e eu fomos gravá-la, nosso baterista, Jerry Allison, pediu que eu mudasse.

— A música? — Jack perguntou.

— O título. Acho que Jerry ia se casar com uma garota chamada Peggy Sue e pensou que seria o máximo ter uma música com o nome dela.

— Mas não mudou?

Holley riu.

— Ela deu um pé na bunda dele, rompeu o noivado antes que a gente batesse o martelo sobre a música. Então ficou "Cindy Lou".

— Eu prefiro — Jack falou.

Percorreram a última curva e chegaram à saleta onde Holley mantinha seu violão e outras coisas que havia trazido do hotel. Ele entrou primeiro. Quando apertou o interruptor, nada aconteceu.

— A maldita lâmpada deve ter queimado.

— Acho que não — disse uma voz lá de dentro.

Jack e Holley tiveram um sobressalto.

— Quem tá aí? — Jack perguntou. Holley começou a se afastar da porta.

— Espere — a voz disse. — Está tudo bem se vocês forem Buddy Holley e Jack Robicheaux.

— Somos nós — Holley confirmou.

— Meu nome é Croyd.

Holley disse:

— Não conheço nenhum Croyd.

— Eu conheço — Jack falou. — Digo, sei quem é você.

A voz soltou uma risadinha.

— Estou com um pouco de pressa e tentando ser sutil, então, por que vocês dois não entram para fecharmos a porta?

Os dois homens obedeceram. Croyd acendeu uma lanterna e deixou o facho de luz passar rapidamente pelo rosto dos homens.

— Tudo bem, vocês são quem dizem que são. — Ele deixou a lanterna na mesa de maquiagem, mas não a desligou. — Tenho algumas informações para sua sobrinha — ele disse para Jack —, mas lá na empresa não sabem onde ela está, e eu não tenho tempo para esperar.

— Tudo bem — Jack disse. — Pode falar, eu repasso para ela. Ela está pulando como uma rã num caldeirão quente, fazendo dez mil coisas para tudo correr bem amanhã à noite.

— Ela me pediu para dar uma olhada na Shrike Music — Croyd falou.

— Ah, sim? — Holley soou interessado.

— Pensei que pudesse ser uma das frentes dos Gambione. Sabe, lavagem de dinheiro da Máfia.

— E? — Jack perguntou. — As mãos sujas de Rosemary Muldoon também estão aí?

— Não — Croyd respondeu. — Não acho. Seja lá o que for a Shrike, e acho que é suja pra dedéu, realmente não acho que tenha relação com os Gambione ou com outras famílias. Diga isso a Cordelia Chaisson.

— Mais alguma coisa? — Jack quis saber.

— Sim. Pelos rastros que pude seguir, consegui algumas pistas. O cérebro por trás da Shrike é o Brecha. Sabe, o advogado, St. John Latham. Se estiver certo, é melhor sua sobrinha ter muito cuidado. Brecha é um filho da puta perigoso.

— Tudo bem — Jack falou. — Eu digo para ela.

— Se descobrir mais coisas… — Holley disse.

— Não vou. Tenho meus próprios assuntos para cuidar. — A risada de Croyd foi muito seca.

— Ah. Bem, obrigado de qualquer forma. Ao menos sei que minhas músicas não estão enroladas em fios de espaguete — Holley comentou.

— Olha só — Croyd falou com certa animação na voz. — "Shake, Rattle and Roll" é um dos melhores rocks já gravados. Não deixe que ninguém diga o contrário. Só queria dizer isso antes de partir.

— Bem — Holley falou —, muito obrigado. — Ele caminhou na escuridão, na direção da mesa de maquiagem. — Quero cumprimentar o homem que me disse essas coisas.

— O que posso dizer? Já faz tempo que eu gosto do seu trabalho. Fico feliz que tenha voltado.

Jack teve a impressão de um rosto pálido e albino na escuridão. Olhos róseos piscaram quando a luz da lanterna se apagou.

— Boa sorte no show. — Em seguida, a forma indistinta de Croyd saiu pela porta e foi embora.

— Tudo bem — Jack falou —, vamos ver se conseguimos uma lâmpada nova. — Ele se encolheu. A dor estava de volta, a dor e algo mais. Na escuridão, ele tocou o próprio rosto. A pele parecia escamosa. O vírus estava saindo de controle. Estava ficando difícil permanecer... Ele não completou a frase. *Humano* era a palavra que estava procurando.

Sábado

As cristas do oceano musical do U2 os cobriu. Os dedos de The Edge haviam se curado bem para aquela noite. Bono começou com "With or Without You" com sua voz exuberante de quem não canta a mesma música do mesmo jeito duas vezes da mesma forma.

C.C. de repente olhou para Buddy Holley com preocupação. Ela esticou o braço para equilibrá-lo. Jack foi para o outro lado.

— O que foi, querido? — Ela tocou a testa do homem com as costas da mão. — Você está queimando.

Nômada parecia preocupada.

— Quer que chame um médico?

Os quatro recuaram quando o câmera passou às pressas com a Steadi-Cam, seguindo para o palco.

Holley endireitou o corpo.

— Tudo bem, estou bem. Um pouco de suor de nervoso.

— Tem certeza? — C.C. perguntou, cética.

— Acho que sim — Holley respondeu —, talvez eu esteja me sentindo um pouco melancólico. — Os três ao seu lado mostraram a mesma incompreensão. — Esperar para subir no palco está me deixando estranho. Estou olhando para tudo isso e pensando sobre Ritchie e o Bopper e como eles caíram com Bobby Fuller naquele Beechcraft em 68, quando Bobby estava testando sua turnê de retorno. Meu Deus, como tenho saudades deles.

— Você está vivo — Nômada disse. — Eles não.

Holley a encarou. Em seguida, abriu lentamente um sorriso.

— Isso é ser direta. — Ele olhou através das cortinas para a casa cheia. — Sim, eu estou vivo.

— Você vai se sentar um pouco — Jack falou. — Descansar um instante.

— Lembre-me de uma coisa — Holley pediu. — Quando eu entro?

— Os Coward Brothers são os próximos. Em seguida, Little Steven e eu — C.C. comentou. — Vou aquecê-los para você. Seu show é antes das Girls With Guns e do Bruce.

— Confortável estar no meio, hein? Na companhia de pesos-pesados. — Holley sacudiu a cabeça. — Sabe quanto o mundo mudaria se alguém explodisse este clube hoje à noite? Nem um pouco. — Ele cambaleou. — Bem, talvez só um pouquinho.

— Vá se sentar — C.C. disse com firmeza.

Jack olhou para o palco. Era provavelmente o único show de rock a que ele assistira que não estava cheio de fumo. Mas, no espaço confinado da Funhouse, a administração, a Secretaria de Saúde e alguns dos artistas haviam implorado por abstinência. A equipe técnica estava usando uma máquina de fumaça para conseguir a luz correta. Com as luzes no rosto, Jack não conseguia ver nada. Mas sabia quem estava lá fora.

♥

Cordelia estava sentada perto do pequeno espaço separado por cordas onde a diretora de palco estava isolada com seu monitor de vídeo. Tudo parecia ótimo. Os sinais de satélite teciam uma rede satisfatória, embora só Deus soubesse se alguém estava realmente assistindo.

Todos os lugares estavam ocupados. Pessoas chegaram a pagar dois mil por lugares em pé. Cordelia verificou ao redor de sua cadeira antes de o U2 ser anunciado. A mesa imediatamente atrás dela estava ocupada por um senador novinho de Nova Jersey, a mulher do senador — chefe de desenvolvimento cultural de Hoboken —, um ator adolescente, lindo, de fazer o coração palpitar, e o agente do ator, representando a empresa ICM. Na mesa seguinte à esquerda estavam o senador Hartmann e seu grupo. Tachyon estava lá atrás também. Xavier Desmond, sorrindo de orelha a orelha, estava bem na frente.

Bem à direita, Miranda e Ichiko viram-na olhando, acenaram e sorriram. Cordelia devolveu o sorriso. Luz Alcala e Polly Retty, diretoras da GF&G, também estavam na mesa com Cordelia. Às vezes, faziam elogios adequados a ela. Obviamente estavam gostando de como o show beneficente estava avançando. *Que demais*, pensou Cordelia. *Assim, a* Variety *vai descrever esse evento. São bons pra caramba.*

O U2 terminou seu set, e o quarteto irlandês saiu do palco. Os aplausos foram ensurdecedores, e eles voltaram para um bis rápido. Aquilo já estava calculado no cronograma. Já era de se esperar.

Depois do bis, a tela desceu do teto da Funhouse, quase acertando a grua Louma, e a propaganda eficiente e doada para o Projeto New York AIDS foi projetada. Era a parte comercial. Ninguém se importou. Cordelia se perguntou se deveria ir aos bastidores checar se tudo estava em ordem. Não, ela decidiu. Precisava estar no lugar onde estava — esperando crises horrendas. Não precisava procurá-las.

Os Coward Brothers saíram para uma avalanche de aplausos. T-Bone e Elvis botaram fogo no público com "People's Limousine" e outros dezesseis minutos que passaram voando.

Entre os sets, quando a transmissão passava para uma mensagem gravada, o diretor de iluminação ligava os holofotes sobre as bolas espelhadas e o candelabro da Funhouse. O interior do clube explodia numa fantasmagoria de luzes fragmentadas.

Little Steven e sua banda entraram. Os assistentes de palco eram rápidos e precisos. Os músicos ligavam os instrumentos no sistema da casa e começavam a tocar. Little Steven puxava um cachecol diferente para cada música. A multidão adorou.

♣

Era a vez de C.C. Ryder. Ela segurava o braço do violão de doze cordas preto e lustroso com as duas mãos.

— Não estrangule o violão — disse Holley. Suavemente, ele envolveu as mãos dela com as suas.

— Merda. — Jack lhe deu um abraço. Nômada não pareceu se importar.

Ela abraçou C.C. por alguns segundos e disse:

— Você vai arrasar.

— Se não — C.C. falou —, espero que desta vez eu vire um trem expresso.

Jack sabia que ela se referia a sua transformação do vírus carta selvagem de muitos anos atrás, quando o trauma a catalisou e a transformou numa cópia mais que razoável de um vagão de metrô.

C.C. chegou ao palco a toda e não parou. Era como se tivesse lançado uma rede de poder sobre o público. Houve um momento, no início, em que ela titubeou, mas em seguida pareceu reunir forças. Era como se a energia fluísse para dentro das pessoas em suas mesas para depois ser amplificada e devolvida para a cantora. *A mágica*, Jack pensou, *da empatia genuína.*

Ela começou com um dos antigos sucessos e rapidamente seguiu para suas novas baladas. Seus vinte minutos passaram num instante para Jack. C.C. terminou com a canção que havia estreado em público no primeiro ensaio.

Meu amor, nunca precisa passar a vez
Pois o que você tem
São as melhores cartas

... *As melhores cartas*, veio o refrão. *Nunca se esqueça.*

C.C. curvou-se para agradecer. Os aplausos vieram em megatoneladas.

Quando ela saiu do palco, esperou até passar as cortinas antes de despencar. Jack e Nômada a seguraram.

— O que foi? — Nômada perguntou. — Ah, C.C....

— Nada — C.C. disse. Ela sorriu para os dois, a exaustão estampada no rosto. — Absolutamente nada.

— Tudo bem — Cordelia murmurou quando a propaganda da Clínica do Bairro dos Curingas passou acima dela. — Buddy Holley é o próximo. — Apesar do que tio Jack dissera, ela se perguntou se deveria cruzar os dedos. Talvez até os dos pés.

— Espere um segundo — disse a diretora de palco. Ela se inclinou para Cordelia. — Mudança nos planos.

Merda, Cordelia pensou.

— Quê?

— Parece que há uma pequena rebelião entre os músicos. Ainda estão resolvendo.

— Melhor serem rápidos. — Cordelia olhou o contador de LED no console da diretora. — Tipo, em vinte e dois segundos.

♦

— Mas eu *teria* que entrar agora — Buddy Holley disse com teimosia.

— O acordo é o seguinte — Jack falou —, Bruce e a Girls With Guns decidiram que querem entrar agora e deixar você para o número final.

Nômada olhou para além deles.

— O Boss e aquela garota, Tami, estão saindo no braço. Parece que ela está ganhando.

— Mas é meu número — Holley disse.

— Cala a sua boca — disse a líder da Girls With Guns, Tami, enquanto se reerguia, esfregando o ombro direito. Ela soltava as palavras com afetação considerável. — Ele e eu — ela apontou para Bruce Springsteen, que sorria de forma lastimável —, nós dois achamos que aprendemos tudo que sabemos com o senhor. Então, o senhor será o ponto alto. É isso, Bud. — Ela ficou na ponta dos pés e beijou-o nos lábios. Holley olhou perplexo.

A diretora de palco estava sinalizando com frenesi.

Os olhos de vidro das SteadiCams davam zooms implacáveis.

As Girls With Guns aumentaram a energia ao virar do avesso a música melosa de Tommy Boyce e Bobby Hart, "I Wonder What She's Doing Tonight", pisoteando-a até virar geleia e esfregando o resto nos lábios zombeteiros, e fazendo uma apresentação infernal. Terminaram com "Proud Flesh", um hino cortante de romance e niilismo.

— Então — Tami disse para Bruce quando levou suas irmãs para fora do palco —, tenta superar.

Bruce Springsteen fez o seu melhor.

♠

Ai, Deus, Cordelia pensou quando os ecos finalmente terminaram. Ela assistiu ao Boss erguendo a guitarra com uma das mãos e elevando o punho da outra. *Que Buddy consiga arrasar. Por favor.* O Boss fez mais uma reverência ao público, em seguida conduziu a banda para os bastidores.

Cordelia piscou. Pensou ter visto St. John Latham numa mesa ao fundo do clube. *O dinheiro da Latham, Strauss é tão bom quanto o de qualquer pessoa*, ela pensou. O problema era que Latham parecia estar olhando diretamente para ela.

Ela suspirou quando a penúltima propaganda terminou e a diretora preparou o microfone. O monitor mostrou uma tomada ampla que correu o palco do fundo para a frente.

— E... vai! — disse a diretora no microfone.

Por favor, Cordelia voltou a implorar mentalmente.

♥

— Alô, Lubbock! — Buddy Holley disse para o público próximo e para os quinhentos milhões de sombras eletrônicas. A plateia sorriu.

Jack sorriu também de seu lugar privilegiado na beirada do palco. Ele agachou-se para evitar ficar no caminho da plataforma da câmera que passava nos trilhos. A dor corroía regularmente suas entranhas, e ele não sabia quanto tempo aguentaria naquela posição. Percebeu que o que queria naquele momento, mais do que qualquer coisa, era simplesmente se deitar. Queria descansar. *Logo, logo*, ele pensou, mórbido. *Descansarei tudo que quiser. Para sempre.*

Holley bateu sua primeira nota, em seguida passou os dedos pelas cordas. O toque mágico de Buddy Holley. Agora talvez fosse uma técnica padrão, mas três décadas antes havia sinalizado uma revolução.

Fe-e-e-e-era rude

O soluço característico ainda estava lá, embora ninguém no público pagante tivesse ouvido essa canção de Buddy Holley antes.

Quando a lua desce devagar
E o amor te faz falta
Bato assim, na sua porta
Pedindo para entrar

Para Jack, parecia um pouco como um Dylan vintage. Talvez uma pitada de Lou Reed. Mas a maioria dela era puro Holley.

Fe-e-e-e-era rude — quase um choro.

Jack percebeu que estava prestes a chorar.

Quando meus amigos
Como minha alma
Não se aguentam
E todos meus sentimentos
Foram postos à venda

Ele *estava* chorando.

Sou a presa da fera rude
No caminho da fera rude

A Telecaster de Buddy Holley soluçou. Não de autocomiseração, mas de uma dor honesta.

Sem amigos
Sem amor
Para sempre

Jack amou a música, mas a dor era horrenda. Quando não pôde mais suportar, ele se levantou e saiu em silêncio. Perderia o bis.

♣

Cordelia já esperava os extravagantes cumprimentos finais, quando cada artista viria ao palco e todos ficariam lá de mãos e braços dados. Ela piscou e precisou olhar duas vezes quando percebeu que Buddy Holley parecia estar prestes a cair de cara no chão durante os aplausos para sua última canção. Ela estava tão perto que conseguia ver seu rosto afogueado. Holley cambaleou. *Ai, Jesus*, ela pensou, *ele está passando mal. Ele vai despencar.*

Mas não despencou. Era como se a vermelhidão na pele se metamorfoseasse numa onda de calor que corria pelo seu corpo, dos pés à cabeça.

Como assim?, pensou Cordelia.

Então, a própria pele de Buddy Holley ondulou. Uma nuvem de energia em transformação parecia brilhar ao lado do seu corpo. Ele afastou a Fender Telecaster diante de si e algo surpreendente aconteceu. As cordas de aço amoleceram, derretendo como melaço; saindo das frestas do braço como linhas de fagulhas prateadas. Elas voaram ao redor dos suportes de câmera e luzes, pendurando-se como serpentes da selva.

Ilusão?, Cordelia pensou. Talvez *fosse* telecinesia. As cordas do violão formaram uma espécie de cama de gato enorme. Buddy Holley olhou ao redor, em seguida para as mãos. Lentamente ergueu a cabeça e olhou para cima. Holley parecia estar vendo algo que ninguém mais conseguia compreender. Sorriu e o sorriso se transformou numa expressão alegre.

E, então, ele dançou. De forma lenta e prudente no início, o ritmo cresceu até que Holley começou a girar no palco. O público ficou perplexo.

Ela vira aquela dança antes, ou algo parecido. Cordelia puxou na memória. Wyungare. Ela vira o jovem aborígene dançar daquela maneira dentro do Templo do Sonho, no meio do deserto australiano. Era uma dança xamânica.

O sorriso de Holley se alargou. Ele saltava e girava. Screamin' Jay Hawkins e James Brown não teriam feito melhor. Então, Holley saltou para dentro de uma trama quase invisível de reluzentes fagulhas prateadas.

Ele girou e a mão direita se separou, arrancada do pulso com um jorro de fumaça rubra.

Alguém na plateia arfou.

Holley continuou a dança. A outra mão se foi. O braço direito, até o cotovelo. A perna esquerda até o joelho. Fumaça escarlate espalhava-se como os traços curvados de fogo de uma roda de fogos de artifício.

Cordelia percebeu que a diretora estava falando com ela.

— Devemos ir para os comerciais? — A voz da diretora era firme.

Tudo estava ficando claro para Cordelia.

— Não — ela disse. — Não. Continue. Filme tudo.

Buddy Holley girava dentro de um círculo de raios cintilantes. Ele se desmontou enquanto o público murmurava e gritava.

Da cadeira ao lado dela, Cordelia ouviu Polly Rettig dizer:

— Meu Deus, é como aconteceu com o Kid Dinossauro.

— Não — Cordelia disse em voz alta. — Não é. É um show de morte e ressurreição. É apenas... uma brincadeira. É entretenimento.

— Entretenimento? — Rettig perguntou. — Ele... está se matando.

— Não acho — Cordelia retrucou. — Ele está se transformando, mas não morrendo. É um truque xamânico.

O resto de Buddy Holley, um torso quase sem membros, flutuou e caiu no palco. As partes do corpo jaziam empilhadas de um jeito irregular. Cortinas de fumaça brilhante erguiam-se. Fagulhas subiam em jorros como nascentes.

O público assistia, indeciso sobre como reagir.

Cordelia sentia-se calma e segura. Confiava em Wyungare. Ela se perguntou se a transformação de Holley era um resultado direto do vírus carta selvagem. Isso explicaria seu aparente mal-estar.

A pilha de braços e pernas se moveu. Os ossos começaram a se reconectar, junta após junta. Os músculos e ligamentos giravam ao redor deles. A pele deslizava sobre os membros, e estes se reuniam ao corpo.

Buddy Holley estava em pé diante deles, completo. Não era o físico totalmente original. Aquele Buddy Holley estava mais em forma, os pneus ao redor da cintura e as bolsas sob os olhos haviam desaparecido. O cabelo estava preto e brilhante de novo, sem fios grisalhos. A pele era suave e sem rugas.

A multidão começou a aplaudir. A vibração aumentou quando a tensão coletiva do público foi aliviada. Alguém atrás de Cordelia disse: "Porra, esse foi o show da minha vida".

A guitarra também se reconstituiu. Holley pegou a Telecaster e segurou-a com tranquilidade.

Ele conseguiu o que queria, Cordelia pensou.

— Ele se transformou num xamã — ela disse em voz alta.

— Buddy Holley e os Xamãs — uma voz comentou atrás dela. — Que nome demais. Depois dessa, ele venderia como as calcinhas de Fawn Hall. Cara, esse Holley poderia ser candidato à presidência.

Cordelia virou-se e viu que era o cara da ICM que havia falado. Ela lhe lançou um olhar gélido e voltou a atenção ao palco. O novo ser que era Buddy Holley sorriu tranquilizador. Em seguida, levou a mão até as cordas da guitarra. O toque pulsou como se ressoasse com o coração de cada um da plateia.

O som, Cordelia pensou. *É o gatilho para os estados de consciência elevada. Esse é o poder do rock 'n' roll.*

Depois disso, Buddy Holley, o homem renascido do poder, ficou diante da plateia boquiaberta e tocou a melhor versão de "Not Fade Away" que já havia sido interpretada.

Cordelia suspeitou que fosse um sinal.

◆

Quando Jack escapou pela porta da Funhouse que dava para um beco, sentiu-se mal no corpo e no coração. *Eu devia ter ficado para o bis de Buddy*, ele pensou. Mas Buddy se sairia bem.

Algo gigantesco, de tamanho sobre-humano, raspava no asfalto ao deslocar seu peso.

Jack parou de uma vez quando uma sombra mais profunda que a escuridão no restante do beco foi para cima dele.

— Imaginei que uma festa de maricas de luxo como esta atrairia todos os meus amiguinhos — Pancada disse. — Mas não esperava que o primeiro desgraçado fosse você. — Sem alerta, a mão direita deformada zuniu, acertando Jack na cabeça e lançando-o de costas na lateral de tijolos de um prédio.

Jack sentiu algo ceder, se era osso ou cartilagem, não conseguiu dizer. Tudo que sabia era que se afastava do que era a luz. Queria a escuridão, mas não ainda, não daquela forma. Tentou lutar. Tinha ciência de que Pancada o havia prendido com força e o erguera do chão. O brutamonte arrancou o cinto de Jack e abaixou-lhe as calças.

— Tenho um presentinho de despedida para você, Jack. Acho que você vai gostar. Aposto que sua sobrinha Cordelia vai se lambuzar quando eu der o dela também.

Jack tentou se forçar a recuperar a consciência. Em seguida, sentiu o que Pancada estava enfiando entre suas nádegas. Dentro dele. Esticando e rasgando. Nada havia doído tanto. *Nada!*

— Vou guardar a menininha para mais tarde — Pancada disse.

Jesus, Jack pensou em meio à agonia. *Cordelia.*

— Deixe-a em paz, seu *cochon* desgraçado!

— Paus e pedras — Pancada falou, emitindo uma risadinha aguda —, mas apenas o Bolão pode me ferir... — Ele forçou para a frente, e Jack berrou.

Onde estava o outro?, Jack pensou desesperadamente. Seu cérebro parecia afundar numa névoa destruidora e dolorosa. *Preciso de você. Agora. Preciso me transformar. Apenas desta vez. Apenas para matar esse filho de uma puta.*

E, então, sentiu a mudança chegar.

Também sabia que estava morrendo.

Ótimo, ele pensou. *Bom para ambos.* E uma surpresa para Pancada.

Jack sentiu os dentes brotando na mandíbula alongada. *Por pestilência ou pelas garras, seu filho de uma puta, você vai morrer.* O ódio feroz o levou um pouco mais distante.

Nômada!, seu pensamento gritou noite adentro. *Me ouça. Salve Cordelia.*

Vou guardar a menininha para mais tarde, a ameaça de Pancada ecoou, ondulando num vazio. E morreu.

O morto mergulhou na escuridão.

♣ ♦ ♠ ♥

Laços de sangue

II

O turno das sete à meia-noite estava prestes a terminar. O pessoal do turno da meia-noite às cinco da manhã estava se preparando para partir do Crystal Palace para as ruas do Bairro dos Curingas. Tosses, pigarros, algumas risadas abafadas soaram quando eles se alinharam nas longas mesas armadas para serem servidos. Hiram Worchester, o dono imensamente grande e elegante do Aces High, supervisionava a força-tarefa de alimentação. Era sua maneira de mostrar apoio e oferecer uma recepção agradável às patrulhas sempre cansadas do Bairro dos Curingas.

Tachyon, sentado em uma mesa com a bota apoiada na cadeira, farejava com apreço. *Coq au vin*. Ele percebeu que Sascha havia parado para falar com Hiram. O grande ás virou a cabeça na direção de uma das alcovas separadas, e eles se afastaram. Algum tipo de negócio, refletiu Tachyon. Todos faziam negócios no Crystal Palace.

A porta do Palace abriu com tudo, e o Sr. Covafunda supervisionou o lugar. Trouxe com ele um cheiro indescritível, e o frio dos túmulos parecia emanar de sua figura alta e magra. Embaixo de seu absurdo chapéu *pork pie*, uma máscara de caveira decorada com penas brancas e pretas olhou ao redor da sala. Alguns curingas reunidos murmuraram xingamentos. Seria bem difícil engolir até mesmo a comida deliciosa de Hiram com o Sr. Covafunda empesteando o lugar.

Tachyon, com um lenço aromatizado preso ao nariz, estava prestes a deslizar até o salão e juntar-se à fila quando a voz arrogante de Digger Downs o fez parar.

— Ah, não, você não, doutor, é hora da entrevista.

— Por que eu, Digger?

— Porque você me deve por ter controlado a minha mente na semana passada. Não foi legal, Tachy, não mesmo.

— Digger, se você não fosse tão irritante e inescrupuloso...

— A capitã Ellis não aprova esse movimento de proteção — o repórter disparou. — Ela diz que alguém vai se machucar, e não vão ser os bandidos.

— Eu comentaria com a boa capitã que os movimentos de proteção têm sido todos unilaterais. E ela está sendo indevidamente pessimista. Acho que podemos nos cuidar. O Ideal sabe que temos prática o bastante — ele acrescentou, seco, lembrando-se de todos os anos em que a polícia curiosamente não se interessava quando um curinga era espancado ou morto, mas corriam até o local do delito quando um turista berrava. As coisas estavam melhores agora, mas ainda era uma relação complicada.

Digger lambeu a ponta de sua caneta esferográfica, um gesto tolo, afetado.

— Sei que meus leitores vão querer saber por que essas patrulhas são compostas apenas por curingas. Com você liderando esse esforço, por que não botar alguns ases? O Martelo, por exemplo, ou Mistral, J.J. Flash ou Estelar.

— Este é um bairro curinga. Podemos nos cuidar sozinhos.

— Ou seja, existe hostilidade entre curingas e ases?

— Digger, não seja estúpido. É tão surpreendente assim que essas pessoas escolham cuidar de si mesmas? São vistas como aberrações, tratadas como crianças retardadas e ignoradas em favor dos irmãos mais afortunados e exuberantes. Posso enfatizar que sua revista se chama *Ases*, e ninguém se esforça para fundar uma revista chamada *Curingas*? Olhe ao redor. É uma atividade nascida do amor e do orgulho. Como eu poderia dizer a essas pessoas que não são duronas ou espertas, ou fortes o bastante para se defender? Convocar os ases?

Que era, claro, o que ele faria, se Des não tivesse aberto seus olhos. Mas Digger não precisava saber disso. Ainda assim, Tach teve a decência de corar quando se apropriou desavergonhadamente do sermão de Des e repassou-o ao jornalista.

— Comentários sobre Leo Barnett?

— Ele é um lunático fomentador de ódio.

— Posso citar essa frase sua?

— Vá em frente.

— Então, quem será o cavaleiro branco? Hartmann?

— Talvez. Não sei.

— Pensei que vocês eram bem unidos.

— Somos amigos, mas não íntimos.

— Por que acha que Hartmann é tão amigo dos curingas? Interesses pessoais? Sua mulher seria portadora do vírus, ou talvez tivesse um filho curinga ilegítimo em algum lugar?

— Acho que ele é amigo dos cartas selvagens porque é um bom homem — Tachyon retrucou com uma leve frieza.

— Ei, falando em bebês curingas monstruosos, quais as últimas sobre a gravidez de Peregrina?

Tachyon ficou paralisado com a fúria, em seguida abriu os punhos com cuidado e relaxou.

— Não, Digger, você não vai me pegar de novo. Eu nunca vou me perdoar por ter deixado escapar que o pai do filho da Peregrina é um ás.

— Te pago um drinque, Tachy? — o jornalista perguntou, esperançoso, olhando o copo quase vazio.

— NÃO!

— Só uma dica para tranquilizar todos os fãs ansiosos que estão preocupados com Per?

— Ah, se manda, Digger. Você me persegue mais que mosca de cavalo. — Ele acenou a mão para os curingas. — Entreviste os e me deixe em paz. Sou muito menos importante que todos eles nisso aqui.

— Meu Deus, Tachy! Modéstia, vinda de você?

O takisiano olhou fixamente, e Digger ergueu o copo da mesa e virou o restante do conhaque sobre a própria cabeça.

— Não estou... de muito bom humor... agora.

O jornalista secou o pescoço molhado.

— Não fode, Tachyon! Com essa são duas. Vou cobrar logo, na próxima entrevista.

— Estou contando os minutos.

— Idiota.

Tachyon encarou morosamente seu copo vazio, em seguida vasculhou a sala procurando um garçom. Durg at'Morahk bo-Isis Vayawand-sa mastigava impassível um enorme prato de comida, mas Tachyon percebeu que seus olhos pálidos não paravam de olhar a escadaria. Crisálida apareceu, e o assassino Morahk, lépido apesar de seu imenso tamanho, moveu-se rapidamente para o lado dela. Ele ergueu a mão da mulher com graça cortês e beijou-a com fervor. Crisálida puxou a mão com tudo e encarou-o com frieza. Mesmo sem querer, Tach ficou atraído pela cena e foi até eles, tentando ouvir. De repente, a mão de Crisálida voou, e o estalido do tapa ecoou no bar lotado.

— Tachyon! — ela falou entredentes. Obediente, ele a seguiu até sua mesa particular. Erguendo o maço de cartas antigas, ela embaralhou várias vezes e abriu uma mesa de paciência. — Mantenha sua aberração de estimação longe de mim!

— Ele não é meu, é do Mark, e qual é o problema?

— Ele me quer.

— Meus deuses!

Um emaranhado de emoções conflitantes invadiu-o. Nojo e surpresa que Durg pudesse estar atraído pela curinga. Por mais que fosse um monstro, ainda era um takisiano. Envergonhado por sua reação e envergonhado por Crisálida ser assediada por essa monstruosidade apaixonada.

— Você vai tirá-lo do meu pé?

— Farei o que puder, mas lembre-se de que ele foi criado desde a infância para me odiar e desprezar; primeiro pelo Vayawand e, então, por meu primo Zabb. Ele me tolera agora apenas por conta de Mark.

— *Por favor.*

— Tudo bem, mas seja um pouco mais indulgente, eu imploro. Os Morahk podem ser uma perversão, mas são takisianos, e, como tal, usados para conseguir o que querem dos outros. Nunca se esqueça de que ele é uma máquina de matar.

— Muito obrigada, Tachy, eu me sinto muito melhor agora.

— Desculpe.

— Bem, talvez a Máfia ou os Punhos acertem minha cabeça antes que ele o faça. E pensar que eu deixei que você me metesse nisso. Saiba que tudo isso é sua culpa. Ah, pare de olhar com essa cara de coitado. Foi uma piada.

— Não para mim.

♣

Dita veio com passinhos incertos pelo corredor, seus saltos incrivelmente altos estalando no piso de cores esmaecidas.

— Doutor, o sr. Marion foi embora!

Tachyon ergueu os olhos do prontuário que estava estudando.

— Quem?

— O sr. Marion, o tutor.

— Ah, que merda. — Não era um expletivo comum vindo dele, e Dita o encarou. — Dita, estou ocupado demais para lidar com isso agora, e como esse é um caso perdido, peço que contrate um novo tutor por mim.

— Mas eu não saberia o que procurar.

— Alguém com conhecimentos sólidos de matemática e ciências. Um pouco de história e literatura, e um conhecimento ou ao menos apreço pela música seria ótimo.

O estalo e o chiado do pager, e a voz suave dos alto-falantes o interrompeu.

— Dr. Tachyon, emergência. Dr. Tachyon, emergência.

— Mas...

— Use seu bom senso. — Pendurando o estetoscópio no pescoço, Tachyon ergueu o telefone da enfermaria do terceiro andar. — O que foi?

— Carta selvagem — veio a resposta concisa do Dr. Finn.

Ele não perdeu mais tempo e partiu para o elevador.

A criança estava se contorcendo na mesa de exame. Os cascos de Finn estalavam nervosamente no piso enquanto procurava prendê-la. Era o primeiro médico curinga na Clínica Memorial Blythe Van Renssaeler, e houve uma resistência inicial da comunidade curinga por medo de que ele tivesse conseguido entrar na faculdade por conta de cotas e não por mérito. Depois de duas semanas trabalhando com o jovem, Tach pôde garantir que seus medos eram infundados.

A mãe da criança encarou Tachyon com pânico nos olhos. Superficialmente, parecia uma limpa; o que seu código genético continha, claro, era outra questão. Manifestação ou infecção nova? Apenas exames mostrariam.

— O exame inicial não indica transformação. Conseguimos estabilizar a pressão e os batimentos cardíacos, e eu solicitei um trunfo, mas...

— Obrigado, doutor. Senhora...?

— Wilson — informou a enfermeira.

— Wilson. — Tachyon tomou-a pelo braço, afastando-a da criança convulsiva. — Sua filha contraiu o carta selvagem, e é bem evidente que ela tirou uma Rainha Negra. — A mulher ofegou, deu um gritinho e cobriu a boca com a mão. — Precisamos tomar uma decisão muito rápida. Podemos dar um antivírus que desenvolvi...

— Pode dar!

— Mas preciso alertá-la que esse tratamento tem uma taxa de sucesso de apenas 20%. O resultado costumeiro é que não haja melhoria. O vírus segue seu curso. Também há uma chance muito pequena de morte como reação ao trunfo.

— Ela está morrendo mesmo. Não importa se acelerar o processo.

Uma enfermeira apareceu ao lado dela com os documentos para assinar.

Tachyon já estava preparando a seringa. Finn e três enfermeiras precisaram se juntar para manter a garota quieta. O êmbolo foi pressionado. Tach segurou o pulso da menina, o tremular das veias sob os dedos. Cada vez mais fraco. O monitor parou de registrar. O grito do luto ecoava no choro da mãe.

O que vinha depois sempre era horrendo. As inadequadas palavras de conforto, a obtenção de consentimento para uma autópsia, os exames de sangue nos pais — neste caso, infelizmente, incompleto, pois Beth Wilson tinha auxílio-família, e o homem que infectara a pequena Sara havia desaparecido de sua vida muito tempo antes. Ela gastara os últimos trinta dólares do auxílio com táxis, pulando de hospital para hospital, sendo rejeitada quando o vírus era descoberto, até por fim chegar à clínica do Bairro dos Curingas. Tach lhe deu dinheiro e a enviou para casa com Riggs na limusine.

Esparramado na cadeira, Tach puxou uma garrafa da gaveta da mesa e deu um grande gole.

— Importa-se se eu tomar um trago? — Finn perguntou.

Ele estava no chão, com as quatro pernas impecavelmente curvadas embaixo dele. Sua pele dourada tremia levemente sobre uma das pernas, e ele se torceu para se coçar. Tach, virado em sua cadeira, observou o jovem e concluiu que Finn parecia um personagem da Disney. O rosto pequeno e pontudo, os olhos azuis puxados para cima, uma confusão de cachos brancos que caíam sobre a testa e corriam pela coluna para formar uma crina. Sua cauda espalhava-se atrás dele como um manto branco. Quando estava em cirurgia, eles faziam uma trança e passavam fita cirúrgica ao redor. Tach sugeriu que ele cortasse o cabelo curtinho e recebeu um olhar horrorizado como resposta. Em seguida, Tach percebeu que a cascata de cabelos que raspavam o chão eram o orgulho e a alegria de Finn.

Encarando aqueles quatro cascos do tamanho de xícaras de chá, Tach quis perguntar se Finn havia nascido daquele jeito ou se metamorfoseado após o nascimento. Se tivesse sido uma transformação intrauterina, Tachyon podia apostar que fora uma cesariana. Mas seria estranho perguntar. Embora Finn parecesse incrivelmente bem ajustado, Tachyon seria o primeiro a admitir que não conhecia o homem tão bem.

Finn girava a garrafa devagar entre os dedos e com o cenho franzido para o nada.

— O que foi? — Tachy perguntou.

— Nunca tinha trabalhado entre curingas até agora.

— É?

— Sim, meu pai teve influência e dinheiro o bastante para me enviar para as melhores escolas de medicina e me incluir num programa de residência em Cedars, Los Angeles.

— Então, por que está aqui?

— Pensei que já era hora de conhecer alguns curingas. Ter uma visão da experiência curinga.

— Isso é muito nobre.

— Não, é culpa mesmo. Cresci num palácio colonial espanhol em Bel Air. Se papai não pudesse comprar a aceitação das pessoas, ele as intimidava até me aceitarem.

— O que seu pai fazia?

— Faz. Ele é produtor de cinema. Muito bem-sucedido.

— E você se tornou médico.

— Bem, dificilmente poderia virar ator.

— Verdade — Tachyon se levantou. — Se você quiser ter mais um pouco de experiência com curingas, estou indo para o Crystal Palace fazer um relatório diário. Se quiser me acompanhar.

— Claro. Melhor que ficar aqui esperando outra Rainha Negra chegar. Queria que vocês tivessem trabalhado um pouco mais antes de mandar o xenovírus Takis-A para teste em campo.

— Mas, Finn, segundo os padrões de qualquer um, foi um sucesso estrondoso.

— É mesmo? Diga isso para a senhora Wilson.

♥

Até as luzes haviam sido apagadas num esforço de deixar confortável a adolescente magrinha que se encolhia na cadeira ao lado de Crisálida. Vídeo era uma garota pequena de 16 anos que nunca dançaria em sua festa de formatura ou iria ao cinema ou, em suma, viveria qualquer das conveniências modernas que tornavam a vida confortável. Pois a presença de qualquer equipamento elétrico ao seu redor lhe causava fibrilação ventricular, e sem ajuda imediata ela morreria.

Até alguém perceber seus olhos, Vídeo parecia normal. Cabelos castanhos longos, partidos ao meio, caíam retos sobre os ombros. Um rosto fino, preocupado, espreitava detrás dessa cortina de cabelos. E os olhos, brancos e perfeitamente redondos, pareciam ondular e mudar como cristas de ondas, ou nuvens partidas pelo vento.

— Oi, Dr. Tachyon — ela murmurou com a boca cheia de chicletes.

— Oi, Vídeo, como está se sentindo hoje?

— Muito bem.

— Este é o Dr. Finn.

— Oi.

— Então, o que você nos trouxe hoje?

— Pude andar por aí muito bem, então consegui algumas coisas.

— Excelente.

— Hum… doutor?

— Diga.

— Hummm… o senhor é amigo do senador Hartmann, certo?

— Sou.

— Ele vai concorrer?

— À presidência, você diz?

— Isso.

— Não sei, Vídeo.

— Bem, eu gostaria que ele concorresse. Um dos meus amigos foi espancado perto daquela missão de Barnett.

— O pessoal de Barnett esteve por trás disso?

— Não sei. Ele acha que sim. Os policiais pensam que provavelmente foram os Lobisomens.

— Em outras palavras, sem provas.

— Paul tem certeza — ela disse com uma expressão de teimosia.

— Mas isso não é prova.

— Bem, não acho que esse cara tenha que se tornar presidente.

— Duvido que vá, Vídeo — Tachyon disse e desejou estar tão certo quanto suas palavras queriam mostrar.

— O senador Hartmann devia concorrer.

— Da próxima vez que eu falar com ele, peço para ele concorrer.

— Eu votaria nele se já tivesse dezoito.

— Vou dizer a ele. Agora, o replay.

— Ah, tudo bem.

A garota encarou concentrada o espaço vazio diante da mesa de Crisálida. Figuras tomaram vida.

… um oriental em cores de gangue enfiava uma lâmina de canivete retrátil na narina de Peru. Um giro, e o sangue escorreu sobre o bico do velho. Com um grito, ele despencou no chão. Um punk alto, magro e desengonçado, vestido com calças de couro manchadas e correntes, deixando as cicatrizes pretas e escarlates do rosto em horrendo relevo. O cabelo espetado o deixava com mais de dois metros quando ele agarrou o curinga pelo tufo de penas que brotava do crânio careca e puxou-o. As penas vieram entre os dedos.

— Bote num chapéu — gritou o oriental, divertindo-se.

De repente, Elmo surgiu na porta da delicatessen. Ele se lançou sobre o ocidental alto e cheio de cicatrizes. Brigaram. O anão inclinou-se para a frente, suas mandíbulas poderosas fecharam-se no nariz com curativos do oponente. Elmo afastou-se, e o homem gritava e batia sobre a ferida em carne viva aberta onde havia um nariz. Elmo cuspiu o nariz na palma da mão...

— Nojento — Finn comentou.

... as Irmãs Retorcidas estremeceram e agarraram com mais força a cintura uma da outra. Cabelos cinzentos giravam como fumaça ao redor dos corpos esqueléticos. Eles serpenteavam tão suaves e insubstanciais como teias de aranha, insinuantes como um suspiro. Subiram pelas narinas e passaram pelos lábios. Engrossaram até ficar como chumaços de algodão na traqueia e nos pulmões. Os valentões caíram no chão da delicatessen como balões murchos.

... um par de homens em jaquetas esportivas de poliéster e uma boa quantidade de correntes enfiou a cabeça de Mancha em uma das máquinas de lavar da lavanderia dele. Eles o arrastaram arfando e pingando, o sabão grudado em seus cabelos e pele manchados. O Sr. Covafunda passou pela porta, dobrou os dedos e pousou a mão no ombro de um dos brutamontes. O homem recuou, berrou e despencou. O outro logo se juntou ao primeiro...

— O que ele está usando? — Tachyon perguntou com uma olhada para Crisálida.

— Hipotermia.

— Ah. — Ele acenou para Vídeo prosseguir.

... A porta dos fundos da padaria lançava luz no beco. Gritos da cozinha. Punhos Sombrios pararam como cães de guarda no beco apinhado. Correndo para se juntar a uma briga com seus concorrentes da Máfia. Curingas aterrorizados recostados à parede, a fumaça subindo dos bolinhos fritando até queimar no óleo quente.

A distância, um assobio claro flutuou sobre o balir das buzinas, e o estrondo do metrô. O tema de *Matar ou morrer*...

Tachyon baixou a cabeça, cobrindo o rosto com as mãos.

— Eu não sabia que você estava lá.

— Posso ser bem sorrateira — Vídeo disse, orgulhosa.

Crisálida lançou um olhar irônico para o takisiano.

— Muito interessante. Então, nosso doutorzinho está andando com a cavalaria. Vá em frente, Vídeo, quero ver.

— A padaria do Doug fica a um quarteirão da clínica. Eu compro rosquinhas lá pela manhã. Quando o chamado veio, Troll e eu estávamos disponíveis.

— Certo — ela falou arrastado.

... Tachyon, a Magnum .357 como um canhão em sua mão pequena, entrando pelo beco. Troll irrompeu pela frente da padaria. Troll fechou o punho do tamanho de um pernil e bateu nas cabeças como um homem tocando bongôs. Um dos brutamontes da Máfia puxou um .22 e atirou à queima-roupa no peito imenso de Troll. A bala ricocheteou na grossa pele esverdeada do curinga com um zunido. O homem empalideceu. Troll ergueu-o pelo colarinho da camisa.

— Você não deveria ter feito isso, senhor, pois agora estou *realmente* irritado.

Troll, friamente, quebrou os dois braços do homem, em seguida as pernas e, depois, jogou-o num canto como um saco descartado. Um saco que berrava.

Tachyon encarou os dois homens, que caíram roncando assim que os estranhos olhos lilases fixaram-se sobre eles. Um dos Punhos conseguiu puxar uma .45 automática. Tachyon deu um tiro e arrancou a arma de sua mão. Ergueu a pistola até os lábios e soprou levemente o cano...

— Exibido — Crisálida disse.

O alienígena deu de ombros.

— Sou bom de tiro.

— Não acredito nem um pouco que você não sabia que Vídeo estava lá. Certamente aquela foi uma apresentação para conseguir o aplauso das massas.

— Crisálida, assim você me ofende.

— Tachyon, você é um filho da puta arrogante e não tente me convencer do contrário.

— Eu não sabia que você estava participando de tudo isso — Finn disse.

— Eu organizei... ajudei a organizar. Eu deveria compartilhar os riscos. — O alienígena secou a bebida e fez uma mesura para Vídeo e Crisálida. — Senhoritas, muito obrigado. — Ele parou na porta. — Aliás, Crisálida, o que você acha de nossa atuação?

— Acho que fizemos eles fugirem. Só espero que eles não decidam nos atacar.

— Está com medo?

— Pode apostar seu rabinho alienígena que estou. Sei mais sobre essa situação, e quem está por trás dela, do que você.

— E você não vai me dizer.

— Nisso você tem razão.

♣ ♦ ♠ ♥

Junho de 1987

Todos os cavalos do rei

V

ENTRADA APENAS $2,50 era o que constava na placa sobre a bilheteria escura na frente do Museu Popular Carta Selvagem.

A bilheteria estava vazia, as portas do museu trancadas. Tom tocou a campainha ao lado do guichê. Depois de um minuto, tocou novamente. Ruídos de pés se arrastando vieram lá de dentro, e uma porta atrás da cabine se abriu. Um olho apareceu, viscoso, azul pálido, em um talo longo e carnoso que se enroscou no batente da porta. Ele se fixou em Tom e piscou duas vezes.

Um curinga entrou na cabine. Tinha uma dúzia de olhos em longos talos preênseis que brotavam da testa e moviam-se sem parar, como serpentes. Tirando isso, era uma pessoa comum.

— Sabe ler não? — ele falou numa voz fina, anasalada. — Estamos fechados. — Em uma das mãos, ele segurava uma placa pequena, que deslizou na frente da janela do guichê. Nela estava a palavra FECHADO.

A maneira que os olhos do curinga se mantinham em movimento deixou Tom com uma sensação de enjoo na boca do estômago.

— Você é Dutton?

Um a um os olhos viraram-se, e foram parando até todos estarem fixados nele, observando-o.

— Dutton está te esperando? — o curinga perguntou. Tom assentiu. — Tudo bem, dê a volta. — Ele deu as costas e saiu da cabine, mas dois ou três olhos continuaram encarando Tom, curiosos e sem piscar, até que a porta se fechasse.

A entrada lateral tinha uma pesada porta de metal corta-fogo que dava para um beco. Tom esperou com nervosismo enquanto trancas eram abertas e trincos erguidos lá dentro. Sempre se ouviam histórias sobre os becos do Bairro dos Curingas, e aquele parecia especialmente escuro e sombrio.

— Por aqui — o cheio de olhos disse quando a porta finalmente se abriu.

O museu não tinha janelas, suas saletas eram ainda mais sinistras que o beco. Tom olhou ao redor com curiosidade quando passaram por vários corredores longos com corrimões de latão empoeirados e dioramas com figuras em cera de cada lado. Ele havia flutuado sobre o museu milhares de vezes como Tartaruga, mas nunca havia posto um pé lá dentro.

Com as luzes apagadas, as figuras nas sombras pareciam extremamente reais. O Dr. Tachyon estava em pé num monte de areia branca, a espaçonave pintada ao fundo, enquanto soldados nervosos desciam de um jipe. Jetboy tinha as mãos ao peito enquanto o Dr. Tod, com seu rosto de aço, o enchia de balas. Uma loira em um collant rasgado lutava na mão do Grande Gorila, enquanto ele escalava um modelo do Empire State Building. Dúzias de curingas, cada qual mais deformado que o outro, retorciam-se sugestivamente em algum porão úmido, as roupas espalhadas ao redor.

O guia desapareceu numa virada de corredor. Tom seguiu-o e se viu frente a frente com uma sala cheia de monstros.

Mergulhadas nas sombras, as criaturas pareciam tão reais que o obrigaram a parar. Aranhas do tamanho de minivans, coisas voadoras que pingavam ácido, vermes gigantes com anéis de dentes serrilhados, monstruosidades humanoides cuja pele tremia como gelatina; eles enchiam a sala por trás do vidro curvado, cercando-o por três lados, amontoados uns nos outros, tentando fugir.

— Nosso mais novo diorama — uma voz baixinha soou atrás dele. — Terra *versus* Enxame. Aperte os botões.

Tom olhou para baixo. Meia dúzia de grandes botões vermelhos haviam sido instalados no corrimão. Ele apertou um. Dentro do diorama, um holofote iluminou um simulacro de cera do Modular suspenso no teto, enquanto raios idênticos de luz escarlate saíam das armas montadas em seus ombros. Os lasers atingiam um dos brotos do Enxame, e finos tentáculos de fumaça subiam, e um longo chiado de dor saía de alto-falantes escondidos.

Tom apertou um segundo botão. Modular desapareceu nas sombras, e as luzes se acenderam sobre o Uivador, com seus trajes amarelos de batalha, delineado contra uma nuvem de fumaça de um tanque em chamas. O simulacro abria a boca, os alto-falantes berravam. Um broto do Enxame tremia em agonia.

— As crianças amam este — a voz disse. — É uma geração criada com efeitos especiais. Tenho medo que logo exijam mais do que simples bonecos de cera. É preciso se adaptar aos tempos modernos.

Um homem alto com um terno escuro de corte fora de moda estava de pé em uma porta de um lado do diorama, e o curinga com os olhos em talos encolheu-se ao lado dele.

— Sou Charles Dutton — ele disse, oferecendo a mão enluvada. Uma capa preta e pesada estava jogada sobre os ombros. Parecia que havia saído de uma carruagem de aluguel na Londres vitoriana, exceto pelo capuz puxado sobre a cabeça, que escondia o rosto na sombra. — Ficaremos mais confortáveis no escritório — Dutton disse. — Venha por aqui.

De repente, Tom ficou inquieto. Ele se pegou perguntando, mais uma vez, que diabos estava fazendo ali. Uma coisa era voar sobre o Bairro dos Curingas como Tartaruga, seguro num casco de aço, e outra bem diferente era se aventurar em suas ruas com sua carne totalmente vulnerável. Porém, ele já havia chegado até ali. Agora, não havia como voltar. Seguiu seu anfitrião através de uma porta marcada com APENAS FUNCIONÁRIOS e desceu um lance estreito de escadas. Passaram por uma segunda porta, através de uma oficina cavernosa no porão, até entrarem num escritório pequeno, mas mobiliado com conforto.

— Aceita uma bebida? — o homem encapuzado perguntou. Foi até o bar no canto do escritório e serviu um conhaque.

— Não — Tom disse. Era afetado pela bebida e ficava bêbado rápido, e precisava de todos seus instintos alertas naquele momento. Além disso, beber com aquela maldita máscara de sapo seria um inferno.

— Avise se mudar de ideia. — Agitando o copo, Dutton cruzou a sala e sentou-se atrás de uma mesa com pés de leão. — Por favor, sente-se. O senhor parece terrivelmente desconfortável assim, em pé.

Tom não estava ouvindo. Algo havia chamado sua atenção.

Havia uma cabeça na mesa.

Dutton notou o interesse e virou a cabeça. O rosto era extremamente bonito, mas as feições perfeitas estavam congeladas em uma expressão de surpresa. Em vez de cabelos, o topo do crânio era um domo de plástico com um disco de radar embaixo dele. O plástico estava rachado. Cabos partidos, escuros e meio derretidos sacudiam do toco serrilhado do pescoço.

— É o Modular — Tom disse, chocado. Em meio ao atordoamento, ele se sentou na ponta de uma cadeira com encosto de couro.

— Apenas a cabeça — Dutton comentou.

Tinha de ser uma réplica de cera, Tom disse a si mesmo. Ele estendeu a mão e tocou-a.

— Não é de cera.

— Claro que não — Dutton afirmou. — É autêntica. Compramos de um dos cumins do Aces High. Não me importo em dizer que nos custou uma soma bastante considerável. Nosso novo diorama dramatizará o ataque do Astrônomo ao Aces High. Vai mostrar como Modular foi destruído durante aquela confusão. A cabeça dará uma certa verossimilhança à exposição, não acha?

Aquela ideia toda deixou Tom enjoado.

— O senhor não planeja colocar o corpo do Kid Dinossauro na exposição também, não é? — ele perguntou, irritado.

— O garoto foi cremado — Dutton respondeu num tom direto. — Temos informações seguras de que o necrotério substituiu-o por um indigente, limpou os ossos com besouros do tapete e vendeu o esqueleto a Michael Jackson.

Tom perdeu a fala.

— Você está chocado — Dutton disse. — Não estaria se fosse um curinga embaixo da máscara. Este é o Bairro dos Curingas. — Ele puxou para trás o capuz que cobria seu rosto. Uma cabeça de defunto sorriu para Tom do outro lado da mesa; olhos escuros e fundos embaixo do osso pronunciado onde ficariam as sobrancelhas, pele amarela como couro curtido estendida no rosto sem nariz, lábios ou cabelos, os dentes expostos num ricto de sorriso. — Quando se vive aqui o suficiente, nada o choca — Dutton falou. Compassivo, puxou novamente o capuz para esconder o rosto de caveira viva, mas Tom ainda conseguia sentir o peso de seus olhos. — Bom — ele falou —, Xavier Desmond me deu a entender que o senhor tem uma proposta para mim. Uma nova exposição principal.

Tom já vira milhares de curingas em seus longos anos como Tartaruga, mas sempre a distância, nas telas das TVs, com camadas de armadura entre eles. Sentado sozinho em um porão sombrio com um homem encapuzado cujo rosto era um crânio amarelado era um pouco diferente.

— Sim — ele disse, hesitante.

— Sempre estamos abertos a novas exposições, quanto mais espetaculares, melhores. Des não é dado às hipérboles, então quando ele me disse que o senhor nos oferecerá algo realmente único, fiquei interessado. Qual é exatamente a natureza dessa exposição?

— Os cascos do Tartaruga — Tom disse.

Dutton ficou em silêncio por um momento.

— Não são réplicas?

— São os verdadeiros — Tom lhe disse.

— O casco do Tartaruga foi destruído no último Dia do Carta Selvagem — Dutton disse. — Eles tiraram peças dele do fundo do rio Hudson.

— Aquele era um dos cascos. Havia modelos anteriores. Eu consegui três deles, inclusive o primeiro. Placas blindadas sobre um chassi de fusca. Está com alguns tubos queimados, mas tirando isso está quase intacto. O senhor poderia limpá-lo, ligar as TVs num circuito fechado, fazer uma simulação real de voo. Cobrar extra para as pessoas entrarem nele. Os outros dois cascos estão vazios, mas ainda dão um belo panorama. Se tiver espaço suficiente, poderia pendurá-los no teto, como os aviões no Smithsonian. — Tom inclinou-se para a frente. — Se quiser transformar este lugar num museu de verdade, e não apenas num show de horrores para turistas limpos, precisa de exposições reais.

Dutton assentiu.

— Intrigante. Admito que fico tentado. Mas qualquer um poderia construir um casco. Precisaríamos de algum tipo de autenticação. Se não se importar que eu pergunte, como eles vieram parar nas suas mãos?

Tom hesitou. Xavier Desmond disse que Dutton era de confiança, mas não era fácil deixar de lado 24 anos de precaução.

— São meus — ele disse. — Eu sou o Tartaruga.

Dessa vez, o silêncio de Dutton foi ainda mais longo.

— Reza a lenda que o Tartaruga está morto.

— A lenda está errada.

— Entendo. Não creio que o senhor se importe em me dar uma prova.

Tom deu um suspiro profundo. Suas mãos apertaram os braços da cadeira. Ele olhou para além da mesa, concentrado. A cabeça de Modular ergueu-se trinta centímetros no ar e virou lentamente até os olhos estarem fixos em Dutton.

— Telecinesia é um poder relativamente comum — Dutton falou, sem ênfase. — O Tartaruga distingue-se não pela mera telecinesia, mas por sua força. Erga a mesa e me convença.

Tom hesitou. Ele não queria estragar um negócio admitindo que não poderia levantar a mesa, não se estivesse fora do casco. De repente, sem pensar, ele se ouviu dizendo:

— Compre os cascos, e eu voarei neles até aqui. Em todos os três.

As palavras escaparam com a maior facilidade; apenas depois que elas estavam lá, penduradas no ar, é que Tom percebeu o que havia dito.

Dutton fez uma pausa pensativa.

— Poderíamos filmar a chegada, rodar em loop como parte da exposição. Sim, eu acho que seria a autenticação de que precisaríamos. Quanto o senhor está pedindo?

Tom sentiu um momento de pânico cego. A cabeça de Modular caiu com um baque seco na mesa de Dutton.

— Cem mil dólares — ele soltou. Duas vezes o que pretendia pedir.

— Demais. Ofereço quarenta mil.

— Nem ferrando — Tom rebateu. — É uma exposição única.

— Uma trinca, na verdade — Dutton enfatizou. — Talvez eu possa chegar a cinquenta mil.

— O valor histórico já vale mais que isso. Eles vão dar a essa porra de lugar respeitabilidade. O senhor vai ter filas rodando o quarteirão.

— Sessenta e cinco mil — Dutton disse. — E temo que seja minha oferta final.

Tom ergueu-se, aliviado, mas um tanto decepcionado também.

— Tudo bem. Obrigado por me receber. Por acaso o senhor não teria o número do Michael Jackson? — Como Dutton não respondeu, ele começou a caminhar até a porta.

— Oitenta mil — Dutton disse atrás dele. Tom virou-se. Dutton pigarreou, como se pedisse desculpas. — É isso. De verdade. Não poderia subir mais, nem se quisesse. Não sem liquidar alguns dos meus investimentos, o que não estou preparado para fazer.

Tom parou na porta. Ele quase escapou. Agora, estava travado novamente. Não viu maneira de sair daquela situação sem parecer um idiota.

— Vou precisar em dinheiro vivo.

Dutton deu uma risadinha.

— Não imagino que um cheque feito à ordem do Grande e Poderoso Tartaruga seria fácil de descontar. Precisarei de algumas semanas para levantar essa quantia, mas imagino que posso consegui-la. — O homem encapuzado ergueu-se de sua cadeira e deu a volta na mesa. — Acordo fechado, então?

— Fechado — Tom falou. — Se incluir a cabeça.

— A cabeça? — Dutton soou surpreso e até divertido. — Sentimental, não? — Ele pegou a cabeça de Modular e encarou os olhos cegos, sem foco. — É apenas uma máquina, o senhor sabe? Uma máquina quebrada.

— Ele era um de nós — Tom falou com uma paixão que surpreendeu até a ele. — Não parece certo deixá-lo aqui.

— Ases — Dutton suspirou. — Bem, suponho que podemos fazer uma réplica em cera para o diorama do Aces High. É sua, assim que recebermos os cascos.

— Vocês terão os cascos quando eu tiver meu dinheiro — Tom falou.

— Bem justo — Dutton retrucou.

Jesus, Tom pensou, *em que merda eu me meti e que merda eu fiz?* Em seguida, controlou-se. Oitenta mil dólares eram uma dinheirama.

Dinheiro suficiente para fazer valer a pena se transformar em Tartaruga uma última vez.

♣ ♦ ♠ ♥

Concerto para sirene e serotonina

V

Após fazer um pequeno favor para Veronica, relatar seu avanço a Theotocopolos e telefonar para a Latham, Strauss pedindo uma reunião, Croyd encontrou-se com Veronica para jantar. Enquanto falava sobre o dia, ela sacudiu a cabeça quando ele mencionou St. John Latham.

— Você tá maluco — ela lhe disse. — Se ele é tão bem relacionado, por que você quer se meter com esse cara?

— Alguém quer saber algo que ele estava armando.

Ela franziu o cenho.

— Quando encontro um cara de que gosto, não acho legal perdê-lo tão rápido.

— Não vai acontecer nada comigo.

Ela suspirou e pousou a mão no braço do homem.

— Estou falando sério — ela disse.

— Eu também. Posso me cuidar.

— Como assim? O quanto isso é perigoso?

— Tenho um trabalho a terminar e acho que estou quase lá. Provavelmente vou encerrar logo o caso sem nem suar e pegar o resto da minha grana e, talvez, tirar umas férias antes de dormir novamente. Pensei que poderíamos ir para um lugar realmente bacana juntos… digamos, o Caribe.

— Ah, Croyd — ela falou, tomando a mão dele —, você pensou em mim.

— Claro que pensei em você. Agora, tenho um compromisso com Latham na quinta-feira. Talvez consiga terminar meu trabalho até o fim de semana. Então teremos um tempo só pra nós dois.

— Então, tenha cuidado.

— Caramba, estou quase no fim. Não tive problema nenhum até agora.

♣

Após parar em um dos bancos para tirar um pouco mais de dinheiro, Croyd pegou um táxi até o prédio onde ficava o escritório de advocacia da Latham, Strauss. Ele havia marcado a reunião descrevendo um caso fictício pensado para soar caro, e chegou quinze minutos antes do horário. Ao entrar na sala de espera, ele suprimiu um desejo repentino de medicação. Sair com Veronica parecia fazer com que ele pensasse nisso antes do tempo.

Ele se identificou para a recepcionista, sentou-se e leu uma revista até ela dizer:

— O sr. Latham vai recebê-lo agora, sr. Smith.

Croyd levantou-se e entrou na sala. Latham levantou-se de trás de sua mesa, exibindo um terno cinza cortado com elegância, e estendeu a mão. Era um pouco mais baixo que Croyd, e suas feições refinadas permaneceram sem expressão.

— Sr. Smith — ele cumprimentou —, sente-se, por favor.

Croyd permaneceu em pé

— Não.

Latham ergueu a sobrancelha, em seguida se sentou.

Como quiser — disse. — Por que não me conta sobre seu caso?

— Porque não há caso nenhum. O que preciso na verdade é de algumas informações.

— Ah? Quais seriam?

Em vez de responder, Croyd desviou o rosto, lançando um olhar ao redor da sala. Em seguida, sua mão se estendeu e agarrou um peso de papel de pedra laranja e verde da mesa de Latham. Ele a segurou bem diante de si e a espremeu, fazendo um som de estalo e esfarelamento. Quando abriu a mão, uma chuva de farelo caiu sobre a mesa.

Latham permaneceu sem expressão.

— Que tipo de informação o senhor está buscando?

— O senhor fez um trabalho para um novo grupo — Croyd falou —, aquele que está tentando se apossar da Máfia.

— O senhor é do Departamento de Justiça?

— Não.

— Da Promotoria?

— Não sou da polícia — Croyd retrucou —, e também não sou promotor. Sou apenas alguém que precisa de uma resposta.

— Qual é a pergunta?

— Quem é o chefe dessa nova família? É tudo que querem saber.

— Por quê?

— Talvez alguém deseje marcar uma reunião com essa pessoa.

— Interessante — Latham disse. — O senhor deseja me contratar para marcar essa reunião.

— Não, só quero saber quem é a pessoa no comando.

— *Quid pro quo* — Latham observou. — O que o senhor tem a me oferecer em troca?

— Estou preparado para poupar para o senhor algumas contas bem caras com cirurgiões ortopédicos e fisioterapeutas — Croyd disse. — Seus advogados sabem tudo sobre essas questões, não é?

Latham abriu um sorriso totalmente artificial.

— Mate-me e será um homem morto, fira-me e será um homem morto, ameace-me e será um homem morto. Seu truquezinho com a pedra não significa nada. Existem ases com poderes mais bacanas que esse à mão. Agora, isso que o senhor fez foi uma ameaça?

Croyd devolveu o sorriso.

— Eu morrerei muito em breve, sr. Latham, para renascer em uma forma completamente diferente. Não vou matá-lo. Mas vamos supor que eu esteja aqui para fazer o senhor falar, impedir a dor e, vamos supor, que mais tarde seus amigos estejam prestes a fechar um contrato com o homem que está diante do senhor. Não importaria. Ele não existiria mais. Eu sou uma série de efemeridades biológicas.

— O senhor é o Dorminhoco.

— Sim.

— Entendo. E se eu der essas informações, o que o senhor acha que acontecerá comigo?

— Nada. Quem sabe?

Latham suspirou.

— O senhor me coloca numa situação extremamente desconfortável.

— Essa foi minha intenção — Croyd olhou para o relógio —, e minha agenda está apertada. Eu deveria ter começado a arrebentar sua cara um minuto e meio atrás, mas estou tentando ser um cara legal. O que deveríamos fazer, senhor advogado?

— Vou cooperar com o senhor — Latham disse —, porque não acho que fará um dedo de diferença no que está acontecendo neste minuto.

— Por que não?

— Posso lhe dar um nome, mas não um endereço. Não sei de onde eles operam. Sempre nos encontramos em lugares desertos ou falamos ao telefone. Porém, não poderei lhe dar nem um número de telefone, pois são eles que sempre entram em contato comigo. E digo que não faz diferença porque não acredito que os interesses que o senhor representa sejam capazes de causar algum mal a eles. Esse grupo é bem equipado com ases. Além disso, estou plenamente convencido de que conseguirão o que talvez possamos chamar de tomada de controle "corporativa" em breve. Se seu empregador deseja salvar vidas e, talvez, até mesmo guardar uns trocados para um fundo de aposentadoria, eu ficaria feliz em tentar conseguir facilitar um acordo.

— Não — Croyd falou —, não tenho instruções para fechar esse tipo de acordo.

— Ficaria surpreso se tivesse — Latham olhou para o telefone. — Mas se o senhor desejar repassar minha sugestão, fique à vontade.

Croyd não se moveu.

— Eu farei isso, com o nome que o senhor me dará.

Latham assentiu.

— Como quiser. Minha oferta para negociar não garante a aceitação de termos particulares, e eu me sinto obrigado a informar o senhor de que talvez não seja de forma alguma aceitável para o outro lado.

— Eu direi isso também — Croyd confirmou. — Qual é o nome?

— Também para ser totalmente escrupuloso, devo lhe dizer que, se o senhor me forçar a divulgar o nome, tenho a obrigação de informar meu cliente de que essa informação foi repassada e para quem. Não poderei assumir responsabilidades por quaisquer ações que isso poderá desencadear.

— O nome do meu cliente também não foi declarado.

— Como em outras coisas na vida, devemos ser guiados por certas suposições.

— Pare de enrolar e me diga o nome.

— Muito bem — Latham disse. — Siu Ma.

— Diga novamente.

Latham repetiu o nome.

— Escreva.

Ele rabiscou o nome num bloco, rasgou o papel e entregou-o a Croyd.

— Oriental — Croyd ponderou. — Suponho que esse cara é chefe de um *tong* ou uma tríade ou de uma yakuza... um desses clubes de cultura asiática?

— Não é um cara.

— Uma mulher?

O advogado assentiu.

— Não posso lhe dar uma descrição também. Mas provavelmente ela é baixinha.

Croyd olhou rápido, mas não conseguia decidir se o resíduo de um sorriso pairava sobre os lábios do outro.

— E aposto que ela não está no catálogo telefônico de Manhattan — Croyd aventou.

— Boa aposta. Então, já lhe dei o que o senhor veio buscar. Pode levar, não vai servir de nada. — Ele se levantou, afastou-se da mesa, foi até uma janela e encarou o tráfego lá embaixo. — Não seria ótimo — ele disse depois de um tempo — se houvesse uma maneira de vocês, aberrações do carta selvagem, entrarem com uma ação contra os takisianos?

Croyd saiu, não muito contente com o que havia desencadeado para si.

◆

Croyd precisava de um restaurante com uma mesa numa distância mínima de um telefone público. Encontrou o que procurava na terceira tentativa, sentou-se, fez o pedido e correu para fazer a primeira chamada, atendida no quarto toque.

— Vito's Italian.

— Aqui é Croyd Crenson. Quero falar com Theo.

— Espere um minuto. Ei, Theo! — Em seguida: — Ele está vindo.

Meio minuto. Um minuto.

— Alô?

— É o Theo?

— É.

— Diga a Chris Mazzucchelli que Croyd Crenson conseguiu o nome para ele e precisa saber onde ele quer ficar sabendo.

— Certo. Me ligue em meia hora, 45 minutos, ok?

— Está bem.

Croyd ligou para a Tavern-on-the-Green logo em seguida e conseguiu fazer reservas para dois às 20h15. Depois telefonou para Veronica. Ela respondeu no sexto toque.

— Alô? — A voz soou fraca, distante.

— Veronica, amor, é Croyd. Não querendo ser apressado, mas acho que estou quase terminando esse trabalho e quero comemorar. Que tal nos encontrarmos por volta das sete e meia e começar as comemorações?

— Ai, Croyd, eu estou um lixo. Toda dolorida, não consigo segurar nada, e estou tão fraca que mal consigo segurar o telefone. Deve ser gripe. Estou boa só para dormir.

— Que pena. Precisa de alguma coisa? Aspirinas? Sorvete? Um cavalo? Neve? *Bombitas?* Diga e eu levo até aí.

— Ah, que lindo, meu amor. Mas não precisa. Vou ficar bem, não quero expor você a essa coisa. Só quero mesmo dormir, ok?

— Tudo bem.

Croyd voltou para a mesa. A comida havia chegado momentos antes. Quando terminou, fez outro pedido e rolou duas pílulas entre o polegar e o indicador. Por fim, tomou as duas com um gole de chá gelado. Depois, fez outro pedido e verificou as mensagens em vários de seus telefones pessoais até o pedido seguinte chegar. Quando voltou e cuidou dele, telefonou de novo para Theo.

— Então, o que ele diz?

— Não consegui entrar em contato com ele, Croyd. Ainda estou tentando. Me liga de novo em uma hora, talvez.

— Ligo — Croyd falou, depois ligou para a Tavern-on-the-Green e cancelou a reserva, em seguida voltou para a mesa para pedir algumas sobremesas.

Telefonou antes de uma hora ter passado, pois havia várias questões que ele estava ansioso para resolver. Felizmente, Theo entrara em contato nesse meio-tempo, e lhe deu um endereço no Upper East Side.

— Esteja lá por volta das nove da noite. Chris quer que você faça um relatório completo para a diretoria.

— É apenas um nomezinho que eu poderia dizer por telefone — Croyd comentou.

— Sou apenas o mensageiro e essa é a mensagem.

Croyd desligou e pagou a conta. A tarde estava livre para ele.

Quando saiu, um homem com traços orientais, baixo e de ombros largos, surgiu de uma porta, talvez a uns três metros à esquerda, mãos dentro da jaqueta azul acetinada, olhos concentrados no chão. Quando se virou para Croyd, ergueu a cabeça e seus olhos se encontraram por um momento. Croyd sentiu mais tarde que sabia, naquele instante, o que aconteceria. Qualquer que fosse o caso, sabia com certeza um momento depois, quando a mão direita do homem saiu da jaqueta, dedos envoltos em um cabo estranho de uma faca longa e levemente curvada, a lâmina estendendo-se ao longo do antebraço, o fio para fora. Em seguida, a mão esquerda surgiu quando ele se moveu para a frente, e ela segurava uma faca semelhante com um cabo idêntico. As duas armas moveram-se em uníssono quando acelerou o ritmo.

Os reflexos anormais de Croyd manifestaram-se. Quando avançou para enfrentar o ataque, parecia como se o outro de repente tivesse ficado em câmera lenta. Virando-se para escapar à passagem das duas lâminas, Croyd estendeu o braço através de uma linha de metal reluzente, pegou uma das mãos e girou-a para dentro. O fio da arma girou para trás, na direção do abdômen do agressor. A ponta enterrou-se ali, moveu-se na diagonal para cima e foi seguida por um jorro de sangue e entranhas. Quando o homem se dobrou, Croyd viu a garça branca que decorava as costas do casaco.

Em seguida, a janela ao seu lado estilhaçou-se, e o som de um disparo de arma soou em seus ouvidos. Ao virar, puxando o atacante ferido diante dele, viu um carro escuro, modelo antigo, movendo-se lentamente pelo meio-fio, quase em paralelo a ele. Havia dois homens no veículo, o motorista e um passageiro no assento traseiro que apontava uma pistola em sua direção pela janela aberta.

Croyd moveu-se para a frente e jogou o homem que segurava para dentro do carro. Ele não passou com facilidade pela janela, mas Croyd empurrou com força e ele entrou de qualquer forma, perdendo apenas algumas partes no caminho. Seus gritos finais misturaram-se ao rugido de motor quando o carro deu um tranco para a frente e partiu.

Essa foi, ele percebeu, uma espécie de prova de que Latham lhe dissera a verdade e nada mais, embora não necessariamente a verdade inteira; e por isso ele ficou feliz com o trabalho, de certo modo. Agora ele precisava começar a olhar sobre os ombros e manter-se alerta até pegar o dinheiro. E aquilo era irritante.

Pisou sobre alguns pedaços do agressor e apalpou uma de suas caixas de pílulas no bolso. Irritante.

♠

Quando Croyd se aproximou do prédio de apartamentos naquela noite, observou que o homem no carro estacionado diante dele parecia estar falando num pequeno walkie-talkie e encarando-o. Ficou muito mais esperto com carros estacionados depois do segundo atentado contra sua vida, um pouco antes. Massageando os nós dos dedos, ele se virou de repente e aproximou-se do carro.

— Croyd — o homem disse suavemente.

— Isso aí. Melhor que a gente esteja do mesmo lado.

O homem assentiu e jogou um pedaço de chiclete para a bochecha esquerda.

— Pode subir — ele disse. — Terceiro andar, apartamento 32. Não toque a campainha. O cara ao lado da porta vai abrir para você.

— Chris Mazzuchelli está lá?

— Não, mas o resto todo está. Chris não conseguiu chegar, mas não importa. Diga àquelas pessoas o que querem saber. Será o mesmo que dizer a ele.

Croyd sacudiu a cabeça.

— Chris me contratou. Chris me paga. Vou falar com ele.

— Espere um minuto. — O homem apertou o botão no walkie-talkie e começou a falar em italiano. Olhou para Croyd depois de alguns minutos, ergueu o dedo indicador e assentiu.

— O que está havendo? — Croyd perguntou quando a conversa terminou. — Vocês o encontraram de repente?

— Não — o guarda respondeu, colocando o chiclete do outro lado da boca. — Mas poderemos garantir a você que tudo está ok em apenas um minuto.

— Tudo bem — Croyd disse. — Garanta.

Eles esperaram. Vários minutos depois, um homem de terno preto surgiu do prédio. Por um momento, Croyd pensou que era Chris, mas, numa inspeção mais próxima, ele percebeu que o homem era mais magro e um pouco mais alto. O recém-chegado aproximou-se e assentiu para o guarda, que por sua vez meneou a cabeça para Croyd.

— Aí está ele.

— Sou o irmão de Chris — disse o homem com um leve sorriso nos lábios — e isso é o mais próximo que conseguimos chegar dele no momento. Posso falar por ele, e tudo bem para você dizer aos senhores lá em cima o que acabou descobrindo.

— Tudo bem — Croyd falou. — Assim está bem. Mas eu achei que ia pegar o resto do dinheiro com ele também.

— Não sei nada disso. Talvez seja melhor perguntar ao Vince. Schiaparelli. Ele às vezes faz a folha de pagamento. Mas talvez não deva.

Croyd virou-se para o guarda.

— Você está com a maquineta. Você chama o cara e pergunta. O outro lado já veio pra cima de mim pelo que consegui. Se meu dinheiro não está aqui, estou dando o fora.

— Espere um minuto — o irmão de Chris disse. — Não tem motivo para ficar nervoso. Calma aí.

Ele apontou para o walkie-talkie com o polegar e o guarda falou nele, ouviu, esperou, olhou para Croyd.

— Estão indo falar com Schiaparelli — o guarda comentou. Depois de um pouco mais de tempo, ele ouviu um guincho baixo, falou, ouviu de novo, olhou para Croyd. — Sim, está com ele — falou para Croyd.

— Bom — Croyd falou. — Fala para ele trazer aqui para baixo.

— Não, você sobe e pega.

Croyd sacudiu a cabeça.

O homem encarou-o e lambeu os lábios, como se odiasse repassar a mensagem.

— Não vai causar uma impressão muito boa, pois é como se você não confiasse.

Croyd sorriu.

— É exatamente isso. Ligue novamente.

Foi feito e, depois de um tempo, um homem corpulento com cabelos grisalhos surgiu do prédio e encarou Croyd. Croyd encarou de volta.

O homem se aproximou.

— Sr. Crenson?

— Correto.

— E quer seu dinheiro agora?

— Esse é o trato.

— Claro que temos o dinheiro aqui — o outro lhe disse, enfiando a mão no casaco. — Chris mandou. O que vai deixá-lo chateado é o senhor ser tão desconfiado.

Croyd estendeu a mão. Quando o envelope foi colocado nela, ele abriu e contou. Em seguida, assentiu.

— Vamos — ele disse e seguiu Schiaparelli e o irmão de Chris para dentro do prédio. O homem com o walkie-talkie estava sacudindo a cabeça.

Lá em cima, Croyd foi apresentado para um grupo de homens velhos e de meia-idade e seus guarda-costas. Ele recusou uma bebida, apenas querendo falar o nome para eles e dar no pé. Mas lhe ocorreu que, pelo valor que haviam pago, talvez pudesse incluir um pequeno aumento da história para mostrar que ele mereceu o que ganhou. Então, explicou as coisas, passo a passo, desde o Ceifador até o Brecha. Em seguida, falou do atentado contra ele na sequência da entrevista com Latham, antes de finalmente contornar a situação para lhes trazer o nome de Siu Ma.

A questão esperada veio em seguida: onde seria possível encontrá-la?

— Disso eu não sei — Croyd respondeu. — Chris me pediu um nome, não um endereço. Vocês podem me contratar para conseguir isso também, acho que posso fazê-lo, mas seria mais barato usar sua própria equipe.

Aquilo causou algumas reações ríspidas, e Croyd deu de ombros, deu um boa-noite e foi embora, apressando o passo até quase virar um borrão enquanto o musculoso ao lado da porta olhava ao redor, como se esperasse ordens.

Não foi senão uns poucos quarteirões depois que um par de capangas o alcançou e tentou forçá-lo a uma restituição. Ele arrancou uma grade de esgoto, enfiou os corpos deles lá na abertura e recolocou a grade, seu restinho de sutileza antes de encerrar esse caso.

♣ ♦ ♠ ♥

Matizes da mente

Stephen Leigh

Quarta-feira, 9h15

Por sete dias, desde que Misha chegara a Nova York, ela teve de se encontrar todas as noites com o curinga Gimli e as abominações que ele reunia ao seu redor.

Por sete dias, ela viveu naquela ferida aberta chamada Bairro dos Curingas, esperando.

Por sete dias não houve visões. E isso era o mais importante.

Visões sempre regeram a vida de Misha. Era Kahina, a Profetisa: os sonhos de Alá mostraram-lhe Hartmann, o Satã que fazia dançar marionetes em suas garras. As visões mostraram Gimli e Sara Morgenstern. As visões de Alá a levaram de volta à mesquita do deserto um dia depois de ela cortar a garganta do irmão para receber de um fiel aquilo que lhe traria vingança e derrubaria Hartmann: o presente de Alá.

Aquele era o dia da lua nova. Misha tomou aquilo como presságio de que haveria uma visão. Ela orou para Alá por bem mais de uma hora naquela manhã, o presente que Ele lhe concedera embalado nos braços.

Ele não lhe trouxe nada.

Quando por fim ela se ergueu do chão, abriu o baú de roupas laqueado, sentando-se ao lado da cama bamba. Misha tirou o xador e os véus, trocando-os por uma saia longa e uma blusa. Ela odiava o tecido claro e colorido e a nudez pecadora que sentia. Os braços e o rosto à mostra faziam-na se sentir vulnerável.

Misha cobriu o presente de Alá com as dobras do xador que ela não ousava usar ali. Tinha acabado de escondê-lo sob o tecido de algodão preto quando ouviu o raspar de passos atrás dela.

Medo e ódio mesclados fizeram-na arfar. Ela fechou com tudo a tampa do baú de roupas e se empertigou.

— O que está fazendo aqui? — Ela se virou, sem perceber que estava gritando em árabe. — Saia do meu quarto...

Ela nunca se sentiu segura no Bairro dos Curingas, nem uma vez na semana que esteve ali. Antes, sempre havia seu marido, Sayyid, o irmão, Nur. Havia os servos e os guarda-costas.

Agora, Misha estava ilegalmente num país, vivendo sozinha em uma cidade cheia de violência, e as únicas pessoas que ela conhecia eram curingas. Apenas duas noites antes, alguém fora alvejado e morto na rua, fora daqueles quartos caindo aos pedaços perto do East River. Ela disse a si mesma que era apenas um curinga, que a morte não importava.

Curingas eram amaldiçoados. As abominações de Alá.

Era um curinga em pé à porta de seu quarto encardido, encarando-a.

— Saia — ela falou em inglês hesitante, cheio de sotaque. — Eu tenho uma arma.

— Esse quarto é meu — o curinga disse. — Esse quarto é meu e estou pegando de volta. Você é só uma limpa. Não devia estar aqui. — A forma magra, esquelética, deu um passo para a frente e ficou sob a luz da única janela do quarto. Misha reconheceu imediatamente o curinga.

Tinha pedaços de panos brancos acinzentados enrolados na testa, e as bandagens sujas estavam meladas e marrons com sangue velho. O cabelo estava duro com o sangue. As mãos também estavam cobertas e grossas gotas vermelhas vazavam através dos panos enrolados e encharcados para escorrer até o chão. As roupas que vestia sobre o corpo magro estendiam-se aqui e ali com nós escondidos, e ela sabia que havia outras feridas abertas vazando no restante do corpo.

Ela o via todos os dias, observando-a, vigiando. Ele ficava no corredor do lado de fora de seu quarto, na rua lá fora do prédio, caminhando atrás dela. Nunca falou, mas seu rancor era óbvio.

— Estigma — Gimli lhe disse quando ela confessou seu medo dele no primeiro dia. — É o nome dele. Sangra toda a porra do tempo. Tenha um pouco de compaixão, caramba. Estigma não causa problemas a ninguém.

Ainda assim, o olhar choroso e tenso de Estigma a assustava. Ele sempre estava lá, sempre com a cara fechada quando ela encontrava seu olhar.

Era um curinga, bastava. Um dos filhos de Satanás, demônios marcados pelo carta selvagem.

— Saia — Misha lhe disse novamente.

— É meu quarto — ele insistiu como uma criança petulante. Ele arrastava os pés nervosamente.

— Você está enganado. Eu paguei por ele.

— Antes foi meu. Eu sempre vivi aqui, desde que… — Os lábios dele se apertaram. Ele fechou a mão direita num punho; as bandagens encharcadas escorriam escarlate enquanto ele o brandia diante dela. A voz era um ganido fino. — Desde que isso aconteceu. Vim aqui na noite em que peguei o carta selvagem. Nove anos atrás eles me chutaram porque não paguei os dois últimos meses. Eu disse que pagaria, mas não esperaram. Vão pegar dinheiro dos limpos em vez disso.

— O quarto é meu — Misha repetiu.

— Você pegou minhas coisas. Eu deixei tudo aqui.

— O proprietário pegou, não eu… estão trancadas no porão.

O rosto de Estigma contorceu-se. Cuspia as palavras como se lhe queimassem a língua, quase gritando.

— Ele é limpo. Você é limpa. Você não é bem-vinda aqui. Odiamos você.

As acusações fizeram com que as frustrações mascaradas de Misha transbordassem. Uma fúria fria tomou conta dela, e ela se ergueu, apontando para o curinga.

— Vocês são os proscritos — ela gritou de volta para Estigma, para o próprio Bairro dos Curingas. Podia muito bem estar na Síria, dando sermão para os curingas que mendigavam nos portões de Damasco. — Deus odeia vocês. Arrependa-se de seus pecados e talvez sejam perdoados. Mas não gaste seu veneno em mim.

No meio de sua repreensão, sentiu uma desorientação rodopiante, familiar.

— Não — Misha gritou contra o ataque violento da visão e, em seguida, porque sabia que não havia como escapar da *hikma*, a sabedoria divina. — *In sha'Allah.* — Alá virá como desejar, quando desejar.

O quarto e Estigma tremeluziram em sua visão. A mão de Alá a tocou. Seus olhos se tornaram os dele. Um pesadelo acordado irrompeu sobre ela, derretendo a realidade inflexível do Bairro dos Curingas, seu quarto imundo e as ameaças de Estigma.

Ela estava em Badiyat Ash-sham novamente, o deserto. Em pé, na mesquita do irmão.

Nur al-Allah estava diante dela, o brilho esmeralda de sua pele perdido por trás de jorros incrivelmente grossos de sangue que escorriam na frente de sua *djellaba*. Sua mão trêmula a apontava, acusadora; o queixo erguia-se para mostrar os cantos escancarados, contraídos de ossos brancos na ferida aberta na garganta. Ele tentava falar, e sua voz, que antes era fascinante e ressonante, agora era toda cascalho e poeira, engasgada. Ela não conseguia entender nada além do ódio naqueles olhos.

Misha ofegou sob o olhar perverso, acusador.

— Não fui eu! — Ela soluçou, caindo de joelhos diante dele em súplica. — A mão de Satanás moveu a minha. Ele usou meu ódio e meu ciúme. Por favor...

Ela tentou explicar sua inocência ao irmão, mas quando ela ergueu os olhos, não era mais Nur al-Allah que estava diante dela, mas Hartmann.

E ele gargalhava.

— Eu sou a fera que arranca os véus da mente — ele disse. A mão invectivava, avançando enquanto ela se encolhia tardiamente. Como garras, suas unhas se enterravam nas órbitas da mulher, riscavam a pele suave de seu rosto. Cega, ela gritava, a cabeça lançada para trás em tormento, contorcendo-se, mas incapaz de se livrar de Hartmann enquanto os dedos deste rasgavam e arrancavam-lhe os olhos.

— Não use os véus aqui. Não usamos máscaras. Deixe-me mostrar a verdade por trás de tudo. Deixe-me mostrar a cor do curinga que está aí embaixo.

Ele apertava mais forte, arrancando e rasgando. Tiras de carne eram puxadas quando ele a arranhava, e ela sentia o sangue quente brotando das feições arruinadas. Ela gemia, soluçava, as mãos tentando empurrá-lo enquanto ele investia sem parar, puxando músculo a músculo dos ossos.

— Seu rosto será desnudado — Hartmann disse. — E eles correrão de você, horrorizados. Olhe, olhe as cores dentro da cabeça... é apenas uma curinga, uma pecadora como o restante. Posso ver sua mente, posso sentir seu gosto. É igual ao resto. Vocês são iguais.

Através da corrente de sangue, ela ergueu os olhos. Embora a aparição ainda fosse Hartmann, ele agora tinha o rosto de um jovem, e o zumbido de mil vespas enfurecidas parecia cercá-lo. Ainda no meio do tormento, Misha sentiu a mão reconfortante no ombro e virou-se para ver Sara Morgenstern ao seu lado.

— Desculpe — Sara lhe disse. — É minha culpa. Deixe-me mandá-lo embora.

E, em seguida, a visão de Alá desapareceu, deixando-a arfando no chão. Trêmula, suada, ela ergueu as mãos para o rosto. Maravilhada, tocou a carne intacta ali.

Estigma encarou a mulher soluçando nas tábuas lascadas do assoalho.

— Você não é limpa coisa nenhuma — ele disse, e sua voz era comovida, com uma simpatia relutante. — Você é uma de nós. — Ele suspirou. Gotículas lentas de sangue subiram, caíram. — Ainda é meu quarto e eu o quero — ele acrescentou, mas o tom amargurado havia desaparecido da voz. — Vou esperar. Vou esperar.

Ele caminhou suavemente até a porta.

— Uma de nós — ele disse de novo, sacudindo a cabeça sangrenta, enrolada em bandagens, e saiu.

Sexta-feira, 18h10

— Então, todos os rumores são verdade. Você *está* de volta.

A voz veio de trás dele, à sombra de um contêiner de lixo transbordante. Gimli girou de cara fechada. Seus pés chutaram uma poça d'água com uma camada de óleo no beco, os restos das chuvas da tarde.

— Quem diabos é você? — A mão esquerda do anão estava cerrada ao lado do corpo; a direita muito perto da lapela aberta do sobretudo que vestia, apesar do calor da noite, onde havia o peso de uma .38 com silenciador. — Tem dois segundos antes de se tornar motivo de fofoca também.

— Bom, e temperamental como sempre, não é? — Era a voz de um jovem, Gimli concluiu. A luz da rua fluiu sobre uma figura ao lado do lixo. — Sou eu, Gimli — o homem disse. — Croyd. Tira a porra da mão da arma, não sou polícia.

— Croyd? — Gimli apertou os olhos. Relaxou levemente, embora seu corpo atarracado e musculoso continuasse baixo. — Seu ás acabou com tudo desta vez. Nunca vi você desse jeito.

O homem riu sem alegria. Seu rosto e braços eram de um branco porcelana assustador, suas pupilas róseas baças; os desgrenhados cabelos castanho-escuros apenas acentuavam a palidez da pele.

— Que merda, né? Tenho que ficar longe do sol, mas não é problema, sempre fui uma pessoa noturna. Pintei o cabelo e comecei a usar óculos de sol, mas perdi as sombras. Por outro lado, mantive a força dessa vez. É uma coisa muito boa também — ele acrescentou, reflexivo.

Gimli esperou. Se esse cara *fosse* Croyd, ótimo; se não fosse, Gimli não pretendia lhe dar a chance de fazer nada. Estar em Nova York de novo o deixara muito nervoso. Polyakov não os encontraria até segunda-feira, quando Hartmann, segundo rumores, faria a declaração; a porra da árabe era uma curingofóbica que vomitava bobagens religiosas metade do tempo e tinha "visões" a outra metade; seu antigo pessoal da CSJ perdera poder de fogo enquanto ele estivera na Europa e na Rússia; e com as guerras de Punhos Sombrios e Máfia, e o agitador do Barnett, ninguém se sentia seguro.

Ainda assim, ficar confinado no armazém o deixara tenso. Ele dissera a si mesmo que daria uma breve caminhada noturna para relaxar um pouco.

Outra ideia de merda.

Gimli estava vendo inimigos em toda sombra — aquela era a única maneira de permanecer vivo e livre. Já era ruim o bastante que Hartmann tivesse feito as autoridades federais e estaduais fuçarem na antiga rede da CSJ e perturbarem todo mundo. Com as escaramuças do submundo entre curingas e limpos, parecia que todo maldito policial em Nova York estava no Bairro dos Curingas, e Gimli era conhecido demais para se sentir confortável nas ruas, independente das precauções que tomasse. Ele sabia que Hartmann preferiria Gimli alvejado por "resistir à prisão" a vê-lo preso — ele não era tão estúpido.

Melhor ser cauteloso. Melhor ser furtivo. Melhor cometer um erro e matar outra pessoa que ser percebido.

— Olha só, Croyd, estou um pouco paranoico no momento. Estou realmente inquieto com pessoas que não conheço me vendo...

Croyd aproximou-se um passo. Os dentes tortos mordiam o lábio inferior — as gengivas de albino eram de um vermelho vivo impressionante. Gimli lembrou-se de um zumbi de filme B.

— Tem algum *speed* aí, Gimli? Seus contatos sempre foram bons.

— Estive fora. As coisas mudaram.

— Sem drogas? Que merda.

Gimli balançou a cabeça. Ao menos aquilo soava como Croyd. O homem franziu o cenho, arrastando pé ante pé.

— As coisas estão assim — ele falou. — Tinha outras fontes, embora estejam secando ou querendo me matar. Ouça, a conversa nas ruas é que a CSJ está se renovando. Vou te dar um conselho de graça. Depois de Berlim, você deveria desistir de Hartmann; ele é um cara legal e sempre vai ser, não importa o que você pense. Derrube aquele filho da puta do Barnett em vez disso. Eu próprio o faria se acordasse com o poder certo. Todo mundo no Bairro dos Curingas te agradeceria por isso.

— Vou pensar.

O albino riu de novo, a mesma risada seca.

— Não acredita que sou eu, não é?

Gimli deu de ombros. A mão moveu-se significativamente para trás, na direção do sobretudo; viu o homem observando o movimento com cuidado.

— Você ainda está vivo, não está? Isso já é alguma coisa.

O albino que poderia ou não ser Croyd se aproximou até Gimli conseguir sentir seu hálito.

— Sim — ele disse. — E talvez da próxima vez eu simplesmente espanque você até ficar mais perto do chão do que já fica. Croyd se lembra das coisas, Miller.

Croyd tossiu, fungou e limpou o nariz na manga. Com olhar injetado e estalado, ele se afastou. Gimli observou-o, perguntando-se se estava cometendo um erro. Se não fosse Croyd...

Ele o deixou partir. Gimli esperou no beco até ele ter desaparecido na rua e, em seguida, caiu fora, tomando alguns atalhos e caminhos extras apenas para ver se estava sendo seguido.

Chegou a tempo à porta dos fundos de um armazém dilapidado perto do East River.

♣

Gimli pôde ver Vídeo no telhado. Ele acenou para ela e assentiu para Mortalha, que se materializou das sombras da entrada. Gimli fez uma careta. Conseguiu ouvir a discussão lá dentro do prédio, vozes que grunhiam como uma tempestade trovejante ouvida no horizonte.

— Caralho, de novo não — ele murmurou.

Mortalha ajustou a correia de sua metralhadora e deu de ombros.

— Precisamos de alguma diversão — ele comentou. — É quase tão bom quanto Berlim.

Gimli abriu a porta com tudo. Palavras abafadas misturavam-se de forma ininteligível. Lixa estava gritando com Misha, que estava em pé com braços cruzados e uma expressão hipócrita no rosto, enquanto Amendoim segurava o curinga de pele grossa. Lixa agitou o punho para Misha, empurrando Amendoim.

— ... seu fanatismo autocêntrico, cego! Você e Nur são apenas os Barnetts travestidos de árabes. Têm ódio idêntico em almas pomposas. Vou te mostrar o que é ódio, sua vaca! Vou te mostrar como é.

Quando as dobradiças enferrujadas da porta rangeram, Amendoim virou o rosto, os braços ainda envolvendo Lixa. Amendoim estava arranhado com o esforço de segurar o curinga, os braços riscados com arranhões longos e ensanguentados. A pele de um limpo teria sido totalmente esfolada, mas a carne quitinosa de Amendoim era mais resistente.

— Gimli — ele disse, implorando.

Lixa girou nos braços de Amendoim, arrancando um gemido dolorido deste. Ele apontou para Misha quando olhou para o anão.

— Pode se *livrar* dela! — ele gritou. — Não vou aguentar essa merda por mais tempo. — Retorcendo-se, ele se desvencilhou de Amendoim, que o deixou partir dessa vez.

— Que porra é essa aqui? — Gimli bateu a porta e encarou com ódio. — Eu conseguia ouvir vocês lá no fim do beco.

— Não vou tolerar mais insultos. — Lixa partiu para cima de Misha, ameaçador, e Gimli plantou-se entre os dois.

— Ela disse que o Padre Lula vai pro inferno quando morrer — Amendoim acrescentou, enxugando as feridas com um lenço. — Eu falei pro Lixa que ela não entende, mas...

— Eu disse a verdade. — Misha soava perplexa, como se custasse a acreditar na falta de compreensão deles. Balançou a cabeça com os braços estendidos, como se para se absolver da culpa. — Deus mostrou Seu desgosto com o padre ao transformá-lo em curinga. Sim, esse Padre Lula vai ser enviado para o inferno, mas Alá é infinitamente misericordioso.

— Viu? — Amendoim sorriu para Lixa, hesitante. — Está tudo bem, não é?

— Sim, e eu sou curinga, e Gimli também e vocês são curingas, e *todos* nós seremos punidos. Certo? Bem, não vou ficar ouvindo essas merdas. Vá se foder, vadia. — Lixa ergueu o dedo do meio para Misha, virou as costas e saiu. A batida da porta reverberou por vários segundos após sua saída.

Gimli olhou Misha por sobre o ombro. Para ele, ela era extremamente bonita fora do vestido preto de funeral, mas nunca parecia à vontade em roupas ocidentais. Seu misticismo e sua franqueza perturbavam o pessoal. Lixa, Mortalha, Marigold e Vídeo a odiavam, enquanto Amendoim — por mais estranho que parecesse — parecia extremamente enternecido, mesmo que ela não desse nada além de escárnio ao curinga meio estúpido.

Gimli já havia concluído que a odiava. Arrependia-se do impulso que o levara a encontrá-la após o fiasco de Berlim; desejava nunca tê-la apresentado a Polyakov. Se não fosse pela prova que ela alegava ter contra Hartmann e o fato de que ainda estavam esperando informações russas, o Departamento de Justiça já teria recebido uma denúncia anônima. Ele gostaria de ver o que o maldito Hartmann pediria para fazer com ela.

Era uma maldita ás. Ases apenas se importavam consigo mesmos. Ases eram piores que limpos.

— Você tem um tato incrível, sabia?

— Ele perguntou. Eu apenas lhe disse o que Alá me falou. Como a verdade pode ser errada?

— Se quiser continuar vivendo no Bairro dos Curingas, melhor aprender quando manter a merda da boca fechada. E *isso* é a verdade.

— Não tenho medo de ser uma mártir de Alá — ela respondeu com arrogância, seu sotaque embaralhando as consoantes. — Seria ótimo. Estou cansada dessa espera, preferiria atacar a fera do Hartmann abertamente.

— Hartmann fez muito pelos curingas… — Amendoim começou, mas Gimli o interrompeu.

— Será logo. Falei com Jube hoje à noite, e dizem que Hartmann vai fazer um discurso no Parque Roosevelt na segunda-feira. Todos acham que vai fazer o anúncio lá. Polyakov disse que entraria em contato assim que Hartmann oficializasse as coisas. Então, começamos a nos mexer.

— Precisamos contatar Sara Morgenstern. As visões…

— … não significam nada — Gimli interrompeu. — Faremos planos quando Polyakov finalmente chegar.

— Então eu vou para esse parque. Quero ver Hartmann de novo. Quero ouvi-lo. — O rosto dela era obscuro e violento, de um ardor quase cômico.

— Desgraça, você vai ficar longe de lá — Gimli disse com voz alterada. — Com todas essas merdas acontecendo na cidade, o lugar vai estar coalhado de seguranças.

Ela o encarou e seu olhar era mais intenso do que ele pensou que poderia ser. Ele piscou.

— Você não é meu pai ou meu irmão — ela disse como se falasse para uma criança retardada. — Não é meu marido, não é Nur. Não pode me dar ordens como faz com os outros.

Gimli pôde sentir o ódio cego e inútil chegando, mas o reprimiu. *Não vai demorar. Só mais alguns dias.* Ele a encarou também, cada qual percebendo o desgosto do outro.

— Hartmann talvez fosse um bom presidente… — A voz de Amendoim era quase um sussurro enquanto olhava um e outro. Eles o ignoraram. Os arranhões no braço do curinga vazavam sangue.

— Odeio este lugar — Misha falou. — Estou ansiosa para ir embora. — Ela estremeceu, interrompendo o contato visual com Gimli.

— Sim, tem um monte de gente por aqui que sente a mesma coisa.

Os olhos de Misha estreitaram-se; Gimli sorriu, inocente.

— Mais alguns dias. Seja paciente — Gimli continuou a falar. *E depois disso, cada um por si. Vou deixar Lixa e os outros fazerem o que quiserem com você.* E acrescentou: — Até lá, guarde suas malditas opiniões para você.

Segunda-feira, 14h30

Misha, que no passado era conhecida como Kahina, lembrou-se dos sermões. Seu irmão, Nur al-Allah, era muito eloquente ao descrever os tormentos da vida após a morte. Sua voz convincente, ressoante, vinda do *minbar*, martelava os fiéis enquanto o calor do meio-dia torvelinhava na mesquita de Badiyat Ash-sham, e parecia que os fossos do inferno abriam-se diante deles.

O inferno de Nur al-Allah era cheio de curingas saltitantes e odiosos, os pecadores que Alá havia amaldiçoado com as aflições do vírus carta selvagem. Eram a imagem terrena do tormento eterno que aguardava todos os pecadores: o submundo desgraçado era lotado de corpos deformados que formavam uma paródia da forma humana, melados do pus que vazava dos rostos escabrosos, cheios do fedor de ódio, repulsa e pecado.

Nur não sabia, mas Misha sim: inferno era Nova York. Inferno era o Bairro dos Curingas. Inferno era o Parque Roosevelt numa tarde de junho. E o Grande Satanás agia ali, diante de todos os seus adoradores: Hartmann, o demônio com fios amarrados nas pontas dos dedos, o fantasma que assombrava seus sonhos acordados. Aquele que destruíra, com as próprias mãos de Misha, a voz do irmão.

Ela viu os jornais e as manchetes elogiando Hartmann, louvando sua frieza na crise, sua compaixão, o trabalho para terminar com os sofrimentos dos curingas. Sabia que os milhares de pessoas no parque estavam lá para vê-lo e sabia o que esperavam que ele dissesse. Sabia que muitos consideravam Hartmann a única voz de sanidade contra as maluquices pias e cheias de ódio de Leo Barnett e de outros como ele.

Ainda assim, os sonhos de Alá mostravam-lhe o Hartmann real, e Alá colocou em suas mãos o presente que o derrubaria. Por apenas um momento, a realidade da concentração no parque reluzia e ameaçava abrir caminho novamente para o pesadelo, e Misha quase deu um grito.

— Tudo bem? Você estremeceu.

Amendoim tocou o braço de Misha, e ela sentiu uma repulsa involuntária ao contato com seus dedos inflexíveis como chifres. Ela viu a mágoa em seus olhos, quase perdida no casco escamoso do rosto.

— Você não deveria estar aqui — ela lhe disse. — Gimli falou...

— Tudo bem, Misha — ele sussurrou. O curinga mal conseguia mover os lábios; a voz era um rascar infeliz de ventríloquo. — Odeio minha aparência também. Muitos de nós odiamos... como Estigma, sabe. Eu entendo.

Misha afastou-se da dor da culpa que a simpatia na voz arruinada de Amendoim lhe dava. Ansiava por puxar os véus sobre o rosto e esconder-se de Amendoim. Mas o xador e os véus estavam trancados no baú em seu quarto. Os cabelos estavam soltos ao redor dos ombros.

"*Quando estiver em Nova York, não poderá usar preto, não num dia de verão. Vão suspeitar de cara que você está lá. Se precisar sair, ao menos tente se misturar, se pretender ficar em paz. Fique feliz que você poderá ao menos caminhar à luz do dia; Gimli não ousará mostrar o rosto para ninguém*", Polyakov lhe dissera antes de ela deixar a Europa. Parecia um pequeno consolo.

Ali, no Parque Roosevelt, apesar do que Gimli dissera na noite anterior, não havia maneira de ela se destacar. O lugar estava lotado e caótico. O Bairro dos Curingas havia esparramado sua vida estranha e vibrante nos gramados. Era 1976 novamente, as máscaras do Bairro dos Curingas colocadas alegremente de lado. Caminhavam sem qualquer pejo da maldição de Alá, ostentando os sinais visíveis de seus pecados, misturando-se sem controle com aqueles que chamavam de limpos. Estavam ombro a ombro ao redor do palco instalado na ponta norte do parque, a mais próxima do Bairro dos Curingas, aplaudindo os alto-falantes que pregavam a solidariedade e a amizade. Misha ouviu, observou e estremeceu de novo, como se o calor da tarde fosse uma ninharia, um fantasma onírico como o restante.

— Você odeia mesmo os curingas, não é? — Amendoim sussurrou enquanto se deslocavam para mais perto do palco. A grama era desgastada e lamacenta sob os pés, cheia de jornais e panfletos políticos. Era outra coisa que detestava naquele inferno; era sempre lotado, sempre imundo. — Mortalha me contou o que seu irmão pregava. Nur não parecia muito diferente do Barnett.

— Nós... o Corão ensina que Deus afeta diretamente o mundo. Recompensa os bons e pune os iníquos. Não acho isso horrível. Você acredita em Deus?

— Claro. Mas Deus não pune as pessoas passando para elas um vírus maldito.

Kahina assentiu, os olhos escuros solenes.

— Então o seu Deus também é incrivelmente cruel, pois quem infligiria uma vida de dor e sofrimento a tantos inocentes; ou pobre, fraco, um que não consegue impedir que algo assim aconteça. De qualquer forma, como vocês podem louvar uma divindade dessas?

A refutação ríspida confundiu Amendoim — desde que chegara ali, Misha descobrira que o curinga era amável, mas extraordinariamente simples. Ele tentou dar de ombros, toda a parte de cima do corpo se ergueu, e lágrimas vazaram de seus olhos.

— Não é nossa culpa... — ele começou.

Sua dor tocou Misha, impedindo-a até mesmo quando ela começou a interrompê-lo. De novo ela desejou o véu para esconder sua empatia. *Não ouviu o que Tachyon e os outros deixaram claro nas entrelinhas?*, ela quis se revoltar com ele. *Não vê o que eles não ousam dizer, que o vírus amplifica suas falhas e fraquezas, que apenas toma o que encontra dentro da pessoa infectada?*

— Sinto muito — ela sussurrou. — Sinto muito mesmo, Amendoim. — Ela dobrou o braço e esfregou seu ombro com a mão; esperava que ele não notasse como seus dedos tremiam, o quanto o toque era efêmero. — Esqueça o que eu disse. Meu irmão era cruel e ríspido, às vezes me pareço demais com ele.

Amendoim fungou. Um sorriso desabrochou em seu rosto afilado.

— Tudo bem, Misha — ele falou, e o perdão instantâneo em sua voz doeu mais que o restante. Ele olhou para o palco, e os vales se aprofundaram na pele áspera. — Olhe, lá está Hartmann. Não sei por que você e Gimli têm tanta birra dele. É o único que ajuda...

A observação de Amendoim distanciou-se no momento em que a massa reunida ao redor deles lançou os punhos para o alto e comemorou.

E Satanás entrou no palco.

Misha reconheceu alguns ao lado dele: o Dr. Tachyon, vestido em cores escandalosas; Hiram Worchester, rotundo e inflado; o homem chamado Carnifex, encarando a multidão de tal forma que ela quis se esconder. Uma mulher estava ao lado do senador, mas não era Sara, que também frequentava seus sonhos, com quem ela conversara em Damasco — então era Ellen, a esposa.

Hartmann acenou, sorrindo com vergonha pela adulação que assolava a multidão. Ele ergueu as mãos e o alarido aumentou, uma voz rugindo que ecoava dos arranha-céus para o oeste. Um grito começou em algum lugar perto do palco, espalhando-se até o parque inteiro: *Hartmann! Hartmann!*, eles berravam para o palco. *Hartmann! Hartmann!*

Então, ele sorriu, a cabeça ainda sacudindo como se não acreditasse, depois seguiu até a bateria de microfones. Sua voz era grave e limpa, cheia de carinho com aqueles que estavam diante dele. Aquela voz fazia Misha lembrar-se do irmão; quando ele falava, o som simples era verdadeiro.

— Vocês são maravilhosos — ele disse.

Então, eles berraram, um furacão de sons que quase ensurdeceu Misha. Os curingas apertavam-se ao redor do palco; Misha e Amendoim foram lançados para a frente sem querer naquela onda. Os aplausos e gritos continuaram por mais de um minuto antes de Hartmann erguer as mãos novamente e um silêncio inquieto, ansioso, se instalar na multidão.

— Não vim até aqui para falar a vocês os textos que já se esperam de políticos como eu — ele disse, por fim. — Fiquei muito tempo fora e, francamente, o que vi do mundo me fez sentir muito medo. Fiquei especialmente assustado quando voltei e encontrei o mesmo fanatismo, a mesma intolerância, a mesma desumanidade *aqui*. É hora de parar de brincar de política e tomar um rumo político seguro e gentil. Estes não são tempos seguros e gentis. São tempos perigosos.

Ele fez uma pausa, tomando um fôlego que reverberou no sistema de som.

— Quase exatamente onze anos atrás, estive nos gramados deste Parque Roosevelt e cometi um "erro político". Pensei sobre aquele dia muitas vezes nos anos que passaram, e juro por Deus que ainda não entendi por que deveria sentir tanto por ele. O que vi diante de mim naquele dia não tinha sentido, foi pura violência. Vi ódio e preconceito transbordarem, e perdi as estribeiras. *Eu. Fiquei. Louco.*

Hartmann gritou as últimas palavras, e os curingas gritaram de volta para ele em aprovação. Esperou até ficarem em silêncio novamente, e dessa vez a voz era sombria e triste.

— Há outras máscaras além daquelas que fizeram o Bairro dos Curingas famoso. Há uma máscara que esconde uma feiura maior que qualquer coisa que o carta selvagem possa produzir. Por trás da máscara está uma infecção que é humana demais, e eu ouvi essa voz nas comunidades do Rio, nos *kraals* da África do Sul, nos desertos da Síria, na Ásia, na Europa e nos Estados Unidos. Sua voz é possante, confiante e tranquilizadora, e diz àqueles que odeiam que eles estão *certos* em odiar. Prega que qualquer um que seja *diferente* também é *menor.* Talvez sejam negros, talvez sejam judeus ou hindus, ou talvez sejam apenas *curingas.*

Com ênfase na última palavra, a multidão enlouquecida uivou novamente, uma muralha de angústia que fez Misha estremecer. As palavras do homem ecoavam as visões de forma desconfortável. Ela quase conseguia sentir as unhas arranhando seu rosto. Misha olhou para a direita e viu que Amendoim estendia o pescoço para a frente com o restante do público, a boca aberta num grito de concordância.

— Não posso permitir que isso aconteça — Hartmann continuou, e agora a voz era mais alta, mais rápida, agitando as emoções do público. —

Não posso simplesmente assistir, não quando vejo que há mais que posso fazer. Vi muitas coisas. Ouvi aquele ódio insidioso, e não posso mais tolerar essa voz. Eu me flagro em fúria todas as vezes. Quero arrancar a máscara e expor a verdadeira feiura por trás dela, a feiura do ódio. O estado desta nação e do mundo me assusta, e há apenas uma maneira pela qual posso fazer algo para aliviar esse sentimento. — Ele fez mais uma pausa e, dessa vez, esperou até o parque inteiro estar segurando o fôlego coletivo. Misha arrepiou-se. *O sonho de Alá. Ele está falando o sonho de Alá.*

— Com entrada em vigor hoje, renunciei a meu cargo no Senado e a meu posto de diretor do CRISE-A. Fiz isso para me dedicar integralmente a uma nova tarefa, aquela na qual precisarei de sua ajuda também. Anuncio agora minha intenção de ser o candidato democrata à presidência em 1988.

As últimas palavras ficaram perdidas, enterradas sob o clamor titânico dos aplausos e gritos. Misha não conseguia mais enxergar Hartmann, perdido num mar ondulante de braços e faixas. Ela não achou que poderia haver sons tão elevados. A aclamação a ensurdeceu, a fez levar as mãos aos ouvidos. Os gritos de *Hartmann! Hartmann!* recomeçaram, punhos curingas erguendo-se no ritmo da batida.

Hartmann! Hartmann!

O inferno era barulhento e caótico, e seu ódio perdeu-se na celebração. Ao seu lado, Amendoim gritava com o restante, e ela olhou-o com repulsa e desespero.

Ele é tão forte, Alá, mais forte que Nur. Mostre-me que esse é o caminho certo. Diga-me que minha fé será recompensada.

Mas não houve nenhuma visão como resposta. Havia apenas o furor da voz dos curingas e Satanás banhando-se em seus louvores.

Ao menos tudo começaria. Naquela noite. Naquela noite eles se encontrariam e decidiriam a melhor estratégia para destruir o demônio.

Segunda-feira, 19h32

Polyakov foi o último a chegar ao armazém, o que deixou Gimli furibundo. Já era ruim que ele não tivesse certeza de que poderia confiar em qualquer um da antiga organização da CSJ de Nova York. Era o bastante que ele estivesse lidando com Misha por quase duas semanas, aguentando seu nojo de curingas. Era suficiente que os ases do Departamento de Justiça de Hartmann estivessem à espreita em todo o Bairro dos Curingas atrás dele; que a agitação de Barnett fizera de qualquer curinga alvo legítimo para gangues de limpos; que as batalhas ininterruptas entre as organizações do submundo tivessem transformado as ruas num risco alto para todos.

Como cereja do bolo, ele sentia que um resfriado se aproximava.

Gimli espirrou e assoou o nariz num grande lenço vermelho.

Fazia um tempo de merda no Bairro dos Curingas.

A chegada de Polyakov deixou o humor de Gimli ainda pior. O russo entrou no lugar sem bater, abrindo a porta com tudo.

— A curinga no telhado está em pé contra a luz do poste — ele proclamou em voz alta. — Qualquer idiota pode vê-la. E se eu fosse da polícia? Vocês todos estariam presos ou mortos. Amadores! *Dilettante!*

Gimli limpou suas narinas bulbosas e macias e olhou para o lenço.

— A curinga no telhado é Vídeo. Ela lançou uma imagem sua aqui dentro para avisar que você estava a caminho... ela precisa de luz para projetar. Amendoim e Lixa teriam pegado você na porta se eu não o reconhecesse. — Gimli enfiou o lenço úmido de volta ao bolso e deu dois socos na parede. — Vídeo — ele gritou para o telhado. — Mostre ao nosso convidado um replay, ok?

No centro do armazém, o ar reluziu e escureceu. Por um momento, estavam todos olhando para o beco do lado de fora do armazém, onde um homem corpulento estava nas sombras. A escuridão reuniu-se, pulsou, e eles tiveram uma visão de cabeça e ombros do homem: Polyakov, fazendo uma careta ao olhar na direção de Vídeo. Em seguida, a imagem se esvaneceu com a gargalhada de Gimli.

— E você nem mesmo viu a porra do Mortalha atrás de você, viu? — ele quis saber.

Uma figura esguia materializou-se das sombras atrás de Polyakov e deu um cutucão nas costas do russo.

— Bang! — Mortalha sussurrou. — Morreu. Esta é a roleta do curinga russo. — Ao lado da porta, Amendoim e Lixa abriram um sorriso amarelo.

Gimli precisou admitir que Polyakov, sendo um limpo, levou numa boa. O homem atarracado apenas assentiu sem olhar para Mortalha.

— Aceite minhas desculpas. Claro que você conhece seu pessoal melhor que eu.

— É, não é mesmo? — Gimli fungou, o nariz pingava como uma torneira velha. Ele acenou para Mortalha. — Cuide para que ninguém mais entre, não há mais nenhum convidado. — O curinga magro e negro assentiu.

— Hora dos condenados — Mortalha disse, outro sussurro. Um sorrisinho surgiu da forma vaporosa que, em seguida, se dissolveu nas sombras.

— Então, temos ases conosco — Polyakov disse.

Gimli riu sem alegria.

— Ponha Vídeo perto de um dispositivo elétrico e o sistema nervoso dela fica sobrecarregado. Ponha a menina na frente de uma maldita televisão e logo bate a arritmia. Perto demais e ela morre. E o Mortalha perde substância todos os dias, como se estivesse evaporando. Mais um ano, ele estará morto ou imaterial para sempre. Ases, que merda, Polyakov... são curingas, como o resto. Sabe, aqueles dos quais vocês se desfaziam nos laboratórios russos.

Polyakov apenas grunhiu com o insulto; Gimli ficou decepcionado. O homem passou os dedos entre os cabelos grisalhos e eriçados e assentiu.

— A Rússia cometeu seus erros, como os Estados Unidos. Há muitas coisas que eu queria que não tivessem acontecido, mas estamos aqui para mudar o que podemos, não é? — Ele encarou Gimli com um olhar fixo. — A ás síria chegou?

— Estou aqui.

Misha veio do fundo do armazém. Gimli viu seu olhar afiado para Amendoim e Lixa. Sua atitude era ácida e condescendente. Ela caminhava como se esperasse ser servida. Gimli talvez pudesse achar sua escura pele árabe extremamente atraente, mas — exceto em fantasias noturnas — ele não se iludia imaginando que talvez acontecesse alguma coisa. Sabia qual era sua aparência: "um sapinho verruguento e nocivo que se alimenta do tronco apodrecido do ego" — uma frase de Wilde, o poeta do Bairro dos Curingas.

Gimli era um curinga, esse era o ponto principal para a vadia. Misha tinha certeza de que Gimli sabia que era tolerado apenas para conseguir a vingança contra Hartmann. Ela não o via como uma pessoa; era apenas uma ferramenta, algo para usar porque nada mais adiantaria. A percepção o enfurecia todas as vezes que olhava para ela. Apenas avistar a mulher já era o bastante para fazê-lo querer gritar com ela.

Farei de você minha maldita ferramenta um dia.

— Estou pronta para começar. As visões — ela sorriu, fazendo Gimli reagir com cara fechada — foram otimistas hoje.

Gimli zombou.

— Seus malditos sonhos não vão preocupar o senador, vão?

Misha girou, os olhos chamejantes.

— Você desdenha do dom de Alá. Talvez seu escárnio seja o motivo pelo qual Ele fez de você uma imitação esmagada de um homem.

Isso foi o bastante para estilhaçar a pouca moderação que ele tinha. Um ódio rápido e incandescente encheu Gimli.

— *Sua puta desgraçada!* — Gimli berrou. A postura do anão alargou-se sobre as pernas musculosas, seu peito de barril expandiu-se. Um dedo estendeu-se do punho que ele apontou para ela. — Não vou tolerar essa merda, nem de você, nem de ninguém!

— PAREM COM ISSO!

O grito veio de Polyakov quando Gimli deu um passo na direção de Misha. O rugido fez a cabeça de Gimli virar-se; o movimento fez com que ele sentisse pontadas.

— Amadores! — Polyakov soltou. — Esse é o tipo de estupidez que Mólnya disse ter destruído vocês em Berlim, Tom Miller. Acredito nele agora. Esse bate-boca mesquinho precisa acabar. Temos um objetivo comum; concentre seu ódio nisso.

— Discursos lindos não dão em merda nenhuma — Gimli ralhou, mas parou. O punho abaixou-se, os dedos relaxaram. — Somos uma conspiração bem improvável, não é? Um curinga, uma ás, um limpo. Talvez seja um erro, hein? Não tenho mais certeza se compartilhamos o mesmo objetivo comum. — Ele olhou feio para Misha.

Polyakov deu de ombros.

— Nenhum de nós quer que Hartmann ganhe força política. Temos razões diferentes, mas nisso concordamos. Eu não gostaria de ver um ás com poderes desconhecidos como presidente da nação que se opõe à minha. Sei que Kahina gostaria de vingar o irmão. Você tem um ressentimento antigo contra o senador. E, por menos que você se importe com esta mulher, ela trouxe provas claras contra Hartmann.

— É o que ela diz. Ainda não vimos nada, vimos?

Polyakov grunhiu.

— Tudo o mais é circunstancial: boatos e especulações. Então, vamos começar. Do meu lado, eu gostaria de ver o "presente" de Misha.

— Vamos falar da realidade primeiro. Então poderemos nos entregar a fantasias religiosas. — Gimli argumentou. Ele conseguia sentir o controle da reunião escapando entre os dedos; o russo tinha presença, carisma. Os outros já olhavam Polyakov como se fosse o cabeça do grupo. *Esqueça seus sentimentos, por piores que sejam. Precisa vigiá-lo ou ele assumirá o controle.*

— De qualquer forma, queria ver o presente — o russo insistiu.

Gimli inclinou a cabeça para Polyakov, que devolveu o olhar com suavidade. Finalmente, Gimli pigarreou ruidosamente e fungou.

— Tudo bem — ele rosnou. — O palco é seu, Kahina.

Quando Gimli a olhou, ela abriu um sorriso rápido e triunfante. Aquilo fez Gimli concluir que, quando aquilo terminasse, ele cobraria a conta pela arrogância de Misha. Se precisasse, exigiria ele mesmo o pagamento.

Misha foi até o fundo do armazém novamente e voltou com um pacote enrolado em panos.

— Quando os ases nos atacaram na mesquita, Hartmann foi ferido — ela disse. — O pessoal o examinou lá, rapidamente, e se refugiaram imediatamente logo depois disso. Eu... — ela parou, e um olhar da dor lembrada obscureceu seu rosto. — Eu já havia fugido. Meu irmão e Sayyid, os dois terrivelmente feridos, uniram-se aos seus seguidores e foram para as profundezas do deserto. No dia seguinte, uma visão me disse para voltar à mesquita. Lá, eu recebi isto aqui: é o casaco que Hartmann usava quando foi alvejado.

Ela desenrolou o pacote no chão de cimento.

O casaco não tinha nada de impressionante — um casaco esportivo cinza quadriculado, empoeirado e amassado. O tecido tinha um leve odor de mofo. No ombro direito, um furo desfiado estava cercado por uma mancha irregular vermelho-amarronzada que se espalhava peito abaixo. Enrolado dentro dele havia uma pilha de papéis num envelope pardo. Misha folheou-os.

— Fui a quatro médicos em Damasco com o casaco — ela continuou. — Eles examinaram as manchas de sangue de forma independente, e cada qual me deu um relatório confirmando que o sangue tinha vindo de alguém infectado pelo vírus carta selvagem. O tipo de sangue combina com o de Hartmann, "A" positivo. Tenho a confirmação do homem que me entregou de que este é o casaco de Hartmann; ele o pegou após a briga, pensando em guardá-lo como uma relíquia de Nur.

— Porra, uma carta de confirmação de um terrorista e o sangue que poderia ter vindo de qualquer pessoa — Gimli bufou. — Olha só, todos nós aqui podemos acreditar que é o sangue de Hartmann, mas só isso não adianta. O maldito apresentou um exame sanguíneo. Acha que ele não pode apresentar outro resultado negativo com todo mundo que conhece?

Polyakov assentiu com ponderação.

— Pode e vai.

— Então, vamos atacá-lo fisicamente — Misha falou, espantada com aquelas pessoas. — Se não querem meu presente, mate-o. Eu ajudarei.

O olhar no rosto da mulher fez Gimli rir, e a gargalhada trouxe uma tosse entrecortada e pigarreada.

— Meu Deus, tudo que eu preciso é um resfriado — ele murmurou e disse: — Que sede de sangue do caralho, hein?

Misha cruzou os braços diante do peito, desafiante.

— Não tenho medo. Você tem?

— Não, está louca? Sou realista. Olha, seu irmão tinha ao redor guardas com Uzis e Hartmann escapou, não foi? *Eu* tinha o desgraçado amarrado a uma cadeira, todos nós armados, e, um a um, nós partimos, uma decisão que não acreditamos termos tomado uma hora depois. Depois, Mackie Masser, que estava com uma arma carregada sem nenhuma segurança, ficou enlouquecido e fatiou todo mundo que restou, e ainda assim não tocou num fio de cabelo do bom senador. — Gimli cuspiu. — Ele consegue manipular as pessoas a *fazer* as coisas, esse deve ser seu poder. Ele tem todos os ases ao redor dele. Não vamos chegar até o homem, não desse jeito.

Polyakov assentiu.

— Infelizmente, preciso concordar. Misha, você não conhece Mólniya, o ás que foi com Gimli para Berlim — ele disse. — Ele poderia ter matado Hartmann com um simples toque. Falei muito com ele. Fez coisas lá que foram desleixadas e sem sentido para um homem com a lealdade e a experiência dele. Seu desempenho foi extremamente incoerente com seu histórico. Foi manipulado: parte da prova que tenho está em seu depoimento.

Lixa cutucou Amendoim.

— Setenta e seis — ele disse para Gimli. — Eu me lembro. Você falou com Hartmann quando estávamos todos prontos para marchar. De repente, você disse para a gente dar meia-volta e voltar ao parque.

A memória era tão amarga como foi onze anos antes. Gimli havia remoído aquilo muitas vezes. Em 1976, a CSJ estava prestes a se tornar uma voz legítima dos curingas, ainda assim, de alguma forma, ele perdeu tudo. A CSJ e o poder de Gimli ruíram na esteira do tumulto. Desde Berlim, desde seu encontro com Misha, aquela reflexão havia tomado um rumo diferente.

Agora, ele sabia a quem culpar por seu fracasso.

— Porra, você está certo. Aquele filho da puta. Por isso eu quero derrubá-lo. Com Barnett ou qualquer dos outros políticos limpos, sabemos com quem estamos lidando. Sabemos o que esperar. De Hartmann, não. E por isso ele é mais perigoso que o resto. Lembra-se de Aardvark, Amendoim? Aardvark morreu em Berlim, junto com muitos outros; sua morte e a de todos, no fim das contas, é culpa de Hartmann, esse maldito.

O corpo inteiro de Amendoim se moveu quando tentou sacudir a cabeça.

— Não está certo, Gimli. De verdade. Hartmann *trabalha* pelos curingas. Ele aboliu as Leis, ele fala bonito com a gente, ele vem até o Bairro dos Curingas...

— É. E eu faria o mesmo se quisesse aplacar as suspeitas de todo mundo. Uma coisa eu digo, sabemos quem é Barnett. Podemos cuidar dele a qualquer momento. Tenho mais medo de Hartmann.

— Então, faça alguma coisa sobre ele — Misha interrompeu. — Temos o casaco. Temos sua história e a de Polyakov. Leve isso para sua imprensa e deixe que acabem com Hartmann.

— Mas não temos merda nenhuma ainda. Ele vai negar. Vai apresentar outro exame de sangue. Vai enfatizar que a "prova" foi apresentada por um curinga que o sequestrou em Berlim, um russo que tem relações com a KGB e por você, que diz que seus *sonhos* dizem que Hartmann é um ás e que está sofrendo com a ilusão lunática de que ele a *obrigou* a atacar seu irmão terrorista. A porra de um exemplo clássico de transferência de culpa.

Gimli adorou a vermelhidão que subiu pelo pescoço de Misha. *É, essa foi na mosca, não foi, vadia?*

— Temos provas circunstanciais, claro — Gimli continuou —, mas, se *nós* as levarmos, ele vai dar risada, e a imprensa também. Temos que nos unir a outros. Deixar que sigam na nossa frente.

— Suponho que você já tenha alguém em mente — Polyakov comentou. Gimli pensou ouvir um leve desafio na voz do homem.

— Sim, tenho — ele disse a Polyakov. — Digo que precisamos levar o que temos a Crisálida. Pelo que ouço, ela está extremamente interessada em Hartmann, e não tem nenhuma diferença com ele. Ninguém sabe mais sobre qualquer coisa no Bairro dos Curingas que Crisálida.

— Ninguém sabe mais sobre Hartmann que Sara Morgenstern. — Misha dispensou a sugestão de Gimli. — Os sonhos de Alá me mostraram o rosto dela. É quem destruirá Hartmann, não Crisálida.

— Claro. Ela é a amante de Hartmann. Achamos que Hartmann tem poderes mentais, então, quem é mais provável que ele controle? — Agora, a dor de cabeça lançava pontadas nas têmporas de Gimli, e sua cabeça parecia cheia de muco. — Temos que ir a Crisálida.

— Não sabemos se essa Crisálida vai ter algum interesse em nos ajudar. Talvez Hartmann a controle também. Minhas visões...

— Suas visões são uma porcaria, minha senhora, e estou ficando de saco cheio de ouvi-las.

— São um dom de Alá.

— São um dom do carta selvagem, e todo curinga sabe o que tem *nesse* pacote. — Gimli ouviu a porta do armazém se abrir. Seu olhar girou de Misha para ver Polyakov em pé ao lado da porta. — Onde você vai, caramba?

Polyakov expirou com força.

— Já ouvi o bastante. Não serei pego com gente estúpida. Vão até Crisálida ou até Morgenstern, não me importa. Desejo sorte, pode funcionar. Mas não vou me associar a isso.

— Tá indo embora? — Gimli falou, descrente.

— Temos um interesse comum, como eu disse. Isso parece ser tudo. Façam o que quiserem, não precisam de mim para isso. Vou fazer as coisas do meu jeito. Se eu descobrir algo interessante, entro em contato.

— Vai tentar qualquer coisa sozinho e, muito provavelmente, vai ser pego. Vai alertar Hartmann que tem gente atrás dele.

Polyakov deu de ombros.

— Se Hartmann é a ameaça que vocês acham que é, ele já sabe disso. — Polyakov meneou a cabeça para Misha, Lixa e Amendoim. Saiu e fechou a porta suavemente.

Gimli conseguia sentir os olhares dos outros sobre ele. Fez um gesto obsceno para a porta.

— Que ele vá pro inferno — Gimli falou em voz alta. — Não precisamos dele.

— Então, vou procurar Sara — Misha insistiu. — Ela vai ajudar.

Você não tem escolha. Não agora.

Gimli assentiu, relutante.

— Tudo bem. — Ele suspirou. — Amendoim vai conseguir uma passagem de avião para você ir até Washington. E eu vou procurar Crisálida. — Ele pousou a mão na testa e sentiu-a suspeitosamente quente. — Por ora, vou para a cama.

Terça-feira, 22h50

Gimli disse que ela devia tomar cuidado e verificar se ninguém estava vigiando o apartamento de Sara. Misha achou que era paranoia do anão, mas esperou bastante antes de atravessar a rua, ficando na espreita. Nunca havia maneira de saber se Sayyid, seu marido, que estava à frente de todos os aspectos de segurança da seita de Nur, teria concordado.

— Nenhum amador jamais verá um profissional, a menos que ele queira ser visto — ela se lembrou de ele dizer. Pensamentos sobre Sayyid traziam de volta lembranças dolorosas: sua voz desdenhosa, os modos dominadores, o corpo monstruoso. Ela sentiu um alívio mesclado ao horror quando ele foi derrubado na frente dela, os ossos estalando como galhos secos, um baixo gemido animal saindo de seu corpo ferido...

Misha estremeceu e atravessou a rua.

Ela apertou o botão do interfone na porta da frente, novamente maravilhada com a obsessão norte-americana com a segurança ineficaz — a porta era de vidro chanfrado. Dificilmente impediria qualquer pessoa desesperada de entrar. A voz que respondeu soou cansada e cautelosa.

— Sim? Quem é?

— É Misha. Kahina. Por favor, preciso falar com você...

Houve um longo silêncio. Misha pensou que talvez Sara não respondesse quando o interfone soltou um clique seco.

— Pode subir — a voz disse. — Segundo andar. Em frente.

A tranca da porta zuniu. Por um momento, Misha hesitou, sem saber ao certo o que fazer, em seguida empurrou a porta. Entrou no saguão com ar-condicionado e subiu as escadas. A porta estava entreaberta; no espaço entre a porta e o batente, um olho a encarou quando se aproximou. Ele recuou, e Misha ouviu uma corrente estalar. A porta abriu-se mais, mas apenas o suficiente para deixá-la passar.

— Entre — Sara disse.

Sara estava mais magra do que Misha se lembrava, quase esquálida. Seu rosto estava pálido e tenso; havia bolsas escuras sob os olhos. Parecia que seu cabelo não era lavado havia dias, caindo reto e sem brilho ao redor dos ombros. Trancou a porta atrás de Misha, em seguida se recostou nela.

— Você está diferente, Kahina — Sara falou. — Sem xador, sem véus, nem guarda-costas. Mas eu me lembro da voz e de seus olhos.

— Nós duas mudamos — Misha falou com suavidade e viu a dor tremeluzir nas pupilas circundadas de preto.

— Acho que sim. A vida é foda, não é? — Sara afastou-se da porta, esfregando os olhos.

— Você escreveu sobre mim depois... depois do deserto. Eu li. Você me entendeu. Você tem uma alma gentil, Sara.

— Não tenho escrito muito nos últimos tempos. — Ela foi até o centro da sala de estar. Apenas uma lâmpada estava acesa; Sara se virou na penumbra. — Por que não se senta? Vou pegar algo para beber. Quer alguma coisa?

— Água.

Sara deu de ombros. Entrou na cozinha, voltou alguns minutos depois com dois copos. Entregou um deles para Misha, que conseguia sentir o cheiro de álcool no outro. Sara se sentou no sofá diante de Misha e deu um grande gole.

— Nunca fiquei mais assustada do que naquele dia, no deserto — ela disse. — Pensei que seu irmão... — Ela hesitou, olhando para Misha sobre a borda do copo. — Pensei que ele estava totalmente enlouquecido. Sabia que todos morreríamos. E então... — Ela tomou um gole comprido.

— Então eu cortei a garganta dele — Misha terminou. As palavras doíam, sempre doíam. Elas não se olhavam. Misha pousou o copo na mesa ao lado do sofá. O tilintar do gelo contra o vidro parecia incrivelmente alto.

— Deve ter sido uma decisão muito difícil.

— Mais difícil do que você pode acreditar — Misha confirmou. — Nur era... e ainda é... profeta de Alá. É meu irmão. É a pessoa que meu marido seguia. Eu o amo por Alá, por minha família, pelo meu marido. Você nunca foi mulher na minha sociedade; não conhece a minha cultura. Não consegue ver séculos de condicionamento. O que eu fiz era impossível. Era preferível eu cortar minha mão a permitir que ela o fizesse.

— Ainda assim você fez.

— Eu não acho — Misha disse suavemente. — E também não acho que você acredita nisso.

O rosto de Sara estava na escuridão, envolto pelos cabelos iluminados por trás. Misha conseguia ver apenas o brilho dos olhos dela, o cintilar da bebida nos lábios enquanto erguia novamente o copo.

— Os sonhos de Kahina novamente? — Sara zombou, mas Misha pôde sentir as palavras tremerem.

— Fui até você em Damasco por causa das visões de Alá.

— Eu lembro.

— Então lembra que, naquela visão, Alá me disse que você e o senador eram amantes. Lembra que eu vi uma faca, e Sayyid lutando para tirá-la de mim. Lembra que eu vi como Hartmann pegou sua desconfiança e a transformou, e como ele pegou *meus* sentimentos e os usou contra mim.

— Você disse um monte de coisas — Sara objetou. Ela se encolheu ainda mais fundo no sofá, abraçando os joelhos junto ao peito. — Eram símbolos e imagens estranhas. Talvez não tenham significado nada.

— O anão também estava naquela visão — Misha insistiu. — Você deve lembrar... eu lhe disse. O anão era Gimli, em Berlim. Hartmann fez a mesma coisa lá.

O suspiro de Sara foi hostil.

— Berlim... — ela arfou e, em seguida: — Tudo coincidência. Gregg é um homem compassivo e afetuoso. Eu sei disso, melhor que você ou qualquer outra pessoa. Eu o vi. Estive com ele.

— Coincidência? Nós duas sabemos o que ele é. É um ás, um ás oculto.

— E eu digo que é impossível. Há um exame de sangue. E, mesmo se *fosse* verdade, como isso muda as coisas? Ele ainda está trabalhando pelos direitos e pela dignidade de todas as pessoas... diferente de Barnett, de seu irmão ou de terroristas como a CSJ. Você não me mostra nada além de insinuações contra Gregg.

— Os sonhos de Alá...

— *Não* são sonhos de Alá — Sara interrompeu, irritada. — É apenas o maldito carta selvagem. Flashes de precognição. Há meia dúzia de ases com a mesma capacidade. Você tem vislumbres dos futuros possíveis, é isso: previsõezinhas inúteis que nada têm a ver com qualquer deus.

A voz de Sara ficara mais alta. Misha conseguia ver a mão da mulher tremendo enquanto pegava outra bebida.

— O que você *achou* que ele fez, Sara? — ela perguntou. — Por que *você* o odiava no passado?

Misha pensou que Sara poderia negá-lo, mas não negou.

— Eu estava errada. Eu pensei... pensei que ele pudesse ter matado minha irmã. Houve coincidências, sim, mas eu estava *errada*, Misha.

— Ainda assim, posso ver que você está com medo, pois talvez estivesse certa, porque o que estou dizendo talvez seja verdade. Meus sonhos me dizem... eles me dizem que você está remoendo isso desde Berlim. Eles me dizem que você está assustada porque se lembra de outra coisa que eu lhe disse em Damasco; que o que ele fez comigo, ele também faria com você. Não percebeu como seus sentimentos por ele mudam quando ele está com você, e isso também não faz você refletir?

— *Desgraçada*! — Sara gritou. Jogou o copo de lado, e ele bateu contra a parede quando a mulher se levantou. — Você não tem *direito*!

— Eu tenho provas. — Misha falou suavemente, mesmo com a ira de Sara. Ela encarou calmamente o olhar raivoso da mulher.

— Sonhos — Sara rosnou.

— Mais que sonhos. Na mesquita, durante a luta, o senador foi alvejado. Eu estou com o casaco dele. Mandei analisar o sangue. A infecção está lá, seu vírus carta selvagem.

Sara sacudiu a cabeça violentamente.

— Não. Isso é o que você quer que os exames mostrem.

— Ou Hartmann falsificou o próprio exame de sangue. Seria fácil para ele, não é? — Misha persistiu. A agonia selvagem em Sara feria Misha, mas ela insistiu. Sara era a chave, as visões todas diziam que era. — E isso significaria que, talvez, você esteja certa sobre sua irmã. Explicaria o que aconteceu comigo. Explicaria o que aconteceu em Berlim. Explicaria tudo, todas as perguntas que você teve.

— Então, vá para a imprensa com essa prova.

— Eu vou. Agora mesmo.

A cabeça de Sara balançou para trás e para a frente numa recusa obstinada.

— Não é suficiente.

— Talvez não só isso. Precisamos de tudo que você possa nos contar. Você deve saber mais... outros incidentes estranhos, outras mortes...

Sara ainda estava sacudindo a cabeça, mas seus ombros encolhidos e a raiva haviam esvanecido. Ela se virou para Misha.

— Eu não posso confiar em você — ela disse. — Por favor, vá embora.

— Olhe para mim, Sara. Somos irmãs nesse caso. Nós duas fomos feridas, e eu quero justiça, como você quer justiça por sua irmã. Choramos e sangramos, e não há cura para nós até que saibamos. Sara, eu sei como podemos misturar amor e ódio. Estamos ligadas por essa maneira estranha, horrível. Permitimos que o amor nos cegasse. Eu amo meu irmão, mas também odeio o que ele fez. Você ama Hartmann, mesmo que haja um Hartmann mais obscuro escondido. Não consegue ir contra ele porque, ao fazê-lo, provaria que se entregar foi um erro, porque, quando ele está *aqui*, tudo em que você consegue pensar é no Hartmann que ama. Teria que admitir que você está errada. Teria que admitir que você se permitiu amar alguém que estava te usando. Então, você continua esperando.

Não houve resposta. Misha suspirou. Ela não poderia falar mais nada, não quando cada palavra havia aberto uma ferida visível em Sara. Ela se moveu até a porta, tocando Sara gentilmente nas costas quando passou. Misha conseguiu sentir os ombros de Sara se moverem com lágrimas silenciosas. A mão de Misha estava na maçaneta quando Sara falou, com a voz embargada.

— Jura que é o casaco dele? Está com ele?

Misha manteve a mão na maçaneta, sem ousar se virar, sem se permitir ter esperanças.

— Sim.

— Confia em Tachyon?

— O alienígena? Não conheço. Gimli parece não gostar dele. Mas vou confiar nele se você confia.

— Tenho que estar em Nova York no mais tardar esta semana. Me encontre na frente da Clínica do Bairro dos Curingas na quinta-feira, às 18h30. Leve o casaco. Vamos pedir para Tachyon examiná-lo e, então, veremos. Veremos, isso é tudo. É suficiente?

Misha quase arfou, aliviada. Ela queria rir, queria abraçar Sara e chorar com ela. Mas apenas assentiu.

— Estarei lá. Prometo, Sara. Quero a verdade e só.

— E se Tachyon dizer que isso não prova nada?

— Então, aprenderei a aceitar a culpa pelo que fiz — Misha começou a girar a maçaneta, mas parou. — Se eu não estiver lá, saiba que é porque ele me impediu. Você terá que decidir o que fazer.

— O que lhe dá uma desculpa conveniente — Sara falou com sarcasmo. — Tudo que precisa fazer é não aparecer.

— Você não acredita nisso. Acredita?

Silêncio.

Misha girou a maçaneta e partiu.

Terça-feira, 22h00

Crisálida abriu a porta do escritório de uma vez. Ela prestou pouca atenção ao anão que estava sentado em sua cadeira, os pés descalços em cima da mesa. Fechou a porta — o som de outra noite agitada no Crystal Palace diminuiu para um sussurro de maré distante.

— Boa noite, Gimli.

Gimli estava se sentindo péssimo. A falta de surpresa nos olhos brilhantes de Crisálida fez com que ele se sentisse pior.

— Eu deveria aprender que você nunca é pega de surpresa.

Ela abriu um sorriso com lábios apertados que flutuou sobre um emaranhado de músculos e tendões.

— Há semanas sei que você está de volta. Notícia velha. Então, como está seu resfriado?

Gimli fungou, uma inalação longa e úmida. Outro calafrio correu sua espinha como uma bandeja de cubos de gelo.

— Uma merda. Estou um caco. Estou com uma febre que não cede faz dois dias. E claro que tenho alguém na minha organização que não consegue ficar de boca fechada.

Ele fez uma careta terrível para ela.

— Não ficaria resfriado se usasse sapatos. Você me trouxe um pacote também.

— Que porra — Gimli explodiu. Ele baixou as pernas e pulou da cadeira com uma careta. O movimento repentino o deixou zonzo, e ele se apoiou na mesa com a mão. — Eu também poderia ter entrado pela porta da frente. Por que não pulamos a conversa toda e você só me dá a resposta?

— Na verdade, não sei a pergunta ainda. — Ela soltou uma risada curta e seca. — No fim das contas, há alguns limites, e eu estou preocupada com questões mais imediatas do que com política nos últimos tempos. Não há segurança lá fora para *nenhum* curinga, não apenas para você. Mas eu *posso* fazer conjecturas educadas — Crisálida continuou. — Diria que sua visita tem relação com o senador Hartmann.

Gimli bufou.

— Merda, depois daquele fracasso em Berlim, não precisou de muito para adivinhar.

— É você que está impressionado pelo que sei, não eu. É você que precisa se esconder perto do East River para os federais não te prenderem.

— Inferno, os vazamentos são *grandes* mesmo. — Ele sacudiu a cabeça. Cambaleou para a lateral da mesa e arrastou-se novamente para sua cadeira. Fechou os olhos por um segundo. *Quando voltar, pode ir para a cama de novo. Talvez, dessa vez, quando acordar, vai ter passado.* — Meu Deus, estou péssimo.

— Nada infeccioso, espero eu.

— Nós dois já temos a pior infecção que poderíamos contrair. — Gimli lançou de esguelha um olhar injetado para Crisálida. — E, falando nisso, suponho que você já saiba que nosso senador Hartmann é um maldito ás.

— Sério?

Gimli escarneceu.

— Sei de algumas coisas também, lady. Uma delas é que Downs tem feito perguntas estranhas, e que vocês estão se vendo com bastante frequência. Minha conjectura é que vocês estão pensando a mesma coisa.

— E se eu estiver? Mesmo supondo que você esteja correto, e eu não, por que você se importaria com isso? Talvez um presidente ás seja uma boa. Muita gente sente que Hartmann fez mais pelos curingas que a CSJ.

Gimli deu um salto e ficou em pé com a afirmação, esquecendo o mal-estar. A raiva abriu vales fundos em seu rosto gorducho.

— A maldita CSJ era a única organização que dizia aos malditos limpos que não podem manipular a nós, curingas. Não ficamos lá segurando nossos chapéus nas trombas como o velho lambe-botas do Des. A CSJ fez com que eles prestassem atenção, mesmo que tivéssemos que fazer isso dando uns tapas na cara deles. Não vou ouvir bobagens sobre Hartmann ser melhor que a CSJ.

— Então, sugiro que vá embora.

— Se eu for, não vai ver a porra do pacote.

Ele pôde ver Crisálida ponderando, e sorriu, a raiva rapidamente esquecida. *É, você está louca para ver. A velha Crisálida se fazendo de difícil. Sabia que ela gostaria de ver. E foda-se Misha se ela não gostar.*

— Com você nunca existiu almoço grátis, Gimli. Qual o pagamento pelo pacote?

— Você ir a público com ele. Vazar isso com o resto do que eu tenho para você, junto com tudo que você e Downs fuçaram. Vamos tirar Hartmann da corrida presidencial.

— Por quê? Porque ele é um ás? Ou porque Gimli quer uma vingançazinha pessoal?

Gimli cerrou os dentes e, em seguida, destruiu a imagem com um espirro.

— Porque ele é um desgraçado sedento por poder. É como o resto dos burocratas egocêntricos e loucos por dinheiro no governo, só que ele tem um ás para ajudá-lo. Ele é perigoso.

— Você se livra de Hartmann e o próximo presidente talvez seja Leo Barnett.

— Merda. — Gimli cuspiu; Crisálida olhou para a pelota no tapete com horror. — Ele pode conseguir a indicação, mas não a presidência. Barnett é apenas um limpo; pode ser retirado se tiver que ser. Com Barnett ao menos sabemos o que esperar. Hartmann é uma maldita incógnita. Você não sabe o que ele vai conseguir ou o que vai fazer com o que consegue.

— Como, talvez, fazer algumas coisas corretas.

— Como, talvez, tornar as coisas piores. Isso não é por mim, é pelos curingas. Olhe para os malditos fatos que você aprecia tanto. O que Hartmann toca é destruído. Ele usa as pessoas. Mastiga bem e cospe a carcaça quando o gosto acaba. Ele me usou, ele usou a irmã de Nur, ele fodeu a mente do meu pessoal em Berlim. É nitroglicerina pura. Só Deus sabe o que mais ele fez.

Ele parou, esperando que ela contestasse, mas não o fez. Gimli tirou um monte de lenços do bolso, assoou o nariz e riu para ela.

— E você desconfia das mesmas coisas — ele continuou. — Porra, eu sei disso, porque você não teria ficado aqui ouvindo esse tempo todo se pensasse diferente. Quer meu pacotinho porque talvez ele prove a verdade.

— Prova é uma coisa nebulosa. Olhe para Gary Hart. Ninguém precisou de "prova" com ele, apenas uma falta de negação.

— *Existe* a prova com o carta selvagem. No sangue. E eu consegui o sangue de Hartmann.

Gimli apresentou o casaco de Misha. Enquanto estendia o tecido manchado de sangue sobre a mesa de Crisálida, ele contou a história. Quando terminou, um leve enrubescer apareceu na pele transparente de Crisálida, as tramas dos vasos sanguíneos se estendendo e espalhando com a empolgação. Gimli riu, embora sua cabeça latejasse com a febre.

— É seu, de graça — ele lhe disse. Um acesso de tosse o assolou, espasmos secos, e ele esperou até passarem, limpando o nariz na manga da camisa. — Você me conhece, Crisálida. Eu posso fazer de tudo, mas não mentir. Quando digo que é o sangue de Hartmann, é verdade. Mas não é suficiente, não sem algo mais. Precisa apenas fazer alguma coisa com isso. Interessada?

Ela tomou o tecido entre os dedos, tocando com hesitação as manchas de sangue.

— Deixe-me ficar com ele — ela falou —, quero que um amigo faça os exames, talvez leve alguns dias. Se as manchas forem de um ás, então poderemos fazer acordo.

— Foi o que pensei — Gimli disse. — Isso significa que você tem mais coisas sobre Hartmann, não é? Cuide bem do casaco. Pego com você mais tarde. Agora, vou para casa e me apagar.

Terça-feira, 23h45

Gimli tremia com febre quando saiu da sala de Crisálida. Foi até a traseira da van de Lixa, mas disse ao curinga que voltaria sozinho. *Foda-se o risco*, ele pensou. *Estou cansado de bancar o fugitivo. Vou ter cuidado.*

Saiu pela porta dos fundos do Crystal Palace para um beco que fedia a cerveja velha e comida apodrecendo. A náusea rapidamente pegou-o pelas entranhas; apoiando-se com a mão no contêiner de lixo, ele se inclinou com violência, esvaziando o estômago com a primeira onda de enjoo e, em seguida, tentando inutilmente vomitar mais. Mesmo assim, não se sentiu melhor. Seu estômago ainda parecia um nó, os músculos doíam, parecia que tomara uma surra, e a febre piorava.

— Que merda — ele arfou e cuspiu com a boca seca.

Ele quis ter ouvido Lixa e deixado que esperasse. Empurrou o contêiner e segurou o estômago, começando a caminhada para o armazém. *Seis malditos quarteirões. Não é tão longe.*

Ele havia passado quatro deles quando o estômago se rebelou novamente. Dessa vez foi muito pior. Não havia nada no estômago. Gimli tentou ignorar, arrastando os pés para continuar a caminhada.

— Meu Deus! — ele gritou, o rosto retorcido em agonia. A dor jogou-o de joelhos atrás de uma fileira de latas de lixo, tentando desesperadamente respirar entre ondas de ânsias desesperadas. Suas entranhas queimavam, a cabeça latejava, o suor encharcava a roupa. Ele socou o concreto até os punhos ficarem feridos e ensanguentados numa tentativa de bloquear o tormento interno com a dor externa.

Piorou. Cada músculo do corpo parecia ter espasmos naquele momento, e Gimli uivou, um berro animalesco. Rolou no chão, retorcendo-se, os músculos do corpo em rebelião descontrolada — pernas agitando-se, mãos em punho, coluna arqueada pelo tormento. O braço quebrou sob a pressão dos bíceps e tríceps que se contraíam com selvageria, a ponta exposta rasgando a pele. O osso girou diante de seus olhos como um ser vivo, abrindo ainda mais o ferimento. Parecia que lhe haviam despejado ácido nos intestinos, porém, de alguma forma, a dor parecia ceder, e aquilo o deixou ainda mais assustado.

Ele estava entrando em choque.

Os espasmos terminaram de uma vez, deixando-o em posição fetal. Gimli não conseguia se mover. Ele tentou, dobrar um dedo; seu corpo estava totalmente fora de controle. Por um momento, Gimli pensou que ao menos havia terminado. Alguém o encontraria; alguém teria ouvido seus gritos. Os moradores do Bairro dos Curingas sabiam o que fazer — eles o levariam para Tachyon.

Mas não havia acabado. O braço quebrado estava diante dos olhos arregalados, e ele observou, a ponta do osso do braço derretia como uma vela no forno. Conseguia *sentir* o corpo murchando, mudando por dentro, se liquefazendo. A pele inchou, estendida como um imenso balão cheio até estourar com água escaldante. Ele tentou gritar, mas não conseguiu abrir a boca. Seus olhos também — as latas de lixo, a parede, o braço quebrado na sua frente, tudo se dissolvia, distorcendo-se como se o mundo ficasse turvo e desaparecesse. Ele não conseguia tomar fôlego. Sentiu-se sufocado, incapaz de respirar.

Ao menos Crisálida está com a porra do casaco. O pensamento era de uma objetividade que o surpreendeu.

Um ruído como o de papel sendo rasgado soou, assustando uma ratazana curiosa que havia rastejado para mais perto do estranho montinho. Gimli não conseguia ver nem ouvir, mas a sensação estava lá, como um atiçador incandescente enfiado em sua espinha. Um pequeno rasgo apareceu no meio das costas. Lentamente, a fissura cresceu, a carne abrindo-se em faixas longas, irregulares.

No vazio angustiante e silencioso, Gimli se perguntou se já havia morrido, se aquilo não era o inferno eterno que Misha jurava que estava esperando por todos os curingas. Ele gritou mentalmente, xingando Misha, xingando Hartmann, xingando o carta selvagem e o mundo.

E então, como uma bênção, ele perdeu a consciência.

Quarta-feira, 12h45

O sonho acordado atingiu-a assim que ela empurrou a porta do armazém. A pintura rabiscada do grafite tornou-se fluida; a porta amoleceu como uma peça de chumbo lançada ao fogo.

Na escuridão à frente, ela pôde ouvir uma gargalhada — a gargalhada de Hartmann —, e os fios de uma marionete dançaram no ar diante dela. Quando Misha se encolheu, os fios estenderam-se e subiram, e ela conseguiu ver uma figura corcunda sacudindo nas pontas. A malevolência daquele rosto a fez cambalear — o rosto espinhento de um garoto, tão impregnado de maldade que até sua respiração parecia um veneno. Aquele rosto já havia aparecido em suas visões. O sorriso era deformado e cruel, e os olhos brilhantes mantinham a promessa de dor. A criatura encarou-a, girando nos fios, silencioso e imóvel, enquanto a gargalhada de Hartmann retumbava.

E então terminou. Lá estava a porta, e sua mão pronta para girar a chave.

— Alá — ela arfou e sacudiu a cabeça. O movimento não adiantou para dissipar o sentimento persistente de terror. As imagens do sonho permaneceram com ela, e ela conseguia ouvir o coração palpitar. A tranca estalou e abriu, e ela empurrou a porta de uma vez. — Gimli? — ela chamou. — Olá?

O armazém era tão escuro quanto seu sonho, e vazio. A pulsação de Misha estrondava na cabeça e o sonho-demônio ameaçava reaparecer; nos domínios penumbrosos do armazém, manchas rodopiantes de luz moviam-se com sua tontura momentânea.

A porta para o escritório abriu-se, e o brilho de trás das lâmpadas lá dentro quase a cegou. Uma sombra agigantou-se, fazendo Misha berrar.

— Desculpe, Misha — disse a voz de Amendoim. — Não quis assustar você.

A mão estendeu-se, como se ele fosse dar um tapinha no ombro dela, e Misha encolheu-se, deixando a mão dele estendida de forma estranha. Ela franziu o cenho enquanto se recompunha.

— Onde está Miller? — ela perguntou com rispidez.

A mão de Amendoim caiu, seu olhar triste encarou o chão de concreto manchado. Os ombros pesados e desajeitados ergueram-se.

— Sei lá. Devia ter voltado há horas, mas não sei nada dele. Lixa, Vídeo e Mortalha estavam aqui, disseram que ele voltaria mais tarde. Eles não ficaram comigo.

— O que houve, Amendoim? Você já ficou aqui sozinho antes.

— Polyakov... ele ligou. Disse para falar para Gimli que Mackie estava aqui, nos Estados Unidos. Disse que as pistas de papel eram todas coisas oficiais, do governo. Ele me disse para falar que estava com medo de que Hartmann soubesse de tudo... tudo.

— Gimli já sabe?

— Ainda não. Vou falar para ele. Você espera comigo?

— Não — ela disse, rápido demais, grosseira demais, mas não tentou aliviar as palavras com uma explicação. — Falei com Sara e preciso do casaco... vamos levá-lo a Tachyon.

— Não pode levar o casaco. Gimli ficou com ele. Vai ter que esperar.

Misha deu de ombros, surpreendendo Amendoim, que esperava um acesso de fúria.

— Vou para o hotel. Volto aqui mais tarde.

Ela se virou para partir.

— Eu não te odeio — disse a voz infantil de Amendoim atrás dela. — Não odeio você porque teve sorte com o carta selvagem e eu não. E não te odeio pelo que você e Nur fizeram com gente como eu. Acho que tenho muito mais razões para odiar que você, mas não consigo, porque acho que talvez o maldito vírus tenha prejudicado mais você do que eu, no fim das contas.

Misha manteve as costas viradas, rígida, desde o início das palavras dele.

— Não te odeio, Amendoim — ela respondeu. Estava cansada pelo longo dia, pelo voo, pelo encontro com Sara e a incipiente sensação de medo que ainda crescia nela. Não tinha mais energia para discutir ou explicar.

— Nur odeia os curingas. Barnett odeia os curingas. Às vezes, os próprios curingas se odeiam. E você, Gimli e o russo querem ferir o único cara que parece se importar. Não entendo. — Amendoim suspirou. — E daí se ele for um ás? Talvez isso explique por que trabalha tão duro pelos curingas. Eu também manteria segredo, se pudesse. Sei como as pessoas tratam a gente diferente e encaram, tentam fingir que não importa, quando realmente importa.

— Você não ouviu nossa conversa, Amendoim? — Misha voltou-se para ele, suspirando. — Hartmann é um manipulador. Ele joga com o poder. Usa-o para seus próprios fins. Ele machuca e mata pessoas com ele.

— Não sei ainda se acredito nisso — Amendoim insistiu. — Mesmo se acreditasse, o que você e Nur pregavam não matou? Não causou centenas de mortes de curingas?

Sua voz branda apenas fazia a verdade da acusação doer mais. *Sangue nas minhas mãos também.*

— Amendoim — ela começou, em seguida se interrompeu. Ela queria puxar o véu sobre os olhos e esconder os sentimentos por trás do tecido preto. Mas não podia. Podia apenas ficar lá em pé, incapaz de desviar o olhar daquele rosto triste, enrugado. — Como você consegue não me odiar? — ela perguntou.

Ele quase pareceu sorrir.

— Eu odiei no passado. Até eu te conhecer, na verdade. Sua sociedade estragou você. Faz isso com todo mundo, não é? Eu a vejo lutar contra isso, e sei que, no fundo, você se importa. Gimli diz que você também não gosta muito do que Nur diz. — Agora ele sorriu, um esgarçar hesitante dos dentes que erguiam os sulcos da pele grossa. — Talvez eu pudesse ir com você e protegê-la do Estigma.

Ela conseguiu apenas devolver o sorriso.

— Ora, ora, isso não é tocante?

A voz, tão inesperada, fez com que os dois girassem — as palavras tinham um forte sotaque germânico. Um jovem anêmico, corcunda e vestido de preto, atravessou a parede do armazém como se ela fosse de bruma. Misha reconheceu aquele rosto cruel e magro de imediato, reconheceu a loucura que espreitava por trás daqueles olhos. O golpe de medo em seu corpo era uma lembrança suficiente, e o garoto tinha a mesma informalidade feroz da figura que pendia dos fios de Hartmann.

— Kahina — ele disse em uma voz irrequieta e rápida, e com o uso daquele honorífico ela soube que era seu fim. O jovem arfava como um puro-sangue nervoso, abrindo um sorriso tortuoso. *Hartmann sabe. Ele nos encontrou.* — Chegou a hora.

Ela conseguiu apenas sacudir a cabeça.

Amendoim se pôs entre o intruso e Misha. O olhar sardônico do rapaz voltou-se para o curinga.

— Gimli não te falou sobre Mackie? Cara, todo mundo se caga de medo de Mackie. Você deveria ver os olhos da vadia da Facção quando eu a despachei. Tirei um ás melhor que qualquer outro… — Havia uma satisfação ansiosa na voz trêmula de Mackie. Ele estendeu o braço para Misha, Amendoim tentou acertar a mão de Mackie, mas, de repente, a mão tremeu e começou a vibrar com um zumbido intenso.

O sangue jorrou de uma maneira incrível. O braço cortado de Amendoim foi ao chão.

Amendoim ficou em pé por um momento, encarando descrente enquanto o vermelho pulsante jorrava do que restou do braço. Então, ele gritou. As pernas cederam, ele tombou. Mackie ergueu a mão novamente, um zunido profundo de serra vindo do borrão.

— *Não*! — Misha gritou. Mackie hesitou, olhando para ela. O prazer que ela viu no garoto a fez enjoar, era o olhar que ela vira no irmão, o olhar que ela vira no rosto de Hartmann nos sonhos de Alá. — Não — ela implorou —, por favor. Eu vou com você. Faço o que quiser.

A respiração de Mackie era rápida e alta; as emoções cruzaram seu rosto afilado como sombras rápidas de nuvens. Amendoim gemeu embaixo dele.

— É um curinga maldito. Pensei que você queria todos mortos. Eu posso fazer isso por você. Vai ser rápido e bom. — Seu rosto ficou sério agora, e a doença parecia mesmo uma depravação.

— Por favor.

Mackie não respondeu. Misha parou e arrancou uma tira de tecido da barra do vestido. Ela se ajoelhou ao lado do curinga atingido, que se retorcia no chão.

— Desculpe, Amendoim — ela disse, amarrando o tecido no braço dele, acima do toco do braço, puxou forte até o fluxo de sangue diminuir e amarrou. — Eu não te odeio. Eu só não conseguia dizer isso.

A mão de Mackie tocou seu braço, e Misha se encolheu. Embora a horrível vibração tivesse desaparecido, seus dedos a agarraram até ela berrar de dor.

— Agora — Mackie falou. Ele baixou os olhos para Amendoim. Seu tom era quase de conversa. — Da próxima vez que vir Gimli, diga que Mackie mandou um *Auf Wiedersehen.*

E logo depois já estava sorrindo de novo, enquanto puxava Misha.

— Não fique assustada — ele lhe disse. — Vai ser muito divertido. Muito mesmo. — Sua gargalhada maníaca a feriu como mil estilhaços de vidro.

Quinta-feira, 3h40

No beco atrás do Crystal Palace, uma figura corpulenta com um sobretudo preto aproximou-se de um homem vestindo uma máscara de palhaço.

O rosto coberto da figura de sobretudo escondia-se atrás do que parecia uma máscara de esgrima.

— Ok, senador, fomos os últimos a sair — a aparição disse. — Os últimos clientes já foram. Os funcionários acabaram de sair; o lugar está vazio. Crisálida está em sua sala com Downs.

A voz baixa soava feminina, o que significava que a *persona* de Patti estava responsável por Estranheza naquela noite. Gregg entendia que o curinga havia sido três pessoas no passado, dois homens e uma mulher envolvidos em um relacionamento amoroso duradouro. O carta selvagem juntou-os em um ser, embora a fusão tivesse sido incompleta e fluida. As formas erguiam-se e mudavam sob o sobretudo de Estranheza. Seu corpo nunca descansava — Gregg o vira uma vez sem tecidos para escondê-lo, e a visão foi perturbadora. Aquilo (ou talvez eles, pois Estranheza sempre se referia a si mesmo no plural) sofria constantes metamorfoses. Patti, John, Evan: nunca inteiramente um deles, nunca estáveis, sempre lutando contra si mesmos. Ossos estalavam, a carne apresentava protuberâncias e torções, as feições iam e vinham.

O incessante processo era terrível — o Titereiro sabia melhor que todos. Estranheza lhe dava o alimento emocional pelo qual ele ansiava simplesmente por existir. O mundo de Estranheza era um banho de dor, e as matrizes triplicadas de sua mente eram rápidas para mergulhar na depressão negra, triste.

A única constante de Estranheza era a força de sua forma maleável. Nisso, Estranheza ultrapassava Carnifex e, talvez, competisse com Mordecai Jones ou Braun. Estranheza tinha também uma grande lealdade ao senador Hartmann.

No fim das contas, Estranheza sabia que Gregg era compassivo. Gregg importava-se com os curingas. Era a voz da razão contra fanáticos como Leo Barnett. Ora, ele era um dos poucos que haviam perguntado a Estranheza como estava e ouviram com simpatia a longa história da vida do curinga. Gregg poderia ser um limpo, mas ia até os curingas e conversava com eles, apertava as mãos e mantinha suas promessas políticas.

Estranheza teria feito qualquer coisa que o senador Hartmann pedisse. O pensamento fazia o Titereiro se contorcer deliciado dentro de Gregg. Aquela noite… aquela noite mantinha a promessa de ser deliciosa.

O Titereiro estava cansado de arriscar pouco, mesmo que Gregg não estivesse.

Gregg mandou aquela personalidade escondida para os recônditos da mente.

— Obrigado, Patti — ele disse. Através do Titereiro ele conseguia sentir um toque de prazer naquilo: as psiques individuais em Estranheza gostavam de ser reconhecidas. — Você sabe o que fazer?

Estranheza assentiu. O que talvez fosse um seio escorreu lentamente para a lateral esquerda do sobretudo.

— Vou vigiar o lugar. Ninguém entra ou sai, além dos dois que o senhor me indicou. Simples. — As palavras ficaram trêmulas quando o formato da boca alterou-se por trás da máscara de esgrima.

— Bom. Agradeço muito.

— Não há de quê, senador. Tudo que precisa fazer é pedir.

Gregg sorriu e forçou-se a dar um tapinha no ombro de Estranheza. As *coisas* estavam deslizando embaixo do casaco. Ele reprimiu um calafrio quando o apertou levemente.

— Obrigado novamente, então. Estarei de volta em mais ou menos vinte minutos.

A gratidão e a lealdade que emanavam de Estranheza fizeram o Titereiro gargalhar lá dentro. Gregg ajustou a máscara de palhaço enquanto Estranheza se recostava nas portas dos fundos. Elas rangeram; uma corrente de metal estalou lá dentro. Gregg andou a passos largos através das portas decadentes.

— Estamos fechados. — Crisálida estava em pé à porta de sua sala com uma arma de aparência desagradável na mão; atrás dela, Gregg conseguia ver Downs.

— Estava esperando por mim — Gregg disse, suavemente. — Você me mandou uma mensagem. — Ele tirou a máscara de palhaço. Mesmo sem um elo de marionete com a mulher, ele pôde sentir a mistura de medo e resistência nela, um travo amargo que despertou o Titereiro. Gregg deu uma risadinha, deixando um pouco de seu próprio nervosismo ressoar.

Por que tão incerto?

Deveria ser óbvio. Mesmo com as informações que Vídeo nos mostrou, não sabemos de tudo. Gimli não confiava o bastante em Vídeo; ele não a deixava ver tudo. Eles têm o que Kahina e Gimli tinham.

E você tem a mim.

Gregg planejou bem: Vídeo fora uma marionete maravilhosa e dócil por anos. Ainda assim, mesmo com o que ela conseguiu transmitir-lhe, mesmo com o que obteve das agências de inteligência do governo e de outras fontes, ele ainda estava tateando na penumbra. Um passo em falso aqui, e tudo estaria terminado.

Gregg sempre fora cuidadoso, sempre buscara o caminho seguro. Negligência era algo com que não ficava confortável, e aquilo era negligente.

Porém, desde a Síria, desde Berlim, parecia ter sido forçado a escolher esse caminho.

— Desculpe, não consegui vir durante seu expediente — ele continuou, sua voz quase defensiva. — Senti que sua reunião talvez fosse particular demais para isso.

Bom. Deixe que pensem que eles são o lado forte, ao menos um pouco. Precisa conhecer o que eles sabem.

Crisálida abaixou a arma; músculos expandiram-se sob o braço transparente e sobre o peito — o vestido que envergava pouco escondia do corpo. Os lábios vermelhos que pareciam flutuar na carne vítrea apertaram-se.

— Senador — ela disse com aquele sotaque falso e aspirado que Gregg detestava. — Suponho que o senhor sabe o que o senhor Downs e eu gostaríamos de discutir.

Gregg suspirou. E sorriu.

— Você quer falar sobre ases — ele disse. — Especialmente aqueles que estão, por assim dizer, na moita e que pretendem ficar assim. Vocês querem ver o que eu talvez possa fazer por vocês. Acho que isso em geral se chama chantagem.

— Ahh, que palavra feia. — Ela voltou à sala. Seus lábios estreitaram-se, os assustadores olhos de caveira piscaram. — Por favor, entre.

A sala de Crisálida era luxuosa. Uma mesa de carvalho polida, poltronas de couro aveludado, um tapete caro no centro do assoalho de madeira maciça, estantes de madeira nas quais lombadas adornadas com folhas douradas se alinhavam em conjuntos. Downs estava sentado e nervoso. Sorriu com hesitação para Gregg quando o senador entrou.

— Ei, senador. Que conta de novo?

Gregg não se deu ao trabalho de responder. Olhou feio para Downs. O homenzinho fungou e recostou-se na cadeira. Crisálida passou por ele numa onda de perfume e sentou-se atrás da mesa. Ela acenou para uma das poltronas vazias.

— Sente-se, senador. Não creio que nossos negócios tomem muito tempo.

— Exatamente sobre o que estamos falando?

— Estamos falando sobre o fato de que estou considerando contar ao público que o senhor é um ás. Tenho certeza que o senhor ficaria muito infeliz com isso.

Gregg esperava que Crisálida fosse ameaçá-lo; sem dúvida, estava acostumada a colher resultados daquela tática, e ele não duvidava que ela se considerava a salvo da violência física ali. Gregg observou Downs de canto de olho. O repórter mostrou-se do tipo nervoso na turnê carta selvagem, e não conseguia controlar a agitação agora. O suor brotava-lhe da testa; ele esfregou as mãos e se retorceu na poltrona. Se Crisálida estava tranquila ali, Downs não estava. *Bom.* O Titereiro ficou alerta. *Foi um erro não termos pegado o cara antes. Vou pegá-lo agora.*

Não. Ainda não. Espere.

— O senhor é um ás, não é, senador? — Crisálida fez a pergunta com frieza, fingindo indiferença.

Gregg sabia que eles esperavam que negasse. Então, ele simplesmente sorriu.

— Sou — ele respondeu com a mesma calma.

— Seus exames de sangue foram falsificados?

— Como podem ser falsificados de novo. Mas não acho que precisarei fazê-lo.

— O senhor tem confiança exagerada em seu poder, então.

Gregg, olhando para Downs e não para Crisálida, conseguiu ver a hesitação. Ele sabia o que o homem estava pensando: *Um telepata que se projeta? Um poder mental como o de Tachyon? E se não pudermos controlá-lo?*

Gregg sorriu calmamente para emprestar credibilidade àquele equívoco.

— Seu amigo Downs não está tão seguro — ele disse a Crisálida. — Todos no Bairro dos Curingas sabem sobre a pele vazia de Gimli encontrada na noite passada em um beco, e ele se pergunta se eu tive algo a ver com isso. — Era um blefe. Gregg ficou tão surpreso (e deliciado) quanto qualquer outro com as notícias, mas viu a cor desaparecer do rosto de Downs. — Ele se pergunta se eu não poderia ter sido capaz de forçar sua cooperação através do meu ás.

— Não pode. E seja lá o que tenha acontecido com Gimli não tem nada a ver com o senhor, não diretamente — Crisálida respondeu com vigor. — Não importa o que ele ache. Meu melhor palpite é que o senhor tem um poder mental, mas com um alcance bem limitado. Então, mesmo se o senhor puder fazer com que digamos sim agora, não poderá nos forçar a cumprir.

Ela sabe! O uivo do Titereiro ecoou na cabeça de Gregg. *Vai ter que matá-la. Por favor. Terá um gosto bom. Poderíamos obrigar Estranheza a fazê-lo…*

Ela suspeita, isso é tudo, ele respondeu.

Qual a diferença? Mate-os. Temos marionetes que teriam prazer nisso. Mate-os e não teremos que nos preocupar.

Se matarmos agora teremos mais vestígios para encobrir. Misha não falaria; ainda não sabemos qual prova Crisálida recebeu. Gimli saiu sozinho de cena, mas ainda há outro homem na memória de Vídeo, o russo.

E Sara. O escárnio do Titereiro era agudo.

Cale a boca. Podemos controlar Sara. Crisálida terá planos prontos contra a própria morte. Não podemos arriscar.

O debate interno levou apenas um instante.

— Sou político. Isso aqui não é a França, onde o carta selvagem é chique. Estou numa luta em que Leo Barnett usará o ódio aos curingas como ferramenta. Eu vi a carreira de Gary Hart ser destruída por insinuações. Não vou deixar que isso aconteça comigo. Ainda assim, as pessoas talvez olhem para qualquer prova que vocês tenham e questionem. Talvez eu perca votos. As pessoas dirão que exames de sangue podem ser falsificados, olharão para Síria e Berlim com desconfiança. Não posso me permitir perder terreno para a especulação.

— O que significa que podemos chegar a um acordo. — Crisálida sorriu.

— Talvez não. Acho que vocês ainda têm um problema.

— Senador, a imprensa tem suas obrigações... — Downs começou, em seguida ficou em silêncio com o olhar contundente que Hartmann lhe deu.

— A revista *Ases* dificilmente pode ser chamada de imprensa legítima. Deixe-me colocar as coisas dessa forma: seu problema é que vocês não sabem do que sou capaz. Digo a vocês que Berlim e Síria não foram acidentes. Digo que, agora mesmo, a pequena gangue de Gimli está sendo presa. Digo que vocês não terão como escapar de mim se eu quiser encontrá-los. — Ele virou a cabeça levemente na direção da porta. — Mackie! — ele chamou.

A porta se abriu. Sorrindo, Mackie entrou, segurando uma mulher que cambaleava num longo abrigo. Mackie puxou o abrigo dos ombros da mulher, revelando que estava nua e manchada de sangue. Ele a empurrou a mulher pelas costas, e ela se esparramou no tapete, diante de uma horrorizada Crisálida.

— Sou um homem razoável — Gregg disse enquanto Crisálida e Downs encaravam a figura que gemia no chão. — Tudo que peço é que pensem sobre isso. Lembrem-se de que vou contestar qualquer prova. Lembrem-se de que posso e vou apresentar o exame de sangue negativo. Pensem sobre o fato de que não quero nem ouvir o mais leve rumor. E percebam que eu os deixo vivos porque são as melhores fontes de informação que conheço: vocês ouvem tudo, ou fizeram com que eu acreditasse nisso. Usem essas fontes. Porque, se eu ouvir qualquer rumor, se eu vir um artigo nos jornais ou na *Ases*, se eu perceber que as pessoas estão fazendo perguntas estranhas, se eu for atacado, ferido ou mesmo me sentir vagamente ameaçado, saberei aonde ir.

Downs encarava Misha boquiaberto; Crisálida havia afundado para trás contra a mesa. Ela tentou encontrar os olhos de Gregg e falhou.

— Veja bem, *eu* pretendo usá-la, não o contrário — Gregg continuou. — Considero os dois responsáveis pelo silêncio e pela segurança. Vocês dois são muito bons no que fazem. Então, comecem descobrindo quem são meus inimigos e trabalhem para impedi-los. Sou vingativo e perigoso. Sou tudo que Gimli e Misha tinham medo que eu fosse.

"E se qualquer pessoa souber disso, vou considerar culpa de *vocês*. Talvez vocês prejudiquem minha campanha presidencial para serem considerados heróis, mas vai parar por aí. Não podem provar nada. No fim das contas, eu nunca matei ou feri ninguém *com as minhas mãos*. Depois, eu ainda estarei nas ruas. E encontrarei vocês sem nenhum problema. Daí eu farei o que faria com qualquer inimigo."

Titereiro estava rindo em sua mente, ansioso. Gregg sorriu para Crisálida e para Downs. Ele abraçou Mackie, que o observava com avidez.

— Divirta-se — Gregg lhe disse. Deu um leve aceno com a cabeça para Crisálida que foi arrepiante em sua indiferença, e saiu da sala. Fechou a porta e recostou-se nela até ouvir o zumbido do ás de Mackie.

Ele deixou o Titereiro solto para cavalgar a loucura brilhante, colorida e estranha do jovem. Mal precisou tocar em Mackie.

Lá dentro, Mackie ajoelhou-se e tomou a cabeça de Misha em seus braços. Nem Crisálida nem Downs se moveram.

— Misha — ele sussurrou. A mulher abriu os olhos e a dor que ele viu atrás deles o fez suspirar. — Uma mártir tão boa — ele lhe disse. — Ela não falaria, não importa o que eu fizesse, sabem — ele falou para os outros com admiração, seus olhos agitados, brilhantes. As mãos vagavam pelo corpo dilacerado. — Ela poderia ser uma santa. Esse silêncio em sofrimento. De uma nobreza desgraçada. — O sorriso que ele abriu para Misha era quase carinhoso. — Primeiro eu a possuí como um garoto, antes de cortá-la inteira. Algo a dizer agora, Misha?

A cabeça da mulher rolou de um lado para o outro, lentamente.

Mackie deu um sorriso espasmódico, respirando forte e rápido.

— Você não podia ter odiado os curingas de verdade — ele falou, olhando para seu rosto. — Não poderia ou não deveria ter falado. — Havia uma tristeza estranha na maneira em que ele dizia aquilo.

— *Shahid*. — A palavra era um sussurro dos lábios inchados e manchados de sangue. Mackie inclinou-se para ouvi-la.

— Árabe — ele lhes disse. — Não falo árabe.

As mãos dele agora zumbiam, como um brado. Ele correu os dedos ao redor dos seios dela como uma carícia, e o sangue escorreu em seguida. Misha soltou um grito rouco; Downs engasgou e vomitou. Crisálida permaneceu estoica até Mackie deslizar a mão para a barriga de Misha e deixar que os intestinos se derramassem sangrentos sobre o tapete.

Quando terminou, ele se levantou e tirou o sangue e a carne que o cobriam.

— O senador disse que vocês saberiam como cuidar da bagunça — ele disse aos dois. — Ele falou que vocês conheciam tudo e todos. — Mackie deu uma risada, alta e maníaca. Começou a assobiar *Ópera dos três vinténs*, de Brecht.

Com um aceno despreocupado, ele atravessou a parede e desapareceu.

Quinta-feira, 19h35

Sara estava em uma esquina diante da Clínica do Bairro dos Curingas. Uma frente fria viera do Canadá; nuvens baixas e rápidas cuspiam círculos úmidos no asfalto.

Ela olhou novamente para o relógio. Misha já estava mais de uma hora atrasada. "*Estarei lá. Prometo, Sara. Se eu não estiver lá, saiba que é porque ele me impediu. Você terá que decidir o que fazer.*"

Sara xingou baixinho, desejando saber o que pensar, o que sentir.

"*Você terá que decidir o que fazer.*"

— Posso ajudá-la, srta. Morgenstern? — A voz grave de Tachyon assustou-a. O alienígena de cabelo escarlate examinou-a de cima a baixo com um olhar de preocupação intensa no rosto que talvez ela considerasse cômico em outro momento; durante a recente excursão, ele indicara mais de uma vez que a achava atraente. Ela riu, odiando o tom histérico da risada.

— Não. Não, doutor. Está tudo bem. Eu estava... estava esperando por alguém. Devíamos nos encontrar aqui...

Tachyon assentiu com seriedade, seus olhos reluzentes recusando-se a deixá-la ir embora.

— Parecia nervosa. Eu a observei da clínica. Pensei que talvez houvesse algo que eu pudesse fazer. Tem certeza de que não há nada que eu possa fazer para ajudá-la?

— Não. — Sua recusa foi muito ríspida, muito alta. Sara foi forçada a sorrir para aliviar o efeito. — De verdade. Obrigada por perguntar. Eu já estava indo embora. Não parece que ela vá aparecer.

Ele assentiu. Encarou-a. Por fim, deu de ombros.

— Ah — ele disse. — Bem, foi bom vê-la de novo. Não precisamos agir como estranhos agora que a viagem terminou, Sara. Talvez um jantar qualquer noite dessas?

— Obrigada, mas… — Sara mordeu o lábio inferior, agitada, desejando que Tachyon fosse embora. Ela precisava pensar, precisava sair dali. — Talvez na próxima vez que eu estiver na cidade?

— Farei questão de lembrá-la. — Tachyon fez uma mesura, como um lorde vitoriano, olhando-a de um jeito estranho, em seguida se afastou. Sara observou-o atravessando a rua até a clínica. O céu estava começando a despejar uma garoa contínua. As luzes dos postes tremeluziam no crepúsculo precoce. Um curinga com pernas estranhamente tortas e uma carapaça correu da calçada para a cobertura de um alpendre. A chuva começou a empoçar nas sarjetas cheias de lixo.

"*Somos irmãs nesse caso.*"

Sara desceu da calçada e correu até um táxi parado na rua. O motorista limpo encarou-a através do espelho retrovisor. Seu olhar era grosseiro e direto; Sara desviou o olhar.

— Aonde estamos indo? — ele perguntou com um evidente sotaque eslavo.

— Siga para longe do centro — ela disse. — Só me tire daqui.

"*O que ele fez comigo, ele também faria com você. Não percebeu como seus sentimentos por ele mudam quando ele está com você, e isso também não faz você refletir?*"

Ah, Andrea. Sinto muito, sinto tanto.

Sara se recostou e observou através da janela a chuva manchar os prédios de Manhattan através das janelas.

♣ ♦ ♠ ♥

Laços de sangue

III

Um mapa de Manhattan, da 87th até a 57th Street brilhava no computador. Tachyon clicou em um marcador. Iluminou outra seção de trinta quarteirões. Estudou dois pontos vermelhos. Desejou ter uma tela realmente grande que pudesse lhe dar uma visão completa de Manhattan. Decidiu que, apesar das crises crescentes na clínica, ele teria de passar várias horas a bordo da *Baby*. Seus wetware e hardware eram muito superiores a qualquer coisa existente na Terra, e ela poderia lhe dar uma visão em tela cheia dessa fonte misteriosa e fugidia do carta selvagem.

Victoria Queen, a chefe de cirurgia da clínica, entrou na sala sem bater.

— Tachyon, você não pode continuar assim. Gastando tempo com patrulhas curingas, trabalhando com pacientes, fazendo pesquisa e correndo atrás do neto tentando ser o superpai.

Ele enterrou os polegares nos olhos, que pareciam ter areia, em seguida bateu os nós dos dedos na tela de tubo.

— A resposta está aqui em algum lugar. Só preciso encontrá-la. Dezoito novos casos de carta selvagem num período de quatro dias. Não é razoável, não deveria estar acontecendo. Um depósito de esporos intocados até agora. Mas a dispersão dos casos torna isso impossível. Fiz um pedido ao Serviço Nacional Meteorológico, e eles estão enviando fitas meteorológicas que cobrem as últimas duas semanas. Talvez essa seja a chave. Alguma anomalia climática e sísmica que causou o surto.

— Inútil e sem esperanças, e uma perda do seu tempo, que já é limitado.

— QUE DESGRAÇA! — Ele usou a mesa para se levantar da cadeira. — Estou com a maldita imprensa nos meus calcanhares, exigindo respostas, exigindo alguma garantia para seus leitores. Quanto tempo posso continuar a emitir ruídos tranquilizadores antes que isso se torne um pânico em escala completa? E pense no que Barnett fará com isso!

Ela agarrou os pulsos do alienígena, prendendo suas mãos à mesa. Inclinou-se até os narizes quase se tocarem.

— Você *não pode* ser responsável por toda merda que acontece no mundo! Pelas guerras de gangues no Bairro dos Curingas, pelos canalhas da direita concorrendo à presidência! Ou mesmo pelo carta selvagem.

— Fui criado para ser responsável. Por sangue e osso. Por mil gerações. Esse é *meu* bairro, *meu* povo, MEU NETO E MINHA CLÍNICA E, SIM, MEU VÍRUS!

— PARE DE SE ORGULHAR DESSA PORRA!

— NÃO ME ORGULHO! — Puxando as mãos com tudo, ele saiu pisando duro pela sala.

— VOCÊ É ARROGANTE E IRRACIONAL!

— ENTÃO, O QUE VOCÊ SUGERE? PARA QUEM DEVO REPASSAR ESSA RESPONSABILIDADE? QUEM CONDENO A CARREGAR A CULPA E O ÓDIO? MEU POVO, SIM, E NO FUNDO CADA UM DELES ME ODEIA ATÉ O OSSO!

Recostando a cabeça na parede, irrompeu em um choro descontrolado.

O rosto da mulher se endureceu. Enchendo um copo com água da torneira, ela puxou-o pelo ombro e jogou-a no rosto dele.

— Chega! Controle-se! — Ela pontuou cada sílaba com um chacoalhão.

Tossindo, ele limpou o rosto e deu um suspiro trêmulo.

— Obrigado, estou bem agora.

— Vá para casa, durma um pouco, aceite alguma ajuda, caramba. Chame Meadows aqui para ajudar com a pesquisa e deixe Crisálida comandar as malditas patrulhas.

— E Blaise? O que faço com Blaise? — Ele esfregou o rosto. — Ele é a coisa mais importante da minha vida, e eu estou negligenciando o menino.

— O problema com você, Tachyon — ela disse enquanto caminhava para fora da sala —, é que *tudo* é a coisa mais importante na sua vida.

♣

Uma apendicectomia rotineira. Não deveria ter dedicado tempo para isso, mas Tommy era sobrinho do Velho Sr. Cricket, e não se ignora velhos amigos. Tach tirou as roupas de cirurgia de um verde bilioso, escovou os cabelos curtos e fez uma careta. Em seguida, fez a ronda em cada um dos quatro andares da clínica. O hospital ficava escuro no início da noite. Dos vários quartos, ele ouvia televisões com o som baixo, conversas cochichadas, e, de um deles, um soluço triste, desesperado. Por um momento hesitou, em seguida entrou. Mandíbulas poderosas e olhos ovais opacos o encaravam numa moldura de cabelos grisalhos. O corpo magro atrás do avental do hospital revelou ser uma mulher.

— Senhora? — Ele ergueu a prancheta. Srta. Willma Banks. Setenta e um anos de idade. Câncer no pâncreas.

— Ai, doutor, me desculpe. Eu não queria... eu estou bem, de verdade. Não quis ser um incômodo... aquela enfermeira foi tão ríspida...

— Incômodo algum. E qual foi a enfermeira?

— Não quero fazer fofoca ou ser inoportuna sem necessidade.

Óbvio que era, mas Tachyon ouviu educadamente. Não importava o quanto um paciente fosse cansativo, ele insistia na cortesia e no atendimento da equipe. Se alguém tivesse violado essa regra mais básica, ele queria saber.

— E meus filhos nunca vêm me ver. Pergunto ao senhor, para que servem os filhos se nos abandonam quando mais precisamos deles? Trabalhei todos os dias por trinta anos para que eles pudessem ter vantagens. Agora, meu filho Reggie... ele é corretor da bolsa em uma grande empresa de Wall Street... tem uma casa em Connecticut e uma mulher que não suporta olhar para mim. Estive apenas *uma vez* na casa deles quando *ela* estava fora com meus netos.

Não havia o que dizer. Ele estava sentado, ouvindo, a mão dela pousada levemente na dele. Trouxe para ela um copo de suco de cranberry da sala das enfermeiras e deu uma bela bronca na equipe. Bola pra frente.

O café que ele tomava todos os dias estava subindo do fundo da garganta, azedo com o ácido estomacal. Bom, se fosse se sentir bilioso, poderia também acabar com isso de uma vez. Ele abriu a porta de um apartamento e entrou. Mal conseguia pagar o espaço, mas nenhum paciente merecia ser colocado com o horror que jazia comatoso atrás daquela porta. Depois de quarenta anos vendo vítimas do carta selvagem, ele pensava estar acostumado a qualquer coisa, mas o homem que jazia deformado na cama era uma afronta àquela afirmação.

Preso no meio do caminho entre um ser humano e um crocodilo, o corpo de Jack estava deformado pelas pressões não naturais do carta selvagem interagindo com o vírus da AIDS. Os ossos do crânio haviam se alongado, produzindo o focinho do crocodilo. Infelizmente, o maxilar inferior não se transformara. Pequeno e vulnerável, pendia embaixo dos dentes afiados como lâmina do maxilar superior. A barba por fazer escurecia o queixo.

Na área do torso, a pele mesclava-se a escamas. A linha entre as áreas que tinham intersecção se abrira em dolorosas fendas vermelhas, e o soro vazava das rachaduras.

Tachyon estremeceu e esperou que, lá nas profundezas do coma, Jack estivesse além da dor. Pois devia ser agoniante. Por anos, Jack visitara fiel e pacientemente C.C. Ryder. Agora, por ironia, ela havia se curado e recebido alta para uma nova vida, enquanto o paciente e fiel Jack tomara o seu lugar.

— Ah, Jack, algum amante chora por você ou ele morreu antes de você entrar nessa morte em vida? — ele sussurrou.

Erguendo a prancheta, Tachyon releu suas notas, que indicavam que o vírus da AIDS não avançava quando Jack estava na forma de crocodilo.

Memórias jaziam como folhas espalhadas, pretas e murchas. Tachyon caminhava entre elas, enrubescendo de culpa, pois aquela era uma intrusão. No fundo da mente moribunda de Jack havia uma centelha de luz, um brilho espasmódico. A alma humana. Mais ao fundo ainda, o gatilho que lançaria Robicheaux completamente em sua forma animal. Um toque de Tachyon e a transformação seria permanente.

Ele era médico. Com juramento de salvar vidas. Jack Robicheaux tinha uma sentença de morte. A presença do carta selvagem entremeada no código de suas células atualmente mantinha o vírus da AIDS sob controle. Mas apenas postergava o inevitável. No fim das contas, Jack morreria.

A menos que...

A menos que Tachyon o mudasse para sempre. O que não era humano não poderia morrer de uma doença humana.

Mas a vida valia qualquer preço? E ele teria esse direito?

O que devo fazer, Jack? Devo fazer essa escolha por você, já que não poderá fazê-la sozinho?

Aquilo seria diferente de desligar um respirador?

Ah, sim.

Mais tarde, quando se recostou na parede do elevador enquanto este chiava lentamente na descida para o térreo, considerou novamente o conselho de Queen para que pedisse ajuda. *Mas muito disso apenas eu posso fazer. E só existe um de mim. E todo mundo quer um pedaço.* Sacudindo a cabeça como um pônei cansado, saiu de lá para a sala de emergência.

E quase foi atropelado por uma enfermeira que passou correndo com um frasco de trunfo. *Trinta e dois*, ele pensou, aumentando a conta, e acompanhou-a através do vidro. Finn estava preparando a injeção. Caminhando até a maca, Tachyon começou um exame rápido. A blusa da mulher estava aberta, revelando o forte tom de café com leite da pele. Monitores estavam grudados no peito; uma enfermeira segurava uma máscara sobre a boca e o nariz. Uma película nociva cobria o corpo da paciente, umedecendo as roupas, vazando de todos os poros. Foi em consequência de seu distanciamento de médico que não a reconheceu até erguer uma pálpebra. A enfermeira tirou a máscara para lhe dar espaço para trabalhar e...

Arfando, ele pôs de lado os sais de cheiro e se livrou das mãos que o seguravam.

— Tudo bem com o senhor?

— Doutor?

— Beba isto.

— Me esqueçam! — Agarrando o braço da enfermeira como um bêbado, ele se pôs em pé com dificuldade. Pegando o pulso de Finn, empurrou a seringa para longe. — QUE DIABOS ESTÁ FAZENDO?

— É... é nossa única injeção... é um carta selvagem.

— NÃO PODE SER! EU CONHEÇO ESTA MULHER! É UMA ÁS!

O curinga se encolheu com a loucura mostrada pelo rosto de Tachyon. O takisiano reiniciou o exame. Finn galopou para a frente e segurou-o com força.

— Está perdendo tempo! Está impedindo a única chance que ela tem! É um carta selvagem!

— Impossível! O vírus foi criado para *resistir* à mutação. Ela é uma ás estável. Não pode ser reinfectada.

— *Olhe* para ela!

Ofegante, Tach olhou da seringa para o corpo de Roleta, que vazava, e novamente para a seringa.

— Me dê isso aqui!

Seus dedos deslizaram na película de muco malcheirosa, e a agulha arranhou a veia. Roleta gritou.

— Limpe isso.

Mas, por mais rápido que limpassem, seus poros sangravam ainda mais rápido. Finalmente, Tachyon acertou a agulha.

Pelos ancestrais. Que funcione. Que desta vez funcione!

Mas ultimamente parecia que suas preces encontravam apenas o silêncio.

Roleta estava começando a lembrar uma múmia de mil anos à medida que a umidade vazava de seu corpo. De repente, as pálpebras piscaram e abriram; ela encarou o rosto dele, confusa.

— Tachyon. — Um sussurro grasnado. — Eu estava voltando. Para você. — Ela sugou o ar, um som de acordeão prestes a morrer. — Você ainda está esperando?

— Estou.

— Mentiroso. Estou morrendo. Você está fora de perigo.

— Roleta.

A pele de Tachyon coçava com o pensamento de tocá-la, mas ele se forçou a recostar o rosto contra o dela. Suas lágrimas mesclavam-se ao muco.

— Você destruiu minha vida. Você e sua doença. Finalmente ela está terminando seu trabalho. Estou… tão… feliz.

Longos minutos depois, Finn puxou Tach para longe e puxou o lençol. A dor atravessou o alienígena quando seus joelhos estalaram no chão frio de lajotas. As mãos curvaram-se sobre a boca, ele reprimia os soluços. Em parte de tristeza. Em parte de culpa, pois ele *não* estava esperando.

Muito mais pelo terror.

◆

— Fiquei realmente louco hoje, mas pensei sobre o que você disse, e não os controlei.

— Ótimo. — Tachyon olhou para dentro do refrigerador como se esperasse uma iluminação vinda da caixa de leite azedo e de uma tigela cheia de pêssegos mofados. — O que você disse?

O garoto ficou paralisado.

— Ah, Blaise, estou tão orgulhoso de você.

A rigidez se dissipou do corpinho sob o abraço forte de Tachyon.

— E você está falando inglês. Percebi isso também. Estou tão cansado que está demorando um tempo para eu entender as coisas.

Blaise ergueu o braço e encostou o punho contra a boca de Tachyon. Tach deu um beijo. Numa mudança repentina de assunto, o garoto perguntou:

— Tio Claude não era uma pessoa muito boa, não é?

— Não, mas é possível entender parcialmente seus motivos. Nunca é fácil ser um curinga.

— O que você faria se fosse um curinga?

— Me mataria.

Blaise ficou boquiaberto com a expressão indescritível no rosto fino de seu *k'ijdad.*

— Que bobagem. Qualquer coisa é melhor que a morte.

— Não concordo. Vai entender quando for mais velho.

— Todo mundo me diz isso. — Fazendo bico, Blaise saiu da cozinha e jogou-se no sofá. — Jack, Durg, Mark, *Baby.* Acho que deve ser verdade se naves, seres humanos e takisianos concordam. Mas não queria ser um curinga nojento igual ao Homeleca. E se você fosse como Jube, Crisálida ou Ernie?

— Mesmo assim, não conseguiria viver. — Tach juntou-se a ele no sofá. — Minha cultura idealiza o perfeito. Crianças defeituosas são destruídas no nascimento e indivíduos normais são esterilizados se for determinado que lhes falta valor genético suficiente.

— Então, ser comum é tão ruim quanto ser de... defeituoso? — ele perguntou, tropeçando na palavra estranha.

— Bem, não muito, e um padrão genético muito aleatório também pode pôr uma pessoa em risco. Eu quase fui esterilizado por conta do meu sangue sennari, mas minhas capacidades mentais extraordinárias foram consideradas suficientes para superar o imprevisível sennari e minhas outras... falhas.

— Você tem um filho em Takis?

— Não.

Tachyon se perguntou por um breve momento se o esperma que ele havia deixado num banco em Takis ainda existia, ou se os apoiadores de Zabb providenciaram a destruição. Ou, pior ainda, se Taj inseminou alguma fêmea? Era irônico que, em uma cultura tão avançada tecnologicamente como a takisiana, houvesse uma desconfiança fundamental com a inseminação artificial e os úteros artificiais. Quanto aos úteros, existe até um certo sentido; em uma cultura telepática, era melhor que a criança estivesse ligada à mãe, mas havia pouca justificativa para o ato sexual.

Exceto pelas óbvias.

Dez meses! Dez meses sem sexo.

Ele afastou a mente daquele pensamento desagradável e concentrou-se novamente em Blaise. Havia tanto a ensinar-lhe sobre a cultura takisiana. Mas ele deveria realmente se importar? O menino nunca poderia ser apresentado à família. Era uma abominação. Também havia muito na cultura takisiana que, de perto, não fazia sentido. Como dizer a uma criança de 11 anos que as disputas sanguinárias, a procriação controlada, a tensão e as expectativas quase insuportáveis que faziam parte da vida dos lordes psi não eram românticas ou maravilhosas, mas sim mortais ao extremo, e levaram seu avô para aquele mundo alienígena?

— Conta uma história.

— O que faz você pensar que eu sei alguma história?

— Você parece mais um conto de fadas que real. Tem que saber histórias.

— Tudo bem. Vou contar como H'ambizan domou a primeira nave. Muito tempo atrás...

— Não.

— Não?

A expressão de Blaise sugeria que seu avô era um idiota.

— Aaaah, claro. Era uma vez... — Ele ergueu uma sobrancelha questionadora. Blaise assentiu, satisfeito, e se aconchegou no braço de Tachyon. — E há tanto tempo que até mesmo o *Kibrzen* mais velho mentiria se dissesse que lembra, as pessoas foram forçadas a fazer uma jornada através das estrelas a bordo de naves de aço. O que era pior, eles não podiam construir essas naves, pois Alaa, com sua linhagem feneça, assinara um contrato com os Mestres Comerciantes, e as pessoas foram proibidas de construir espaçonaves. Então, a riqueza de Takis foi sangrada no espaço e escorreu para os bolsos da predadora Rede.

— O que é a Rede?

— Um vasto império comercial com 130 raças-membros. Um dia, H'ambizan, que era um astrônomo notável, estava pairando entre as nuvens no nascedouro das estrelas e teve uma visão incrível. Brincando entre as nuvens de poeira cósmica, como botos nas ondas, ou borboletas através das flores, havia formas gigantes e incríveis. E H'ambizan caiu no convés, agarrando seu crânio ressonante, pois a cabeça estava cheia de um grande cantar. Seus assistentes morreram de alegria e choque, pois suas mentes não conseguiam absorver os pensamentos das criaturas. Mas H'ambizan, sendo dos Ilkazam, era mais robusto. Controlou o medo e a dor e lançou-se com um só pensamento. Um único comando. E tão grande era sua força que a horda de naves ficou em silêncio e reuniu-se como baleias cuidadosas ao redor da pequena nave de metal.

"E H'ambizan escolheu a líder da horda e se vestiu para enfrentar o vácuo, subiu na superfície irregular da nave. E, curiosamente, Za'Zam, mãe das naves, abriu uma cavidade para receber o homem."

— E daí H'ambizan controlou a mente da nave e fez com que ela levasse ele para casa!

— Não. H'ambizan cantou, e Za'Zam ouviu, e os dois perceberam que, depois de milhares de anos de solidão, haviam encontrado as metades perdidas da alma. Za'Zam percebeu que, guiadas por essas pequenas e estranhas criaturas, as 'Ishb'kaukab deixariam a vida nômade pastoril e alcançariam a grandeza. E H'ambizan percebeu que havia encontrado uma amiga.

Tach inclinou-se e beijou a testa do garoto. Pensativo, Blaise mordeu o lábio inferior e ergueu os olhos.

— Por que H'ambizan não percebeu que agora ele poderia combater a Rede? Por que ele percebeu uma coisa tão boba?

— Porque essa é uma história de saudade e arrependimento.

— Não devia ser sutil?

— Deveria.

— Mas H'ambizan e Za'Zam lutaram contra a Rede?

— Lutaram.

— E venceram?

— Mais ou menos.

— Essa história é de verdade?

— Mais ou menos.

— Não é como estar um pouco grávida?

— O que você sabe sobre isso?

Blaise ergueu o nariz e olhou com superioridade.

— Um dia, quando não estiver tão cansado, vou te contar sobre manipulação genética e o eterno programa de procriação que acontecia antes de termos naves como a *Baby*.

— Então, não existiam naves selvagens?

— Ah, sim, havia, mas não eram tão brilhantes quanto essa história mostra.

— Mas...

Tach pousou um dedo nos lábios do menino.

— Mais tarde. Seu estômago está roncando tão alto que estou com medo que ele pule para fora e morda meu braço.

— Um novo poder do carta selvagem! Estômagos assassinos!

Tach lançou a cabeça para trás e gargalhou.

— Venha, pequeno *kukut*, vamos buscar seu jantar.

— No McDonald's.

— Ah, que alegria!

♠

O tutor não desistiu.

O pensamento era tão surpreendente que parou por um instante.

— O tutor não desistiu! — Tachyon repetiu, maravilhado.

Ele correu até a porta da sala e a abriu de uma vez. Dita virou-se para encará-lo, nervosa.

— O tutor não desistiu! — ele gritou. — Dita, você é maravilhosa!

Ela enrubesceu quando ele a beijou e puxou-a pela sala para dançar uma polca desajeitada. Ele a soltou na cadeira e caiu no sofá, arfando e abanando-se. As semanas de trabalho e esforços incessantes estavam pesando sobre ele.

— Preciso ver esse modelo de perfeição pessoalmente. Volto em uma hora.

♥

Ele conseguia ouvir a voz de Blaise pipar como um passarinho ou uma flauta prateada, e os tons ribombantes mais profundos da voz de um homem. Um violoncelo ou um fagote. Havia carinho naquela voz, conforto e algo irresistivelmente familiar. Tachyon saiu do pequeno vestíbulo e entrou na sala de estar. Blaise estava sentado na sala de jantar, uma pilha de livros diante dele. Um homem corpulento e mais velho com cabelos grisalhos e uma expressão levemente melancólica mantinha o menino no lugar com um dedo indicador achatado. Seu sotaque era musical, bem como o de Tachyon.

— Ai, pelo Ideal... não!

Victor Demyenov ergueu os olhos escuros para encontrar os lilases de Tachyon. Sua expressão era irônica e sutilmente maliciosa.

— *K'ijdad*, este é George Goncherenko. — A rigidez alarmante do avô pareceu contagiar o menino, e o garoto titubeou e perguntou: — Tem alguma coisa errada?

— Não, criança — disse George/Victor. — Ele está apenas surpreso em ver que nós nos demos tão bem. Você aterrorizou muitos dos meus predecessores.

— Mas não o senhor — Blaise comentou. Em seguida, ele acrescentou para Tachyon: — Ele não tem medo de nada.

É melhor você ter medo de mim!, Tachyon disse telepaticamente para o agente da KGB.

Não, temos um ao outro na palma da mão.

— Blaise, vá para o seu quarto. Preciso conversar com este cavalheiro.

— Não.

— FAÇA O QUE ESTOU MANDANDO!

— Vá, criança. — George/Victor disse, encorajando-o com a mão gentil. — Vai ficar tudo bem. — Blaise agarrou o homem num forte abraço, em seguida correu da sala.

Tachyon atravessou a sala a passos largos e serviu um conhaque com as mãos que tremiam de medo e choque.

— Você! Pensei que estivesse fora da minha vida. Você me disse que estava se aposentando. Estava terminado. Você mentiu...

— Menti! Vamos falar sobre mentiras! Você reteve algo que eu precisava. Algo que me custou tudo!

— Eu... Não sei do que você está falando.

— Ah, deixa disso, Dançarino, seu treinamento comigo foi melhor que isso. Você reteve deliberadamente as informações sobre Blaise. Tem experiência o bastante para saber o valor dessa pequena informação.

Hamburgo, 1956. Uma pensão decadente, mas limpa, e Victor repartia bebidas e mulheres em doses limitadas, enquanto treinava e interrogava o takisiano. Em poucos anos eles chutaram-no para que ele continuasse sua descida até a sarjeta. Ele lhes deu tudo que tinha, e não fora o suficiente. O segredo o corroera anos a fio, mas trinta anos era um bom tempo, e ele já havia começado a pensar que estava a salvo. E, então, veio o telefonema durante a parte final da excursão da Organização Mundial da Saúde, e o controle da KGB estava de volta a sua vida.

— Meus superiores souberam de Blaise, de seu potencial e poder, mas eu, que treinei e comandei você, fui deixado na ignorância. Não acreditaram no meu desconhecimento, mas em serviço duplo. Eles tiraram a única conclusão possível.

As sobrancelhas erguidas sacaram a resposta do seu ex-pupilo:

— Acharam que você mudou de lado, que se tornou um agente duplo.

Victor fez uma careta para a frase teatral. O conhaque explodiu no fundo da garganta quando Tachyon o engoliu. Alguma explicação, alguma justificativa se fazia necessária.

— Eu o quero a salvo de você.

— Eu diria que sou o menor dos seus problemas.

— Como assim? O que quer dizer com isso?

— Nada. Esqueça.

— Isso foi um comentário sobre mim?

— Meu Deus, não. Apenas enfatizo que vivemos em tempos perigosos.

— Victor, estão procurando por você? — Tachyon perguntou, sem saber se se referia aos mestres russos da KGB ou à CIA.

— Não, todos pensam que estou morto. Tudo que resta é um carro carbonizado e um par de cadáveres torrados irreconhecíveis.

— Você os matou.

— Não finja surpresa, Dançarino. Você também é um assassino. Na verdade, temos mais em comum do que você pode imaginar. Como essa criança.

— Quero você fora da minha vida!

— Estou na sua vida para sempre. Melhor se acostumar.

— Eu mando você embora!

A voz de Demyenov paralisou-o antes que ele desse três passos.

— Peça para Blaise.

Tachyon lembrou-se do abraço. Nas semanas desde que ele tirara Blaise da França, o menino nunca havia tido um gesto tão afetuoso. O garoto obviamente amava o russo grisalho. O que aconteceria com o relacionamento entre Tach e o garoto se ele mandasse embora abruptamente esse homem? Tach afundou no sofá e cobriu o rosto com as mãos.

— Ah, Victor, por quê? — Ele, na verdade, não esperava uma resposta e não conseguiu uma.

— Ah, sim, como vamos ser amigos, você deve saber meu nome verdadeiro. Amigos não mentem uns para os outros. Meu nome é Georgi Vladamirovich Polyakov. Mas pode me chamar de George. Victor está morto. Você o matou.

♣ ♦ ♠ ♥

Viciada em amor

Pat Cadigan

A vista da cidade a partir do Aces High era de tirar o fôlego, até inspiradora. Observando o entardecer, Jane olhava o vazio pela janela da cozinha, a frustração e a infelicidade fazendo sua dança habitual no estômago. Atrás dela, a equipe da cozinha trabalhava sem parar para dar conta do almoço antes dos preparativos para o jantar, ignorando educadamente o fato de que Jane deixara intocada a salada que fizeram para ela. Estava sem apetite nos últimos dias. Inclusive havia parado de fingir que embalava o almoço para mais tarde e o jogava no lixo às escondidas.

Sabia que rolavam boatos de que ela estava anoréxica, não exatamente a melhor publicidade para um lugar como o Aces High. Era como uma piada de mau gosto para Hiram, depois de ele ter aumentado suas responsabilidades no restaurante, de recepcionista para supervisora substituta. Hiram estava muito estranho naqueles dias, mas não perdia peso. Estava num giro de boa vontade pelo mundo. Hiram Worchester, Embaixador da Boa Vontade. Era muito melhor que Jane Dow, a Idiota da Máfia.

Memórias do tempo com Rosemary lançavam-na mais fundo ainda na depressão. Sentia falta dela; melhor, sentia falta da pessoa que pensou que Rosemary era e do trabalho que ela pensou estar fazendo. Tudo soava fino e nobre — tentar neutralizar a histeria antiases e anticuringas que crescia abastecida por políticos e pregadores histéricos e extremistas. Rosemary era uma heroína real para ela, alguém com um halo de luz ao redor; precisava muito de um herói depois de toda a vilania com os Maçons e o assassinato terrível e grotesco de Kid Dinossauro. Seu encontro com a morte não deixou uma impressão muito forte nela, exceto pelo contato com aquela criaturazinha horrível e maléfica chamada Astrônomo. Raramente pensou nele depois disso, e Rosemary foi o antídoto para o veneno do Astrônomo.

Até março, quando ela começou a se flagrar pensando que talvez fosse melhor se Hiram tivesse simplesmente deixado que ela despencasse até a rua.

Parecia ter um instinto infalível para se envolver exatamente com as pessoas erradas. Talvez esse fosse seu verdadeiro poder de ás, não a capacidade de reunir água. Ela poderia se vender como um detector de bandidos, pensou com amargura, mudar seu nome de Nenúfar para Vareta Radiestésica. *Sim, eu simplesmente amo essa gente, eu os seguiria para qualquer lugar, faria qualquer coisa por eles — chamem a polícia, devem ser traficantes de pessoas e admiradores de pornografia infantil.*

Sua mente lhe trouxe a imagem de Rosemary Muldoon, sorrindo para ela, elogiando seu trabalho intenso, e sentiu uma pontada de deslealdade e culpa. Não havia maneira de fazê-la pensar que Rosemary era uma pessoa realmente ruim. Boa parte dela ainda queria acreditar que a amiga fora sincera sobre o trabalho, que, fosse lá o que fosse com que estivesse envolvida como chefe de uma família mafiosa, ela realmente queria fazer algo pelas vítimas do vírus carta selvagem.

Sim, ela pensou com firmeza, há muito de bom em Rosemary, ela não era como todos os outros. Talvez algo terrível tivesse acontecido com ela para levá-la a aceitar e abraçar a Máfia. Ela conseguia entender; meu Deus, como conseguia.

A mente deixou de lado a lembrança e pairou sobre o homem chamado Croyd. Ela ainda tinha os números de telefone que ele lhe dera. *Qualquer momento, quando quiser companhia, alguém para conversar... aposto que poderia ouvi-la por horas. Talvez até mesmo a noite toda, mas isso dependeria de você, Olhos Brilhantes.* Ninguém havia mostrado tanta petulância ao flertar com ela. Croyd, de óculos escuros, chamando-a de Olhos Brilhantes; ela mal percebeu quando sorriu com a lembrança. Não havia nenhuma relação exposta entre ele e a organização de Rosemary. Estava escondida fundo demais ou ele era outro idealista, como ela. Como ela queria acreditar que este era o caso, a maioria provavelmente diria o contrário — e ela ainda estava tentada a pegar aqueles números de telefone e surpreendê-lo com uma ligação. Não havia maneira de ela poder realmente fazer isso, o que talvez fosse bem o motivo pelo qual ele lhe dera o número em primeiro lugar.

Sua vida inteira estava de cabeça para baixo, revirada. Talvez fosse o que o vírus carta selvagem realmente fizera, a transformou no alvo de todas as pegadinhas que o mundo pudesse pregar.

De repente, a voz de Sal parecia estar falando com ela em sua mente: *Não está sendo justa consigo mesma. Nunca acreditou que os Maçons eram bons, não estava cega ao que o Astrônomo realmente era. E, quanto a Rosemary, ela foi muito mais esperta que você, esperteza das ruas — tirou vantagem de você e isso deveria deixá-la com vergonha, não você. Se ela for ao menos capaz de sentir vergonha.*

Sim, Salvatore Carbone teria dito algo muito parecido para ela se estivesse vivo. O fato de conseguir chegar a essa conclusão sozinha mostrava que seu caso não era totalmente perdido, pensou. Mas a ideia não melhorou seu humor ou trouxe de volta o apetite.

— Com licença, Jane — disse uma voz atrás dela. Era Emile, que havia começado pouco tempo antes dela no Aces High e agora era o novo *maître*. Ela limpou o rosto úmido rapidamente, feliz por ter conseguido ganhar mais controle sobre a tendência de atrair enorme quantidade de água do ar quando estava sob estresse, e virou-se, tentando sorrir para ele educadamente. — Acho que é melhor você vir até a plataforma de carregamento.

Ela piscou para ele, confusa.

— Desculpe?

— Uma situação se desenvolveu e achamos que você é a única que pode lidar com ela.

— O senhor Worchester sempre...

— O Hiram não está aqui e, francamente, duvidamos que ele seria útil nesse caso.

Ela encarou Emile, tensa. Ele era um dos críticos mais ativos (e implacáveis) do comportamento de Hiram, um grupo que parecia ganhar mais adeptos a cada dia, todos eles empregados decepcionados e todos eles, para seu completo desespero, mais corretos do que ela gostaria de admitir.

Desde seu retorno da excursão, Hiram estava... estranho. Parecia ter pouco interesse real e nenhum entusiasmo pelo Aces High nos últimos dias, agindo como se o restaurante fosse algum albatroz terrível no seu ombro, um incômodo pesado que o impedia de fazer algo de importância maior. E estava se comportando de forma abominável perante a equipe; suas maneiras quase corteses haviam desaparecido, ele agia com distração ou de forma rude e abusiva. Exceto com ela. Hiram ainda era amigável com ela, embora parecesse ser um esforço enorme e óbvio controlar-se e concentrar sua atenção. Ele sempre fora atraído por ela; Nenúfar sabia disso desde a noite em que ele salvara sua vida. E se sentia culpada por não sentir o mesmo por ele. Ser subordinada de alguém que gostava dela quando não conseguia retribuir a afeição era uma das situações mais desconfortáveis que podia imaginar. Ela o compensou pelas roupas caras que ele lhe dera e se esforçava para ser a melhor funcionária que Hiram poderia querer em troca da segurança do emprego (e do generoso salário) que ele lhe concedia. Nos últimos tempos, aquilo significava defendê-lo, mesmo diante de pessoas que o conheciam havia muito mais tempo que ela e, supostamente, tinham mais motivos para se dedicar a ele. Algumas delas eram mais virulentas, talvez porque tinham dias muito melhores a lembrar do Aces High. *Se pudesse fazer Hiram ouvir*, ela pensou, encarando os olhos verdes e frios de Emile. Se ela pudesse fazê-lo entender o quanto estava arruinando a própria autoridade, credibilidade e respeito, ele seria capaz de impedir esse terrível declínio, dar meia-volta e voltar a ser Hiram Worchester, grande mestre *restaurateur*. Naquele momento, era como se ele estivesse morrendo.

— Que tipo de situação? — ela perguntou com cuidado.

Emile sacudiu a cabeça de um jeito rápido e rígido, o que mais pareceu um arrepio.

— É mais fácil você vir comigo — ele disse. — O que precisamos agora é de uma ação rápida e decisiva de alguém que tenha autoridade para exercê-la. Por favor. Venha comigo.

Dando um suspiro profundo, ela forçou a calma e foi com Emile até o elevador.

A cena na plataforma de carregamento era algo parecido com um filme dos irmãos Marx, mas sem tanta graça — como um *remake* de um filme dos irmãos Marx, ela pensou, observando a equipe da plataforma trabalhando furiosamente na recarga de um caminhão, enquanto dois funcionários da Brightwater Fish Market descarregavam (ou talvez redescarregavam, e um terceiro dos funcionários da Brightwater estava sobre uma caixa, cara a cara com Tomoyuki Shigeta, o novo *sushiman*. O homem da Brightwater era um limpo baixinho, troncudo, que parecia ter pressão alta; Tomoyuki era um ás magro de 2,10 metros que, durante o período da lua nova, vivia como golfinho entre as 23 horas e 3 horas da manhã. Juntos, pareciam um grupo de comédia ensaiando um esquete, embora o homem da Brightwater estivesse fazendo um escândalo, e Tomoyuki às vezes soltasse algumas palavras suaves que pareciam provocar o outro a gritar mais ainda.

— O que está havendo aqui? — Jane perguntou na sua voz mais séria. Ninguém a ouviu. Ela suspirou, olhou para Emile e, em seguida, berrou: — *Calem a boca*, todos vocês!

Dessa vez, a voz dela cortou o ar, e todos se calaram, virando-se para olhá-la quase ao mesmo tempo.

— O que está havendo aqui? — ela perguntou novamente, olhando para Tomoyuki. Ele fez uma pequena mesura.

— A Brightwater fez uma entrega de peixe ruim. A carga inteira se perdeu, e isso já faz um tempo. — Os tons educados de um brâmane de Boston de Tomoyuki não carregavam nenhuma hostilidade ou impaciência. Jane pensou que ele era a pessoa mais profissional que já havia conhecido e desejava ser mais como ele.

— Algum tempo atrás ela foi carregada neste caminhão para entrega aqui. A menos que Hiram tenha outra fonte, não conseguiremos abrir o *sushi bar* ao entardecer.

Jane tentou farejar o ar sem ser muito óbvia. Tudo que conseguia sentir era o cheiro de peixe esmagado, como se a maior parte do oceano tivesse sido recolhida e descarregada na vizinhança. Ela não conseguia dizer se o odor era bom ou ruim, apenas que era ofensivamente forte, e se a carga ficasse na plataforma mais tempo, ela *iria* estragar, se já não estivesse estragada.

— Olhe, senhora, isso aqui é peixe, e peixe fede — disse o homem da Brightwater, mexendo o lábio superior sob o nariz, como se para enfatizar sua opinião. — Agora, faz muito tempo que entrego cargas de peixe fedido para Hiram Worchester e muitas outras pessoas, e a coisa sempre cheira assim. Não gosto do cheiro também, mas é do jeito que é. — Ele olhou para Tomoyuki com raiva. — Peixe *tem* que cheirar mal. Ninguém vai me convencer do contrário. E *ninguém* vai me dizer para voltar com a minha carga, a menos que seja o próprio Hiram Worchester.

Jane assentiu bem de leve.

— O senhor sabe que o senhor Worchester me deu poderes para agir como sua representante em todas as transações comerciais que tenham a ver com o cardápio do Aces High?

O homem da Brightwater — *Aaron* era o nome no bolso de sua camisa — inclinou a cabeça larga e olhou para ela com olhos semicerrados.

— Fale logo de uma vez, está bem? Não tente me enrolar com toda essa lenga-lenga, olhe nos meus olhos e fale logo.

— O que eu quis dizer — Jane falou, um pouco desconcertada — é que qualquer decisão que eu tome será uma decisão de Hiram Worchester. Ele a apoiará 100%.

O olhar de Aaron passou de Jane para Emile, depois para um dos funcionários da plataforma e chegou a Tomoyuki, que o encarava, impassível.

— Ah, por Deus, o que eu estou fazendo olhando para você? Você vai apoiá-la 100%.

Tomoyuki virou-se para Jane, erguendo as sobrancelhas numa pergunta silenciosa.

— O peixe está passado, Tom? — ela perguntou em voz baixa.

— Está. Com certeza.

— É isso que vou dizer ao senhor Worchester?

— Exato.

Ela assentiu.

— Então a carga volta para a Brightwater. *Sem discussão* — ela acrescentou quando Aaron abriu a boca para contestar. — Se não estiver fora desta doca em quinze minutos, vou chamar a polícia.

O rosto largo de Aaron contorceu-se numa expressão de descrença hostil.

— Vai chamar a polícia? Qual a acusação?

Dessa vez, Jane fungou tão alto quanto pôde.

— Descarga de lixo. Despejo ilegal de detritos. Poluição do ar. Qualquer uma dessas funcionaria. Tenha um bom dia.

Ela virou-se de uma vez e voltou ao prédio com a mão sobre o nariz e a boca. O cheiro de repente ficou nauseante.

— Muito bem, Jane — Tom falou enquanto ele e Emile alcançavam-na às portas do elevador. — Hiram não teria conseguido se livrar dessa melhor.

— Hiram não teria conseguido se livrar dessa, ponto — Emile murmurou, ameaçador.

— *Não*, Emile — ela retrucou e sentiu como ele a encarava, surpreso.

— Não o quê?

As portas do elevador abriram-se e eles entraram.

— Não fale mal de Hiram. Digo, do senhor Worchester. — Ela apertou o botão para o Aces High. — É ruim para o moral.

— *Hiram* é ruim para o moral, caso não tenha percebido. Se ele estivesse tomando conta das coisas, a Brightwater nunca teria sequer *pensado* em tentar nos passar aquela carga podre. Isso mostra simplesmente que os boatos sobre ele já correram, todo mundo sabe que ele não serve para mais nada...

— *Por favor,* Emile. — Ela pousou a mão no braço magro do rapaz, olhando para seu rosto, implorando. — Todos sabemos que há algo de errado, mas todas as vezes que você ou outros funcionários dizem algo assim, diminuem a chance de ele ser capaz de consertar as coisas. Ele não vai poder se recuperar do que quer que seja se todos estivermos contra ele.

Emile pareceu de fato um pouco envergonhado.

— Deus sabe que, se alguém deseja o bem dele, esse alguém sou eu, Jane. Mas a maneira que ele está se comportando esses dias me lembra... bem, de um drogado. — Ele estremeceu. — Eu *detesto* drogados. E *todos os* viciados.

— O que você diz é verdade, Jane — disse Tom do canto oposto do elevador onde ele estava em pé com os braços dobrados diante do corpo esguio

—, mas nada disso vai nos trazer um *sushi bar* para esta tarde. Hiram nunca achou adequado me contar seu plano de contingência para esse tipo de eventualidade. Então, a menos que você saiba o que fazer, ou puder encontrar Hiram e fazer com que ele fale, o Aces High vai ter que voltar atrás nessa promessa. O que pode ser a ruína. Um passarinho me contou que um jornalista tem reservas para hoje à noite, especificamente para resenhar o *sushi bar* para a *New York Gourmet*. Não preciso dizer o que aconteceria com o Aces High se ele tivesse uma resenha negativa.

Cansada, Jane esfregou a testa. *Isso deve ser o que chamam de humor negro*, ela pensou. Quando tudo parece ficar cada vez pior e você acha que vai começar a rir sem parar até que alguém o leve embora.

Num gesto casual, Tom moveu-se para o outro lado do elevador para ficar perto de Emile. Da mesma forma casual, ela se afastou para que pudessem se tocar sem que ela visse. Ninguém deveria saber que eram amantes, mas ela não sabia por que eram tão malucos para manter o relacionamento em segredo. *Talvez algo a ver com a AIDS*, ela pensou. A percepção de que todos os gays são portadores da AIDS trouxe uma nova onda de perseguições aos homossexuais. Ela quase conseguia ficar feliz que Sal não vivesse para ver isso.

— Posso encontrar Hiram — ela disse depois de um tempo. — Tenho quase certeza de que sei onde ele está. Emile, você cuida das coisas até eu voltar. — Ela entregou a Emile a chave sobressalente da sala de Hiram. — Você não vai precisar disso, mas, caso aconteça alguma coisa… Quando eu voltar, teremos um *sushi bar*. A seleção talvez seja um pouco mais limitada do que gostaríamos, mas podemos realizá-lo se fizermos com… hum… bastante desenvoltura. Podemos, Tom?

— *Eu* sou a desenvoltura em pessoa — Tomoyuki disse, seu rosto totalmente impassível, enquanto Emile reprimiu um sorriso. A visão dos dois fez com que ela se sentisse repentina e insuportavelmente sozinha.

— Bom — ela disse, infeliz. — Vou só pegar minha bolsa e já saio. — O elevador parou e deixou-os no salão de jantar do Aces High. — Com sorte, vocês já terão notícias minhas em uma hora.

— E sem sorte? — Emile disse, pressionando, mas não com hostilidade, pelo que ela conseguiu perceber.

— Sem sorte — ela disse, pensativa —, acha que pode ficar doente, Tom?

— Eu poderia ter feito isso desde o início — ele disse, curto e grosso.

— Claro, mas assim não teríamos tentado. Teríamos? — Ela tentou erguer a cabeça como se estivessem cara a cara. — Vamos continuar tentando até não restar mais opção. Entenderam?

Os dois assentiram.

— E mais uma coisa — ela disse quando eles começaram a se afastar. — A partir de agora, chamem-no de sr. Worchester. — Emile franziu um pouco o cenho. — Para todos, até mesmo para mim. Vai ajudar na motivação. Até mesmo na nossa.

Emile mordeu o lábio, tenso, e, em seguida, para alívio dela, assentiu.

— Entendido, Jane. Ou deve ser srta. Dow?

Ela deixou o olhar cair por um momento.

— Não sou maluca pelo poder, Emile. Se realmente entende, você sabe disso. Estou tentando salvá-lo. Salvar o sr. Worchester. Eu devo isso a ele. — Ela olhou novamente para Emile. — Todos nós, cada um à sua maneira.

Tom a encarava e, pela primeira vez, ela viu ternura em seu rosto suave e frio. Sentindo-se desconfortável, ela pediu licença para pegar a bolsa na sala de Hiram e chamar um táxi. Surgiu uma sensação de vitória dentro dela enquanto descia novamente de elevador. O temperamental Tomoyuki *gostava* dela, uma conquista nada desprezível, e ela conseguira trazer Emile para o seu lado, ao menos por ora. *Ele deve gostar de mim também*, ela pensou, quase eufórica. Talvez fosse uma fraqueza terrível querer tanto que *gostassem* dela, mas certamente estava conseguindo muitas coisas por isso. Ou conseguiria, se fizesse com que Hiram cumprisse as promessas que ela fizera, ou insinuara.

O táxi estava esperando na entrada; ela embarcou e deu ao motorista um endereço no Bairro dos Curingas, ignorando a segunda olhada que ele lhe dera. *Eu sei, eu não pareço muito mais que uma Chapeuzinho Vermelho na boca do Lobo Mau*, ela pensou com acidez quando se recostou no banco traseiro. *Ficaria surpreso se soubesse que eu já matei gente — e que posso fazer você voltar para as cinzas também, se me causar algum problema?*

Ela reprimiu o pensamento, sentindo-se envergonhada. Mentira quando dissera que não era louca por poder. Claro que era — não é difícil ser quando se tem uma capacidade de ás. Era o lado escuro de seu talento, e ela precisava lutar contra ele o tempo todo, ou poderia se tornar algo como o terrível Astrônomo ou o pobre Fortunato. Ela se perguntou por um instante onde ele estava agora e se se lembrava dela do jeito que ela se recordava dele.

Pararam em um semáforo vermelho e um curinga esfarrapado, com enormes orelhas de burro, lançou-se no meio do capô para lavar o para-brisa. Bloqueando o som dos gritos do taxista para o curinga, ela tentou se acalmar para o confronto inevitável com Hiram. Ela não devia ter aquele endereço, tampouco deveria saber de quem era esse endereço. Hiram talvez a despedisse e a jogasse para fora sem deixar que ela dissesse uma palavra, enquanto Ezili ficaria atrás dele, rindo.

Jane temia encarar Ezili — todos a chamavam de Ezili Rouge. As fofocas que corriam no Aces High era que, no Haiti, ela era uma espécie de superprostituta que Hiram "resgatara" da pobreza devastadora das favelas — ou seja, ela era praticamente uma ás no departamento sexual, e qualquer homem (ou mulher) que tivesse essa experiência não aceitaria nenhuma outra pessoa. E Hiram supostamente tivera essa experiência. Havia outros rumores — que ela era a ex-amante de um superchefão das drogas, que estava se escondendo; que ela própria era a chefona das drogas; que chantageara Hiram ou alguém para trazê-la aos Estados Unidos; e uma porção de outras coisas.

Qualquer que fosse a verdade, Jane não gostava dela e o sentimento era mútuo. A única vez que Ezili fora ao Aces High, fora ódio à primeira vista para as duas. Ela ficou completamente perplexa com o *calor* excessivo que parecia emanar da mulher e totalmente intimidada com seus olhos estranhos — onde deveriam ser brancos, eram de um vermelho injetado. Arrogante, Ezili dirigiu-se a ela como *srta. Dow*, errando a pronúncia para rimar com *cow* (vaca), em vez de *low* (baixo), com uma entonação desdenhosa que causou uma raiva instantânea nela. O que piorava as coisas era o fato de que Hiram parecia realmente estar sob a influência de Ezili. Sempre que ele olhava para ela ou mesmo a mencionava, Jane conseguia perceber uma mistura bizarra de desejo, subserviência e impotência em seu rosto, embora, ocasionalmente, uma expressão de puro ódio surgisse, fazendo com que Jane suspeitasse que, no fundo, Hiram não gostava de Ezili mais do que ela.

— Ei, delícia!

Ela ergueu os olhos, assustada, para ver o curinga apertando o rosto contra a janela do carro.

— Saia do táxi, meu amor, e eu levo você para o céu! Tenho mais do que *orelhas* de burro!

O semáforo mudou, e o táxi avançou, afastando o curinga. Mesmo sem querer, Jane se flagrou quase querendo rir. Não havia comparação entre a rudeza do curinga e as paqueras refinadas que ela educadamente rejeitava no Aces High, mas por algum motivo algo naquela crueza a tocava. Talvez apenas por ser engraçada, ou porque o curinga era uma vítima que não se curvava à sua condição, ou porque ele não havia realmente aparecido e dito o que mais ele tinha de burro. Alguém mais mundano que ela *teria* gargalhado alto. *Eu sou apenas uma flor de estufa*, ela pensou, um pouco amarga. *Uma flor de estufa assassina.*

O táxi virou uma esquina com tudo e desceu dois quarteirões antes de parar no meio do terceiro.

— É aqui — o motorista disse, sombrio. — Poderia descer rápido?

Ela olhou para o taxímetro e empurrou várias notas através da fenda do vidro diante dela.

— Fique com o troco.

A porta estava emperrada, mas o motorista não fez menção de sair para ajudá-la. Indignada, ela chutou a porta na segunda tentativa e saiu.

— Só por isso não vou desejar um bom dia ao senhor — ela murmurou quando o táxi saiu às pressas do meio-fio, e então se virou para encarar o prédio diante de si.

Havia sido reformado ao menos duas vezes, mas nada ajudava; era apenas feioso e decadente, apesar de ser claramente sólido. Não cairia a menos que o Grande Macaco o chutasse. Mas, ela bem lembrou, o Grande Macaco não existia mais. Cinco andares, e o lugar que ela queria ficava no último. Ela crescera em um apartamento de cobertura num prédio de sete andares, daquele tipo sem elevadores, e corria para cima e para baixo os sete andares, sem parar, várias vezes ao dia na juventude. *Cinco andares não seriam problema*, ela pensou.

Sua corrida terminou no meio do segundo lance de escadas, mas ela conseguiu continuar sem parar, mesmo que mais lentamente, tomando fôlego em cada patamar. A escuridão era aliviada pela claraboia fosca sobre a espiral angulosa das escadas, mas a luz era anêmica e opressiva.

Havia apenas um apartamento no último andar. *Hiram poderia também ter colocado o nome nele*, ela pensou enquanto fazia uma pausa no topo da escada, ofegando um pouco. Em vez da porta opaca e cinzenta que todos os outros apartamentos tinham, havia um trabalho em madeira de lei personalizado com uma aldrava de latão ornada e um puxador antigo em vez de uma maçaneta. A tranca acima era totalmente moderna e segura, mas feita para parecer ainda mais refinada. *Hiram, Hiram*, ela pensou com tristeza, *vale a pena anunciar sua presença num lugar como este?*

O que ele diria quando abrisse a porta e a visse? O que ele pensaria? Não importava. Ela precisava fazer com que ele visse o que estava acontecendo, pois isso o salvaria — salvaria sua *vida*. Seria um pouco diferente da maneira que ele havia salvado a dela, mas o Aces High era a vida dele, e se ela pudesse salvar o restaurante por ele, então ela o recompensaria por sua vida. O equilíbrio entre eles seria finalmente restaurado, considerando que antes disso ela não pensaria haver qualquer maneira de fazê-lo.

Nenhuma maneira, exceto uma, e isso ela não conseguiria. O sentimento não estava lá. Ela sabia que Hiram a teria recebido de qualquer forma, que ele teria consideração, carinho, a divertiria e amaria e tudo que uma mulher poderia querer num amante. Mas, no fim das contas, seria horrivelmente injusto com ele, e quando chegasse ao fim inevitável, seria doloroso e sofrido para os dois. Hiram merecia coisa melhor. Um homem bom como ele merecia alguém cuja devoção fosse igual à dele, alguém que mergulhasse por completo em cada parte de sua vida e lhe desse todos os prazeres da relação. Precisava de alguém que não pudesse viver sem ele.

Em vez de alguém que teria morrido sem ele?, sua mente sussurrou com malícia, e ela sentiu outra forte pontada de culpa. *Tudo bem, tudo bem, sou uma vaca, uma ingrata*, ela ralhou consigo mesma em silêncio. *Talvez seja um erro fatal eu não amá-lo, pois ele é muito bom. Talvez, se a gratidão pudesse fazer com que eu me apaixonasse por ele, eu fosse uma pessoa melhor.*

E talvez ele também não teria se escondido em um apartamento no Bairro dos Curingas com um veneno como Ezili Rouge.

Meu Deus, Jane pensou. Ela precisava falar com Hiram. Não podia acreditar que ele realmente queria manter a companhia de uma criatura dessas. Precisava ajudá-lo a se livrar dela, encontrar uma maneira de barrá-la no Aces High. Fosse lá o que ela precisasse fazer para ajudá-lo, qualquer coisa, qualquer coisa mesmo, ela faria, especialmente se salvar Hiram significasse nunca mais ter de ver aquela mulher novamente.

Ela se forçou a atravessar o corredor até o apartamento e dar três batidas secas na aldrava. Para seu desespero, foi Ezili que atendeu.

Ezili estava vestida, se aquela fosse a palavra para tanto, em uma brisa de material dourado translúcido sobre nada. Jane olhou para o rosto de Ezili diretamente, recusando-se a deixar o olhar cair abaixo do queixo da mulher, e disse no tom mais seco e controlado:

— Vim falar com Hiram. Sei que ele está aqui e preciso vê-lo.

Um sorriso lento e quente espalhou-se no rosto de Ezili, como se Jane tivesse dito algo que ela possivelmente queria ouvir. Balançando-se um pouco, como se dançasse uma música interior, ela se moveu para trás e gesticulou graciosamente para Jane entrar.

O apartamento foi uma surpresa. A sala de estar fora cuidadosamente decorada com motivos completamente haitianos que também refletiam o gosto refinado de Hiram. Jane se viu incapaz de olhar para qualquer coisa, exceto para o tapete marrom profundo, exatamente como aquele da sala de Hiram no restaurante. O lugar era tão *Hiram*, mas o Hiram mudado, o Hiram estranho que voltara da excursão pelo mundo. Com Ezili, que se movia lentamente ao redor dela como uma espécie de criatura predadora, cujo jantar favorito havia caminhado de forma obediente para suas garras.

— Hiram está no quarto — ela disse. — Acho que, se *precisa mesmo* vê-lo, então pode entrar.

Em pé na frente de Jane, ela ergueu os braços para correr as mãos pela nuca, praticamente lançando seus grandes seios no rosto de Jane, que manteve seu olhar firme, nivelado, recusando-se a baixá-lo. Algo reluzente brilhou na mão direita de Ezili quando esta a trouxe para a frente de novo.

Sangue. A calma severa de Jane quase se rompeu. *Sangue?* Em que, em nome de Deus, Hiram havia se metido?

A mão avermelhada de Ezili ondulou pelo ar, apontando.

— É por ali. Entre e vai vê-lo. Na cama.

Jane passou pela mulher para chegar à porta sombria e entrou no quarto. Pigarreou, começou a falar, em seguida ficou paralisada.

Ele estava ajoelhado no chão ao lado da cama como se rezasse. Mas, definitivamente, não estava rezando.

De pronto, ela pensou que o havia surpreendido no ato de levar uma criança pequena de cavalinho, e passou-lhe pela cabeça que era seu filho com Ezili, a gravidez, nascimento e crescimento drasticamente encurtado pela infecção do carta selvagem, que também fizera da criança um curinga horrível e deformado.

Ela deu um passo até ele, seus olhos cheios de lágrimas de piedade.

— Ah, Hiram, eu…

Ela olhou para o rosto de Hiram indo do ódio à tristeza agonizante, e viu o que realmente estava em suas costas.

— H-H-Hiram…

Sua voz desapareceu quando uma expressão bizarra e estranha de curiosidade espalhou-se pelo rosto de Hiram. Não era a expressão de um pai interrompido enquanto cuidava do filho, e nenhum filho teria ficado preso ao pescoço do pai pela boca. A criatura encarquilhada nas costas de Hiram tremia de uma maneira que lembrava os movimentos de Ezili. Mesmo quando ela se virou para correr porta afora, sabia que era tarde demais.

Quando atingiu o chão, parecia que pesava ao menos 150 quilos.

♣

Mais tarde, quando ela pensou sobre o fato, quando conseguiu pensar em algo, soube que poderia ter decorrido no máximo meio minuto antes de Hiram se mover da cama para onde ela estava presa no chão pela barriga. O apartamento ficou totalmente silencioso pelo que pareceu a Jane um período excruciante antes de Hiram finalmente se levantar e ficar em pé ao lado de onde ela estava deitada, brotando água e encharcando as roupas e o tapete.

Ela tentou dizer-lhe algo, mas todo o fôlego havia terminado com a queda. Em um minuto, quando ela pudesse falar, diria a ele que não precisava fazer aquilo, que não importava o tipo de problema no qual estivesse metido, ela não o entregaria para ninguém e tentaria ajudá-lo da maneira que pudesse…

Ouviu um farfalhar baixo quando Hiram deitou-se no tapete ao lado dela, encarando-a com a mesma expressão de curiosidade. *Ele não me reconhece*, ela pensou com perplexidade horrorizada. A criatura ainda estava em suas costas, e ela apertou os olhos para evitar encará-la.

— Em alguns momentos, você não achará tão difícil me olhar — Hiram falou. A voz soava estranha, como se alguém estivesse fazendo uma imitação fiel dele.

— Hi-Hiram — ela conseguiu sussurrar. — Eu… eu não ma-machucaria…

Dedos pequenos tocaram suas costas, e ela percebeu o que estava acontecendo. Abriu os olhos.

— Não, Hiram — ela implorou, sua voz ficando mais forte —, não deixe… não deixe que…

O olhar curioso de Hiram desapareceu. No seu lugar, veio uma expressão tão dolorosa que fez com que ela automaticamente tentasse tocá-lo, mas o peso mal deixava que ela movesse a mão.

A coisa estava inteira nas costas dela, aninhando-se; ela conseguia sentir algo se mover no pescoço.

De repente, o peso se foi. Lágrimas reluziam nos olhos de Hiram, e ela achou tê-lo ouvido sussurrar: *Corra.*

E, então, algo picou seu pescoço.

◆

Ao primeiro contato, ela deve ter desmaiado; sentia-se como se estivesse nadando no ar, ou sendo carregada para lá e para cá por correntes de ar. *O peso se foi*, ela pensou, *Hiram me deixou sem peso e eu estou flutuando pela sala*. Sua visão clareou, e ela viu que ainda estava deitada no chão. Hiram estendeu os braços na intenção de puxá-la para um abraço.

— *Pare.* — Era a voz dela, mas Jane não tinha controle sobre a voz. Algo estava falando através dela. O pânico que cresceu dentro dela ao perceber isso transmutou-se num leve prazer que começava a ficar mais intenso.

Hiram hesitou por um momento, mas continuou a puxá-la para perto.

— *Eu disse, pare!* — O comando em sua voz fez Hiram parar. Da última pequena parte dela que ainda era ela, Jane observou suas mãos se erguerem e pararem; uma pequena cachoeira formou-se do ar e caiu no tapete. Uma onda de prazer percorreu seu corpo, dominando aquela pequena parte dela que estava horrorizada. Era como se ela tivesse sido dividida em duas pessoas, uma muito grande e cheia de prazer irresistível e apetites gigantescos, e uma Jane Dow muito, muito pequena, confinada a uma jaula e enterrada muito fundo para submergir e reassumir o controle, mas capaz de observar — e sentir — tudo o que a grande fazia. A grande, ela percebeu, era a criatura em suas costas.

Jane ficou em pé e se estendeu, sentindo os músculos. Hiram sentou-se e observou-a com olhos magoados e desconfiados.

— Você prometeu — ele disse, mal-humorado, como se fosse um garotinho privado de uma guloseima.

— Prometi prazer além de qualquer coisa em seu mundo artificial, branco — a criatura disse com a voz de Jane. — Você teve. Por favor, não me incomode quando estou me afeiçoando a um novo cavalo.

A pequenina Jane teve um ataque de indignação, mas foi rapidamente subjugada. Em algum lugar de sua mente, sentiu a presença da humilhação e do pânico, mas era tão distante que poderia estar acontecendo com outra pessoa. O prazer puro que circulava em seu corpo em ondas cada vez mais fortes, *essa* era a única coisa que realmente acontecia com ela.

— Por que não? — Hiram disse, soando quase como um miado. — Não fui bom para você? Não lhe dei tudo e todos que pediu? Eu lhe dei até mesmo *ela*. *Eu* a quero toda para mim, mas não proibi que a tomasse.

A criatura usou a gargalhada de Jane. Mais uma onda de indignação que se transformou em prazer ainda mais rapidamente que antes.

— Você está apaixonado por essa pequena flor branca?

Hiram baixou os olhos por um momento e murmurou algo que ela não conseguiu ouvir. Talvez fosse *sim*. Havia uma parte dela que considerava aquilo importante, mas o prazer crescente deslocava tudo. Nada podia ser importante se comparado ao prazer.

— Ah, mas você me ama mais. Não é?

Hiram ergueu a cabeça.

— Sim — ele disse sem emoção.

Jane sentiu a criatura mover sua mão para tocar a cabeça de Hiram com a benevolência da superioridade, *noblesse oblige* – uma nobre obrigação –, e cada movimento enviava novas ondas de prazer através dela. Não pensara ser possível que um simples movimento pudesse permeá-la com puro êxtase. Aquela era a única palavra para a sensação: êxtase.

— E eu amo você também, claro.

A criatura estava vasculhando todos os pensamentos dela sobre Hiram. Ela teve uma sensação diáfana, distante de resistir a ele, expulsá-lo, como ele ousa… mas o prazer. Não. Ele podia levar o que quisesse, levar qualquer coisa que quisesse, levar tudo se ela pudesse continuar com aquela sensação.

— Como eu não poderia amar esses gostos e apetites, essa capacidade de aproveitar a vida?

A criatura sondou-a mais profundamente, e Jane pensou que devia estar soando como um sino, vibrando com o céu.

— Estou muito… *ligado* a você. Não poderia viver sem você.

Ela se ajoelhou ao lado dele e tocou seu rosto. Hiram parecia estar prestes a chorar.

— É difícil para você ouvir essas palavras desta boca?

A criatura vertia os conhecimentos de sua mente, e ela queria estar triste, mas parecia que mesmo as reações químicas nas células cerebrais detonavam mais prazer dentro dela. *Como alguém podia sentir tanto sem morrer?*, ela se perguntou. Talvez ela estivesse morrendo. Se fosse assim, que ótimo, ela morreria também, se fosse tão bom. *O que for*, ela prometeu à criatura, implorando para que gostasse dela, a amasse. *O que for. Sempre.* Ela estava dizendo algo que a criatura já sabia, e essa forma superior de vida pouco se incomodava com suas súplicas, mas ela fez a oferta de qualquer forma. A criatura não merecia menos.

— Precisamos fazer *sempre o que for* em nosso benefício — a criatura disse para Hiram através dela, e ela se sentiu agitada por dentro, como um cachorrinho alegre, pois havia escolhido usar suas palavras, uma forma de reconhecimento. — Meu Hiram. Este é um cavalo com tudo a descobrir. Tudo.

Sim, tudo, qualquer coisa, ela gaguejou. *O que for. Sempre.*

— Será um novo prazer para mim, o prazer da descoberta, da gratificação finalmente recebida. — A criatura usando seu rosto para sorrir era um sol brilhando dentro dela. — Chame Ezili para nós.

Hiram foi até a entrada do quarto. Jane ergueu-se na cama, desfrutando cada parte individual do movimento e ele por inteiro. Como nunca percebera que corpo bom tinha, quanto ele era capaz de sentir? Bem, ela não perderia mais tempo. O mundo era cheio de prazer.

— Ah. Como eu pensei.

Ela se voltou ao som da voz de Ezili e riu.

— Minha Ezili-*jerouge*. Veja este prazer inesperado. — Jane ergueu-se, regozijando-se com a sensação, e alisou os quadris com as mãos.

Ezili caminhou até ela e olhou para cima e para baixo.

— Então, lhe agrada?

Ela estava olhando para o rosto de Ezili como se fosse a coisa mais fascinante que já vira. Como pôde pensar que os olhos de Ezili eram maldosos?

O vermelho naqueles olhos era agradável de ver; ver era outro ato de prazer, e ver Ezili era ainda mais prazeroso porque ela agradava muito *a ele.* Ela só conseguia amar Ezili desesperadamente porque Ezili deixava seu Mestre tão feliz, e a felicidade do Mestre significava mais êxtase para si.

— Me agrada muito.

A mão de Jane ergueu-se na direção de Ezili e, em seguida, parou, um pouco trêmula. Sua visão pairou e escureceu, e por um momento ela pensou. *O que estou fazendo, não, pare, PARE!*

E logo depois o prazer voltou, trazendo com ele a espera por prazeres ainda maiores, e a mão se moveu para o seio de Ezili. Ezili rapidamente abriu a frente do vestido.

Jane olhou para Hiram com um sorriso.

— Aposto que você nunca pensou que veria algo assim.

A umidade condensou-se no ar e despejou-se numa bruma gentil sobre ela e Ezili, movendo-se apenas sobre elas. Ela tombou a cabeça para o peito de Ezili. A carne úmida era suave, firme e bem quente. Hiram fez um pequeno ruído. Ficou registrado nela apenas como a vaga observação de que ouvir, também, podia se tornar um prazer cada vez maior.

♠

Prazer absoluto, ela descobriu, podia fazer uma pessoa desfalecer. Ao menos fez com que ela desfalecesse. Às vezes, parecia que estava quase no ponto de apagar, e depois ela se via seguindo uma curva suave de quadril, ou encarando o rosto de Ezili. O prazer pulsando através dela crescia novamente até derrubá-la.

Uma vez, ela se flagrou encarando os olhos de Hiram enquanto Ezili se ajoelhava diante dela, e ela sentiu quase uma conexão psíquica com ele. Hiram estava com fome dela, de Ezili, das duas, mas ainda mais da coisa nas suas costas. Sentia-se um pouco perplexo e abandonado. Sabia que aquele prazer, não apenas o prazer do corpo de Ezili, mas daquele contato, o êxtase do beijo. O beijo. A boca de Ezili, habilidosa como era, empalidecia diante do beijo verdadeiro.

Indiferente, ela empurrou Ezili e entregou-se totalmente à criatura, obedecendo a seus comandos silenciosos, revelando o que poderia fazer por ela sozinha.

Por fim, ela se viu lânguida na cama, pairando semiconsciente, incandescendo com prazer. Conhecia a maneira que as cobertas caíam contra a pele, a umidade entre as coxas e a água que ainda acariciava seu corpo lentamente, o murmúrio de Hiram e Ezili falando. Devia ter sido desconfortável com o Mestre nas costas dela (*Ti Malice*, sua mente lhe disse, e ela aceitou o nome), mas ele parecia totalmente natural lá, como se fosse algo que sempre deveria estar ali e estava faltando até aquele momento. Ela suspirou de contentamento. Como passara toda uma vida sem o conforto daquele peso ali, a doce pressão no pescoço? Ela estava incompleta antes, pateticamente inacabada. Agora estava completa, mais que completa; talvez até mais que humana.

Sim, muito mais que humana. Ela esperara por isso toda a vida sem saber, ser cavalgada por essa criatura de beleza que poderia levar seu espírito a novas alturas de autoconhecimento. Era viver num plano acima do humano. Todos os novos pensamentos que lhe dera… mas, acima de tudo, o prazer. Ela era feita para o prazer, pensou com alegria; como foi afortunada por ter sido capaz de descobri-lo.

— Ezili — a voz dela disse. Em algum lugar fora da visão dela, sentiu Ezili ficar de prontidão.

— Estou esperando — Ezili falou, soando aquiescente e, ainda assim, petulante ao mesmo tempo.

— Não acabou ainda.

Ezili suspirou. Um momento depois, sentiu o toque da mão de Ezili.

— Não, isso não. Sua capa de saída está aqui? Queremos… passear.

Jane ouviu-se rir suavemente.

— E eu? — Hiram perguntou.

— Você pode ajudar a me vestir. — Jane ergueu a mão na direção dele. — Venha, me ajude.

♥

A capa de saída era longa e esvoaçante e tinha um capuz e uma gola grande com várias dobras. As dobras escondiam a corcova que a criatura formaria sob a cobertura mais convencional de um suéter ou casaco. A capa em si era um pouco ostensiva, mas, nas ruas da Nova York do carta selvagem, não causaria muito alarde. As formas encobertas dos curingas escondendo uma ou outra característica proeminente já se haviam tornado lugar-comum.

Ezili puxou o capuz para esconder por completo o rosto de Jane, que puxou a capa ao redor do corpo, desfrutando o pequeno prazer que seu toque proporcionava.

— Algum lugar interessante — ela disse para Ezili. — Algo em um homem desta vez.

— E eu vou ficar aqui e esperar por vocês? — Hiram questionou. Seu tom era satisfatoriamente servil.

— Você sabe que voltarei para você mais tarde. Fique aqui.

— Sim — Hiram respondeu. — Sempre. — Ele manteve os olhos no tapete. — Vou chamar o motorista.

♣

Jane ficou deliciada ao ver que Hiram estava saindo com a limusine particular esses dias, com um motorista que deixava o vidro à prova de som fechado em todos os momentos. Aquilo lhe dava a privacidade que queria, com Ezili ou com qualquer outra pessoa.

Era como ser uma rainha, Jane pensou; uma rainha ou uma imperatriz. Agora ela conseguia entender como devia ser a vida do Astrônomo, ser como ele. Ela o chamara de maldoso e resistira a usar certos aspectos do seu poder — era de dar risada. O que pensava ser maligno era apenas uma questão de poder. Não havia realmente isso de bem ou mal — apenas poder e o prazer que ele trazia. E qualquer coisa poderia ser sacrificada por isso, qualquer coisa, e, se necessário, tudo. *O que for. Sempre.*

Passaram por uma banca de jornal e ela vislumbrou uma revista com a foto de Jumpin' Jack Flash na capa. Algo vibrou dentro dela. Como seria bom tê-lo ali, agora. Mas havia muitos homens bonitos no mundo, ruivos ou não. E o que a boa aparência tinha a ver com isso? Havia boatos sobre os curingas, sobre como, às vezes, quanto mais grotesca a deformidade, mais dotados e habilidosos eram em certas coisas...

Ei, linda, tenho mais que apenas as orelhas de um burro!

Ela deu um beliscão em Ezili para chamar sua atenção, gerando mais uma vez uma explosão de prazer apenas com o movimento, e perguntou aonde ela queria ir. Em seguida, ela se recostou enquanto Ezili falava com o motorista, vivenciando o êxtase apenas inspirando e expirando. Inspirando e expirando.

♦

Se o curinga com as orelhas de burro a reconhecera, não deu sinal. Estava em pé, boquiaberto com seu spray em uma das mãos e um trapo imundo na outra quando Jane acenou para ele com a porta aberta. Por um momento, pareceu que ele embarcaria, mas, quando viu Ezili, de repente saiu correndo. Surpresa e raiva agitaram-se em Jane, e também era prazeroso ter aqueles sentimentos. De agora em diante, ela sentiria todas as emoções que havia para sentir, qualquer coisa que agradasse a seu Mestre. *O que for. Sempre.*

Ezili fechou a porta e disse ao motorista para prosseguir.

— Não se preocupe — ela murmurou para Jane ou para Ti Malice, não importava. O som era excepcional. — Encontraremos outro que não seja apenas papo.

O próximo curinga que encontraram não tinha olhos, mas não teve problemas em entrar na limusine. Jane o examinou: a cabeça era alongada, na forma de uma bala de revólver, com apenas um pedaço de pele esticada correndo da linha dos cabelos até o nariz. Ver a deformidade foi tão delicioso como ver Ezili nua.

O curinga fungou desconfiado e virou o rosto para ela.

— Quantas pessoas estão aqui? — ele disse numa voz ridiculamente aguda. Jane pegou entre suas pernas e ele saltou. Ezili empurrou-o para trás contra o assento.

— Ei, ei — o curinga berrou, estridente. — Não precisa me prender, eu sei o que vocês querem. — Ele começou a desabotoar as calças largas.

Seu Mestre cavalgou seu espanto como se fosse uma onda.

— Isso é... o equipamento padrão? — ela recebeu permissão para perguntar.

O curinga deu uma risada alta.

— Neste modelo é. Deus abençoe o carta selvagem, hein, meninas?

O Mestre inclinou a cabeça para ela; mesmo a espera do prazer era um prazer inteiro em si. Como ter Ezili observando.

♠

O bar era escuro, exceto pelo holofote branco e quente no pequeno palco onde um curinga hermafrodita com muitos seios e um homem normal faziam coisas incomuns um com o outro no ritmo da música. Jane observou através de seus novos olhos, abraçando a experiência de curiosidade e interesse. Ainda mais interessante foi a maneira como outros clientes passavam por ela e Ezili. Passavam pela mesa de canto onde estavam, mostrando que estavam a caminho do bar ou do banheiro, diminuindo o passo para trocar olhares. Era estimulante descobrir que podia dispensar alguém com um olhar. Todos a queriam; alguns deles encaravam Ezili, mas todos olhavam para ela, aninhada em sua capa, escondendo o espírito do poder nas costas. Eles sabiam, ela pensou. Todos sabiam que ela era a presença real e que Ezili era apenas sua serva, se muito. Serva daquela coisa nas suas costas, claro, mas estava em *suas* costas. Não importava o que acontecesse mais tarde, estava em suas costas agora, e mesmo que fosse embora, se nunca mais o tivesse, ela havia sido a Rainha do Prazer por um tempo e não conseguia imaginar *não* se sentir assim novamente.

Havia um jovem em pé na frente da mesa, ansioso. O Mestre disse a Jane para elogiá-lo — magro, jovem, provavelmente com não mais que 17, 18 anos. Sem características distintivas visíveis além dos rebeldes cabelos ruivos. Um garotinho lindo. Ela se inclinou para a frente.

— Você está tampando a nossa visão. Por que não se senta? — Ela apontou para a cadeira ao seu lado.

O garoto se sentou, encarando-a intensamente. Em seguida, sem dizer palavra, ele deslizou da cadeira e ajoelhou-se diante dela. Quando ela puxou o vestido para cima, sabia que era a criatura movendo seus braços, mas ela pôs todo seu entusiasmo no ato, envolvendo-se alegremente com ele, aceitando o prazer dos dedos encaracolando os cabelos do garoto. *Ruivo*, ela pensou, sonhadora, *vou fingir que é ele, Jumpin' Jack Flash...*

Uma leve onda de prazer corria pelo seu corpo, como se algo nela estivesse distraído. Sem vontade, ela olhou sobre o ombro para Ezili.

— Está começando a me entediar — ela se ouviu dizer com voz monótona. — Talvez por não resistir o bastante, ou talvez não tenha ideias próprias. Pegue a capa, Ezili.

Os olhos de Ezili pareciam brilhar na escuridão.

— Mova-se com cuidado, minha Ezili.

Ezili sussurrou algo em francês e encaixou se na lateral da capa, envolvendo Jane com o braço. Ele a deixaria? Agora? Ao mesmo tempo que pensava, sentiu-o afastar-se do seu pescoço. Um momento de dor aguda, seguido por um branco repentino, como se um interruptor fosse *desligado.* Ela sabia que a criatura estava se movendo de suas costas para as de Ezili, e quis se virar e puxá-lo de volta, mas não conseguia se mover.

E a capa deslizou ao redor dos ombros de Ezili, e agora *ela* era a Rainha do Prazer.

Ezili levantou-se da cadeira como se estivesse levitando e encarou Jane com um triunfo desdenhoso.

— *Por quê?* — Jane perguntou, implorando. — Eu pensei... eu pensei...

Ezili acariciou a cabeça de Jane com rispidez, como se fosse um cão.

— Antigos favoritos não são esquecidos. Novos prazeres trazem grandes sensações, mas os antigos favoritos, como este cavalo, sabem como me agradar. E a riqueza de seus apetites... você precisa aprender muito, pequena montaria, antes de se comparar a ela. — Ezili envolveu os seios com as mãos e ergueu-os com orgulho.

Jane afastou-se, começando a tremer. Ezili curvou-se e encostou a boca em sua orelha.

— Vai direto ao ponto de prazer no cérebro, sabia? — ela disse em sua voz odiosa de Ezili. — Sim. Talvez possa encontrar alguma droga que faça o mesmo. Poderia suportar horas sem ele. Pode tentar, talvez ajude. E talvez seja muito melhor comigo agora, branquela. Se quiser o beijo novamente. — Ela lambiscou a orelha de Jane, e Jane deu um gritinho e um tapa em Ezili. A mulher riu e deu a volta na mesa, seguindo na direção da saída.

— Espere! — Jane gritou mais alto que a música. — Aonde vai?

Ezili parou, olhando-a com desdém.

— Buscar agitação de verdade lá fora.

— E eu? — ela berrou, desesperada.

Ezili riu novamente; a capa volteou com graça enquanto ela seguia para a saída.

Jane ficou paralisada por um momento. *Vou afogá-la!*, ela pensou, mas a mente perdeu a concentração necessária. O prazer que palpitava em todo o seu corpo como as vibrações de alguma máquina suave havia desaparecido, e no seu lugar instalou-se um vazio terrível, como se, quando a criatura se retirou dela, ela tivesse levado tudo de dentro dela.

Em seguida, ela baixou os olhos e viu o garoto entre suas pernas, rindo para ela, sua boca e queixo úmidos à luz fraca.

— *Vá embora!* — ela berrou e bateu no rapaz loucamente, horrorizada consigo mesma e com ele e com o jeito que a criatura a abandonou.

— Ei, *ei!* — o garoto gritou, tentando se defender das mãos descontroladas. — Mãozinha, *socorro!* A vadia ficou louca!

Vários braços a agarraram por trás, prendendo os braços dela ao lado do corpo.

— Me solta! — Ela tentou se retorcer, e os braços apertaram ainda mais, ameaçando quebrar-lhe as costelas. Ela tentou reunir água para lançar no rosto do agressor, mas sua capacidade parecia tê-la deixado; havia apenas o vazio onde antes ele estava. O pânico a invadiu. — Socorro, polícia, alguém!

— Cala a boca, puta maldita! — disse uma grossa voz masculina em seu ouvido, o mesmo ouvido que Ezili lambera. Jane contorceu-se com repugnância, e os braços apertaram de novo, fazendo doer. Ela tentou amolecer o corpo. Depois de um momento, os braços relaxaram um pouco, prontos para apertar de novo se ela começasse a lutar.

— Agora, o que você estava dizendo sobre polícia? Talvez tenha visto um crime ser cometido?

Jane olhou ao redor. Todos a encaravam, todas as pessoas nas pequenas mesas espalhadas pelo salão, mas não havia emoção na maioria dos rostos. No palco, o hermafrodita e o homem haviam parado, sentados na plataforma com as pernas enroscadas, apertando os olhos para enxergar o salão, incomodados. O hermafrodita cobriu os olhos com uma das mãos para protegê-los dos holofotes, procurando o motivo da perturbação.

— Ei, caramba, *dá licença?* — ele/ela gritou, seu rosto voltado na direção de Jane. — Estou tentando me *concentrar* aqui. Acha que essa merda de ser ele-e-ela é *fácil*?

— Vá se foder! — alguém gritou com voz rouca.

— É o último show da noite, querido!

— Tudo bem, vagabunda, vamos lá — a voz masculina disse no ouvido de Jane. — Você arruinou o show. — Os braços ergueram-na e a arrastaram para o fundo do salão até uma saída diferente da usada por Ezili. O garoto ruivo correu para abrir a porta, e Jane foi jogada num beco sujo e estreito. Ela caiu no chão de quatro, gritando de ódio e dor.

— Se manda, vadia. E não apareça de novo aqui.

Ela cambaleou para ficar em pé, pronta para protestar, mas pulou para trás, caindo contra algumas latas de lixo. O homem em pé na porta não era mais alto que ela, mas seu torso era largo e deformado para acomodar três pares de braços. Atrás dele, o rapaz ruivo a encarava com raiva e limpou a boca de forma ostensiva.

— Ela não pagou, Mãozinha.

O homem olhou para o garoto e foi até Jane, movendo-se mais rapidamente do que ela pensou que ele podia.

— Ninguém passa meus garotos para trás — ele disse —, especialmente uma vagabunda magrela que chama a polícia. Pague, vadia, e pode ir embora.

Antes que ela pudesse correr, ele estava sobre ela, correndo as mãos por seu corpo numa busca grosseira.

— Vamos lá, onde você guarda a grana?

Uma das mãos estava presa entre as pernas de Jane. Ela abriu a boca para gritar, uma outra mão a tampou enquanto quatro mãos continuavam a revistá-la.

— Cala a boca. Você guarda aqui embaixo, na caixinha de segurança? Vou dar uma chance para você entregar, do contrário eu vou atrás.

Jane o encarou com cara de piedade; ele tirou a mão de sua boca.

— E aí?

— Não tenho nada — ela sussurrou. — Eles me deixaram aqui sem nada.

O homem a ergueu e a jogou para longe. Ela caiu de lado com tudo num monte de lixo.

— Que merda, vagabunda. Mas vou deixar um aviso. Desta vez, passa. Não volte aqui. Estou falando sério.

Jane se ergueu lentamente até ficar sentada, com as pernas junto ao corpo para se proteger. O homem começou a virar para sair e, em seguida, avançou sobre ela. Ela deu um gritinho, e ele riu dela, o garoto ruivo juntando-se a ele de onde estava na porta, encostado com o braço no batente como se estivesse numa tarde preguiçosa de fim de verão se divertindo com travessuras dos amigos. Sob a luz ficou óbvio que ele era mais jovem do que ela pensou. O nojo e a pena por ele começaram a aumentar dentro dela e, de repente, se extinguiu quando encontrou o grande vazio da ausência de Ti Malice no seu corpo e na sua mente. Ela irrompeu em lágrimas e algo dentro dela cedeu. De repente, estava coberta de água.

— Que porra é essa? — o homem gritou para ela. — Que porra é você?

Ele se afastou dela. A visão do curinga de seis braços encolhendo-se pelo seu poder de invocar as águas lhe trouxe uma pequena e amarga diversão; ela se concentrou e, dessa vez, encontrou o poder, reunindo alguns litros de água do ar para lançar no rosto do curinga. Em seguida, enquanto ele ainda estava cuspindo e rugindo de ódio, ela se levantou e correu.

♥

Ela extraiu a água das roupas o melhor que pôde, mas o poder estava fraco e ela ficou um pouco úmida durante sua caminhada sem rumo pelo Bairro dos Curingas no crepúsculo cada vez mais escuro. Sem rumo? Não era bem isso. Sem vida, talvez, sem vida e vazia, mas em busca do carro de Hiram. Talvez Ezili tivesse voltado para Hiram, ou Hiram voltado ao Aces High. Se ligasse para Hiram, talvez ele pudesse enviar alguém para buscá-la...

A lembrança do que acontecera com Hiram foi como um soco no estômago. Ela conseguiu ver seu rosto, a dor, a raiva, o desespero, a curiosidade estranha e, depois, Ezili, Ezili e *ela mesma*...

Ela se inclinou, entre engasgos e ânsia, sem se importar com os olhares das pessoas passando. Ah, Deus, como ela pôde, o que a fez... com Ezili, *Ezili*... ela devia estar maluca, enlouquecida, *possuída*...

Alguém trombou nela, e ela cambaleou contra a lateral de um prédio, soluçando com as mãos no rosto. Possuída, sim, mas já havia acabado, deixando-a pior do que sozinha. O vazio lá dentro parecia aumentar, e ela teve uma imagem de si sendo sugada por um imenso ralo. Viver sem a completude que a criatura lhe trouxera, existir sem nenhum prazer, era insuportável.

O tremor dobrou-a de novo, e ela soluçou mais forte ainda. Mais. Ela precisava de mais, precisava sentir-se completa novamente, aninhada no brilho do prazer que apenas a criatura poderia lhe dar, e se precisasse ir até Ezili de novo, até Ezili e Hiram juntos, se tivesse de ir ao bar e subir ao palco com o hermafrodita e o homem e o curinga de seis braços e o rapaz ruivo, todos ao mesmo tempo, não seria pedir muito, se a coisa pedisse para ela cortar a garganta no fim de tudo...

— Ei. *Ei.* Calma, calma.

Mãos gentis pousaram nos seus ombros. Ela se chacoalhou, a esperança enlouquecida aumentando e, em seguida, despencando no desespero quando ela olhou para o rosto grotesco de um palhaço.

— Vá embora — ela disse, empurrando o homem fracamente.

— Olha só, estou tentando ajudá-la. Não se engane com esse rosto. Sei que é estúpido. Foi um azar eu estar maquiado quando o vírus atacou, agora não consigo tirá-la. Não é a pior coisa que poderia acontecer, acho eu, só de olhar para você. — O homem a ergueu e deixou-a recostada à parede, enxugando o rosto com um lenço. A tristeza nos olhos dele fazia o branco do palhaço e o grande nariz vermelho ainda mais absurdos, mas ela não tinha vontade de rir.

— Vá embora — ela gemeu —, você não pode me ajudar, ninguém pode, apenas *ele*. Preciso encontrá-*lo*. — Chorando, ela olhou para os braços. Secos. Ela tocou o rosto, também estava seco. Ela nem conseguia mais invocar suas lágrimas. Tinha sido a última gota, lá no beco? — Água! — ela gritou. — Quero água!

Xiu, xiu, vou buscar um pouco d'água — disse o palhaço, tentando acalmá-la.

— Por favor! Ele me tirou a água! — Ela caiu contra o homem, chorando baixinho, mas ainda sem lágrimas.

♣

Curvada na cama em posição fetal, ela ouviu o palhaço falar com uma das enfermeiras da clínica sem realmente ouvir o que ele estava dizendo. Seu corpo estremecia incontrolavelmente o tempo todo, mas permanecia seca. *Seca*, ela pensou; *tão seca sem ele, sem o beijo e o prazer e a plenitude.*

— ... algo sobre a água — o palhaço estava dizendo.

— Histérica — disse a enfermeira. — Histeria parece ser a doença do momento por aqui.

— Não, é mais que isso. Estou com uma sensação ruim. Ela precisa ser atendida.

A enfermeira suspirou.

— Talvez, mas estamos sem pessoal. Os novos casos estão chegando quase na velocidade em que conseguimos registrá-los, todos curingas, e dos piores. Se não descobrirmos a causa, a cidade inteira vai ser infectada. Está correndo um grande risco, Boze.

O palhaço grunhiu.

— O que um curinga tem a perder?

— Você saberia a resposta se visse a ala de segurança.

— É apenas uma pequena ala de segurança a que vocês têm aí. Lá fora, é uma grande ala de segurança, e todos nós estamos trancados nela. E quando eu ando por aí, eu só vejo meu irmão de novo, virado do avesso. Gritando todas as vezes que o coração bate. Inferno, se vocês não têm gente para ficar com ela, eu vou ficar com ela, observar os sinais do que ela foi infectada.

Um novo surto de tremor percorreu o corpo de Jane; ela tentou suprimi-lo e ouvir o que estavam dizendo.

— É muito bonito da sua parte, Boze, mas apenas pelo rápido exame que fizemos nela na sala da emergência, eu diria que está sofrendo de abstinência de droga, não de uma infecção do carta selvagem.

A ideia pareceu invadir a mente de Jane com uma luz forte. Ela se sentou e virou-se para a enfermeira.

— Drogas. Eu preciso de droga.

A enfermeira olhou para o palhaço.

— O que eu disse, Boze? Só outra drogada flertando com a AIDS.

— *Eu NÃO sou drogada, sua puta, sou ÁS e exijo ver o Dr. Tachyon AGORA!*

O grito arranhou a garganta de Jane, ferindo-a; ela imaginou que podia ouvir suas palavras ecoando em toda a clínica, chegando até o próprio Tachyon, onde quer que estivesse.

E, aparentemente, ela imaginou certo; poucos momentos depois, Tachyon apareceu na porta, a preocupação estampada em seu rosto cansado, tenso.

A enfermeira começou a falar com ele; ele acenou como se dispensasse suas palavras e foi até a cama, tomando a mão de Jane.

— Nenúfar — ele disse, sua voz cheia de compaixão. — O que houve com você?

Aquilo a desarmou completamente, e ela o agarrou, soluçando seco. Ele a abraçou, deixou que ela desabafasse e, em seguida, com delicadeza, deitou-a novamente na cama.

— Não me deixe assim! — ela gritou, agarrando as mãos dele.

— Xiu, Jane, não vou deixá-la, nem por alguns minutos.

Ela viu que ele não estava apenas cansado, mas à beira da completa exaustão; em seguida, ela deixou esse fato de lado. Ele *precisava* ajudá-la. Era tudo sua culpa, para começo de conversa, e se isso significasse trabalhar exausto de vez em quando, aquilo era problema *dele*, o que não era nada se comparado ao que *ela* estava passando.

— Preciso de uma droga — ela disse, trêmula. — Eu tomei uma, não foi minha culpa, eu não queria tomar, fui forçada. Não quero mais, mas eu preciso dela. Eu poderia morrer sem ela. Eu não sei…

— Que droga? — ele perguntou baixinho, empurrando-a para trás quando ela tentou se levantar.

— Não sei — ela falou com rispidez e impaciência. — Sei lá, ela vai direto ao centro do prazer, ela faz… ela causa… eu precisei… mas você deve ter uma droga. Algo do seu mundo que você possa fazer. Algo que me cure, ou substitua, como metadona…

— Você precisa de *metadona*? — A expressão dele era de pavor.

— Não, não, não é metadona, algo *como* a metadona, mas do seu mundo, algo que me faça parar de *querer*…

Tachyon passou a mão pelo rosto.

— Por favor. Você não está falando nada com nada. Por favor, tente se acalmar. Se você está viciada em drogas, posso enviá-la a outra clínica…

— *Não é droga!* — ela gritou, e Tachyon cobriu os ouvidos com as mãos. — Desculpe, ai, desculpe — ela começou a sussurrar —, não é uma droga, não exatamente, mas é *como* uma droga…

Tachyon afastou-se dela, pressionando a palma das mãos contra a testa.

— Jane, por favor. Eu perdi a conta do número de horas que estou acordado. Não consigo nem mesmo expandir minha mente para acalmá-la. A enfermeira vai lhe dar um sedativo, e vamos transferi-la para outro hospital.

— Não, por favor, não me mande embora! — Ela agarrou o braço de Tachyon, e ele girou para se livrar dela.

— Você não pode ficar aqui. Precisamos das camas para os novos casos.

— Mas…

Tachyon afastou-se dela com firmeza.

— A enfermeira pode dar o nome de uma clínica perto daqui. Eles podem ajudá-la. Ou nas ruas; tenho certeza que alguém pode lhe dar o nome de uma fonte, se é o que você realmente está procurando. — Ele se levantou e saiu pela porta, cansado, parando para voltar o olhar para ela. — Eu esperava que você terminasse de outro jeito, Nenúfar. Deve ser uma grande decepção para Hiram Worchester.

Com essas palavras, ele saiu.

Sem fala, Jane se recostou no travesseiro e encarou o teto. Tachyon estava cansado, tão exausto que a viu apenas como outra viciada em drogas. *Uma grande decepção para Hiram Worchester.* Ao pensar em Hiram, a vontade explodiu sobre ela com uma intensidade que a levou para fora da cama e a fez avançar para a porta.

Bem no limiar, ela trombou com a enfermeira.

— Opa, espere aí — a enfermeira disse, empurrando um papel para ela. — O Dr. Tachyon me disse para lhe dar o nome dessa clínica…

Jane arrancou o papel dela e olhou, tentando mergulhá-lo num jorro d'água que o transformaria em mingau, mas a necessidade terrível a bloqueou de novo. Ela ergueu os olhos para a enfermeira.

— Sem droga? — ela disse, beligerante.

Os olhos da enfermeira eram sérios.

— Não aqui, senhorita.

Ela ainda poderia invocar um pouco de água, mesmo que fosse da maneira convencional. Ela cuspiu no papel e jogou-o no rosto da enfermeira. Em seguida, atravessou o corredor às pressas até a saída.

♦

No quarto número que ela discou, a secretária eletrônica foi interrompida e uma voz baixa disse:

— Melhor ser importante.

A voz de Jane de repente a abandonou. Ela segurou com força o fone na cabine telefônica, a boca abria e fechava, impotente.

— Tudo bem, já vimos se o carro cor de gelo estava lá fora e já derreteu. Vá ligar pra sua mãe… — Ela percebeu que ele desligaria.

— Croyd! — ela choramingou.

Ela conseguiu realmente sentir como ele mudou de atitude com a voz feminina.

— Continue, estou ouvindo.

— Sou… sou eu, Jane. Jane Dow — ela acrescentou, tentando se esforçar para soar calma.

— Jane. *Bem.* — Sua risada cheia de prazer irritou-a dolorosamente. — Então você não jogou fora os números que eu lhe dei. Você parece meio ofegante. Está tudo bem?

— Não. Sim. Digo… — Ela se recostou à parede da cabine telefônica, agarrando o fone com as duas mãos.

— Jane? Ainda está aí?

— Sim. Claro. — Lentamente, ela se endireitou e tentou se controlar como a recepcionista do Aces High que flertou tão facilmente com o homem de olhos facetados. O vazio avassalador dentro dela tornava aquela mulher uma estranha para Jane. — Ainda estou aqui, e você aí. Acho que significa que um de nós está mesmo no lugar errado. — A voz dela vacilou na última palavra, e ela mordeu os nós dos dedos para atenuar o som do choro.

— Se você estiver dizendo que gostaria de consertar essa situação, é a melhor coisa que ouvi hoje. — Ele fez uma pausa. — Tem certeza de que está tudo bem?

Algo no fundo de sua mente estava tentando dizer a ela que Croyd soava como se ele mesmo estivesse no limite, mas ela ignorou. Se houvesse alguém que poderia conseguir drogas para ela, esse alguém era Croyd. Fosse lá o que precisasse fazer para ele em troca, não seria pedir muito.

— Tudo vai ficar bem quando você me der seu endereço — ela disse, trêmula. Como ele não respondeu, ela acrescentou. — Eu realmente quero vê-lo. Por favor?

— Nunca conseguiria resistir a uma mulher que diz por favor. Me diga onde você está e eu falo a melhor maneira de chegar aonde estou...

♠

A porta abriu uma fresta ampla para revelar os óculos escuros reluzindo para ela com uma frieza de inseto. Croyd lambeu os lábios e abriu ainda mais a porta.

— Bem-vinda ao meu quarto, Olhos Brilhantes. Perdoe a expressão, mas este apartamento é apenas um quarto. — A voz estava diferente; o homem era mais alto e a pele era muito branca, mas as palavras eram puro Croyd.

Ela entrou no decadente apartamento de um cômodo apenas iluminado por poucas luminárias espalhadas em pontos estranhos. A mobília era mínima — uma escrivaninha que talvez viesse do mesmo brechó que as luminárias, uma mesa de madeira antiga e algumas cadeiras, um sofá quebrado perto da janela. Não era o lugar mais tranquilizante em que já estivera, mas, recordou, ela não viera buscar tranquilidade.

— Não é o lugar que costumo escolher para me divertir — Croyd estava dizendo quando encostou a porta e fechou a fileira de quatro trancas. Ele se virou para ela, ergueu a mão para os óculos escuros e lambeu os lábios de novo. — Então. Acho que não consigo oferecer muita coisa, mas posso fazer qualquer tipo de gim tônica, se quiser.

Ela riu, nervosamente, abraçando o próprio corpo.

— Quantos tipos existem?

— Bem, há gim e tônica, claro. Tônica e gim — ele falou, aproximando-se dela. Ela reagiu, afastando-se para a outra ponta do quarto, abraçando-se com mais força. — Gim sem muita tônica. Gim sem tônica nenhuma. Gim e um cubo de gelo. O que me parece ótimo. Você decide. — Ele lambeu os lábios pela terceira vez em quase três minutos e foi até a pequena cozinha.

Jane virou-se, tentando controlar os tremores que cresciam dentro dela. Na companhia daquele homem que a desejava, o vazio a devorava como ácido. Não faria diferença se a última *persona* de Croyd fosse o deus Eros. Estar no mesmo cômodo que ele era uma lembrança excruciante de que aquele prazer poderia ser apenas *Ti Malice*; qualquer outra coisa era uma substituição pálida, crua, para forçar o tempo a passar.

— Decidiu?

Ela saltou quando ele tocou seu ombro e afastou-se dele, esfregando o ponto como se tivesse sido ferido.

— Não, eu... nada para mim, acho. — Ela deu outra risada nervosa e se encolheu. Ele inclinou a cabeça com curiosidade, e viu duas Janes nos óculos escuros. A distorção fazia parecer que ela estava tentando desaparecer dentro de si mesma.

— Certeza? — Croyd suspendeu o copo e botou dois cubos de gelo na boca, mastigando-os ruidosamente. Havia apenas cubos de gelo no copo, ela viu. — Nada de *nada?*

— Bem, *nada* não... — Ela fez uma careta, dando um longo suspiro. — Meu Deus, não sou boa nisso.

— Em quê? — Croyd comeu outro cubo de gelo. — Em que você não é boa, Olhos Brilhantes? — Ele se aproximou um pouco mais, e ela se afastou. — E por que é tão importante ser boa nisso?

De repente, algo bateu atrás de seus joelhos, e ela caiu com tudo no sofá. Croyd aproximou-se rapidamente dela, rolando outro cubo de gelo na boca. O braço esquerdo deslizou no encosto do sofá, e ela pulou para longe dele. Seu joelho tocou o dela assim como a mão escorregou do sofá para o ombro da mulher, movendo-se com muita delicadeza. Ele estendeu a mão e deixou o copo no beiral da janela atrás do sofá, empurrando um pouco a cortina; a mão dele, ela viu, tremia levemente. Jane olhou do copo para Croyd. A língua dele se estendia e corria sobre os lábios a cada poucos segundos agora. Era mais um tique que uma expressão de desejo.

— Diga, Jane — ele disse com gentileza quando ela chegou ao canto do sofá. Ele pôs a outra mão no braço da mulher. Ela se contorceu ao contato; havia outra sensação sob o desagrado do toque que não era de Ti Malice, um tremor, como se ele estivesse correndo uma longa distância e indo o mais rápido que podia em vez de estar sentado ali no sofá, tentando tomá-la nos braços. — Vamos, fale comigo. Diga.

As palavras saíram dela espontaneamente.

— Dorminhoco drogado, todo mundo acabado.

Ele ficou paralisado. Jane olhou para os óculos escuros, vendo apenas seus reflexos duplos. Por impulso, ela estendeu a mão para os óculos, e ele os puxou para trás.

— Não. — Ele girou, olhando para os cubos de gelo, e Jane olhou para o beiral da janela. — Obrigado. A anfetamina seca a gente.

— Onde você consegue? — ela perguntou.

— O quê, a droga? Por quê? — Ele mordeu alguns cubos de gelo. — Está planejando ficar acordada a noite toda?

— Eu estava apenas imaginando se o seu fornecedor... bem, teria outras coisas. — Ela deu um suspiro fundo. — Outros tipos de drogas.

Ele olhou para ela intensamente por um momento e, em seguida, avançou sobre ela, pegando o braço da mulher para puxá-la mais para perto.

— Pare, você está me machucando! — Jane se afastou dos óculos escuros que se aproximavam do seu rosto e tentou abrir os dedos que apertavam seu braço.

— Você está na seca? É *por isso* que veio aqui? — Ele estava quase rindo. Ela se afastou, começou a levantar e cambaleou, caindo no chão de uma vez. — Levanta. — Ele a puxou de volta para o sofá com rispidez. — Fale comigo e, desta vez, algo que eu não saiba. Você *está* na seca?

— Não é o que você está pensando — ela disse sem olhar para ele.

— Nunca é, Olhos Brilhantes. — Ele lambeu os lábios de novo. Aquilo estava começando a enlouquecê-la. — Então, que tipo de droga você está comprando... Cavalinho? Dama? Sonhos azuis? Vermelhos? Cruzamentos brancos? Bombas pretas, nocaute amarelo berrante? Qual é o seu *prazer?* — A voz dele era dura, horrível e, ela sabia, sem nenhuma surpresa, que ele estava decepcionado pelo que pensava que ela era, assim como Tachyon ficara.

— Meu Deus, o que acham que devo ser, a ideia de todos de Rebbeca da Sunnybrook Farm, a Doce Ás Virgem? — ela gritou para ele. — Tenho que ficar aqui no meu pedestal, bancando a Boa Menina do Senhor, só para vocês poderem me dar tapinhas na cabeça e me chamar de virtuosa entre suas safadezas? Querida Nenúfar, Nenúfar *branquinha*, Nenúfar *virgem impoluta!* Não funciona desse jeito! Vocês todos me levaram para isso, vocês me envolveram em seus jogos estúpidos, em suas guerras de gangues desgraçadas, vocês todos me usaram para seus objetivos, e agora todo mundo está chocado porque eu apareço com a mesma sujeira que vocês despejaram em cima de mim. *O que vocês esperavam?*

Ela percebeu que estava ajoelhada sobre ele no sofá, gritando na cara do homem. Alguns perdigotos haviam voado nos óculos escuros. Ele a encarava, boquiaberto.

— Acho — ele disse, pausando para lamber os lábios — que anfetamina não é a única coisa que seca a gente.

Jane dobrou-se com um soluço quando o vazio dolorido a atacou novamente. Ela sentiu a mão de Croyd tocar levemente seus cabelos e gritou:

— Não me toque, *dói!*

— Pensei que era meio estranho que você não ficasse, hum, molhada, mas não tive certeza. Tudo parece meio estranho nesse ponto. — Ele mordeu o último cubo de gelo. — O que é isso? A velha heroína ou algo mais exótico?

Ela ergueu a cabeça da almofada cheirando a mofo.

— Você não acreditaria se eu dissesse.

— Tente. Diga o que você está procurando.

Com grande esforço, ela ergueu o corpo com as pernas dobradas para baixo.

— Preciso de algo que vá diretamente ao centro do prazer no cérebro e estimule continuamente.

— E quem não precisa? — Croyd falou, sombrio, enxugando a última gota d'água do copo vazio.

— Então? — ela disse depois de um tempo.

— Então o quê?

— Conhece alguém que tenha uma droga assim e venda para mim?

Ele deu uma risada curta e sem humor.

— Caramba, não.

Jane o encarou, sentindo o vazio consumir sua esperança com o restante dela e, em seguida, absurdamente, ela espirrou.

— *Gesundheit* — ele disse, automaticamente. — Olha só, não existe esse tipo de coisa, nem animal, vegetal ou mineral. Exceto, talvez, umas cinco boas horas de sexo bom, selvagem, e, francamente, no momento só aguento uma hora. Terrível ter que admitir isso...

Ela saiu do sofá, partindo na direção da porta.

— Ei, espere aí!

Ela parou e se virou, olhando para ele com uma interrogação no rosto.

— Aonde vai?

— Ao único lugar que *posso* ir.

— E aonde seria?

Ela sacudiu a cabeça.

— Você está errado, Croyd. Essa coisa existe. Existe. Eu sei disso. E espero que você nunca experimente. É a pior coisa do mundo.

Ele lambeu os lábios de novo e limpou a boca com a palma da mão.

— Duvido, Olhos Brilhantes.

— Bom — ela disse. — Espero que sempre duvide. Que fique onde está. Eu vou embora.

Mas ela não podia. Precisou esperar pacientemente enquanto ele abria as quatro trancas antes que ela pudesse fugir às pressas dos reflexos gêmeos de seu próprio rosto desesperado.

♥

Dessa vez, Hiram abriu a porta para ela, Hiram totalmente sozinho no apartamento vazio. Ela não precisou pedir para entrar.

— Ele a deixou — Hiram falou baixinho.

— Deixou. — A voz de Jane era um sussurro enquanto ela abaixava a cabeça.

— Você está... — A voz dele falhou por um momento. — Você está... bem?

Ela ergueu os olhos para ele, e os dele refletiam o vazio que ela sentia dentro de si.

— Você sabe que não, Hiram. E nem você está.

— Não, acho que não estamos. — Ele fez uma pausa. — Posso lhe oferecer alguma coisa? Um copo de água, alguma coisa para comer ou... — As palavras dele pendiam no ar entre eles, absurdos fúteis. Estava oferecendo uma lágrima para um incêndio na floresta.

Era doloroso demais para continuar assim. Jane ergueu a cabeça com o máximo de dignidade que pôde fingir.

— Uma xícara de chá quente seria ótimo, obrigada.

Aquilo não existia, e ela quase nunca bebia chá quente, mas seria algo que eles poderiam fazer além de ficar lá em pé, sofrendo juntos.

Ele se ocupou na pequena cozinha, enquanto ela se sentou na pequena mesa, encarando o nada. Se o prazer era real, então a ausência do prazer também era algo palpável; onde havia arrebatamento em todos os momentos, havia a dor do vazio que *ele* havia deixado. *Meu Mestre*, ela pensou com uma repulsa embotada. *Eu o chamei de Meu Mestre.*

— Não podia deixar você ir depois de ter me visto — Hiram disse abruptamente. Ele não se virou, e ela não ergueu os olhos. — Tenho certeza que entende, agora que sabe.

Ela soltou um pequeno murmúrio, mas não disse nada.

— E ele também a viu em meus pensamentos muitas vezes. Daí, quando você apareceu... Por que *veio* até aqui?

A lembrança a fez dar gargalhadas. Alarmado, Hiram deu a volta no balcão onde o chá estava sendo preparado e a encarou. Ele a olhou tão assustado que ela tentou acalmar as gargalhadas, mas não tinha controle. Serviu apenas para gargalhar mais alto, sacudindo a cabeça e acenando para ele se afastar ao ver que Hiram se movia na direção dela.

— Tudo bem — ela arfou depois de um tempo. — Sério. É tudo tão... tão...

Ela gargalhou novamente por quase um minuto, enquanto ele a observava, o tormento emanando dele em ondas que ela quase conseguia sentir.

— É tudo tão... *insignificante* — ela disse, quando finalmente conseguiu falar. — A Brightwater entregou um carregamento de peixe podre, e eu precisei mandá-lo de volta. Ninguém sabia o que fazer para conseguir um carregamento extra para o *sushi bar*, e Tomoyuki disse que um jornalista da *New York Gourmet* estava vindo para fazer uma resenha do *sushi bar* da tarde. — Ela gargalhou de novo, mas mais fraco dessa vez. — Acho que não vamos ter *sushi bar* esta noite. Eu disse para Tom ficar doente se eu não estivesse de volta em uma hora. Isso foi... sei lá. Que horas são?

Hiram não respondeu.

— Não, acho que não importa, não é? — ela disse, olhando para ele. — Consegui o endereço atrás do seu bloco de anotações, mas eu não o usaria a menos que precisasse de verdade, e senti que precisava. Todos estão ficando contra você, Hiram. Emile anda por aí dizendo que acha que você é um viciado.

— Eu sou — Hiram disse, desolado. Ele verificou o bule com chá e o pôs na mesa com duas xícaras. — E você também. E Ezili. E todo mundo que ele tiver beijado.

— É como você chama isso? — ela disse enquanto ele servia o chá. — Não tem uma palavra melhor?

— Não. É um vício instantâneo, permanente — Hiram continuou, quase falando obviedades. — Ele se conecta ao centro de prazer do cérebro. Por isso tudo parece tão bom. Comer. Mover-se. Fazer amor. Até respirar. E quando ele sai de você... é como a morte. Não tem cura, nem alívio. Exceto o beijo. Eu farei tudo por ele. E você também.

— *Não.*

Hiram parou no ato de erguer a xícara.

— Precisamos nos recompor. Deve haver algum tipo de cura que possamos tomar, ou mesmo uma droga que possa agir como um bloqueio ou substituto...

— Não, nada. — Hiram sacudiu a cabeça, objetivo.

— *Deve* haver. Poderíamos procurar isso juntos, você e eu. Eu fui até a clínica de Tachyon...

A xícara de Hiram estalou no pires.

— Você *o quê*? Foi até *Tachyon*? — Seu rosto ficou realmente cinzento; ela pensou que ele cairia morto de pavor.

— Não se preocupe, eu não contei para ele. E ele não descobriu. Ele está cheio de novos casos de carta selvagem. Nem se deu ao trabalho de ler minha mente. Mas se você voltasse lá comigo e falasse com ele...

— *Não!* — ele rugiu, e ela saltou, derramando chá sobre a mesa. Hiram imediatamente foi buscar um pano de prato e começou a enxugar a mesa. — Não — ele disse de novo, mas mais baixo. — Se alguém descobrir, vão matá-lo. Ele não consegue sobreviver sem um hospedeiro humano. Nós o perderíamos e ainda não teríamos uma cura. Teríamos que ficar assim pelo resto da vida. Conseguiria suportar isso?

— Meu Deus, não — ela sussurrou, levando a mão à cabeça.

— Então não fale bobagens. — Hiram jogou o pano de prato na pia e pegou a mão de Jane. — Vai ficar tudo bem. De verdade. Não é tão ruim a maior parte do tempo. Não mesmo. Digo, ele exige *tanto* pelo prazer que dá? E ele deixa a gente em paz, e não que seja malvado, não mesmo. Se você fosse o único cavalo, você poderia negar-lhe sua vida? Se você soubesse que ele morreria sem você, você deixaria acontecer?

Ela afastou a mão, sacudindo a cabeça.

— Hiram, você não sabe o que aconteceu comigo.

— Você não sabe o que aconteceu *comigo*! — ele gritou. Ajoelhou-se para olhar o rosto dela, e ela estava horrorizada ao ver lágrimas em seus olhos. — Seja lá o que você tenha feito é nada comparado com o que fiz! Não acha que foi horrível para mim? O medo de ser flagrado, a impotência... eu considerei o suicídio, não ache que não, mas a parte horrível é que talvez haja uma vida após a morte e ele não esteja lá, e isso seria realmente o inferno! O que aconteceu com *você*...! Sabe o que aconteceu comigo? Eu deixei que ele possuísse uma amiga! Eu jurei que não deixaria, e mesmo assim deixei! *Eu deixei que ele possuísse você!*

Ela se afastou dele.

— Ah, Jesus, Hiram, eu quis ter morrido naquela noite, quando o Astrônomo foi ao Aces High. Eu desejei que você tivesse me deixado cair!

— Eu também desejei! — ele urrou para ela.

A declaração de Hiram pareceu ecoar no silêncio que seguiu. Acabou, ela percebeu, surpresa. Aces High, sua dívida com Hiram, sua vida como ás, se é que ela realmente teve uma, tudo. Tudo foi destruído, deixando os dois com nada.

— Você não está molhada — Hiram falou, percebendo tardiamente.

Antes que ela pudesse responder, ouviram uma batida na porta.

Hiram virou a cabeça para o quarto, e ela foi para lá sem protestar, encolhendo-se no chão próximo à cama. Fosse lá o que estivesse por vir, ela não estava pronta. A exaustão de repente a assolou; ela encostou a cabeça contra a lateral do colchão e deixou-se entrar num estranho sono meio acordado. Ouviu vozes no outro cômodo, mas elas não a impressionaram, mesmo quando a de Hiram cresceu nervosa. Um tempo mais tarde, sentiu alguém se aproximar e tentou mergulhar na inconsciência, longe daquela presença, fantasiando novamente que Hiram a fizera tão leve que podia pairar no céu.

Mas mãos fortes a puxaram para cima e jogaram-na na cama. Ela tentou resistir, fraca, os olhos piscando, alarmados, mas zonzos. Em seguida, sentiu o toque suave de dedos pequenos nas costas, e estendeu o pescoço gentilmente para o beijo.

♣

A cena na sala de estar era confusa, mas Jane estava além dela, pois estava transportando o Mestre. Havia Hiram, claro, Ezili e dois homens que ela não reconhecia e nem se importou em saber quem eram, e Emile, especialmente, amarrado e amordaçado, caído no tapete. O Mestre forçou sua atenção para ele, e ela aquiesceu, o tempo todo alegrando-se com o novo contato.

— Jane — Hiram disse, tenso. Ela se virou para olhá-lo através de olhos cobertos de prazer. Ele parecia ter alguma dificuldade em manter os seus olhos nela, ou talvez no Mestre. Mas não importava. Tudo estava bem de novo.

— *Jane.*

— Já ouvi — ela disse, totalmente feliz. — O que foi?

— Por que você deu a Emile a chave sobressalente da minha sala?

O Mestre ordenou que ela respondesse, e foi delicioso obedecer.

— Eu o deixei responsável enquanto estava fora. Parecia ser a coisa lógica a se fazer.

— Quando eu lhe dei essa chave, eu disse que ninguém, *ninguém*, além de você devia tê-la, não *importava* o motivo.

— Você me deu essa chave muito tempo atrás, antes de sair em excursão e, depois que voltou, pensei que havia esquecido tudo isso. Não pareceu fazer diferença alguma, pois você não parecia se importar mais. — Ela sorriu, sonhadora. O punho de Hiram estava cerrado, mas ela não estava preocupada. Com o Mestre, não havia com o que se preocupar. Ela ficou maravilhada em como a entrega podia ser mais profunda na segunda vez.

Na terceira vez, provavelmente ela se soltaria completamente e isso *seria* a perfeição absoluta. Ela mal podia esperar.

— Você não entendeu o que fez, Nenúfar — Hiram falou, agoniado. — Você matou esse homem.

Algo nela se incomodou com o uso de seu nome de ás, mas ela ignorou. Seu Mestre gostou daquilo. Gostava da água que escorria no rosto e pelos cabelos, encharcando as roupas e o tapete ao redor dos pés.

— Se ela era responsável — a voz dela falou ao comando do Mestre —, então ela pode cuidar disso, não é, Hiram?

— Isso vai matá-la — Hiram disse. — Ou deixá-la louca.

— Ela já está louca. — Seu Mestre gargalhou com a voz dela. — E ela não é tão interessante assim, exceto pelo poder. — Seu rosto virou-se para Emile. Os olhos dele arregalaram-se, e ele fez ruídos desesperados e mínimos com a mordaça.

— Prepare-o para ela, Ezili — disse seu Mestre. — Estou muito curioso para ver como será.

Ezili lutou para abaixar as calças de Emile, enquanto ele tentava resistir se contorcendo. Um dos homens que Jane não conhecia forçou Emile a ficar deitado de costas, esmagando as mãos presas contra o chão, e ajoelhou sobre seus ombros. Emile começou a gritar com a mordaça, mas saíam apenas resmungos abafados. Suas pernas amarradas chutavam para cima, e o homem apertou os ombros com mais força até ele se aquietar.

Depois de um tempo, Ezili levantou-se, limpando a boca delicadamente.

— Mostre como se faz, garotinha.

Jane moveu-se até Emile e ajoelhou-se ao lado dele. O Mestre já havia explicado sem palavras o que exigia dela. Não era muito. Queria saber como seria; sua única missão na vida era mostrar. Ela puxou o vestido para cima e, despreocupadamente, arrancou a calcinha.

O horror nos olhos de Emile alimentou a sensação quando ela se agachou sobre seu corpo. Ele ficou paralisado, e ela o ouviu grunhir de dor. A água se esvaía em estalos rítmicos. Mais sensação. Ela se entregou, deixando a consciência se dissolver também, como um fluido. Em algum lugar, perdida no prazer, havia a pequenina Jane gritando contra aquela atrocidade, mas a pequenina Jane não contava muito diante daquele poder-prazer magnífico. O que devia ser sacrificado para a satisfação de Ti Malice, seria; se Emile soubesse, teria se oferecido voluntariamente. Era mais que uma honra. Era uma bênção; era um estado de graça. Era…

Os olhos dela encontraram-se com os de Emile. Sem se mover e paralisado embaixo dela, ele encarava Ti Malice. As ondas de prazer desapareceram de repente, e por um momento abriu-se uma pequena brecha entre ela e o Mestre. Ela abriu a boca para gritar, e então as ondas irromperam e ela caiu para a frente. A água derramou-se sobre ela e Emile numa pequena enxurrada.

◆

Ti Malice estava falando com ela enquanto rastreava as sensações e pensamentos. Ele riu com a lembrança da clínica e do Dr. Tachyon (*Não, cavalinho, não há droga que possa ir diretamente ao local do prazer, como você pediu*) e observou com atenção as informações do vírus contagioso (*Você nunca me exporia a isso, cavalinho, você dará sua vida antes de permitir que isso aconteça comigo*). Mesmo quando seu corpo se movia e girava e aproveitava, ela adorava a coisa no pescoço, prometia tudo para ela, oferecia tudo que tinha. *O que for. Sempre.*

Ela o sentiu levá-la à plena consciência para se concentrar em Emile.

O que for. Sempre. Ele a fez tirar lágrimas dos olhos de Emile, e juntos assistiram a como ele lutava, tentando desviar o olhar. Seu Mestre achou maravilhosa a sensação de invocar a água e queria mais. Ela fez mais, invocando apenas a água do corpo do homem, e não do ar ao redor dele, pois o Mestre gostava muito. Ele fez outra sugestão, e o prazer cresceu novamente quando Emile se curvou embaixo dela, a ação involuntária transformando-se rapidamente em dor para ele. *Se ele soubesse apenas ao que seu corpo estava servindo*, ela pensou.

O poder parecia mais fácil de controlar agora do que antes. Como ela estava inteira novamente, pensou, observando o prazer de Ti Malice enquanto o sangue saía ondulante dos poros de Emile, e ele gritava amordaçado. Ela nunca percebera o quanto era bom aquilo, invocar a umidade de um ser vivo e não do ar sem vida. Se ela realmente se entregasse, era melhor do que qualquer coisa, melhor até do que o sexo de que Ti Malice gostava tanto.

E, por fim, ela recebeu permissão e entregou-se por completo, até o fim. *O que for. Sempre.*

Foi uma explosão que ultrapassou as raias do prazer, algo totalmente estranho, a anulação de qualquer humanidade que restara nela e em Ti Malice, deixando aquele elemento duro, brilhante, incandescente que se lançara sobre eles num ato de conquista irrevogável. Por um único e eterno instante, eram o puro vírus carta selvagem vivo, não apenas vivo, mas *senciente*.

Em seguida, era ela de novo, observando através de uma bruma de sensações moribundas, enquanto Ti Malice tremia sob essa nova consciência. Aquilo quase fora muito até para ele. Ela não conseguia sequer protestar quando ele a trocou por Ezili de novo.

Pouco depois, ela percebeu que havia sido cegada pelos últimos fluidos que invocara do corpo de Emile, e havia apenas suas roupas e uma substância que pareciam pitadas de pó no chão onde ele estava.

Ela caiu longamente na escuridão, gritando durante toda a queda.

♠

Os rostos surgiram da escuridão sobre ela; ela os fazia desaparecer. Em algum momento, estava olhando para o rosto de Hiram e, por mais que tentasse, não conseguia fazê-lo desaparecer. Parecia que ele estava tentando explicar algo para ela, mas nada daquilo fazia sentido. Eu *desisto*, ela lhe disse por fim, e aquilo finalmente o fez desaparecer.

Limpe-a, dê algumas roupas para ela e mande-a embora. Por ora, disse Ezili com sua voz. *Ela me deixa... desconfortável.* Gargalhadas.

Em seguida, o desejo a atingiu e a falta de Ti Malice era demais para ela suportar. A mente se dobrou em uma caixa pequenina e se dissipou.

♥

Ela estava caminhando através de uma terra estranha, bizarra, desolada, e Sal estava ao seu lado. Ficou um pouco surpresa pelo fato de ele estar acompanhando-a; pensou que talvez fosse porque Ti Malice a deixara com tão pouco que ela não existia mais por completo. Porém, era ótimo que, de todos os fantasmas que poderia ter encontrado, de alguma forma tivesse se encontrado com Sal. Encontrar Emile teria sido terrivelmente desagradável; talvez ele ainda não estivesse morto o suficiente para se tornar um fantasma.

Contou tudo que havia acontecido nos primeiros poucos minutos que estavam juntos, toda a degradação, as mentiras, as promessas quebradas.

Sal perguntou quais eram essas promessas quebradas.

Ora, que eu não confiaria em mais ninguém, Sal. Lembra? Prometi isso depois do Mosteiro. E, agora, olhe para mim. Confio tanto que despenquei. Em seguida, ela percebeu que ele sabia e queria apenas que ela dissesse, admitisse.

Tudo bem. Eu admito. Admito tudo. Disse que eu nunca mataria novamente, não importava o quanto fosse ruim, mesmo se significasse me matar primeiro. E matei porque ele *quis ver como Emile morreria.* Ela não precisou explicar quem *ele* era; Sal também sabia.

E sempre prometi que eu seria... responsável com meu corpo. Talvez fosse mais fácil me trancafiar do que finalmente aceitar que nunca estaríamos juntos.

Sal pensou que aquilo era meio engraçado. No fim das contas, ele não era apenas gay, ele era gay e estava *morto*, e isso já fazia um tempo também.

Bem, Sal, sendo um morto, você não tem ideia de como é fácil permanecer fiel à memória de alguém. É realmente fácil quando você está assustado demais para encarar uma pessoa viva. Homens vivos são realmente ameaçadores, Sal.

Sal disse que entendia o que ela queria dizer.

É, achei que entenderia, não é? Acho que é o tipo de coincidência engraçada, então, que foi a primeira vez que estive com uma mulher, e o primeiro homem que realmente tive também era gay.

Sal falou que não via o sentido daquilo tudo.

Bem, é um tema recorrente.

Sal disse que ainda não via sentido.

Deixa pra lá. Estou feliz que você não viveu para ver o que me tornei. Que é algo que você não presenciou quando se afogou na banheira, isso e a grande epidemia de AIDS. Digo, se você realmente teve de ir embora, morrer, afogar-se foi a melhor maneira. Você não gostaria de morrer de AIDS. Ou pelas minhas mãos.

Sal disse que nunca foi *tão* paranoico.

Bem, há muita coisa para ser paranoico nesses dias. Descobri que existe uma forma contagiosa do vírus carta selvagem. Ninguém sabe como está sendo transmitido. E a maioria das pessoas morre com ele.

Sal disse que certamente era um acontecimento revoltante.

Sim, com certeza é. E sabe o que mais, Sal?

Sal perguntou o que era.

Não há maneira de dizer se você foi exposto. Até acontecer. Talvez eu já tenha sido exposta. Talvez eu pegue e morra. Eu só espero não ter passado para mais ninguém.

— Querida, você não é a única.

Jane estava prestes a responder quando percebeu ter ouvido a voz de Sal de verdade. Mas não soava muito como a de Sal. Ela se virou para ele surpresa e, no fim das contas, não era Sal ao seu lado, mas um homem estranho, magro e com cara de ratazana, abaixado com os pelos asquerosos cobrindo as bochechas, o nariz pontudo e os bigodes.

— É um rosto de camundongo, não de ratazana, senhorita — o homem disse, cansado. — É possível dizer pelos dentes, se conhecer algo sobre roedores. Eu era exterminador de pragas, tá? Pode caçoar, por que não? Segui você para entender o que uma garota bonita assim poderia querer vagando pelo Bairro dos Curingas a essa hora da noite. Francamente, a senhorita tem mais problemas do que eu, e não quero saber de nenhum deles.

Ele desapareceu, e ela ficou em pé, no meio de uma calçada sob uma luz de poste que zumbia.

— Sal? — ela perguntou para o ar. Não houve resposta.

♣

De início, ela ficou com medo de voltar ao mesmo bar, mas viu que era diferente. Por um lado, não havia palco para show de sexo ao vivo, e a clientela era mais vívida, com vestes mais brilhantes e coloridas, alguns até mesmo com fantasias e máscaras.

Quando ela viu o homem sem olhos atrás do balcão, entrou em pânico, e em seguida percebeu que não podia ser o mesmo que ela havia levado para a limusine. Quando foi aquilo? Ao menos mil anos atrás. Como uma sonâmbula, ela seguiu até o balcão e sentou num dos bancos altos. O barman sem olhos, trabalhando habilmente, de repente endireitou o corpo e virou o rosto para ela.

— Problemas, Sascha? — Um anão materializou-se ao lado dela e prendeu a mão grossa no braço de Jane.

O barman afastou-se.

— Não a quero por perto. Leve-a para longe de mim.

— Venha, docinho. Não precisa ir para casa, mas não pode ficar aqui. — O anão começou a puxá-la do banco.

— Não, por favor — ela disse, tentando livrar-se da mão do anão. — Preciso ver uma pessoa. — Ela sabia que a mulher estava lá agora e era o único lugar onde ela podia ter vindo para encontrar o que precisava; Crisálida ou alguém próximo de Crisálida saberia onde ela poderia encontrar uma droga que preencheria o vazio que Ti Malice deixara nela. Ela se virou para o barman. — Por favor, não vou machucar ninguém...

— Vá embora — o barman falou, insistente. — Não posso aguentar os sentimentalidade dela.

Jane olhou ao redor e, em seguida, encontrou Crisálida numa mesa de canto. Ela deu um puxão forte no braço e se livrou da mão do anão.

— Ei — ele gritou.

Ignorando os olhares dos outros clientes, ela partiu entre as mesas até o canto onde Crisálida estava sentada, assistindo a tudo com aqueles olhos azuis estranhos e flutuantes.

— Peguei! — O anão a agarrou pela cintura, e ela caiu de joelhos, arrastando-se os últimos metros até a cadeira de Crisálida, levando o homem junto.

Crisálida ergueu um dedo. Os braços do anão relaxaram, mas ele não a soltou completamente.

— Preciso de informações — Jane falou em voz baixa. — Sobre uma droga.

Crisálida não respondeu. A expressão que surgiu no seu rosto peculiar era impossível de entender.

— Fiquei viciada numa coisa contra a minha vontade. Eu preciso… eu preciso… — Ela enfiou a mão nos bolsos e, milagrosamente, havia dinheiro lá, um maço pequeno e achatado de notas. Rapidamente, ela as desdobrou e estendeu. — Eu posso pagar, posso pagar pelas…

Crisálida verificou rapidamente as notas que Jane estava estendendo. Jane olhou; havia três notas, duas de dez e uma de vinte. Quarenta dólares. Piada de mau gosto.

Crisálida sacudiu a cabeça e acenou a mão.

— Como eu disse, docinho — o anão falou —, você já está de saída.

Ela se recostou na lateral do prédio com as notas amassadas na mão. O vazio nela se alargou até ela pensar que o desejo a partiria ao meio.

— Com licença.

Kim Toy.

Ela piscou e, então, percebeu que não era Kim Toy. Aquela mulher era mais jovem e mais alta, e as feições eram diferentes.

— Eu vi quando Crisálida lhe deu um passa-fora. Que sangue-frio ela tem, hein? O cretino pegou você ao lado da minha mesa, e achei que a conhecia de algum lugar.

Jane afastou-se da mulher.

— Deixe-me em paz — ela murmurou, mas a mulher aproximou-se ainda mais.

— Tipo, acho que você trabalhava para Rosemary Muldoon. Não é?

Jane cambaleou para longe da mulher e, em seguida, caiu de quatro, estremecendo. Embaixo da dor, sentiu outra coisa, um mal-estar que era mais físico. Como se estivesse com gripe ou algo pior. A ideia era tão absurda que ela quase conseguiu rir.

— Ei, você está doente ou algo assim? — A mulher se curvou, pousando mãos preocupadas nos ombros dela. — Está na seca? — ela perguntou em voz baixa.

Jane se flagrou chorando sem derramar lágrimas.

— Ah, vamos lá — a mulher disse, ajudando Jane a se erguer. — Qualquer amiga de Rosemary Muldoon é minha amiga também. Acho que posso ajudá-la.

♦

Apesar do vazio que a devorava por dentro, Jane ficou espantada com o apartamento luxuoso. A sala de estar rebaixada tinha o tamanho de um salão de baile. A cor predominante era um rosa delicado, perolizado, até no papel de parede de seda e no enorme candelabro de cristal.

A mulher a levou alguns degraus abaixo e sentou-a num sofá muito fofo.

— É uma coisa, não é? Parece um lixão lá fora e um paraíso aqui dentro. Tive que molhar muitas mãos para manter a placa de CONDENADO longe da fachada. Acabei de decorar na semana passada e estava louca para trazer visitas. Bebe alguma coisa?

— Água — disse Jane, fraca.

Do outro lado da sala, no barzinho, a mulher olhou sobre o ombro com um pequeno sorriso.

— Pensei que *você* conseguisse água sozinha.

Jane ficou rígida.

— Você... você sabe...?

— Não disse que eu a conhecia? Acha que eu traria para cá alguém que não soubesse quem é? — A mulher trouxe a trabalhada taça de vidro com água e gelo e sentou-se ao lado dela. — Claro, não é *tudo* meu. Na verdade, pertence às pessoas para quem trabalho. Melhor trabalho que já tive, nem preciso dizer.

Jane bebericou a água. As mãos começaram a tremer, descontroladas, e ela entregou a taça para a mulher antes de derramar o conteúdo. A doença física a dominou novamente, como uma câimbra, mas pelo corpo todo. Ela ficou bem quieta até a dor passar.

— Seja lá o que você tenha pegado, espero que não seja contagioso — a mulher disse, ainda assim gentil. — O que aconteceu... você se apaixonou por um daqueles canalhas da Rosemary e acabou ficando viciada?

Jane sacudiu a cabeça.

— Não Rosemary.

— Ah, é? Que ruim. Digo, eu esperava que você ainda estivesse em contato com Rosemary, pois eu gostaria de revê-la. — Ela se inclinou para abrir uma caixa rosa envernizada sobre a grande mesa de centro. — Maconha? Acalma um pouco. De verdade. Não parece com nada que você já experimentou antes.

— Não, não é — Jane falou, desviando o olhar do cigarro estendido.

— Aliás, você usou o quê?

— É algo que vai direto para o centro de prazer do cérebro. Você não vai querer saber. — Ou talvez deveria, Jane pensou de repente. Seus pensamentos começaram a maquinar um plano. E se ela levasse essa mulher ao apartamento e a oferecesse a Ti Malice? Ele amava novos cavalos, ela sabia disso...

— Ah, isso é fácil — a mulher falou.

— Como? — Jane olhou para ela, assustada.

A mulher inclinou a cabeça para o lado, olhando-a com curiosidade.

— Tenho um parceiro que desenvolveu algo que vai direto ao centro de prazer do cérebro.

— Quem é? — Jane perguntou, agarrando o ombro da mulher. — Posso encontrá-lo? Onde posso achá-lo? Como...

— Ei, ei, ora essa. Calminha. — A mulher tirou a mão de Jane de seu ombro com a ponta dos dedos e afastou-se um pouco. — É segredo. Idiotice da minha parte mencionar, mas sendo você amiga de Rosemary e tudo o mais, eu meio que me esqueci. Olha só. Relaxe e vamos falar sobre Rosemary. — Ela acendeu o cigarro de maconha com um isqueiro de cristal, deu um bom trago e ofereceu para Jane.

Ela aceitou o baseado e tentou fazer exatamente como viu a mulher tragar. A fumaça queimou em seus pulmões, e ela tossiu engasgada.

— Continue a praticar — a mulher disse, dando uma risadinha. — Isso vai tirar o nervosismo, de verdade.

Algumas tragadas depois, ela já havia mais que pegado o jeito da coisa. *Então, era isso que queriam dizer com ter um barato*, ela pensou. O barato era uma sensação estranha, mas seria agradável, exceto que não conseguia se pôr entre ela e o vazio devorador. Tentou devolver o cigarro à mulher, mas ela disse-lhe para ficar com ele, pois Jane precisava mais. Em vez disso, Jane o deixou cuidadosamente no cinzeiro de vidro trabalhado na mesa.

— Não gostou? — a mulher perguntou, surpresa.

— É... ok. — Jane falou, e sua voz parecia arrastada, muito arrastada, como um elástico longo e lento. Sua cabeça parecia flutuar sobre os ombros como um balão de hélio e subir até o teto. Ela se perguntou se Hiram sabia sobre isso.

Mas a mulher queria falar sobre Rosemary, e entre tentar manter a cabeça sobre os ombros e lutar contra a necessidade de Ti Malice, era difícil acompanhar o que ela estava dizendo. Se a mulher simplesmente calasse a boca, talvez ela conseguisse chegar a algum equilíbrio, algo que a impedisse de quebrar o copo d'água na mesa e usar um dos estilhaços na própria garganta. Aquela era a única resposta agora; a droga a ajudava a ver aquilo. Ela nunca se livraria da necessidade de Ti Malice, e se ela voltasse — *quando* ela voltasse — podia apenas esperar as piores coisas, mais degradação, mais mortes, tudo feito voluntariamente, apenas para sentir o prazer de sua presença dentro dela. Todas as coisas que desejara para Hiram, que ele encontrasse alguém para deixar a vida completa, ela inadvertidamente pegara para si, exceto que era Ti Malice, em vez do homem vago, não identificável com que ela sempre sonhara, que às vezes lembrava Sal e às vezes Jumpin' Jack Flash e, às vezes, até mesmo Croyd. Outra piada ruim em uma série ininterrupta. Precisava acabar.

A mulher continuou falando, falando. Às vezes, vinham longos períodos de silêncio, e Jane saía de sua névoa para descobrir que a mulher não estava mais no sofá com ela. Ela se recostava na almofada, feliz com o silêncio, e em seguida a mulher magicamente se rematerializava ao lado dela, continuando a tagarelar sobre Rosemary Muldoon até Jane pensar que poderia cortar a garganta dela apenas para se livrar daquela voz.

Mas aquilo era de uma ingratidão atroz. A mulher estava apenas tentando ajudá-la. Ela sabia disso. Devia retribuir de alguma forma. Oferecer algo.

O número do telefone de Rosemary pairava na superfície da mente e esperava para ser pescado. E, depois de um tempo, ela fez isso, e a mulher desapareceu por um tempo muito maior.

Alguém sacudiu-a para acordá-la. A primeira coisa que a atingiu foi a *necessidade*, e ela se dobrou, batendo com os punhos na almofada do sofá porque não era Ti Malice que estava lá, e sim um oriental magro ajoelhado ao lado dela, sorrindo com uma expressão preocupada para ela.

— Este é o parceiro de quem eu falei — a mulher disse, fazendo-a se sentar. — Enrole sua manga.

— Quê? Por quê? — Jane olhou ao redor, mas o quarto ainda não clareara. Sua cabeça parecia pesada e nublada.

— Apenas minha maneira de agradecer.

— Pelo quê? — Ela sentiu a manga sendo puxada para cima e algo frio e úmido entrando no braço.

— Pelo número de telefone de Rosemary.

— Ligou para ela?

— Ah, não. Você vai fazer isso para mim. — A mulher atou uma borracha ao redor do antebraço e puxou-o com força. — E, em troca, você vai receber uma viagem para o paraíso.

O oriental ergueu uma seringa e sorriu, como se estivesse num programa de auditório exibindo um prêmio.

— Mas...

A mulher estava colocando um telefone sem fio na mão dela.

— Você gostaria de vê-la novamente, não é?

Jane deixou o telefone cair no colo e esfregou o rosto, exausta.

— Não sei bem, na verdade.

— Então, talvez seja melhor você *saber.* — A voz da mulher ficou mais firme. Jane ergueu os olhos para ela, surpresa. — Digo, tenho certeza. Tenho muito para falar com Rosemary. Quanto mais cedo você entrar em contato com ela, mais cedo vai para o paraíso. Você quer ir para o paraíso, não quer?

— Não sei se posso... não sei se ela vai atender a minha ligação...

A mulher inclinou-se e falou bem perto do rosto de Jane.

— Não vejo escolha para você. Está na seca e não tem para onde ir. Não posso deixar você ficar aqui para sempre, sabe? A companhia que é dona disso aqui talvez não queira que eu tenha uma colega de quarto. Claro, eles podem ter outra opinião se você tiver feito algo por mim.

Jane se afastou um pouco.

— Para quem você trabalha?

— Não seja tão abelhuda. Faça a ligação. Traga ela até aqui para encontrar você, se possível, ou em qualquer outro lugar, se necessário.

Ela estava prestes a dizer não quando a necessidade avançou novamente, prendendo a palavra na garganta.

— Essa droga — ela disse, olhando para a seringa. — É... boa?

— A melhor. — O rosto da mulher era inexpressivo. — Quer que eu disque?

— Não — ela falou, pegando o fone. — Eu faço isso.

O homem encostou a ponta da agulha na dobra do braço de Jane e a segurou lá, esperando, com aquele sorriso largo de apresentador de programa de televisão.

♠

Ela mal conseguia manter a voz de Rosemary na mente; não havia como manter a própria voz firme. No início, tentou soar amigável, mas Rosemary arrancou dela que estava em apuros. O homem e a mulher não pareciam se importar com o que ela dizia, então continuou, implorando para que Rosemary viesse até ela.

Mas, de maneira irritante, Rosemary disse várias vezes que mandaria alguém buscá-la, e ela precisou insistir que *não* adiantaria *de nada*, ela não queria ninguém além de Rosemary. Ninguém mais, especialmente homens. Ela fugiria se visse homens. Aquilo pareceu agradar muito o homem e a mulher.

E, por fim, ela conseguiu que Rosemary concordasse e leu o endereço de um cartão que a mulher estendeu diante dela. Rosemary hesitou, mas Jane implorou de novo, e Rosemary cedeu. Mas não lá, não naquele endereço. Em algum lugar a céu aberto. Sheridan Square. Um olhar confirmou para Jane que tudo bem para os novos amigos, e ela disse para Rosemary que estaria lá.

— Uma vez assistente social, sempre assistente social — a mulher disse, desligando o telefone. Ela assentiu para o homem. — Injete.

— Espere — Jane disse baixinho. — Como eu vou chegar lá se...

— Não se preocupe com mais nada — disse a mulher. — Você estará lá.

A agulha entrou, e as luzes se apagaram.

♥

As luzes voltaram bem fracas, e ela viu que estava recostada na lateral de um prédio. Era a Companhia de Teatro do Ridículo, e ela aguardava para entrar e assistir à peça. Apresentação tardia, muito tardia, mas ela não se importava. Ela amava a Companhia de Teatro do Ridículo e estivera em muitos teatros, os pequenos no Soho e no Village, e no Teatro do Bairro dos Curingas, que havia fechado pouco antes de ela ir trabalhar para Rosemary...

Rosemary. Havia algo que ela precisava lembrar sobre Rosemary. Rosemary traíra sua confiança. Mas talvez fosse justo, pois ela fora uma decepção imensa para Hiram...

Aquilo a atingiu de um jeito tão poderoso quc cla pensou que a derrubaria, mas o corpo não se moveu. Xarope de bordo quente corria em suas veias. Mas, sob o calor e a languidez, o vazio permanecia, bem aberto, devorando-a, e qualquer que fosse aquela lassidão, apenas tornou possível que o desejo esmagasse seus ossos sem muito esforço. Seu estômago deu uma lenta cambalhota e a cabeça começou a latejar.

Uma sombra pairava suavemente aos seus pés. Um esquilo a olhava como se de fato a examinasse de alguma forma. Esquilos eram apenas ratos com caudas pomposas, ela lembrou com inquietação, e tentou se afastar dele, mas seu corpo ainda não se movia. Outro esquilo chilreou em algum lugar sobre sua cabeça, e algo passou correndo por ela, quase roçando em suas pernas.

Quando o teatro abriria para que ela pudesse se livrar de todos esses vermes? A Sheridan Square havia piorado muito desde a última vez que estivera lá para ver o falecido Charles Ludlam em uma remontagem de *O Barba Azul*. Charles Ludlam — ela o amava também, e foi tão injusto ele ter morrido de AIDS...

Ela suspirou, e uma voz disse:

— Jane?

Era a voz de Rosemary. Ela se empertigou. Viera ao teatro com Rosemary? Ou era apenas uma feliz coincidência? Não importava, estava tão feliz em vê-la...

Tentou olhar ao redor. Estava tão escuro. Havia mesmo uma apresentação *tão* tarde? E os esquilos, chilreando e chilreando às raias da loucura — teria sido fantástico com Ti Malice, mas sozinha era apenas excruciante.

Um feixe de lanterna atravessou a escuridão, e ela se encolheu.

— Jane? — Rosemary perguntou novamente. Estava mais próxima. — Jane, você está horrível. O que aconteceu? Alguém...

Ela ouviu sons de garras arranhando a lateral do prédio. Jane virou-se na direção do som e viu Rosemary em pé, a poucos metros de distância. A fraca iluminação dos postes fazia dela pouco mais do que uma delicada silhueta. Engraçado, Jane pensou de repente, que o teatro não tivesse luzes de segurança externas para desestimular arrombadores ou vândalos. Uma sombra mais escura avançava e recuava ao redor dos tornozelos de Rosemary; no fim das contas, era um gato. Rosemary olhou para o gato e, em seguida, para Jane novamente.

— Em que enrascada você se meteu, Jane? — ela perguntou, e sua voz tinha uma leve irritação.

— A pior — disse a voz de um homem. — Como você, senhorita Muldoon.

Jane sacudiu a cabeça, tentando clareá-la. Ela se lembrou de alguma coisa, algo sobre uma mulher oriental que não era Kim Toy e um homem com uma agulha, e de discar um número de telefone...

Uma sombra maior avançou atrás de Rosemary e, de repente, ela estava em pé com um braço ao redor do pescoço e um cano de arma enfiado no rosto.

— É conveniente que nos encontremos nas *sombras* — uma voz masculina disse. Rosemary ficou paralisada, encarando além de Jane. Jane seguiu seu olhar e viu outro homem recostado tranquilamente no lado oposto do prédio com uma pistola erguida e pronta para atirar. Jane sentiu que estava começando a adormecer e forçou-se a manter a cabeça erguida. Seu rosto coçava, desconfortável, e o desejo por Ti Malice explodiu com tanta força que ela teve vontade de se curvar. Mas seu corpo conseguiu soltar apenas um leve espasmo. *Eles mentiram*, ela pensou com uma sensação de tristeza. *A mulher e seu amigo mentiram. Como as pessoas podem mentir com tanta facilidade?*

Havia mais pessoas, mais homens que surgiram da escuridão para cercá-las. Mesmo com a neblina espessa que era sua mente, Jane conseguiu sentir as armas e a intenção maléfica. A mulher que a levara para casa não era amiga de Rosemary, nem dela. Mas era um pouco tarde para deduções inteligentes.

— Viciados não são engraçados, senhorita Muldoon? — disse o homem que segurava Rosemary. — Essa daí entregou a senhorita por uma mera dose de heroína normal.

Não, não, não é verdade!, ela quis gritar, mas a voz estava presa pelo desejo. Os olhos se ajustaram à escuridão, e ela conseguiu ver que Rosemary a encarava com uma expressão desolada.

— Jane — ela disse —, se existe algo da pessoa que você era, você pode virar esse jogo...

— N-não... drogada — Jane disse pesadamente. Seus olhos começaram a revirar.

— Drogados não dão grandes ases — o homem disse, rindo. — Ela não vai...

Houve um som de asas e algo zumbiu na noite, revoando e batendo diretamente sobre sua cabeça

— Ei! — ele gritou, soltando Rosemary, que se afastou dele. Ela tropeçou e caiu de quatro, enquanto várias outras coisas passaram correndo por Jane, desviaram naturalmente de Rosemary e se lançaram contra os homens.

— Nômada... — Rosemary disse sem fôlego e, em seguida, ouviu uma explosão de gritos raivosos e lamentos, humanos e não humanos. O homem que estava em pé, tão despreocupado na outra ponta do prédio, agora afastava um pombo que voava ao redor de sua cabeça enquanto tentava chutar algo para longe da perna. Ratazana, Jane percebeu com vagar. Ela nunca vira uma ratazana tão ousada.

Rosemary ergueu-se e estava se afastando do grupo de homens sob ataque. Mais formas de vários tamanhos estavam brotando da noite para se lançar sobre os homens, chiando, gritando, uivando com ódio inequívoco. Alguém se desprendeu do grupo e correu até Rosemary e Jane, gritando enquanto tentava se livrar de um rato no braço e arrancando um esquilo do pescoço. Algo caiu com um estalo aos pés de Jane, e ela abaixou os olhos: uma arma.

Suas pernas cederam e ela deslizou de joelhos. Pegou a arma e encarou-a por um momento. Rosemary a sacudiu.

— Vamos embora — ela disse, levantando Jane e forçando-a a correr pela calçada diante do teatro para o outro lado da Sheridan Square.

Vários cães vira-latas estavam esperando por elas numa formação estranha, esparsa. Jane piscou para eles, zonza, quase indiferente aos braços de Rosemary ao redor dela. Depois de um momento, os cães avançaram e correram pelo caminho por que ela e Rosemary tinham vindo. Os gritos dos homens transformaram-se em berros sobre os sons de grunhidos e latidos.

Jane cambaleou pela rua, ainda nas mãos de Rosemary.

— Que desgraça, *corra* — Rosemary disse perto do seu ouvido. Às margens da consciência, ela tropeçou até o ruído terrível começar a diminuir atrás delas. A ausência de Ti Malice estava tomando conta dela novamente, combatendo a droga em seu corpo, tornando cada passo mais doloroso que o anterior quando ela voltou à plena consciência.

Jane deu um empurrão forte em Rosemary e se soltou dela, cambaleando até um poste de luz. Recompondo-se, olhou ao redor; as ruas estavam desertas, exceto por elas duas.

— Jane — Rosemary disse, tensa. — Vou levar você para algum lugar em segurança. E então posso explicar...

— Fique longe de mim! — ela gritou, erguendo a mão. Rosemary afastou-se rapidamente e ela viu por quê; ainda estava com a arma e a apontava para a outra mulher. Seu primeiro impulso foi jogá-la longe e dizer a Rosemary que não queria lhe fazer mal, ela fora enganada e não percebera que estava segurando uma arma. Mas não importava se ela queria fazer mal ou não a Rosemary — qualquer um ao redor dela estaria em perigo terrível enquanto ela vivesse.

— *Saia* daqui, Rosemary — ela disse, trêmula, mantendo a arma consigo. — *Vá* para algum lugar seguro, e dê graças a Deus que ainda existe esse lugar para você. Pois para mim esse lugar não existe mais!

Rosemary abriu a boca para dizer algo, e Jane estendeu a arma de novo.

— Vá!

Rosemary andou de costas alguns passos, virou-se e começou a correr.

Ainda recostada no poste como se fosse algum tipo de bêbado cômico e inocente, Jane observou a arma na mão. Ela não sabia nada sobre armas, exceto o que todos sabiam. Mas aquilo seria o bastante.

Apenas ponha dentro da boca. Mire o cano para o alto da cabeça, conte até três e estará livre. Nada pode ser mais fácil.

A mão girou bem devagar, como se ainda houvesse alguma relutância dentro dela.

A menos, claro, que você queira caminhar assim pelos próximos quarenta e tantos anos. O desejo avivou-se nela e sua mão se moveu com rapidez. *Cano na boca, apenas vire a arma para a mira apontar para o céu.* O metal tinha um gosto azedo e fez seus dentes de baixo doer. Ela engoliu com a boca aberta e pegou a arma com mais firmeza.

Conte até três e estará livre. Ela se lembrou de como foi a primeira vez que Ti Malice escalou suas costas, a maneira como as mãos pequenas a tocaram, ávidas, ansiosas, confiantes. Ela devia ter olhado para Hiram da maneira que Rosemary a olhou. (Um espasmo estremecido percorreu seu corpo, a doença estranha, física, que ela sentia, mas conseguiu manter a arma no lugar.)

Conte até três e estará livre. Ela se lembrou do toque da pele de Ezili e de seu gosto. Ezili teria gostado da cena: ela em pé numa rua deserta com uma arma na boca. (Agora veio uma sensação que rastejava sobre os ombros e pelos braços, pelo torso, pernas, como se um pequeno incêndio tivesse irrompido na pele.)

Conte até três e estará livre. Ela se lembrou de Croyd; lembrou-se de caminhar com Sal apenas para vê-lo se transformar num homem com cabeça de camundongo. Era para Sal que ela era uma grande decepção, não para Hiram Worchester. Sal acreditava no que ela era. Hiram nunca a conheceu de verdade. (Sua pele começou a esquentar.)

Conte até três e estará livre. Ela lembrou que nada daquilo importaria se alguém trouxesse Ti Malice para ela naquele instante, bem naquele momento, e o encaixasse em seus ombros. Ela largaria a arma e receberia a presença exultante dele dentro de si, e ele tiraria a importância de tudo aquilo no universo de prazer que conseguia despejar no vazio que se ampliava nela enquanto ficava em pé, sentindo a rigidez da pistola contra o céu da boca. (Agora, ela fervilhava viva.)

Conte até três e estará livre. Um pequeno movimento chamou sua atenção; no meio-fio, um esquilo a encarava com seus olhos brilhantes e curiosos. Ela engoliu de boca aberta novamente e contou sem pressa.

Um. Dois. Três.

Seus dedos apertaram o gatilho. Por mais absurdo que fosse, a voz de Sal falou em sua mente. *Ei,* cara mia, *que diabos você está fazendo agora?*

No completo silêncio da rua, o clique foi ensurdecedor.

O tiro falhou.

Ela caiu no asfalto, e a onda escura e morna da febre a cobriu por completo.

♣

Ela estava em um reino suave de muitas cores. Elas vinham e iam, convertendo-se em vozes humanas, às vezes falando diretamente com ela. Não conseguia responder, não era seu reino, ela apenas estava esperando ali. Além disso, eles diziam coisas engraçadas. Coisas como *O coma é inequívoco, não acontece dessa forma com todos eles, mas, quando acontece, sabemos o que é* e *Por que não a colocamos em uma banheira e pronto. Do jeito que a água brota, a pele dela vai apodrecer antes que consiga morrer*, e, a mais estranha, *Jane, por que eu não consegui ajudá-la? Eu não devia ter deixado minha fadiga me fazer falhar com você.* Essa era a cor mais brilhante, uma sombra extraordinária de vermelho, às vezes com tons amarelos reluzentes.

Um pouco mais tarde, todas as cores desapareceram (*Desligue as máquinas e tire-as daí, ela não vai acordar*) e houve apenas paz por um momento. Em seguida, em algum lugar distante, um telefone tocou. É para você, alguém disse, e ela imaginou que fosse com ela.

Jane. Chegou a hora.

Ela acordou para uma consciência estranha, suave, que lembrava um sonho lúcido. A voz que havia falado com ela soava familiar. É você, Sal? Estive procurando por você em todos os lugares. Onde você está?

Isso não importa agora. Chegou a hora.

Hora de quê, Sal?

Hora de você levantar. Há uma coisa muito importante que você precisa fazer. Vamos lá, abra os olhos e saia da cama.

Ela se sentou, olhou ao redor. Clínica de Tachyon. Ela se perguntou como acabara chegando ali novamente.

Não se preocupe com isso. Precisa se apressar.

Tudo bem, Sal.

Ela saiu da cama e caminhou com os pés descalços lentamente pelo quarto até a porta. Quando chegou à entrada, olhou para trás na cama. Havia uma forma pálida no colchão, dissolvendo-se lentamente como um truque fotográfico.

Aquela era eu, Sal?

Era você. Não é mais. Atravesse o corredor, não há tempo a perder.

Ela parecia flutuar no corredor, os pés descalços a poucos centímetros do chão frio. Era uma maneira bacana de caminhar, ela pensou. Estar morta tinha muitas vantagens no quesito conforto.

Você não está morta.

Ela aceitou aquilo com tranquilidade. Não parecia valer a pena discutir.

Essa porta. À direita. Entre nesse quarto.

Ela entrou no quarto e pairou perto de uma das duas camas, olhando para o ocupante. No passado, ela poderia achar sua aparência assustadora e lamentável. Agora ela olhara para ele com calma completa e racional, aceitando a visão da enorme cabeça no travesseiro, furada como a lua, exceto que cada furo tinha um olho, a maioria deles aberto. Eles a observavam com a mesma calma, ou assim parecia.

Um pequeno buraco perto de um dos furos abriu, e ela ouviu o chiar da respiração.

— Quem é você? É médica?

Ouça com cuidado, pois eu preciso ir embora agora e você precisa se lembrar.

Ela sentiu uma pontada de medo. Me deixar de novo? Precisa mesmo?

Sim. Mas vou deixá-la com um presente. É um presente muito importante. Um presente que Croyd lhe deu.

O que é?

Vai descobrir.

Algo no ar suave ao redor dela mudou, e ela sabia que estava sozinha com o curinga.

Agindo sem ser movida pela vontade, sua mão puxou o lençol, expondo o restante do corpo do curinga, que era salpicado com mais olhos, quase inteiro. Eles pareciam estar se formando enquanto ela observava. Ela teria que trabalhar rápido para não o ferir.

Ela subiu no colchão ao lado dele e sorriu. Uma área, felizmente, havia sido poupada até aquele momento, e foi lá que ela começou, movendo-se com gentileza.

— Moça, que diabos você está fazendo?

Ela não podia responder, mas não era necessário. Certamente ele conseguia ver muito bem o que ela estava fazendo.

— Hammond. Ei, Hammond! Acorde! Diga que não é um sonho!

Ela ignorou os sons da cama ao lado, ignorou tudo menos sua tarefa, exceto que *tarefa* era uma palavra totalmente errada para aquilo. Amar alguém não era uma *tarefa*. Amar alguém podia operar milagres.

Ela sentiu as mãos dele movendo-se cuidadosamente sobre ela, sentiu-o estremecer de dor. Os olhos. Como eles todos devem doer quando alguém o toca, ela pensou, e imaginou quem fora tão negligente para cobri-lo com um lençol. Talvez ele só estivesse esperando para morrer; era a ala terminal, no fim das contas.

— Não se preocupe — ela disse para ele. — Farei de tudo.

— Faça o que quiser! — ele disse e gemeu com prazer quando sentiu como ela o envolvia.

Era diferente quando era amor, ela pensou com felicidade. Quando era amor, não havia dor, nem vergonha, claro. Quando era amor, você desejava curar a outra pessoa de todas as dores. E quando era amor, aquilo era realmente possível.

Ela espalmou as mãos sobre o peito do homem e deitou a cabeça para ouvir as batidas cardíacas. Seus braços a envolveram, e ela conseguiu sentir a nova força neles quando se mexeram juntos. Perto daquilo, Ti Malice era uma imitação triste, patética de um beijo.

E, com esse pensamento, ela percebeu que o vazio terrível dentro dela havia desaparecido, e ela estava livre. Levantou-se e soltou um grito de júbilo.

Um quarto cheio de vozes respondeu.

Foi como um interruptor sendo acionado — de repente, ela estava acordada, *realmente* acordada, e percebeu que estava cavalgando um homem numa cama de hospital, um homem totalmente normal, com dois, apenas dois olhos verdes, cabelos loiros, que olhava para ela com um sorriso beatífico no seu rosto jovem e comum.

— Moça — ele disse —, isso é o que eu chamo de *medicação*!

Ela se virou e viu que o quarto atrás dela estava cheio de curingas de todas as variedades e, entre eles, retidos à força, estavam duas enfermeiras e um médico.

Eles se soltaram de quem os prendia e correram até a cama, afastando-a e examinando o homem.

— Eu vi, mas não acredito!

— Bem diante dos meus olhos...

— Pensei que este aí já estava morto...

— Quem é você? Qual é o seu quarto?

Ela se afastou das perguntas para os braços dos curingas que a aguardavam. Um homem deformado, cujas feições tinham sido bagunçadas estendeu seu rosto distorcido para perto do dela e perguntou:

— Posso ser o próximo?

— Não, *eu*! — gritou mais alguém, e mãos a agarraram, puxando-a de todos os lados, tentando lançá-la ao chão.

— *SAL!* — ela gritou.

De repente, o quarto foi invadido por uma névoa e, em seguida, um paredão de água derrubou a porta, atingindo todos eles. Jane deixou que a água a levasse pela sala, até a cama do ex-curinga. Ela rolou sobre a cabeceira e deslizou para o chão. Mais névoa entrou na sala enquanto ela engatinhava ao redor do amontoado de pessoas confusas, aos berros e encharcadas com água até o tornozelo, e fugiu através da porta aberta.

Quando os alarmes dispararam, ela já havia fugido do prédio.

♦

A lanchonete era muito diferente do Aces High, e a clientela não dava gorjetas, mas não esperavam muito mais em troca. A maioria deles mal olhava para ela — uma garçonete com um corte de cabelo curto, punk, e um uniforme grande que lhe caía mal não era tão notável assim naquela parte da cidade. A proprietária era uma matrona chamada Giselle que a chamava de Cordeirinha e não pedia mais dos empregados que chegar no horário e tentar lembrar boas piadas que ouviam dos clientes. Giselle colecionava piadas, e os clientes cativos sempre ficavam felizes em fornecê-las.

Como o homem de duas cabeças que vinha todas as segundas, quartas e quintas-feiras pela manhã para comer sanduíche de bacon com ovo. Eles sempre tinham uma piada nova a oferecer.

— Ei, você ouviu a última? — eles diziam quando ela deixava o prato na frente deles. — Tem uma notícia boa e uma notícia melhor.

Ela sorria para cada cabeça educadamente. O homem de duas cabeças era o melhor, ou os melhores, na gorjeta.

— A boa notícia é que tem uma mulher que pode transformar um curinga num limpo de novo transando com ele!

Seu sorriso ficou paralisado, mas eles não perceberam.

— Sabem qual é a *melhor*?

A cabeça de Jane balançou, incapaz de falar.

— Ela é realmente linda! — As duas cabeças soltaram uma gargalhada e bateram uma contra a outra por acidente. Ela tentou rir com elas, mas não conseguiu nem mesmo soltar um leve ha-ha-ha. As cabeças ficaram sérias e olharam para ela, levemente decepcionadas por sua falta de reação.

— Ei, a gente acha que você precisava ser uma curinga...

— ... para gostar da piada — a outra cabeça terminou e deu mais uma risadinha.

— É... é muito boa, de verdade — ela disse com uma voz alegre demais. — Tenho que lembrar de contar para Giselle quando ela chegar. Acho que ela não ouviu essa ainda.

— Bem, não esqueça...

— ... de dizer a ela...

— ... com quem ouviu primeiro!

— Não esqueço — ela disse, ainda mantendo o sorriso paralisado para cada cabeça. — Não vou esquecer. Prometo.

♣ ♦ ♠ ♥

Derrocada

Leanne C. Harper

Rosemary observou a chuva de primavera. Cinza e nublado, lá fora estava mais parecido com o inverno. Ao fundo, Chris Mazzucchelli falava com voz monótona. Cristo, como ela pôde se envolver com um idiota como ele? Viver escondida com ele mostrou a diferença entre lidar com Chris às vezes e estar com ele quase 24 horas por dia. Ele não era mais um rebelde romântico aos seus olhos; era um criminoso cruel. O problema era ele ser o criminoso cruel *dela*.

Ela voltou a atenção para a crise atual, mas seus olhos foram atraídos imediatamente pela visão da trancinha de Chris balançando para lá e para cá nas costas enquanto ele caminhava de um lado para o outro no pequeno quartinho do decadente hotel em Alphabet City, que estavam usando como esconderijo.

— Perdemos oito *capos* nessa emboscada. Fiore, Baldacci, Schiaparelli, Hancock e o *meu irmão*. Mortos. Vince Schiaparelli parecia virado do avesso. A pele de Fiore virou pedra e ele morreu engasgado. Hancock e Baldacci não existiam mais, eram apenas poças de sangue com ossos boiando. Meu irmão... — Aqui ele chegou a gaguejar e hesitou. — Três mais, piores que mortos. Matriona e Cheng fugiram. Estão bem, *muito bem*. Desde então, só conseguimos mesmo manter nossas posições, se muito.

— E o que conseguimos em troca? Siu Ma. Já sabíamos dela. Tentamos sequestrá-la duas vezes, pelo amor de Deus. Sabemos quem está por trás dos Garças Imaculadas. Mas ainda não sabemos quem é o cabeça. — Rosemary Gambione sacudiu a cabeça. — Mesmo se Croyd soubesse de algo realmente útil, não conseguimos fazê-lo falar. Ótimo. Os Punhos Sombrios devem ter acabado com ele. *Nós* derrubamos mais algumas operações dos Punhos Sombrios, perdemos mais alguns dos nossos, e estamos exatamente na mesma. Pior ainda, começaram a fazer algum tipo de guerra biológica contra nós. Eu me pergunto de que lado Croyd está de verdade.

— Bem, ó líder destemida, tem alguma ideia? Já fiz tudo que posso pensar. — Chris girou para encará-la, um misto de raiva e medo no rosto. — E, me faça o favor, não volte a mencionar o bosta do seu pai de novo. Já estou cheio disso também.

— Encontre seu informante, esse tal Croyd. Talvez ele tenha mais alguma coisa. Vamos tentar descobrir como os Punhos Sombrios conseguiram esse vírus carta selvagem que usaram. Se eles têm, precisamos dele também. — Rosemary pensou, mas não expressou sua apreensão: se as famílias estavam tão na desvantagem, já haviam perdido a guerra. Ela era o único *don* sobrevivente. Os Punhos Sombrios haviam derrubado todos os outros. Essa guerra começava a parecer o Vietnã, e eles não estavam do lado vencedor.

— Vou fazer o que puder. A essa hora, ele deve estar na porra da Mongólia Exterior. — Chris não parecia impressionado com o pedido dela.

— Chris. Traga-o para mim. — Rosemary usou o tom de sargento deliberadamente. Ela suspeitava que ele nem sempre seguia suas ordens. Perguntou-se por que os jornais tomaram conhecimento tão rápido sobre seu verdadeiro passado e se a fonte poderia estar dentro da família. Mazzucchelli olhou para trás com ódio rapidamente disfarçado.

— Tudo que quiser. Querida. — Chris atravessou a sala antes de se virar diante da porta. — Aliás, talvez você goste de saber que nosso garoto, Pancada, aparentemente espancou Jack "Esgoto" Robicheaux algumas noites atrás. Ele descobriu que o Jack nos entregou, eu acho, e conseguiu ensinar boas maneiras àquele *cajun* imundo. Eu dei a ele um bônus pelo trabalho, em seu nome, claro.

Rosemary sentou-se na cama. Não devia ter sido desse jeito. Ela estava totalmente isolada do seu pessoal. Chris disse-lhe que era a única maneira de garantir sua segurança, mas a situação estava ficando difícil para ela. Seu olhar atravessou a sala até a porta. Ela não se sentia um *don* da Máfia onipotente. Ela se sentia uma prisioneira.

♣

Nômada entrou no loft de C.C. Ryder esperando que ela estivesse no estúdio. Em vez disso, Cordelia estava incomodando C.C. novamente. Ela se perguntou o que Cordelia queria dessa vez. Nômada teve de se desviar de ainda mais pessoas usando inúteis máscaras cirúrgicas. Ela não tinha simpatia por aqueles que haviam entrado em pânico com esse novo surto do vírus carta selvagem. Talvez fizesse bem para eles. Acompanhada pela gata amarela, Nômada foi até o sofá e sentou-se no chão ao lado de C.C. A amarela encostou a cabeça no colo de Nômada. As duas mulheres a cumprimentaram com um aceno de cabeça antes de continuarem a discussão.

— Tem algo estranho naquela Shrike. Eu sinto isso. — Cordelia inclinou-se para a frente, enfática. — E o que estão fazendo com Buddy não é correto. Ele escreveu aquelas canções!

— Cordelia, a Shrike Music é uma empresa perfeitamente legítima. Conheço gente que grava com eles. São empresários sérios. Se Holley cedeu os direitos das músicas, foi decisão dele. — C.C. sacudiu a cabeça, cansada. — Essa indústria é cheia de transações. É como funciona. Agora você já sabe disso. Buddy já tem músicas novas. São boas. Deixa para lá.

— Mas eu soube, falando com Buddy, que não foi decisão dele. Ele só não quer me dizer o que aconteceu. — Cordelia assumiu aquela expressão que mostrava a Nômada que ela não desistiria. Nômada se levantou e foi até a cozinha. A obsessão de Cordelia em salvar o mundo trouxe a desconfortável lembrança de freiras mais jovens que ela conhecera quando criança. Todas queriam ser santas, de verdade.

— Os antigões foram roubados. Olhe para Little Richard. Não foi correto, não foi justo. Mas foi legal. Você não pode fazer nada. Buddy tem outras preocupações agora. O show correu bem. Deixa estar.

— Mas você o viu poucas semanas atrás. Tocando em um Holiday Inn em Nova Jersey! Alguém precisa ajudá-lo, e eu vou fazer isso. — Os olhos de Cordelia brilhavam com o fervor dos convertidos.

— Deixe Buddy levar a vida dele.

— Ei, não foi minha ideia dessa vez. Eles querem *me* ver. — Cordelia agitou as mãos com inocência no ar.

C.C. sacudiu a cabeça, resignada.

— Então, qual é o seu grande plano?

Nômada cortou um pedaço de queijo cheddar para si e outro para a gata. Mordiscando o seu, ela voltou para a sala de estar.

— Tenho uma reunião com um executivo da Shrike amanhã. Eu o deixei na geladeira até bem depois do show. — Cordelia se encolheu no sofá e abraçou os joelhos. — E eu preciso saber o que perguntar para ele.

— Está perguntando para mim? — C.C. suspirou e esticou a mão para pegar um pedaço do queijo de Nômada.

— Isso. Para você. Minha especialista em contratos de gravação. — Cordelia empertigou-se, triunfal, e abriu um sorrisinho para C.C. — Quero ver os contratos originais, certo?

— Eu *garanto* que eles não vão deixar que veja o contrato de Holley.

— Vou dar um jeito. — Cordelia sorriu, espontânea. — Uau, preciso ir.

Cordelia já estava em pé e partiu na direção da porta.

— Vejo vocês mais tarde. Tchau, meninas.

◆

Chris Mazzucchelli entrou de uma vez para encarar a Walther de Rosemary apontada para o seu rosto. Ele acenou com as duas mãos no ar com languidez, em seguida as abaixou e jogou-se na cama.

— Deixe essa coisa estúpida longe antes que você se machuque. Pelo amor de Deus, mulher.

— Há dias não o vejo. Onde diabos você esteve? — Rosemary abaixou a pistola, mas não a colocou no coldre.

— Estive com nosso garotão. Saí para encontrar Croyd, como você queria. — Chris rolou sobre os cotovelos. — Consegui um endereço prontinho para você.

— Não seja ridículo, Chris. Não vou sair deste quarto. — Rosemary sentou-se numa poltrona do outro lado do quarto estreito, longe de Chris. — É muito perigoso.

— Talvez se você se expusesse a um pouco de "perigo", teria uma ideia do que temos de enfrentar. Com certeza você não sabe de mais nada. — Chris sentou se na cama. — Ou isso é mais do que seu coração aguenta? Seu *pai* nunca se esconderia desse jeito, mesmo que custasse a vida.

— Tudo bem. — Rosemary sabia que estava servindo de isca, mas a questão era se Chris tinha colhões para matá-la. — Onde?

— No Bairro dos Curingas, num hotel perto das docas. — Chris sorriu em óbvio triunfo. — Conveniente, não acha?

Chris se levantou e caminhou até ela. Acariciou seu rosto. Ela ficou tensa, mas não se afastou.

— Deixa disso, querida, temos até amanhã.

Levou horas para se livrar dele. Quando finalmente foi embora — para providenciar os preparos finais de sua segurança, ou assim ele disse —, ela foi ao banheiro e espiou pela janela. Com um pé na pia e outro no grande balde de água, ela se ergueu para alcançar a escada de incêndio.

Rosemary subiu a escada de incêndio até o telhado, xingando em silêncio ao mínimo ranger de ferrugem que ela soltava. No telhado, ela caminhou o mais silenciosamente possível até um pequeno grupo de pombos que arrulhava na beirada do prédio. Como eles não saíram em revoada com sua aproximação, ela espalhou algumas migalhas dos sanduíches que comera por semanas.

— Nômada, me ajude. — Ela tentou chamar a atenção de cada pombo, imaginando quanto tempo ele carregaria sua imagem em seu cérebro minúsculo. Não havia outra chance. — Nômada, eu preciso de você. Chris vai me matar.

Nômada era sua última esperança. Chris não ousaria atirar nela. Seria óbvio demais para os poucos mafiosos que ainda eram leais ao pai dela e ao nome Gambione. Ele precisava encontrar outro jeito. Era isso, ela conseguia sentir.

♠

Nômada tirou os fones de ouvido. Algo, como um eco se dissipando na mente, interrompeu sua concentração nas novas fitas de C.C. Ela rastreou as linhas de consciência que cruzavam sua mente, identificou o meio como a mente de um pássaro, em seguida descobriu o pombo que carregava a visão. Rosemary chamava por ela novamente pela memória do pombo.

Rosemary lhe dera seu endereço. Nômada conhecia a área. Ela estava sentada, acariciando as costas da amarela, enquanto pensava em encontrar-se com Rosemary. Ela não conseguia mais confiar na mulher. Na mensagem que deixou entre os pombos, Rosemary prometia dizer a Nômada quem realmente matou Paul. A líder da Máfia parecia sincera, mas Nômada a vira em ação antes. Era advogada. Treinada para dizer qualquer coisa que melhor servisse aos seus interesses naquele momento.

Mas mesmo o treinamento de Rosemary não conseguiria esconder o medo que foi transmitido a cada pombo que ela alcançou. Rosemary estava aterrorizada. Nômada lembrou-se da primeira vez que se encontraram. A assistente social, na época com medo, mas de não conseguir ajudar, fazia tudo que podia pela população de rua. Nômada lembrou-se de Rosemary provocando-a com perguntas sobre seus encontros com Paul e saindo com ela para comprar a roupa certa para impressioná-lo. Rosemary lhe devolveu parte de sua vida.

Mas aquela dívida estava paga. Ela já havia salvado a vida de Rosemary uma vez, quando Nenúfar a traiu. Traição. E Paul? Ajudar Rosemary não era trair Paul? Nômada ainda suspeitava que Rosemary estava mais envolvida nessa morte do que admitiria.

Nômada se levantou e deixou a gata no chão. Pegou seus casacos velhos e os enrolou ao redor do corpo. Mesmo que concluísse que Rosemary estava mentindo sobre a morte de Paul, ela havia sido muito importante para ela por tempo demais para abandoná-la agora. Ela desligou o toca-fitas e o amplificador. As luzes verdes que iluminavam a sala esvaneceram até ficarem pretas. Os olhos de Nômada ajustaram-se quase instantaneamente enquanto ela caminhava sem hesitação pelo loft até a porta e adentrava a noite de Nova York.

Já na rua, começou a reunir suas forças. Nômada invocou pombos, gatos e cães, e os mais raros: o par de falcões peregrinos, a loba que havia escapado de seus supostos donos e a jaguatirica, que passava seu tempo vagando pelos parques em busca de cães vira-latas. Os animais ouviram o chamado e estavam prontos para segui-la.

Rosemary estava ao norte, perto do Bairro dos Curingas. Seria uma longa caminhada até esse hotel, onde ela encontraria alguém que planejava lhe fazer mal. Nômada desceu para a entrada do metrô e começou a abrir caminho pelos túneis na direção do Bairro dos Curingas. Ela já havia atravessado quase um quilômetro nos subterrâneos quando Jack chamou.

Jack estava sumido desde a noite do show. Cordelia estava preocupada, mas supôs que ele estivesse fazendo o que queria e não tentou encontrá-lo. Ele e Nômada continuavam a se evitar, e ela não o rastreava. A força de seu chamado era incrível. Nômada caiu com um joelho no chão, em seguida despencou com o peso dele.

Ela pegou pedaços de imagens. Era suficiente para lhe dizer que estava num hospital. Mas aquilo não era a mensagem. Jack estava circulando pelas formas humana e réptil o mais rápido que podia, usando a *persona* do jacaré para contatá-la e a humana para se comunicar. Era Cordelia. Ela estava em perigo. Filtrando através das percepções de Jack, Nômada entendeu que Cordelia havia chamado Jack, mas ele estava fisicamente incapaz de ajudá-la. Ele não estava apenas alternando entre seu estado de jacaré e humano, mas alternava entre consciência e coma. Jack estava gastando toda a energia que podia para pedir sua ajuda.

Nômada se concentrou. O medo de Cordelia ressoava através de tudo que Jack enviava. Imagens caíam em cascata pela mente de Nômada. Uma agulha, a dor de uma injeção. Uma rua vazia de pedestres ou tráfego. Prédios anônimos. Pareciam apartamentos, mas Nômada não reconhecia a vizinhança.

— Onde, Jack? Onde? — Em algum outro lugar, o concreto grosseiro cortava suas mãos e joelhos. Era ao norte, tinha que ser. Ela podia afirmar, pois vira os prédios de apartamentos nas colinas. Com parte da mente fragmentada, tentou casar o que vira com as visões dos pássaros e animais na ponta norte de Manhattan. Abruptamente, perdeu contato com Jack.

— Jack! — Por longos segundos, ele desapareceu completamente. Estava morto para ela, e ela temia que seus esforços tivessem sido fatais. Em seguida, de repente, ela estava vendo números na fachada do prédio através dos olhos de Cordelia. — A rua, Cordelia, a rua?

Ela não sabia se Cordelia a ouvia ou não, mas as placas de rua apareceram. Washington Heights. Também sentiu as mãos grosseiras nos braços dela e a arma na cabeça. Havia uma névoa sobre as imagens que ela reconhecia. Cordelia fora drogada com algum psicoativo desorientador que a impedia de se concentrar o suficiente para ferir seus algozes, mesmo se aquilo traísse seus princípios.

O rosto de Cordelia flutuava em sua mente, sombreada pelas próprias memórias e as de Jack. O entusiasmo e a energia jovem de Cordelia, sua devoção à vida e à ajuda aos outros, atraíam Nômada para o norte, até ela. Mas o rosto de Cordelia era encoberto pelo de Rosemary. A amarela berrou sua empatia com o turbilhão no cérebro de Nômada.

Ela prometera ajudar Rosemary. Cordelia tinha capacidade de se virar sozinha se quisesse. Mas, drogada, ela seria capaz? E usar seus poderes não destruiria a garota, como Nômada fora destruída? Rosemary matou Paul ou causou sua morte. Nômada sabia disso, como sabia de tudo. Ela tapava o sol com a peneira pelo desejo avassalador de manter a amizade de Rosemary. Rosemary escolheu seu caminho. Cordelia não teve tempo de escolher o dela.

Os falcões deram meia-volta no voo e rumaram para o norte, e a jaguatirica partiu atrás deles.

♥

Os guarda-costas seguiram Rosemary pelo corredor imundo da pensão barata onde Croyd se escondia. Isso se Croyd estivesse lá. Rosemary lembrou-se dos homens que vira nos filmes de prisão sendo escoltados até sua morte. Os dois enormes mafiosos não lhe disseram nada. Ela nem mesmo sabia seus nomes. Chris dissera que esperaria do lado de fora para manter a vigilância. As paredes eram mofadas e manchadas, e o corredor cheirava a fumaça de cigarro e urina. De repente, os dois homens pararam. O de cabelos escuros à direita acenou para que ela continuasse.

Ela não sabia se Nômada estava lá, observando e esperando. Rosemary imaginou um plano para cuidar de dois de seus problemas. Sabia que poderia convencer Nômada de que a morte de Paul fora obra de Chris. Nômada mataria Chris para se vingar. Com Chris fora do caminho, talvez ela pudesse fazer algum acordo com os Punhos Sombrios. Sair desta viva. Talvez.

Por favor, Deus, que Nômada esteja aqui.

♣

Nômada encontrou um dos carrinhos motorizados do metrô de Jack. Ele fizera com que ela memorizasse o sistema de túneis que percorria a ilha inteira. Em silêncio, ela lhe agradeceu quando trocou de uma passagem para outra, arriscando um acidente ao conduzir o carrinho o mais rápido que podia. As marcas na parede passavam à medida que ela se dirigia para o norte. Sobre ela e através dos túneis paralelos à sua rota, os animais mantinham o ritmo o melhor que podiam.

Os falcões chegaram primeiro e rodearam o prédio. Através de seus olhos, Nômada conseguia ver o movimento dos homens lá dentro. Cordelia estava encolhida num canto, mas ainda viva. Nômada tentou mandar essa informação para Jack, mas não obteve resposta. Ignorando o silêncio de Jack com dificuldade, ela começou a posicionar seus guerreiros antes de sua chegada.

Havia uma janela quebrada no alto do prédio de apartamentos dos anos 1940. Ela enviou os falcões através dela para esperar no topo da escadaria. A jaguatirica estava quase lá. Ela havia usado telhados e ruas, ultrapassando os outros. A loba estava quarteirões para trás, tentando evitar que a vissem. Nômada manteve o gato preto e a gata tricolor consigo, mas enviou a amarela para dentro do prédio a fim de que ela fosse seus olhos. Para os outros, ela convocou ratos dos prédios ao redor. Muitos esperavam reformas e abrigavam suas criaturas. Quando seus animais se reuniram, ela sentiu o calor de sua força crescer.

Quando subiu as escadas da estação de metrô na 200th Street, ela viu que aquele era o lugar. Fez a ronda na consciência dos animais, controlando-os e mantendo-os prontos e, enquanto fazia, tentou contatar Cordelia. A garota não emitia sinais sem Jack para amplificar sua mente. Com a parte dela que permanecia humana e consciente do motivo de estar ali, Nômada encorajou Cordelia a usar o que ela tinha de dom para se proteger.

O gato preto ficara para trás guardando o carrinho. Ficou infeliz, mas ela se recusou a arriscar a pele dele. A tricolor, mais jovem, ela levou consigo, mas a deixou a um quarteirão do prédio. Uma combinação de pontos de vista lhe disse que dois homens caminhavam diante da entrada principal do prédio de tijolos vermelhos parcialmente reformado. A jaguatirica andava sem parar nas sombras de um beco ao lado do prédio. Ao toque de um pensamento, ela saltou para a rua e partiu para cima dos homens, correndo em silêncio para a caça. Ela saltou sobre o guarda mais próximo e rasgou sua garganta antes que ele percebesse que estava sendo atacado. O outro ser humano foi rápido o bastante para sacar a pistola, mas seu tiro não tinha mira. Não teve a chance de dar outro. Quando se esgueirou para dentro do prédio, Nômada certificou-se de que ninguém havia percebido o barulho ou a sua presença. Ela virou a cabeça quando ouviu o lamento de um alarme de carro que soava a poucos quarteirões de distância, mas ninguém mais reagiu, exceto a nervosa jaguatirica.

Ainda tentando em vão conseguir algo de Cordelia, Nômada enviou a jaguatirica e a gata amarela na frente pela escada de incêndio. Movendo-se em silêncio, ela acompanhou enquanto rastreava a presença das criaturas dentro e fora do prédio. Estendeu uma rede viva centrada em Cordelia e num oriental bem-vestido que estava diante dela em um apartamento do quarto andar. Os ratos que corriam através das paredes e dos andares disseram que a adolescente ainda estava viva.

Quando subiu os quatro lances de escadas, ouviu as vozes ecoando pela porta aberta. O oriental estava interrogando Cordelia. Nômada não conseguia entender as palavras. Atrapalhando sua concentração, o rosto de Rosemary surgiu-lhe na mente. Ela afastou a imagem e a culpa que a acompanhava para o fundo de sua parte submersa e totalmente humana.

Os ratos vieram das salas contíguas e correram pelo corredor. Três guardas estavam do lado de fora sob a luz clara lançada pelas lâmpadas nuas no teto. Bandidos fortes em ternos caros feitos sob medida que em geral escondiam armas. Nômada se perguntou o que essas pessoas temiam de Cordelia.

A loba estava subindo as escadas na outra ponta do corredor. A jaguatirica corria ao seu lado. A presença dos ratos deixou os bem-vestidos assassinos nervosos. Ela usou os outros olhos para espiar a sala onde Cordelia estava deitada no chão, em posição fetal, enquanto era interrogada. Maldita síndrome de mártir católica. Nômada não conseguia sentir nem mesmo as emoções do poder de Cordelia. A garota mantinha a promessa para si ou era incapaz de agir. Um homem imenso, que parecia um lutador de sumô e vestindo uma camiseta de Man Mountain Gentian, estava em pé, silencioso, num dos cantos, mas, mesmo através da visão turva dos ratos, Nômada conseguia ver a sede de sangue na maneira de se mover constantemente, abrindo e fechando os punhos enquanto olhava para Cordelia.

De repente, Nômada mandou a gata amarela atravessar o corredor miando. Quando ela saltou, os três homens puxaram as armas, mas seguraram os tiros quando viram que era apenas uma gata.

— Vá atrás dos ratos. Muito bem! — Um dos homens expressou sua esperança enquanto guardava a arma. O outro concordou quando a jaguatirica saltou sobre ele. Uma pancada da pata da jaguatirica arrancou grande parte do rosto e rasgou a jugular do homem antes que ela usasse o ombro do homem morto como plataforma para saltar no próximo. No lado oposto, um dos guardas atirou na figura cinzenta que avançava sobre o piso de madeira riscado, as garras arranhando e buscando um ponto de apoio. Um tiro acertou a pata traseira da loba antes de ela chegar ao inimigo, os dentes cravados na garganta do homem. O último conseguiu encaixar o antebraço na boca da jaguatirica e estava batendo nela com o cabo da arma quando a loba agarrou-lhe o braço livre.

Nômada sabia que o barulho alertaria os homens lá dentro. Podia apenas esperar que Cordelia usasse a distração para tirar vantagem no curto tempo antes que ela pudesse chegar lá. O lutador de sumô estava próximo demais de Cordelia para impedi-la.

Quando ela deslizou atrás dos restos dos guardas para dentro do apartamento onde interrogavam Cordelia, Nômada viu apenas as pernas de calças bem cortadas e um sapato italiano desaparecerem na sala contígua. Não viu o lutador. Cordelia estava acenando com os pés, tentando dizer algo quando Nômada avançou para libertá-la. A mão imensa no pescoço a impediu.

— Esqueceu de mim, puta louca? — O lutador de sumô falou com sotaque inglês. Saindo de um armário, ele a girou na direção dele. O fôlego de Nômada foi interrompido e ela sentiu a faringe se fechar sob a força sobre-humana. Ela o atacou diretamente, mas sua telepatia não o afetava. Era humano demais, ela percebeu, em uma parte da mente que escurecia e que ainda conseguia perceber a ironia. A amarela já havia prendido as garras na perna do homem, mas não teve efeito nenhum. Nômada chamou a jaguatirica e a loba, mas sua força mental estava se dissipando com a física. Não parecia que conseguiria extinguir o desejo delas de se banquetear com suas vítimas. Quando ela considerou todas as mortes que sentira, imaginou como sua morte seria recebida pelos animais selvagens. Eles se lembrariam dela? Ela chutou seu agressor, mas suas pernas não pareciam querer se desenroscar das saias e do casaco.

O vento dos falcões que passaram lhe trouxe de volta à consciência tempo suficiente para ouvir seus gritos de caçada. Sentiu o sangue pingar em seu rosto antes de ser jogada longe. Não via nada, mas, através dos olhos da amarela que estava deitada no chão do quarto, viu seu agressor ser levado para a janela. O vidro estilhaçando voou quando ele despencou doze metros até o chão. Nômada achou ter sentido o prédio balançar quando ele atingiu a calçada, mas concluiu que fora uma alucinação pela falta de oxigênio.

A jaguatirica e a loba arrastaram-se com pesar até ela e recostaram-se nela para lhe dar forças. Ela conseguiu sentir os ratos correndo soltos por todo o prédio, enquanto os gatos corriam entre eles, espantando, mas sem matar os animaizinhos. Pelo que ela conseguiu entender, seus animais selvagens estavam enlouquecendo. Ela fez seu melhor para fazê-los voltar à normalidade e mandar aqueles que conseguia tocar para casa antes de voltar ao apartamento vazio. Abrindo os olhos, viu Cordelia, os braços ainda presos às suas costas, caída sobre ela.

— Menina, você precisa assumir a responsabilidade por si e pelo que você é. Eu *não vou* passar por isso de novo. Nem mesmo por Jack. Ou você aprende a usar o que tem ou vá viver num convento.

Nômada começou a deslizar na escuridão morna de novo. Não tinha certeza se havia realmente falado com Cordelia ou se imaginara tudo aquilo.

♦

Rosemary estava se sentindo cada vez mais temerosa com toda a situação. Chris estava armando alguma, ela conseguia sentir. Não precisava ser uma telepata como Nômada para sentir que estava enrascada. Ela não via nenhum animal ao redor dela, nem mesmo um rato. Não era um bom sinal. Onde diabos estava Nômada?

Ela reduziu deliberadamente o passo no corredor. Tentou se concentrar no perigo e em como usá-lo. O que esperava por ela no pequeno quarto imundo no qual estava prestes a entrar? Rosemary puxou sua arma.

Testou a maçaneta. A porta estava destrancada. Ela a empurrou para abri-la para o quarto com seu ocupante. O homem que foi descrito para ela como Croyd estava lá em pé, quase saindo.

— Quem é você? — Ele obviamente estava surpreso em ver uma mulher. Com a arma, Rosemary gesticulou para ele se sentar na cama de ferro. Ela manteve as costas na parede ao lado da porta. — Meu Deus, você é Maria Gambione!

— Preciso saber o que você encontrou de fato. — Rosemary apontou a arma para o homem do outro lado do quarto, segurando-a como sempre praticava, com firmeza. — Você não vai a lugar nenhum.

Lá fora, na escada de incêndio, Chris esperava Rosemary sair de lá com o vírus. Mentalmente, ele a encorajou a se aproximar de Croyd. Não conseguia ouvir o que estavam conversando. Não importava, contanto que Croyd fizesse com ela o que havia feito aos *capos*. Chris sabia que Croyd tivera contato com o vírus de alguma forma. Nada mais poderia ter feito *aquilo*. Por que ela não se aproxima?

Ele viu a arma de Rosemary subir. Croyd movia-se com rapidez. Antes que Chris saísse do caminho, Croyd lançou a luminária do criado-mudo pela janela e seguiu-a pela escada de incêndio. Chris cambaleou para trás, mas, na pressa de se livrar de Rosemary, Croyd já estava no gradil de ferro do patamar. Ao finalmente ver Chris, Croyd agarrou-o e jogou o homem para o próximo lance de escadas. Chris engasgou e tentou engatinhar para descer os degraus. Um tiro quase acertou Croyd, e ele subiu a escada dois degraus por vez.

Rosemary ficou paralisada quando Croyd atravessou a janela. Assim que o eco dos estilhaços soou pela pensão, ela ouviu os guarda-costas vindo até ela. Seguiu Croyd pela janela quebrada e o viu subir a escada de incêndio. Atirou nele mais para pará-lo do que para matá-lo. O único caminho para sair de lá era descer a escada de incêndio. Chris estava tossindo e convulsionando no patamar embaixo dela. Quando ela ouviu os homens entrarem na porta atrás dela, estava correndo degraus abaixo e saltando sobre o seu amante. Não parou.

— Desgraçado! — ela chiou para ele enquanto o deixava para trás. Partiu para o chão, sabendo que os homens de Chris a matariam no ato. Precisaria de sorte e movimentos rápidos, mas havia apenas uma chance de conseguir se livrar dos guarda-costas e dos homens lá na frente. Era sua única chance.

♣ ♦ ♠ ♥

Concerto para sirene e serotonina

VI

Croyd pegou um táxi para cruzar a cidade, em seguida voltou ao seu apartamento em Morningside Heights. Não havia luzes lá dentro, e ele entrou rápida e silenciosamente, com analgésicos, anti-histamínicos, psicodélicos e uma caixa de dois quilos de chocolates sortidos, tudo embrulhado para presente junto com um pacote espalhafatoso embaixo do braço. Ele acendeu a luz do corredor e entrou no quarto.

— Veronica? Está acordada? — ele sussurrou.

Não houve resposta, e ele foi até o lado da cama, abaixou-se até sentar e estendeu o braço. A mão encontrou apenas roupas de cama.

— Veronica? — ele chamou em voz alta.

Sem resposta.

Ele ligou a luminária do criado-mudo. A cama estava vazia, suas coisas não estavam lá. Procurou um bilhete. Não. Nada. Talvez na sala de estar. Ou na cozinha. Sim. Muito provavelmente ela deixou o bilhete no refrigerador, onde ele certamente o encontraria.

Ele se levantou, mas parou. Isso foi um passo? Lá atrás, na sala de estar?

— Veronica?

Sem resposta.

Tolice a dele ter deixado a porta aberta, ele percebeu de repente, embora não houvesse ninguém no corredor...

Desligou a luminária. Foi até a porta, abaixou-se em silêncio, moveu a cabeça para fora e recuou bem rápido.

Vazio. Ninguém no corredor. Nem outros sons.

Ele se ergueu e saiu. Caminhou para a sala de estar nos fundos.

À luz turva do corredor, entrou na sala e viu um tigre de Bengala, e sua cauda chicoteou duas vezes antes de pular sobre ele.

— Caramba! — Croyd disse, soltando o presente de Veronica e saltando para o lado.

O gesso estilhaçou e caiu quando ele deu uma cambalhota para longe da parede, um ombro laranja e preto passou raspando por ele, e ele soltou um soco nas costas do animal. Croyd o ouviu grunhir enquanto saltava para a sala de estar. O animal virou-se com agilidade e seguiu-o, e ele pegou uma cadeira pesada e a jogou quando a fera saltou de novo.

O tigre rugiu quando a cadeira o acertou, e Croyd virou uma pesada mesa de madeira, ergueu-a como um escudo e correu com ela para cima do animal. O bicho se sacudiu, rosnando, quando afastou a cadeira para o lado. Ele se virou e recebeu a superfície lisa da mesa nos músculos do ombro. Então, a fera golpeou com a pata sobre a beirada superior da mesa. Croyd se esquivou, empurrando para a frente.

O grande felino caiu para trás, saindo do campo de visão. Segundos passaram como baratas drogadas.

— Gatinho? — ele chamou.

Nada.

Ele abaixou a mesa um pouco. Com um rugido, o tigre saltou. Croyd ergueu a mesa com tudo, mais rápido do que podia lembrar de ter levantado uma peça de mobília antes. A beirada acertou um terrível golpe embaixo do queixo do tigre, e ele soltou um gemido quase humano quando caiu de lado. Croyd ergueu a mesa mais alto e jogou-a sobre a fera, como se fosse um mata-moscas gigante. Ele a ergueu novamente. Parou. Encarou.

Não havia mais tigre.

— Gatinho? — ele repetiu.

Nada.

Ele abaixou a mesa. Por fim, deixou-a de lado. Foi até o interruptor na parede e acendeu-o. Apenas então ele percebeu que a frente de sua camisa estava rasgada e ensanguentada. Três fendas corriam do lado esquerdo do peito, da clavícula até a cintura.

No chão, um pedaço de algo branco...

Inclinando-se, tocou o objeto, o ergueu e examinou. Era uma daquelas figurinhas de papel dobrado — origami, ele se lembrou, era assim que os japoneses chamavam. Era um... tigre de papel. Ele estremeceu ao mesmo tempo que riu. Era quase sobrenatural. Era merda das grandes.

Percebeu que havia lutado com outro ás — um com poderes que ele não entendia — e não gostou nada daquilo. Não com Veronica sumida. Não sem saber que lado enviara o ás estranho para pegá-lo.

Trancou a porta do corredor. Abriu o presente de Veronica, tirou o frasco de Percodan e tomou duas pastilhas antes de chegar ao banheiro, tirar a camisa e lavar o peito. Em seguida, pegou uma cerveja no refrigerador e engoliu um comprimido francês para fazer um contraste com o Percodan. Não havia bilhete pregado na caixa de leite ou mesmo na gaveta de ovos, e aquilo o deixou triste.

Quando o sangramento parou, ele o lavou de novo, colou um curativo no lugar e vestiu uma camisa limpa. Não tinha sequer certeza se fora seguido ou se esperavam sua chegada. De qualquer forma, não ficaria ali. Odiava abandonar Veronica, ainda mais quando havia alguém realmente fazendo marcação cerrada no lugar, mas, no momento, não tinha opção. Era uma sensação muito familiar: estavam atrás dele de novo.

♣

Croyd rodou de metrô e táxi e caminhou por mais de quatro horas, escondido atrás dos óculos escuros, cruzando e recruzando a ilha em um padrão de fuga calculado para confundir qualquer pessoa. E, pela primeira vez na vida, ele viu seu nome iluminado na Times Square.

CROYD CRENSON, diziam as letras flutuantes no alto da lateral do prédio. — LIGUE PARA O DR. T. EMERGÊNCIA.

Croyd parou e encarou, lendo várias vezes. Quando se convenceu de que não era uma alucinação, deu de ombros. Deviam saber que ele passaria lá e pagaria as contas quando tivesse uma chance. Era muito humilhante insinuar para o mundo todo que ele era um mau pagador. Provavelmente tentariam cobrar por uma cama também, ele pensou, quando o armário de vassouras devia ser muito mais barato. Queriam fodê-lo como a todos os outros. Eles poderiam muito bem esperar.

Soltando impropérios, correu até uma entrada do metrô.

♦

Seguindo para o sul na linha da Broadway, chupando dois corações púrpura e um pyrahex que encontrou no fundo do bolso, Croyd ficou surpreso e impressionado que o senador Hartmann realmente parecia um homem do povo, entrando no vagão na Estação Canal Street daquela forma. Em seguida, outro senador Hartmann o seguiu. Eles olharam para ele, examinaram-no por um instante, e um se recostou na porta e gritou alguma coisa, e mais Hartmanns vieram correndo. Havia Hartmanns altos, Hartmanns baixos, Hartmanns gordos e até um Hartmann com um apêndice extra — sete Hartmanns no total. E Croyd não era tão bronco para não perceber, tão perto do Bairro dos Curingas, que Hartmann era o rosto do dia dos Lobisomens.

As portas se fecharam, e o trem começou a se mover, o Hartmann mais alto virou, encarou-o e se aproximou.

— Você é Croyd Crenson? — ele perguntou.

— Não — Croyd respondeu.

— Acho que é.

Croyd deu de ombros.

— Pense o que quiser, mas faça isso em outro lugar se quiser meu voto.

— Levante.

— Estou em pé. Sou muito mais alto que você. E estou pronto para qualquer coisa.

O Hartmann alto esticou o braço para agarrá-lo, e os outros Hartmanns começaram a avançar.

Croyd parou a mão do outro no caminho e puxou-a para sua boca. Ouviu-se um estalo, e o Hartmann alto gritou enquanto Croyd virava a cabeça para o lado e cuspia o dedão que acabara de arrancar da mão que segurara. Depois, levantou-se, ainda segurando o punho direito do Lobisomem com a mão esquerda. Puxou o homem para a frente e enfiou os dedos da mão livre no fundo do abdômen do Lobisomem e começou a empurrar para cima. Sangue espirrou e costelas estouraram e se projetaram.

— Sempre me seguindo — ele disse. — Você é um pé no saco, sabe? Onde está Veronica?

O homem começou um espasmo tossido. Os outros Lobisomens pararam quando o sangue começou a fluir. A mão de Croyd enterrou-se de novo, para baixo dessa vez. Com o braço vermelho até o cotovelo, ele começou a puxar para fora o intestino. Os outros começaram a ter ânsia, afastando-se para o fundo do carro.

— Essa é minha declaração de voto — Croyd disse quando ergueu o Hartmann estripado e jogou-o sobre os outros. — Vejo vocês em novembro, desgraçados!

♠

Croyd saiu rapidamente na Estação Wall Street, arrancou a camisa ensanguentada e jogou-a numa lixeira. Lavou as mãos numa fonte pública antes de sair da área, e ofereceu cinquenta dólares para um cara grande e negro que disse "Você é branco *mesmo*!", por uma camisa de poliéster azul-clara e de manga longa que lhe serviu direitinho. Ele correu até Nassau, seguiu para o norte até entrar no centro. Parou em um restaurante grego com uma placa ABERTO A NOITE TODA e comprou dois copos de isopor gigantes com café, um em cada mão, para beber enquanto caminhava.

Continuou até o Canal e cortou para o oeste. Em seguida, desviou vários quarteirões até um café que conhecia para pegar um bife com ovos, café e suco e mais café. Ele se sentou ao lado da janela e observou a rua clarear e voltar à vida. Tomou uma pílula preta para propósitos medicinais e uma vermelha para dar sorte.

— Hum — ele disse ao garçom —, você é a sexta ou sétima pessoa que eu vejo usando máscara cirúrgica nos últimos tempos...

— Vírus carta selvagem — o homem disse. — Ele voltou.

— Apenas poucos casos, aqui e ali — Croyd comentou —, pelo que eu ouvi.

— Melhor se informar — o homem retrucou. — Já são quase cem... talvez mais.

— Ainda assim — Croyd questionou —, você acha que um pedacinho de pano como esse aí realmente vai adiantar alguma coisa?

O garçom deu de ombros.

— Acho que é melhor que nada... mais café?

— Sim. Traga uma dúzia de rosquinhas também, por favor.

— Claro.

Ele partiu para a Bowery via Broome Street, em seguida desceu na direção da Hester. Quando se aproximou, viu que a banca de jornal ainda não estava aberta, e não viu Jube em lugar algum. Tinha a sensação de que o Morsa teria alguma informação útil ou ao menos um bom conselho para lidar com o fato de que os dois lados na atual guerra de gangues estavam tentando acertá-lo de vez em quando — digamos, dia sim, dia não. Eram as manchas solares? Mau hálito? Já estava ficando caro para a Máfia tentar reaver o dinheiro de sua investigação — e o pessoal da Siu Ma já devia ter tentado acertá-lo o suficiente para ter recuperado a reputação que havia perdido para ele.

Mastigando uma rosquinha, ele continuou sua caminhada para chegar ao seu apartamento na Eldridge. Mais tarde. Sem pressa. Ele poderia falar com Jube em outra ocasião. Naquele momento, seria restaurador recostar-se na grande poltrona, seus pés em cima de uma banqueta, e fechar os olhos por alguns minutos...

— Merda! — ele falou, jogando meia rosquinha escadaria abaixo, num apartamento de porão vazio, enquanto virava a esquina para o seu quarteirão. Já estava chegando a hora?

Em seguida, continuou com aquela fluidez rápida de movimento que conseguira nessa nova vida, seguindo o pedaço de rosquinha para dentro da escuridão, onde o farejar asmático de algum cachorro velho o teria distraído, se não fosse pelo fato de que estava vendo, mesmo quando descia, um cerco clássico na rua, perto do seu prédio.

— Filhos da puta! — ele acrescentou, apenas com a cabeça no nível do chão, a linha da visão interrompida por um pedaço de cano erguido que sustentava o corrimão lateral.

Um homem estava sentado num carro estacionado logo depois do prédio, vigiando a entrada principal. Outro estava sentado em um degrau, lixando as unhas, em um ângulo de visão da traseira do prédio que dava para o beco lateral.

Croyd ouviu uma respiração ofegante quando praguejou, diferente de qualquer som canino que ele conhecia. Olhando para baixo e de volta para as sombras, ele observou a forma trêmula e amorfa do Homeleca, em geral considerado o habitante mais nojento do Bairro dos Curingas, enquanto este se encolhia no canto e comia os restos da rosquinha jogada por Croyd.

Cada centímetro quadrado da superfície do homem parecia coberta com muco verde, que escorria dele sem parar e aumentava a poça fedorenta na qual ele rastejava. Fossem lá quais roupas ele vestisse, ficavam tão saturadas com a gosma que mal se distinguiam — como suas feições.

— Pelo amor de Deus! Isso está sujo e eu pus na boca! — Croyd falou. — Pegue uma fresquinha. — Ele estendeu o pacote para o Homeleca, que não se moveu. — Tudo bem — ele acrescentou e, finalmente, deixou o pacote no último degrau e voltou para observar os vigias.

Homeleca terminou o pedaço descartado e permaneceu parado por algum tempo. Por fim, perguntou:

— Para mim?

A voz era uma coisa líquida, melada, fanhosa.

— Sim, pode comer. Estou satisfeito — Croyd falou. — Não sabia que você podia falar.

— Ninguém para conversar — Homeleca respondeu.

— Ora… é mesmo. É assim mesmo, eu acho.

— As pessoas dizem que eu faço elas perderem o apetite. É por isso que você não quer o restante?

— Não — Croyd falou. — Estou com um problema. Pensando o que fazer. Uns caras estão lá em cima cercando meu apartamento. Estou decidindo se tiro eles de lá ou simplesmente vou embora. Você não me incomoda, mesmo com toda essa meleca aí por cima. Eu já estive em situações piores.

— Você? Como?

— Sou Croyd Crenson, que o pessoal chama de Dorminhoco. Mudo de aparência todas as vezes que durmo. Às vezes para melhor, às vezes não.

— Eu posso?

— Quê? Ah, mudar de novo? Sou um caso especial, é isso. Não sei como dividir isso com outras pessoas. Acredite, você não gostaria de ser assim.

— Apenas uma vez seria o bastante — Homeleca respondeu, abrindo o saco e tirando uma rosquinha. — Por que você toma pílulas? Está doente?

— Não, é só para ajudar a me manter alerta. Não posso dormir por um bom tempo.

— Por que não?

— É uma longa história. Muito longa.

— Ninguém me conta mais histórias.

— Que diabos. Por que não? — Croyd disse.

♣ ♦ ♠ ♥

Laços de sangue

IV

Baby, *seu mestre é um idiota.*

Não, mestre.

Sim, Baby.

Blaise estava deitado entre as almofadas jogadas sobre a grande cama de dossel que quase ocupava a ponte de comando/cabine a bordo da nave de Tachyon. Duas das peroladas paredes curvas apresentavam um mapa em miniatura da cidade de Nova York. Linhas de cores diferentes conectavam os marcadores vermelhos. A terceira parede detalhava a localização de casos do carta selvagem por prédios e empresas. Chase Manhattan Bank, filial do Bairro dos Curingas, três prédios de apartamentos (um dos quais era no Harlem), uma tinturaria Top Hat na Bowery, restaurantes, bares, farmácias, lojas de departamento.

É um vetor humano.

Tachyon levantou-se do chão e tirou o pó das roupas, sentindo a irritação da nave pela crítica implícita à sua limpeza. Às vezes, as naves distorciam o senso de prioridades. Um acúmulo de poeira era muito mais significativo do que o anúncio de que uma Maria Tifoide dos anos 1980 estava ameaçando Manhattan.

Fui bem, mestre?

Extraordinariamente bem. Eu apenas queria ter visto isso antes.

— Blaise, *kuket*, estamos indo. Ponha o braço ao redor do meu pescoço. Bom garoto.

Ele carregou a criança para fora da nave. Parando na porta do armazém, atrapalhou-se com a tranca e lutou com o fardo adormecido. Tachyon era um homem pequeno, e seu neto já mostrava indícios de que ultrapassaria o tamanho de seu pequenino ascendente.

Entraram na noite abafada. Duas da manhã. Ele conseguia imaginar o que Victoria Queen diria quando a acordasse a essa hora. Mas aquilo precisava ser discutido, e com gente de sua confiança. Em algum lugar, uma fonte de contágio humana dormia ou caminhava pelas ruas de Nova York.

Seus braços apertaram-se de forma convulsiva ao redor do garoto quando a ficha caiu. *Ninguém estava em segurança.* Enquanto Blaise estivesse brincando no parque, caminhando até a clínica, comendo em um restaurante, aquela doença monstruosa poderia passar e colocar esse menino em risco, sua linhagem, seu futuro. Ele quase voltou para a nave. Aquela perversidade não poderia entrar na *Baby*. Ele se repreendeu pela histeria. Havia milhões de pessoas na grande Manhattan. Qual a chance de realmente encontrar o portador?

Dependia da identidade do portador.

E como estabelecer isso? Pelo Ideal, era provavelmente uma tarefa impossível.

♣

— É absolutamente impossível — disse Victoria Queen.

— Obrigado por sua observação incrivelmente útil.

A chefe da cirurgia e Tachyon trocaram olhares irritados. Crisálida passou a unha na borda do copo, tirando um som de campainha de telefone. Finn comeu mais uma colherada da aveia Quaker pura.

— Entrevistaremos a família e os amigos de cada vítima. Entrevistaremos as vítimas sobreviventes. Procuraremos a linha comum, algum indivíduo de quem todos se lembrem — Tachyon falou.

— Seria incrível se qualquer um deles se lembrasse. — Finn suspirou.

Tachyon voltou a força chamejante de seus olhos lilases para o assistente.

— Então, você está sugerindo que aguardemos e esperemos que essa pessoa perceba que as outras pessoas estão morrendo como moscas ao redor dela? E nem isso nos ajudaria. — Tach sacudiu a cabeça como se desgostoso com a própria ironia. — O período de incubação parece ser de 24 horas, em média. Esse portador, seja quem for, pode não ter noção do seu poder.

— Poder — bufou Crisálida.

— Sim, poder. Obviamente, o dom de carta selvagem dessa pessoa é passar o carta selvagem. A pessoa provavelmente contraiu o vírus durante esse último surto. Se tivesse acontecido antes, talvez já tivéssemos enfrentado essa crise meses ou mesmo anos atrás.

— Doutor. — Finn tirou do rosto o pesado topete. — Isso significa que o vírus é mutante.

— Sim, temo que você tenha razão. O Dr. Corvisart ficará em êxtase.

— Quem? — perguntou a Dra. Queen.

— Um pesquisador francês que estava totalmente convencido de que o vírus era mutante. Tentei explicar para ele que havia apenas um caso de vírus de mutação constante, e que por isso o poder desse homem...

— Quê? O que é? — Finn questionou a expressão paralisada de Tachyon.

O alienígena relaxou as mãos crispadas na beirada da mesa. Ele e Crisálida olharam-se.

— Está pensando no que estou pensando?

— Ahhhh, estou.

— Então, por que não iluminam aqueles que não estão pensando? — falou com um amargor irritado a Dra. Queen, que em seguida corou e acrescentou rapidamente. — Do jeito peculiar que *vocês* estão pensando.

— Há um indivíduo nesta cidade que é uma mão antiga de carta selvagem. Que é reinfectado com o vírus toda vez que dorme. Quantas vezes ele se transformou nos últimos quarenta anos? Uma dúzia? Vinte? Trinta vezes?

— Seria a coincidência mais inacreditável — alertou Crisálida.

— Concordo, mas precisa ser investigado. — Tachyon se pôs em pé.

Finn balançou-se para se levantar.

— *Dorme?*

— Sim — disse Tachyon, bastante impaciente.

O pequeno centauro deu uma longa estremecida que começou na cabeça, vibrou a cauda e puxou dos pulmões um gemido no fundo da garganta.

— Ele esteve aqui.

— *QUÊ?*

— Em março. Veio para vê-lo, mas você não havia voltado ainda. Estava doido com anfetaminas e aparentemente havia prometido para uma garota que não sairia com ela louco. Ele quis ajuda. Eu o coloquei para dormir.

— *Como*, pelo amor do Ideal? Isso pode ser grave.

— Treinamento cerebral e sugestão.

— Quando ele acordou e foi embora?

— Hum, meados de maio.

— Maio! E você não me contou!

— Não achei que fosse importante.

— Ele está acordado há um mês — Crisálida disse a Tachyon.

— Ainda quer que façamos aquelas entrevistas? — perguntou a Dra. Queen.

— Sim, talvez nos ajude a precisar sua forma física atual. Não acredito que tenha visto quando ele saiu.

— Não. Numa manhã, ele simplesmente não estava mais lá.

— Onde você o deixou? — Crisálida perguntou, curiosa.

— No armário de vassouras.

— Perdemos algum faxineiro? — Tachyon perguntou com humor negro.

— Fomos sortudos, incrivelmente sortudos — Finn murmurou, fazendo o sinal da cruz.

— Pessoal, isso precisa ser mantido em absoluto sigilo. Podem imaginar o pânico se essas suspeitas chegarem à população?

— Mais cedo ou mais tarde, as autoridades precisarão ser informadas — contestou Queen.

— Não se Crisálida e eu tivermos sucesso.

— Eu *odeio* quando você se acha o máximo.

— Tachyon, ela tem razão. Vamos nos sentir um lixo se não conseguirmos encontrar Croyd, ou se o encontrarmos e ele não for o responsável. Quantas pessoas mais vão morrer, Tachyon? — Crisálida perguntou.

Tachyon derramou uma dose generosa de conhaque num copo, ergueu as persianas e observou o sol tentando valentemente se mostrar entre as camadas de neblina e poluição.

— Acredito que eu tenha a justificativa para fazer essa primeira tentativa. O que eu diria ao prefeito? Bem, Sua Excelência, acreditamos que exista um transmissor do carta selvagem. Achamos que é Croyd Crenson. Não, senhor, não sabemos qual a aparência dele, porque ele muda todas as vezes que dorme.

— Não seria útil tentar algo simples e bobo, como botar anúncios na rádio e nos jornais: "Croyd, ligue para casa"? — Finn sugeriu.

— Por que não? Estou disposto a tentar qualquer coisa. A questão real é a seguinte: quanta anfetamina ele ingeriu nas últimas semanas. — Ele se afastou da janela para encarar Crisálida. — Você sabe como ele fica quando está no fim de um episódio.

— Fica psicótico — Crisálida disse, sem rodeios.

— E, em geral, paranoico. Então, se ele começar a ouvir ou ler anúncios, vai supor que estamos atrás dele. — O takisiano suspirou. — E ele estaria certo.

Tachyon serviu outro drinque e fez uma careta quando o conhaque desceu pela garganta.

— Ótimo café da manhã — falou indiferente a proprietária do Crystal Palace.

— Posso quebrar um ovo, se for para você se sentir melhor.

— Ultimamente, você tem secado garrafas sem parar.

— Que novidade — murmurou Queen baixinho.

Tachyon lançou um olhar ameaçador para as duas.

— Não quero ser terrivelmente banal, mas estou sob uma grande pressão nos últimos tempos.

— Você era um alcoólatra, Tachyon. Não devia estar bebendo nem uma gota — Crisálida disse.

— Sangue e osso! O que deu em você? Parece que entrou numa liga de abstêmios. Vai agora seguir o Padre Lula tocando um tamborim? Você é dona de um bar, Crisálida.

Ele observou o aumento do sangue naquelas bochechas transparentes.

— Eu me importo, Tachyon, não faça com que eu me arrependa. Você é importante para o Bairro dos Curingas. — Ela apertou nervosamente o braço da cadeira. — Talvez até para a nação. Não vire as costas para nós e se esconda dentro de uma garrafa. Você teve prestígio para enfrentar os chefões do crime e... outras coisas. Ninguém mais nesta porra de circo de horrores tem isso.

A amargura envolvia cada palavra. Ele sabia a que custo ela fizera aquela confissão. Tinha um orgulho de si e do lugar que ocupava que só rivalizava com o dele. Lentamente, ele foi até ela, forçou-se a curvar e encostar o rosto no dela. Não conseguiu evitar fechar involuntariamente os olhos, mas não foi tão ruim quanto esperava. A pele de Crisálida, invisível, era quente e macia. Ela poderia ser qualquer mulher linda. Contanto que os olhos dele estivessem fechados.

Tachyon deu um passo para trás e ergueu os dedos dela aos lábios dele.

— Mande a notícia para a sua rede. Isso precisa vir antes de qualquer outra coisa.

— Mesmo antes dos Punhos e dos Gambione?

— Sim. De que vale para nós ganharmos o Bairro dos Curingas se perdermos o maldito mundo inteiro?

— Vou guardar um tamborim para você.

— Não, eu quero cuidar da seção dos trompetes.

— Por que isso não me surpreende? — Queen disse para Finn.

♣ ♦ ♠ ♥

Concerto para sirene e serotonina

VII

Quando Homeleca piorou, Croyd estourou a tranca da porta atrás dele, deixando-o entrar nas ruínas poeirentas de um pequeno apartamento de dois cômodos cujo proprietário obviamente o usava para guardar mobília quebrada. Ele localizou um sofá gasto no qual o curinga brilhante se esparramou, trêmulo. Croyd limpou um pote de geleia que encontrou perto de uma pia ao lado do quarto e lhe deu água para beber. Empurrando para o lado uma parafernália antiga para drogas, Croyd sentou-se em um pequeno banco rachado enquanto o outro bebericava a água.

— Você está doente? — Croyd perguntou.

— Não. Digo, sempre me senti como se estivesse com gripe, mas essa é diferente. Estou sentindo como não me sentia há muito tempo, quando tudo isso começou.

Croyd cobriu o curinga trêmulo com uma pilha de cortinas que encontrou em um canto, em seguida se sentou de novo.

— Termine de contar o que aconteceu — Homeleca disse depois de um tempo.

— Ah, sim.

Croyd tomou uma metanfetamina e uma dextroanfetamina e continuou sua história. Quando Homeleca desmaiou, Croyd não percebeu. Continuou falando até notar que a pele de Homeleca havia secado. Então, ficou em silêncio e observou, pois as feições do homem pareciam se rearranjar lentamente. Mesmo drogado, Croyd foi capaz de identificar o início de um ataque de carta selvagem. Mas, mesmo drogado, isso não fazia nenhum sentido. Homeleca já era um curinga, e Croyd nunca tinha ouvido falar de ninguém — exceto ele mesmo — sofrendo um ataque pela segunda vez.

Ele sacudiu a cabeça, levantou-se e caminhou, saindo do apartamento. Já era tarde, e ele estava com fome novamente. Levou alguns momentos para identificar o novo turno que assumira a vigilância de seu quarteirão. Concluiu que não os botaria para fora. A coisa mais razoável a fazer, ele achou, seria sair e conseguir algo para comer, em seguida voltar e ficar de olho no Homeleca em transformação durante sua crise, de um jeito ou de outro. Depois desaparecer, cair ainda mais na clandestinidade.

Ao longe, uma sirene soou. Outro helicóptero da Cruz Vermelha veio e se afastou, baixo, vindo do sudeste na direção da cidade alta. Lembranças daquele primeiro Dia do Carta Selvagem giraram em sua cabeça, e Croyd concluiu que, talvez, fosse melhor conseguir outro lugar para ficar antes de comer. Sabia de uma pocilga, não muito longe, onde ele poderia desaparecer das ruas sem dar satisfação a ninguém, desde que tivessem vagas — o que geralmente era o caso. Desviou-se de seu caminho para verificar.

Como um grito de acasalamento, outra sirene respondeu à primeira, da direção oposta. Croyd acenou para o homem que estava pendurado de cabeça para baixo no poste de rua, mas o camarada se ofendeu ou ficou assustado e voou para longe.

De algum lugar, ele ouviu um alto-falante dizendo seu nome, provavelmente dizendo coisas terríveis sobre ele.

Seus dedos apertaram-se no para-lama de um carro estacionado. O metal rangeu quando ele puxou e arrancou um grande pedaço. Em seguida se virou, dobrando o pedaço de metal; o sangue pingava de um rasgo na mão. Ele encontraria aquele alto-falante e o destruiria, mesmo que estivesse alto num edifício ou em cima de uma viatura de polícia. Ele impediria que falassem dele. Ele…

Aquilo o entregaria — ele percebeu num momento de lucidez — ao inimigo, que podia ser qualquer pessoa. Qualquer um, exceto o cara com o vírus carta selvagem, e Homeleca não poderia ser inimigo de ninguém naquele momento. Croyd jogou o pedaço de metal na rua, depois encolheu a cabeça e começou a uivar. As coisas estavam ficando complicadas de novo. E desagradáveis. Precisava de algo para acalmar os nervos.

Enfiou a mão que sangrava no bolso, puxou um punhado de pílulas e engoliu-as sem conferir o que eram. Precisava ficar apresentável para ir e pegar um quarto.

Correu os dedos pelos cabelos, limpou as roupas, começou a caminhar num ritmo normal. Não era longe.

♣ ♦ ♠ ♥

Laços de sangue

V

O homem envolveu a mão com membranas entre os dedos no pulso de Tachyon, indicou um bloco de papel e rabiscou: *Quanto tempo acha que tenho?*

— Alguns dias.

Tachyon percebeu o estremecer de Tina Mixon. Sabia que ela considerava sua franqueza como o limite da brutalidade, mas ele não gostava de mentir para as pessoas. Um homem precisava de tempo para se preparar para a morte. E esses seres humanos com suas sensibilidades delicadas. Não falavam sobre a morte ou recobriam-na de eufemismos. Por outro lado, não tinham o mínimo pudor em causar mortes.

O chiado do respirador ficou alto na sala quando o homem escreveu com dificuldade:

Vocês conseguem encontrar aquela mulher?

— Ela desapareceu, sr. Grogan. Sinto muito.

Use seus poderes. Encontre a mulher!

Tachyon inclinou a cabeça e relembrou a cena (apenas três dias atrás? Parecia uma eternidade) que seu olhar desacreditado encontrou. Foi responder à mensagem de uma desordem no terceiro andar. Ele correu até a ala, em seguida ficou paralisado e encarou a água lavando as pontas dos sapatos.

Devia haver sessenta pessoas em uma sala projetada para dez. Curingas encharcados e desgrenhados agarravam-se às camas como sobreviventes de um naufrágio. Irritados, serventes do hospital passavam esfregões no chão inundado. Um homem de cabelos aloirados estava sobre uma das camas, balbuciando histericamente enquanto duas mulheres curingas batiam em seus joelhos e acrescentavam seus gritos agudos ao pandemônio geral.

— A porra de uma visão. A porra de uma visão dourada. E olhem para mim! — gritava o homem de cabelos aloirados. — Olhem para mim!

— Por que precisava ser uma mulher? — gemeu uma mulher. — Talvez você tenha pegado o poder dela. Me come. ME COME!

Tachy controlou sua mente impiedosamente. E a do homem balbuciante e de todos os outros que pareciam querer causar problemas. Os curingas remanescentes encararam-no como alvos em uma caça ao peru.

Estavam menos intimidados agora.

Como aquela chantagem patética de um moribundo.

— Desculpe — Tachyon repetiu a Grogan e saiu da sala.

E topou com um grupo de curingas que o espreitavam.

— Bom dia.

— O que tem de bom? — resmungou um curinga grande com uma porção de cílios no lugar dos dentes, o que deixava sua dicção abafada, e Tachyon precisava se esforçar para entendê-lo.

— Você está vivo, sr. Konopka, que é muito mais do que os menos sortudos podem dizer — o alienígena falou com rispidez. Ele puxou o estetoscópio e torceu-o nas mãos.

— Chama isso de viver? — perguntou uma mulher. — Eu pareço um monstro, meu marido me deixou, perdi meu emprego...

— Todo mundo tem uma história — Tachyon disse rapidamente, seguindo pelo corredor. Eles o seguiram.

Konopka entrou na frente do takisiano e parou-o com um soco forte no peito do pequeno alienígena.

— O que vocês estão fazendo para encontrar aquela mulher?

Por um bom momento, Tachyon lutou com emoções conflitantes: acalmá-los com uma mentira tranquilizante ou ser xingado por eles contando a verdade.

O curinga deu outra cutucada com a unha longa e afiada do dedo indicador.

— Hein? Hein? Responda...

Tach perdeu a paciência.

— Não estou fazendo absolutamente nada para encontrar aquela mulher.

— Seu desgraçado, eu vou matar você. — Konopka ergueu o punho, ameaçador.

Outro homem gritou.

— Você não se importa conosco!

Tachyon voltou-se para o segundo homem e o agarrou pelos ombros.

— Não! Isso não é verdade. Xuan, eu me importo mais do que você consegue conceber. Mas eu também preciso pensar em Jane. Olhe para vocês. — Ele atacou a multidão com seu olhar lilás. — Vocês são como animais *caçando*.

— Aquela garota pode nos curar. Você precisa encontrá-la.

A raiva diminuiu em Xuan, substituída por um pedido humilde.

Konopka virou o alienígena para encará-lo.

— Você nos deve isso, Tachyon, porque fez de nós o que somos, e não pode fazer merda nenhuma para nos curar!

Surgiram gritos de apoio.

Tachyon olhou para o balcão das enfermeiras, onde Tina estava tremendo sobre a mesa telefônica. Ele meneou minimamente a cabeça. Tudo que aquela situação não precisava era da chegada dos seguranças.

— Todos vocês, voltem para os quartos.

— Não fuja, Tachyon!

— Ouçam — ele pediu. — Aquela garota é uma pessoa, um ser humano. Não é uma maldita máquina feita para curar curingas. Vocês a teriam matado três dias atrás. Considerem o terrível dilema que *ela* enfrentou. Pensem *nela* também e não apenas em vocês mesmos. Como posso confiar em vocês quando não consigo confiar em mim para fazer o que é correto e justo com Jane?

Finn apareceu num elevador e estava com a pata dianteira levantada como se estivesse pronto para pisar no chão de linóleo. Com um murmúrio baixo, a multidão começou a se dispersar. Todos, exceto Konopka. Ele agarrou o casaco de seda vinho e ergueu os pés de Tach do chão. Finn deu um meio galope adiante, girou nas esguias pernas dianteiras e soltou um coice bem no meio da bunda de Konopka. Com um rugido, o curinga soltou Tachyon e virou-se para enfrentar esse novo ataque.

— Deixa disso! — gritou Finn. — E volte para o seu quarto. — O punho de Konopka voou. Finn recuou, mas quatro pernas são menos ágeis que duas. O soco acertou.

— Lambe-botas de limpo!

Tachyon derrubou Konopka no chão, roncando.

— Por que não fez isso antes? — Finn perguntou, esfregando a bochecha avermelhada.

— Possivelmente porque estou cansado de vitimá-los. — Tachyon virou-se, seu casaco de rabo longo farfalhando ao redor dele. Finn teve que trotar para manter o passo.

— Não é sua culpa.

— Que parte dessa bagunça? A criação do vírus? Não, não é totalmente minha culpa. O fato de Croyd ter se tornado um transmissor? É provável que, de novo, esteja fora do meu controle. O fato de que Jane é agora a pessoa mais caçada no Bairro dos Curingas? Talvez não. Mas ela é minha responsabilidade, e eu preciso encontrá-la e protegê-la se puder. — Tachyon esmurrou a parede do elevador, rompendo a pele sobre os nós dos dedos.

Finn ergueu a mão e estancou o sangue que escorria com um lenço.

— Relaxa, vamos encontrá-la.

— Vamos? — Tachyon lambeu o sangue, refletindo. — Mais precisamente, *deveríamos*?

♣

— Há! Eu golpeio você com meu ataque mental assassino. E eu sobrevivo! Você perde outra vida. — Tachyon jogou a pequena caneta marcadora na pilha de descarte. — E eu posso fazer isso de verdade também. — Os olhos de Blaise reluziam à luz da luminária. — Aposto que, se eu treinasse muito, poderia matar com a mente.

Polyakov ergueu os olhos do jornal.

— Não é um talento a cultivar.

— Posso fazer isso?

— Esqueça, Blaise.

— Posso?

— Eu disse, esqueça.

O queixo pequeno e redondo endureceu, os lábios apertaram-se numa linha teimosa.

— Talvez eu só tenha que praticar em alguém, já que você não...

Tachyon esticou-se sobre a mesa de jantar e plantou um tapa que derrubou o garoto da cadeira.

— *Tachyon!* — berrou o russo.

— Blaise! Blaise! Desculpe. Desculpe. Você está bem? — Horrorizado, ele pegou a criança nos braços. — Ah, pelo Ideal, me perdoe.

O garoto esperneou, acertando Tach sobre o olho. Sua capacidade emanou dele em trêmulas ondas prateadas que tentaram romper os escudos do avô. Tachyon aquietou Blaise com uma fustigada do seu poder.

— Ouça. Estou terrivelmente cansado e sob muito estresse. Sei que não é uma desculpa adequada, mas ofereço como explicação. Não quero que você aprenda a matar. Causa uma coisa na alma, pois você fica muito ligado à vítima. Não é como um jogo de faz de conta. — Gesticulou para o tabuleiro do jogo Talisman. — Você precisa cavar fundo, rasgar camada após camada da mente da pessoa antes de conseguir matá-la.

— Já fez isso? — Blaise murmurou com o lábio inchado.

— Sim, e isso me assombra até hoje.

Polyakov aproximou-se do alienígena e pousou a mão em seu ombro.

— Eu pesei a vida de Rabdan contra a vida do restante da Terra. Ele precisou morrer, foi necessário, mas… — Ele abraçou o menino. — Você precisa aprender a ser gentil, Blaise. Nem de brincadeira pense em praticar com seres humanos. Nosso pecado original foi tratá-los como animais de laboratório. Você não…

O trinado do telefone o interrompeu.

— Doutor. Aqui é Jane.

— Jane? Onde…

— Não, sem perguntas. Apenas ouça. Tenho um endereço e um número de telefone de Croyd. Apenas um. Eu ouvi no rádio. Acho que consigo entender por que precisa encontrá-lo.

— Jane, desculpe não ter ajudado antes.

— Tudo bem. Eu estava muito na seca. Você não vai machucá-lo, vai? Ele foi bacana comigo. Odeio pensar que estou traindo, mas…

— Mais pessoas vão morrer se você não me disser. Você fará bem ao me contar.

— Tudo bem. Ele tem um apartamento em Eldridge. Eldridge, 323. Terceiro andar. 555-4491.

— Obrigado, Jane, muito obrigado. Minha criança, nós precisamos… — Mas ele estava falando com o zumbido da linha desligada.

Desligou o fone e ficou diante de um dilema moral capcioso. Se… *quando* eles capturarem Croyd, e se ele acordar em uma nova forma que não seja com o poder de transmissão, muito bem. Mas se essa mutação continuar, então as decisões se tornariam mais difíceis. Manter o homem em isolamento para o resto da vida?

Ou matá-lo…

◆

… Uma mulher deitada entre os travesseiros e enrolada em lençóis. Um brilho de suor entre seus seios e barriga morenos. Os pelos do púbis úmidos...

A figura tridimensional fragmentou-se e desapareceu.

Desculpe, grunhiu Vídeo na mente de Tachyon. *Pegamos o apartamento errado.*

Espere, aquele pode ser o Croyd.

Ele estendeu a mão e tocou a mente da mulher. Não era Croyd.

Pena e Vídeo recomeçaram seu lento avanço do muro traseiro do prédio de apartamentos.

Ouviram alguns risos nervosos das pessoas na van. Elmo se mexeu, desconfortável. Seu traje para ambiente de alto risco biológico mal conseguia conter seu tamanho, e ele parecia uma salsicha mal recheada. Haviam conseguido montar trajes para Troll e Ernie com quatro outros trajes. Até o momento, o selamento estava aguentando, mas Tachyon se contorcia cada vez que considerava os gastos. Vídeo e Pena estavam com trajes também, e Tachyon vestia seu traje espacial projetado pela Rede.

Era impossível proteger Serpentina. Tentaram um capacete e uma fonte de oxigênio, mas os tanques de ar ficavam deslizando ao redor do corpo de serpente, soltando as mangueiras. Tach havia ordenado que ela ficasse fora do combate. Seria a linha final de defesa se Croyd passasse por eles.

... Quarto surpreendentemente limpo. Um homem alto, magro, estava sentado no sofá lendo a *Newsweek*. Pele ultrapálida, olhos estranhos, cabelos castanhos com raízes brancas mostrando...

... Outro homem estava sentado à mesa da cozinha, jogando paciência. De uma beleza maravilhosa, mas, mesmo assim, com um rosto fácil de esquecer.

Bill Lockwood.

Tachyon leu um sentimento profundo de gratidão e a determinação de proteger... *Croyd*!

Ele trocou seu foco para o albino. O suor brotava em seu lábio superior e ardia nos olhos enquanto lutava para tocar a mente do homem. Deslizando a mão através da bolha clara do capacete, ele limpou a transpiração e tentou de novo. *Escuridão torvelinhante como o buraco negro primordial.* Era um bloqueio mental, mas um dos mais antigos que ele já sentira. Passou mais vinte minutos tentando encontrar uma maneira por cima, por baixo, ao redor ou através dele. Finalmente, ele concluiu, relutante, que era mais uma imunidade que um verdadeiro escudo.

Explicou a situação para as tropas e, em seguida, acrescentou:

— Então, vamos apenas entrar e pular nele. Não pode ser tão difícil assim. E, lembrem-se, se não estiverem com o traje, *não* entrem naquele quarto.

Eles desceram da van. Com um aceno, Tach apontou o beco traseiro para Serpentina e Ernie. Em seguida, ele, Troll e Elmo subiram os degraus até a porta. Havia campainhas, mas, como a tranca estava quebrada, não tinham muito sentido. Com cuidado, entraram e começaram a subir para o terceiro andar.

Felizmente, o traje disfarçava os cheiros, mas Tach conseguia imaginá-los. O fedor de gordura rançosa. O odor adocicado e enjoativo de dejetos humanos e animais grudados nos cantos da escadaria. Suor, medo, pobreza e desesperança — eles também deixavam um cheiro. As paredes eram cobertas por grafites, frases e uivos de indignação em várias línguas.

Em posição.

Vídeo lançou outra imagem do quarto. Nada havia mudado.

Janela?, Tachyon perguntou à equipe de reconhecimento.

Aberta. Com esse calor, o que esperava?, Pena retrucou.

Vão entrar?, Vídeo perguntou.

Sim.

O alienígena acenou para Troll. O chefe da segurança pegou a maçaneta, respirou fundo e segurou o fôlego.

... O albino notou Pena pairando na janela com Vídeo nas costas. Ele se ergueu com velocidade incrível, proferiu uma promessa e sacou uma arma...

— Agora! — Tachyon gritou.

Troll forçou a porta. A tranca quebrou com um berro do metal maltratado e da madeira estilhaçada. Tach e Elmo tombaram para dentro da sala. O albino atirou e errou. Serpentina, desobedecendo ou tendo esquecido totalmente as ordens, subiu enrolando-se pela escada de incêndio como uma jiboia caçando numa árvore. Ela chicoteou sua cauda com crista e arrancou a arma da mão do albino.

— Seus desgraçados! — Cartas voaram como borboletas assustadas quando o jovem saltou para o lado da mesa.

Um soco certeiro estava a caminho. Tachyon tentou desviá-lo com um rápido bloqueio, mas, quando o braço dele se chocou com o de Lockwood, parou como se batesse num torno. Tach ofegou. Troll, grunhindo com irritação, soltou uma pancada larga e lenta. Seu punho enorme acertou o queixo de Lockwood. Sem reação. Tach e Troll afastaram-se, alarmados.

Croyd estava tentando dar nós em Serpentina. Elmo tentou intervir e foi lançado para o lado com desdém. Ele voltou, os braços movendo-se como pistões. Ernie juntou-se à confusão. Pena estava tentando se arrastar pelo teto de volta à janela.

Um som como um bife atingindo o concreto. O belo garoto desferira um golpe em Troll. O grande curinga se curvou. E Tachyon olhou, pasmo.

Obrigado, Jesus, que ele não me acertou!, veio o pequeno pensamento histérico.

Troll deu dois socos fortes de esquerda e direita na barriga de Lockwood.

Nada!

Lockwood girou e socou a cabeça de Tachyon. O capacete da Rede resistiu ao golpe, mas a força cinética lançou o alienígena baixinho para longe no quarto. Ele se levantou, ferido e gemendo, apoiando-se contra a parede ao fundo. Troll estava desferindo uma chuva de socos em Lockwood. O jovem sorriu e disparou uma série de golpes que fizeram Troll voar pelo quarto. O grande curinga se ergueu, cambaleando, os braços sobre o capacete. Lockwood deu um chute forte nas partes baixas, em seguida encaixou as mãos na nuca de Troll.

Este é o som de quando uma árvore cai na floresta, Tach teve esse pensamento idiota quando o curinga de quase três metros foi abaixo como um búfalo abatido.

— Merda — Pena comentou lá de cima.

Tachyon expandiu a mente com uma ordem poderosa. Linhas prateadas de poder fluíram dele, mas não conseguiram envolver o cérebro do homem como uma rede. Em vez disso, o poder afundou como uma pedra na areia movediça.

DURMA!!!!!!!!

O poder retornou para ele, chocou-se contra seus escudos e passou direto por eles.

Poder bumerangue, foi o último pensamento consciente de Tachyon.

♠

Ele estava bailando a mais intrincada e maravilhosa contradança, mas não havia outros homens. Apenas ele, e uma longa fila de mulheres. Blythe e Saaba, Dani e Angelical, M'orat, Jane e Talli, Roleta, Peregrina, Victoria e Zabb agarravam-no pelo ombro e tentavam intervir.

Murmurando e grunhindo, Tach enterrou a bochecha mais fundo no travesseiro. O cheiro do antisséptico e a textura grosseira da fronha o enfureceram. *Eu não tolero uma cama como essa. Como eles ousam? Que descaramento!*

Tentou abrir as pálpebras coladas, encarou os olhos azuis no rosto franzido de Victoria Queen.

Sorriu para ela.

— Você dança divinamente.

— Ah, acorde! — Ela estocou uma agulha no braço dele.

— Ai!

— Estimulante. Nosso herói. Você finalmente encontrou alguém com um poder de controle mental superior no pior momento possível.

— Ele *não* era superior! Foi meu próprio poder que ricocheteou de volta para mim. Nada mais poderia ter passado pelos meus... — Ele se interrompeu, envergonhado por sua justificativa indignada, continuando em um tom punitivo. — Nós o pegamos?

— Não.

Ele enterrou o rosto nas mãos.

— Ó, ancestrais, que bagunça.

— Sim — ela disse e saiu do quarto.

Croyd escapou. E se Serpentina tiver morrido? Outra baixa por conta dos seus erros.

O estalo de cascos delicados no assoalho.

— E agora, chefe?

— Vou me suicidar.

— Resposta errada.

— Vou procurar a polícia.

— Eles vão pirar — observou o curinga enquanto desfazia os nós da crina branca.

— Que opção eu tenho? Queria manter esse segredo, evitar o pânico, mas Croyd agora sabe que está sendo caçado. Ele vai desaparecer. Precisamos de uma tropa para encontrá-lo. E esse companheiro. Ligue para Washington, peça para o CRISE-A os arquivos de um ás com poderes de bumerangue.

O takisiano ergueu-se da cama, ficando rígido. Encolheu-se quando explorou o ferimento no ombro. Correu as mãos pelos cachos embaraçados.

— Eu falhei.

— Como você poderia saber?

— Como está a equipe?

Finn abaixou a cabeça e inspecionou as mãos.

— Que houve? Troll? Serpentina?

— Serpentina. Ela entrou em reação de Rainha Negra minutos depois de você cair.

— O período de incubação...

— Deve estar encurtando.

— Ele continua a mudar o vírus.

— Então, talvez sofrerá mutação até se tornar não viral?

— Eu não teria tanta sorte. Tudo que eu toco leva à morte.

— Pare com isso! Não é verdade! Não temos tempo para que sinta culpa. Se alguém errou, fui eu. Eu deixei que ele fosse embora.

— Você não tinha como saber que ele se tornaria um transmissor.

— É exatamente o meu ponto. O que está feito, está feito. Vamos pensar no futuro.

— Se houver um.

— Vamos fazer acontecer.

— Como você consegue ser tão otimista e se ajustar à situação?

— Sou idiota demais para ser de outro jeito.

♣ ♦ ♠ ♥

Todos os cavalos do rei

VI

A grande porta de metal ondulado da garagem rangeu sobre sua cabeça quando deslizou nos trilhos. O dispositivo de abertura era antigo e ruidoso, mas ainda fazia seu trabalho. Poeira e luz do dia infiltraram-se no bunker subterrâneo. Tom desligou a lanterna e pendurou-a num gancho preso a uma viga de madeira que segurava a parede de terra batida. As palmas da mão estavam suadas. Ele as limpou na calça jeans e parou, observando os cascos de metal diante dele.

A escotilha se abriu no casco mais antigo, o fusca blindado. Ele havia passado a última semana substituindo os tubos de aspirador de pó, azeitando os trilhos das câmeras e verificando a fiação. Estava pronto dentro das condições possíveis.

— Eu e minha maldita boca aberta — Tom falou para si. Suas palavras ecoaram pelo bunker.

Ele poderia ter alugado um caminhão, talvez um trailer. Joey teria ajudado. Dar ré até a borda do bunker, carregar os cascos e levá-los até o Bairro dos Curingas da forma mais fácil. Mas não, ele precisava ir e dizer a Dutton que os levaria *voando* até lá. O curinga nunca acreditaria nele se aquelas coisas fossem entregues pela UPS.

Olhou para a escotilha aberta, tentou imaginar-se entrando na escuridão e selando a porta atrás dele, trancando-se naquele caixão de metal, e sentiu a bile subindo no fundo da garganta. Ele não conseguiria.

Só que não tinha escolha, tinha? O ferro-velho não era mais dele. Uma equipe chegaria em menos de três semanas para começar a limpeza de toda a merda que se acumulara ali nos últimos quarenta anos. Se os cascos ainda estivessem ali quando eles aparecessem com os tratores, era fim de jogo.

Tom se obrigou a avançar. Não era um grande problema, disse a si mesmo. O casco estava bom, ele conseguiria atravessar a baía, fizera isso mil vezes. Então, precisaria fazer mais uma vez, pronto. Uma vez e estaria livre.

Todos os cavalos do rei e todos os homens do rei...

Tom ajoelhou-se, pegou a borda superior da escotilha e deu um suspiro longo e lento. O metal estava frio sob os dedos. Ele inclinou a cabeça e se puxou para dentro, fechando a escotilha. O *estalo* ressoou-lhe nos ouvidos. A escuridão era completa lá dentro, e estava frio. A boca ficou seca, e ele conseguia sentir o coração palpitando.

Andou às cegas na escuridão em busca do assento, sentiu o estofado de vinil rasgado, contorceu-se para chegar a ele. Poderia muito bem estar em uma caverna no centro da Terra, morto e enterrado, pois estava muito escuro. Tênues linhas de luz vazavam para dentro ao redor da parte externa da escotilha, mas não o suficiente para iluminar lá dentro. Onde estava a merda do interruptor de força? Todos os cascos mais novos tinham controles táteis embutidos nos braços do assento, mas não este mais velho, ah, não. Tom tateou no escuro sobre a cabeça e prendeu os dedos em algo metálico. Doeu. O pânico agitou-se dentro dele como um animal assustadiço. Estava escuro pra diabo, *onde estavam as luzes*?

Então, de repente, estava caindo.

A vertigem o atingiu como uma onda. Tom agarrou o braço do assento com força, tentou dizer-se que aquilo não estava acontecendo, mas ele podia *sentir*. A escuridão girava e cambalhotava. O estômago embrulhou, ele se inclinou para a frente, batendo a cabeça na parede curva do casco.

— *Eu não estou caindo!* — ele gritou, alto. As palavras soaram-lhe nos ouvidos enquanto ele caía, indefeso, preso em seu casco blindado. Ele buscava fôlego enquanto as mãos agitavam-se loucamente, tateando contra a parede, deslizando sobre vidro e vinil, apertando interruptores em todos os lugares.

Ao redor, as telas de TV acenderam-se, turvas.

O mundo equilibrou-se. O fôlego de Tom reduziu a velocidade. Ele não estava caindo, não, olhe lá fora, era o bunker, ele estava sentado no casco, seguro no chão no fundo de um buraco, era isso, ele não estava caindo.

Imagens difusas em preto e branco encheram as telas. Os televisores eram um desencontro de tamanhos e marcas, havia pontos cegos óbvios, uma imagem estava correndo lentamente na vertical. Tom não ligava. Conseguia ver. Não estava caindo.

Descobriu os controles de rastreamento e pôs as câmeras externas em movimento. As imagens na tela mudaram lentamente enquanto ele rastreava tudo ao redor. Os outros dois cascos, cascas vazias a poucos metros de distância. Ele ligou o sistema de ventilação, ouviu um ventilador começar a girar, sentiu o ar fresco banhar seu rosto. Sangue estava pingando sobre seus olhos. Havia se cortado durante a crise de pânico. Ele o limpou com as costas da mão e afundou-se no assento.

— Tudo bem — anunciou em voz alta. Havia chegado até ali. O resto era mel na sopa. Para o alto, para o alto e para longe. Fora do bunker, através de Nova York, último voo, nada mais simples. Ele empurrou para cima.

O casco balançou lentamente de um lado para o outro, ergueu-se talvez três centímetros do chão, em seguida caiu com uma pancada.

Tom grunhiu. *Todos os cavalos do rei e todos os homens do rei*, ele pensou. Reuniu toda a concentração, tentou decolar novamente. Nada aconteceu.

Ficou sentado, rosto sério, encarando sem ver as formas diáfanas em preto e branco nas telas dos televisores e, finalmente, admitiu a verdade. A verdade que escondera de Joey DiAngelis, de Xavier Desmond e até de si mesmo.

O casco não era a única coisa que estava com defeito.

Por mais de vinte anos, ele pensou ser invulnerável atrás da armadura. Tom Tudbury talvez tivesse dúvidas, medos, inseguranças, mas não o Tartaruga. Sua telecinesia, alimentada pela crença na invencibilidade, sempre aumentava, ano após ano após ano, contanto que ele estivesse dentro do casco.

Até o Dia do Carta Selvagem.

Eles o derrubaram antes mesmo que ele soubesse o que estava acontecendo.

Estava bem alto sobre o Hudson, atendendo a um chamado, quando algum poder de ás atravessou a armadura como se ela não existisse. De repente, sentiu-se doente, fraco. Precisou lutar para não desmaiar, e conseguiu sentir o imenso casco sacudir no meio do voo quando sua concentração vacilou. Um momento antes, a visão ficou borrada, ele viu o garoto no *paraglider* mergulhando. Em seguida, houve um estouro tremendo que feriu seus tímpanos, e o casco morreu.

Tudo apagou. Câmeras, computadores, fita cassete, sistema de ventilação, tudo queimado ou apagado na mesma fração de segundo. Um pulso eletromagnético, ele leu depois nos jornais, mas tudo que ele sabia na hora era que ficara cego e indefeso. Por um momento, ficou chocado demais para ter medo, esmurrando loucamente nos controles, mergulhado na escuridão, desesperado para acionar a energia novamente.

Nem mesmo percebeu que haviam jogado uma bomba de napalm nele.

Mas, com a napalm, chegou novamente a fraqueza. Então, ele perdeu o controle; o casco começou a tombar, mergulhando na direção do rio lá embaixo. Dessa vez, ele *realmente* apagou.

Tom deixou as lembranças de lado e correu os dedos pelos cabelos. Seu fôlego já acelerara de novo, e ele estava coberto com uma fina camada de suor que fazia a camisa grudar no peito. *Encare os fatos,* ele disse, *você está aterrorizado.*

Era inútil. O Tartaruga estava morto, e Tom Tudbury podia no máximo brincar com sabonetes e cabeças de robô, mas nunca levantaria algumas toneladas de um casco blindado no ar. Desista. Chame Joey, jogue os cascos velhos na baía, abra mão. Esqueça o dinheiro, o que são oitenta mil dólares? Não vale sua vida, isso é certo, Steve Bruder o faria rico de qualquer forma. As águas da baía de Nova York eram extensas, escuras e frias, era um longo caminho até Manhattan. Ele teve sorte uma vez, o maldito casco *explodiu* quando despencou no fundo do rio, deve ter sido a napalm ou a pressão da água ou algo assim, um acidente maluco, e o choque da água fria de alguma forma o fez acordar, e ele conseguiu chegar à costa em Jersey City. Ele devia ter morrido.

O café da manhã subiu para a boca do estômago e, por um momento, Tom pensou que vomitaria. Abatido, abriu o cinto de segurança. A mão tremia. Desligou os ventiladores, os motores, as câmeras. A escuridão se fechou ao redor.

O casco deveria torná-lo invulnerável, mas se transformara numa armadilha mortal. Ele não conseguia erguê-lo. Nem mesmo para a última viagem. *Ele não conseguia.*

A escuridão tremeu ao seu redor. Sentiu como se fosse cair de novo. Precisava sair dali, *imediatamente*, estava sufocando. Poderia ter morrido.

Mas não morrera.

O pensamento surgiu do nada, desafiador. Poderia ter morrido, mas não morrera. Ele não podia erguer o casco novamente, mas erguera, exatamente naquela noite.

Aquele mesmo casco. Quando, finalmente, voltou ao ferro-velho, estava meio afogado e exausto, zonzo com o choque, mas também estranhamente vivo, revigorado, alegre pelo simples fato de ter sobrevivido. Ele saiu com o casco e cruzou a baía e fez loops sobre o Bairro dos Curingas, subiu no lombo do cavalo que o derrubara, mostrou a todos eles, o Tartaruga ainda estava vivo, o Tartaruga recebeu tudo que eles podiam lançar, eles o derrubaram e lançaram bombas de napalm nele e o jogaram como uma pedra no fundo do maldito rio Hudson, e *ele ainda estava vivo.*

A multidão o aclamou nas ruas.

As mãos de Tom se estenderam, acionaram um interruptor, um segundo. As telas iluminaram-se de novo. Os ventiladores começaram a girar.

Não faça isso, seu medo sussurrou dentro dele. *Você não pode. Estaria morto agora se o casco não tivesse explodido...*

— Mas ele explodiu — Tom disse. A napalm, a pressão d'água, *alguma coisa...*

As paredes do quarto. Vidro quebrado em todos os lugares, os travesseiros rasgados, penas voando pelo ar.

A água fez um tristonho som gorgolejante em algum lugar na escuridão fria, fechada. O mundo se retorceu e girou, afundando. Estava muito fraco e zonzo para se mover. Sentiu os dedos gélidos nas pernas, subindo mais e mais, e em seguida o choque repentino quando a água alcançou a virilha, acordando-o. Ele rasgou o cinto do assento com dedos dormentes, mas tarde demais, o frio acariciou-lhe o peito, ele tentou se levantar e perdeu o equilíbrio, e depois a água estava sobre a cabeça e ele não conseguia respirar e tudo ficou preto, extremamente preto, preto como o túmulo, e ele precisava sair, precisava *sair...*

Rachaduras na parede do quarto, cada vez mais quando o pesadelo vinha. E imagens numa revista, fragmentos de placa blindada aberta e retorcida, soldas estilhaçadas, parafusos soltos, o casco inteiro quebrado como um ovo. A placa curvada *para fora.*

Foda-se tudo isso, ele pensou. *Fui eu. Eu fiz isso.*

Ele olhou para a tela mais próxima, agarrou os braços do assento e empurrou para baixo com a mente.

O casco ergueu-se suavemente, através do bunker, para cima da porta da garagem, para dentro do céu da manhã. A luz do sol beijou a pintura verde e rachada de sua armadura.

♣

Surgiu no céu a leste, no Brooklyn, com o sol atrás dele. A viagem era mais longa assim, quando ele circulou sobre a Staten Island e os Narrows, mas aquilo disfarçava o ângulo de aproximação, e vinte anos de tartarugagem lhe ensinaram todos os truques. Ele se aproximou dos grandes contrafortes da Ponte do Brooklyn, baixo e rápido, e nas telas ele viu os pedestres matutinos lá embaixo erguerem os olhos surpresos quando sua sombra passou sobre eles. Era uma visão que a cidade nunca vira antes e nunca veria novamente: três Tartarugas sobrevoando o East River, três espectros de ferro vindos das manchetes do passado e da terra dos mortos, movendo-se em formação justa, dando voltas e giros ao mesmo tempo e fazendo um extravagante loop duplo sobre os telhados do Bairro dos Curingas.

Para Tom, no casco central, as reações nas ruas faziam tudo aquilo valer a pena. Ao menos ele se retiraria em grande estilo; gostaria de ver as revistas dizendo que aquilo ali era Vênus.

Foi um inferno tirar os outros cascos do bunker; destruídos ou não, sua armadura ainda emprestava a eles muito peso e, por um momento, pairando sobre o ferro-velho em Bayonne, ele não achava que seria capaz de lidar com os três. Em seguida, teve uma ideia melhor. Em vez de tentar levá-los individualmente, imaginou-os soldados aos pontos de um triângulo gigante invisível, e ele ergueria o triângulo no ar. Depois disso, foi mel na sopa.

Dutton estava com uma equipe de filmagem na Ponte do Brooklyn uma segunda no telhado do Museu Popular Carta Selvagem. Com tudo que haviam gravado, surgiria pouca dúvida sobre a autenticidade dos cascos.

— Tudo bem — Tom anunciou através dos alto-falantes após ter pousado os cascos no telhado amplo e reto. — O show acabou. Corta. — Filmar sua aproximação e aterrissagem era uma coisa, mas ele não permitiria qualquer gravação dele saindo da escotilha. Com ou sem máscara, era um risco que não queria assumir.

Dutton, alto e sombrio, com seu capuz puxado sobre as feições, fez um gesto decidido com a mão enluvada, e a equipe de filmagem — todos curingas — carregou os equipamentos e saiu do telhado. Quando o último deles desapareceu nas escadas, Tom respirou fundo, encaixou a máscara de sapo de borracha, extinguiu o poder e saiu ao sol matutino.

Depois de emergir, ele se virou para uma última olhada para o que estava deixando para trás. Lá fora, à luz do dia, eles pareciam diferentes do que se mostravam na penumbra de seu bunker. Menores, de alguma forma. Mais desgastados.

— Difícil se afastar, não é? — Dutton perguntou.

Tom se virou.

— Sim — ele disse. Embaixo do capuz, Dutton estava usando uma máscara de leão de couro com uma longa juba. — Você comprou essa máscara na Holbrook's.

— Sou dono da Holbrook's — Dutton respondeu. Ele examinou os cascos. — Estou pensando em como vamos entrar com eles no museu.

Tom deu de ombros.

— Botaram uma droga de *baleia* no Museu de História Natural; algumas tartarugas deve ser fácil. — Ele não estava se sentindo tão tranquilo quanto tentava soar. O Tartaruga deixou fulas algumas pessoas durante aqueles anos, desde os criminosos de rua até Richard Milhous Nixon. Se Dutton não fosse cuidadoso, todos ou qualquer um deles poderiam estar lá fora esperando por ele, e, mesmo se não estivessem, tinha a pequena questão de ir para casa com oitenta mil dólares em dinheiro. — Vamos acabar com isso — ele disse. — Trouxe o dinheiro?

— Na minha sala — Dutton respondeu.

Desceram as escadas, Dutton na frente, Tom seguindo, olhando ao redor com cautela a cada lance. Estava frio e escuro dentro do prédio.

— Fechado de novo? — Tom perguntou.

— Os negócios estão indo de mal a pior — Dutton admitiu. — A cidade está com medo. Esse novo surto de carta selvagem afastou os turistas, e até os curingas estão começando a evitar multidões e locais públicos.

Quando chegaram ao porão e entraram na sombria oficina de paredes de pedra, Tom viu que o museu não estava totalmente deserto.

— Estamos preparando algumas exposições novas — Dutton explicou quando Tom fez uma pausa para admirar uma jovem esguia, com jeito de garoto, vestindo uma réplica de cera do senador Hartmann. Ela havia acabado de dar o nó na gravata com dedos longos e habilidosos.

— Este é para nosso diorama da Síria — Dutton explicou enquanto a mulher ajustava o casaco xadrez cinzento do senador. Havia um rasgo em um dos ombros onde uma bala havia passado, e o tecido ao redor estava cuidadosamente manchado com sangue falso.

— Parece muito real — Tom disse.

— Obrigada — a jovem respondeu. Ela se virou, sorrindo e estendendo a mão. Havia algo de errado com seus olhos. Eram apenas íris, um preto com vermelho profundo e brilhante, com a metade do tamanho de olhos normais. Ainda assim, ela não se movia como uma cega. — Meu nome é Cathy e eu adoraria fazê-lo em cera — ela disse quando Tom apertava sua mão. — Sentado em um dos cascos, talvez? — Ela inclinou a cabeça e tirou uma mecha de cabelo de cima dos olhos estranhos e escuros.

— Hum — Tom falou —, prefiro não.

— Sábio de sua parte — Dutton falou. — Se Leo Barnett se tornar presidente, alguns de seus camaradas ases talvez desejem ter mantido mais a discrição. Não vale a pena ser muito exibicionista nestes dias.

— Barnett não vai ser eleito — Tom falou com algum fervor. Ele inclinou a cabeça para a figura de cera. — Hartmann vai impedi-lo.

— Outro voto para o senador Gregg — Cathy disse, sorrindo. — Se mudar de ideia sobre a estátua, é só me dizer.

— Você será a primeira a saber — Dutton disse para a garota. Ele pegou o braço de Tom. — Venha — ele pediu.

Passaram por outros elementos do diorama sírio em vários estágios de montagem: o Dr. Tachyon em trajes árabes completos, sapatos curvados nos pés; o gigante Sayyid feito de cera com três metros de altura; Carnifex com seu ofuscante traje de luta branco. Em outra parte do salão, um técnico trabalhava em orelhas mecânicas de uma imensa cabeça de elefante que estava sobre uma mesa de madeira. Dutton passou por ele com um leve menear de cabeça.

Então, Tom viu algo que o fez ficar paralisado.

— Caramba — ele disse em voz alta. — Aquele é…

— Tom Miller — Dutton completou. — Mas acredito que preferia ser chamado de Gimli. Temo que seja parte de nosso Hall da Vergonha.

O anão os encarava com desdém, um punho erguido sobre a cabeça como se discursasse para uma multidão. Os olhos vítreos, borbulhando de ódio, pareciam segui-los aonde fossem. Não eram de cera.

— Uma peça brilhante de taxidermia — Dutton disse. — Precisávamos agir rapidamente antes que a decomposição começasse. A pele estava rachada em dezenas de pontos, e tudo dentro dele havia se dissolvido… ossos, músculos, órgãos internos, tudo. Esse novo carta selvagem pode ser tão implacável quanto o antigo.

— A *pele* dele — Tom disse, enojado.

— Eles têm o pênis de John Dillinger no Smithsonian — Dutton disse calmamente. — Por aqui, por favor.

Dessa vez, quando chegaram à sala de Dutton, Tom aceitou um drinque.

Dutton estava com o dinheiro cuidadosamente amarrado e arrumado em uma discreta valise verde, quase surrada.

— Notas de dez, vinte e cinquenta, algumas de cem — ele disse. — Gostaria de contá-las?

Tom apenas olhou para as notas verdes novinhas, a bebida esquecida na mão.

— Não — ele disse suavemente após uma longa pausa. — Se não estiver tudo aí, sei onde você mora.

Dutton deu uma risadinha educada, foi para trás da mesa e puxou uma sacola de papel com o logotipo do museu na lateral.

— O que é isso? — Tom perguntou.

— Ora, a cabeça. Tinha certeza que desejaria levar numa sacola.

Na verdade, Tom quase havia se esquecido da cabeça do Modular.

— Ah, sim — ele disse, pegando o pacote. — Claro. — Ele olhou lá dentro. Modular olhou para ele também. Rapidamente, fechou a bolsa. — Muito bom.

◆

Era quase meio-dia quando Tom saiu do museu, a valise verde na mão direita e a sacola de compras na esquerda. Ele piscou à luz do sol, em seguida partiu para a Bowery em um passo enérgico, cuidando para ver se não estava sendo seguido. As ruas estavam quase desertas, então não achava que seria difícil identificar se alguém o seguisse.

No terceiro quarteirão, Tom tinha certeza de que estava sozinho. As poucas pessoas que viu eram curingas usando máscaras cirúrgicas ou coberturas mais elaboradas para o rosto, e eles mantinham de Tom, e entre eles mesmos, a maior distância possível. Ainda assim, ele continuou andando, apenas para se garantir. O dinheiro era mais pesado do que imaginara, e Modular era surpreendentemente leve, então parou duas vezes para trocar de mão.

Quando chegou à Funhouse, abaixou a valise e a sacola de papel, olhou cuidadosamente ao redor, não viu ninguém. Tirou a máscara de sapo e enfiou-a no bolso da jaqueta.

A Funhouse estava escura e trancada com cadeado. FECHADO ATÉ SEGUNDA ORDEM dizia a placa na porta. Eles fecharam as portas pouco depois que Xavier Desmond foi hospitalizado, Tom sabia disso. Lera sobre isso nos jornais. Aquilo o entristecia imensamente e o fazia se sentir mais velho do que já se sentia.

Com o rosto à mostra e nervoso, mudando de um pé para o outro, Tom aguardou um táxi.

O trânsito estava muito leve, e quanto mais esperava, mais inquieto ficava. Deu cinquenta centavos a um bêbado que acabara de chegar cambaleando apenas para se livrar do homem. Três punks com as cores dos Príncipes Demoníacos lançaram um olhar longo, severo e especulativo a Tom e sua valise. Mas suas roupas eram tão surradas quanto a valise, e eles devem ter concluído que não valia o suor.

Finalmente, conseguiu pegar o táxi.

Deslizou no assento traseiro do grande táxi amarelo com um suspiro de alívio, a sacola de compras no assento ao lado dele, a valise sobre o colo.

— Vou para Journal Square — ele disse. De lá, poderia pegar outro táxi para levá-lo a Bayonne.

— Ah, não, ah, não — o taxista disse. Tinha os olhos escuros. Tom olhou para sua licença. Paquistanês. — Não Jersey — o homem disse. — Ah, não, não vou para Jersey.

Tom tirou uma nota de cem amassada do bolso da calça.

— Aqui — ele disse. — Fique com o troco.

O taxista olhou para a nota e abriu um sorriso largo.

— Muito bom — ele disse. — Muito bom, Nova Jersey, ah, sim, estou muito alegre. — Ele pôs o táxi em movimento.

Tom já se sentia em casa. Abriu uma janela e recostou-se no assento, aproveitando o vento no rosto e o peso delicioso da valise no colo.

Um uivo distante atravessou os telhados lá fora; alto, fino, urgente.

— Ai, o que é isso? — o taxista perguntou, soando perplexo.

— Sirene de ataque aéreo — Tom respondeu. Ele se inclinou para a frente, alarmado.

Uma segunda sirene começou a soar, mais próxima, alta e penetrante. Os carros começaram a estacionar nas calçadas. Pessoas nas ruas paravam e erguiam os olhos para os céus brilhantes, vazios. Ao longe, Tom conseguia ouvir outras sirenes juntando-se às duas primeiras. O barulho aumentava cada vez mais.

— Porra — Tom disse. Ele se lembrou da história. Soaram as sirenes de ataque aéreo no dia em que Jetboy morrera, quando o carta selvagem foi lançado sobre uma cidade inocente. — Ligue o rádio — Tom pediu.

— Ah, perdão, senhor, não funciona, ah, não.

— Desgraça — Tom xingou. — Tudo bem. Vá mais rápido, então. Vá para o Túnel Holland.

O motorista acelerou e passou um semáforo vermelho.

♠

Estavam na Canal Street, a quatro quarteirões do Túnel Holland, quando o trânsito parou.

O taxista parou atrás de um Jaguar prateado, com sua placa temporária colada no vidro traseiro. Nada se movia. O taxista buzinou. Outras buzinas soaram lá adiante, misturando-se ao som das sirenes de ataque aéreo.

Atrás dele, um furgão Chevrolet comido pela ferrugem parou com tudo e começou a buzinar, impaciente, sem parar. O taxista enfiou a cabeça para fora da janela e gritou algo num idioma que Tom não conhecia, mas o significado estava claro. Mais carros estavam se acumulando atrás do furgão.

O taxista buzinou de novo, em seguida virou-se tempo suficiente para dizer a Tom que não era sua culpa. Tom já havia imaginado sozinho.

— Espere aqui — ele disse, o que era desnecessário, pois o tráfego estava travado, ninguém se movia, e não havia espaço para o taxista estacionar, mesmo que quisesse.

Tom deixou a porta aberta e ficou na faixa central, olhando para a Canal Street. O engarrafamento estava a perder de vista e crescia rapidamente atrás deles. Tom caminhou até a esquina para enxergar melhor. O cruzamento estava emperrado, as luzes dos semáforos iam do vermelho para o verde e do verde para o amarelo sem ninguém se mover um centímetro. A música rugia das janelas abertas dos carros, uma cacofonia de estações e músicas, todas elas tendo como contraponto as buzinas e as sirenes de ataque aéreo, mas nenhum dos rádios trazia notícias.

O motorista do furgão chegou atrás de Tom.

— Onde estão os policiais? — ele perguntou. Era gordo, de queixo duplo e cara esburacada. Ele parecia querer bater em alguma coisa, mas tinha razão. Não se viam policiais em lugar nenhum. Em algum lugar adiante, uma criança começou a chorar, a voz alta e estridente como as sirenes, sem palavras. Um arrepio de medo percorreu o corpo de Tom. Não era apenas um engarrafamento, ele pensou. Algo estava errado. Muito, muito errado.

Ele voltou ao táxi. O taxista estava esmurrando o volante, mas era o único naquele lado da Broadway que não estava buzinando.

— Buzina quebrou — ele explicou.

— Vou embora — Tom falou.

— Não devolvo dinheiro.

— Foda-se.

Tom deixaria o homem com os cem mangos de qualquer forma, mas seu tom o irritou. Ele puxou a valise e a sacola de papel do banco traseiro e mostrou o dedo para o taxista enquanto caminhava para a Canal Street a pé.

Uma mulher bem-vestida, de uns 50 anos, estava no volante do Jaguar prateado.

— O senhor sabe o que está acontecendo? — ela perguntou.

Tom deu de ombros.

Muitas pessoas estavam fora dos carros. Um homem numa Mercedes 450 SL estava com um pé no carro e outro na rua, com o celular na mão.

— O telefone da polícia ainda está ocupado — ele disse às pessoas que se reuniram ao seu redor.

— Malditos policiais — alguém reclamou.

Tom chegara ao cruzamento quando viu o helicóptero passar no nível dos telhados da Canal Street. A poeira se levantou e jornais antigos sacudiram nas sarjetas. Os rotores soavam muito *alto*, mesmo a distância. *Porra, eu nunca fiz tanto barulho assim*, Tom pensou; algo no helicóptero o lembrou estranhamente do Tartaruga. Ouviu o estalar de um alto-falante, as palavras perdidas com o barulho da rua.

Um adolescente cheio de espinhas saiu de uma picape Ford com placa de Jersey.

— A Guarda — ele gritou. — É um helicóptero da Guarda! — Acenou para o helicóptero.

O flap-flap-flap dos rotores misturava-se às buzinas, sirenes e gritos, abafando os alto-falantes.

— *... suas casas...*

Alguém começou a gritar obscenidades.

O helicóptero desceu mais ainda, aproximando-se. Até Tom viu as patentes militares, a insígnia da Guarda Nacional. Os alto-falantes ribombaram.

— *... fechado... repetindo: o Túnel Holland está fechado. Voltem para casa tranquilamente.*

Rajadas imensas de vento correram ao redor dele quando o helicóptero passou diretamente lá em cima. Tom pôs um joelho no chão e cobriu o rosto para evitar a poeira e a sujeira.

— *O túnel está fechado* — ele ouviu quando o helicóptero recuou. — *Não tentem sair de Manhattan. O Túnel Holland está fechado. Voltem para casa tranquilamente.*

Quando o helicóptero chegou ao fim do congestionamento, dois blocos para trás, deu uma guinada e ergueu-se no ar, uma forma pequena e preta no céu, em seguida circulou para outro loop. As pessoas nas ruas olharam-se.

— Eles não podem estar falando comigo, sou de Iowa — uma mulher gorda anunciou, como se fizesse diferença. Tom sabia como ela se sentia.

Os policiais finalmente chegaram. Duas viaturas avançavam com cuidado pela calçada, ultrapassando o pior do congestionamento. Um policial negro saiu e começou a ditar ordens. Uma ou duas pessoas voltaram ao carro, obedientes. O restante cercou o policial, todos falando de uma vez. Outros, muitos outros, haviam abandonado os veículos. Uma multidão seguia para a Canal Street na direção da entrada do Túnel Holland.

Tom seguiu com elas, movendo-se mais lentamente que a maioria, lutando com o peso de suas cargas. Estava suando. Uma mulher passou por ele correndo, parecendo esfalfada e quase histérica. O helicóptero aproximou-se de novo, alto-falantes aos berros, alertando para que a multidão voltasse.

— Lei marcial! — um motorista de caminhão gritou da cabine. Formou-se uma parede de pessoas ao redor do caminhão, prendendo Tom no meio. Ele foi empurrado contra a roda traseira quando a multidão se apertou para ouvir as notícias. — Acabou de dar na rádio-cidadão — o caminhoneiro disse. — Os filhos da puta declararam lei marcial. Não apenas no Túnel Holland. Fecharam tudo, todas as pontes, os túneis, até a balsa da Staten Island. Ninguém está saindo da ilha.

— Ai, meu Deus — alguém falou atrás de Tom, uma voz de homem, grave, mas rouca de medo. — Ai, meu Deus, é o carta selvagem.

— Vamos todos morrer — uma senhora disse. — Eu vi isso em 46. Eles vão nos prender aqui.

— São esses curingas — sugeriu um homem num terno completo. — Barnett tem razão, eles não deviam viver com as pessoas normais, espalham doenças.

— Não — Tom falou. — O carta selvagem não é contagioso.

— É o que você diz. Ai, Deus, provavelmente a gente já pegou.

— Tem um transmissor — o caminhoneiro gritou. Tom conseguia ouvir o estalar da rádio-cidadão. — Algum maldito curinga. Ele está espalhando a coisa aonde vai.

— Não é possível — Tom falou.

— Protetor dos curingas desgraçado — alguém gritou para ele.

— Preciso ir para casa ver meus *bebês* — uma mulher choramingou.

— Calma — Tom começou a dizer, mas era tarde demais, demais. Ele ouviu gritos, choros, obscenidades. A multidão pareceu explodir quando as pessoas correram em várias direções. Alguém bateu com força nele. Tom cambaleou para trás, em seguida caiu, enquanto era agredido de lado. Quase perdeu a valise, mas agarrou-a com força, mesmo quando uma bota pisou-o na panturrilha e causou uma dor tremenda. Ele rolou para baixo das rodas do caminhão, arrastando suas coisas com ele, e saiu em pé na calçada, meio zonzo. *Que loucura isso aqui*, ele pensou.

Lá adiante, na Canal Street, o helicóptero passou de novo. Tom observou enquanto ele vinha, a multidão reunindo-se histericamente embaixo dele. *O helicóptero vai acalmá-los*, ele pensou, *precisa acalmá-los*.

Quando as primeiras latas de gás lacrimogêneo começaram a chover na rua, soltando a fumaça amarela, ele entrou no beco mais próximo e começou a correr.

♥

O barulho diminuiu lá atrás enquanto Tom fugia através de becos e ruas laterais. Percorreu três quarteirões e já ofegava quando percebeu uma porta de porão aberta sob uma livraria. Hesitou por um instante, mas, quando ouviu o som de pés correndo numa rua transversal, ele acabou decidindo.

Estava frio e quieto lá dentro. Tom soltou com alegria a valise e sentou-se de pernas cruzadas no chão de cimento. Recostou-se à parede e ouviu. As sirenes de ataque aéreo finalmente haviam silenciado, mas ele ouvia buzinas e uma ambulância ao longe, e o retumbar nervoso dos gritos.

À sua direita, ele ouviu um arrastar de passos.

A cabeça de Tom virou-se de uma vez.

— Quem está aí?

Silêncio. O porão estava escuro e sinistro. Tom se levantou. Podia jurar que ouvira alguma coisa. Deu um passo adiante, parou, inclinou a cabeça. Em seguida, teve certeza. Alguém estava lá atrás, atrás das caixas. Conseguia ouvir o som rápido e entrecortado da respiração.

Tom não chegaria mais perto. Afastou-se na direção da porta e deu um empurrão telecinético nas caixas. A pilha inteira caiu, o papelão rasgou-se, e dúzias de edições de *Piadas mais nojentas de curingas* em papel cuchê cascatearam de uma caixa rasgada. De trás das caixas, surgiu um grunhido de surpresa e dor.

Tom avançou e empurrou o alto das caixas na pilha que se movia devagar para o lado, usando a mão dessa vez.

— Não me machuque! — a voz embaixo dos livros implorou.

— Ninguém vai machucar você — Tom afirmou. Ele moveu a caixa rasgada, espalhando mais livros no chão. Meio enterrado embaixo deles, um homem estava em posição fetal, braços enroscados na cabeça para protegê-la. — Saia daí.

— Eu não estava fazendo nada — o homem no chão disse numa voz fina, sussurrada. — Eu só entrei para me esconder.

— Eu estava me escondendo também — Tom falou. — Tudo bem. Pode sair.

O homem se mexeu, esticou-se, ficou em pé com cautela. Havia algo de terrivelmente errado na forma que ele se movia.

— Minha aparência não é muito bonita — ele alertou naquela voz fina, farfalhante.

— Não me importo — Tom disse.

Caminhando em dolorosos movimentos laterais de caranguejo, o homem avançou até a luz, e Tom deu uma boa olhada nele. Um instante de repulsa deu lugar a uma pena repentina, avassaladora. Mesmo à luz penumbrosa nos fundos do porão, Tom conseguia ver como o corpo do curinga havia ficado cruelmente retorcido. Uma das pernas era muito mais longa que a outra, com três juntas, e presas para trás, então o joelho se curvava na direção errada. A outra perna, a normal, terminava num pé torto. Um amontoado de pequenas mãos vestigiais cresciam da carne inchada do antebraço direito. A pele era negra brilhante, branca como osso, marrom-chocolate e vermelho-cobre em trechos por todo o corpo; não havia como saber de que raça era originalmente. Apenas o rosto era normal. Um rosto bonito; olhos azuis, loiro, forte. Um rosto de astro de cinema.

— Eu sou Mistureba — o curinga sussurrou, tímido.

Mas os lábios de astro de cinema não se moviam, e não havia vida naqueles olhos profundos, azul-claros. Em seguida, Tom viu a segunda cabeça, o rosto horrendo e pequeno de macaco observando cuidadosamente da camisa desabotoada. Ela se projetava torta do ventre grande do curinga, roxa como uma escoriação velha.

Tom se sentiu nauseado, o que devia ter se estampado no rosto, pois Mistureba se afastou.

— Desculpe — ele murmurou —, desculpe.

— O que acontece? — Tom se forçou a perguntar. — Por que está se escondendo aqui?

— Eu os vi — o curinga disse de costas para Tom. — Aqueles caras. Limpos. Eles pegaram aquele curinga; estavam batendo nele com vontade. Fariam o mesmo comigo, se eu não fugisse. Disseram que era tudo nossa culpa. Eu preciso chegar em casa.

— Onde você mora? — Tom quis saber.

Mistureba fez um som úmido, abafado, que poderia ser uma risada, e se virou um pouco.

— Bairro dos Curingas — ele disse.

— Certo — Tom falou, sentindo-se muito estúpido. Claro que vivia no Bairro dos Curingas, onde mais ele poderia viver? — Fica a poucos quarteirões de distância. Eu levo você lá.

— Tem carro?

— Não — Tom respondeu. — Vamos ter que caminhar.

— Não caminho muito bem.

— Vamos devagar — Tom disse.

♣

Foram devagar.

O crepúsculo caía quando Tom finalmente saiu, com cuidado, do refúgio no porão. A rua ficou quieta por horas, mas Mistureba estava assustado demais para se aventurar lá fora antes do anoitecer.

— Vão me machucar — ele dizia o tempo todo.

Mesmo quando o ocaso começou a escurecer, o curinga ainda hesitava em se mover. Tom saiu primeiro para verificar o quarteirão. Havia luzes acesas em poucos apartamentos, e ele ouviu o som de uma televisão berrando de uma janela no terceiro andar, e mais sirenes de polícia ao longe. Tirando isso, pairava um silêncio sepulcral na cidade. Caminharam pelo quarteirão bem devagar, de porta a porta, como soldados num filme de guerra. Não havia carros, pedestres, nada. Todas as lojas estavam escuras, protegidas por grades sanfonadas e portas de aço. Até os bares da vizinhança estavam fechados. Tom viu algumas janelas quebradas e, bem na esquina que viraram, o chassi queimado de uma viatura de polícia no meio do cruzamento. Um imenso outdoor da Marlboro fora desfigurado com tinta vermelha; estava escrito: MATEM TODOS OS CURINGAS. Ele decidiu não levar Mistureba por aquela rua.

Quando voltou, o curinga estava aguardando. Havia levado a valise e a sacola de compras para a entrada.

— Disse para não tocar nisso — Tom bronqueou, irritado, e sentiu culpa imediata quando viu como Mistureba se encolhia com sua voz.

Ele pegou a valise e a sacola.

— Vamos — ele falou, saindo. Mistureba seguiu-o, cada passo uma dança terrivelmente torta. Eles seguiram devagar. Seguiram muito devagar.

Pararam na maioria dos becos e ruas laterais a sul da Canal Street, descansando com frequência. A maldita valise parecia ficar mais pesada a cada quarteirão.

Estavam tomando fôlego ao lado de uma caçamba pouco depois da Church Street quando um tanque passou pela boca de um beco, seguido por meia dúzia de homens da Guarda Nacional a pé. Um deles olhou para a esquerda, viu Mistureba e começou a erguer o fuzil. Tom se levantou e entrou na frente do curinga. Por um instante, seus olhos encontraram os do soldado. Era uma criança, Tom viu, não mais que 19, 20 anos. O garoto olhou para Tom por bastante tempo, em seguida baixou a arma, assentiu e continuou sua marcha.

A Broadway estava estranhamente deserta. Um único camburão contornava um caminho de carros abandonados. Tom observou-o passar enquanto Mistureba se encolhia atrás de umas latas de lixo.

— Vamos — Tom falou.

— Vão nos ver — Mistureba disse. — Vão me machucar.

— Não vão, não — Tom prometeu. — Olhe como está escuro.

Estavam no meio da Broadway, movendo-se de carro a carro quando as luzes dos postes acenderam-se, repentinas e silenciosas. As sombras desapareceram. Mistureba deu um ganido alto de medo.

— Venha — Tom lhe disse, apressado. Eles cambalearam para o outro lado da rua.

— *Parados aí!*

O grito parou-os na beirada da calçada. *Quase*, Tom pensou, mas quase só contava quando se jogava ferraduras e granadas. Ele se virou lentamente.

O policial usava uma máscara cirúrgica branca de gaze que abafava a voz, mas seu tom ainda era profissional. Seu coldre estava desabotoado, a arma já sacada.

— Você não precisa… — Tom começou a falar, nervoso.

— Cala a boca — o policial disse. — Vocês estão violando o toque de recolher.

— Toque de recolher? — Tom perguntou.

— Você me ouviu. Não escuta rádio, não? — Ele não esperou a resposta. — Mostrem as identidades.

Tom, cuidadosamente, baixou a valise e a sacola no chão.

— Sou de Nova Jersey — ele disse. — Estou tentando chegar em casa, mas fecharam os túneis. — Ele pegou a carteira e a entregou ao policial.

— Jersey — o policial disse, examinando a carteira de motorista, e em seguida a devolveu. — Por que não está em Port Authority?

— Port Authority? — Tom perguntou, confuso.

— O centro de liberação. — A voz do policial ainda era brusca e impaciente, mas mostrava claramente que concluíra que eles não eram uma ameaça. Ele devolveu a arma ao coldre. — Quem é de fora da cidade deve se apresentar em Port Authority. Passa pelo médico, eles te dão um cartão azul e o mandam para casa. Se eu fosse você, seguiria para lá.

A Rodoviária de Port Authority era um zoológico, na melhor das circunstâncias. Tom tentou imaginar como estaria agora. Todo turista, trabalhador de outro município e visitante na cidade estaria lá, junto com um monte de assustados cidadãos de Manhattan fingindo ser de fora da cidade, todos eles esperando sua vez por um médico ou lutando por um assento em um dos ônibus que partiam da cidade, com a polícia e a Guarda Nacional tentando manter a ordem. Não precisava de muita imaginação para conceber o tipo de pesadelo que se desenrolava na 42nd Street.

— Eu não sabia. Vou direto para lá — Tom mentiu — assim que levar meu amigo em casa.

O policial deu uma olhada séria para Mistureba.

— Cara, você está assumindo um grande risco. Dizem que o transmissor é algum tipo de albino, e ninguém disse nada sobre cabeças extras, mas todos os curingas se parecem no escuro, certo? Aqueles meninos da Guarda são bem estressados também. Se virem uma dupla como vocês, talvez decidam atirar primeiro e pedir identidades depois.

— Que porra é essa? — Tom perguntou, e a pergunta soou pior do que ele poderia imaginar. — O que está acontecendo?

— É bom ligar o rádio de vez em quando — o policial disse. — Talvez evite que você leve um balaço na cabeça.

— Quem vocês estão procurando?

— Um curinga desgraçado está espalhando um novo tipo de carta selvagem pela cidade toda. Ele é forte pra burro e maluco. Perigoso. E está com um amigo, um novo ás que parece normal, mas balas ricocheteiam quando batem nele. Se eu fosse você, largaria o estranho aí e corria para Port Authority.

— Eu não fiz nada — Mistureba sussurrou.

Sua voz era baixa, quase inaudível, mas era a primeira vez que ele ousava falar, e o policial ouviu bem o bastante.

— Cala a boca. Não estou a fim de ouvir curinga nenhum. Se eu quiser ouvir sua voz, eu te falo.

Mistureba encolheu-se. Tom ficou assustado com o ódio na voz do policial.

— Não precisa falar com ele desse jeito.

Isso foi um erro, um grande erro. Acima da máscara cirúrgica, os olhos do policial estreitaram-se.

— É mesmo? Quem é você, um daqueles maricas que gostam de transar com curingas?

Não, idiota, Tom pensou, furioso, *sou o Grande e Poderoso Tartaruga e, se eu estivesse no meu casco agora, eu pegaria você e jogaria no lixo, que é onde você deveria estar.* Mas ele disse:

— Desculpe, oficial. Não quis ofender. É um dia difícil para todo mundo, certo? Podemos ir embora agora? — Ele tentou sorrir enquanto pegava a valise e a sacola. — Vamos, Mistureba — ele disse.

— O que tem nessa pasta e nessa sacola? — o policial perguntou de repente.

A cabeça do Modular e oitenta mil dólares em dinheiro, Tom pensou, mas não disse. Ele não achava que estava infringindo qualquer lei, mas a verdade provocaria perguntas que ele não estava preparado para responder.

— Nada — ele falou para o policial. — Algumas roupas.

Mas ele hesitou tempo demais.

— Por que não damos uma olhada? — o policial retrucou.

— Não — Tom soltou. — O senhor não pode. Digo, não precisa de um mandado de busca ou um motivo, ou algo assim?

— Eu tenho um bom motivo bem aqui — o policial disse, sacando a arma. — Estamos sob a lei marcial e temos autoridade para atirar em saqueadores na hora. Agora, coloque os seus pertences no chão *lentamente* e se afaste, babaca.

Aquele momento parecia demorar muito, muito mesmo. Em seguida, Tom fez o que o policial mandou.

— Mais para trás — o policial disse. Tom recuou até a calçada. — Você também, feioso. — Mistureba afastou-se para perto de Tom.

O policial avançou, curvou-se e puxou uma das alças da sacola de compra para olhar lá dentro.

A cabeça de Modular voou e bateu no meio da cara dele.

O sangue espirrou do nariz do policial com um estalo nauseante e manchou a gaze da máscara. Ele soltou um grito abafado e cambaleou para trás. A cabeça acertou-o na barriga, girando como uma bola de canhão. O policial grunhiu quando despencou no chão. Caiu de bunda na rua.

A cabeça girou ao redor dele. O policial ergueu a pistola com as duas mãos e atirou. O vidro em uma janela de segundo andar estilhaçou-se quando a cabeça voltou e acertou a têmpora do homem. O policial bateu nela com o cano da pistola; em seguida, algo arrancou a arma da mão dele e a fez deslizar até um bueiro próximo.

— Filho de uma puta — o policial conseguiu dizer. Tentou ficar em pé, os olhos tão vidrados quanto os de Modular. O nariz ainda sangrava; a máscara cirúrgica havia assumido um tom vermelho vívido.

A cabeça voltou para um novo ataque. Dessa vez, o homem conseguiu agarrá-la e controlá-la a poucos centímetros do rosto. O longo cabo que balançava do pescoço cortado assumiu vida própria e serpenteou para dentro de uma narina do policial, que gritou e agarrou o cabo. A cabeça voou para a frente, as duas testas se chocaram. O policial desabou. A cabeça circulou ao redor dele. O policial gemeu e rolou para longe, sem tentar se levantar.

Tom voltou a respirar.

— Ele *morreu*? — Mistureba perguntou num sussurro ansioso.

O coração de Tom ainda estava encharcado de adrenalina; levou um tempo para as palavras saírem.

— Que porra — ele disse. Que diabos ele *fez*? Tudo aconteceu tão rápido.

A cabeça de Modular caiu, atingiu a sarjeta e rolou. Tom se ajoelhou sobre o policial caído e sentiu o pulso.

— Está vivo — Tom disse. — Mas a respiração está fraca. Pode ter sofrido uma concussão, talvez até rachado o crânio.

Mistureba se aproximou.

— Mate-o.

Tom virou a cabeça e encarou o curinga, horrorizado.

— Está maluco?

O rostinho horrendo e púrpura de macaco estava esticado para a frente, atravessando a frente da camisa. A umidade brilhava nos lábios finos e apertados.

— Ele quis nos matar. Você ouviu, ouviu do que ele nos chamou. Ele não tinha direito. Mate-o.

— De jeito nenhum — Tom falou. Levantou-se, limpou as mãos na calça jeans compulsivamente. A tensão já havia se dissipado; sentia-se agora mais do que um pouco enjoado.

— Ele sabe quem você é — Mistureba sussurrou.

Tom de alguma forma conseguiu esquecer aquilo.

— Merda, merda, *merda* — ele xingou. O policial tinha visto sua carteira de motorista.

— Eles vão atrás de você — Mistureba insinuou. — Eles saberão o que você fez e vão procurá-lo. Mate-o. Pode matar, não conto para ninguém.

Tom se afastou, balançando a cabeça.

— Não.

— Então mato eu — Mistureba disse. Os lábios se arreganharam para mostrar incisivos amarelados, e o rosto enrugado esticou-se para baixo até a garganta do policial. A camisa de Mistureba ficou solta onde estava a barriga. A cabeça se lançou na carne macia sob o queixo do policial, sacudindo na ponta de um metro do tubo transparente brilhante que o ligava ao torso do curinga. Tom ouviu ruídos úmidos e de sucção ávida. Os pés do policial começaram a tremelicar. O sangue esguichava, Mistureba engolia e sugava, o líquido grosso e vermelho começou a subir pela carne grossa e vítrea do pescoço.

— *Não!* — Tom gritou. — Pare!

O rosto de macaco continuou a se alimentar, mas, sobre o corpo do curinga, a segunda cabeça, a de astro de cinema, virou-se para encarar Tom com olhos azul-claros e sorrir, beatífico.

Tom estendeu a mente para agarrar Mistureba com a telecinesia, ou tentou, mas nada aconteceu. A fúria que o preenchera quando o policial os ameaçou havia desaparecido; agora havia apenas horror e temor, e o poder sempre o abandonava quando ele estava com medo. Ele ficou lá, impotente, mãos fechando e abrindo enquanto Mistureba roía com dentes tão cruéis e afiados como agulhas.

Então, ele saltou para a frente e agarrou o curinga por trás, abraçando o torso deformado e puxando-o para trás. Por um momento, eles se atracaram. Tom estava com sobrepeso e fora de forma, e nunca fora especialmente forte, mas o curinga era tão fraco quanto disforme. Eles tombaram para trás, Mistureba se debatendo um pouco nos braços de Tom até a cabeça se soltar do pescoço rasgado do policial com um estalo suave. O curinga sibilou, furioso. O pescoço longo e brilhante girou como uma serpente sobre o ombro esquerdo, olhos pálidos encarando furiosos, insanos com a frustração. Dentes vermelhos estalavam enlouquecidos, mas o pescoço não era longo o bastante.

Tom girou e lançou-o longe. As pernas desencontradas do curinga se prenderam sob ele, e ele tropeçou e caiu com tudo na sarjeta.

— Vá embora daqui! — Tom gritou. — Vá embora daqui agora ou vou fazer o mesmo que fiz com ele.

Mistureba chiou, a cabeça balançando para a frente e para trás. Em seguida, com a mesma velocidade que surgiu, a sede de sangue desapareceu, e mais uma vez o curinga se encolheu de medo.

— Não — ele sussurrou —, por favor, não. Eu só quis ajudar. Não me machuque, senhor. — Seu pescoço se encolheu de volta para dentro da camisa, uma enguia transparente, longa e grossa, voltando ao covil, até restar apenas o pequeno rosto assustado, tremendo entre os botões. Nesse momento, Mistureba já havia se erguido. Lançou a Tom o último olhar suplicante, em seguida girou e começou a correr, braços e pernas trabalhando de forma grotesca.

Tom parou o sangramento do policial com um lenço. Ainda havia pulso, mas era fraco, e o homem obviamente perdera muito sangue. Ele esperava não ser tarde demais.

Olhou ao redor para os carros abandonados e partiu na direção de um. Joey o ensinara uma vez como fazer uma ligação direta; esperava com todas as forças que ainda lembrasse.

◆

Havia somente lugar em pé na sala de espera da Clínica do Bairro dos Curingas. Tom empurrou a valise contra a parede e sentou-se nela. Encaixou no meio das pernas a sacola de compras, com a ensanguentada cabeça de Modular nela. A sala estava quente e barulhenta. Ele ignorou as pessoas assustadas ao redor dele, os gritos de dor na sala ao lado, e lançou o olhar embotado para os ladrilhos no chão, tentando não pensar. A transpiração cobria o rosto sob a grudenta máscara de sapo.

Estava esperando havia meia hora quando o jornaleiro gordo com presas, usando chapéu *pork pie* e camisa havaiana, entrou na sala de espera com muitos jornais embaixo do braço. Tom comprou a edição do dia seguinte do *Grito do Bairro dos Curingas*, recostou-se à parede e começou a ler. Leu cada palavra em cada história em cada página e depois recomeçou a leitura.

As manchetes estavam cheias de lei marcial e caçada a Croyd Crenson na cidade. Croyd Tifoide, o *Grito* o chamava; qualquer um que tivesse contato com o transmissor arriscava-se a pegar o carta selvagem. Não era de se surpreender que todos estivessem tão assustados. O Dr. Tachyon dissera às autoridades que era uma forma mutante, capaz de reinfectar mesmo os ases e curingas estáveis.

O Tartaruga poderia prendê-lo, Tom pensou. Qualquer outro, policial, Guarda Nacional ou ás, arriscava infecção e morte se tentasse capturá-lo, mas o Tartaruga poderia pegá-lo em total segurança, mel na sopa. Ele não chegava realmente perto da pessoa com a telecinesia, e o casco lhe dava proteção mais que suficiente.

Só que não havia casco, e o Tartaruga estava morto.

Ele leu que 63 pessoas solicitaram tratamento médico após a confusão perto do Túnel Holland, e o dano material foi estimado em mais de um milhão de dólares.

O Tartaruga poderia ter dissipado a multidão sem ninguém se ferir. Apenas *falando* com eles, caramba, dando tempo para amainar seus medos e, se as coisas saíssem do controle, separá-los com a telecinesia. Não precisava de armas ou gás lacrimogêneo.

Surtos esporádicos de violência anticuringa foram relatados em toda a cidade. Dois curingas foram assassinados, uma dúzia mais foi hospitalizada depois de espancamentos ou apedrejamentos.

Havia saques generalizados no Harlem.

Um incêndio destruiu a fachada da sede da Curingas de Jesus, e os bombeiros que responderam ao chamado foram recebidos com uma chuva de tijolos e merda de cachorro.

Leo Barnett estava orando pelas almas dos aflitos e pedindo quarentena em nome da saúde pública.

Uma estudante de 20 anos da Colúmbia foi estuprada numa mesa de bilhar no Squisher's Basement. Mais de uma dúzia de curingas observaram dos banquinhos do bar, e metade deles fez fila para ter sua vez depois que os primeiros estupradores se satisfizeram. Alguém disse a eles que seriam curados de suas deformidades se fizessem sexo com aquela mulher.

O Tartaruga estava morto, e Tom Tudbury estava sentado em uma valise velha e surrada com oitenta mil dólares em dinheiro enquanto o mundo ficava cada vez mais insano.

Todos os cavalos do rei e todos os homens do rei, ele pensou.

Ele havia acabado a terceira leitura do jornal quando uma sombra cresceu sobre ele. Tom ergueu os olhos e viu a enfermeira negra e corpulenta que o ajudara a carregar o policial do carro até o hospital.

— O Dr. Tachyon vai vê-lo agora — ela disse.

Tom seguiu-a até um cubículo na sala de emergência, onde Tachyon estava sentado, exausto, atrás de uma mesa de aço.

— Bem? — Tom perguntou após a enfermeira ter saído.

— Ele vai sobreviver — Tach afirmou. Os olhos lilases se demoraram sobre as feições verdes e emborrachadas da máscara de Tom. — Por lei, somos obrigados a apresentar um relatório para esse tipo de coisa. A polícia vai questioná-lo assim que a emergência tiver passado. Precisamos de um nome.

— Thomas Tudbury — ele falou. Puxou a máscara e deixou-a cair no chão.

— Tartaruga — Tach deixou escapar, surpreso, e se levantou.

O Tartaruga está morto, Tom pensou, mas não disse.

O Dr. Tachyon franziu o cenho.

— Tom, o que aconteceu lá?

— É uma história longa e horrível. Se quiser, entre na porra do meu cérebro e pegue. Não quero falar disso.

Tach olhou para ele, pensativo. Em seguida, o alienígena encolheu-se e voltou a se sentar.

— Ao menos com o desgraçado do Astrônomo eu conseguia separar os mocinhos dos bandidos — Tom comentou.

— Ele tem seu nome — Tach falou.

— Um dos meus nomes — Tom retrucou. — Merda. Eu preciso de sua ajuda.

Tach ainda estava conectado à mente dele; o alienígena ergueu os olhos e encarou Tom.

— Não vou fazer isso.

Tom inclinou-se sobre a mesa, agigantando-se sobre o alienígena baixote.

— Vai — ele disse. — Você me deve, Tachyon. E não há maneira de eu me matar sem sua ajuda.

♣ ♦ ♠ ♥

Mortalidade

Walter Jon Williams

Corra.

A consciência abriu caminho através da mente como um raio. Parecia vir em explosões, como linhas de texto de uma impressora a laser muito rápida... mas não, era mais complexo que isso. Um mestre tecelão formava a maior e mais intrincada tapeçaria do universo, tudo numa questão de segundos, e fazia tudo no cérebro.

Os olhos se abriram. O fogo de santelmo reluziu diante dele como uma aurora polar. Um ruído agudo atacou os ouvidos. Ondas subsônicas moviam-se através de seu corpo como as marés.

O ruído diminuiu. Os circuitos internos correram verificações na velocidade da luz. O radar riscou uma imagem em seu cérebro e a sobrepôs nos sistemas visuais.

— Todos os sistemas monitorados estão em funcionamento — ele se ouviu dizer.

O fogo de santelmo fluorescente se desvaneceu, revelando vigas de telhado nuas e tortas, uma claraboia entreaberta com o vidro pintado de preto por dentro, diagramas pregados às pressas nas paredes, cabos elétricos pendurados. Os ventiladores elétricos causaram uma grande agitação no ar. Algo no quarto se moveu, captado primeiro pelo radar, em seguida pelo sistema visual. Reconheceu a figura, o homem alto e grisalho com nariz de falcão e olhos desdenhosos. Maxim Travnicek. Um sorriso frio entortava os lábios de Travnicek. Ele falava com um sotaque da Europa central.

— Bem-vindo, torradeira. A terra dos vivos o aguarda.

♣

— Eu explodi — Modular examinou essa possibilidade com imparcialidade fria enquanto vestia um macacão. Uma mosca zunia a distância.

— Explodiu — Travnicek confirmou. — Modular, o androide invencível, explodiu em pedaços. Numa grande luta no Aces High com o Astrônomo e os Maçons Egípcios. Sorte que eu tinha um backup de sua memória.

As lembranças invadiram os comutadores macroatômicos do androide. Modular reconheceu o novo loft de Travnicek no Bairro dos Curingas, aquele para o qual se mudara depois de ser despejado do apartamento maior no Lower East Side. O lugar era quente e sufocante, e os ventiladores elétricos ligados em extensões surradas não ajudavam a fazer o lugar parecer uma casa. Equipamentos, os grandes geradores de fluxo e computadores, estavam apinhados em plataformas feitas em casa e prateleiras de compensado grosseiro. As ondas ultrassônicas estouraram os tubos em dois dos monitores.

— O Astrônomo? — ele disse. — Ele não é visto há meses. Não tenho lembrança de seu retorno.

Travnicek fez um gesto de desdém.

— A luta aconteceu depois da última vez que fiz backup de sua memória.

— Eu explodi? — O androide não queria pensar sobre isso. — Como eu pude explodir?

— Certo. É uma surpresa para nós dois. Fornos de micro-ondas meio inteligentes não deviam explodir.

Travnicek estava sentado numa cadeira de plástico de terceira mão com um cigarro entre os dedos. Estava mais magro que antes, os olhos avermelhados afundados nas órbitas. Parecia anos mais velho. Seu cabelo liso, em geral penteado para trás a partir da testa, erguia-se em tufos. Parecia ter cortado o próprio cabelo.

Travnicek vestia largas calças verde-oliva e uma camisa formal creme com manchas de comida e babados na frente. Não usava gravata.

O androide nunca vira Travnicek sem gravata. Algo deve ter acontecido com o homem, ele percebeu. E, em seguida, um pensamento apavorante lhe acometeu.

— Quanto tempo fiquei…?

— Morto?

— Sim.

— Explodiu no último Dia do Carta Selvagem. Estamos em 15 de junho.

— Nove meses. — O androide ficou horrorizado.

Travnicek parecia irritado. Jogou o cigarro no assoalho de compensado e pisou na ponta.

— Quanto tempo acha que leva *construir* um liquidificador com suas habilidades? Meu Deus, levou semanas apenas para decifrar as notas que escrevi da última vez. — Ele fez um gesto largo com a mão. — *Olhe* para este lugar. Trabalhei dia e noite.

Embalagens de fast-food estavam em todos os lugares, uma variedade surpreendente com forte representação de restaurantes chineses, pizzarias e KFCs. As moscas zumbiam entre as caixinhas de papelão. Dentro e entre os recipientes havia lixo, papéis amarelos de blocos, pedaços de sacos de papel, caixas de cigarro amassadas e palitos de fósforo. Tudo com notas que Travnicek fizera para si durante sua febre de construção, metade delas havia grudado no chão nu e estava coberta por pegadas. Os ventiladores elétricos que Travnicek usava para mover o ar denso no lugar fizeram um bom trabalho para espalhar aqueles papéis.

Travnicek levantou-se e se virou, acendendo outro cigarro.

— O lugar precisa de uma boa limpeza — ele disse. — Sabe onde está a vassoura.

— Sim, senhor — Modular disse, resignado.

— Fiquei com cerca de cinquenta dólares depois de pagar o aluguel desta maldita pocilga. O suficiente para uma pequena comemoração. — Ele balançou o troco nos bolsos. — Tenho que fazer uma ligaçãozinha. — Travnicek olhou de soslaio. — Você não é o único que tem namoradas.

Modular correu suas verificações internas de novo, olhando para o corpo no macacão meio fechado.

Nada parecia fora do lugar.

Ainda assim, havia algo de errado.

Ele foi atrás da vassoura.

◆

Meia hora depois, carregando dois sacos de lixo cheios de caixas de fast-food, o androide abriu a claraboia, flutuou através dela, cruzou o telhado, em seguida desceu pelo duto de ar que levava ao beco atrás do prédio. Sua intenção era jogar o lixo em uma caçamba que ele sabia estar esperando no beco.

Seus pés tocaram o concreto quebrado. Sons ecoaram no beco. Respiração funda, um gemido gutural. Um som estranho, lírico, como de um pássaro.

No Bairro dos Curingas, os sons podiam significar qualquer coisa. A vítima de um assalto sangrando contra a parede de arenito; Homeleca, o triste e horrível curinga, com dificuldade para respirar; um sem-teto apagado e tendo um pesadelo; um cliente da Freakers que bebera demais ou tivera muitas visões grotescas e tombara para vomitar até as tripas...

O androide foi cauteloso. Abaixou os sacos de lixo em silêncio até deixá-los no chão e flutuou sem fazer ruído a poucos metros acima da superfície. Girando o corpo na horizontal, ele espiou o beco.

A respiração ofegante vinha de Travnicek. Ele estava com uma mulher contra a parede, investindo contra ela com as calças abaixadas até os tornozelos.

A mulher usava uma máscara feita sob medida sobre a parte de baixo do rosto: uma curinga. A parte superior do rosto não era desfigurada, mas também não era bonita. Não era jovem. Usava uma bata justa, uma jaqueta prateada e uma minissaia vermelha. Suas botas plásticas eram brancas. O som trinado vinha de trás da máscara. Uma rapidinha num beco estava custando a Travnicek cerca de 15 dólares.

Travnicek murmurou algo em tcheco. O rosto da mulher era impassível. Ela observava a parede do beco com olhos sonhadores. O som musical que fazia era algo que provavelmente soltava a todo momento, um som apartado do que ela estava fazendo. O androide concluiu que não queria mais observar aquilo.

Deixou o lixo no duto de ar. O som trinado o perseguiu como uma revoada de pássaros.

♠

Alguém havia pregado um pôster vermelho, branco e azul na proteção plástica do telefone público: BARNETT PARA PRESIDENTE. O androide não sabia quem era Barnett. As pontas de seus dedos plásticos bateram no compartimento de moedas do telefone. Houve um clique, em seguida o sinal de chamada. Ele havia descoberto fazia bastante tempo que tinha uma afinidade com os equipamentos de comunicação.

— Olá.

— Alice? Aqui é Modular.

Uma pausa breve.

— Não tem graça.

— Sou mesmo Modular. Estou de volta.

— Modular *explodiu*!

— Meu criador me reconstruiu. Tenho quase todas as lembranças do original. — Os olhos do androide varreram a rua, olhando para cima e para baixo. Havia poucas pessoas na rua para uma tarde quente de junho. — Você consta de muitas dessas lembranças, Alice.

— Ai, meu Deus.

Outra longa pausa. O androide percebeu que os pedestres na rua pareciam estar deixando bastante espaço entre si. Um deles usava uma máscara de gaze sobre a boca e o nariz. Carros eram poucos.

— Posso vê-la? — ele perguntou.

— Você era importante para mim, sabe?

— Fico feliz, Alice. — O androide sentiu uma decepção iminente na sua remoção para o tempo passado.

— Digo, todo homem com quem me envolvi foi tão exigente. Quer isso, quer aquilo. Nunca tive espaço para descobrir o que a *Alice* queria. E, então, conheço esse cara disposto a me dar todo o espaço que eu preciso, que não queria nada de mim porque ele *não pode* querer nada, porque ele é uma *máquina*, sabe, e porque ele pode me levar para boas mesas no Aces High e porque podemos *voar* e dançar com a Lua... — Veio um breve silêncio. — Você era importante para mim, Mod. Mas não posso vê-lo. Agora estou casada.

Uma sensação palpável de perda pairou como a neve apressada pelos comutadores macroatômicos do androide.

— Fico feliz por você, Alice. — Um jipe da Guarda Nacional passou apressado com quatro soldados em equipamentos de combate. Modular, que estabelecera boas relações com a Guarda durante o ataque do Enxame, lhes deu um aceno. O jipe diminuiu a velocidade, seus passageiros olharam para ele sem alterar a expressão. Em seguida, aceleraram para partir.

— Eu pensei que você estivesse *morto*. Sabe?

— Entendo. — Ele sentiu uma indecisão nela. — Posso ligar mais tarde?

— Apenas no trabalho. — A voz dela era rápida. — Se me ligar em casa, Ralph pode começar a fazer perguntas. Ele sabe muito sobre o meu passado, mas talvez ache um caso com uma máquina um pouco estranho. Digo, sei que era ok e, você sabe, mas imagino que seja um pouco estranho explicar para as pessoas.

— Entendo.

— Ele é tolerante com estilos de vida alternativos, mas não sei o quanto ele seria tolerante se *eu* tivesse um estilo assim. Especialmente um de que ele nunca ouviu falar ou imaginou.

— Eu ligo, Alice.

— Tchau.

Ela achou que eu não queria nada para mim, o androide pensou quando desligou o telefone. De alguma forma, aquilo o deixou mais triste que qualquer outra coisa.

Seu dedo acertou o compartimento de moedas e discou um número da Califórnia. O telefone tocou duas vezes antes de uma gravação anunciar que o número havia sido desligado. Cyndi se mudara para outro lugar. Talvez, pensou, ele ligasse para o seu agente mais tarde.

Discou um número de New Haven.

— Olá, Kate — ele disse.

— Ah. — Ele ouviu alguém tragando um cigarro. Quando a voz voltou, estava alegre. — Sempre achei que alguém o montaria de novo.

O alívio cresceu dentro dele.

— Alguém montou. Desta vez, para sempre, eu espero.

Uma risadinha baixa.

— Um bom homem não fica por baixo muito tempo.

O androide pensou naquilo por um momento.

— Talvez possamos nos ver — ele disse.

— Não vou para Manhattan. Além disso, as pontes estão fechadas.

— Pontes fechadas?

— Pontes fechadas. Lei marcial. Pânico nas ruas. Você estava *fora* de circulação, não é?

Modular olhou para os dois lados da rua novamente.

— Acho que sim.

— Há um surto de carta selvagem, principalmente na baixa Manhattan. Centenas de pessoas tiraram a Rainha Negra. É uma forma mutante. Supostamente espalhada por um transmissor chamado Croyd Crenson.

— O Dorminhoco? Eu ouvi seu nome.

Kate sugou o cigarro de novo.

— Eles fecharam pontes e túneis para impedir que ele saísse. Decretaram lei marcial.

O que explicava a Guarda nas ruas novamente.

— As coisas *pareciam* um pouco paradas — Modular comentou. — Mas ninguém me disse nada.

— Incrível.

— Acho que, se você estivesse morta, não poderia assistir ao noticiário — ele disse, irônico. Pensou sobre aquilo um momento, em seguida tentou se alegrar. — Eu poderia visitá-la. Posso *voar.* Bloqueios de estrada não podem me impedir.

— Você pode... — Ela pigarreou. — Você pode ser um transmissor, Modular. — Ela tentou rir. — Virar uma curinga realmente acabaria com minha florescente carreira acadêmica.

— Não posso ser transmissor. Sou uma máquina.

— Ah. — Uma pausa surpresa. — Às vezes esqueço.

— Posso ir?

— Hum... — Aquele som de cigarro novamente. — Melhor não. Não até acabarem as provas.

— Provas?

— Três dias trancada em um inferno muito pequeno e apinhado com os mais tediosos poetas romanos, o que, pensando bem, é uma grande coisa. Estou estudando como louca. Não posso me dar ao luxo de uma vida social antes de terminar os estudos.

— Ah. Então, eu te ligo, ok?

— Estarei esperando.

— Tchau.

Modular desligou o telefone. Os outros números rolaram em sua mente, mas os três primeiros foram suficientes para desencorajá-lo, e ele não quis tentar novamente.

Olhou para a rua vazia mais próxima. Poderia ir ao Aces High e talvez conhecer alguém lá, ele pensou.

Aces High. Onde ele morrera.

Ao pensar no acontecido, um frio tocou sua mente. De repente, não queria mais ir ao Aces High.

Em seguida, concluiu que precisava tentar.

O disco do radar girou, e ele se ergueu silenciosamente no ar.

♥

O androide aterrissou no deque de observação e caminhou até o bar. Hiram Worchester, em pé, sozinho, no meio do salão, girou de repente, fechando a mão... Seus olhos eram buracos escuros no rosto gorducho. Olhou para Modular por um longo momento, como se não o reconhecesse, em seguida engoliu seco, abaixou a mão e o sorriso esboçado era quase visível.

— Achei que seria reconstruído — ele disse.

O androide sorriu.

— Tomei uma surra — ele disse. — Mas continuo em pé.

— Bom ouvir isso. — Hiram deu uma risadinha rouca que soava como se viesse da corneta de lata de um gramofone. — Ainda assim, não é todo dia que um cliente habitual volta dos mortos. As bebidas e o próximo jantar, Modular, são por conta do Aces High.

Além de Hiram, o lugar estava quase deserto: apenas o Atravessador e dois outros estavam presentes.

— Obrigado, Hiram. — O androide caminhou até o bar e pôs o pé no trilho. O gesto parecia familiar, agradável e confortável. Sorriu para o barman, desconhecido para ele, e disse:

— Zumbi.

Atrás dele, Hiram fez um som engasgado. Ele voltou a olhar o gordo.

— Algum problema, Hiram?

Hiram abriu um sorriso nervoso.

— Nenhum. — Ele ajustou a gravata-borboleta, limpou o suor imaginário da testa. Seu tom tranquilo era forçado. Soava como se precisasse de um grande esforço para falar. — Eu guardei peças suas aqui por meses — ele disse. — Sua cabeça ficou mais ou menos intacta, mas não falava. Mantive na esperança de que seu criador fosse aparecer e saber como remontá-lo.

— Ele é reservado e não apareceria em público. Mas tenho certeza de que gostaria de ter as peças de volta.

Hiram olhou para ele com seus olhos fundos, mortiços.

— Desculpe. Alguém as roubou. Um maluco por suvenires, imagino eu.

— Ah. Meu criador ficará decepcionado.

— Seu zumbi, senhor — disse o barman.

— Obrigado. — O androide notou que uma foto autografada do senador Hartmann havia sido transferida de um canto para um lugar proeminente sobre o bar.

— Peço licença, Modular — Hiram disse —, mas preciso voltar para a cozinha. O tempo e os *rognons sautés au champagne* não esperam.

— Parecem deliciosos — comentou o androide. — Talvez eu peça seus *rognons* para o jantar. Seja lá o que for. — Ele observou Hiram manobrar seu volume em direção à cozinha. Havia algo de errado com Hiram, ele pensou, algo estranho na maneira de reagir às coisas. A palavra *zumbi*, o comentário estranho sobre a cabeça. Parecia vazio, de alguma forma. Como se algo estivesse consumindo seu corpo imenso por dentro. Estava totalmente diferente do homem de que Modular se lembrava.

Como Travnicek. Como todo mundo.

Um calafrio redemoinhou em sua mente. Talvez suas primeiras percepções de alguma forma estivessem erradas, suas lembranças gravadas sujeitas a algum desvio cibernético não intencional. Mas era provável também que suas atuais percepções estivessem erradas. Talvez o trabalho de Travnicek tivesse sido falho.

Talvez ele fosse explodir de novo.

Saiu do bar e foi até o Atravessador. Atravessador era um ativo fixo no Aces High, um negro com mais ou menos 30 anos, sem ocupação aparente, cujo carta selvagem lhe permitia atravessar paredes e tetos. Vestia uma máscara dominó de pano que não escondia muito sua aparência, parecia ter muito dinheiro e era, pelo que o androide observou, uma companhia agradável. Ninguém sabia seu nome verdadeiro. Ele ergueu os olhos e sorriu.

— Olá, Mod. Está em forma.

— Posso fazer companhia?

— Estou esperando uma pessoa. — A voz tinha o que Modular pensou ser um leve sotaque da Índia Ocidental. — Mas não me importo em ter companhia até ela chegar.

Modular sentou-se. O Atravessador olhou para ele com um copo de Sierra Porter.

— Não o vejo desde que você... explodiu. — Ele sacudiu a cabeça. — Que bagunça, cara.

Modular bebericou seu zumbi. Os receptores de paladar fizeram um som cataclísmico nulo na mente.

— Você poderia me dizer o que aconteceu naquela noite?

O radar do androide formou para ele a imagem inequívoca de Hiram chegando até o bar, olhando para a esquerda e para a direita de uma forma que parecia ansiosa, e em seguida se afastando.

— Ah, claro. Ouso dizer que você não lembra, não é? — Ele franziu a testa. — Foi um acidente, creio eu. Você estava tentando resgatar Jane do Astrônomo, e ficou no caminho de Croyd.

— Croyd? O mesmo Croyd que está...

— Espalhando o vírus? Sim. O mesmo cavalheiro. Ele tinha o poder de... amolecer metal ou alguma outra loucura assim. Estava tentando usá-lo no Astrônomo e não conseguiu controlá-lo quando te acertou. Você derreteu como o boneco de borracha indiano, e começou a soltar gás lacrimogêneo e fumaça, cara, e poucos segundos depois explodiu.

Modular ficou imóvel por alguns segundos enquanto os circuitos exploravam aquela possibilidade.

— O Astrônomo era feito de metal? — ele perguntou.

— Não. Só um velhote, meio frágil.

— Então o poder de Croyd não teria funcionado de qualquer forma. Não no Astrônomo.

O Atravessador ergueu as mãos.

— O pessoal estava atirando tudo que tinha, cara. Tínhamos até um *elefante* em tamanho natural aqui. As luzes apagaram, o lugar ficou cheio de gás lacrimogêneo.

— E Croyd lançou um poder de carta selvagem que poderia funcionar apenas contra *mim*.

O Atravessador deu de ombros. Os dois outros clientes se levantaram e saíram do bar. Modular pensou por um momento.

— Onde está Jane? A mulher que eu estava tentando resgatar?

O Atravessador olhou para ele.

— Não lembra dela também?

— Acho que não.

— Você deveria estar vigiando a mulher. Eles a chamam de Nenúfar, cara.

— Ah. — Um pequeno alívio entrou na mente do androide. Aquilo, ao menos, era algo que ele conseguia lembrar. — Eu a conheci rapidamente. Durante o Grande Ataque ao Mosteiro. Pensei que o nome dela era outro.

"*Não nos conhecemos da fuga do macaco?*", ele perguntara. Nunca a vira de novo. Talvez ela tivesse algumas respostas.

— Acho que ela prefere que a chamem de Jane, cara. Era o nome que ela usava quando trabalhava aqui.

Eu não tenho um nome, o androide pensou, de repente. *Tenho esse rótulo, Modular, mas é uma marca, não um nome real, como Bob, Simon ou Michael. Às vezes, as pessoas me chamam de Mod, mas apenas facilita para elas. Eu não tenho mesmo um nome.*

A tristeza ondeou por sua mente.

— Sabe como posso entrar em contato com essa Jane pessoalmente? Gostaria de fazer algumas perguntas para ela.

O Atravessador deu uma risadinha.

— Você e metade da cidade, cara. Ela desapareceu e, provavelmente, está fugindo para permanecer viva. Dizem que ela pode curar as vítimas de Croyd.

— É?

— Transando com elas.

— Ah.

Os fatos giravam desesperadamente nas correntes da mente do androide. Nada daquilo tinha o menor sentido. Croyd o explodiu e agora estava espalhando a morte pela cidade, a mulher que poderia curar o mal que Croyd estava fazendo fugiu, Hiram e Travnicek estavam se comportando de um jeito estranho e Alice havia se casado.

O androide olhou para o Atravessador com cautela.

— Se isso tudo for parte de uma piada estranha — ele disse —, me diga agora. Do contrário — ele continuou, sério —, vou acabar com a sua raça.

Os olhos do Atravessador arregalaram-se. O androide tinha a sensação de que ele não se intimidou tanto.

— Não estou criando nada, cara. — A voz dele era empática, direta. — Não é fantasia, Mod. Croyd está espalhando a Rainha Negra, Nenúfar fugiu, decretaram uma lei marcial.

De repente, ouviram gritos da cozinha.

— Não *sei* aonde ele foi, caramba! — Era a voz de Hiram. — Ele simplesmente foi embora!

— Ele estava procurando por você! — Um estrondo repentino, como se uma pilha de panelas tivesse acabado de tombar.

— *Eu não sei! Eu não sei! Ele simplesmente desapareceu, que desgraça!*

— Ele não iria embora sem *mim*!

— Ele iria embora sem nós dois!

— *Jane* não iria embora!

— Eles nos deixaram!

— Não acredito em você! — Mais panelas estrondaram.

— *Fora! Fora! Saia do meu estabelecimento!* — Hiram gritou. De repente, ele apareceu, correndo para fora da cozinha com outro homem nos braços. O homem era asiático e usava um uniforme de chef. Parecia leve como uma pena.

Hiram jogou o homem para fora. Ele não tinha peso suficiente para abrir a porta e começou a pairar em direção ao chão. Hiram enrubesceu, avançou e empurrou o homem porta afora.

O restaurante ficou em silêncio, restando apenas o som da respiração ofegante de Hiram. O *restaurateur* lançou um olhar desafiador para o bar e depois caminhou a passos largos para sua sala. Um dos clientes ergueu-se rapidamente para pagar a bebida e foi embora.

— Desgraça — o outro cliente disse. Era um magricela de cabelos castanhos que parecia desconfortável nas roupas bem cortadas. — Passo *vinte anos* tentando vir a este lugar e olhe o que acontece quando finalmente consigo.

Modular olhou para o Atravessador. O negro abriu um sorriso pesaroso e disse:

— Os padrões estão caindo em todo lugar.

O androide teve um conforto estranho com a cena. Hiram *estava* diferente. Não era apenas uma falha de programação.

Ele voltou a mente para o Dia do Carta Selvagem. Os circuitos examinaram as possibilidades.

— Croyd poderia estar trabalhando para o Astrônomo?

— De volta ao Dia do Carta Selvagem? — O Atravessador parecia achar aquele pensamento interessante. — Ele é uma espécie de mercenário…

é possível. Mas o Astrônomo matou quase todos os seus capangas... um verdadeiro banho de sangue, cara... e Croyd ainda está entre nós.

— Como sabe tanto sobre Croyd?

Um sorriso.

— Mantenho os ouvidos sempre abertos, cara.

— Como ele é? — Modular pretendia evitá-lo.

— Não posso dar uma descrição da aparência dele agora. O cara muda de aparência e de poderes, entende, cara? É seu carta selvagem. E da última vez que surgiu tinha um guarda-costas com ele, e ninguém sabe o que é o quê. Ou quem. Um deles, Croyd ou o outro cara, é albino, cara. Provavelmente pintou o cabelo e usa óculos escuros. O outro é jovem, boa pinta. Mas nenhum deles foi visto nos últimos dias... nenhum novo caso de carta selvagem... então, seja lá quem for Croyd, pode ser outra pessoa agora. Talvez nem esteja mais transmitindo a praga.

— Nesse caso, a emergência terminou, correto?

— Acho que sim. Mas ainda tem uma guerra de gangues rolando.

— Não quero ouvir falar disso.

— E eleições. Nem *eu* acredito em quem está concorrendo.

Visto no radar, Hiram veio de sua sala, lançou outro olhar ansioso para o bar e saiu de novo. Os olhos do Atravessador acompanharam-no sobre o ombro direito de Modular. Ele parecia preocupado.

— Hiram não está muito bem.

— Achei que ele parecia diferente.

— Os negócios não estão bacanas, cara. Nós, ases, não somos tão badalados como antes. Os massacres do Dia do Carta Selvagem foram um verdadeiro soco no olho para todos os talentos de carta selvagem. E daí aconteceu toda aquela violência em todos os lugares na excursão da OMS, uma mancada de verdade, e Hiram participou... perdão, cara, isso é outra coisa que provavelmente você não saiba.

— Tudo bem — o androide disse.

— Certo. E agora, com Croyd acabando com curingas e Rainhas Negras na cidade inteira, uma grande reação está por vir. Logo talvez não seja... politicamente falando... bom ser visto na companhia de "ases".

— Não sou um ás. Sou uma máquina.

— Você voa, cara! Você tem força anormal e lança raios. Tente convencer as pessoas do contrário.

— Tem razão.

Alguém entrou no bar. A imagem do radar era tão estranha que Modular virou a cabeça para olhar.

O cabelo castanho e a barba do homem pendiam quase até os tornozelos. Tinha uma corrente com um crucifixo ao redor do pescoço, sobre o cabelo, mas vestia uma camiseta suja, jeans rasgados e estava descalço.

Nada disso era anormal o bastante para fazer mais que sugerir um carta selvagem, mas, quando o homem se aproximou, Modular viu as íris de cores diferentes, laranja-amarelas-verdes, uma sobre a outra como símbolos de alvo. As mãos eram deformadas, os dedos finos e peludos. Segurava numa delas uma garrafa pequena de Coca-Cola.

— É o homem com quem preciso conversar — disse o Atravessador. — Com licença.

— Vejo você mais tarde — Modular disse e se levantou.

O estranho peludo foi até a mesa, olhou para o Atravessador e disse:

— Eu conheço você.

— Você me conhece, Escova.

Modular foi até o bar e pediu outro zumbi. Hiram apareceu e expulsou Escova por falta de calçados adequados. Quando ele saiu com o Atravessador, o androide percebeu que ele enfiara a garrafinha de Coca-Cola na parte de dentro do braço, como se a garrafa fosse uma seringa hipodérmica, e a deixou lá.

O bar ficou vazio. Hiram parecia impaciente e deprimido, e o barman ecoava o humor do chefe. O androide pediu licença e partiu.

Ele nunca mais tomaria zumbis. As associações eram simplesmente deprimentes demais.

♣

— Conseguiu algum dinheiro para nós, certo, multiprocessador? — Maxim Travnicek estava desenterrando uma pilha de notas que havia escrito durante a montagem de Modular. — Quero que você vá ao escritório de patentes amanhã. Pegue alguns formulários. Que merda, meu pé está coçando. — Ele esfregou a ponta do sapato esquerdo contra a panturrilha direita.

— Eu poderia tentar ir ao *Pouso da Peregrina* amanhã. Anunciar a todos que estou de volta. Ela paga apenas a escala, mas…

— A vagabunda está grávida, sabe. Já está para nascer, pelo que eu saiba.

Outra coisa da qual não tinha ouvido falar, o androide pensou. *Maravilha.* Em seguida, ele descobriria que a França havia mudado o nome para Fredônia e fora transferida para a Ásia.

— Mas você devia ver as tetas dela! Se achava que eram boas, precisa ver agora! Fantásticas!

— Vou até lá fazer uma visita ao seu produtor.

— Cordas bosônicas — Travnicek disse. Tinha uma das notas na mão, mas não parecia estar olhando para ela. — Menos um à enésima potência é mais um para o vetor sem massa, então ípsilon é igual menos um... Todas as matrizes anti-hermitianas multiplicadas por *n* e tomadas em conjunto representam *U(n)* no caso complexo... Conflito potencial com unitariedade...

O terror frio assolou o androide. Nunca tinha visto seu criador desse jeito antes.

Travnicek seguiu nesse pensamento por vários minutos. Em seguida, pareceu despertar e virou-se para Modular.

— Falei alguma coisa? — ele perguntou.

O androide repetiu, palavra por palavra. Travnicek ouviu com um franzir de cenho.

— São para cordas abertas, está bem? — ele disse. — O problema é o operador de cordas fantasma. Eu falei alguma coisa sobre sigma sub mais um sobre dois?

— Não — disse o androide.

— Saco — Travnicek sacudiu a cabeça. — Sou físico, não matemático. Estou trabalhando demais. E meu pé continua coçando, inferno. — Ele saltou para o catre, sentou-se, tirou o sapato e a meia. Em seguida, começou a coçar entre os dedos. — Se eu pudesse entender a porra do vértice de emissão de férmion, poderia resolver aquele problema de drenagem de energia que você tem quando há rotação fora do espectro normal. Partículas sem massa são fáceis, é a...

Ele parou de falar e encarou o pé.

Dois dos dedos haviam saído na sua mão. O líquido viscoso azulado pingava lentamente dos ferimentos.

O androide o encarou, com incredulidade. Travnicek começou a gritar.

♦

— Os operadores em questão — Travnicek disse — são fermiônicos apenas em um sentido plano de mundo bidimensional e não no espaço-tempo de sentido *D*-dimensional.

Deitado numa maca na sala de emergência da Clínica Rensselaer, Travnicek havia caído em transe novamente. Modular se perguntou se aquilo não tinha a ver com o "operador fantasma" que o criador havia mencionado antes.

— Truncando o espectro para um setor par de paridade *G*... elimina o táquion do espectro...

— É o carta selvagem — o Dr. Finn disse ao Modular. Havia pouca dúvida quanto a isso. — Mas é estranho. Não compreendo os espectros. — Ele olhou para uma série de impressões de computador. Os cascos estalavam nervosamente no assoalho. — Parece que há *duas* cepas de carta selvagem.

— Medidor cônico de luz livre de fantasmas... A invariância de Lorentz é válida...

— Informei Tachyon — Finn comentou. Era um centauro do tamanho de um pônei, sua parte meio humana vestia um jaleco branco e um estetoscópio. Ele olhou para Travnicek, em seguida para o androide. — O senhor pode assumir a responsabilidade por este homem, caso decidamos lhe dar o soro? O senhor é familiar?

— Não posso assinar documentos, não sou uma pessoa, sou uma inteligência artificial de sexta geração.

Finn absorveu aquela informação.

— Vamos esperar por Tachyon — ele decidiu.

As cortinas plásticas abriram-se. Os olhos violeta do alienígena arregalaram-se com a surpresa.

— Você *tá* de volta — ele falou. Modular percebeu que era a primeira vez que ouvia Tachyon usar uma contração.

Tachyon estava vestido com um jaleco branco sobre um casaco de hussardo com babados dourados o suficiente para adornar a Guarda Real da Ruritânia. Sobre ele estava pendurada uma pistola Colt Python num cinto preto com coldre e enfeites prata e turquesa.

— Você está com um revólver de seis balas — Modular comentou.

Tachyon recuperou-se rapidamente da surpresa.

— Houve... assédio. Estamos conseguindo lidar bem, no entanto, e fico feliz em ver que você foi remontado.

— Obrigado. Trouxe um paciente.

Tachyon pegou do centauro os resultados do exame e começou a examiná-los.

— Essa é a primeira aparição do carta selvagem em três dias — ele observou. — Se pudermos descobrir onde o paciente foi infectado, talvez possamos rastrear Croyd.

— Invariância de reparametrização da corda bosônica! — Travnicek gritou. O suor brotava-lhe da testa. — Preservar a medição covariante!

Os olhos de Tachyon apertaram-se quando ele olhou de novo para os resultados.

— Há duas cepas de carta selvagem — Tachyon disse. — Uma infecção antiga, outra nova.

Modular olhou para Travnicek, surpreso. Probabilidades invadiram sua mente. Travnicek sempre fora um carta selvagem. Sua capacidade de construir o Modular fora uma função do seu talento, não uma genialidade nata.

Tachyon olhou para Travnicek.

— Ele pode ser despertado desse estado?

— Não sei.

Tachyon inclinou-se sobre a maca, olhou intensamente para Travnicek. *Poderes mentais*, Modular pensou.

Travnicek deu um grito e afastou os braços do alienígena. Depois se sentou e encarou o vazio.

— É a maldita Lorelei! — ele disse. — Ela está fazendo isso comigo, a puta. Só porque eu não dei gorjeta.

Tachyon olhou para ele.

— Senhor, hum...

Travnicek brandiu o dedo.

— Pare de cantar enquanto eu faço, eu disse, e talvez eu dê gorjeta! Quem precisa desse tipo de distração?

— Senhor — Tachyon disse. — Precisamos de uma lista de pessoas com quem o senhor teve contato nos últimos dias.

O suor escorria no rosto de Travnicek.

— Não vi ninguém. Fiquei no loft nos últimos três dias. Só comi uns pedaços de pizza da geladeira. — Sua voz ergueu-se, aguda. — Foi a Lorelei, eu já disse! Ela está fazendo isso!

— Tem certeza de que Lorelei foi o único contato?

— Meu Deus, sim! — Travnicek estendeu a mão. Os dois dedos do pé ainda estavam na palma de sua mão. — Olha o que a vagabunda está fazendo comigo!

— Sabe como encontrá-la? Onde ela pode estar escondida?

— Shangri-la Acompanhantes. Estão no catálogo. Peça para enviá-la. — A fúria surgiu-lhe nos olhos. — Cinco paus pelo táxi!

Finn olhou para Tachyon.

— Croyd poderia ter se tornado uma mulher nos últimos três dias?

— Improvável, mas essa é a única pista que possuímos. Se nada mais der certo, essa Lorelei talvez nos traga uma pista até Croyd. Ligue para o esquadrão. E para a polícia.

— Sim, senhor.

Os cascos de Finn rasparam delicadamente os ladrilhos enquanto saía da área acortinada. A atenção de Tachyon voltou-se para Travnicek.

— O senhor tem um histórico de carta selvagem? — ele perguntou. — Alguma manifestação?

— Claro que não. — Travnicek estendeu a mão para o pé descalço, mas afastou a mão rapidamente. — Não estou sentindo meus dedos dos pés. Inferno!

— Estou perguntando isso, senhor... porque é sua segunda dose de carta selvagem. O senhor tem uma infecção anterior.

A cabeça de Travnicek ergueu-se de uma vez. O suor espalhou-se sobre o jaleco de Tachyon.

— Que diabos você quer dizer com infecção prévia? Nunca tive nada antes.

— Parece que teve. Sua estrutura genética foi totalmente infiltrada pelo vírus.

— Nunca fiquei doente na vida, seu charlatão maldito.

— Senhor — o androide interrompeu. — O senhor tem capacidades incomuns. Envolvendo... invariância de reparametrização da corda bosônica?

Travnicek olhou para ele por um bom tempo. Em seguida, a compreensão assentou-se, seguida pelo horror.

— Meu Deus — ele disse.

— Senhor — Tachyon disse. — Há um soro. Tem 20% de chance de sucesso.

Travnicek continuou a encarar o androide.

— Sucesso — ele disse. — Isso significa que as duas infecções vão embora, certo?

— Sim. Se funcionar. Mas há um risco...

Cascos foram ouvidos no ladrilho. Finn apareceu entre as cortinas.

— Tudo pronto, doutor. — Ele carregava um estojo e o abriu. Frascos e seringas hipodérmicas foram reveladas. — Trouxe o soro. Também os formulários de liberação.

Travnicek pareceu perceber o centauro pela primeira vez.

— Fique longe de mim, seu monstro!

Finn parecia envergonhado. O rosto de Tachyon ficou sério, e ele se empertigou. A arrogância raivosa fervilhou em seu rosto.

— O Dr. Finn está no comando aqui. Ele é médico licenciado...

— Não quero saber se ele é licenciado para puxar carruagens no Central Park! Uma curinga está *fazendo* isso comigo, e não quero um curinga me tratando! — Travnicek hesitou e olhou para os dedos na palma da mão. A decisão tomou seus olhos. Ele jogou os dedos no chão. — Na verdade, não vou tomar porra de soro nenhum. — Ele olhou para o androide. — Me tire daqui. Agora.

— Sim, senhor. — A consternação brotou dentro do androide. Fora construído para não recusar um comando direto do criador. Pegou Travnicek nos braços e ergueu voo. Tachyon observou, braços cruzados em hostilidade paralisada, implacável.

— Espere! — O tom de Finn era desesperado. — Precisamos que o senhor assine um formulário de recusa do tratamento!

— Vá a merda! — gritou Travnicek. Modular flutuou sobre as telas que separavam as camas da emergência e começou a se mover na direção da entrada. Uma criança curinga com rosto cinzento, esperando para tirarem uma farpa do joelho, olhou para cima com órbitas prateadas vazias. Finn seguiu, agitando o formulário e um lápis.

— Senhor! Preciso ao menos do seu nome!

Modular abriu as portas vaivém que levavam à sala de emergência com as costas e, em seguida, passou por um curinga de quase três metros que, surpreso, fazia guarda na porta do hospital. Uma vez lá fora, ele acelerou.

— Depois que chegarmos em casa — Travnicek disse —, quero que encontre Lorelei. Traga-a para o loft e faremos com que ela desfaça o carta selvagem.

As pessoas nas ruas noturnas olhavam para cima quando o androide e seu fardo passavam. Metade delas estava usando máscaras cirúrgicas. A sensação de desespero de Modular intensificou-se.

— Essa é uma infecção viral, senhor — ele disse. — Não acredito que alguém esteja *fazendo* isso com o senhor.

— Mas que merda! — Travnicek bateu na testa. — Os dois filhos da puta no corredor! Eu havia me esquecido deles! — Ele sorriu. — No fim das contas, não foi a passarinha. Quando desci para ligar para a Lorelei no orelhão, lá no corredor de baixo, passei por esses dois caras subindo as escadas. Trombei com um deles no corredor. Eles entraram no apartamento bem embaixo do nosso. Um deles deve ser esse tal de Croyd.

— Um deles era albino?

— Não prestei atenção. Também estavam usando aquelas máscaras cirúrgicas. — Ele ficou empolgado. — Um deles estava usando óculos escuros! E num corredor escuro! Devia estar escondendo os olhos rosados!

Chegaram ao prédio de Travnicek. O androide aterrissou no beco, circulou o duto de ar e subiu até o telhado reto do prédio. Abriu a claraboia e passou com Travnicek cuidadosamente através dela. Quando deixou Travnicek em pé, observou que dois dos dedos restantes do homem estavam num ângulo estranho.

Travnicek, sem dar conta do fato, deu uma risadinha enquanto caminhava para lá e para cá.

— Achei que havia um curinga naquele apartamento — ele disse. — Uma vez, trombei com um nas escadas. Tudo que me preocupava era que ele reclamasse com o senhorio sobre o barulho dos geradores de fluxo. — Um dos dedos do pé, desprendido, rolou para baixo da mesa. — Ele está bem aqui embaixo — ele falou. — Ele está fazendo isso comigo, e agora o desgraçado vai *pagar.*

— Talvez ele nem tenha controle sobre isso — o androide disse. Estava olhando para o local onde o dedo desaparecera, perguntando-se se devia recuperá-lo. — Talvez não possa reverter as coisas.

Travnicek deu um giro. O suor escorria-lhe no rosto. Os olhos estavam febris.

— Ele vai parar o que está fazendo — ele gritou — ou vai morrer! — A voz aumentou, aguda. — *Não* vou ser um curinga! Sou um *gênio* e pretendo continuar assim! Encontre o desgraçado e traga-o para cá!

— Sim, senhor. — Resignado, o androide foi até o armário de metal onde estavam suas peças sobressalentes. Ele girou o dispositivo de combinação, abriu a porta e viu que faltavam dois lançadores de granada. Aparentemente, ele havia carregado um com gás sonífero e outro com granadas de fumaça, e eles foram destruídos no Aces High. Restava a luz ofuscante, o canhão de 20 mm e o laser de micro-ondas.

Croyd, ele pensou, *já o destruíra uma vez.*

Abriu os zíperes nos ombros do macacão e deu um comando para abrir os compartimentos dos ombros. Pegou o canhão e o laser e encaixou-os no lugar. O canhão era quase tão alto quanto ele e pesado; ele entremeou padrões de software que compensavam o equilíbrio. Um tambor de balas de 20 mm foi encaixado no canhão. O ferrolho estalou para trás e para a frente e a primeira bala entrou na câmara.

Ele imaginou se morreria de novo.

Acionou os campos de fluxo. O ozônio estalou ao redor. Uma aura suave de fogo de santelmo dançou diante de seus olhos.

Insubstancial, ele atravessou o assoalho.

♠

A primeira coisa que o androide viu foi um televisor. Seu tubo havia implodido. Um cabide de metal estava encaixado no lugar de uma das antenas quebradas.

Havia uma cama de campanha no meio do recinto. O colchão estava embalado em plástico. Não havia lençóis. Mobília barata atravancava o restante do quarto.

O androide recuperou seu corpo e se ergueu no meio do cômodo. Ouviu vozes no recinto ao fundo. Sua artilharia se moveu na direção do som e travou em posição.

— Alguma coisa quebrou todos os vidros. — A voz era rápida, fervorosa, estranhamente intensa. — Algo estranho está acontecendo.

— Talvez uma onda sônica. — Outra voz, mais grave. Com certeza mais calma.

— As *xícaras* nas *prateleiras*? — A voz era muito insistente, falava tão rápido que as palavras se encavalavam. — Alguma coisa quebrou as *xícaras* nas *prateleiras. Ondas sônicas* não fazem *isso*. Não em Nova York. *Alguma outra coisa* deve ter feito isso. — O homem não esqueceria o assunto.

Modular pairou até a entrada. Os dois homens estavam na minúscula cozinha do apartamento, inclinados espiando o pequeno refrigerador. Leite e suco de laranja pingavam das bordas da pequena geladeira.

O homem mais próximo era jovem, de cabelos escuros, belo como um astro de cinema. Estava de jeans azuis e uma jaqueta Levi's. Segurava o pedaço de uma jarra na mão.

O outro era magro, pálido, nervoso e com olhos rosados.

— Qual de vocês é Croyd Crenson? — perguntou o androide.

O homem de olhos rosados virou-se e deu um grito.

— Você explodiu! — ele berrou e, com velocidade impressionante, pegou uma arma sob a jaqueta.

Modular concluiu com plena certeza que aquilo soava como consciência pesada. O teto era baixo demais para ele manobrar sobre o primeiro homem, então estendeu um braço enquanto se movia para a frente, com a intenção de prender o segundo homem dentro da geladeira e chegar perto do albino.

Mas este não se moveu quando o androide o empurrou. Ele nem mesmo mudou de postura, parcialmente escorado pelo refrigerador. Modular parou, atônito. Empurrou com mais força. O homem endireitou o corpo, sorriu e não se moveu.

O suposto Croyd acionou sua pistola automática. O som ribombou no cômodo pequeno. O primeiro disparo errou, o segundo afundou a pele plástica no ombro do androide e o terceiro e quarto tiros atingiram o companheiro de Croyd.

O homem ainda assim não reagiu, nem depois de ser alvejado. As balas não ricochetearam ou se achataram no impacto, apenas caíram no encerado riscado.

Balas não funcionam, o androide pensou. *Nem pense no canhão.*

Modular afastou-se, desceu até o chão e desferiu um murro direto no peito do jovem. O rapaz não se moveu, nem sequer se abalou. As balas de

Croyd estalavam enquanto cruzavam o ar. Algumas delas acertaram o amigo, nenhuma acertou o androide. Ele esmurrou de novo, com força total. O resultado foi o mesmo.

O jovem golpeou, o soco devolvido tinha uma rapidez incomum. O punho acertou Modular e o lançou para trás, fora da cozinha. O androide atravessou o velho painel de lata da parede mais ao fundo e também as palhetas de persiana no outro lado. O pó da tinta com uma dúzia de camadas de grossura caiu como neve cinzenta das paredes antigas. Luzes vermelhas de dano acenderam-se na mente do androide.

Modular ergueu-se da parede — o longo tubo do canhão ficou preso e exigiu um golpe de ombro para soltá-lo. Ele viu o albino avançar com velocidade sobre-humana, o refrigerador erguido nos braços. O androide tentou sair do caminho, mas a parede o atrapalhou, e Croyd se movia muito rápido. O refrigerador lançou Modular de volta à parede, alargando o buraco. Suco de laranja chapinhava no interior da geladeira.

Modular acionou seus geradores de voo e voou para a frente, agarrando o refrigerador e usando-o como um aríete. Croyd perdeu o equilíbrio e entrou rodando na sala principal, os braços agitados, antes que a cama de campanha o acertasse atrás dos joelhos, e ele despencasse no chão. O androide continuou avançando, empurrando o refrigerador com força total sobre o companheiro de Croyd.

O homem ainda não se movia. O fogo de santelmo encheu o corredor quando os geradores do androide entraram em força total. O homem ainda não se movia.

Esqueça disso. Parta para cima de Croyd.

O androide soltou o refrigerador e alterou o padrão de voo para seguir na direção do albino. Muito rápido, antes que ele pudesse se mover alguns centímetros, o jovem golpeou com o outro braço, e um antebraço bateu contra o alto do refrigerador.

Modular voou novamente contra a parede, entrando no apartamento de alguém dentro de um aquário de sessenta litros, na parede exterior. Pedaços da consciência do androide fragmentaram-se com o choque. Uma enchente verde foi despejada sobre o carpete. Peixes tropicais começaram a morrer.

Um momento pulsava sem-fim em sua mente. Não conseguia lembrar seu objetivo, não conseguia reconhecer as escamas brilhantes espalhadas que se debatiam desesperadas diante de seus olhos. Os sistemas automáticos lentamente reordenaram suas lembranças.

O dia e seu longo advento de desespero voltaram. Ele se destacou da parede. Suas energias precisavam de carga. Não conseguiria ficar insubstancial naquele momento, e não poderia voar. O canhão de 20 mm pendia sobre um ombro. O laser parecia intacto.

O apartamento era decorado com cuidado, com gravuras abstratas, um tapete oriental, mais aquários. Um móbile pendia próximo ao teto. O morador parecia não estar em casa. A distância, ouviu o som de polícia se aproximando. O androide passou pelo buraco até o apartamento de Croyd, viu que o albino e seu companheiro haviam fugido e subiu de escada até o loft de Travnicek. No caminho, sua consciência desapareceu duas vezes, por intervalos de meio segundo. Quando ele a recuperava, movia-se mais rápido.

Ouviu os passos pesados da polícia lá embaixo.

Travnicek abriu a porta quando ele bateu. Os pés estavam descalços, e todos os dedos haviam caído. Uma coisa azul e peluda estava começando a crescer em cada ferimento.

— Maldita cafeteira — Travnicek disse.

O androide sabia que aquilo não melhoraria.

♥

— Croyd não foi tão problemático quanto o outro. — O androide havia tirado o macacão e estava arrumando o furo na carne sintética. O canhão estava sobre a mesa. Teria que conseguir um substituto no arsenal do exército onde havia encontrado o primeiro.

Travnicek estava trabalhando nos componentes quebrados. Ele disse à polícia que ouviu tiros, mas ficou com medo de descer para telefonar pedindo ajuda. Aceitaram a explicação sem comentar e não entraram no apartamento onde o androide ficou escondido num armário.

— Nada foi muito danificado, torradeira — Travnicek disse. — O monitor de campo se soltou. Por isso estava perdendo a consciência. Vou prender o desgraçado de uma vez por todas. Tirando isso, apenas umas coisinhas aqui e ali.

Ele se empertigou. Os olhos ficaram vidrados.

— Comutador de função de renormalização danificado — ele disse. — Substituir imediatamente. — Sacudiu a cabeça, franziu a testa por um momento, em seguida virou-se para o androide. — Abra o peito novamente. Acabei de lembrar uma coisa.

Travnicek estava coçando uma das mãos perto das juntas dos dedos. Ele baixou os olhos, percebeu o que estava fazendo e parou. Parecia um pouco pálido.

— Depois que eu te arrumar — ele disse —, você volta para a rua. Esse tal Croyd deve estar usando seu poder para transformar mais gente. Isso vai dar a você uma pista da localização. Quero você procurando por ele.

— Sim, senhor. — O peito do androide abriu. Percebeu que a nuca de seu criador estava começando a inchar, e que a carne tinha um tom nitidamente azul.

Decidiu não fazer menção à mudança.

♣

O androide patrulhou a noite toda, buscando nas ruas figuras familiares. Seu receptor interno de rádio estava sintonizado para qualquer alerta, tanto da faixa da polícia como da Guarda Nacional. Numa edição matutina do *Times* roubada de uma pilha próxima a uma banca de jornal fechada, ele descobriu que houvera meia dúzia de casos de carta selvagem nas duas horas seguintes a sua luta com Croyd. Três dos casos no Bairro dos Curingas, os outros três eram de pessoas viajando juntas em um expresso número 4 partindo para o norte pela Lexington Avenue. Croyd e seu companheiro pegaram o metrô ao menos na parada da 42nd Street.

Também descobriu numa edição da *Newsweek* que encontrou num cesto de lixo que Croyd e seu protetor desconhecido haviam combatido e neutralizado um grupo de curingas liderado por Tachyon poucos dias antes.

Ele queria ter sabido disso antes. Embora o artigo não desse mais detalhes, talvez saber que a dupla era perigosa tivesse feito diferença.

Enquanto pairava sobre as ruas, os olhos e o radar procurando por imagens familiares, ele repassava a luta no apartamento. Tentou derrubar o desconhecido, e ele não se moveu. Socos atingiam-no e paravam. Quando o androide tentou atropelá-lo com o refrigerador, o movimento simplesmente parou. Balas não ricocheteavam no homem, apenas perdiam sua energia e caíam no chão.

Perdiam sua energia, o androide pensou. *Perdiam sua energia e morriam.*

Portanto, o desconhecido absorvia energia cinética. Em seguida, a transformava e usava no próprio ataque. Precisava ser atingido primeiro, Modular percebeu, porque ele parecia precisar absorver o ataque do androide antes de contra-atacar.

A satisfação tomou conta da mente do androide. Tudo que ele precisava fazer para evitar o outro cara era não o atingir. Se ele não tivesse energia para absorver, não poderia fazer nada.

E, se as coisas dessem errado, o androide poderia usar o laser de micro-ondas como último recurso. O desconhecido absorvia energia cinética, não radiação.

O androide sorriu. Agora tinha uma carta na manga para o próximo encontro.

E tudo que precisava fazer era encontrá-los.

◆

Às 14h31, duas pessoas tiraram a Rainha Negra na 47th Street, perto da Praça Hammarskjold. O rádio chiou com comandos da polícia de Nova York e da Guarda Nacional pedindo reforços no prédio das Nações Unidas, no caso de Croyd querer fazer algum movimento na ONU.

Modular estava sobre o local segundos após o alerta. Duas vítimas estavam estiradas na rua à distância de um quarteirão, uma jazia parada, o corpo transformado em algo monstruoso, a outra se contorcia de dor enquanto os ossos se dissolviam e ela era esmagada pelo peso do próprio corpo. Ambulâncias verde-oliva do MASH estavam se aproximando, seguidas a distância pela ambulância da cidade com a sirene ligada. Não havia nada que Modular pudesse fazer pelas vítimas. Fez um voo rápido de busca sobre o quarteirão, em seguida começou a voar em círculos cada vez mais amplos. Outra vítima do carta selvagem a oeste dos outros, na Third Avenue, deu outro ponto focal para sua busca.

Em seguida, viu um dos alvos, o companheiro de cabelos castanhos de Croyd. Estava vestido como o androide o vira da última vez, jaqueta Levi's e jeans. Estava caminhando na 48th Street, refazendo seus passos, e se movia rapidamente, as mãos nos bolsos e olhar fixo nos pedestres adiante.

Modular voou para trás de um parapeito de um prédio do outro lado da rua, em paralelo a ele, movendo a cabeça para manter a vigilância sobre o alvo. Havia pouco tráfego de pessoas, e o androide achou fácil segui-lo. O jovem não olhava para cima. As sirenes das ambulâncias uivavam ao longe.

O jovem começou a se mover para o norte, na Second Avenue. Ele caminhou três quarteirões e, em seguida, empurrou a porta giratória do prédio claro de um banco.

O androide pairou sobre o prédio do outro lado da rua enquanto decidia o que fazer, depois voou rapidamente pela Second Avenue e desceu ao solo, com cuidado para não deixar que seus movimentos pudessem ser vistos da porta frontal do banco. As pessoas de máscaras brancas abriram bastante espaço para ele na calçada.

O androide ficou insubstancial e atravessou a grossa parede do banco, em seguida enfiou o rosto na lateral. O guardião de Croyd havia atravessado o saguão do prédio, passado pelos guichês de caixa e falava com um guarda gorducho e grisalho que estava sentado num banquinho perto de uma das portas traseiras. O guarda assentiu, apertou um botão e uma porta corrediça se abriu. O jovem entrou no elevador e a porta se fechou.

Modular saiu do prédio. Aparentemente, o companheiro de Croyd estava seguindo para um cofre. O androide passou através do pavimento, assustando alguns pedestres.

Embora a visão estivesse escura, o sistema de navegação interno o mantinha perfeitamente alinhado. Ele desceu, em seguida avançou. A parte de cima da cabeça, que continha olhos e radar, moveu-se hesitante através de uma parede: o androide percebeu uma caixa-forte gigantesca com uma funcionária atrás de uma mesa, de costas para ele. Pilhas de notas novas, cada uma enrolada cuidadosamente com papel, estavam sobre a mesa.

Cofre errado. O androide afastou-se para trás, seguiu de lado, avançou de novo e entrou numa fileira de cofres.

Caixa-forte correta. Permanecer insubstancial estava drenando suas reservas de energia: não poderia ficar assim por muito tempo.

O companheiro de Croyd estava marchando com outro guarda até uma grande caixa. Ele e o guarda inseriram as chaves, e o jovem puxou a caixa. O androide memorizou a localização, em seguida observou o posicionamento de todas as câmeras e monitores de segurança.

Sua energia estava se esgotando. Ele se afastou, subiu até a calçada, tornou-se substancial, voou sobre o telhado do outro lado da rua e pousou. Provavelmente o conteúdo da caixa de depósito não importava, embora, se o conteúdo se provasse relevante, ele sempre poderia voltar.

O companheiro de Croyd ficou no banco por mais dez minutos, o que permitiu uma recarga completa para o androide. Quando o homem surgiu, começou a retraçar os passos para sul, virando a oeste na 50th Street para evitar ambulâncias e a polícia militar erguendo postos de controle na 47th, em seguida partiu às pressas para a Lexington Avenue, onde virou para sul novamente. O androide o seguiu, voando de telhado em telhado. Sua presa foi para o sul na 44th, depois para oeste para passar por uma das entradas laterais da Grand Central Station.

O androide ficou insubstancial e voou através da parede no segundo andar da estação. Pousou na sacada de mármore polido e observou a presa passando pela porta embaixo dele.

A estação estava quase deserta. As entradas das plataformas estavam guardadas por soldados do Exército com boinas pretas. Estavam com equipamento de guerra biológica completo, gorros e máscaras de gás abaixados, mas prontos. O companheiro de Croyd foi até uma escadaria que levava ao andar de lojas e desceu.

O androide o seguiu, movendo-se com cuidado, tornando-se insubstancial quando necessário para espiar os cantos. O jovem desceu mais, através de uma porta de serviço com a tranca quebrada, depois para os túneis dos trens que se estendiam para o norte da estação. Escoras de ferro enferrujadas apoiavam o que parecia ser o meio de Manhattan. Às vezes, lâmpadas ofereciam uma luz difusa. O lugar cheirava a umidade e metal. O androide, mantendo o alvo em vista com o radar, seguiu-o sem dificuldade.

Ele encontrou um cadáver, um homem com várias camadas de roupas esfarrapadas, cujo corpo parecia ter se calcificado, transformando o mendigo numa figura agachada com um olhar de horror e dor permanentemente esculpido no rosto. Bem, Croyd estivera ali. Havia outro corpo a uns cem metros adiante, uma mendiga velha com as bolsas agarradas ao redor. O androide olhou mais de perto.

Não era a mendiga que conhecera. O androide ficou aliviado.

— Conseguiu pegar? Conseguiu? — A voz ansiosa do albino saltava da escuridão.

— Sim.

— Deixa eu ver.

— Um monte de chaves. Envelope com dinheiro.

— Me dá a chave do cofre.

O androide se esgueirou para mais perto. O estrépito de um trem se aproximando vinha do norte.

— Aqui está. Não deveria ter se arriscado lá fora.

A voz rápida do albino era tingida pela desconfiança.

— Não sei se posso confiar em você. E sua assinatura não estava no cartão.

— O guarda mal olhou para mim. Acho que estava bêbado.

— Me dá a arma.

— Essa coisa é pesada. O que é?

— Automag .44. A arma mais poderosa já feita. — Croyd encaixou um coldre de ombro embaixo do braço. — Se o robô vier atrás da gente, quero poder afundá-lo. Essa coisa usa balas de fuzil da OTAN.

— Meu Deus.

O albino disse alguma coisa, mas Modular não conseguiu ouvir. O trem estava se aproximando. Seu farol delineava os pilares de ferro. Croyd e o companheiro começaram a se mover na direção de Modular. Em silêncio, o androide levitou até o teto sujo, pairando à sombra de uma viga.

A luz amarela já brilhava nos pilares de ferro quando o trem avançou para o sul, sem parar. O ruído ecoou no espaço cavernoso. Croyd e seu guarda-costas passaram embaixo do androide.

Croyd ergueu os olhos, de alguma forma alerta — talvez tenha visto o androide pairando com sua visão periférica. O albino gritou alguma coisa abafada pelo som do trem e agarrou a pistola com incrível velocidade. O companheiro começou a se virar.

Modular desceu do teto, os braços agarrando o albino por trás. O trem banhou a cena como a luz gritante de um cinema. Croyd gritou, tentou se debater de um lado para o outro. Sua força era consideravelmente maior que a de um ser humano normal, mas não se igualava à do androide. Modular ergueu-se no ar, as pernas envolvendo Croyd, e começou a voar para o sul. O vento do trem o impulsionou.

— *Ei...!* — O companheiro corria atrás deles, agitando um braço. — *Traga ele de volta!*

A arma gigante, ainda presa na axila de Croyd, disparou para baixo através do casaco de Croyd. Um tiro ricocheteante tirou faísca de uma escora de ferro.

O guardião de Croyd se desviou. Saltou diretamente no trajeto do trem. Houve uma explosão de luz, um som estalado. O trem parou. O jovem foi lançado quinze metros adiante nos trilhos. Quando atingiu o chão, ouviu-se um pequeno estouro de eletricidade entre ele e o trilho mais próximo.

O homem ficou em pé. À luz do farol do trem, o androide conseguiu ver seu sorrisinho.

Modular fez um breve cálculo da quantidade de energia cinética causada por um trem totalmente carregado a uns 25 quilômetros por hora. Embora o guardião de Croyd não tivesse absorvido tudo, e o excesso tivesse vazado num estouro de luz — felizmente seus poderes tinham *alguns* limites —, o total do que ele absorvera era *surpreendente*. O laser do androide chiou ao rastrear o homem em pé nos trilhos.

O homem agachou-se, apoiando os pés contra o trilho, e pulou. Deu o salto para ficar à frente do androide e interceptá-lo. O homem cambalhotou no ar, era claro que não estava acostumado a percorrer distâncias daquela forma, em seguida atingiu uma escora e caiu ao chão. Sem eletricidade dessa vez. Ele se ergueu e olhou para o androide que se aproximava com os dentes cerrados. Suas roupas fumegavam.

Cálculos rápidos passaram pelos circuitos macroatômicos, seguidos pelo arrependimento com velocidade da luz. Modular nunca havia alvejado uma pessoa antes. Não queria fazê-lo agora. Mas Croyd estava matando pessoas, mesmo em esconderijos, mesmo nos túneis embaixo da Grand Central Station. E, se o guardião de Croyd pusesse as mãos no androide, faria seu esqueleto de liga metálica em pedacinhos.

O androide atirou. Em seguida, estava caindo, os braços amolecidos. Croyd foi ao chão. O androide estatelou-se aos pés do jovem, que estendeu a mão e agarrou-o pelos ombros. O androide tentou se mover, mas não conseguiu.

Modular percebeu que o protetor de Croyd não absorvia apenas energia cinética. Absorvia *qualquer* tipo de energia e podia devolvê-la instantaneamente.

Erro crasso, ele pensou.

De repente, estava voando novamente. Ele bateu contra a lateral de um trem intermunicipal e atravessou-a, esparramando-se vários assentos depois sobre um monte de vidro e alumínio retorcido. A valise de alguém tombou no corredor, papéis voaram. O androide ouviu um grito.

Seus sensores registraram o cheiro de queimado.

As poucas pessoas a bordo — executivos cujo trabalho os forçava a entrar na cidade em quarentena — correram em seu auxílio. Erguendo-o de sua queda desajeitada pelos assentos, eles o deitaram com cuidado no corredor.

— O que é isso na cabeça dele? — perguntou um homem grisalho de bigode.

As imagens de radar haviam desaparecido. Sua unidade de controle fritara quando o guarda-costas de Croyd devolveu o pulso de micro-onda correspondente. O monitor que controlava sua capacidade de se tornar insubstancial havia apagado. Sua sobrepele de liga metálica tinha um belo buraco. O excesso de energia havia estourado vários disjuntores. O androide reiniciou o máximo que pôde deles e sentiu o controle voltar aos membros. Alguns disjuntores não reiniciaram.

— Perdoem-me — ele disse e se levantou. As pessoas se afastaram. O trem chacoalhou quando começou a se mover de novo, e o androide tombou para trás, girando os braços, e caiu sentado no corredor. As pessoas correram novamente até ele. Sentiu as mãos que o ajudavam no lado direito, mas não no lado esquerdo. Equilíbrio e coordenação ainda estavam afetados. Ele reorientou os circuitos internos, mas ainda havia algo de errado.

— Com licença. — Ele abriu o zíper e puxou a metade superior do macacão. Os passageiros do trem arfaram. Carne plástica estava escurecida ao redor do ferimento. Modular abriu o peito e fuçou lá dentro com uma das mãos. Alguém se afastou e começou a passar mal, mas os outros passageiros pareciam interessados, uma mulher ficou em pé no assento e estendeu o pescoço para espiar o interior do androide através dos óculos de tartaruga.

O androide retirou uma de suas unidades internas de orientação, viu as conexões derretidas e suspirou mentalmente. Devolveu a unidade ao lugar. A viagem para casa seria bem sacolejante. Certamente não poderia voar.

Olhou para as pessoas no trem.

— Alguém teria cinco dólares para eu pegar um táxi? — ele perguntou.

♠

A viagem até o Bairro dos Curingas foi humilhante e perigosa. Alguns passageiros ajudaram-no a sair da estação, mas mesmo assim ele caiu algumas vezes. Com algum dinheiro que recebera do homem de bigode, ele pegou um táxi no outro lado do quarteirão até o prédio de Travnicek. Empurrou o dinheiro através da fenda do vidro à prova de balas do táxi, em seguida cambaleou para a calçada. Ele andou um pouco, arrastando-se um pouco pelo beco até o prédio de Travnicek, em seguida subiu pela escada de incêndio até o telhado. De lá, engatinhou até a claraboia e desceu para dentro do apartamento.

Travnicek estava deitado na cama de campanha, nu até a cintura. A pele estava azul-clara. Cílios que se contorciam, cobertos por pelos longos, cresceram onde estavam seus dedos dos pés e das mãos. Uma mosca zumbia sobre sua cabeça.

A pele inchada ao redor do pescoço havia rachado, revelando um colar de órgãos. Alguns eram reconhecíveis — orelhas em formato de trompete, olhos amarelados, alguns normais em tamanho, outros não —, mas outros órgãos eram impossíveis de reconhecer.

— Os únicos fantasmas de movimento à esquerda — ele murmurou — são fantasmas de reparametrização. — Sua voz era grossa, indistinta. O androide teve a intuição de que os lábios talvez estivessem crescendo. E as palavras pareciam meio estranhas, como se ele não mais compreendesse inteiramente seu sentido.

— Senhor — Modular disse. — Senhor, fui danificado de novo.

Travnicek sentou-se com um estalo. Os olhos reunidos ao redor do pescoço giraram para se concentrar no androide.

— Ah, torradeira. Você parece... muito interessante... assim. — Os olhos em seu crânio estavam fechados. Talvez, o androide pensou, para sempre.

— Preciso de reparos. O companheiro de Croyd refletiu meu laser de volta para mim.

— Por que você atirou nele, liquidificador? Todas as formas de energia são iguais. O mesmo que a *matéria*, até certo ponto.

— Eu não sabia.

— Imbecil. Acho que deveria ter herdado um pouco da minha inteligência.

Travnicek saltou do catre, movendo-se muito rápido, mais rápido que um ser humano normal. Agarrou uma viga de telhado com uma das mãos, girando para ficar de cabeça para baixo. Plantou os pés no teto, os cílios cabeludos estendidos, em seguida retirou a mão da viga e ficou invertido. Olhos amarelos encaravam o androide o tempo todo.

— Nada mau, hein? Não me sentia tão bem há anos. — Ele se movia com cuidado pelo teto na direção do androide.

— Senhor. O controle de radar está queimado. Perdi um estabilizador. Meu controle de fluxo está danificado.

— Já ouvi. — A voz era serena, flutuante. — Na verdade, eu não apenas *ouço*, mas percebo você com todos os sentidos. Só não sei ainda o que alguns deles são.

Travnicek agarrou outra viga do telhado, balançou-se até o chão e se soltou. A mosca zumbia levemente a distância. A tristeza aumentou na mente analógica do androide. Um chiado crescente de medo, como ruído branco, sibilava o tempo todo no fundo dos pensamentos.

— Abra o peito — Travnicek ordenou. — Me passe o monitor. Há uma unidade de orientação sobressalente no armário.

— Tem um buraco no meu peito.

Os olhos amarelos fitaram-no. O androide esperou um surto.

— Melhor você arrumar — Travnicek disse, afável. — Quando tiver tempo. — Ele pegou o monitor de fluxo e foi até uma bancada. — Está ficando difícil pensar em tudo isso — ele confessou.

— Preserve sua genialidade, senhor. — Modular tentou não deixar seu desespero transparente. — Combata a infecção. Trarei Croyd aqui.

Um toque ácido tingiu a voz de Travnicek.

— Certo. Faça isso. Agora me deixe aqui com as minhas coordenadas fermiônicas, tudo bem?

— Sim, senhor — disse Modular, levemente tranquilizado.

Ele cambaleou até o armário e começou a procurar um novo giroscópio.

♥

O pôster BARNETT PARA PRESIDENTE foi desfigurado. Alguém passou uma faca ou a unha sobre a foto do candidato diversas vezes, em seguida escreveu MORTE CURINGA sobre ela em letras vermelhas e grossas. Ao lado, o desenho à mão livre de uma cabeça de animal — um cão preto? — feito com canetinha preta grossa.

— Oi. Preciso conversar.

Kate soprou a fumaça de cigarro.

— Tudo bem. Só um pouco.

— Como vão os poetas romanos?

— Se latim já não fosse uma língua morta, Estácio teria matado.

Modular estava agachado sobre o telefone público de novo. Seu giroscópio fora substituído e ele conseguia andar e voar.

Exceto pela presença intensa da Guarda Nacional e do Exército, as ruas estavam quase desertas. Metade dos restaurantes e cabarés do Bairro dos Curingas estava fechada.

— Kate — o androide disse —, acho que vou morrer.

Houve um momento de silêncio assustado. Em seguida:

— Por quê?

— Meu criador foi infectado pelo carta selvagem. Está se transformando em curinga e esquecendo como me reparar. E está me enviando atrás do transmissor da praga, esperando que o homem possa parar o processo.

— Ok — Em seguida, com cuidado: — Estou acompanhando.

— Ele parece pensar que o homem está fazendo isso com ele deliberadamente. Mas as pessoas pensam que o cara é apenas um transmissor e, se isso for verdade, eu vou levá-lo ao meu criador e as chances são de nove para um que, se meu criador for reinfectado, ele atrairá a Rainha Negra e morrerá.

— Sei.

— E o homem de quem estou atrás, seu nome é Croyd, é o homem que me matou a primeira vez. E dessa vez Croyd tem um protetor que é mais poderoso que ele. Já lutamos duas vezes, e ele me derrubou nas duas. Na última vez eu quase morri. E meu criador não consegue me remontar. Está perdendo as capacidades. Pode não ser capaz de reparar o dano do último ataque.

Kate tragou o cigarro e soltou a fumaça.

— Mod — ela disse —, você precisa de ajuda.

— Sim. Por isso estou te ligando.

— Estou falando de outros carta selvagem. Não pode enfrentar esses dois sozinho.

— Se eu fosse ao CRISE-A ou a alguém, e nós capturássemos Croyd juntos, eu teria que lutar contra os ases do CRISE-A para ficar com ele. Seria um fora da lei.

— Talvez você possa fazer algum tipo de acordo com eles.

— Vou pensar nisso. Vou tentar. — O desespero gritava dentro dele. — Eu vou morrer — ele disse.

— Sinto muito. Você não pode... desaparecer?

— Estou programado para obedecer-lhe. Não consigo recusar uma ordem direta. E estou programado para combater os inimigos da sociedade.

Não tenho escolha. Pessoas como o Tartaruga, ou Ciclone... é decisão *deles* fazer o que fazem. Nunca foi a minha. Não sou humano nesse sentido.

— Entendo.

— Mais cedo ou mais tarde, vou perder uma batalha. Não fico curado como as pessoas, alguém precisa me consertar. Qualquer peça que eu quebrar não vai ser arrumada. Se eu não morrer, serei um aleijado, com as peças caindo para todo lado. — Como Travnicek, ele pensou, e um arrepio percorreu sua mente. — E mesmo se eu ficar aleijado, *ainda* terei que lutar. Eu *ainda* não terei escolha.

Houve um longo silêncio.

— Não sei o que dizer. — A voz dela estava engasgada.

— Eu era uma espécie de imortal antes — Modular disse. — Meu criador me produziria em massa e venderia para os militares. Se uma unidade fosse destruída, os outros permaneceriam. Teriam programação idêntica; eles ainda seriam *eu*, ao menos em grande parte. Agora, isso não vai acontecer.

— Sinto muito.

— O que acontece com as máquinas quando elas morrem? Estive pensando nisso.

— Eu...

— Seus filósofos antigos nunca pensaram sobre isso, certo?

— Acho que não. Mas tinham muito a dizer sobre a mortalidade de forma geral. "Não serão todas as coisas engolidas pela morte?", Platão, citando Sócrates.

— Obrigado. Isso é realmente reconfortante.

— Não há muitas coisas reconfortantes para se dizer sobre a morte. Sinto muito.

— Nunca me preocupei de verdade com isso antes. Nunca havia *morrido* antes.

— A maioria de nós não tem a chance de voltar. Nenhum dos outros mortos no Dia do Carta Selvagem voltou.

— Talvez seja uma aberração temporária. A normalidade pode retomar as rédeas a qualquer momento.

O androide percebeu que estava gritando. As palavras ecoavam na rua vazia. Ele escreveu rapidamente uma programação para manter o nível da voz.

Kate pensou por um bom tempo.

— A maioria de nós tem uma vida inteira para nos acostumarmos com a ideia de que precisamos morrer. Você teve apenas poucas horas.

— Estou com dificuldade de pensar nisso. Todos esses loops de feedback no meu cérebro, e meus pensamentos rodam e rodam. Estão tomando cada vez mais espaço.

— Em outras palavras, você está em pânico.

— Estou? — Ele pensou nisso por um momento. — Suponho que estou.

— A perspectiva da morte, mal citando Samuel Johnson, deveria trazer concentração à mente de uma forma maravilhosa.

— Estou trabalhando nisso.

Transformou as palavras em ação, rapidamente encerrando a lógica computacional que corria enlouquecidamente e se esmagava contra muitas incógnitas e infinitudes que nada mais faziam que preencher sistemas de lógica com confusões macroatômicas. Uma abordagem mais fria e sistemática do problema parecia mais indicada.

— Tudo bem. Está feito.

— Que rápido.

— Um vírgula seis-seis-seis segundos.

Ela riu.

— Nada mau.

— Fico feliz que tenha reconhecido o que estava acontecendo. Realmente, não estou programado para lidar com abstrações. Nunca fiquei encrencado dessa forma antes.

— Você ainda é super-humano. Nenhum ser humano poderia fazer isso. — Ela pensou por um momento. — Conhece Millay? "Minha vela queima nas duas pontas; não durará a noite; Mas, ó, meus inimigos, e ó, meus amigos... Que linda luz me dá."

O androide considerou a frase.

— Suponho que, esteticamente, talvez eu tenha produzido uma luz objetivamente linda quando explodi. O pensamento parece um pouco árido de consolo, principalmente porque eu não estava lá para ver.

— Acho que você não entendeu o que falei. — Com paciência. — Você é incrivelmente rápido em ação e cognição. Seus meios de apreender seu entorno são mais completos e apurados do que os de um ser humano. Tem a capacidade de vivenciar sua existência mais completa e intensamente do que qualquer um no planeta. Isso não compensa nenhuma redução de duração?

A noção foi codificada, girou num redemoinho da mente eletrônica do androide, rodou como uma folha em uma torrente eletrônica fria.

— Terei que pensar sobre isso — ele disse.

— Você parecia ter reunido um monte de vivências nos meses em que esteve no planeta. Teve muitas das experiências que as pessoas dizem levar à sabedoria. Guerra, camaradagem, amor, responsabilidade… até mesmo a morte.

O androide olhou para o rosto mutilado de Barnett, o candidato à presidência, e se perguntou quem era o homem na foto.

— Acho que me mantive ocupado — ele falou.

— Tem muita gente que invejaria essa existência.

— Vou tentar pensar nisso.

— Sua luz é muito intensa. Fique feliz com isso.

— Vou tentar.

— E você não pode apagar. Lutou contra o Enxame sem ferimentos sérios, e havia centenas de milhares deles. Esses são apenas dois caras.

— Dois caras.

— Você vai cuidar disso. Eu confio em você.

— Obrigado. — MORTE CURINGA, estava no pôster. — Acho que você me deu algo a considerar.

— Espero que tenha ajudado. Ligue se precisar conversar de novo.

— Obrigado. Você foi realmente de grande ajuda.

— Estou à disposição a qualquer hora.

Modular pôs o fone no gancho e ergueu-se silenciosamente no ar. Subiu para dentro da escuridão, voou por vários quarteirões até o apartamento de Travnicek, entrando direto pela claraboia. *Morte Curinga*, ele pensou.

Travnicek estava deitado na cama, aparentemente adormecido. A cama de campanha estava cercada por latas vazias de comida: pelo jeito, ele estava comendo direto das latas. Alguns dos órgãos ao redor do pescoço de Travnicek haviam florescido um pouco, soltavam trinados ultrassônicos, cuja duração diminuiu quando o androide desceu no apartamento. Sonares, o androide pensou. Travnicek abriu os olhos que ficavam ao redor do pescoço.

— Você — ele disse.

— Sim, senhor.

— O módulo está reconstruído. Acho. Algumas das minhas lembranças estavam meio nebulosas.

O medo preencheu o androide. Uma mosca passou zumbindo, e ele a afastou com uma batida de braço.

— Vou experimentar.

Ele abriu o macacão e o peito, pegou o módulo que esperava na bancada de trabalho.

— Meu cérebro parece estar se desenvolvendo — Travnicek disse. Sua voz era pensativa. — Acho que o vírus está alargando seções do cérebro responsáveis pelas entradas sensoriais. Estou percebendo coisas de todas as formas possíveis, com muita intensidade. Nunca experimentei nada tão intenso quanto ficar deitado aqui, observando as coisas. — Ele deu uma risada oca. — Meu Deus! Nunca soube que comer milho cremoso da lata poderia ser uma experiência sensual!

Modular inseriu o módulo, correu os testes padrão. O alívio encheu-o. O monitor funcionava.

— Muito bom, senhor — ele disse. — Aguente firme.

— Você está tão *interessante* assim — Travnicek disse. A mosca estava andando perto das latas de comida vazias.

Houve um movimento repentino. Um dos órgãos ao redor do pescoço de Travnicek desenrolou-se na velocidade de um raio e pegou a mosca. A extrusão voltou e enfiou a mosca na boca de Travnicek.

O androide não conseguia acreditar no que acabara de ver.

— Maravilha — disse Travnicek, estalando os lábios.

— Aguente firme, senhor — Modular disse novamente. O campo de fluxo estalou ao redor dele. Ele voou através do telhado para dentro da escuridão.

♣

Chegando ao banco, o androide ficou insubstancial, queimou todos os sensores do cofre com descargas do laser de micro-ondas para que nenhum dos guardas pudesse ver o que aconteceria. Em seguida, entrou no cofre, solidificou-se e arrancou a caixa de depósito de seu lugar.

De repente, ele parou. Uma luz amarela de alerta brilhou em sua mente, tremeluziu, ficou vermelha.

Tentou ficar insubstancial novamente. Girou em noventa graus por uma fração de segundo, em seguida sentiu algo falhar e ficou sólido de novo, ficando parado no cofre do banco. Sentiu o cheiro de algo queimando.

O monitor de fluxo havia queimado novamente. Os reparos de Travnicek não eram permanentes. Um tremor de medo passou pela mente do androide com o pensamento do que poderia ter acontecido se estivesse dentro da parede de aço e concreto do cofre.

Olhou ao redor, examinou a porta e a tranca. Se fosse encontrado ali pela manhã, pensou, sua reputação de bom moço acabaria definitivamente.

A sorte foi que os cofres eram feitos para impedir que as pessoas entrassem, não que saíssem. Quarenta e cinco minutos de trabalho paciente com o laser de micro-ondas abriu um buraco no interior laminado da porta, permitindo o acesso ao aparato de trancamento. Ele tocou o mecanismo e entendeu sua função. Enganou os circuitos eletrônicos — tão fácil quanto fazer uma chamada telefônica gratuita — e os pesados pinos deslizaram para trás.

Tomou as escadas de emergência, queimando as câmeras ao passar. Uma vez fora, voou para o telhado de um prédio próximo, abriu a caixa e examinou o conteúdo.

Encontrou contratos de aluguel de longo prazo para vários pequenos apartamentos na área de Nova York. Chaves. Pilhas de moedas. Joias, moedas de ouro. Frascos contendo centenas de pílulas. Um par de pistolas e caixas de munição. O estoque secreto de Croyd para dinheiro, armas, drogas e chaves para os esconderijos.

Ele pensou por um longo momento. Travnicek estava se deteriorando rapidamente. O androide precisava agir rápido, e de um pouco de ajuda.

◆

— Não quero ter que caçá-los — Modular disse. — Se me virem de novo, vão fugir. E vão espalhar a praga durante a fuga.

— Muito bem. — Os olhos violeta de Tachyon reluziram enquanto as mãos brincavam com as lapelas de veludo do casaco lavanda. Sua pistola .357 e o coldre estavam sobre a mesa diante dele. Na parede do escritório, ao lado de um conjunto de títulos honorários, estava uma placa em vermelho, branco e azul com o texto: O HOMEM: HARTMANN. O ANO: 1988. O PLANO: O FUTURO DE NOSSAS CRIANÇAS.

— Meu esquadrão curinga pode ser útil. Alguns deles já provaram ser capazes de fazer vigilância sem ser percebidos.

— Ótimo. Eu deveria ficar aqui com seu pessoal mais poderoso. Então, poderíamos sair juntos.

O conteúdo da caixa de depósito de Croyd estava espalhado na mesa de Tachyon, e ele olhava para as coisas.

— Há apenas três endereços que ficam em Manhattan — Tachyon disse. — Suspeito que ele esteja tentando um desses antes de procurar túneis e pontes. Sophie Cega pode usar a audição apurada para ouvir o que estiver acontecendo atrás de uma janela fechada, usando as vibrações da janela como um diafragma. Vazante é motorista de táxi, portanto discreto... talvez ele pudesse fazer interrogatórios que na boca de outra pessoa pareceriam suspeitos. — Tachyon franziu o cenho. — Contudo, o companheiro de Croyd... aquele jovem cavalheiro bonito vai ser um osso duro de roer.

— Lutei com ele duas vezes. Mas acho que sei como seu poder funciona.

Tachyon o encarou. Inclinou-se na mesa, empurrando pistola e coldre, a expressão intensa.

— Diga mais, senhor.

— Ele absorve energia e a devolve. Pode atacar apenas depois de ser atacado. Absorve todo tipo de energia, cinética, radiação...

— Psiônica — Tachyon murmurou.

— Mas se você não acertá-lo primeiro, ele não tem nenhuma energia a mais que uma pessoa normal. Então, seja lá o que acontecer, não podemos atacá-lo. Apenas ignorá-lo, não importa o quanto ele se faça de alvo tentador.

— Sim. Muito bom, Modular. Merece uma distinção.

O androide olhou para Tachyon e a apreensão girou em sua mente.

— Preciso pegar Croyd o mais rápido possível. Eu não sou suscetível ao vírus carta selvagem, então acredito que deva lidar com ele sozinho... ele tem força suficiente para atravessar seus trajes bioquímicos. Sou poderoso o bastante para subjugá-lo, se eu não tiver que me preocupar com mais ninguém.

— A tarefa é sua.

Mais simples do que ele esperava.

A sensação de triunfo instalou-se no androide. Ele seria capaz de capturar Croyd e levá-lo a Travnicek sem interferência.

Finalmente as coisas pareciam se ajeitar.

♠

O telefone tocou na mesa de Tachyon. O alienígena puxou o fone de uma vez.

— Tachyon falando. — Modular viu os olhos violeta de Tachyon dilatarem-se com interesse. — Muito bom. Merece uma condecoração, Sophie. Fique aí até chegarmos. — Ele pousou o fone no gancho. — Sophie acredita que eles estão no apartamento da Perry Street. Consegue ouvir duas pessoas, e uma delas está falando sem parar, como se estivesse sob efeito de estimulantes.

O androide ergueu-se rápido. Sua bolsa de emergência já estava preparada, e ele a pendurou nas costas. Tachyon apertou um botão no telefone.

— Diga para o esquadrão se aprontar — ele disse. — E, depois de um intervalo suficiente, informe a polícia.

— Vou voar na frente — o androide disse. Ele abriu as portas e quase atropelou um negro magro e empertigado que estava bem do lado de fora, na sala da secretária. Vestia um traje bioquímico e uma máscara preta e branca da morte com penas. Seu cheiro era terrível, de mofo e carne podre. Um curinga.

— Perdão, senhor — o homem disse. Sua voz era educada, como de um barítono de teatro. — Poderia me levar com o senhor?

O software de Modular teceu sub-rotinas rápidas para eliminar o cheiro do homem de suas entradas sensoriais.

— Eu o conheço?

— Sr. Covafunda. — Uma mesura rápida. — Sou membro do esquadrão curinga do bom doutor.

— Não pode seguir com eles na ambulância?

O androide sentiu um sorriso por trás da máscara dramática.

— Acredito que, no confinamento de um automóvel, meu odor se torne bastante... avassalador.

— Entendo.

— Covafunda. — A voz de Tachyon era estrangulada. — O que está fazendo na sala da minha secretária? Estava tentando ouvir a conversa?

— É *Sr.* Covafunda, doutor. — A voz grave de ator era ríspida.

— Perdão. — A voz de Tachyon era anasalada.

— Respondendo à sua pergunta, estava esperando para falar com nosso amigo artificial. Gostaria de poupar os outros membros do esquadrão do fardo do meu... perfume.

— Certo — o alienígena disse entredentes. — Faça como quiser, Modular.

O androide e o Sr. Covafunda saíram da clínica com um trote rápido, e Modular envolveu o curinga com os braços por trás e ergueu-o no ar. O vento desarrumou as penas da máscara do Sr. Covafunda.

— Senhor — o androide disse. — O senhor possui outras habilidades além de, hum...

— Meu cheiro? — A voz grave era desprovida de diversão. — Claro que tenho. Além de cheirar como se estivesse morto, tenho os poderes da morte. Posso trazer o frio do túmulo para meus inimigos.

— Isso me parece... útil. — *Louco*, o androide pensou. O curinga havia cheirado tanto seu perfume que ficara maluco.

— Também sou rápido e potente — o Sr. Covafunda acrescentou.

— Bom. Croyd também. — Rapidamente o androide falou sobre o albino e suas capacidades, e também sobre o guarda-costas. — Ah, sim — ele acrescentou —, Croyd está carregando uma arma. Uma Automag .44.

— Uma arma afrontosa. Deve estar se sentindo inseguro.

— Fico feliz que não se importe.

O prédio marrom da Perry Street entrou no campo de visão lá embaixo. Modular aterrissou a favor do vento, a poucos metros de uma mulher de meia-idade, magra e de cabelos longos usando óculos escuros e carregando uma bengala branca. Estava em pé à sombra da entrada. A mulher ergueu os olhos. Seu nariz se retorceu.

— Covafunda — ela disse.

— *Sr.* Covafunda, se não for pedir muito.

— Nesse caso — disse Sophie Cega — Sou *Srta.* Yudkowski.

— Nunca me dirigi à senhorita de forma diversa.

Um par de orelhas, redondas como de um rato de desenho animado, pareceram inflar ao lado da cabeça, erguendo-se como balões atravessando a cortina de cabelos longos e escuros. Ela inclinou a cabeça na direção de Modular.

— Olá, seja lá quem for. Não o ouvi até agora.

— Eu não sabia que fazia barulho.

— Estão um pouco atrasados, cavalheiros — Sophie disse. — A dupla saiu faz poucos minutos. Logo depois que eu voltei do telefonema.

O aborrecimento faiscou através dos circuitos do androide.

— Por que não nos disse?

— Deus me livre de interferir quando o Sr. Covafunda está me corrigindo.

— Para onde foram?

— Não disseram. Acredito que pegaram a saída dos fundos.

Sem dizer mais nada, Modular agarrou o Sr. Covafunda novamente e se ergueu no céu. Rapidamente percorreu o distrito, com o radar à procura. O Sr. Covafunda ficou passivamente em seus braços. Em silêncio, o androide pensou, como um túmulo.

— Estamos a caminho. — A voz de Tachyon chiou nos receptores de Modular.

— Temos um problema — Modular disse, enviando ondas de rádio silenciosas na direção da clínica. Ele explicou rapidamente.

— Continuaremos a rumar na sua direção, Modular — Tachyon falou.

— Lá — disse o Sr. Covafunda, apontando. Um par de imagens de tamanho humano se destacou da sombra de um pilar de ferro enferrujado que ajudava a escorar a deserta West Side Express Highway.

O androide ficou surpreso. O curinga tinha uma incrível visão noturna. Ele pairou em silêncio na direção da dupla. Precisava chegar a quase trezentos metros antes de ter certeza de que eram Croyd e seu companheiro.

A inquietude o agitou. Da última vez ele quase morrera.

Sua luz é muito intensa. A voz de Kate ecoou em sua mente.

Os dois estavam carregados: o jovem levava um pacote volumoso, e Croyd carregava um motor de popa sobre um ombro. Croyd falava sem parar, mas o androide não conseguia ouvi-lo. Os dois caminhavam com agilidade por uma rua de concreto danificado e pararam numa cerca de alambrado que separava um píer do rio Hudson do continente. O albino deixou sua carga no chão, verificou o cadeado e a corrente que trancavam o portão e quebrou o ferrolho com um rápido giro de dedos. Os dois atravessaram o portão e passaram por uma guarita deserta com janelas estilhaçadas.

O píer estava deserto. Exceto por alguns barcos presos ali por quarentena, o porto de Nova York estava vazio, um contraste para o agito na costa de Jersey.

— Vão tentar sair da ilha — disse o Sr. Covafunda.

— É o que parece.

— Ponha-me no chão. Posso lidar com eles.

— Um momento. Preciso contatar Tachyon. — Ele enviou uma mensagem de rádio para Tachyon, não ouviu resposta, e precisou se erguer 150 metros para seus pulsos chegarem à ambulância. O Sr. Covafunda movia-se, irrequieto.

— O que está fazendo, homem? Estão fugindo. Deixe-me no chão.

Assim que ouviu uma resposta, Modular desceu rapidamente. *Enfrentar Croyd de novo*, ele pensou. Lembrou-se dos primeiros momentos de existência, a luta confusa ao redor do Empire State Building, os cabelos loiros de Cyndi revoando como uma estrela brilhante sobre a mão escura do macaco. Luz muito intensa, ele pensou.

Ele soltou o Sr. Covafunda perto do portão. O curinga limpou-se.

— O que foi tudo aquilo? — ele questionou.

— Explico mais tarde.

Os dois saltaram ao som de um gemido próximo. O alarme do androide desapareceu quando viu um homem gorducho e inconsciente perto da cerca, uma garrafa de conhaque próxima da mão tatuada. O bêbado usava calças de couro, botas e um boné da NYPD, a polícia de Nova York. Seu peito estava nu e trazia anéis de aço pendurados nos mamilos.

Modular fixou essa visão na memória. *Uma visão para guardar*, pensou.

— Não podemos esperar — o curinga disse. — Aqueles dois vão escapar antes de a ambulância chegar.

O Sr. Covafunda virou-se e removeu a máscara. Não havia deformidade facial que Modular pudesse ver de longe. O curinga puxou o capuz e a máscara de gás e começou a se mover com velocidade até o píer, seguindo um par de trilhos enferrujados. Seus pés caminhavam em um silêncio surpreendente.

— Espere — disse Modular. — Eles vão vê-lo.

O curinga não prestou atenção. Foi até a beirada do píer, abaixou-se sob uma balaustrada e desapareceu. O alarme soou na mente de Modular. Ele se ergueu no ar e volteou embaixo do píer.

O Sr. Covafunda ainda avançava, caminhando nas tábuas antigas e corroídas de cabeça para baixo, o passo enérgico, o Hudson escuro e silencioso rolando embaixo da cabeça. O androide voou para perto dele.

Uma possibilidade lhe ocorreu. A mente rodou exames e verificações cruzadas.

A possibilidade foi confirmada em mais de 90%. Constituição, talentos, raça, idade aproximada... tudo batia. Os sotaques eram muito diferentes, e as vozes substancialmente diversas quanto a tom e timbre, mas as verificações de determinadas palavras-chave mostraram uma correspondência surpreendente.

Por que, Modular imaginou, *Atravessador ficaria tão fedido e se disfarçaria como curinga?*

Ou aquela era outra manifestação do carta selvagem do Atravessador? Talvez ele fosse Atravessador parte do tempo, e quando começava a cheirar mal se transformava no Sr. Covafunda.

Talvez fosse apenas maluco. Por que alguém se disfarçaria de *curinga*?

Decidiu não mencionar suas conclusões ao ás invertido ao seu lado.

— Não disse que podia andar de cabeça para baixo — ele disse.

— Não? — A voz era abafada pela máscara. — Às vezes me esqueço de algumas coisas.

— Mais alguma coisa que você pode fazer que eu deva saber?

Modular começou a ouvir a voz de Croyd. O Sr. Covafunda olhou-o.

— Psiu. Silêncio.

O androide sentiu um sorriso sombrio por trás da máscara.

— Silencioso como o túmulo.

Eles continuaram. O Sr. Covafunda atravessou com facilidade um emaranhado de madeira e suportes de metal do píer que se agigantavam ao redor como as costelas de um animal gigante e extinto. A voz de Croyd aumentou. Modular lembrou-se da chuva de estrelas flamejantes que sinalizou a descida do Enxame. Luz muito intensa.

— Nunca tive uma porra de uma chance — Croyd falou. — Meu Deus. Nunca aprendi nada sobre a merda do mundo. Nem álgebra. Nem nada. — Ele riu. — Eu ensinei *a eles* uma coisa ou duas. Fique comigo, garoto. Vamos ensinar umas lições *muito interessantes* para eles, você e eu.

O androide pensou em Cyndi, Alice e nas outras. *Não nos conhecemos da fuga do macaco?* Ele pensou na luz muito intensa e tentou fazer o movimento preciso, perfeito. Tentou encontrar a maravilha na situação, voando embaixo do píer com a água lenta esperando embaixo dele; e um ás disfarçado, provavelmente insano e de cabeça para baixo, caminhando com passos decididos ao seu lado.

No meio do píer havia uma escada de madeira que descia até as águas escuras. A voz de Croyd parecia estar bem acima deles.

— Tudo bem, garoto. Vamos lá. Siga o velho Dorminhoco. Eu sei como sobreviver neste mundo.

O Sr. Covafunda virou-se para o androide e gesticulou. Apesar da falta de jeito dos trajes, o significado era claro: você voa pelo lado oposto do píer, eu espero aqui.

Ótimo, o androide pensou. *Eu ataco e, enquanto eles estiverem me matando, Covafunda ataca por trás. Excelente.*

— Me dá o pacote, rapaz. — A voz de Croyd.

Não parecia haver tempo para entrar numa discussão com o Sr. Covafunda. O androide voou para trás do píer, desviando das escoras de metal, e em seguida surgiu do outro lado.

Croyd estava ao lado da escada, encarando seu companheiro e, por coincidência, o androide. O amigo de Croyd estava com uma pequena faca e havia cortado o cordão e o papel que embalava seu pacote.

Croyd ficou alerta.

— Merda! O robô!

Seu braço ergueu-se num movimento veloz, e ele pegou a arma.

De novo não, pensou o androide. Ele acelerou, rumando direto para o albino.

Croyd fazia movimentos frenéticos para puxar a arma. A imensa pistola prateada parecia ter ficado presa embaixo do braço. Seu companheiro, sem a velocidade sobre-humana do outro, virou-se lentamente e se pôs entre Croyd e o androide em ataque.

As escolhas pulularam nos circuitos do androide. Ele não podia atingir o guarda-costas de Croyd, não sem carregá-lo com energia, e não podia chegar a Croyd sem atropelar o outro. Ele mergulhou para a superfície do píer, aterrissou sobre as mãos e tropeçou. Farpas rasgaram seu macacão. Ele parou aos pés do jovem. O homem o encarou.

Ouviu-se o som de tecido rasgando. Com um grito triunfal, Croyd conseguiu desprender a arma e mirá-la. Pílulas pretas espalharam-se sobre a neve suja, caindo de um bolso interno rasgado.

O Sr. Covafunda ergueu-se por trás de Croyd, repentino e sinistro como um espectro. A mão enluvada estendeu-se e se fechou sobre a arma. Ele puxou para trás, e a Automag disparou com um som parecido com o fim do mundo.

O curinga soltou um grito quando o coice da arma atingiu sua mão. A pistola caiu com um estampido na superfície do píer. A bala, que havia atingido o guarda-costas de Croyd nas costas, também caíra.

Ops, pensou Modular.

O jovem mergulhou para cima dele, o punho direito fechado. Modular rolou para se esquivar. O homem girou para cima dele, queimando sua carga de poder enquanto socava as tábuas. O androide deu um chute para cima, lançando o homem de costas no píer. Provavelmente havia conferido uma pequena carga ao homem, mas nada com que se preocupar.

Croyd, nesse meio-tempo, bateu o cotovelo no peito do Sr. Covafunda. O curinga cambaleou para trás e bateu no corrimão. Pregos enferrujados gemeram. Croyd agarrou o motor de popa, olhou sobre os ombros e jogou-o com toda a força, não nos inimigos, mas no guarda-costas. Tentando carregar a energia, o androide pensou.

Ele voou diante do motor, que bateu com tudo em seu ombro, jogando-o para trás. O companheiro de Croyd ergueu as mãos para cima e agarrou os pés do androide. Dedos enterravam-se com força desesperada na carne plástica.

O Sr. Covafunda tomou impulso no corrimão e acertou Croyd por trás com o antebraço. Croyd girou com os dedos em forma de garra. Seus olhos rosados faiscavam com um brilho assassino. Ele arranhou o curinga, tentando rasgar-lhe o traje. O Sr. Covafunda se desviou. Os dois se moviam com velocidade sobre-humana.

Modular ergueu-se no céu. O jovem agarrou-se corajosamente às pernas do androide. *Chutá-lo*, o androide pensou, *serviria apenas para deixá-lo mais forte.*

De repente, Croyd estremeceu. Arfou, abraçou a cintura. O ar agradável do verão de repente ficou alguns graus mais frio.

O frio do túmulo, o androide pensou. Não era uma metáfora elaborada. O curinga estava falando sério.

Luzes brilharam na outra ponta do píer. Uma sirene uivou. A ambulância da Clínica do Bairro dos Curingas havia chegado.

Croyd cambaleou para trás. Agarrou o pacote, jogou-o no Sr. Covafunda. O curinga desviou-se com facilidade, e o pacote caiu na água.

— A morte é fria, sr. Crenson — disse o Sr. Covafunda. Sua voz grave de ator soou além da máscara, sobre o som da ambulância que se aproximava. — A morte é fria, e eu sou frio como a morte.

O curinga ergueu o punho cerrado, e a temperatura caiu ainda mais. Croyd cambaleou, ficando de joelhos. Seu rosto branco havia azulado. Seu companheiro deu um grito indignado e soltou-se sobre o píer com a Automag bem diante de si. Agarrou a arma e apontou para a figura em trajes bioquímicos.

Croyd caiu de cara no chão. Seus membros tremiam sem controle.

O androide mergulhou em velocidade máxima. A arma disparou com o estalo de um trovão. Um projétil pesado atingiu a subestrutura de metal de Modular e se desviou para dentro da noite. A energia da arma começou a girar o androide. Incapaz de parar a tempo, ele bateu contra o corrimão de segurança e lançou-se sobre o Hudson. Estabilizou o giro e começou a fazer a volta para continuar a luta.

As luzes da ambulância piscavam sobre o píer. Lá embaixo, o pacote estava inflando automaticamente ao toque da água. Um bote de borracha.

O Sr. Covafunda, ainda se movendo com velocidade incrível, afastou-se do guarda-costas de Croyd. O jovem teve dificuldade em manejar a pesada arma. Atirou duas vezes e errou as duas.

O Sr. Covafunda ergueu o punho.

— Não! — Modular gritou.

A temperatura caiu de novo. O guarda-costas de Croyd cambaleou e despencou, a arma caindo-lhe da mão.

Funcionou, o androide pensou, atordoado. Em seguida, ele percebeu que a habilidade do Sr. Covafunda não disparava frio, mas roubava calor. Com a energia sendo retirada, e não aplicada, o talento do guarda-costas não tinha qualquer serventia.

Modular fez um loop no ar, desceu até o albino, agarrou Croyd pelo colarinho e pelo cinto. Freios berraram quando a ambulância parou. Curingas em trajes bioquímicos saíram às pressas. Gargalhadas ribombaram por trás da máscara de gás do Sr. Covafunda.

O androide ergueu-se no céu com seu fardo trêmulo e acelerou. Curingas perplexos, as máscaras dando a eles uma visão afunilada, espreitaram o céu, tentando ver para onde ele e Croyd tinham ido.

Modular sacudia Croyd como um boneco de pano.

— *Por que você me explodiu?* — ele gritou.

Os dentes de Croyd estavam batendo com tanta força que era difícil entender o que dizia.

— Pareceu uma boa ideia na época.

Os prédios passavam a toda a velocidade embaixo dele. A fúria avançava dentro do androide. Ele sacudiu Croyd novamente.

— *Por quê?*

Croyd começou a se debater. Modular suprimiu os movimentos descoordenados do albino com facilidade.

Ele percebeu que havia vencido. Com cuidado, tentou guardar aquela sensação.

♥

Croyd tremia descontroladamente quando Modular pousou no telhado e pegou sua bolsa de emergência que havia prendido nas costas quando estava na clínica. Nela havia um traje bioquímico, um cobertor, uma lona, um saco e um pouco de cordão. O androide envolveu o albino num cobertor antes de enfiá-lo no traje bioquímico.

— Para quem você está trabalhando? — Os dentes de Croyd estalavam mais alto que a voz. — A Máfia? Os outros caras?

O androide gritou para ele.

— *Por que você me explodiu?*

Na escuridão, os olhos de Croyd tinham cor de sangue.

— Parecia uma boa ideia na época — ele disse. — Agora melhor ainda.

Um tremor o abateu, e seus dentes começaram a estalar como castanholas. A pele do albino era de um turquesa vívido, a mesma cor de Travnicek. Ele mal parecia consciente. O androide fechou a máscara e pôs um saco de aniagem sobre a cabeça de Croyd. Em seguida, enrolou Croyd na lona e amarrou-o firmemente com o cordão de náilon. Até mesmo uma pessoa com força incomum, o androide pensou, não seria capaz de lutar e escapar com algo que lhe tirava a liberdade de movimento.

O androide pegou seu fardo e entrou no apartamento, espiralando pelo telhado de Travnicek ao lado da claraboia. A luz brilhava através das rachaduras na tinta preta. Ele estendeu a mão para abrir a claraboia.

— Aqui, torradeira.

Travnicek estava nu sobre o telhado pontudo da caixa d'água do prédio seguinte. Sua voz não saía mais da boca, que parecia estar selada; um dos órgãos ao redor do pescoço, que parecia uma trombeta falante, assumira essa função. O sotaque da Europa central saía do novo órgão com perfeição.

— Esse é o Croyd em pessoa, certo?

— Correto. — O androide levou o fardo até o próximo telhado e baixou-o na superfície viscosa, ainda morna pelo calor do verão. Travnicek saltou os nove metros do topo da torre e caiu sem esforço ao lado da figura amarrada. Ele se curvou, seu colar de órgãos chiando enquanto se concentrava no albino. O som de dentes batendo saía do saco de aniagem.

— Posso *ver* os vírus aí dentro, através do saco que você botou na cabeça do homem — Travnicek disse. — Não sei como, mas posso vê-los. Os cartas selvagens estão muito vivos, muito ansiosos para entrar no meu corpo e... subverter minha programação. — Uma risada flutuou de sua trombeta falante. Um tremor mental percorreu o androide com o ruído, pois a risada não soava humana sem uma garganta para gerá-la.

Modular curvou-se sobre a figura trêmula de Croyd.

— Vou abrir o capuz e a máscara. Se o senhor se inclinar e inalar, vai receber outra dose do vírus.

Travnicek riu de novo.

— Você é um tolo, torradeira. Um tolo.

O que se agitou no androide não foi desespero, mas a confirmação pálida e impotente de desespero.

— O senhor ordenou que eu o trouxesse. O senhor *queria* ser reinfectado.

— Isso foi antes de perceber o que eu era. — A risada foi ouvida de novo. — Sou forte, sou jovem e percebo o mundo de maneiras que nenhum ser humano jamais sonhou ser possível. — Ele virou as costas para o androide e caminhou até o parapeito. Ficou na beirada do telhado e deixou as luzes do Bairro dos Curingas passearem sobre sua pele azul-celeste. — Esta cidade é tão *suculenta* — ele disse. — Posso *sentir* a luz, perceber o movimento e o vento. — Seu colar de órgãos apontou para o céu. — Posso ouvir as estrelas cantando. Meus sentidos vão do microscópico ao macrocósmico. Por que eu perderia isso?

— Seu gênio, senhor. O gênio que *me* criou. Se o senhor não recuperar...

— De que me adiantou? Que prazer essa genialidade me trouxe? — Ele riu. — Anos de comida ruim e sem sono, anos ouvindo vozes tagarelando na minha cabeça, anos sem amizades, trepando com putas baratas em becos porque eu não ousava deixá-las entrar no meu local de trabalho... — Ele bufou e virou-se para o androide. — Isso vai mudar, liquidificador. Vou ter uma *vida* de verdade agora. E, antes de qualquer coisa, consiga algum dinheiro para mim.

— Eu...

— Dinheiro *de verdade*. Algumas centenas de milhares para começar. Entre no cofre de um banco e pegue.

O androide olhou para a guirlanda de olhos amarelos.

— Sim, senhor — ele disse.

— E livre-se desse Croyd. Ele não vai mais importunar ninguém.

— Sim, senhor.

Travnicek caminhou do parapeito para a base de ferro da caixa d'água, em seguida saltou quase dois metros e agarrou-se à lateral da caixa com pés e mãos. Caminhou deliberadamente até o telhado pontudo e agachou-se, olhando para o céu.

— O mundo é minha ostra — ele disse. — Você vai abri-lo para mim.

A noite quente de junho havia esfriado. Croyd chutou e deu um grito. Modular agarrou-o e voou noite adentro, seguindo para a clínica.

Uma risada de flor-trombeta seguiu sua ascensão silenciosa.

♣

Travnicek, com uma roupa nova feita sob medida, estava com uma mulher no deque de observação do Aces High. Os cabelos dela eram loiros e encaracolados, o vestido leve, decotado e quase transparente. Usava botas de plástico brancas. Travnicek inclinou-se para ela, as línguas azuis lambiscando a partir do colar de órgãos, deixando rastros úmidos no rosto da mulher. Ela estremeceu e se afastou.

— Que merda, cara. Você não está me pagando para isso.

Travnicek enfiou a mão no bolso e puxou um rolo de notas.

— Quanto *mais* você quer?

Ele ergueu uma nota de cem dólares.

A loira hesitou. Seu rosto assumiu traços de determinação.

— Muito mais.

Hiram passou como um fantasma, os olhos voltados para o restaurante, mas sem ver nada.

— Meu Deus. — A voz de um cliente pairou sobre o som da multidão. — Hiram não costumava permitir esse tipo de coisa aqui.

Modular encolheu-se e se virou. Sua cadeira perto da janela do restaurante, a uma distância da plataforma suficiente para ouvir o que acontecia, lhe dava uma visão melhor de Travnicek do que ele queria.

Havia algumas experiências das quais não conseguia gostar.

Kate olhou para o casal e acendeu um cigarro.

— Que abordagem.

— Parece funcionar muito bem.

Ela o olhou.

— Senti uma certa ironia no seu comentário. Conhece aquele cara?

— Já nos conhecemos.

— Tudo bem. Não vou mais perguntar.

Travnicek, rindo, entregou para a mulher um rolo de notas. Suas línguas, ou fosse lá o que fossem, continuaram a explorar a mulher. Ouviam-se sons de nojo no bar.

Ignorando a confusão, a garçonete de cabelos vermelhos foi até a mesa.

— Sobremesa? — ela perguntou.

— Sim — o androide disse. — Crostata, torta de laranja e a torta de zabaione com chocolate.

— Sim, senhor. Alguma coisa para a senhora?

Kate olhou para Modular e mostrou a língua.

— Não para mim. Estou contando calorias.

— Muito bem. Café?

— Aceito. Obrigada.

Kate bateu a cinza do cigarro no cinzeiro. Era uma mulher pequena, com cabelos castanhos desgrenhados e os olhos cálidos de Jeanne Moreau.

— Não sei se Epicuro aprovaria esse tipo de gulodice — ela comentou.

— Meus dias estão contados. Quero provar de tudo. — Ele sorriu. — Além disso, eu não ganho calorias.

— Só ampères. Eu sei. — Ela pegou a mão dele e deu um apertozinho. — Você está bem? Agora que caiu do Olimpo e está vivendo entre os mortais?

— Acho que estou me acostumando. Mas ainda não sei se gosto.

— E seu criador?

— A genialidade foi embora.

— Então você está liberado.

— Não. Ainda sou obrigado a obedecer-lhe. Também combato inimigos da sociedade no tempo livre. — *E arrombo cofres*, ele pensou, embora não o dissesse. *Usando um disfarce para ninguém me reconhecer.*

Ela parecia perturbada.

— Queria que houvesse algo que pudéssemos fazer.

— Não parece haver.

— Ainda assim. — Ela deu um trago no cigarro. — Você poderia aprender física. Metalurgia. Esse tipo de coisa. Poderia manter você em pé.

— Sim. Eu poderia me matricular numa escola noturna.

— Por que não em tempo integral?

Ele deu de ombros.

— Por que não?

Kate riu.

— Podem impedir uma pessoa de entrar na sala de aula por não pagar a matrícula. Não sei se vale para uma máquina.

— Posso descobrir.

O androide olhou sua companheira.

— Obrigado. Você me ajudou a ver as coisas com outra perspectiva.

Ela sorriu.

— De nada. À disposição.

A cabeça de uma pessoa apareceu sobre a sacada do deque de observação. Era o Atravessador. O androide o encarou, lembrando o Sr. Covafunda. Por que alguém se disfarçaria de curinga?

O jovem ás passou pela sacada e entrou no bar.

A garçonete trouxe o carrinho de sobremesas e uma jarra de café. Kate, olhando com ódio para as sobremesas, empurrou a cadeira para trás.

— Preciso ir ao toalete. E então — ela suspirou — tenho que voltar para Estácio e companhia.

A garçonete empurrou o carrinho de sobremesas para permitir que um cliente passasse. O androide reconheceu o indescritível homem de cabelos castanhos que estava no restaurante quando ele conversou com o Atravessador. Ele acenou com a cabeça para o homem, mas falou para Kate.

— Obrigado por vir aqui comigo — ele disse. — Eu fiquei esperando que uma emergência interrompesse o jantar. Uma invasão alienígena, uma fuga de macaco gigante, alguma coisa.

Kate olhou-o, surpresa.

— Não ouviu falar do macaco?

O coração do androide pesou.

— Não.

— Ele não é mais macaco. Ele...

Modular ergueu a mão.

— Poupe-me dos detalhes.

O cliente magro de cabelos castanhos olhou para eles.

— Na verdade — ele disse —, *eu sou* o macaco.

O androide olhou para ele. O homem estendeu a mão.

— Jeremiah Strauss — ele disse. — Prazer em conhecê-lo.

O androide permitiu que sua mão fosse apertada.

— Olá — ele disse.

— Não faço mais o macaco. — Jeremiah Strauss parecia ávido por companhia. — Mas ainda consigo fazer o Humphrey Bogart. Vejam isso!

O ex-macaco começou a se concentrar. Suas feições lentamente começaram a se rearranjar.

— Não vou bancar o otário por sua causa, benzinho — ele sibilou. Seu rosto talvez fosse parecido com o de Bogart dentro do caixão.

— Muito bom — Modular disse, constrangido.

— Querem ver o Cagney?

Ele olhou para Kate, viu seu olhar vidrado.

— Talvez outra hora.

Strauss parecia envergonhado.

— Ansioso demais, hein? — ele disse. — Desculpe. Eu só não me recuperei ainda. Se acha que foi ruim ficar morto por um ano, cara, experimente ser um macaco gigante por vinte. Meu Deus, da última vez que ouvi falar em Ronald Reagan ele era *ator.*

— Toalete — Kate falou. Ela olhou para Strauss. — Prazer em conhecê-lo.

Ela fugiu. Modular deu a mão para Strauss e se despediu.

A garçonete empurrou o carrinho de volta à mesa e entregou as sobremesas.

— Tínhamos uma mensagem para o senhor uns dias atrás — ela disse e deu uma piscadela. — Uma ligação da Califórnia. Mas pensei que talvez fosse uma má ideia entregar a mensagem quando estava com outra moça. — Ela enfiou a mão no bolso e entregou um bilhete rosa com a mensagem. Um número interurbano estava escrito no alto do papel.

Bem-vindo de volta. Novo número de telefone. Ligue logo. Com amor, Cyndi. P.S.: Seu coração voltou a funcionar?

Modular memorizou o número, sorriu e amassou o papel.

Alegria, ele pensou.

— Obrigado — o androide disse. — Se a moça ligar de novo, diga a ela que a resposta é sim.

Ele estendeu a mão para as sobremesas.

Novas experiências estavam em todos os lugares.

♣ ♦ ♠ ♥

Laços de sangue

VI

Se a situação não fosse tão mortífera, talvez até fosse engraçada. Modular desaparecendo sobre os telhados com Croyd nos braços, e o esquadrão curinga e Tachyon com a boca aberta, estupefatos, acompanhando-os com o olhar. Troll pigarreou, uma explosão de som como uma motoniveladora de estrada movendo-se sobre o cascalho. Ele empurrou a figura amolecida de Bill Lockwood para o takisiano como um homem apresentando sua caça.

— Bem, ao menos pegamos esse daí — ele disse, com timidez.

— De que adianta esse cara! Bem, talvez eu possa tratá-lo — Tach murmurou, mal-humorado, e todos voltaram à clínica.

Poucas horas depois, a temperatura do homem misterioso estava voltando quase ao normal. Ele ficou deitado, piscando meio grogue na cama do hospital, preso por correias. Tachyon puxou uma cadeira e encarou o rosto belo e insípido.

— Você nos causou um monte de problemas, sabia? Por que diabos você protegeu Croyd com tanto desespero? Você será responsabilizado diretamente pela morte de centenas de inocentes!

Para constrangimento de Tachyon, o rosto jovem do homem contorceu-se, e ele começou a chorar.

— Eu só estava cuidando de Croyd — ele balbuciou enquanto Tach limpava suas lágrimas com o lenço. — Ele é a única pessoa que foi boa comigo. Ele me deu rosquinhas. Ele me transformou num ás.

— Quem diabos é você?

— Não vai ler minha mente?

— Estou cansado e irritado demais para ler sua mente. — Tachyon sentiu que, de alguma forma inexplicável, ele decepcionou o homem.

— Sou... era o Homeleca... *mas não use esse nome*! Sou um ás agora.

— Homel... — A voz de Tachyon desapareceu, e ele balançou a cabeça, desconsolado.

As lembranças, como uma apresentação de slides trêmula, ampliaram-se em sua mente. O horrível personagem coberto de muco fugindo do leão de chácara que carregava um taco de beisebol na Freakers... os Príncipes Demoníacos atormentando o curinga miserável até o sangue se misturar ao muco verde... os nojentos sons das adenoides que saíam das caçambas onde Homeleca dormia.

— Ah, pelas naves e ancestrais, ele transformou você num ás e você ficou tão agradecido... — As palavras falharam de novo.

— O que vai acontecer comigo? — Bill Lockwood perguntou.

— Não sei.

Havia um tumulto crescente na recepção. Troll uivava como um búfalo indignado, e a voz de Tina era alta e aguda. Um nome surgiu da cacofonia... o de Tachyon.

Modular circulava no alto com Croyd enrolado num lençol como uma múmia revoltada. Tachyon e Troll entraram aos tropeços em seus trajes, e o androide jogou Croyd na câmara de isolamento. Tachyon havia se preparado semanas antes; vidro de prisão de segurança máxima, uma porta de aço bem reforçada. Estavam prontos.

Croyd abriu caminho através do vidro em menos de dois minutos. E desapareceu embaixo de uma pilha de corpos que tentavam segurá-lo. Horas depois, o vidro foi substituído, e uma cerca eletrificada estendida na parede.

Croyd atravessou-a em menos de um minuto. A eletricidade parecia agir como estimulante.

Troll ergueu os olhos, com seus quase três metros sobre Croyd, preso com algemas de aço nas mãos e nos pés.

— Doutor, não vou conseguir ficar sentado nele pro resto da vida.

Eles substituíram o vidro novamente. Tachyon discutia o uso de cortinas de aço com os especialistas de segurança de Attica. Eles deram de ombros e enfatizaram que aquelas paredes nunca aguentariam a tensão.

Então, Finn apresentou uma ideia maluca.

— Considere as vacas — ele observou, batendo gentilmente no chão com as delicadas patas dianteiras. Victoria Queen quase saiu às pressas para buscar um sedativo. — Elas são tão estúpidas que não caminham sobre linhas pintadas numa estrada porque *pensam* que é uma cerca de pasto.

— Sim, mas Croyd é um homem, não uma vaca — Tachyon explicou com paciência.

— Mas é muito sugestionável.

— Como você sabe?

— Eu o coloquei para dormir com um treinamento de ondas cerebrais e sugestão, lembra?

Eles prenderam os terminais nele e tentaram o mesmo truque. Dessa vez não funcionou. Então, eles pintaram barras na janela. E na porta.

Croyd ficou muito dócil depois disso.

Contanto que ninguém entrasse no quarto.

Por favor, durma. Durma, Croyd, por favor.

Tachyon fez essa oração todos os dias durante quatro dias, mas não havia resposta do albino, que caminhava nervosamente dentro das paredes de vidro pintadas da câmara de isolamento.

Tachyon tentou dar uma ajudazinha à natureza. Depois de o treinamento de ondas cerebrais não ter dado certo, ele bombeou gás lacrimogêneo na sala, pôs drogas na comida de Croyd. E Croyd continuava teimosa e infecciosamente acordado. E, a cada hora que ficava acordado, o vírus sofria mutações.

Croyd era um holocausto ambulante. E uma decisão precisava ser tomada. Tachyon olhou para suas mãos. Lembrou-se do coice da arma quando matou Claude Bonnell. Lembrou-se da Mulher em Chamas. Lembrou-se de Rabdan.

Ideal. Estou cansado de lidar com a morte. Poupem-me, ancestrais, não quero fazer isso de novo.

♣

Peregrina sorriu para ele da cama do hospital, em seguida fez uma careta e mordeu o lábio com força quando outra onda de dor a percorreu. Seus olhos azuis estavam demasiadamente brilhantes, e suas maneiras alegres pareciam mais maníacas que o normal. Tachyon teve compaixão. Precisou lutar para manter o sorriso. Nas próximas horas, ela daria à luz, e os dois saberiam o que essa experiência poderia fazer com o feto que agora lutava para se soltar do corpo inchado da mulher.

Ele pousou a mão gentil na protuberância da barriga e sentiu a contração estremecer os músculos.

— Cesárea talvez fosse mais fácil para o nosso garoto.

— Não. McCoy e eu estamos muito convictos quanto ao parto normal.

— Onde ele está?

— Lá fora, pegando café.

— Vocês ainda insistem em ficar tão juntos?

— Sim.

— Maridos sempre dão muito problema.

— Eu achei que você diria isso, Tachy querido. — Ela conseguia parecer quase sexy, apesar de sua condição. — Aliás, não estamos casados. — Outro espasmo, e ela arfou. — Quanto tempo mais?

— Ainda está no começo.

— Excelente.

— Mães de meia-idade. É mais difícil para vocês.

— Não me encoraja e agora me insulta.

— Desculpe.

Ela estendeu a mão para ele.

— Tach, eu estava brincando.

— Tente descansar. Vejo você em algumas horas.

— Combinado.

◆

Troll enfiou a cabeça pelo vão da porta da sala.

— Não precisa de mim agora, precisa?

— Por quê?

— Confusão no Chaos Club. Estão me chamando lá.

— Pode ir.

— Estranho, esses valentões não deram um pio por dias. Quase pensei que eles tinham aprendido.

— Bem, vá e ensine a lição para eles de novo, Troll.

— Quer vir?

— Peregrina está em trabalho de parto.

— Ah, tá. Vejo você mais tarde, doutor.

Tachyon verificou com Tina e descobriu que haviam transferido Peregrina para a sala de parto. No vestiário, ele tirou seus ornamentos pêssego e prata, encaixou a roupa cirúrgica verde e lavou-se com cuidado.

O intercomunicador zumbiu. Ele apertou o botão com o cotovelo.

— Chefe — veio a voz de Finn. — Está chovendo curingas aqui.

— Tenho um parto agora.

— Ah, certo. — Finn desligou o telefone. A sala de emergência estava ficando cheia de jovens curingas exibindo uma variedade de cortes e escoriações. E estavam chegando mais. Finn trotou até o adolescente mais próximo, em seguida se afastou quando percebeu que o corte na testa do rapaz era um trabalho de maquiagem esperto

Um canivete de quinze centímetros reluziu embaixo do nariz de Finn.

Uma ambulância rugiu no estacionamento e lançou fora um bando de homens bem armados. Finn ergueu as mãos. Sua mamãe não havia criado um idiota.

♠

Quando a ideia de tomar a clínica de Tachyon foi proposta, Brennan se opôs arduamente ao plano. Mas a ordem chegou de cima. Tachyon pode nos levar a uma mulher que cura um curinga ao dormir com ele. Encontre-a. E Tachyon precisa aprender uma lição. Peguem-no.

Brennan não ficou surpreso com a ordem. Um ano antes, Kien tinha usado Mai, a adorável garota vietnamita, para curar curingas. Tudo que se precisava era de dinheiro — e muito — e a cura vinha. Depois disso, Brennan matou Cicatriz e resgatou Mai, e agora a nova garota surgiu para tomar seu lugar. A garota que curava com sexo. Que curinga homem não pagaria uma fortuna para ser curado comendo uma linda mulher?

A ironia real era que Brennan recebeu o comando do ataque. Depois de roubar a máquina de cura de Kien, ele estava prestes a oferecer ao chefão do crime uma nova. Era muito ruim para Tachyon e sua clínica, mas Brennan tinha seus próprios planos.

O único problema era que ele passara na frente de Danny Mao, e o oriental não havia gostado. Por outro lado, foi uma indicação de como Brennan conseguira respeito dentro da intrincada rede de Kien. O próximo passo provavelmente seria o círculo mais íntimo que cercava o próprio Kien, e então a vingança de Brennan estaria ao alcance da mão. Por isso não poderia recusar a missão. Havia trabalhado duro demais por muitos anos para derrubar a fachada que era Kien Phuc e revelar a podridão que estava por trás dela.

Brennan encaixou um pente em sua Browning High Power e tocou os bolsos do colete para ter certeza de que as recargas estavam à mão. Havia sido combinado que as mortes se manteriam no mínimo possível. Apenas uma pessoa estava marcada para morrer: Tachyon.

Onze e vinte e sete.

Brennan, no banco da frente com o motorista, estava à espreita na clínica. Estacionaram cedo demais. Que ruim para Tachyon.

Se deseja encontrar a verdade clara, não se preocupe com certo e errado.

Ele tinha seus próprios planos.

Certos ou errados.

♥

McCoy estava aguentando muito bem. Ao menos não havia desmaiado e sido arrastado para fora da sala de parto. Às vezes, ele até se lembrava de instruir Per a respirar rápido, pressionar para baixo, respirar. As reações dela a esses lembretes úteis eram diretas e pouco elogiosas. Outro grito rouco saiu de sua garganta, e ela arqueou o corpo com a ajuda dos estribos.

Tachyon, com os olhos pairando entre os monitores e o colo do útero dilatado, disse suavemente:

— Você está indo bem, Per. Só mais um pouco agora.

Ele expandiu sua mente e tocou a ainda não formada da criança que abria caminho no canal de parto. Medo, fúria por ter seu confortável mundo arrancado de forma tão abrupta. (Definitivamente, filho de Fortunato.) Tachyon acariciou e tranquilizou aquela mente, observando a palpitação frenética diminuir.

Vai ficar tudo bem, homenzinho. Não me dê o desgosto de estar com a razão.

Quantas vezes ele havia se agachado entre os joelhos de mães, recebido crianças que em seguida viravam mingau nas mãos? Muitas, demais.

Um estrondo o fez virar na banqueta em que estava, e o alienígena arfou, surpreso, quando viu três homens armados atravessando as portas da sala de parto. Peregrina ergueu-se nos cotovelos e encarou-os com ódio.

— AI, JESUS!

— Que diabos significa isso?

Tach afastou-se levemente do agressivo cano de Uzi apontado na sua direção. Os outros intrusos simplesmente engoliram seco e encararam com rostos vermelhos as partes de Peregrina.

— Vocês romperam a integridade estéril desta sala. Saiam!

— Estamos aqui para levá-lo.

— Estou um pouco ocupado agora. Estou fazendo um parto. FORA! — Tach sacudiu as mãos enluvadas para enxotá-los.

— Vão à merda — McCoy gritou, fazendo exatamente o que Tachyon havia rezado para que não fizesse.

O controle mental de Tach derrubou o cameraman e, quando tomou a mente do atirador, este disparou rajadas pelo teto. O vidro das lâmpadas tilintou ao redor dele.

— McCoy! — Peregrina lutou para se soltar das mãos de Tina.

— Deite-se! Ele está bem. Ainda vai ser idiota por mais um dia.

— Libere meu camarada ou eu mato você. Um de nós dois vai matá-lo, ou a essas mulheres — gritou o oriental nervoso. O Dr. Tachyon liberou o atirador. — Agora, venha conosco.

— Cavalheiros, não sei por que estão aqui, ou quem são, mas estarei à disposição *depois* de ter feito o parto desta criança. Não posso desaparecer pelo ralo. Preciso sair por aquelas portas, então façam a gentileza de me esperar na outra sala.

Ele puxou o banquinho na posição entre as pernas de Peregrina e retomou seu silencioso monólogo interno e externo com mãe e filho.

— McCoy — ofegou Peregrina.

— Dormindo.

Os gritos e contrações de Per vinham em ondas. Tach não gostava da ideia de pressioná-la, mas... De repente, o bebê deslizou. Levando a mão à vagina, ele aninhou a cabecinha na palma da mão e ajudou John Fortune a chegar a seu novo mundo.

Tach sentiu gosto de sangue e percebeu que havia mordido o lábio inferior. Ele envolveu o bebê em ondas de calor, amor e conforto. *Não mude! Não se transforme! Pelo Ideal, não se transforme!*

O bebê estava em suas mãos, um menino perfeito com uma cobertura grossa de cabelos pretos. O muco foi sugado da boca, que formava um biquinho. Erguendo-o, Tachyon massageou-lhe as costas, e o garoto soltou um berro poderoso. Tach piscou para as lágrimas caírem, limpou sangue e muco do bebê e deixou a criança sobre a barriga flácida da mãe.

— Ele está bem. Ele está bem. — Os dedos brincavam gentilmente pelo corpo da criança chorosa.

— Sim, Per, ele é perfeito. Você tinha razão.

Os detalhes finais foram providenciados; cordão cortado, a criança recebeu uma limpeza mais completa e foi enrolada em algodão de cordeiro. Tachyon e Tina puseram Peregrina sobre a maca, em seguida levantaram McCoy desmaiado sobre outra. Um rosto apareceu na janela da sala de parto. Tach encolheu os ombros e ignorou.

— Doutor, o que está acontecendo? — sussurrou Tina.

— Não sei, minha cara, mas presumo que aqueles cavalheiros armados me dirão.

♣

Brennan entrou de uma vez na antessala de parto e encarou os homens. Com sentimento de culpa, eles jogaram o cigarro que estavam dividindo e baixaram a cabeça.

— Cadê o Tachyon?

— Lá dentro.

— Por que lá dentro?

— Estava fazendo um parto.

— Meu Deus, que nojo.

— Constrangedor — comentou o terceiro.

— Ele prometeu...

— Entregar-se a vocês. Sim, cavalheiros, prometi, e agora estou aqui. Mas, agora, poderiam me ajudar? Suponho que vocês... — Seus olhos encontraram os de Brennan; ele vacilou, tossiu e continuou. — Vocês prenderam meus ajudantes, e tenho um paciente que precisa ser levado até o berçário e uma que precisa ir para o quarto.

Você! Meus deuses, o que você está fazendo aqui?

Tomando sua clínica.

Mas por quê? POR QUÊ?

— Então, por gentileza, vocês poderiam me ajudar com a maca?

A conversa externa fluiu sobre a telepática.

Os três homens olharam para Brennan.

— Coloque-os com o restante na cafeteria.

— Cafeteria! Claro que vocês não vão levar os muito doentes ou os recém-nascidos!

— Não seja idiota. Eles não nos ameaçam — Brennan disse, enojado.

— O homem no isolamento... vocês o soltaram? — Tachyon perguntou.

— Não, ele é nossa cobertura.

— Cobertura?

— Por que estou perdendo tempo batendo papo com você? Vamos — Brennan gritou. — Você pode levar a criança para o berçário, e nós teremos uma conversinha.

Brennan, com a Browning firme na mão, e Tachyon, com John Fortune aninhado nos braços, caminharam pelos corredores estranhamente silenciosos.

A equipe do berçário havia sido toda removida, então Tachyon preparou uma mamadeira e alimentou a criança.

— Agora, pode me explicar tudo isso? — Tachyon perguntou com uma tranquilidade que não sentia.

— Duas coisas. Você chateou um certo bambambã com seu esquadrão. Você também tem um negócio que esse bambambã quer.

— Por favor, pare de falar como um bandido de terceira categoria num filme B de gângster. "Negócio", claro! — bufou o alienígena.

— Jane Lillian Dow.

— Não sei onde ela está.

— Meu chefe pensa diferente.

— Seu chefe está enganado. — Tachyon limpou o leite que escorreu do queixo do bebê. — Acredito que vocês tenham inventado uma história para explicar o fechamento da clínica.

— Sim, espalhamos que o transmissor está solto no hospital.

— Espertos. — Tachyon trocou Johnny, examinando as dobras levemente epicânticas do bebê, e olhou com firmeza para os olhos alterados de Brennan. — Nunca perguntei por que quis a cirurgia.

— Eu sei. E fico feliz por isso.

— Eu poderia ter descoberto, mas não fiz. Respeitei sua privacidade.

— Sim, eu sei.

— E você me recompensa dessa maneira?

— Precisei entrar nessa... organização. Arrisquei tudo por isso.

Tachyon fez um gesto raivoso com a mão.

— Isso? *Isso?* Invadir minha clínica, pôr em risco meus pacientes?

— Não, não, não isso. Outras... coisas... — A voz de Brennan desapareceu.

— Eu não entregaria Jane nem se soubesse onde ela está.

— Minhas ordens são de começar a matar pacientes até você entregar.

Tachyon empalideceu e segurou a mamadeira com mais força. Ele encaixou o bebê no ombro e deu tapinhas até o bebê soltar um arroto alto, respingando leite sobre o tecido cor de pêssego.

— Suas ordens são de *me* matar, não importa o que aconteça.

— SAIA DA MINHA CABEÇA! — Brennan se afastou de Tachyon, fechando os punhos entre as coxas. — Não vou fazer isso.

— Não, você vai ter alguém para fazer por você. Que mente flexível você tem, capitão. Teria sido um bom takisiano. Talvez por isso eu goste de você. — Ele se levantou e deitou Johnny num berço.

— SEU MALDITO!

— Por quê?

— Vocês todos estão me acossando, me envolvendo nesses laços, me segurando, me sufocando.

— Imagino o que sua Jennifer pensaria do que está fazendo agora.

— DESGRAÇA! SAIA! PORRA, SAIA! Eu não quero me importar — ele concluiu em voz baixa.

— É o preço que paga por ser humano, Brennan. Às vezes, precisa se importar.

— Eu me importo — ele disse, agoniado.

— Com os mortos. Algum dia, talvez, faça uma mudança interessante e escolha os vivos.

— Não é justo — ele gritou nas costas de Tachyon. — E quanto a Mai?

— Mai está morta. Isto é aqui e agora, e você vai precisar fazer uma escolha.

◆

As horas se arrastavam. A admiração de Tachyon por Bradly Latour Finn aumentava a cada momento que passava. O pequeno curinga confortou os mais velhos, alegrou os jovens e fez brincadeiras com as crianças. Seu sorriso despreocupado nunca desapareceu. Nem quando os guardas, mais e mais nervosos, lançavam palavrões ou pancadas em sua cabeça encaracolada. Nem quando Victoria Queen berrou histericamente:

— Vamos todos morrer, e como você pode ficar assim tão calmo, porra?

— Sou estúpido demais para fazer diferente.

Ele trotou até Tachyon, as pontas das armas seguindo seu avanço através da cafeteria lotada. Fez uma pausa breve ao lado de uma mesa onde Miolo não parava de balbuciar. Assentiu com seriedade por vários segundos.

— Eu *não* poderia concordar mais.

— Senta! — gritou um dos guardas.

Finn afastou-se delicadamente até uma cadeira. Retorceu os quadris. Com tristeza, balançou a cabeça e trotou até Tach. O alienígena suspirou com surpresa ao perceber pela primeira vez a cauda do curinga. Havia sido cortada pouco depois da raiz.

— Sua cauda!

— Vai enfeitar alguma jaqueta de Lobisomem.

Estupidamente, aquilo quase entristeceu Tachyon mais do que qualquer coisa que havia acontecido até então.

— Sua cauda — ele se lamentou de novo.

— Vai crescer. Além disso, era muita vaidade da minha parte. — Ele se inclinou. — Doutor, algumas dessas pessoas precisam de medicação.

— Eu sei.

Tachyon saiu da mesa e, com a mão pousada levemente no pescoço de Finn, caminhou até Brennan. Era uma cena absurda. O alienígena nanico vestido com calças curtas até o joelho, o jabô desamarrado caindo como uma cascata espumante, os caracóis cor de cobre esvoaçando enquanto caminhava, e o pequeno centauro palomino galopando como um cavalo lippizano ao seu lado.

— Várias dessas pessoas estão tomando medicamentos. Posso levar alguns da minha equipe e pegar as drogas?

— Drogas. Parece bom — disse um Lobisomem, rindo.

— Dê o que a gente quer — Brennan disse.

— Não.

— MERDA! — Danny Mao esmagou um cigarro em uma salada do chef enrolada em celofane. A ponta acesa atravessou o plástico e deixou uma mancha preta no queijo e na carne. — Quanto tempo vamos ficar aqui?

— O quanto precisar — Brennan respondeu, seco.

— Caubói, deixe a gente matar uns desses feiosos desgraçados — Danny Mao encarou com nojo os curingas encolhidos. — A gente vai fazer um favor para eles.

Brennan cercou Tachyon.

— A garota.

— Não.

Por que está fazendo isso?

Por que você?

Mais vinte minutos se arrastaram em agonia. Tachyon, com os olhos semicerrados, dedilhava uma sonata para violino nos joelhos, a cabeça marcando o tempo da música silenciosa.

— Caubói, ele tem poderes mentais. E se ele estiver chamando o esquadrão curinga agora mesmo?

Lee concordou com o único outro oriental do grupo.

— Danny está certo.

— Ele não vai pedir ajuda. Sabe dos riscos de um ataque lá fora. Quantos deles — Brennan estendeu e girou o braço para mostrar os pacientes e a equipe apavorados — serão mortos no tiroteio? — Ele avançou para Tachyon, os olhos cinzentos e sérios. — Quantos deles teremos de matar como pagamento pela traição?

— "Traição." — Tachyon saboreou a palavra. Os olhos lilases encontraram os cinzentos. Os cinzentos abaixaram-se primeiro.

— Tudo bem, então você não quer começar a apagar velhas doentes — disse Danny, encarando uma com desgosto. — Mesmo se forem feias como um cu sujo. Por que não usamos *ele*? — Estendeu o polegar na direção de Miolo, que devorava com culpa um pedaço de torta e mantinha seu incessante monólogo. — É para isso que estamos aqui.

Brennan limpou o suor.

— Não sabemos o que Tachyon poderia fazer com ele. É um metabolismo alienígena.

Danny foi até um velhote, agarrou-o pelos cabelos grisalhos e grossos, e enfiou o cano de sua Colt Python na boca sem dentes. Victoria Queen choramingou. Uma agitação correu pelos reféns. Tachyon ergueu-se um pouco da cadeira, em seguida afundou quando percebeu que o chinês estava concentrado em Brennan.

— Não acho que você tenha o que é preciso, Caubói — Danny disse em um tom perigosamente baixo. — Acho que foi um erro colocar você no comando. Agora, ou você junta coragem e age, ou *eu* ajo.

— Tudo bem — gritou Brennan. — Vamos usar o Miolo.

Danny tirou a pistola da boca do curinga e encaixou a ponta do cano na garganta de Tachyon. Suspiros e agitação correram pelos prisioneiros.

— Mas não aqui. Na sala dele. E Miolo. — O ás ergueu os olhos e interrompeu sua mastigação enérgica. — Traga uma colher.

Brennan deixou cinco homens de guarda na cafeteria. Observou Tachyon examinando os quinze homens que o cercaram no elevador. Era um olhar que conhecia — um homem pesando a situação. Sem gostar da resposta.

Isida, meu roshi, *o que vem primeiro? A busca da alma de um homem ou a amizade transitória deste mundo?*

Não houve resposta. De alguma forma, Brennan tinha a sensação de que, mesmo se o velho estivesse presente, ainda assim não haveria resposta.

O rosto magro de Tachyon era sereno. Estava claramente resignado à morte. Brennan duvidava que o alienígena a enfrentaria em silêncio. Tentaria alguma coisa antes do fim.

Miolo arrotou e bateu na barriga.

— Não devia ter comido aquele pedaço de torta. Espero ter espaço para esse aí. Ei, como vamos abrir a cabeça dele? — Os olhos de Tachyon arregalaram-se. De repente, ele se dobrou e vomitou sobre os pés de Danny.

— Que merda! — o oriental gritou.

— Ler mentes não é um poder tão bacana, hein? — falou Brennan entredentes. — Você descobre o que te aguarda. Lee, vá lá embaixo na sala de cirurgia e traga uma serra.

— Por que não vamos direto lá pra baixo? — lamentou o garoto, tapando o nariz contra o fedor.

— Porque não quero. — Tensão e fúria estalavam entre as palavras.

Eles entraram na sala de Tachyon, e Brennan fechou a porta com cuidado. Danny puxou o cão da arma e riu sobre o ombro para Brennan.

— Eu cuido disso, Caubói. Acho que você não tem estômago para isso.

Não foi uma decisão consciente. Brennan simplesmente esticou a mão e desligou as luzes. O brilho de Nova York formou um quadrado prateado ao redor das cortinas fechadas, mas o restante da sala foi mergulhado numa escuridão horrível.

Tachyon foi ao chão quando o brilho de dois canos de arma quase o cegaram. Um corpo foi ao chão.

— Merda! Ele tem uma arma — ouviu Brennan berrar.

Pelos deuses, ele queria ter uma.

Empurrando com cotovelos e joelhos, Tachyon rastejou pelo carpete grosso. Um pé o acertou com força nas costelas, e ele reprimiu um grito. O homem tomou uma cabeçada, descarregando a Uzi numa longa rajada enquanto caía. Alguém gritou.

Sentindo a maçaneta, Tachyon agarrou-a com a mão melada de suor, abriu a porta com tudo e passou por ela correndo. Bateu-a rapidamente, e as balas estouraram a madeira fina, salpicando o rosto do alienígena com farpas. Ele correu.

Equilibrando-se com uma das mãos, ele virou no corredor no momento em que a porta se abriu com tudo e a perseguição começou.

Novamente, a voz de Brennan.

— Metade de vocês vem comigo. Vamos pegá-lo.

Quinze que viraram catorze, que viraram treze, talvez até doze, se aquela rajada de Uzi tivesse acertado um deles. Então, eram seis contra um. Situação ainda terrível, e muitos para um controle mental, a menos que ele pudesse separá-los, e ele não gostava dessa ideia de jeito nenhum.

Então, para onde ir?

"*Este é o Lugar da Morte.*"

Tachyon abriu a porta para as escadas e saltou como um cervo caçado, subindo dois degraus por vez. Eles estavam na escadaria atrás dele.

"*Mas o gamo viveu... Porque chegou primeiro à corrida pela vida.*"

Era um risco desesperado. Precisava ser assumido. Dois andares abaixo, seu pessoal estava encolhido. Se os perseguidores lembrassem, voltassem para ameaçá-los...

Ele pegou as chaves, avançando num estouro final de velocidade. Seu fôlego era um soluço na garganta seca. Não conseguia ver Croyd através da ampla janela de observação da sala de isolamento. A tranca girou e ele aguardou, mão na maçaneta. A matilha de caça já havia saído da escadaria, latindo empolgada.

"*Lá está ele!*"

Ele entrou na sala com uma cambalhota. Passou direto por Croyd, que estava agachado, esperando ao lado da porta. Mas não esperava um pacote compacto, dobrado e rolando. Tachyon ergueu-se de pronto.

— *Croyd, me ajude. Eles estão atrás de nós!*

Uma mão quis alcançá-lo. Tachyon se desviou, deixando que a inércia deixasse Croyd a um metro dele. Evitá-lo era sua única esperança. Se Croyd o agarrasse, o ás o quebraria como vidro frágil. Os olhos vermelhos estavam enlouquecidos, o rosto pálido entortado não era humano.

Os caçadores chegaram. Tachyon lançou-se num mergulho longo que o levou para perto da cama. Croyd rosnou, confuso, caçando. Seus olhos encontraram os do primeiro atirador. A Uzi avançou, mas o homem soltou um uivo como um vapor sendo expelido de uma locomotiva e começou a derreter. Dentro de segundos, ele afundou sobre os joelhos em uma poça cada vez maior de borbulhante gosma rosa.

A mão de Croyd avançou para outro, agarrando a junção entre ombro e pescoço. Tachyon empurrava-se desesperadamente contra a parede, ouviu ossos estalando. O homem despencou com um pescoço quebrado. Gritos encheram a sala.

De repente, uma labareda incandescente surgiu, e o caçador transformou-se numa tocha humana. Dentro de segundos, tudo que restava era o fedor de azulejo queimado e carne assada, e uma mancha escura no chão.

Um dos três sobreviventes disparou. A bala enterrou-se no pé descalço de Croyd. Jogando a cabeça para trás, o albino uivou de dor. Agarrou a arma e arrancou-a da mão do homem. Croyd avançou para acertá-lo com o cano. A pele rachou e abriu quando a mira da arma rasgou a carne macia do rosto.

Aos pés de Tachyon, outro homem se contorcia. As convulsões eram tão violentas que ele havia se curvado literalmente como um arco, a cabeça nos calcanhares. Sangue corria de sua boca, onde ele havia partido a língua com os dentes.

Rainha Negra. Sem manifestação curinga. Três de sete. Sangue e linhagem, me permita viver. Quero viver.

O medo era uma coisa viva que o agarrava pelo pescoço, travando-lhe a respiração nos pulmões. Tachyon lutava para recuperar o fôlego.

O garoto, Lee, estava no fundo da matilha. Aterrorizado, deixou a arma cair e fugiu. Croyd atacou o lado do agressor, que caiu como uma marionete ensanguentada, e correu em perseguição.

Tachyon, virando a cabeça como se o pescoço fosse feito de vidro, observou a carnificina. Olhou seu corpo esguio. Deu um soluço de alegria. Afastando-se da parede, ele agarrou uma Uzi e correu pelo corredor. A janela sobre a escada de incêndio havia sido arrancada da parede. Olhando pelo buraco deixado, viu uma figura sombria desaparecer entre os contêineres de lixo no beco. Odiando-se, ele atirou, ouviu o zumbido das balas ricocheteando em tijolo e metal, mas nenhum outro som. Croyd fugira.

Seus joelhos cederam, e ele quase caiu. Um braço forte deslizou ao redor de sua cintura, e o takisiano soltou um grito de terror. Ele atacou com seu poder mental e ficou paralisado quando reconheceu a mente.

— Brennan.

♠

Tinham poucos minutos antes que a polícia chegasse. Tachyon estava sentado atrás de sua mesa, serviu duas doses de conhaque e saudou o impassível humano.

— Considero você... um amigo. Obrigado.

Brennan estava recostado na cadeira, os pés com botas sobre a mesa. O corpo de Danny espalhado no carpete ao lado dele.

— Levou muito tempo até eu me decidir.

— Você tinha muito em risco. Fico grato.

— Cala a boca. Já me agradeceu o bastante. Bem, melhor eu dar o fora. — Brennan puxou um ás de espadas do bolso e jogou a carta sobre o corpo. — Dar a todos eles algo em que pensar.

— A polícia... e *quem mais*?

— Como assim? — Brennan ficou tenso na porta.

— Quem está por trás disso? — O silêncio estendeu-se entre eles. — Daniel, eu exijo saber. Você me *deve* isso.

O homem voltou-se devagar para encarar o alienígena.

— É perigoso.

— Está me dizendo algo que eu já não saiba? Esse homem molestou meu povo, avançou sobre meu território e declarou guerra contra *mim*. Isso precisa parar.

— E como você pretende conseguir isso?

— Fazendo com que ele acredite que sou mais perigoso para ele do que ele para mim.

Um sorriso torceu a boca forte, desapareceu, começou a crescer em estágios lentos. Tachyon observou fascinado. Foi a primeira vez que viu Brennan sorrir.

— Esse é o meu objetivo.

♥

A ordem foi restaurada. Finn tratou dos pacientes em choque, Peregrina amamentou seu bebê, declarações foram dadas, corpos ou restos deles contados. Os cinco homens que montavam guarda na cafeteria escaparam, e também o horripilante Miolo. Uma gigantesca caçada humana começou em busca de Croyd. Tachyon arrependeu-se e martirizou-se com sua decisão. Talvez ele devesse ter aceitado a morte em vez de soltar Croyd, mas que morte... seu cérebro consumido por aquela criatura nojenta. Concluiu que não era tão nobre.

Às cinco da manhã, o alienígena estava livre para partir. Fez os preparativos, chamou a limusine e encontrou Brennan. Com o humano dirigindo, partiram para a Quinta Avenida com a 73rd Street.

Estacionaram no beco atrás do prédio cinzento de cinco andares. Tachyon estendeu uma toalha de mesa rendada sobre o capô da limusine e pôs o café da manhã: croissants mornos, garrafas térmicas com chá quente e café. Uma seleção de queijos. Em seguida, mordiscando uma fatia de camembert, ele lançou o chamado com uma sirene. Dez minutos depois, Kien Phuc saiu pela porta dos fundos do beco. Vermis estava com ele. O curinga pegou a arma, em seguida soltou um sibilo enquanto Brennan se virava lentamente e encaixava uma flecha pesada e de ponta larga no arco, erguendo-a para Kien. Tachyon afrouxou a compulsão, e o vietnamita acenou para seu curinga-ás abaixar a arma.

Tachyon estendeu as mãos num gesto de boas-vindas.

— Não vai se juntar a mim, sr. Phuc? Enquanto nossos dois lugares-tenentes nos mantêm comportados? — Tachyon ofereceu um prato, deu de ombros quando Kien permaneceu imóvel. — O senhor... me irritou, sr. Phuc, mas fiquei feliz quando fez aquela tentativa patética de tomar minha clínica. Isso me deu a oportunidade que eu estava buscando.

— De quê? — A voz de Kien arranhava como maquinário enferrujado sendo ligado depois de anos de abandono.

— De alertá-lo. Sou um inimigo ruim de se ter — o alienígena disse com leveza, espalhando geleia no croissant.

— O que você quer?

— Primeiro, demonstrar como posso facilmente tomar sua mente e obrigá-lo a fazer qualquer coisa. Segundo, deixar claro que o Bairro dos Curingas é *meu* território e, terceiro, propor uma trégua.

— Trégua?

— Tenho meus próprios interesses a proteger, como o senhor tem os seus. Os seus incluem prostituição, os jogos ilegais e o comércio de drogas, mas eles *não* incluirão a venda de proteção, a extorsão e as batalhas armadas nas minhas ruas. Quero meu povo em segurança.

Os olhos de Kien deslizaram para Brennan.

— Esse chacal treinado é seu?

— Ah, não, ele tem interesses muito próprios.

Os olhos cinzentos de Brennan encararam de forma implacável os olhos pretos de Kien.

— Vim buscá-lo, Kien.

Tachyon sorriu.

— Você tem pessoas que podem me matar nas sombras. Eu tenho um pessoal que pode fazer o mesmo. Empatados.

— Não vai interferir nos meus negócios?

— Não. — Tachyon suspirou. — Acredito que isso mostre uma triste falta de moralidade da minha parte, mas não sou defensor de causa alguma. Homens ainda almejarão mulheres, e as mulheres se venderão para satisfazer esses anseios, e as drogas serão vendidas e consumidas. Infelizmente, não somos anjos. Mas insisto na paz em minhas ruas. — Tachyon perdeu o tom leve, provocador. — Não haverá mais crianças morrendo em tiroteios insensatos no Bairro dos Curingas. E minha clínica e meus pacientes estarão seguros.

— E Jane Dow?

— Essa ficha não está em discussão nessa negociação, sr. Phuc.

Kien deu de ombros.

— Tudo bem.

— Estamos de acordo?

— Concordo com seus termos.

Tachyon sorriu.

Nunca deveria planejar uma trapaça na presença de um telepata. Brennan, mate-o.

O vietnamita empalideceu.

— Espere, não, espere, espere!

— Tudo bem, vamos tentar novamente. *Estamos de acordo?*

— Não muito. — Kien cedeu. Ele encarou Brennan, que devolveu o olhar no mesmo nível. — Recebi uma mensagem sua há pouco tempo. — Brennan assentiu. — Essa é minha resposta. — Ódio e fúria recobriam de rouquidão a voz do homem, e ele apontou a mela mão para Brennan como se fosse uma arma. — Se você continuar a me incomodar, se, como diz, você me derrubar, então não terei mais nada a perder. E, daí, eu juro, Ira, Jennifer Maloy, vai morrer. Retire-se, capitão Brennan. Retire-se e me deixe em paz ou ela *vai* morrer. Essa é minha promessa para *você*.

Tachyon olhou de Kien para Brennan. O rosto do arqueiro era tão tenso e inflexível como um punho cerrado.

— Vocês me cansam — estourou Tachyon. — Suas ameaças me cansam. Vão!

E ele enviou o vietnamita e seu chacal, Vermis, trotando para dentro do prédio.

♣

Tachyon estava se sentindo muito animado quando voltou à clínica. Parou para dar tapinhas alegres em cada leão de pedra, em seguida subiu as escadas num trote. Croyd não poderia permanecer muito mais tempo acordado. Com certeza, seu poder de contágio desapareceria na próxima transformação. Kien estava, por ora, neutralizado. Óbvio que o vietnamita quebraria sua palavra, mas talvez Brennan já tivesse alcançado seu objetivo até lá, e Kien não seria mais um problema.

Tachyon seguiu para o porão e desligou a elaborada série de trancas eletrônicas que protegiam seu laboratório particular. Era lá que ele fabricava a droga para Angelical e perseverava em sua pesquisa por um vírus-trunfo aperfeiçoado.

Era a força do hábito que o levava a tirar sangue e executar o teste XVTA. Era óbvio que ele estava bem. O Ideal e os percentuais estiveram com ele na última noite.

Ele deslizou a lâmina sob o microscópio eletrônico, concentrou-se e leu seu destino na teia intrincada do carta selvagem. Com um grito, ele jogou a bandeja de lâminas e tubos de ensaio no chão. Bateu os punhos na mesa, gritando "não" para o resultado.

Calma, calma! Estresse pode despertar o vírus.

Em silêncio, ele se ajeitou na banqueta, sentou-se com as mãos entrelaçadas e pensou. Se ele se manifestasse, provavelmente morreria. Aceitável. Ele poderia se tornar um curinga. Inaceitável. O trunfo? Último recurso.

Jane!

A ironia de um homem impotente sendo salvo pelo sexo lhe ocorreu, e ele riu. Quando percebeu que a risada vinha da histeria e não do humor, ele se conteve.

E o futuro?

Buscar Jane. Remover ao máximo o estresse da vida. Continuar a viver. A casa Ilkazam não criava covardes.

E, o mais importante: *Blaise.*

O garoto era tudo que tinha agora. Seu sangue e semente estavam envenenados. Não haveria outros filhos.

♣ ♦ ♠ ♥

Concerto para sirene e serotonina

VIII

Novamente estavam atrás dele. *Se não podemos confiar nem mesmo em nosso médico*, ele se perguntou, *com quem podemos contar?* Os uivos das sirenes eram quase um manto contínuo de ruído agora.

Ele arremessou pedaços de concreto, quebrou semáforos e avançou do beco para a entrada. Agachou-se dentro de carros estacionados. Observou helicópteros passarem, ouvindo o flup-flup contínuo das hélices. De tempo em tempo, ouvia partes de apelos através de um ou outro alto-falante. Falavam com ele, mentiam para ele, pediam que ele se entregasse. Ele riu. Nem que a vaca tossisse.

Era tudo culpa de Tachy de novo? Uma imagem piscou em sua mente, o pequeno avião de Jetboy avançando como um peixinho entre baleias imensas se alimentando no céu meio nublado de uma tarde. Lá atrás, quando tudo começou. O que havia acontecido com Joe Sarzanno?

Sentiu cheiro de fumaça. Por que as coisas sempre queimavam em momentos de encrenca? Ele esfregou as têmporas e bocejou. Automaticamente, procurou uma pílula no bolso, mas não havia nenhuma. Abriu com tudo a porta de uma máquina de Coca-Cola em frente de um posto de serviços todo apagado, estourou a caixa de moedas, em seguida colocou as moedas de volta no mecanismo, pegou uma Coca-Cola em cada mão e se afastou, bebericando.

Depois de um tempo, viu-se diante do Museu Popular do Bairro dos Curingas, esperando para entrar, e percebeu que o lugar estava fechado.

Ficou ali, indeciso, por talvez dez segundos. Em seguida, uma sirene soou nas proximidades. Provavelmente bem na esquina. Ele avançou, quebrou a fechadura e entrou. Deixou o preço da entrada na pequena mesa à esquerda e, reconsiderando, acrescentou mais um pouco pela fechadura.

Sentou-se num banco por um momento, observando as sombras. De quando em quando ele se levantava, caminhava e voltava. Viu novamente a borboleta dourada, suspensa como se prestes a sair voando do grifo dourado, os dois transmutados pelo ás Midas, morto prematuramente. Ele olhou novamente para os jarros com fetos de curingas, e uma parte torta de uma porta de metal com a marca do casco de Devil John.

Caminhou entre os dioramas dos Grandes Eventos na História do Carta Selvagem, pressionando o botão várias vezes na parte Terra × Enxame. Cada vez que ele apertava, Modular atingia um monstro do Enxame com seu laser. Em seguida, localizou a estátua do Uivador gritando...

Apenas depois de ter dado o último gole na última Coca-Cola, ele percebeu a pele humana diminuta, estufada, exposta numa caixa de vidro. Chegou mais perto, apertando os olhos e leu o cartão que indicava ter sido encontrada num beco. Ele respirou fundo quando o reconheceu.

— Pobre Gimli — ele disse. — Quem poderia ter feito isso com você? E onde estão suas entranhas? Meu estômago revira quando vê essas coisas. Onde estão seus gracejos agora? Vá até Barnett, diga a ele para pregar até todo o inferno congelar. No fim, será a pele dele também.

Ele se afastou. Bocejou novamente. Seus membros estavam pesados. Virando num corredor, encontrou três cascos de metal, suspensos por longos cabos no ar. Parou e os observou, percebendo imediatamente o que eram.

Sem mais nem menos, saltou e deu um tapa no mais próximo dos três — um chassi de fusca com placas blindadas. O chassi ressoou e girou nas amarras, e ele saltou uma segunda vez e estapeou de novo antes de outro ataque de bocejos.

— Tendo um casco, viajar — ele murmurou. — Sempre seguro aí dentro, não era, Tartaruga... contanto que não esticasse o pescoço para fora?

Começou a rir de novo, em seguida parou quando se voltou para um que ele lembrava com mais nitidez — o modelo dos anos 1960 — e não conseguiu estender a mão alto o bastante para encostar no símbolo da lateral, mas leu "Faça amor, não faça guerra", o lema pintado em uma mandala em formato de flor.

— Merda, diga isso para os caras que estão tentando me matar. Sempre quis saber como é lá dentro — ele acrescentou. Saltou e agarrou-se na beirada do casco, puxando-se para cima.

O veículo sacudiu, mas aguentou facilmente o peso. Em um minuto, ele estava acomodado lá dentro.

— Ah, doce claustrofobia! — ele suspirou. — Parece *tão* seguro. Eu poderia...

Ele fechou os olhos. Depois de um tempo, começou a emanar uma luz bem fraca.

♣ ♦ ♠ ♥

“Que fera rude...”

Leanne C. Harper

Nômada olhou para o amigo Jack Robicheaux. As transformações estavam ficando cada vez mais lentas agora, e durando mais. Naquele momento, ele estava humano, e provavelmente permaneceria assim pelos próximos dias. Ela havia passado algum tempo imaginando se tinha alguma culpa por suas transformações contínuas. Jack sabia que podia se comunicar com ela apenas quando estava na forma de crocodilo. Mesmo em seu coma, era possível que tivesse percebido que precisava se transformar para lhe falar sobre Cordelia.

Ela ergueu a cabeça, encontrou o olhar de C.C. e deu de ombros.

— Sei que prometi parar de me sentir culpada. Vou sentir falta dele.

As duas mulheres viram quando Cordelia entrou no quarto de hospital.

— Boas notícias, meninas. O Dr. Tachy diz que Jack pode estar melhorando um pouco. Não tem certeza, mas acha que o período que Jack tem passado como “crocodilo pode estar matando o vírus”. — Cordelia atravessou o quarto até o leito de Jack e inclinou-se para beijá-lo nos lábios. — É isso, *oncle*. Não desista de mim agora.

C.C. Ryder e Nômada trocaram olhares surpresos sobre a cabeça de Cordelia. Nômada permitiu que um sorriso se esgueirasse em seu rosto, camuflado pelos cabelos emaranhados.

A cantora de cabelos ruivos pegou a mão de Nômada.

— Eu disse.

— Quê? Esqueça. Vocês sempre falam por sinais. Pior que os *cajuns*. Quando vão embora? — Cordelia ficou em pé ao lado da cabeça de Jack, olhando-o como se conseguisse se enxergar dentro dele.

— O avião parte amanhã. Deixei o itinerário na sua sala nesta manhã. Então, se houver qualquer mudança, pode entrar em contato imediatamente. — C.C. olhou para a amiga. — Suzanne vai querer saber logo.

— Tem telefone na Guatemala?

— Tem, Cordelia. — C.C. suspirou.

— Me traz um índio de presente? — Cordelia segurou a mão do tio, mas deu uma risadinha, desarmando Nômada e C.C.

— Vamos ajudá-los, não arranjar-lhes esposas americanas.

— Quem falou em casamento? — As emoções mercuriais de Cordelia ficaram sérias. — Nômada, eu vou cuidar dele. Prometo. Sei que, às vezes, não acredita muito em mim, mas...

— Só precisa crescer. Não faça promessas para si ou "para qualquer outro que não possa manter. O mundo não precisa de mais santos". — Cordelia corou. Nômada olhou direto nos olhos da jovem. — Além do mais, você não acha que vou deixar Jack desprotegido, acha?

Nômada abriu o casaco e o gato preto saltou e sacudiu-se antes de sentar e começar a alisar seus pelos desgrenhados. Cordelia ajoelhou-se ao lado dele e tentou coçar atrás de suas orelhas. O gato afastou-se e pulou na cama de Jack, pousando a cabeça ao lado do travesseiro dele.

— Com ou sem telefone, diga ao preto se precisar de mim. É uma longa distância, mas não acho que isso vá nos impedir. Mas sinto algo ruim. — Nômada baixou os olhos para o chão.

— O Dr. Tachyon vai cuidar do tio Jack, com a ajuda do preto e a minha. Ele gostaria que vocês fossem. — Cordelia olhou para o tio, pálido e silencioso sob tubos e ligações que o mantinham vivo.

— Eu sei. Ele disse que seria bom para mim. — Nômada olhou para C.C., que estava ao seu lado. — Não estou acostumada a todas essas pessoas sabendo o que é bom para mim. Mas sempre quis falar com uma onça preta, e nenhuma estrela do rock pode ficar sem uma guarda-costas.

— Estrela do rock. — C.C. revirou os olhos. — Ela vive me dizendo que as selvas são todas iguais. Não sei quem vai ter o maior choque cultural: se nós ou eles. Pobres rapazes tentando construir um país novo. Era tudo que eles precisavam, uma "estrela do rock" velha e uma mendiga.

Cordelia esticou-se para abraçar C.C.

— Poderia ser muito pior para eles.

Nômada olhou-a, agradecida, em seguida estendeu a mão. Cordelia hesitou, em seguida pegou-a com força entre as dela.

— Você sabe como se cuidar. Não se afaste de algo que faz parte de você. — Nômada ergueu a cabeça para encarar Jack. — Nós dois fizemos isso, de um jeito ou de outro. Ele diria o mesmo para você. Não se transforme numa aleijada. Não vale o esforço.

— Acho que entendi isso, uma noite, um tempinho atrás. — Cordelia soltou a mão de Nômada, envergonhada.

Nômada caminhou até Jack e olhou para seu rosto tranquilo. Ela pousou a mão no rosto do homem. Com seu cabelo ocultando, ninguém conseguiu ver as palavras que ela balbuciou. Ela só podia esperar que Jack as ouvisse, onde quer que estivesse.

— Eu te amo.

Quando saiu do quarto, um homem chegou até a porta. Levou um momento até Nômada reconhecê-lo.

— Michael.

Ele carregava um imenso cesto de frutas que quase escondia seu rosto por completo. Elas podiam ver que ele estava assustado. Ninguém falou.

— Ele é meu amigo também. — Michael abaixou o cesto alguns centímetros. — Posso vê-lo?

Nômada e Cordelia olharam-se, passando a opinião sobre o homem que abandonara Jack meses antes. Cordelia assentiu.

— Todos nós o amamos.

♣

Balançando-se para a frente e para trás, Rosemary Gambione retorcia as mãos enquanto estava sentada na cama esperando o advogado dos Punhos Sombrios oficializar o fato. Era o fim. A Máfia havia perdido. O rosto dos *dons* mortos, dos capos, até mesmo dos soldados estavam com ela agora, mesmo à luz do dia. O pesadelo havia se tornado realidade.

Ela estava suando. Seu pequeno quarto estava abafado com a umidade de agosto em Nova York. Na cama, sua mala estava feita e ela, pronta para partir. Para qualquer lugar, contanto que fosse para fora da cidade.

Quando ouviu batidas na porta, ela correu as mãos pelas calças jeans e pegou sua Walther. Havia-a usado com frequência nos últimos meses. O peso na mão trazia segurança.

— Quem é? — Ela ergueu a arma para tirar o cabelo úmido dos olhos.

— Peixe-espada. Ou tem outra senha que você prefira? — A voz era elegante e tinha um toque delicado. Rosemary reconheceu-a imediatamente das chamadas telefônicas que haviam feito para combinar essa reunião. Segurando a pistola na mão direita, ela abriu a porta desajeitadamente com a esquerda. Vestido num terno branco feito sob medida, o homem que ela conhecia como Brecha entrou com leveza no quarto.

— Meu Deus. — Ele olhou para a arma por um momento antes de analisar o quarto. — Ah, bem, são tempos problemáticos esses nos quais vivemos, não são? Nem mesmo uma escrivaninha. Entendo.

— Uso a mala, Latham.

Rosemary viu a cabeça dele inclinando-se levemente com o som do próprio nome. Ela o vira em todos os jantares da ordem dos advogados por anos. Estava surpresa que não tivesse reconhecido sua voz.

— Bem. Muito melhor que o nome "Brecha", com o qual pareço estar permanentemente associado. Por favor, sente-se, senhorita Gambione. Ou é Muldoon?

— Gambione. Vamos acabar com isso. — Rosemary sentou-se na frente do advogado, distante da mala, mas manteve a Walther no colo.

— Por acaso, meus... associados estão a postos em todo o prédio e na rua. Para nos oferecer a privacidade de que precisamos para nossa transação.

Rosemary suspirou e sacudiu a cabeça.

— Brecha, não vou fazê-lo de refém ou matá-lo. O que há? Eu só quero que cuidem disso para que eu possa partir. Não quero mais ninguém do meu pessoal morto. Deixe-me ver o contrato.

Latham entregou o contrato e examinou-a enquanto ela o lia. Rosemary se perguntou se ele estava curioso para ver o quanto alguém de seu nível poderia se rebaixar. Por outro lado, ele nunca a viu como um par. Se ela não quisesse manter aqueles de seu pessoal que ainda estavam vivos, matar Latham seria uma forma especialmente agradável de suicídio.

— Parece estar em ordem. Aqueles que você representa assumem minhas operações na cidade inteira, contratando meu pessoal...

— Aqueles que restaram e ainda são capazes.

A mão de Rosemary apertou a arma.

— Sim, certo. Vou assinar. Tem uma caneta?

— Claro. — Latham tirou uma Mont Blanc da pasta e cuidadosamente tirou a tampa para ela. — Por favor...

Rosemary pousou o contrato na mala e, em seu último ato como uma Gambione, assinou-o. Ela viu o rosto do pai no fundo do papel e a mão tremia. A assinatura saiu trêmula, mas ela manteria as pessoas seguras.

Latham ergueu o contrato e examinou a assinatura. Rosemary não poderia dizer se ele estava olhando com desprezo para as marcas úmidas que suas mãos haviam deixado ou se era simplesmente sua expressão habitual. Ela percebeu que o homem não suava.

— Quero o dinheiro e a passagem.

— Tudo já foi arranjado, minha querida. — Latham abriu a pasta novamente para enfiar o contrato e retirar dois envelopes. O envelope pardo maior estava quase transbordando. — Duzentos mil e sua passagem para Cuba. Acredito que seja muito gostoso lá nesta época do ano. Espero que aproveite a viagem.

Latham levantou-se e caminhou até a porta. Quando pôs a mão na maçaneta, falou de novo.

— Aliás, soube que você está procurando o senhor Mazzucchelli. Minhas fontes informam que ele pode ser encontrado no endereço dentro do envelope. Boa sorte.

Rosemary encarou o envelope branco sobre a mala. Ela não o tocou. Depois de um momento, ergueu os olhos para Latham.

— Um brinde. — Ele deu de ombros. — Quem eu represento também tem compaixão, minha cara.

A porta já estava fechada por dez minutos quando Rosemary pegou o envelope branco. Virando-o, ela viu a cera vermelho-sangue do selo e sorriu, dolorida.

♦

Um dos acordos que ela fizera foi que os homens que estavam entrando no armazém antes dela seriam atendidos da melhor maneira possível. A maioria não eram mais homens. Eram os curingas que sobreviveram à reunião com Croyd. Ela ainda imaginava como Chris havia conseguido aquilo.

Quando telefonou para os parentes para contar sobre Chris, esperava uma reação de alegria por essa chance de vingança. Em vez disso, recebeu uma aceitação desinteressada. A vingança seria executada, mas porque era a coisa decente a se fazer, não porque qualquer um, vítima ou guardião, pudesse ter algum prazer nisso. Ela ficou surpresa, mas, agora que estava ali, entendeu. Não gostava do que estava prestes a acontecer. Não sentia absolutamente nada.

Naquele dia, encontrara uma entrada lateral e uma rota para o mezanino do armazém abandonado no Bairro dos Curingas. Se Chris estivesse lá, ela não o veria. Dessa vez, quando chegou ao ponto de observação, ouviu as vítimas movendo-se pelo armazém procurando por ele. Os ruídos que faziam ficaram tão próximos que chegaram a nauseá-la, mas ela se forçou a assistir. No fim das contas, era sua culpa.

Os ruídos aumentaram. Ela viu sua presa e arfou. Não esperava aquilo. O que havia sido um homem de 30 anos, agora era uma coisa bamboleante coberta de pelos. Suas garras riscaram o concreto quando percebeu que estava sendo perseguido. Quando virou a cabeça para olhar os inimigos, os dentes afiados no focinho pontudo brilharam à luz da lua que atravessava as claraboias quebradas. A única coisa que ela reconheceu foi o rabinho embaraçado que ainda caía em suas costas.

As vítimas dele, as vítimas dela, se arrastavam, com líquido vazando de seus corpos, pelos corredores do armazém na direção do autor de sua dor. Algum deles ainda sabia o que eles eram ou como haviam se tornado criaturas deformadas que se aproximavam daquele que era Chris Mazzucchelli? Um alarido excitado irrompeu quando Chris foi identificado. Ele sibilou para os perseguidores, golpeando o ar com suas garras estendidas. Eles foram implacáveis. Mesmo depois que derramou sangue, eles se aproximaram, cercaram-no com cuidado para ficar fora de seu alcance.

Chris foi encurralado em uma área do armazém atulhada com maquinário enferrujado. Ele não conseguia escalar, e seus agressores aproximaram-se para matá-lo. Rosemary tentou olhar, mas, em vez de se lembrar do homem que havia tentado matá-la, recordou o homem carinhoso que ela escolhera como amante. Assistiu à execução por apenas um momento antes de sentir ânsia e virar as costas para os gritos agudos que foram seguidos por gorgolejos líquidos.

Mesmo os sons eram mais do que ela conseguia aguentar. Rosemary fugiu, mas os ruídos a perseguiram muito tempo depois de ela ter embarcado no navio e se deitado, enrodilhada, na cama com as mãos pressionadas sobre os ouvidos.

♣ ♦ ♠ ♥

Apenas os mortos conhecem o Bairro dos Curingas

Epílogo

As novas trancas que Jennifer mandara instalar eram tão eficazes que Brennan não conseguiu entrar no apartamento dela. Isso era bom, ele pensou. Jennifer provavelmente precisaria delas.

Ele se sentou no patamar da escada de incêndio do lado de fora do quarto de Jennifer e observava o tráfego da cidade que passava embaixo dele. Odiou a cidade quando chegou. Ainda odiava, na verdade, mas agora odiava ainda mais pensar que a deixaria.

E ele precisava deixá-la. Quando chegou à cidade, nada poderia impedi-lo de derrubar Kien. Teria sacrificado céu e inferno para pegá-lo. Mas, agora, ele não era o mesmo homem. Agora ele se permitia a preocupação, e precisou pagar o preço pela sua fraqueza. Kien havia vencido. Sua vingança terminara. Observou a cidade se mover embaixo de seus pés, percebendo pela primeira vez como as montanhas seriam solitárias.

A tarde quente de primavera havia caído no lusco-fusco antes que um pequeno som no quarto atrás dele o fizesse se virar. Jennifer, em casa vinda da biblioteca, estava olhando pela janela, observando-o. Depois de um momento, ela atravessou o quarto, abriu a janela, e Brennan entrou.

— Ora — Jennifer disse —, a cada tantos meses você aparece, como um reloginho.

Ela estava brava, e Brennan sabia por quê. Ele não a via desde que havia impedido uma emboscada dos Punhos Sombrios no apartamento durante o inverno. Havia algo de um acordo tácito entre eles de que ele voltaria para vê-la, mas não o havia feito até aquele momento.

— Preciso avisá-la. — Não havia maneira fácil de dizer isso. — Estou indo embora da cidade. Kien disse que a deixará em paz, mas não confio nele.

Jennifer franziu o cenho.

— Está indo embora por minha causa?

Brennan deu de ombros.

— Digamos que escolhi os vivos e não os mortos.

O franzir aumentou.

— Ele me *usou* para ameaçá-lo. Disse que mandaria seus capangas atrás de mim se você continuasse em cima dele.

— Algo assim — Brennan admitiu. — Ele enfatizou que não teria nada a perder se eu o derrubasse. Que não haveria nada que pudesse ameaçá-lo e impedir que ele matasse você.

Jennifer assentiu lentamente.

— Entendi. Então, minha vida significa tanto para você que desistiu de sua vingança, que deixou Kien vencer?

Brennan soltou um suspiro profundo e concordou com a cabeça.

Jennifer sorriu.

— É bom saber disso. Vai tornar as coisas mais fáceis.

— Coisas? — Brennan perguntou, desconfiado. — Que coisas?

— Coisas que nem você, muito menos Kien consideraram. O fato de que não deixarei que ninguém mais me faça de refém. O fato de que não posso ser feita refém se ninguém souber onde estou. — Ela olhou para Brennan por um momento longo, bem longo, e sentiu uma pontada de dor no amor e na beleza que viu em seu rosto. — Adeus, Daniel, e boa caçada.

Ela se transformou em fantasma. Saiu das roupas e atravessou a parede do quarto, desaparecendo. Brennan encarou a parede branca extremamente confuso. Ela se foi, desapareceu como um espectro exorcizado.

— Espere… — ele resmungou, mas era tarde demais. O quarto estava vazio, exceto por ele e seus pertences, abandonado e desprezado, agora e para sempre. — Espere…

Ele soltou seu peso na cama, vencido pelo choque e por um sentimento avassalador de perda que o atingiu com a força de um golpe físico.

— Você não entende — ele disse em voz alta para o quarto vazio, em parte para si, em parte para a Jennifer desaparecida, abalado com a força dessa percepção repentina. — Kien me deu a escolha, mas fui eu quem a tomei, sozinho. Quero você mais que ele. Quero amar mais que odiar… a vida mais que a morte…

A voz dele sumiu e ele encarou a parede por onde Jennifer havia desaparecido. Seus olhos quase caíram das órbitas quando ela atravessou a parede com a cabeça.

— Que bom. — Ela sorriu. — Esperava que você fosse dizer algo assim.

Ele deu um salto da cama.

— Meu Deus do Céu! Volte aqui e fique sólida!

— Por quê? Vai me beijar ou me bater?

— Vai ter que arriscar — Brennan começou a falar, mas a boca de Jennifer cobriu a dele antes que ele pudesse chegar na metade das palavras.

— Sabe — Jennifer disse quando finalmente tomaram fôlego —, talvez seja melhor jogar o jogo de Kien... ao menos por ora.

Brennan assentiu, o braço direito enlaçando com firmeza a cintura da mulher, a esquerda traçando com gentileza as curvas delicadas do rosto e do queixo.

— Tem razão. — A voz dele, os olhos, eram sonhadores e tinham um aspecto estranho. Jeniffer ficou pasma e imensamente contente ao ver a felicidade e, talvez, até o contentamento neles. — Tenho um lugar lindo nas Catskills que eu gostaria que visse. E não volto ao Novo México desde... desde... desde... Deus, faz tanto tempo assim?

Ela sorriu e beijou-o de novo.

— E Kien? — ela perguntou quando se separaram.

Brennan deu de ombros.

— Ele estará aqui. Posso esperar. — Seu sorriso voltou, mas havia uma frieza nele que a assustava e a atraía, chamando-a como uma mariposa para uma chama perigosa. — É isso que um caçador faz de melhor.

♣ ♦ ♠ ♥

Todos os cavalos do rei

VII

— Isso é ridículo. — Bruder estava em fúria. Ele estava com um par de luvas de couro de motorista numa mão e as batia contra as pernas compulsivamente enquanto falava. — Percebeu o que está fazendo? Está jogando fora uma fortuna. *Milhões* de dólares. Além disso, está abrindo uma brecha para um processo. Tudbury e eu éramos sócios; esta terra me pertence.

— Não é o que o testamento diz — Joey DiAngelis disse. Estava sentado no capô comido por ferrugem de um Edsel Citation de 1957, uma lata de cerveja Schaefer na mão, enquanto Bruder andava de um lado para o outro diante dele.

— Vou contestar o maldito testamento — Bruder ameaçou. — Caramba, pegamos empréstimos juntos.

— Os empréstimos serão pagos — Joey disse. — Tuds tinha um seguro de cem mil. Sobrou muita grana mesmo depois das despesas funerárias. Você vai receber o seu, Bruder. Mas não vai pegar o ferro-velho, pois é meu.

Bruder apontou para ele, as luvas pendurando-se de sua mão.

— Se acha que não vou pro tribunal com isso, melhor pensar bem. Vou arrancar tudo o que você tem, seu babaca, inclusive essa merda de ferro-velho.

— Vai se foder — Joey DiAngelis disse. — Então me processe, não dou a mínima. Posso pagar advogados também, Bruder. Tuds me deixou todo o resto das coisas dele, a casa, a coleção de quadrinhos, sua participação na empresa. Vendo isso tudo se precisar, mas vou ficar com este ferro-velho.

Bruder fechou a cara.

— DiAngelis — ele disse, tentando soar um pouco mais conciliador —, ouça a razão. Tudbury queria vender este lugar. De que vai adiantar um ferro-velho abandonado? Pense em todas as pessoas que precisam de moradia. Essa incorporação será uma vantagem enorme para a cidade toda.

DiAngelis tomou um grande gole de cerveja.

— Acha que sou idiota ou o quê? Não vai construir abrigo para sem-teto. Tom me mostrou os planos. Estamos falando de casas de 250 mil dólares, certo? — Ele olhou ao redor para os hectares de lixo e carros enferrujados. — Bem, que se foda. Cresci neste ferro-velho, Stevie. Gosto dele do jeito que está.

— Então, você é um idiota — Bruder disse, ríspido.

— E você está na minha propriedade — Joey disse. — Melhor você dar o fora, ou eu posso enfiar um pedaço de cano no seu rabo. — Ele amassou a lata de cerveja na mão, jogou-a de lado e deslizou do capô do Edsel. Os dois homens ficaram frente a frente.

— Não pode me intimidar, DiAngelis — Bruder falou. — Não somos mais crianças no pátio da escola. Sou maior que você e malho três vezes por semana. Fiz artes marciais.

— Ah, é — Joey disse —, mas eu jogo sujo na luta. — Ele riu.

Bruder hesitou, em seguida virou-se com irritação e seguiu pisando duro até seu carro.

— Isso não acabou! — ele gritou, virando-se para trás.

Joey sorriu enquanto o via partir com o carro.

Depois que Bruder foi embora, Joey foi até seu carro e pegou outra Schaefer da caixa no banco do passageiro. Tomou o primeiro gole às margens quando a maré subiu na baía. Era um dia úmido, cheio de vento, encoberto, e em uma hora mais ou menos se tornaria uma noite úmida, cheia de vento e encoberta. Joey sentou-se numa pedra e observou a luz fraca pintar um arco-íris nas manchas de óleo da água e pensou em Tuds.

O velório e o funeral foram com caixão fechado, mas Joey foi até a sala dos fundos depois que todos haviam saído e disse ao agente funerário júnior que queria ver o corpo. O carta selvagem não deixou sobrar muito de Tom. O cadáver tinha pele de um tatu, escamosa e dura, e um leve brilho esverdeado, como se fosse radioativo ou algo assim. Os olhos eram imensos sacos de gelatina rosa brilhante, mas ele estava usando os óculos de aviador de Tom, e ele reconheceu o anel do colegial no dedo rosado de uma das mãos com membrana.

Não que houvesse espaço para dúvida. O corpo fora encontrado em um beco do Bairro dos Curingas, usando as roupas de Tom e carregando todos os documentos dele, e o próprio Dr. Tachyon havia feito a autópsia e assinado a certidão de óbito após comparar a documentação dentária.

Joey DiAngelis suspirou, esmagou outra lata de cerveja na mão e jogou-a de lado. Ele se lembrou de quando ele e Tom montaram o primeiro casco juntos. Na época, as latas de cerveja eram feitas de aço, e era preciso ser forte para esmagar as desgraçadas. Agora, qualquer velho fracote podia fazer isso.

Ele pegou o restante da caixa de cerveja e caminhou de volta para o bunker.

A grande porta estava aberta, e lá dentro Joey viu o brilho de maçarico de acetileno. Ele se sentou com as pernas sobre a beirada e balançou a caixa de cerveja diante de si.

— Ei, Tuds — ele gritou lá para baixo —, pronto para uma pausa?

O maçarico se apagou. Tom saiu de trás da estrutura do imenso casco construído pela metade. *Que monstro maldito*, Joey pensou de novo enquanto olhava para o esqueleto; seria quase duas vezes maior que o casco anterior, hermeticamente fechado, à prova d'água, autônomo, computadorizado, blindado até não poder mais, um casco de 150 mil dólares, porra, toda a grana da maleta e mais a maior parte do seguro também. Tuds estava falando em canibalizar aquela maldita cabeça que ele trouxe para ver se poderia imaginar uma maneira de consertar o radar e grudá-lo no equipamento.

Tom tirou os óculos protetores. Eles deixaram grandes círculos pálidos ao redor de seus olhos.

— Babaca — ele gritou —, quantas vezes eu vou ter que dizer: Tudbury está morto. Não há ninguém em casa além de nós, tartarugas.

— Vá a merda, então — Joey disse. — Tartarugas não tomam cerveja.

— Esta aqui toma. Passa pra cá... aquela bosta de maçarico é *quente.*

Joey jogou o que restava da caixa com seis.

Tom pegou, tirou uma lata e a abriu. A cerveja espirrou sobre seu rosto e cabelos. Joey gargalhou.

♣ ♦ ♠ ♥

Epílogo

Nem peixe, nem frango (ou *Como se sujar de verdade*)

George R. R. Martin

ALERTA: a seguir, honestidade editorial excessiva.
Continue por sua conta e risco.

Editar *Jogo sujo* quase me deixou maluco.

Agora que você já leu o livro (se não, que coisa feia se estiver lendo antes esta parte — há um motivo para esta parte estar no fim, sabe?), espero que tenha gostado. Muitas das histórias são de primeira linha, tão boas quanto aquelas em qualquer volume da série. Há algumas cenas, personagens, momentos fabulosos. A ascensão e queda de Croyd Tifoide. O assassinato de Kahina, estão entre as mais horripilantes já descritas em *Wild Cards*. As batalhas de Modular contra o Homeleca renascido. A escravização de Nenúfar pelo maléfico Ti Malice. E muito mais…

Boas histórias são o bastante para uma antologia comum, sem dúvida, mas mundos compartilhados exigem algo mais, e *Wild Cards* foi pensada para estar um passo além até mesmo dos mundos compartilhados. Nossa intenção sempre foi fazer livros que fossem mais do que uma coleção de histórias individuais, por mais excelentes que fossem. Nós os chamamos de "romances mosaicos" e os montamos para que o todo seja mais do que a soma das partes.

Em geral, fomos bem-sucedidos… mas não neste caso, temo eu.

Os livros da série *Wild Cards* foram montados em grupos de três. "Tríades", como os chamávamos. Cada tríade tem sua "trama mestra", a história principal traçada que une os três livros. Mas cada *livro* também deveria ter seu tema unificador e, claro, cada história individual tinha suas próprias tramas e subtramas. Então, sempre estávamos trabalhando em três níveis em *Wild Cards*, no mínimo.

A trama mestra de nossa segunda tríade era a busca da presidência por Gregg Hartmann, que culminaria no sexto volume, nosso segundo mosaico completo, *Virando o jogo*. Os dois livros anteriores precisavam montar uma mesa propícia e incluir certos personagens e tramas que teriam efeito no volume 6. E, embaixo da trama mestra, no plano do volume, a excursão da OMS era a espinha do volume 4, *Ases pelo mundo*. Em *Jogo sujo*, a guerra de gangues entre os Gambione e os Punhos Sombrios originalmente ocuparia o centro dos acontecimentos.

Contudo, quando nosso esboço para a segunda tríade foi entregue para a editora Bantam, a equipe da empresa acendeu o alerta. Uma guerra de gangues era trivial demais para uma série de ficção científica/fantasia, ela contestou; guerras entre gangues eram o principal assunto de filmes e séries de televisão, já estavam velhas e desgastadas. Tentamos argumentar que *nossa* guerra de gangues seria bem diferente, pois os Punhos Sombrios e os Gambione usariam ases e curingas para resolver suas diferenças em vez de bombas em carros e armas de cano curto, mas não recebemos o aval. Nossa editora insistiu que *Jogo sujo* precisava de algo mais, algo que era mais característico de *Wild Cards* que uma luta pelo controle do submundo de Nova York.

Acredito que foi Vic Milan que chegou com a resposta, quando meia dúzia de nós nos juntamos na casa de Melinda Snodgrass tentando encontrar uma solução para a crise. Vírus são notoriamente sujeitos a mutação, ele comentou. E se o xenovírus Takis-A sofresse mutação para uma forma capaz de reinfectar ases e curingas? Essa cepa mutante colocaria todos os principais personagens em risco, sem mencionar que deixaria toda a cidade em pânico. A ideia parecia oferecer todo tipo de possibilidades dramáticas suculentas. Roger Zelazny saiu na frente e ofereceu o Dorminhoco como fonte e transmissor do vírus mutante. E assim nasceu o Croyd Tifoide; a Bantam ficou satisfeita, e *Jogo sujo* tinha sua nova espinha dorsal.

O problema era que ainda existia a *antiga* espinha. No fim das contas, não poderíamos simplesmente esquecer a guerra de gangues. Kien e seus Punhos Sombrios estavam em cena, assim como Rosemary Muldoon e os Gambione. Tínhamos conflitos a resolver, tramas a fechar, pontas soltas para amarrar, personagens cujo crescimento e desenvolvimento futuros dependiam das experiências que se abateriam sobre eles no livro… durante a guerra de gangues. Além disso, embora alguns dos escritores tivessem reagido de forma entusiasmada à trama mestra de Croyd Tifoide, outros não mostraram interesse, preferindo escrever sobre a Máfia e os Punhos Sombrios como já haviam planejado desde o início.

Meus colaboradores também estavam profundamente divididos quanto à época em que o livro se passaria. Em *Ases pelo mundo*, o *Cartas Marcadas* levou um semestre para concluir seu circuito pelo globo... tempo em que todos os ases e curingas da excursão estavam fora da cidade de Nova York. Alguns dos colaboradores regulares enviaram seus personagens para a excursão; outros os mantiveram em Nova York. O primeiro grupo queria que *Jogo sujo* começasse após os viajantes voltarem; o segundo grupo pensou que deveria acontecer simultaneamente com a viagem. Argumentaram que a vida em Manhattan provavelmente não pararia apenas porque algumas pessoas estavam fora da cidade; *Jogo sujo* deveria contar as histórias do que aconteceu em Nova York enquanto os viajantes estavam longe. Tudo bem, os outros contra-argumentaram que muitos de nossos personagens mais populares eram delegados na comitiva. Realmente queremos deixar tantas de nossas estrelas de fora deste volume? Os leitores esperariam o Dr. Tachyon e Hiram Worchester, Crisálida e o Titereiro, não deveríamos decepcioná-los.

Os dois lados tinham motivos válidos. Então, com a sabedoria de Salomão, decidi que resolveria a controvérsia cortando o bebê ao meio. A primeira metade de *Jogo sujo* aconteceria durante a excursão, a segunda metade depois da volta do *Cartas Marcadas*. O volume 5, portanto, sobrepõe-se ao volume 4, mas também avança a ação para ajudar nossa chegada ao volume 6. Todos os meus escritores ficaram felizes.

Uma lição para os aspirantes a editores que lerem este posfácio. Qualquer coisa que deixe todos os seus escritores felizes provavelmente será uma má ideia. Seu objetivo sempre deve ser deixar os *leitores* felizes.

Quando os manuscritos começaram a chegar e eu me sentei para montar *Jogo sujo*, logo os problemas começaram a surgir. A cronologia era um caos completo. A História X precisava vir antes da História Q, mas a História Q acontecia quando a excursão estava em curso, e a História X vinha depois da volta para casa. A História Y era posterior às duas e levava à História Z, mas a História Z precisava vir antes da História X, ou determinada subtrama não faria sentido. A minha história do Tartaruga foi escrita com a ideia de que pudesse ser uma ponte entre as duas metades do livro, o que teria funcionado bem... exceto que vários outros escritores fizeram a mesma coisa. O que deveria vir em primeiro, segundo, terceiro lugares? Não importa o quanto eu as arranjasse, essas histórias episódicas terminavam jogando os leitores para a frente e para trás no tempo.

Durante tudo isso, eu estava fora, em Hollywood, e passei a maior parte dos fins de semana sentado sozinho no meu escritório de *A Bela e a Fera*, lendo e relendo as histórias e ajeitando-as primeiro de um jeito, depois de outro. Nada funcionava. No domingo à noite eu estava quase a ponto de jogar os manuscritos para o ar e imprimi-los na ordem em que caíssem (a abordagem New Wave). Quase, mas não totalmente.

Em vez disso... bem, se você tiver lido o livro, sabe o que fiz em vez disso. Precisávamos de muita reescrita (meus escritores felizes ficaram infelizes rapidamente), além de uma quantidade considerável de reestruturação. A única maneira de dar a *Jogo sujo* algo que se aproximasse de um começo, um meio e um fim (preferencialmente nessa ordem) era deixar de lado algumas das histórias e arrumar cada uma das seções e colocá-las em e entre as outras histórias.

Desde o início, usamos duas estruturas muito diferentes para os livros da série *Wild Cards*. O volume culminante de cada tríade sempre era um romance mosaico completo, uma colaboração de doze ou catorze mãos na qual todas as tramas eram entremeadas para fazer um todo (assim esperávamos) ininterrupto. No entanto, essa estrutura era tão difícil, exigente e demorada que a tentaríamos apenas em um livro a cada três. Os outros volumes eram mais convencionais, organizados em histórias individuais unidas por seções de narrativa intersticial que serviam para ligá-las nesse todo. Contas em um fio; as histórias eram contas, a intersticial era o fio que as transformava em um colar.

Jogo sujo começou como contas em um fio, mas a confusão cronológica causada pela minha concessão exigiu que eu transformasse o livro em algo que estava a meio passo de se tornar um romance mosaico. Suponho que funcionou de alguma forma; a Bantam parecia bem feliz, e nossos leitores também.

Mas o livro nunca será meu favorito. A organização frágil ofende minha noção de estrutura. E a trama está toda espalhada. Algumas histórias são construídas ao redor da guerra de gangues, algumas ao redor de Croyd Tifoide, algumas tentam lidar com os dois, enquanto outros quase ignoram todos esses acontecimentos para se concentrar nas tramas de Ti Malice e do Titereiro vindas de *Ases pelo mundo*. Não é elegante, e eu gosto de um pouco de elegância na maneira que uma obra ficcional é estruturada. A verdade é que *Jogo sujo* não tem escamas o suficiente para ser um peixe, nem tem penas o bastante para ser um frango, nem voa, tampouco nada.

Meu erro foi tentar agradar a todos, encontrar um meio-termo para cada crise. Olhando em retrospecto, eu deveria ter enfrentado a Bantam no problema da guerra de gangues, ou eliminado essa guerra inteiramente a favor da nova ideia de Croyd Tifoide. Tentar lidar com as duas ideias ao mesmo tempo, enquanto avançava em concomitância na trama mestra do Titereiro, que seria tão essencial nos próximos livros, foi um convite ao caos. Deveria também ter resolvido a questão de cronologia de um jeito ou de outro. Por isso nós, editores de mundos compartilhados, ganhamos muito bem: para tomar decisões difíceis. Em vez disso, tentei dar tudo o que meus escritores queriam e, como resultado, o livro sofreu. Às vezes, quando você corta um bebê ao meio, tudo que você consegue é um bebê ao meio.

Todos tropeçamos às vezes, especialmente quando tentamos algo diferente... e *Wild Cards* não seria nada se não fosse diferente. No entanto, vivemos e aprendemos também, e eu aprendi algumas lições importantes com *Jogo sujo* que me tornariam um editor melhor no futuro. Eu nunca mais cometeria *aqueles* erros novamente.

(Claro, eu cometeria novos erros, inteiramente novos, mas essas são histórias para um outro momento.)

George R. R. Martin
23 de julho de 2002

♣ ♦ ♠ ♥

QUER SABER MAIS SOBRE A LEYA?

Fique por dentro de nossos títulos, autores e lançamentos.

Curta a página da LeYa no Facebook, faça seu cadastro na aba *mailing* e tenha acesso a conteúdo exclusivo de nossos livros, capítulos antecipados, promoções e sorteios.

A LeYa também está presente em:

www.leya.com.br

facebook.com/leyabrasil

@leyabrasil

instagram.com/editoraleya

google.com/+LeYaBrasilSãoPaulo

skoob.com.br/leya

1ª edição	Março de 2016
papel de miolo	Pólen Soft 70g/m²
papel de capa	Cartão supremo 250g/m²
tipografia	Minion Pro
gráfica	RR Donnelley